U0532245

主编 徐中玉　　副主编 陈谦豫

中国古代文艺理论专题资料丛刊 第一册

本原·教化·意境·典型 编

中国社会科学出版社

图书在版编目(CIP)数据

中国古代文艺理论专题资料丛刊（第一册）. 本原·教化·意境·典型编／徐中玉主编；陈谦豫，王寿亨编选. —北京：中国社会科学出版社，2013.8
ISBN 978-7-5161-2456-7

Ⅰ.①中…　Ⅱ.①徐…②陈…③王…　Ⅲ.①文艺理论—中国—古代—丛刊　Ⅳ.①I206.2-55

中国版本图书馆 CIP 数据核字（2013）第 074139 号

出 版 人	赵剑英
责任编辑	史慕鸿
责任校对	徐　楠
责任印制	李　建

出　　版	中国社会科学出版社
社　　址	北京鼓楼西大街甲 158 号（邮编 100720）
网　　址	http://www.csspw.cn
	中文域名：中国社科网　010-64070619
发 行 部	010-84083685
门 市 部	010-84029450
经　　销	新华书店及其他书店
印刷装订	环球印刷（北京）有限公司
版　　次	2013 年 8 月第 1 版
印　　次	2013 年 8 月第 1 次印刷
开　　本	710×1000　1/16
印　　张	43.75
插　　页	4
字　　数	733 千字
定　　价	580.00 元（全四册）

凡购买中国社会科学出版社图书，如有质量问题请与本社联系调换
电话：010-64009791
版权所有　侵权必究

《中国古代文艺理论专题资料丛刊》
编选说明

一、本丛刊广泛搜集中国古代文艺各个领域里的理论资料（包括一般原理、创作经验、批评鉴赏等），其范围包括诗、文、词、曲、小说、戏剧、绘画、音乐、雕塑、书法等，分《本原》、《情志》、《神思》、《文质》、《意境》、《典型》、《艺术辩证法》、《风骨》、《比兴》、《法度》、《教化》、《才性》、《文气》、《通变》、《知音》十五编。将视具体情况，分册连续出版。

二、本丛刊的资料收录的时限自先秦至近代。按问题分类，按论点安排。类与论点均冠以标题，以醒眉目。每一论点的资料均按时代顺序排列。个别无法查考年代而又具有重要理论价值的资料，排列于该论点的资料之后。

三、个别资料一段之中包括两个（或几个）论点，考虑到在两类（或几类）之中都有重要意义，因而两处（或几处）都收入，故偶有重复。

四、本丛刊各编各理论观点之下所收的资料，有的未必确当，仅供研究者参考。

五、本丛刊所引资料，版本力求统一，但由于种种原因，也偶有用不同版本者，故在各条原文下均加以注明。

六、中国古代文艺理论资料散见于大量古籍之中，浩如烟海，加之古代文艺理论的不少范畴，或具有多义，或含义不很确定，我们限于水平，内容的归类，资料的取舍，都可能有不当或错误之处，热忱欢迎专家、读者批评、指正，以便进一步修订、完善。

《中国古代文艺理论专题资料丛刊》
工作人员名单

主　编　徐中玉
副主编　陈谦豫

参加资料搜集并分工负责各编编选者
　　王寿亨（《本原》《教化》）
　　陈谦豫（《意境》《典型》）
　　萧华荣（《比兴》）
　　侯毓信（《神思》《文质》）
　　蒋树勇（《艺术辩证法》《法度》）
　　陆晓光　黄　珅（《才性》《情志》）
　　蒋述卓（《文气》）
　　陆海明　徐文茂（《通变》《风骨》）
　　毛时安　汪　宇（《知音》）

参加资料搜集者
　　邓乔彬　陶型传　朱大刚　周伟民　王汝梅
　　王思焜　周锡山　南　帆　谢伯良　陆　炜

序

  1936年暑后，原在清华大学心理学系任教的叶麐（石荪）教授乘度假之便来到风景佳美的青岛山东大学中文系任教。那时我正在三年级学习。在此之前，朱光潜教授的《文艺心理学》已经出版，北京大学中文系已开设了这个课程，我们知道别的大学都还没有开设，希望山大也能开设。学校则苦于尚缺乏这种条件，主要是缺乏既深研文学又精通心理，并兼擅古今中外类似朱先生这样学养的师资。叶先生的来到，恰好非常及时地给我们解决了这个难题。叶先生在美、法两国专攻心理学，又一直爱好文学，读得既多，自己还能创作中国旧体的诗、词，非常优美动人。原来他从小就受过古典文学的训练，家学渊源，后来才决定专攻心理科学的。他和朱先生又是同辈老友，在清华心理学系虽未教过文艺心理学，在朱先生这部开创了中国文学研究新领域的著作影响下，原已对开设此课具有很大的兴趣。因此当学校向他提出后便欣然同意了。事实证明，我们能听到他的讲课，真是一种很大幸运。正如在这年之前，我们能听到老舍先生讲《小说作法》课一样。那时别的课程内容大都还以传统为主，这两个课程却不同了，内容、观点、讲法对我们来说几乎都是全新的。老舍先生是以有丰富生活经验和西方文学观念的中国著名小说作家的身份来讲他这一课程的，叶先生是以现代心理学专家同时又兼具中国古典文学及西方文学深厚功底这种学者、作者、鉴赏家集于一身的身份来讲他这一课程的。无论在教学内容、学习和研究的方法、形成师生间非常亲切的关系等各个方面，他们都给同学们大大开拓了视野，增添了许多新知，培养了自己钻研的能力，并以实际行动教育我们应当做个怎样的人，应当怎样关心、帮助比自己更年轻的下一代人的成长。他们给学生留下了永不会忘的印象。这两位老师都是在"文革"惨剧中受害死去的。叶先生则早在1957年就已被"扩大化"进去了。

青年时代的爱好与生活选择往往决定了一个人此后不会再改变的人生道路。从开始读小学起七十多年来我没有离开过学校这个生活圈。大学生时代开始爱好文学写作，正是老舍先生给了我指点和鼓励。从习作小说转向文学研究并重在古代文学理论的学习和探讨，正是叶先生给了我指点和鼓励。每当我回想半个多世纪以来的生活行迹时，我就总会想到这两位先生对我的厚爱和教育，纵然实际上在他们逝世以前的近二十年间，由于需要，彼此孤立，不仅未再见过面，甚至连信都没有通过。作为他们当时最亲近的学生之一，竟表现得如此淡漠，难道可以只用"不得已"来宽恕自己？无疑还是由于自己的软弱与胆怯。谁也不要重蹈这种历史的覆辙了。

我从叶先生的教学与研究以及课外的很多谈话、接触中，得到的启发与引导对我后来直到今天的研究、写作最有影响的是下面四点：

第一，要有个适合于自己认为真有意义、极有兴趣，而且力所能及的研究目标。客观上很有意义自己却认为没有或意义不大；虽也认为有意义自己却缺少兴趣；认为有意义也感兴趣实际却力所不及；这些情况都有，并不奇怪，但就不宜作为自己长远的研究目标。我生活经验不多，特别在听了叶先生《文艺心理学》的讲课后，对文艺理论研究深感兴趣。由于高中时期读的是师范、大学读的是中文系，外语读得很少也未努力读好，宜于重点研究本国古代的文艺理论，比较力所能及，而且这个范围也不能算小了。他赞同我朝着这个目标作长期的努力。

第二，要尽可能掌握与研究目标密切相关的丰富的第一手资料。他讲课时可以随意提供对某一问题有关的古今中外包括若干不同意见的资料，并指明其出处，令我惊叹。他有很好的记忆力，但他说主要还得依靠经常博览之后取精用宏地积累资料，方法即是亲做卡片，勤于简写读后笔记。他给我们看了他的大量卡片和笔记，并告诉我们他是怎样做、怎样运用和如何养成这一习惯的。从那时起，我也学习着进行了这种积累。

第三，对不同学派、不同意见要在积累的基础上逐渐培养、提高自己的分析、辨识能力。对合理的东西应兼收并蓄，各取其长，不要受任何束缚；应有自己的看法，既不苟异，亦不苟同，发现有误就改正，不完善就再探索。

第四，不能为研究而研究，为理论而理论；学习理论不能不读文学作品，自己毫无创作体验；也不可研究文学理论就只读这一方面的书籍，哲学、历史、心理等知识都不可缺。他非常重视人生、重视国家社会的需要。他对当时日本帝国主义造成的华北危局忧心如焚。这一点同样深深地影响了我，使我懂得研究工作者不能只是生活在书房里一味啃书本的人。

正在我已开始按着他的指引做起来的时候，卢沟桥事变发生了。青岛本是日帝侵华的一大据点，此时已成一触即发的前方，叶先生只得携家回故乡的四川大学去了。我辗转随校西迁，最后终于并入重庆沙坪坝中央大学读到毕业。刚开头的计划这段时期内不得已完全停顿。我之所以又进了中央大学研究院文科研究所去探索宋代的诗论，就因想继续原来的研究计划。那时我之所以花部分时间写了不少讨论抗战文艺的文章，即由于想到他的一贯指导：研究工作者不能脱离国家大事，不能忘记社会责任。两者其实并不矛盾，原是应该也能够统一的。这时他已在四川大学担任教务长了，我则已从云南到了粤北。他仍抽空在通讯里给我许多指导。

在研究院的两年中，我积累了成万张卡片。所谓卡片乃是用三层土纸糊在一起，勉强可以两面写字的代用品，至今总算还幸能保存着。在接着留校任教的五年中，开头还有条件继续积累，后来由于湘、桂大部沦陷，学校辗转迁去东江一带，书都散失，就没有条件了。抗战胜利后，我随着山大北回复校，竟因同情学生"反饥饿、反内战"运动，被国民党政府教育部指为"奸匪"而遭密令中途解聘。从此直到五十年代"反右"结束之前，将近十年由于运动频繁，观念骤改，古代文学遗产似已不必深究，虽仍在教书，信念未失，积累却很少有所增加，亦似无所可用了。反倒是在被"反右"扩大化进去以及"文革"中当"牛鬼蛇神"的二十年间，既然一切应有的权利都已无存，在"孤立"、抄家、扫地、背书、受审之余，为使身在"另册"而心灵有所寄托，觉得乘此机会利用一切空暇继续前功，不失为两全的办法。想不到离开当初定下计划也已二十年了的这段艰难时期，却成了我再度沉入的旺盛阶段。我继续从七百多种有关书籍中做了四五万张卡片，估计当写了不下一千多万字。手段原始，办法也笨，只是在这样读着写着想着的时候，什么烦恼牢骚都不复存在了，竟未把这当成一件苦事。被"抄家"多次，这些因都被视为废物而未受损，我独私心窃喜，得了"无用之用"。可是果若有用，用又在何时？我眼前一片茫茫。但我总还想，这种学问是有用的，我做不成，做不好，以后别人还是会做，会做成、做好的。疯狂的民族虚无主义者必不能永存。

又十多年过去了，我转入一个心情稍好却事务繁多的境地，前功远未完成，垂垂已老，积累从自己的高峰上直线下降，几乎极少增益，时间精力都不够。一方面是在积累过程中愈感到了这个工作的重要意义，另一方面又愈着急，应该怎样把这个很有意义的工作设法持续下去？我自己对这一大堆资料还没来得及好好利用，何况还有更多的资料可以搜集、整理、运用！我想到了跟我一些同事和几届古代文论专业的研究生一道来从事这个工程，这是唯一可能也还可行的法子了。这就是这个《中国古代文艺理论专题资料丛刊》得以产生的缘由。人的一生实在太短促了，一天一天过着时似乎很长，到老回头一看便只是一瞬间的事，真像正好开始忽已到了尽头。没有上述同志们的共同努力，凭我一个人的气力，是连自己也知道这还非常粗疏多漏的东西亦拿不出的。

中国古代文艺理论有悠久的历史，提出了许多符合规律的论点，资料十分丰富，而且越多接触便越感到它真像一个浩瀚的海洋，可贵之极。我认为，审美的主体性、观照的整体性、论说的意会性、描述的简要性，便是中国古代文论带有民族特色的思维特点。中国人大都不喜欢烦琐、抽象的思辨，从自己关门建构的一个什么理论框架出发来高谈阔论。中国人绝非缺乏这种能力，不是没有人这样做过，但一般人不愿意、不习惯，甚至还有认为这样做不合适的。即使在讨论问题、抒发己见的时候，文论家们总仍恪守文艺规律：有感而发，不得已而言，精语破的，点到为止，使人自悟并得以举一反三，而且始终仍保持着具体、感性、描绘、比喻、想象、意在言外等文艺色彩，有理有趣，举重若轻，愉人悦己。篇幅短小，形式多样，要言不烦，更是它的特色。当我们把它同西方古今的文艺理论进行了比较之后，就越发觉得它至少可以同西方文化成果并立而媲美，对人类文明发展起了同样巨大的作用。文艺理论和科技知识的不同之处，就是其中稳定的东西要多得多，而且有许多心灵方面的体会和艺术敏感往往前人已有而后来者反而大为迟钝了。文艺领域里某些精微奥妙的感受与洞察，往往并不是后出必愈精，时空限制不住它们的灵光。不能从思维方式表达方式上来强分高下优劣，应是自然之理。若说有系统、有体系的便好，那么有无是怎样来判定的？还要后人来研究、整理干什么？而且，不是已有够多的系统、体系早已被人们成捆成堆地丢到垃圾箱里去了吗？古今中外的很多事物，包括文艺评论，螺旋形发展的历史证明，互相补充、转化、融合的可能性正在增加，必要性亦一样。取精用宏、兼收并蓄，集大成而共求进步，这是历史的必然。

初步搜集、整理古代文艺理论资料正是为了便于进行研究和探索前人已经取得的成果，便于发扬光大他们的贡献，使中国文艺家的智慧和才识在全世界同行中得到理解，交换共识，进行融合。不消说，如果真是符合文艺规律的知识，无论多少年前的发现和经验，对当前的文艺创作和文艺评论肯定仍有积极作用。

当我们的视野随着改革开放的大潮涌起而也变得较前显著开阔了些的此刻，就感到即使编选文艺理论资料也不能只盯住文艺理论资料本身，而应扩大其范围。但这范围太广了，谁能预料到书画家还能从"公主与担夫争路"中悟到某种艺术妙谛呢？当我们连载有文艺理论直接资料的无数书籍尚远未读遍读透选准选全的现在，这就只能留到以后去逐步补充、修订、扩展了。对此，我是惴惴不安而仍抱着有生之年要继续为之的决心的。至于谈到要做得相当完善，恐怕至少要经过几代人的不断努力。好在我们这个伟大的民族是永恒存在的，总会有达到这目标的日子到来。

再一次乘此机会让我向老舍、叶石荪两位老师致敬，向参加这一工程的我的同事和研究生同志们的亲密合作致谢，向中国社会科学出版社和配合我们付出了大量劳动的季寿荣等同志表示衷心的铭感！

徐中玉
1991年6月17日

新版说明

《中国古代文艺理论专题资料丛刊》共十五编，原为分册连续出版。第一册《通变编》出版于1992年9月，第二册《艺术辩证法编》为1993年10月，第三册《意境·典型·比兴编》为1994年5月，第四册《神思·文质编》为1995年12月，第五册《本原·教化编》为1997年2月，第六册《文气·风骨编》为1997年12月，第七册《才性编》为1999年7月。尚有《法度》、《情志》、《知音》三编因故未能及时出版。

这次新版，根据编者、每个专题的内容、字数等情况，将已出十二编与未出三编组合为四大册出版，第一册为《本原·教化·意境·典型编》，第二册为《比兴·神思·文质·文气编》，第三册为《艺术辩证法·法度·通变编》，第四册为《风骨·才性·情志·知音编》。

这套资料丛刊，涉及面广，要求精确，校勘工作，特别艰辛。从搜集资料、按专题编选，再到完满出版，前后历时三十余年。可以说，它是编选者、参加资料搜集者（当时的古代文论研究生、青年老师，以及受教育部委托由上海复旦大学和华东师范大学于1980年合办的中国文学批评史师训班的部分成员）与季寿荣、史慕鸿二位责任编辑的心血共同凝聚成的。在此，我们也对中国社会科学出版社和对这套丛刊付出精力的同志深表谢意。

陈谦豫
2013.3.22

总　目

本原编 ……………………………………………………… (1)
　一　文艺的来源 …………………………………………… (3)
　二　文艺的特性 …………………………………………… (95)
教化编 ……………………………………………………… (187)
　一　文艺的地位 …………………………………………… (189)
　二　文艺的作用 …………………………………………… (238)
　三　诗教 …………………………………………………… (400)
　四　文以载道 ……………………………………………… (426)
　五　真　善　美 …………………………………………… (456)
　六　文艺的感染力 ………………………………………… (470)
意境编 ……………………………………………………… (509)
　一　境 ……………………………………………………… (511)
　二　境界 …………………………………………………… (525)
　三　情景 …………………………………………………… (536)
　四　意境 …………………………………………………… (571)
典型编 ……………………………………………………… (607)
　一　形象塑造 ……………………………………………… (609)
　二　集中　概括 …………………………………………… (628)
　三　本事与典型化 ………………………………………… (641)

目 录

本原编

一 文艺的来源 …………………………………………… (3)
  1. 方思之殷 何物不感——源于生活 ………………… (3)
    (1)"情"由"物"感 ……………………………………… (3)
    (2)文思来自生活 ………………………………………… (31)
    (3)江山之助 ……………………………………………… (54)
  2. 文章者 原出五经——源于书本 …………………… (74)
  3. 乐本心术——源于心性 ……………………………… (85)

二 文艺的特性 …………………………………………… (95)
  1. 立象以尽意——文艺的形象性 ……………………… (95)
    (1)"物"和"象" ………………………………………… (95)
    (2)写"形"状"物" ……………………………………… (103)
    (3)如"画" 入"画" ……………………………………… (108)
    (4)"诗中有画" "画中有诗" …………………………… (113)
  2. 为情造文——文艺的表情性 ………………………… (122)
    (1)情中外发为文 ………………………………………… (122)
    (2)诗缘情而绮靡 ………………………………………… (126)
  3. 长于造其真——文艺的真实性 ……………………… (137)
    (1)旨直而婉 辞隐而见 ………………………………… (137)
    (2)言必符实 ……………………………………………… (150)
    (3)美物贵依其本 ………………………………………… (161)
    (4)踵事增华 ……………………………………………… (177)

(5)"真"与"假" ………………………………………… (180)
　　(6)传真不传伪 …………………………………………… (184)

教化编

一　文艺的地位 ……………………………………………… (189)
　1. 文章　经国之大业——文艺有崇高地位 ……………… (189)
　2. 圣人之道　去智去巧——文艺有害无益 ……………… (212)
二　文艺的作用 ……………………………………………… (238)
　1. 文之以礼乐　可以成人——文艺的教育作用 ………… (238)
　　(1)文与政通　化成天下 ………………………………… (238)
　　(2)有益教化　有补于世 ………………………………… (250)
　　(3)救世警俗　劝善惩恶 ………………………………… (330)
　2. 维是褊心　是以为刺——文艺的讽谏作用 …………… (344)
　3. 多识鸟兽草木之名——文艺的认识作用 ……………… (375)
　4. 题诗本是闲中趣——文艺的娱乐作用 ………………… (395)
三　诗教 ……………………………………………………… (400)
　1. 温柔敦厚 ………………………………………………… (400)
　2. 兴　观　群　怨 ………………………………………… (416)
　3. 思无邪 …………………………………………………… (424)
四　文以载道 ………………………………………………… (426)
五　真善美 …………………………………………………… (456)
六　文艺的感染力 …………………………………………… (470)

意境编

一　境 ………………………………………………………… (511)
　1."境" ……………………………………………………… (511)
　2."物境"　"情境"　"心境" …………………………… (514)
　3."圣境"　"神境"　"化境" …………………………… (516)
　4."常境"　"异境" ……………………………………… (518)
　5."佳境"　"妙境" ……………………………………… (518)

6."幻境""妄境" ………………………………………………（520）
　　7."实境"与"虚境" ………………………………………………（520）
　　8."有我之境"与"无我之境" ……………………………………（522）
　　9."境生于象外" …………………………………………………（522）
　　10."取境之时 须至难至险" ……………………………………（523）
二　境界 …………………………………………………………………（525）
　　1."境界" …………………………………………………………（525）
　　2."境界"与"气象" ………………………………………………（530）
　　3."境界"与"景象" ………………………………………………（533）
　　4."境界"与"意象" ………………………………………………（533）
　　5."境界"与"兴象" ………………………………………………（535）
　　6."境界是逐节敷衍而成" ………………………………………（535）
三　情景 …………………………………………………………………（536）
　　1."情景者 境界也" ……………………………………………（536）
　　2."情"与"景" ……………………………………………………（537）
　　3."景中之情"与"情中之景" ……………………………………（549）
　　4."景无情不发 情无景不生" …………………………………（557）
　　5."景乃诗之媒 情乃诗之胚" …………………………………（560）
　　6."情景齐到 相间相融" ………………………………………（562）
　　7."象外之象 景外之景" ………………………………………（568）
四　意境 …………………………………………………………………（571）
　　1."意境" …………………………………………………………（571）
　　2."意境"与"意味""滋味""味" …………………………………（573）
　　3."意境"与"意趣""情趣""兴趣""趣" …………………………（580）
　　4."意境"与"含蓄" ………………………………………………（587）

典型编

一　形象塑造 ……………………………………………………………（609）
　　1."人有其性情 人有其气质 人有其形状 人有其声口" …（609）
　　2."写出其人之骨髓""一样人 便还他一样说话""任凭
　　　提起一个 都似旧时熟识" …………………………………（619）

  3. "描写人物　当如镜中取影　妍媸好丑　令观者自知"……（622）
  4. 刻画人物　描写世事　要合乎"情理"……………………（624）
二　集中　概括……………………………………………………（628）
  1. "天下无粹白之狐　而有粹白之裘　取之众白也"…………（628）
  2. "著书之难"，须"胸罗数百辈之人谱，身历数十年之世故"，
   但也不必"色色历遍"……………………………………（629）
  3. "胸中具有炉锤　不是金银铜铁强令混合"………………（631）
  4. "眼中之竹""胸中之竹"与"手中之竹"…………………（631）
  5. "直于一尺素　写尽千里景"………………………………（632）
  6. "以少总多""以一含万"……………………………………（634）
  7. "拓小以大　居多以少"……………………………………（636）
  8. "称名也小　取类也大"与"小中见大"…………………（637）
  9. "博而能一"与"言近而指远"……………………………（638）
  10. "小景传大景之神"与"实事传神""虚事传神"…………（640）
三　**本事与典型化**……………………………………………………（641）
  1. 本事与虚构…………………………………………………（641）
  2. 夸张与典型化………………………………………………（679）

本 原 编

王寿亨 编选

一

文艺的来源

1. 方思之殷　何物不感——源于生活

(1) "情"由"物"感

《彖》曰：大哉乾元，万物资始，乃统天。云行雨施，品物流形。

（先秦）《周易》卷一，《十三经注疏》本

古者包牺氏之王天下也，仰则观象于天，俯则观法于地，观鸟兽之文与地之宜，近取诸身，远取诸物，于是始作八卦，以通神明之德，以类万物之情。

（先秦）《周易》卷八，《十三经注疏》本

神也者，妙万物而为言者也。

（先秦）《周易》卷九，《十三经注疏》本

凡音之起，由人心生也。人心之动，物使之然也。感于物而动，故形于声。……乐者，音之所由生也。其本在人心之感于物也。是故其哀心感者，其声噍以杀；其乐心感者，其声啴以缓；其喜心感者，其声发以散；其怒心感者，其声粗以厉；其敬心感者，其声直以廉；其爱心感者，其声和以柔。六者非性也，感于物而后动，是故先王慎所以感之者……

凡音者，生人心者也。情动于中，故形于声，声成文，谓之音。……夫民有血气心知之性，而无哀乐喜怒之常，应感起物而动，然后心术形焉。

（先秦）《礼记·乐记》，《十三经注疏》本

天尊地卑，君臣定矣；卑高已陈，贵贱位矣；动静有常，大小殊矣；方以类聚，物以群分，则性命不同矣；在天成象，在地成形，如此，则礼者，天地之别也。

地气上齐，天气下降，阴阳相摩，天地相荡，鼓之以雷霆，奋之以风雨，动之以四时，煖之以日月，而百化兴焉，如此，则乐者，天地之和也。

（先秦）《礼记·乐记》，《十三经注疏》本

凡音者，生人心者也。情动于中，故形于声；声成文，谓之音。是故治世之音，安以乐，其政和；乱世之音，怨以怒，其政乖；亡国之音，哀以思，其民困。声音之道，与政通矣。

宫为君，商为臣，角为民，徵为事，羽为物。五者不乱，则无怗懘之音矣。宫乱则荒，其君骄；商乱则陂，其官坏；角乱则忧，其民怨；徵乱则哀，其事勤；羽乱则危，其则匮。五者皆乱，迭相陵，谓之慢。如此，则国之灭亡无日矣。

郑卫之音，乱世之音也，比于慢矣。桑间濮上之音，亡国之音也，其政散，其民流，诬上行私而不可止也。

（先秦）《礼记·乐记》，《十三经注疏》本

昔黄帝以其缓急作五声，以政五钟。令其五钟：一曰青钟，大音；二曰赤钟，重心；三曰黄钟，洒光；四曰景钟，昧其明；五曰黑钟，隐其常。五声既调，然后作立五行以正天时，五官以正人位。人与天调，然后天地之美生。

（先秦）《管子·五行》，《诸子集成》本

天地有大美而不言，四时有明法而不议，万物有成理而不说。圣人者，原天地之美而达万物之理，是故至人无为，大圣不作，观于天地之谓也。

（先秦）《庄子·知北游》，《诸子集成》本

故曰，圣人之生也天行，其死也物化；静而与阴同德，动而与阳同波；不为福先，不为祸始；感而后应，迫而后动，不得已而后起。去知与故，循天之理……

（先秦）《庄子·刻意》，《诸子集成》本

乐所由来者尚也，必不可废。有节有侈，有正有淫矣。贤者以昌，不肖者以亡。昔古朱襄氏之治天下也，多风而阳气蓄积，万物散解，果实不成，故士达作为五弦瑟，以来阴气，以定群生。昔葛天氏之乐，三人操牛尾，投足以歌八阕：一曰载民，二曰玄鸟，三曰遂草木，四曰奋五谷，五曰敬天常，六曰建帝功，七曰依地德，八曰总禽兽之极。昔陶唐氏之始，阴多滞伏而湛积，水道壅塞，不行其原，民气郁阏而滞着，筋骨瑟缩不达，故作为舞以宣导之。

（先秦）《吕氏春秋·仲夏纪·古乐》，《诸子集成》本

音乐之所由来者远矣：生于度量，本于太一。太一出两仪，两仪出阴阳。阴阳变化，一上一下，合而成章。浑浑沌沌。离则复合，合则复离，是谓天常。天地车轮，终则复始，极则复反，莫不咸当。日月星辰，或疾或徐；日月不同，以尽其行。四时代兴，或暑或寒，或短或长，或柔或刚。万物所出，造于太一，化于阴阳。萌芽始震，凝㵣以形；形体有处，莫不有声。声出于和，和出于适。和、适，先王定乐，由此而生。天下太平，万物安宁，皆化其上，乐乃可成。成乐有具，必节嗜欲；嗜欲不辟（僻），乐乃可务。务乐有术，必由平出。平出于公，公出于道。故惟得道之人，其可与言乐乎！亡国戮民，非无乐也，其乐不乐。溺者非不笑也，罪人非不歌也，狂者非不武（舞）也。乱世之乐，有似于此。君臣失位，父子失处，夫妇失宜，民人呻吟，其以为乐也，若之何哉？凡乐，天地之和，阴阳之调也。始生人者，天也，人无事焉。天使人有欲，人弗得不求；天使人有恶，人弗得不辟。欲与恶，所受于天也，人不得与焉——不可变，不可易。世之学者，有非乐者矣，安由出哉？大乐，君臣、父子、长少之所欢欣而说也。欢欣生于平，平生于道。道也者，视之不见，听之不闻，不可为状。有知不见之见、不闻之闻、无状之状者，则几于知之矣。道也者，至精也，不可为形，不可为名；强为之，谓之太一……

（先秦）《吕氏春秋·仲夏纪·大乐》，《诸子集成》本

夏后氏孔甲，田于东阳蒉山。天大风晦盲，孔甲迷惑，入于民室。主人方乳。或曰："后来，是良日也，之子是必大吉。"或曰："不胜也，之子是必有殃。"后乃取其子以归。曰："以为余子，谁敢殃之。"子长成人，幕动坼橑，斧斫斩其足，遂为守门者。孔甲曰："呜呼！有疾，命矣夫！"乃作为《破斧》之歌，实始为"东音"。

禹行功，见涂山之女，禹未之遇，而巡省南土。涂山氏之女乃令其妾候禹于涂山之阳。女乃作歌，歌曰："候人兮猗"，实始作为"南音"。南公及召公取风焉，以为《周南》、《召南》。

周昭王亲将征荆，辛余靡长且多力，为王右。还反涉汉，梁败，王及蔡公抎于汉中。辛余靡振王北济，又反振蔡公。周公乃侯之于西翟，实为长公。殷整甲徙宅西河，犹思故处，实始作为"西音"。长公继是音以处西山，秦缪公取风焉，实始作为秦音。

有娀氏有二佚女，为之九成之台，饮食必以鼓。帝令燕往视之，鸣若谥隘。二女爱而争搏之，覆以玉筐。少选，发而视之，燕遗二卵，北飞，遂不反。二女作歌，一终曰"燕燕往飞"，实始作为"北音"。

凡音者产乎人心者也，感于心则荡乎音，音成于外而化乎内。

（先秦）《吕氏春秋·季夏纪·音初》，《诸子集成》本

道者，万物之所然也，万里之所稽也。理者，成物之文也；道者，万物之所以成也。……天得之以高，地得之以藏，维斗得之以成其威，日月得之以恒其光，五常得之以常其位，列星得之以端其行，四时得之以御其变气，轩辕得之以擅四方，赤松得之与天地统，圣人得之以成文章。

（先秦）《韩非子·解老》，《诸子集成》本

德有六理。何谓六理？道、德、性、神、明、命，此六者，德之理也。六理无不生也，已生而六理存乎所生之内，是以阴阳天地人尽以六理为内度。内度成业，故为之六法。六法藏内，变流而外遂，外遂六术，故谓之六行。是以阴阳各有六月之节，而天地有六合之事，人有仁、义、礼、智、圣（信）之行，行和则乐兴，乐兴则六，此之谓六行。阴阳天地之动也，不失六行，故能合六法。人谨修六行，则亦可以合六法矣。然而人虽有六行，微细难识，唯先王能审之。凡人弗能自至，是故必待先王

之教，乃知所从事，是以先王为天下设教，因人所有，以之为训，道（导）人之情，以之为真。是故内六法外体六行，以与《书》、《诗》、《易》、《春秋》、礼、乐六者之术，以为大义，谓之六艺，令人缘之以自修，修成则得六行矣。六行不正，仅合六法。艺之所以六者，法六法而体六行故也。故曰：六则备矣。六者非独为六艺本也，他事亦皆以六为度。声音之道，以六为首，以阴阳之节为度。是故一岁十二月，分而为阴阳，阴阳各六月，是以声音之器十二钟，钟当一月，其六钟阴声，六钟阳声，声之术，律是而出，故谓之六律。六律和五声之调，以发阴阳天地人之清声，而内合六行六法之道。是故五声宫、商、角、徵、羽，唱和相应而调和，调和而成理，谓之音。声五也，必六而备，故曰声与音六。夫律之者，象测之也，所测者六，故曰六律。

（汉）贾谊《新书·六术》，《丛书集成》本

《书》者，著德之理于竹帛而陈之，令人观焉以著所从事。故曰：《书》者，此之著者也。《诗》者，志德之理而明其指，令人缘之以自成也。故曰：《诗》者此之志者也。《易》者，察人之精德之理与弗，循而占其吉凶。故曰：《易》者此之占者也。《春秋》者，守往事之合德之理与不，合而纪其成败以为来事师法。故曰：《春秋》者此之纪者也。礼者，体德理而为之节文成人事。故曰：《礼》者此之体者也。乐者，《书》、《诗》、《易》、《春秋》、《礼》五者之道备，则合于德矣，合则欢然大乐矣。故曰：乐者此之乐者也……

（汉）贾谊《新书·道德说》，《丛书集成》本

《春秋》之道，奉天而法古。是故虽有巧手，弗修规矩，不能正方圆；虽有察耳，不吹六律，不能正五音；虽有知心，不觉先王，不能平天下。然则先王之遗道，亦天下之规矩六律已。故圣者法天，贤者法圣，此其大数也。得大数而治，失大数而乱，此治乱之分也。所闻天下无二道，故圣人异治同理也。古今通达，故先贤传其法于后世也。

（汉）董仲舒《春秋繁露·楚庄王》，《二十二子》本

星列于天而明，故人指之；义列于德而见，故人视之。人之所指，动则有章；人之所视，行则有迹。动有章则词，行有迹则议。

（汉）刘安《淮南鸿烈·诠言训》，《丛书集成》本

乐者，音之所由生也，其本在人心感于物也。

（汉）司马迁《史记·乐书》，中华书局本

雍门子周以琴见乎孟尝君。孟尝君曰："先生鼓琴，亦能令文悲乎？"雍门子周曰："臣何独能令足下悲哉？臣之所能令悲者，有先贵而后贱，先富而后贫者也。不若身材高妙，适遭暴乱无道之主，妄加不道之理焉；不若处势隐绝，不及四邻，诎折加厌，袭于穷巷，无所告愬；不若交欢相爱，无怨而生离，远赴绝国，无复相见之时；不若少失二亲，兄弟别离，家室不足，忧戚盈胸。当是之时也，固不可以闻飞鸟疾风之声，穷穷焉固无乐已。凡若是者，臣一为之徽胶援琴而长太息，则流涕沾衿矣。今若足下千乘之君也，居则广厦邃房，下罗帷，来清风，倡优侏儒处前，迭进而谄谀；燕则斗象棋而舞郑女，激楚之切风，彩色以淫目，流声以虞（娱）耳；水游则连方舟，载羽旗，鼓吹乎不测之渊；野游则驰骋弋猎乎平原广囿，格猛兽；入则撞钟击鼓乎深宫之中：方此之时，视天地曾不若一指，忘死与生，虽有善鼓琴者，固未能令足下悲也。"孟尝君曰："否，否，文固以为不然。"雍门子周曰："然臣之所为足下悲者事也。夫声敌帝而困秦者，君也；连五国之约，南面而伐楚者，又君也。天下未尝无事，不从则横，从成则楚王，横成则秦帝。楚王秦帝，必报仇于薛矣。夫以秦楚之强，而报仇于弱薛，譬之犹摩萧斧而伐朝菌也，必不留行矣。天下有识之士，无不为足下寒心酸鼻者，千秋万岁之后，庙堂必不血食矣。高台既已坏，曲池既已渐，坟墓既已下而青廷矣，婴儿竖子樵采薪荛者，蹢躅其足而歌其上，众人见之，无不愀焉，为足下悲之，曰：'夫以孟尝君尊贵，乃可使若此乎？'"于是孟尝君泫然泣涕承睫而未殒，雍门子周引琴而鼓之，徐动宫徵，微挥羽角，切终而成曲。孟尝君涕浪汗增，歔而就之曰："先生之鼓琴，令文若破国亡邑之人也。"

（汉）刘向《说苑·善说》，《丛书集成》本

五声各从其方：春角、夏徵、秋商、冬羽，宫居中央，而兼四季，以五音须宫而成。可以殿上，五色锦屏风，谕而示之：望视，则青、赤、白、黄、黑各各异类；就视，则皆以其色为地，五色文饰之。欲为四时五行之乐，亦当各以其声为地，而用四声饰之，犹彼五色屏风矣。

（汉）桓谭《新论·琴道》，《丛书集成》本

乐所以必歌者何？夫歌者口言之也，中心喜乐，口欲歌之，手欲舞之，足欲蹈之。故《尚书》曰："前歌后舞，假于上下。"

（汉）班固《白虎通论·礼乐》，《丛书集成》本

故乐者天地之命，中和之纪，人情之所不能免焉也。

（汉）班固《白虎通论·礼乐》，《丛书集成》本

情性者，人治之本，礼乐所由生也。故原情性之极，礼为之防，乐为之节。性有卑谦辞让，故制礼以适其宜；情有好恶喜怒哀乐，故作乐以通其敬。礼所以制，乐所为作者，情与性也。

（汉）王充《论衡·本性篇》，中华书局本

君子谨乎约己，宏乎接物。

（魏）曹丕《典论》，《丛书集成》本

夫乐者，天地之体，万物之性也。合其体，得其性，则和；离其体，失其性，则乖。昔者圣人之作乐也，将以顺天地之性，体万物之生也。故定天地八方之音，以迎阴阳八风之声；均黄钟中和之律，开群生万物之情气；故律吕协则阴阳和，音声适而万物类；男女不易其所，君臣不犯其位；四海同其观，九州一其节；奏之圜丘而天神下降，奏之方岳而地祇上应，天地合其德，则万物合其生；刑赏不用，而民自安矣。乾坤易简，故雅乐不烦；道德平淡，故无声无味。不烦则阴阳自通，无味则百物自乐，日迁善成化而不自知，风俗移易，而同于是乐。此自然之道，乐之所始也。

（魏）阮籍《乐论》，《全三国文》卷四十六，《全上古三代秦汉三国六朝文》本

夫喜、怒、哀、乐、爱、憎、惭、惧，凡此八者，生民所以接物传情，区别有属，而不可溢者也。夫味以甘苦为称，今以甲贤而心爱，以乙愚而情憎。则爱憎宜属我，而贤愚宜属彼也。可以我爱而谓之爱人，我憎则谓之憎人？所喜则谓之喜味，所怒则谓之怒味哉？由此言之，则外内殊

用，彼我异名。声音自当以善恶为主，则无关于哀乐。哀乐自当以感情而后发，则无系于声音。名实俱去，则尽然可见矣。

（晋）嵇康《声无哀乐论》，《全三国文》卷四十九，《全上古三代秦汉三国六朝文》本

夫曲用每殊，而情之处变，犹滋味异美，而口辄识之也。五味万殊，而大同于美；曲变虽众，亦大同于和。美有甘，和有乐；然随曲之情，尽于和域；应美之口，绝于甘境。安得哀乐于其间哉？然人情不同，各师所解，则发其所怀。若言平和，哀乐正等，则无所先发，故终得躁静。若有所发，则是有主于内，不为平和也。以此言之，躁静者，声之功也；哀乐者，情之主也；不可见声有躁静之应，因谓哀乐皆由声音也。且声音虽有猛静，猛静各有一和，和之所感，莫不自发。何以明之？夫会宾盈堂，酒酣奏琴，或忻然而欢，或惨尔而泣。非进哀于彼，导乐于此也。其音无变于昔，而欢戚并用，斯非吹万不同邪？夫唯无主于喜怒，亦应无主于哀乐，故欢戚俱见。若资偏固之音，含一致之声，其所发明，各当其分。则焉能兼御群理，总发众情邪？由是言之：声音以平和为体，而感物无常；心志以所俟为主，应感而发。然则声之与心，殊涂异轨，不相经纬；焉得染太和于欢戚，缀虚名于哀乐哉？

（晋）嵇康《声无哀乐论》，《全三国文》卷四十九，《全上古三代秦汉三国六朝文》本

伫中区以玄览，颐情志于典坟。遵四时以叹逝，瞻万物而思纷；悲落叶于劲秋，喜柔条于芳春。心懔懔以怀霜，志眇眇而临云；咏世德之骏烈，诵先人之清芬；游文章之林府，嘉丽藻之彬彬。慨投篇而援笔，聊宣之乎斯文。

（晋）陆机《文赋》，《文选》卷十七，《四部备要》本

猿长啸于林杪，鸟高鸣于云端，矧余情之含瘁，恒睹物而增酸，历四时之迭感，悲此岁之已寒，抚伤怀以呜咽，望永路而泛澜。

（晋）陆机《感时赋》，《陆机集》卷一，中华书局本

余去家渐久，怀土弥笃，方思之殷，何物不感，曲街委巷，罔不兴

咏，水泉草木，咸足悲焉，故述斯赋。

      （晋）陆机《怀土赋·序》，《陆机集》卷二，中华书局本

嗟行迈之弥留，感时逝而怀悲……悲缘情以自诱，忧触物而生端……伊我思之沉郁，怆感物而增深……

      （晋）陆机《思归赋》，《陆机集》卷二，中华书局本

诗人睹王雎而咏后妃之德，屈平见朱橘而申直臣之志焉。

      （晋）傅玄《橘赋序》，《全晋文》卷四十五，《全上古三代秦汉三国六朝文》本

辱颜光禄书：以图画非止艺行，成当与《易》象同体，而工篆隶者，自以书巧为高。欲其并辩藻绘，核其攸同。夫言绘画者，竟求容势而已。且古人之作画也，非以案城域，辨方州，标镇阜，划浸流，本乎形者融，灵而动变者心也。灵亡所见，故所托不动；目有所极，故所见不周。于是乎以一管之笔，拟太虚之体；以判躯之状，画寸眸之明。曲以为崇高，趣以为方丈。以发之画，齐乎太华；枉之点，表夫龙准。眉额颊辅，若晏笑兮；孤岩郁秀，若吐云兮。横变纵化，故动生焉；前矩后方出焉。然后宫观舟车，器以类聚；犬马禽鱼，物以状分。此画之致也。望秋云神飞扬，临春风思浩荡；虽有金石之乐，珪璋之琛，岂能仿佛之哉！披图按牒，效异山海。绿林扬风，白水激涧。呜呼！岂独运诸指掌，亦以神明降之。此画之情也。

      （南朝·宋）王微《叙画》，《中国画论类编》本

夫志动于中，则歌咏外发；六义所因，四始攸系；升降讴谣，纷披风什。虽虞夏以前，遗文不睹，禀气怀灵，理无或异。然则歌咏所兴，宜自生民始也。

      （南朝·梁）沈约《宋书·谢灵运传论》，中华书局本

文之为德也大矣，与天地并生者何哉！夫玄黄色杂，方圆体分，日月叠璧，以垂丽天之象；山川焕绮，以铺理地之形，此盖道之文也。仰观吐曜，俯察含章，高卑定位，故两仪既生矣；惟人参之，性灵所钟，是谓三

才。为五行之秀,实天地之心,心生而言立,言立而文明,自然之道也。傍及万品,动植皆文,龙凤以藻绘呈瑞,虎豹以炳蔚凝姿;云霞雕色,有逾画工之妙;草木贲华,无待锦匠之奇;夫岂外饰,盖自然耳。至于林籁结响,调如竽瑟;泉石激韵,和若球锽;故形立则章成矣,声发则文生矣。夫以无识之物,郁然有彩,有心之器,其无文欤!

(南朝·梁)刘勰《文心雕龙·原道》,人民文学出版社本

人文之元,肇自太极,幽赞神明,易象惟先。庖牺画其始,仲尼翼其终。而乾坤两位,独制文言。言之文也,天地之心哉!若乃河图孕乎八卦;洛书韫乎九畴,玉版金镂之实,丹文绿牒之华,谁其尸之,亦神理而已。自鸟迹代绳,文字始炳,炎暤遗事,纪在三坟,而年世渺邈,声采靡追。唐虞文章,则焕乎始盛。元首载歌,既发吟咏之志;益稷陈谟,亦垂敷奏之风。夏后氏兴,业峻鸿绩,九序惟歌,勋德弥缛。逮及商周,文胜其质。雅颂所被,英华日新。文王患忧,繇辞炳曜,符采复隐,精义坚深。重以公旦多材,振其徽烈,制诗缉颂,斧藻群言。至夫子继圣,独秀前哲,熔钧六经,必金声而玉振;雕琢情性,组织辞令,木铎起而千里应,席珍流而万世响,写天地之辉光,晓生民之耳目矣。

(南朝·梁)刘勰《文心雕龙·原道》,人民文学出版社本

造化赋形,支体必双;神理为用,事不孤立。夫心生文辞,运裁百虑,高下相须,自然成对。唐虞之世,辞未极文,而皋陶赞云:"罪疑惟轻,功疑惟重。"益陈谟云:"满招损,谦受益。"岂营丽辞,率然对尔。易之文系,圣人之妙思也。序乾四德,则句句相衔,龙虎类感,则字字相俪;乾坤易简,则宛转相承;日月往来,则隔行悬合:虽句字或殊,而偶意一也。至于诗人偶章,大夫联辞,奇偶适变,不劳经营。自扬马张蔡,崇盛丽辞,如宋画吴冶,刻形镂法,丽句与深采并流,偶意共逸韵俱发。至魏晋群才,析句弥密,联字合趣,剖毫析厘。然契机者入巧,浮假者无功。

(南朝·梁)刘勰《文心雕龙·丽辞》,人民文学出版社本

人禀七情,应物斯感,感物吟志,莫非自然……
若夫四言正体,则雅润为本;五言流调,则清丽居宗;华实异用,惟

才所安。故平子得其雅，叔夜含其润，茂先凝其清，景阳振其丽。兼善则子建仲宣，偏美则太冲公幹。然诗有恒裁，思无定位，随性适分，鲜能通圆。

（南朝·梁）刘勰《文心雕龙·明诗》，人民文学出版社本

春秋代序，阴阳惨舒，物色之动，心亦摇焉。盖阳气萌而玄驹步，阴律凝而丹鸟羞，微虫犹或入感，四时之动物深矣。若夫珪璋挺其惠心，英华秀其清气，物色相召，人谁获安？是以献岁发春，悦豫之情畅；滔滔孟夏，郁陶之心凝；天高气清，阴沉之志远；霰雪无垠，矜肃之虑深。岁有其物，物有其容；情以物迁，辞以情发。

（南朝·梁）刘勰《文心雕龙·物色》，人民文学出版社本

原夫登高之旨，盖睹物兴情。情以物兴，故义必明雅；物以情观，故辞必巧丽。

（南朝·梁）刘勰《文心雕龙·诠赋》，人民文学出版社本

秦始立奏，而法家少文。观王绾之奏勋德，辞质而义近；李斯之奏骊山，事略而意诬；政无膏润，形于篇章矣。

（南朝·梁）刘勰《文心雕龙·奏启》，人民文学出版社本

气之动物，物之感人，故摇荡性情，形诸舞咏。照烛三才，晖丽万有；灵祇待之以致飨，幽微藉之以昭告；动天地，感鬼神，莫近于诗。

（南朝·梁）钟嵘《诗品·总论》，人民文学出版社本

若乃春风春鸟，秋月秋蝉，夏云暑雨，冬月祁寒，斯四候之感诸诗者也。嘉会寄诗以亲，离群托诗以怨。至于楚臣去境，汉妾辞宫。或骨横朔野，魂逐飞蓬。或负戈外戍，杀气雄边。塞客衣单，孀闺泪尽。或士有解佩出朝，一去忘返。女有扬蛾入宠，再盼倾国。凡斯种种，感荡心灵，非陈诗何以展其义？非长歌何以骋其情？故曰："诗可以群，可以怨。"使穷贱易安，幽居靡闷，莫尚于诗矣。故词人作者，罔不爱好。

（南朝·梁）钟嵘《诗品·总论》，人民文学出版社本

诗者，盖志之所之也，情动于中而形于言。《关雎》、《麟趾》，正始之道著；桑间濮上，亡国之音表；故风雅之道，粲然可观。

（南朝·梁）萧统《文选序》，《文选》卷首，《四部备要》本

炎凉始贸，触兴自高，睹物兴情，更向篇什。

（南朝·梁）萧统《答晋安王书》，《全梁文》卷二十，《全上古三代秦汉三国六朝文》本

纲少好文章，于今二十五载矣。窃尝论之，日月参辰，火龙黼黻，尚且著于玄象；章乎人事，而况文辞可止、咏歌可辍乎！不为壮夫，扬雄实小言破道；非谓君子，曹植亦小辩破言。论之利刑，罪在不赦。

至如春庭落景，转蕙承风，秋雨且晴，檐梧初下，浮云生野，明月入楼。时命亲宾，乍动严驾，车渠屡酌，鹦鹉骤倾。伊昔三边，久留四战，胡雾连天，征旗拂日。时闻坞笛，遥听塞笳。或乡思凄然，或雄心愤薄，是以沉吟短翰，补缀庸音，寓目写心，因事而作。

（南朝·梁）萧纲《答张缵谢示集书》，《全梁文》卷十一，《全上古三代秦汉三国六朝文》本

追寻平生，颇好辞藻，虽在名无成，求心已足。若乃登高目极，临水送归，风动春朝，月明秋夜，早雁初莺，开花落叶，有来斯应，每不能已也。

（南朝·梁）萧子显《自序》，《全梁文》卷二十三，《全上古三代秦汉三国六朝文》本

诗者，人志意之所之适也……志之所适，外物感焉。

（唐）孔颖达《诗大序正义》，《毛诗正义》卷一，《十三经注疏》本

夫人受天地之灵，蕴菁华之气，刚柔迭用，哀乐分情。经春阳而自喜，遇秋凋而不悦。游乎金石之端，出乎管弦之外，因物迁逝，乘流不反。是以楚王升轻轩于彭蠡，汉顺听鸣鸟于樊衢。圣人功成作乐，化平裁曲，乃扬节奏，以畅中和，饰其欢欣，止于哀思者也。

（唐）房玄龄《晋书·乐上》，中华书局本

夫音本乎太始，而生于人心，随物感动，播于形气。形气既著，协于律吕，宫商克谐，名之为乐。乐者，乐也。圣人因百姓乐己之德，正之以六律，文之以五声，咏之以九歌，舞之以八佾。实升平之冠带，王化之原本。《记》曰："感于物而动，故形于声。"夫人者，两仪之播气，而性情之所起也，恣其流湎，往而不归。是以五帝作乐，三王制礼，标举人伦，削平淫放。其用之地，动天地，感鬼神，格祖考，谐邦国。树风成化，象德昭功，启万物之情，通天下之志……

（唐）魏徵《隋书·音乐上》，中华书局本

会性情者因于物象，穷比兴者在于声律。盖辩以丽，丽以则，得于无间，合于天倪者，其在是乎？彼惠休称谢永嘉如芙蓉出水，钟嵘谓范尚书如流风回雪，吾知之矣。

（唐）权德舆《右谏议大夫韦公诗集序》，《全唐文》卷四百九十，中华书局本

夫文生于情，情生于哀乐，哀乐生于治乱，故君子感哀乐而为文章，以知治乱之本。

屈宋以降，则感哀乐而亡雅正；魏晋以还，则感声色而亡风教；宋齐以下，则感物色而亡兴致。教化兴亡，则君子之纲尽；故淫丽形似之文，皆亡国哀思之音也。自夫子至梁陈三变，以至衰弱。

（唐）柳冕《与滑州卢大夫论文书》，《全唐文》卷五百二十七，中华书局本

阳冰志在古篆，殆三十年，见前人遗迹，美即美矣，惜其未有点画，但偏傍模刻而已。缅想圣达立卦造书之意，乃复仰观俯察六合之际焉：于天地山川，得方圆流峙之形；于日月星辰，得经纬昭回之度；于云霞草木，得霏布滋蔓之容；于衣冠文物，得揖让周旋之体；于须眉口鼻，得喜怒惨舒之分；于虫鱼禽兽，得屈伸飞动之理；于骨角齿牙，得摆拉咀嚼之势。随手万变，任心所成，可谓通三才之品汇，备万物之情状者矣。

（唐）李阳冰《上采访李大夫论古篆书》，《佩文斋书画谱》本

况阳春召我以烟景，大块假我以文章……不有佳咏，何伸雅怀。

  （唐）李白《春夜宴从第桃花园序》，《李太白全集》卷二十七，中华书局本

云山已发兴，玉佩仍当歌。

  （唐）杜甫《陪李北海宴历下亭》，《杜诗详注》卷一，中华书局本

郑县亭子涧之滨，户牖凭高发兴新。

  （唐）杜甫《题郑县亭子》，《杜诗详注》卷六，中华书局本

东阁官梅动诗兴，还如何逊在扬州。

  （唐）杜甫《和裴迪登蜀州东亭送客逢早梅相忆见寄》，《杜诗详注》卷九，中华书局本

即事会赋诗，人生忽如昨。

  （唐）杜甫《西阁曝日》，《杜诗详注》卷十八，中华书局本

诗尽人间兴，兼须入海求。

  （唐）杜甫《西阁二首》其二，《杜诗详注》卷十七，中华书局本

夫和平之音淡薄，而愁思之声要妙；欢愉之辞难工，而穷苦之言易好也。是故文章之作，恒发于羁旅草野。至若王公贵人，气满志得，非性能而好之，则不暇以为。

  （唐）韩愈《荆潭唱和诗序》，《韩昌黎全集》卷二十，《四部备要》本

诗人之作，感于物（一作感于物象），动于中，发于咏歌，形于事业。事之博者其辞盛，志之大者其感深，故仲山有过墓之什，廓然其虑，粲乎其文，可以窥盘桓居贞之道，梁公闲吟之意。

  （唐）梁肃《周公瑾墓下诗序》，《全唐文》卷五百一十八，中华书局本

问：大凡人之感于事，则必动于情，发于叹，兴于咏，而后形于歌诗

焉。故闻《蓼萧》之咏，则知德泽被物也；闻《北风》之刺，则知威虐及人也；闻"广袖，高髻"之谣，则知风俗之奢荡也。古之君人者采之，以补察其政，经纬其人焉。夫然，则人情通而王泽流矣。今有司欲请于上，遣观风之使，复采诗之官，俾无远迩，无美刺，日采于下，岁闻于上；以副我一人忧万人之旨。识者以为何如？

      （唐）白居易《进士策问五道》第三道，《白居易集》卷四十七，中华书局本

  大凡人之感于事，则必动于情；然后兴于嗟叹，发于吟咏，而形于歌诗矣。故闻《蓼萧》之诗，则知泽及四海也；闻《禾黍》之咏，则知时和岁丰也；闻《北风》之言，则知威虐及人也；闻《硕鼠》之刺，则知重敛于下也；闻"广袖，高髻"之谣，则知风俗之奢荡也；闻"谁其获者妇与姑"之言，则知征役之废业也。

      （唐）白居易《策林》六十九《采诗以补察时政》，《白居易集》卷六十五，中华书局本

  士君子藏器于身，应物如响。成天下之务者存乎事业，通万物之情者在乎文辞。

      （五代）徐铉《翰林学士江简公集序》，《全唐文》卷八百八十一，中华书局本

  造化之功，功大而不自伐，故山川之气出焉。为云泉，为草木，为鸟兽，必异其声色，怪其枝叶，奇其毛羽，所以彰造化之迹用也。山川之气，气形而不自名，故文藻之士作焉。为歌诗，为赋颂，为序引，必丽其词句，清其格态，幽其旨趣，所以状山川之梗概也。古人登高必赋，义由是乎！

      （宋）王禹偁《桂阳罗君游太湖洞庭诗序处约》，《小畜外集》卷十三，《四部丛刊》本

  夫有天地故有文。天尊地卑，乾坤定矣；卑高以陈，贵贱位矣；动静有常，刚柔断矣；方以类聚，物以群分，吉凶生矣；在天成象，在地成形，变化见矣：文之所由生也。天垂象，见吉凶，圣人象之；河出图，洛出书，圣人则之：文之所由见也。观乎天文以察时变，观乎人文以化成天

下：文之所由用也。三皇之书，言大道也，谓之三坟；五帝之书，言常道也，谓之五典：文之所由迹也。四始、六义存乎《诗》，典谟诰誓存乎《书》，安上治民存乎《礼》，移风易俗存乎《乐》，穷理尽性存乎《易》，惩恶劝善存乎《春秋》：文之所由著也。

　　　　（宋）石介《上蔡副枢密书》，《石徂徕集》卷之上，《丛书集成》本

　　余学草书凡十年，终未得古人用笔相传之法，后因见道上斗蛇，遂得其妙，乃知颠素之各有所悟，然后至于此耳。
　　留意于物，往往成趣。昔人有好草书，夜梦则见蛟蛇纠结。数年，或昼见之，草书则工矣。而所见亦可患。与可之所见岂真龙耶？抑草书之精也。予平生好与与可剧谈，大噱此语，恨不令与可闻之，令其捧腹绝倒也。

　　　　（宋）苏轼《跋文与可论草书后》，《东坡题跋》卷四，《丛书集成》本

　　少年贪读两行书，人世乐事都如愚。而今却欲释前憾，奈何意气难如初。每逢花开与月圆，一般情态还何如？当此之际无诗酒，情亦愿死不愿苏。

　　　　（宋）邵雍《花月长吟》，《伊川击壤集》卷六，《四部丛刊》本

　　其文大抵平淡夷易，不为追琢，不立崖险，要归于适用，而非窾非浮也。至其诗皆感物而发，触兴而作，使古今百家，景物万象，皆不能役我，而役于我。

　　　　（宋）杨万里《应斋杂著序》，《诚斋集》卷八十三，《四部丛刊》本

　　或有问于余曰：诗何谓而作也？
　　余应之曰：人生而静，天之性也；感于物而动，性之欲也。夫既有欲矣，则不能无思；既有思矣，则不能无言；既有言矣，则言之所不能尽，而发于咨嗟咏叹之余者，必有自然之音响节奏，而不能已焉。此诗之所以作也。

　　　　（宋）朱熹《诗集传序》，《朱子大全》卷七十六，《四部备要》本

礼乐之原，出于天地自然之理。《乐记》曰："天高地下，万物散殊，而礼制行矣；流而不息，合同而化，而乐兴焉。"礼者，天地之序也，乐者，天地之和也。天高地下，此即自然之尊卑；万物散殊，有大有小，有隆有杀，此即自然之等级。圣人因此制，为之礼，所以法天地之序也。阴阳五行之气，流行于天地之间，未尝少息，相摩相荡，为雷霆，为风雨，以化生万物。圣人因此作，为之乐，所以象天地之和也。五声十二律，亦皆阴阳变错而成，故乐音之和，与天地之和相应，可以养人心，成风俗也。

  （宋）真德秀《问兴立成》，《真西山文集》卷三十一，《四部丛刊》本

  吾请试言夫所谓文者而子姑听之，且动静互报而阴阳生，阳变阴合而五行具，天下之至文实始诸此。仰观俯察而日月之代明，星辰之罗布，山川之流峙，草木之生息，凡物之相错而粲然不可紊者皆文也。近取诸身而君臣之仁敬，父子之慈孝，兄弟之友恭，夫妇之好合，朋友之信睦，凡天理之自然而非人所得为者皆文也。尧之荡荡不可得而名，而仅可名者文章也。夫子之言性与天道不可得而闻，而所可闻者文章也。然则尧之文章乃荡荡之所发见，而夫子之文章亦性与天道之流行。谓文云者必如此而后为至文。

  （宋）魏了翁《大邑县学振文堂记》，《鹤山先生大全集》卷四十，《四部丛刊》本

  余尝谓以情性礼义为本，以鸟兽草木为料，风人之诗也。以书为本，以事为料，文人之诗也。世有幽人羁士，饥饿而鸣，语出妙一世；亦有硕师鸿儒，宗主斯文，而于诗无分者，此事之不可勉强欤？……君稍变体，借虚以发实，造新以易腐，因难以出奇。盖乃翁机轴，近于余所谓以书为本、以事为料者，君又能以意为匠，书与料将受役于君矣。或曰：子评硕师鸿儒也甚严，取羁人幽士也太宽，可乎哉？余曰：子论人，余论诗，奚为不可？

  （宋）刘克庄《跋何谦诗》，《后村先生大全集》卷一百〇六，《四部丛刊》本

士之有志于为善,而数奇不偶,终不能略展素蕴者,其胸中愤怨不平之气,无所舒吐,未尝不形于篇咏、见于著述者也。此《说难》、《孤愤》、《离骚》、《国语》所由作也。

       (宋)黄彻《䂬溪诗话·自序》,《历代诗话续编》本

自古工诗者,未尝无兴也。观物有感焉,则有兴。今之作诗者,以兴近乎讪也,故不敢作,而诗之一义废矣!

       (宋)葛立方《韵语阳秋》卷第二,《历代诗话》本

仲尼氏而下,文有法而无作。仲尼之门,游、夏以文学称,未闻其执笔命题而作文也。物感于我,我应之以理而辞之耳,岂校其辞之工拙哉?是以六经之文,经天地,贯万世,与博厚高明并而不朽也。

    (元)郝经《文说送孟驾之》,《郝文忠公陵川文集》卷二十二,清刊本

气有所抑而难宣,意有所未喻,时有所触,物有所感,事有所不可直指,形之为诗,则一言片语而尽之矣。故揪华为实,锻粗为精,文约而义博,辞近而旨远,惟诗为然。

    (元)方回《仇仁近百诗序》,《桐江续集》卷三十,《四库全书珍本》初集本

诗固有不得不如禅者也。今夫山川草木,风烟云月,皆有耳目所共知识,其入于吾语也,使人爽然而得其味于意外焉,悠然而悟其境于言外焉,矫然而其趣其感他有所发者焉,夫岂独如禅而已?禅之捷解,殆不能及也。然禅者借溟涬以使人不可测,诗者则眼前景、望中兴、古今之情然,使觉者咏歌之、嗟叹之,至于手舞足蹈而不能已。登高望远,兴怀触目,百世之上,千载之下,不啻如自其口出,诗之禅至此极矣。

    (元)刘将孙《如禅集序》,《养吾斋集》卷十,《四库全书珍本》初集本

古之善为诗者,常托物以起兴,而后得以推致其性情而极夫咏歌舞蹈之盛,若思兰之亭者,其诸异乎修短之感,玩物之为乎?

      (元)虞集《思兰亭记》,《道园学古录》卷八,《四部备要》本

古之立言者，岂得已哉？设使道行于当时，功被于生民，虽无言可也。其负经济之才而弗克有所施，不得已而形于言，庶几后之人或行之，亦不翅亲展其学，可以汲汲遑遑弗忍释者，其志盖如是而已。奈何近代多藉哗世取宠之具，褒扬于赠饯之夫，献谀于泉下之鬼。组织绮丽，张浮驾诞，以为能举世安之，曾无有非之者。予不知古之立言者，还果如斯否乎？

（明）宋濂《守斋类稿序》，《宋学士全集》卷七，《丛书集成》本

予闻《国风》、《雅》、《颂》之体也，而美刺风戒则为作诗者之意。故怨而为《硕鼠》、《北风》，思而为《黍苗》、《甘棠》，美而为《淇澳》、《缁衣》，油油然感生于中而形为言。其谤也，不可禁；其歌也，不待劝。故嘤嘤之音生于春，而恻恻之音生于秋，政之感人，犹气之感物也。是故先王陈列国之诗，以验风俗、察治忽。公卿大夫之耳可聩，而匹夫匹妇之口不可杜，天下之公论，于是乎在。吁，可畏哉！

（明）刘基《书绍兴府达鲁花赤九十子阳德政诗后》，《诚意伯文集》卷七，《四部丛刊》本

诗固未易知也。三经三纬之体，已备于《三百篇》中。然当时自朝廷公卿大夫以及闾巷匹夫匹妇，因时之治乱，政之得失，蓄于中而泄于外，如天风之振，不能不为之声，而不知声之所出；海涛之涌，不能不为之文，而不知文之所成。于是叶而歌之，用于闺门乡党邦国，而兴起人心，使有劝惩矣。

（明）贝琼《陇上白云诗稿序》，《清江贝先生文集》卷三十九，《四部丛刊》本

古人之于诗，不专意而为之也。《国风》之作，发于性情之不能已，岂以为务哉！后世始有名家者，一事于此而不他，疲殚心神，搜括万象，以求工于言谈之间。

（明）高启《缶鸣集自序》，《高太史大全集》卷首，《四部丛刊》本

"不如归去！不如归去！"一声动我愁，二声伤我虑，三声思逐白云飞，四声梦绕荆花树，五声落月照疏棂，想见当年弄机杼。六声泣血溅花枝，恐污阶前兰菌紫。七八九声不忍闻，起坐无言泪如雨。忆昔在家未远游，每听鹃声无点愁。今日身在金陵上，始信鹃声能白头。

（明）方孝孺《闻鹃》，《逊志斋集》卷二十四，《四部备要》本

李子曰：曹县盖有王叔武云，其言曰：夫诗者，天地自然之音也。今途咢而巷讴，劳呻而康吟，一唱而群和者，其真也，斯之谓风也。孔子曰："礼失而求之野。"今真诗乃在民间。而文人学子，顾往往为韵言，谓之诗。夫孟子谓《诗》亡然后《春秋》作者，雅也。而风者亦遂弃而不采，不列之乐官。悲夫！李子曰：嗟！异哉！有是乎？予尝聆民间音矣，其曲胡，其思淫，其声哀，其调靡靡，是金、元之乐也，奚其真？王子曰：真者，音之发而情之原也。古者国异风，即其俗成声。今之俗既历胡，乃其曲乌得而不胡也？故真者，音之发而情之原也，非雅俗之辩也。且子之聆之也，亦其谱，而声者也，不有卒然而谣，勃然而讹者乎！莫之所从来；而长短疾徐无弗谐焉，斯谁使之也？李子闻之，矍然而兴曰：大哉！汉以来不复闻此矣！

王子曰：诗有六义，比兴要焉。夫文人学子，比兴寡而直率多。何也？出于情寡而工于词多也。夫途巷蠢蠢之夫，固无文也。乃其讴也，咢也，呻也，吟也，行咕而坐歌，食咄而寤嗟，此唱而彼和，无不有比焉兴焉，无非其情焉，斯足以观义矣。故曰：诗者，天地自然之音也。李子曰：虽然，子之论者，《风》耳。夫《雅》、《颂》不出文人学子手乎？王子曰：是音也，不见于世久矣，虽有作者，微矣！

李子于是怃然失，已洒然醒也。于是废唐近体诸篇，而为李、杜歌行。王子曰：斯驰骋之技也。李子于是为六朝诗。王子曰：斯绮丽之余也。于是诗为晋、魏。曰：比辞而属义，斯谓有意。于是为赋、骚。曰：异其意而袭其言，斯谓有蹊。于是为琴操、古歌诗。曰：似矣，然糟粕也。于是为四言，入《风》出《雅》。曰：近之矣，然无所用之矣，子其休矣……李子闻之惧且惭。曰：予之诗，非真也。王子所谓文人学子韵言耳，出之情寡而工之词多者也。然又弘治、正德间诗耳，故自题曰《弘德集》。每自欲改之以求其真，然今老矣！曾子曰："时有所弗及"，学之谓哉。

（明）李梦阳《诗集自序》，《李空同全集》卷五十，明刊本

诗则尤未易言者，感物造端，因声附气，调逸词雄，情幽兴远，风神气骨，超脱尘凡，非胸中备万物者，不能为诗之方家。

（明）李开先《海岱诗集序》，《李开先集》，中华书局本

曩予有诗二句："煦日花间转，光风草际回。"自谓寻常不足观，荆川独爱而诵之。丁巳春，宴客城南台上，风景适与诗合，遂足成一章，兼及荆川。据诵诗之日，迄今二十五年矣，再加此数，则人各八十上下，未来事安得而知之。道远别文，抚景兴思，此诗亦情不能已尔。

（明）李开先《春日台集忆唐荆川有序》，《李开先集》，中华书局本

明公不以仆单外无所底，猥遗大篇数百万言，流览多端，莫循其以。猥承长者之问。闻之，凡物气而生象，象而生画，画而生书，其嗷生乐。精其本，明其末，故气有微，声有类，象有则，书成其文，有质有风有光有响。羲唐老孔所不容言。其下庄管，离骚，二招，李斯邹阳之书，左迁之史，马扬之赋，枚乘之七，苏李，十九首诗，王骆崔颢长篇，王质夫杂伎，其于四者，秋晔无衰，行其自然，变蔿横极。余于四者偏有短长，今时而灭。仆弱冠时，一被楚词琴声，无殊重华语乐，"声依永"，希微在兹。至于律尺，今古绵渺。管子吕览，度数律元，已有殊论。迁歆而后，愈益悠缪，礼失求之野，乐失求之戎，大食鸡沙，犹可按压至中。

（明）汤显祖《答列子或侍御论乐》，《汤显祖诗文集》卷四十四，上海古籍出版社本

天地以精英之气赋于人，而人钟是气也，养之全，充之盛，至于彪炳闳肆而不可遏，往往因感而发，以宣造化之机，述人情物理之宜，达礼乐刑政之具，而文章兴焉。

（明）彭时《文章辨体序》，《文章辨体序说》卷首，人民文学出版社本

诗者，始于舜皋之赓歌，三代列国，风雅继作，今之三百五篇是也。其句法自三字至八字，皆起于此。三字句若"鼓咽咽，醉言归"之类；

四字句若"关关雎鸠,在河之洲"之类;五字句若"谁谓雀无角,何以穿我屋"之类;七字句若"交交黄鸟止于棘"之类;八字句若《十月之交》曰"我不敢效我友自逸"之类。汉魏以降,格致寖多。自唐迄于国朝,而体制大备矣。

　　　　　(明)吴讷《文章辨体序说·诸儒总论作文法》,人民文学出版社本

　　或谓大岕屈首就五斗春谷喉冲地,簿书鞅掌,何暇拈韵,事不知韵事何常,但得韵人,自饶千古。陵阳多胜迹,工山漳水,削翠拖蓝,太白之酒坊,笑语未断,明远之旅寓,鳞猎为新。大岕胸盘丘壑,笔吐云烟,江花队陶柳,正凫鸟仙仙之始,丰闻亭上,得句应多,当马游草竞鸣,鱼筒不远,托清弋而时时广我,则所谓邀天之幸,予日望之矣。

　　　　　(明)王思任《云霞馆游草序》,《王季重十种》,清刊本

　　文章之托生,与人无异。有从天而下者,有从星辰岳渎而降者,有仙佛度世者,有神道转轮者,有龙鬼精怪投胎吐气者。天之文大而近,星辰岳渎之文奥而尊,仙佛文文旨而导,神道之文肃而准,龙鬼精怪之文奇而幻,吾以《五经》窥之,《易》为天书,为星辰岳渎,《诗》、《礼》为仙、佛,《春秋》为神道,而龙鬼精怪之文,逃梁佻佻,每见于诸子百家。盖此数族,实出一冶,虽带乾坤之驳气,而原夺乾坤之间气,正未易材也。

　　　　　(明)王思任《徐文长逸稿序》,《王季重十种》,清刊本

　　环天壤间,皆声诗之府,而猎奇振藻者之所必资也。故情以遇迁,景缘神会,本之王窍,吐为完音。夫固意匠之自然,而性灵之妙解也。然非有逸尘之抱,则化境莫臻,诗可易言乎?

　　　　　(明)艾穆《十二吟稿原序》,《大隐楼集》卷首,民国初刊本

　　抑古之比兴,非以能言为妙,以不能不言者之为妙也。此所谓发乎情也。

　　　　　(明)胡翰《童中洲和陶诗后跋》,《皇明文衡》卷四十五,《四部丛刊》本

忿之激于中者，必征于辞色。征诸色，其发疾以暴；征诸辞，其旨婉以深。稽之往古，蔺相如忿秦之欺赵，欲以头与玉俱碎；樊哙忿鸿门之背盟，拔剑瞋目以胁楚王，征诸色者也。《国风》叹荟蔚之朝际，楚《骚》悲葏葹之盈室，征诸辞者也。色之所发，虽足以快意于一时，而辞之所寓，诚足以垂戒于万世，其浅深固不可同日语也。

（明）黄淮《题六桧堂卷》，《皇明文衡》卷四十八，《四部丛刊》本

古之为诗者，必有深情蓄积于内，奇遇薄射于外，轮囷结辖，朦胧萌折，如所谓惊澜奔湍，郁闭而不得流；长鲸苍虬，偃塞而不得伸；浑金璞玉，泥沙掩匿而不得用；明星皓月，云阴蔽蒙而不得出。于是乎不能不发之为诗，而其诗亦不得不工。其不然者，不乐而笑，不哀而哭，文饰雕缋，词虽工而行之不远，美先尽也。

（清）钱谦益《虞山诗约序》，《牧斋初学集》卷三十二，上海古籍出版社本

苏子瞻叙南行集曰："昔之为文者，非能为之为工，乃不能不为之为工也。"古之人，其胸中无所不有，天地之高下，古今之往来，政治之污隆，道术之醇驳，苞罗旁魄，如数一二。及其境会相感，情伪相逼，郁陶驰荡，无意于文，而文生焉，此所谓不能不为者也。古之善为诗者，挖奇抉怪，刻肾濯腑，铿锵足以发金石，幽眇足以感鬼神，尝试诵读而歌咏之，平心而思其所怀来，皆发抒其中之所有，而邂会其境之所不能无。求其一字一句出于安排而成于补缀者无有也。如其不然，而以能为之为工，则为剽贼，为涂抹，为捃拾补缀，譬诸穷子乞儿，沾人之贱膏冷炙，自以为厌饫，而终身不知大庖为何味也，可不悲哉！

（清）钱谦益《瑞芝山房初集序》，《牧斋初学集》卷三十三，上海古籍出版社本

孚先论诗，大意谓声音之正变、体制之悬殊，不特中、晚不可为初、盛，即风、雅、颂亦自有迥然不同者。若身之所历，目之所触，发于心，著于声，迫于中之不能自已，一倡而三叹，不啻金石县而宫商鸣也；斯亦奚有今昔之间，盖情之至真，时不我限也。斯论美矣。然而正自有说，嗟

乎，盖难言之矣！情者，可以贯金石，动鬼神。古之人情与物相游，而不能相舍，不但忠臣之事其君，孝子之事其亲，思妇劳人结不可解，即风云月露，草木虫鱼，无一非真意之流通，故无溢言曼辞以入章句，无谄笑柔色以资应酬，唯其有之，是以似之。今人亦何情之有，情随事转，事因世变，干啼湿哭，总为肤受，即其父母兄弟亦若败梗飞絮，适相遭于江湖之上。劳苦倦极，未尝不呼天也；疾痛惨怛，未尝不呼父母也。然而习心幻结，俄倾销亡，其发于心著于声者，未可便谓之情也。由此论之，今人之诗非不出于性情也，以无性情之可出也。

（清）黄宗羲《黄孚先诗序》，《南雷文案》卷二，《四部丛刊》本

古人不言诗而有诗，今人多言诗而无诗。其故何也？其所求之者非也。上者求之于景，其次求之于古，又其次求之于好尚。以花鸟为骨，烟月为精神，诗思得之灞桥驴背，此求之于景者也。赠别必欲如苏、李，酬答必欲如元、白，游山必欲如谢，饮酒必欲如陶，忧悲必欲如杜，闲适必欲如李，此求之于古者也。世以开元、大历之格绳作者，则迎之而为浮响；世以公安、竟陵为解脱，则迎之而为率易，为混沦，此求之于一时之好尚者也。夫以己之性情，顾使之耳目口鼻皆非我有，徒为殉物之具，宁复有诗乎！

（清）黄宗羲《金介山诗序》，《黄梨洲文集》，中华书局本

文生于情，情生于境。哀乐者，情之至也。莫哀于湘累《九歌》、《天问》，江潭之放为之也。莫乐于蒙庄《逍遥》、《秋水》，濠上之游为之也。推而龙门之史，茂陵之赋，青莲、浣花之诗，右军、长史之书，虎头、龙眠之画，无不由哀乐而出者。

（清）尤侗《苍桐词序》，《西堂杂俎三集》卷三，清刊本

含情而能达，会景而生心，体物而得神，则自有灵通之句，参化工之妙。若但于句求巧，则性情先为外荡，生意索然矣。"松陵体"永堕小乘者，以无句不巧也。然皮、陆二子，差有兴会，犹堪讽咏。若韩退之以险韵、奇字、古句、方言矜其饾饤之巧，巧诚巧矣，而于心情兴会，一无所涉，适可为酒令而已。黄鲁直、米元章益堕此障中。近则王谑庵承其下

游,不恤才情,别寻蹊径,良可惜也。

(清)王夫之《薑斋诗话》卷二,人民文学出版社本

"僧敲月下门",只是妄想揣摩,如说他人梦,纵令形容酷似,何尝毫发关心?知然者,以其沉吟"推敲"二字,就他作想也。若即景会心,则或"推"或"敲",必居其一,因景因情,自然灵妙,何劳拟议哉?"长河落日圆",初无定景;"隔水问樵夫",初非想得。则禅家所谓"现量"也。

(清)王夫之《薑斋诗话》卷二,人民文学出版社本

鸟鸣于春,虫鸣于秋,觱发栗烈风之声也,及冬加厉。因时而触,迫乎其不得已,古之人于诗亦然。而后世摹而效之,不春而鸟,不秋而虫,失其质矣。然效之工者,春而闻觱发之风,冬而百鸟和鸣,变四时之气,造万物之情,是亦不可以废也。譬于自然,所谓因时而触,迫乎其不得已者,则其相为工也盖远。

(清)魏僖《听鹂轩诗叙》,《魏叔子文集》卷九,清刊本

原夫作诗者之肇端而有事乎此也,必先有所触以兴起其意,而后措诸辞,属为句,敷之而成章。当其有所触而兴起也,其意、其辞、其句,劈空而起,皆自无而有,随在取之于心;出而为情、为景、为事,人未尝言之,而自我始言之。故言者与闻其言者,诚可悦而永也。使即此意、此辞、此句虽有小异,再见焉,讽咏者已不击节;数见,则益不鲜;陈陈踵见,齿牙余唾,有掩鼻而过耳。譬之上古之世,饭土簋,啜土铏,当饮食未具时,进以一脔,必为警喜;逮后世膻腾鱼脍之法兴,罗珍搜错,无所不至,而犹以土簋土铏之庖进,可乎?

(清)叶燮《原诗·内篇上》,人民文学出版社本

曰理、曰事、曰情,此三言者足以穷尽万有之变态。凡形形色色,音声状貌,举不能越乎此,此举在物者而为言,而无一物之或能去此者也。

(清)叶燮《原诗·内篇下》,人民文学出版社本

曾听巴渝里社词,三闾哀怨此中遗。诗情合在空船峡,冷雁哀猿和

竹枝。

（清）王士禛《戏效元遗山论诗绝句三十六首》之三十四，《带经堂集》卷十四，清刊本

强为七言长古诗者，如瞽者入市，唱叫不休；强为五言短古诗者，如贫士乞怜，有言不尽。皆足以资笑噱。若近体诗涂朱傅白，搔头弄姿者，勿与知可也。

千顷之陂，不可清浊。天姿国色，粗服乱头亦好。皆非有意为之也。储水者期于江湖，而必使之索洄澄澈，是终为溪沼耳。

（清）赵执信《谈龙录》，《清诗话》本

乐府之妙，全在繁音促节，其来于于，其去徐徐，往往于回翔屈折处感人，是即依永和声之遗意也。齐、梁以来，多以对偶行之，而又限以八句，岂复有咏歌嗟叹之意耶？

（清）沈德潜《说诗晬语》卷上，《清诗话》本

《诗》三百篇，可以被诸管弦，皆古乐章也。汉时诗乐始分，乃立乐府，《安世房中歌》，系唐山夫人所制，而清调、平调、瑟调，皆其遗音，此《南》与《风》之变也。朝会道路所用，谓之《鼓吹曲》军中马上所用，谓之横吹曲，此《雅》之变也。武帝以李延年为协律都尉，与司马相如诸人略定律吕，作十九章之歌，以正月上辛用事，此《颂》之变也。汉以后因之，而节奏渐失。

（清）沈德潜《说诗晬语》卷上，《清诗话》本

乙未丙申间，予辈数人为文字之会，暇即相与赋诗为乐，酒阑灯灺，逸韵横飞，必推周兄穆门为首唱。穆门诗主气格，以豪健为尚，淋漓排奡，往往一座尽倾，诗成每击节自歌，渊渊乎声若出金石，予辈亦从而和之，少年气盛曾不知老之将至也。未几各以事散去。穆门方且临易水，上金台，久之无所遇，遂走秦晋之郊，极乎河湟关塞而止。天时之昭晦，山川之险易，人事之变迁，无不于诗发之。其豪也根于理，其健也阅乎境，岑杜储王之遗响，若去人不远。进而赓歌：雅，颂扬清庙，亦复何让，而

穆门终以不遇旧偃乎家巷以殁，岂非识曲听真者寡欤！

（清）厉鹗《无悔斋诗集序》，《樊榭山房文集》卷三，《四部备要》本

今之莺花，岂古之莺花乎？然而不得谓今无莺花也；今之丝竹，岂古之丝竹乎？然而不得谓今无丝竹也。天籁一日不断，则人籁一日不绝。孟子曰："今之乐犹古之乐。"乐即诗也。

（清）袁枚《答沈大宗伯论诗书》，《小仓山房文集》卷十七，《四部备要》本

故善为诗者，其思浚发于性灵，其意陶熔于学问。凡物色之感于外，与喜怒哀乐之动于中者，两相薄而发为歌咏，如风水相遭，自然成文；如泉石相舂，自然成响。刘勰所谓"情往似赠，兴来如答"，盖即此意。岂步步趋趋，摹拟刻画，寄人篱下者所可拟哉！

（清）纪昀《清艳堂诗序》，《纪文达公遗集》卷九，清刊本

三代以前，诗即是乐，乐即是诗。若离诗而言乐，是犹大风吹窍，往而不返，不得为乐也。故诗者，天地自然之乐也。有人焉为之节奏，则相合而成焉。

（清）李调元《雨村诗话》卷上，《清诗话续编》本

盖尝观于山下出泉，沙石隐显，流注曲直，因微渐著，而知江河舟楫之原始也；观于孩提呕哑，有声无言，形揣意求，而知文章著述之最初也。

（清）章学诚《文史通义·说林》，中华书局本

论曰：赋乌乎统？曰：统乎志。志乌乎归？曰：归乎正。夫民有感于心，有慨于事，有达于性，有郁于情，故有不得已者，而假于言。言，象也。象必有所寓。其在物之变化，天之漻漻，地之嚣嚣，日出月入，一幽一昭，山川之崔蜀杳伏，畏佳林木，振硪溪谷……人事老少，生死倾植，礼乐战斗，号令之纪，悲愁劳苦，忠臣孝子，羁土寡妇，愉佚愕骇，有动于中。久而不去，然后形而为言，于是错综其词，回互其理，铿锵其音，

以求理其志。

（清）张惠言《七十家赋钞目录序》，《茗柯文编》初编，上海古籍出版社本

无所触发，摇笔便吟，村学究幕宾之流耳，何所取哉？横山先生有云："必先有所触而兴起，其意、其辞、其句劈空而起，皆自无而有，随在取之于心；出而为情、为景、为事，人未尝言之，而自我始言之。故言者与闻其言者，诚可悦而永也。"余作《九秋》诗，因大有触发，遂多刨获，益信先生之言不虚也。

（清）薛雪《一瓢诗话》，人民文学出版社本

此事原非俗士知，何须刻烛强为之。尖义竟病全无碍，怕读人间趁韵诗。

（清）张问陶《论诗十二绝句》之九，《船山诗草》卷十一，清刊本

诗发乎情，故能感人之情。欢娱疾苦之词，皆情之所不可假者；非若嘲风弄月，可以妆点而成也。

（清）方薰《山静居诗话》，《清诗话》本

在外者物色，在我者生意，二者相摩相荡而赋出焉。若与自家生意无相入处，则物色只成闲事，志士遑问及乎？

（清）刘熙载《艺概·赋概》，上海古籍出版社本

《诗纬·含神雾》曰："诗者，天地之心。"文中子曰："诗者，民之性情也。"此可见诗为天人之合。

（清）刘熙载《艺概·诗概》，上海古籍出版社本

学书者有二观：曰观物，曰观我。观物以类情，观我以通德。如是则书之前后莫非书也，而书之时可知矣。

（清）刘熙载《艺概·书概》，上海古籍出版社本

书当造乎自然。蔡中郎但谓书肇于自然，此立天定人，尚未及乎由人

复天也。

（清）刘熙载《艺概·书概》，上海古籍出版社本

字画之长短肥瘠，无取意同，但观鸟行虫食之迹可悟。

（清）刘熙载《艺概·书概》，上海古籍出版社本

《宋书》：沈庆之手不知书，目不识字，世祖逼令作诗，庆之口授颜师伯曰："微命值多幸，得逢时运昌。朽老筋力尽，徒步还南冈。辞荣此圣世，何愧张子房。"庆之常言："众人虽见古今，不如下官耳学也。"北齐斛律金不解书，乃其作《敕勒歌》曰："敕勒川，阴山下，天似穹庐，笼盖四野。天苍苍，野茫茫，风吹草低见牛羊。"为一时乐府之冠。又《随园诗话》载有樵夫哭母作《长相思》，词云："叫一声，哭一声，儿的声音娘惯听，如何娘不应？"自然音节，所谓天籁非耶？

（清）梁绍壬《两般秋雨盫随笔》卷二，《笔记小说大观》本

（2）文思来自生活

如周乎万物，而道济天下，故不过。

（先秦）《周易》卷七，《十三经注疏》本

……不学操缦，不能安弦；不学情依，不能安诗。

（先秦）《礼记·学记》，《十三经注疏》本

男女有所怨恨，相从而歌。饥者歌其食，劳者歌其事。

（汉）何休《春秋公羊传·宣公十五年解诂》，《十三经注疏》本

沈氏答甄公论云："昔神农重八卦，卦无不纯，立四象，象无不象。但能作诗，无四声之患，则同诸四象。四象既立，万象生焉；四声既周，群声类焉。经典史籍，唯有五声，而无四声。然则四声之用，何伤五声也？五声者，宫商角徵羽，上下相应，则乐声和矣；君臣民事物，五者相得，则国家治矣。作五言诗者，善用四声，则讽咏而流靡；能达八体，则陆离而华洁。明各有所施，不相妨废。昔周、孔所以不论四声者，正以春为阳中，德泽不偏，即平声之象；夏草木茂盛，炎炽如火，即上声之象；

秋霜凝木落，去根离本，即去声之象；冬天地闭藏，万物尽收，即入声之象。以其四时之中，合有其义，故不标出之耳。是以《中庸》云：'圣人有所以（以字衍）不知，匹夫匹妇犹有所知焉。'斯之谓也。"

　　　　　　（唐）［日］弘法大师《文镜秘府论·天卷·四声论》，《文镜秘府论校注》，中国社会科学出版社本

　　譬夫涉海求鱼，登山采木，至于鳞介脩短，柯条巨细，盖在择之而已。苟为鱼人匠者，何虑山海之贫罄哉？

　　　　　　　　　　　（唐）刘知幾《史通·书志》，《四部备要》本

　　曾为掾吏趋三辅，忆在潼关诗兴多。

　　　　　　　（唐）杜甫《峡中览物》，《杜诗详注》卷十五，中华书局本

　　天宝丙戌中，元子浮隋河，至淮阴间。其年水坏河防，得隋人冤歌五篇，考其歌义，似冤怨时主，故广其意，采其歌，为闵荒诗一篇，其余载于异录。

　　　　　　（唐）元结《闵荒诗序》，《元次山集》卷二，中华书局本

　　李君读书为诗有干局。久游燕魏赵代间，知人情，识地利，能言其故。以是入都干丞相，益国事，不求获乎己，而已以有获。予嫉其不为是久矣，今而曰将行，请余以言。行哉行哉，言止是而已。

　　　　　　（唐）柳宗元《送李渭赴京师序》，《柳河东集》卷二十三，上海人民出版社本

　　贞元、元和之际，予在长安。闻见之间，有足悲者。因直歌其事，命为《秦中吟》。

　　　　　　（唐）白居易《秦中吟十首·序》，《白居易集》卷二，中华书局本

　　臣九岁学诗，少经贫贱；十年谪宦，备极栖惶。凡所为文，多因感激。故自古风诗至古今乐府，稍存寄兴，颇近讴谣，虽无作者之风，粗中遒人之采。

　　　　　　（唐）元稹《进诗状》，《元稹集》卷三十五，中华书局本

其文危苦激切，悲忧酸伤于性命之际……次山之作，其绵远长大，以自然为祖，元气为根。

> （唐）李商隐《容州经略使元结文集后序》，《樊南文集详注》，《四部备要》本

所以吾唐风，直将三代甄。被此文物盛，由乎声诗宣。采彼风人谣，辂轩轻似鹢。丽者固不舍，鄙者亦为铨。其中有鉴戒，一一堪雕镌。

> （唐）皮日休《鲁望昨以五百言见贻，过有褒美，内揣庸陋，弥增愧悚，因成一千言，上述吾唐文之盛，次叙相得之欢，亦迭和之微旨也》，《全唐诗》卷六百〇九，中华书局本

愚幼常自负，既久而逾觉缺然。然得于早春，则有"草嫩侵沙短，冰轻著雨销"。又"人家寒食月，花影午时天"。又"雨微吟足思，花落梦无憀"。得于山中，则有"坡暖冬生笋，松凉夏健人"。又"川明虹照雨，树密鸟冲人"。得于江南，则有"戍鼓和潮暗，船灯照岛幽"。又"曲塘春尽雨，方响夜深船"。又"夜短猿悲减，风和鹊喜灵"。得于塞下，则有"马色经寒惨，雕声带晚饥"。得于丧乱，则有"骅骝思故第，鹦鹉失佳人"。又"鲸鲵入海涸，魑魅棘林高"。得于道宫，则有"棋声花院闭，幡影石幢幽"。得于夏景，则有"地凉清鹤梦，林静肃僧仪"。得于佛寺，则有"松日明金象，苔龛响木鱼"。又"解吟僧亦俗，爱舞鹤终卑"。得于郊园，则有"远陂春旱渗，犹有水禽飞"。得于乐府，则有"晚妆留拜月，春睡更生香"。得于寂寥，则有"孤萤出荒池，落叶穿破屋"。得于惬适，则有"客来当意惬，花发遇歌成"。虽庶几不滨于浅涸，亦未废作者之讥诃也。又七言云："逃难人多分隙地，放生鹿大出寒林"。又"得剑乍如添健仆，亡书久似忆良朋"。又"孤屿池痕春涨满，小栏花韵午晴初"。又"五更惆怅回孤枕，犹自残灯照落花"。又"殷勤元旦日，歌舞又明年"。皆不拘于一概也。

> （唐）司空图《与李生论诗书》，《司空表圣文集》卷二，《四部丛刊》本

嗟嗟汉贾谊，年少谪南荒。故有《鵩鸟赋》，倚伏理甚详。

> （宋）王禹偁《闻鸮有序》，《小畜集》卷五，《四部丛刊》本

我思永叔滁阳时，大夸古翠菱溪荻，作诗远寄予与苏，高唱相随无节拍。今知贤人趣向同，玩好托情亡俗格。建康从事胡公疏，一见诧君如李白，雄才落笔泻天河，缀韵孤清仍险窄。入探虎穴谁为难，辞通造代方能敌，殿后吾虽胆力强，独鞭疲马终无益。

　　　　　　　（宋）梅尧臣《胡公疏示祖择之卢氏石诗和之》，《梅尧臣集编年校注》卷二十五，上海古籍出版社本

　　我欲之许子有赠，为我为学勿所偏。诚知子心苦爱我，欲我文字无不全。居常见我足吟咏，乃以述作为不然。始曰子知今则否？固亦未能无谕焉。我于诗言岂徒尔，因事激风成小篇。辞虽浅陋颇克苦，未到二雅未忍捐。安取唐季二三子，区区物象磨穷年。苦古著书岂无意，贫希禄廪尘俗牵。书辞辩说多碌碌，吾敢虚语同后先。唯当稍稍缉铭志，愿以直法书诸贤。恐子未谕我此意，把笔慨叹临长川。

　　　　　　　（宋）梅尧臣《答裴送序意》，《宛陵先生集》卷二十五，《四部丛刊》本

　　孟郊、贾岛皆以诗穷至死，而平生尤自喜为穷苦之句。孟有《移居诗》云："借车载家具，家具少于车。"乃是都无一物耳。又《谢人惠炭》云："暖得曲身成直身。"人谓非其身备尝之不能道此句也。贾云："鬓边虽有丝，不堪织寒衣。"就令织得，能得几何？又其《朝饥诗》云："坐闻西床琴，冻折两三弦。"人谓其不止忍饥而已，其寒亦何可忍也。

　　　　　　　（宋）欧阳修《六一诗话》，人民文学出版社本

　　唐人作富贵诗，多纪其奉养器服之盛，乃贫眼所惊耳。如贯休《富贵诗》云："刻成筝柱雁相挨。"此下里鬻弹者皆有之，何足道哉！又韦楚老《蚊诗》云："十幅红绡围夜玉。"十幅红绡为帐，方不及四五尺，不知如何伸脚？此所谓不曾近富儿家。

　　　　　　　（宋）沈括《梦溪笔谈》卷十四，《梦溪笔谈校证》，中华书局本

　　物有畛而理无方，穷天下之辩不足以尽一物之理，达者寓物以发其辩，则一物之变可以尽南山之竹。学者观物之极而游于物之表，则何求而

不得。故轮扁行年七十而老于斫轮，庖丁自技而进乎道，由此其选也。

（宋）苏轼《书黄道辅品茶要录后》，《东坡题跋》卷一，《丛书集成》本

蜀中有杜处士好书画，所宝以百数。有戴嵩牛一轴，尤所爱，锦囊玉轴常以自随，一日曝书画，有一牧童见之，拊掌大笑曰：此画斗士也。牛斗力在角，尾搐入两股间，今乃掉尾而斗，谬矣。处士笑而然之。古语有云：耕当问奴，织当问婢，不可改也。

（宋）苏轼《书戴嵩画牛》，《东坡题跋》卷五，《丛书集成》本

潭潭古屋云幕垂，省中文书如乱丝，忽见伯时画天马，朔风胡沙生落锥。天马西来从西极，势与落日争分驰。龙膺豹股头八尺，奋迅不受人间羁，元狩虎脊聊可友，开元玉花何足奇。伯时有道真吏隐，饮啄不羡山梁雌。丹青弄笔聊尔耳，意在万里谁知之。韩惟画肉不画骨，而况失实空留皮。烦君巧说腹中事，妙语欲遣黄泉知。君不见韩君自言无所学，厩马万匹皆吾师。

（宋）苏轼《次韵子由书李伯时所藏韩干马》，《苏轼诗集》卷二十八，中华书局本

辙生十有九年矣。其居家所与游者，不过其邻里乡党之人，所见不过数百里之间，无高山大野，可登览以自广；百氏之书，虽无所不读，然皆古人之陈迹，不足以激发其志气。恐遂汩没，故决然舍去，求天下奇闻壮观，以知天地之广大。过秦汉之故都，恣观终南、嵩、华之高，北顾黄河之奔流，慨然想见古之豪杰。至京师，仰观天子宫阙之壮，与仓廪、府库、城池、苑囿之富且大也，而后知天下之巨丽。见翰林欧阳公，听其议论之宏辩，观其容貌之秀伟，与其门人贤士大夫游，而后知天下之文章聚乎此也。

（宋）苏辙《上枢密韩太尉书》，《栾城集》卷二十二，《四部备要》本

刘器之谓马永卿云："……其后孔子年五十余，方历聘诸国十有四年，而归鲁时孔子年六十八岁，乃始删《诗》、《书》，系《周易》，作

《春秋》。只数年间，了却一生著述。盖是时学问成矣，涉世深矣，故其述作始可为万世法。譬如积水，千仞之源，一日决之，滔滔汩汩，直至于海，其源深矣。若夫潢潦之水，乍盈乍涸，终不能有所至者，其源浅也。古人著书，多在暮年，盖为此也。"

（宋）王正德《余师录》卷二，《丛书集成》本

司马迁年二十，南游江淮，上会稽，探禹穴，窥九疑，浮沅湘，北涉汶泗，讲业齐鲁之郊，过梁楚，西使巴蜀，天下靡所不至。晚年方敢论次前世，著书成文，天文地理，古今治忽，无所不总。故学者居一室之内，守简策，胶旧闻，任独以决天下事，鲜有不谬者。

（宋）王正德《余师录》卷二，《丛书集成》本

堪笑臞仙也耐寒，飞花端合上楼看。深知壮观增诗律，洗尽元和到建安。

（宋）陈与义《周严潜雪中过门不我顾，遂登西楼作诗见寄，次韵谢之三首》之二，《陈与义集》卷二十，中华书局本

《古柏》云："大厦如倾要梁栋，万牛回首邱山重。"此贤者之难进易退，非其招不往者也。又云："不露文章世已惊，未辞翦伐谁能送。"先器识，后文艺，与浮躁衒露者异矣。

（宋）黄彻《䂬溪诗话》卷第五，《历代诗话续编》本

东坡称陶靖节诗云："'平畴交远风，良苗亦怀新。'非古之耦耕植杖者，不能识此语之妙也。"仆居中陶，稼穑是力。秋夏之交，稍旱得雨，雨余徐步，清风猎猎，禾黍竞秀，濯尘埃而泛新绿，乃悟渊明之句善体物也。

（宋）张表臣《珊瑚钩诗话》卷一，《历代诗话》本

王介甫只知巧语之为诗，而不知拙语亦诗也；山谷只知奇语之为诗，而不知常语亦诗也。欧阳公诗，专以快意为主；苏端明诗，专以刻意为工；李义山诗，只知有金玉龙凤；杜牧之诗，只知有绮罗脂粉；李长吉诗，只知有花草蜂蝶；而不知世间一切皆诗也。惟杜子美则不然，在山林

则山林，在廊庙则廊庙，遇巧则巧，遇拙则拙，遇奇则奇，遇俗则俗，或放或收，或新或旧，一切物，一切事，一切意，无非诗者，故曰："吟多意有余"，又曰："诗尽人间兴"，诚哉是言。

（宋）张戒《岁寒堂诗话》卷上，《历代诗话续编》本

《漫叟诗话》云："江为有诗：'吟登萧寺旃檀阁，醉倚王家玳瑁筵。'或谓作此诗者决非贵族。或人评'轴装曲谱金书字，树记花名玉篆牌'，乃乞儿口中语。"苕溪渔隐曰："《青箱杂记》亦载此事，乃元献云此诗乃乞儿相，未尝识富贵者。"

（明）胡仔《苕溪渔隐丛话》前集卷二十六，人民文学出版社本

《王直方诗话》云："王禹玉诗世号至宝丹，以其多使珍宝，如黄金必以白玉为对。有人云：'诗能穷人，且试强作些富贵语看如何？'其人数日搜索，云，止得一联曰：'胫挺化为红玳瑁，眼睛变作碧琉璃。'为之绝倒。"

（明）胡仔《苕溪渔隐丛话》前集卷二十六，人民文学出版社本

汉嘉山水邦，岑公昔所寓。公诗信豪伟，笔力追李杜。常想从军时，气无玉关路（公诗多从戎西边时所作）。至今蠹简传，多昔横槊赋。零落才百篇，崔嵬多杰句。工夫刮造化，音节配韶頀。我后四百年，清梦奉巾屦。晚途有奇事，随牒得补处。群胡自鱼肉，明主方北顾。诵公天山篇，流涕思一遇。

（宋）陆游《夜读岑嘉州诗集》，《陆游集·剑南诗稿》卷四，中华书局本

文章天所秘，赋予均功名。吾尝考在昔，颇见造物情。离堆太史公，青莲老先生。悲鸣伏枥骥，蹭蹬失水鲸。饱以五车读，劳以万里行。险艰外备尝，愤郁中不平。山川与风俗，杂错而交并。邦家志忠孝，人鬼参幽明。感慨发奇节，涵养出正声。故其所述作，浩浩河流倾。岂惟配诗书，自足齐韺韶。我衰敢议此，长歌涕纵横。

（宋）陆游《感兴》，《陆游集·剑南诗稿》卷十八，中华书局本

组绣纷纷衒女工，诗家于此欲途穷。语君白日飞升法，正在焚香听

雨中。

　　　　（宋）陆游《即事》，《陆游集·剑南诗稿》卷十八，中华书局本

　　我昔学诗未有得，残余未免从人乞。力屡气馁心自知，妄取虚名有惭色。四十从戎驻南郑，酣宴军中夜连日。打球筑场一千步，阅马列厩三万匹。华灯纵博声满楼，宝钗艳舞光照席。琵琶弦急冰雹乱，羯鼓手匀风雨疾。诗家三昧忽见前，屈贾在眼元历历。天机云锦用在我，剪裁妙处非刀尺。世间才杰固不乏，秋毫未合天地隔。放翁老死何足论，《广陵散》绝还堪惜。

　　　　（宋）陆游《九月一日夜读稿有感走笔作歌》，《陆游集·剑南诗稿》卷二十五，中华书局本

　　古人学问无遗力，少壮工夫老始成。纸上得来终觉浅，绝知此事要躬行。

　　　　（宋）陆游《冬夜读书示子聿》八首之三，《陆游集·剑南诗稿》卷四十二，中华书局本

　　纸洁晴窗暖，粳新午饭香。嗜眠为至乐，省事是奇方。孤蝶弄秋色，乱鸦啼夕阳。诗情随处有，信笔自成章。

　　　　（宋）陆游《即事》六首之四，《陆游集·剑南诗稿》卷六十四，中华书局本

　　法不孤生自古同，痴人乃欲镂虚空。君诗妙处吾能识，尽在山程水驿中。

　　　　（宋）陆游《题庐陵萧彦毓秀才诗卷后》二首之二，《陆游集·剑南诗稿》卷五十，中华书局本

　　我初学诗日，但欲工藻绘。中年始少悟，渐若窥宏大。怪奇亦间出，如石漱湍濑。数仞李杜墙，常恨欠领会。元白才倚门，温李真自邻，正令笔杠鼎，亦未造三昧。诗为六艺一，岂用资狡狯。汝果欲学诗，工夫在诗外。

　　　　（宋）陆游《示子遹》，《陆游集·剑南诗稿》卷七十八，中华书局本

束发初学诗，妄意薄风雅。中年困忧患，聊欲希屈贾。宁知竞卤莽，所得才土苴。入海殊未深，珠玑不盈把。老来似少进，逸兴颇倾泻。犹能起后生，黄河吞巨野。

（宋）陆游《入秋游山赋诗略无阙日戏作五字七首识之，以野店山桥送马蹄为韵》之一，《剑南诗稿》卷五十八，中华书局本

虏覆神州七十年，东南士大夫视长淮以北，犹伧荒也。以使事往者，不复黍离麦秀之悲，殆无以慰答父老心。今读张公为奉使官属时所赋歌诗数十篇，忠义之气郁然，为之悲慨弥日。

（宋）陆游《跋张监丞云庄诗集》，《陆游集·渭南文集》卷二十八，中华书局本

山思江情不负伊，雨姿晴态总成奇。闭门觅句非诗法，只是征行自有诗。

（宋）杨万里《下横山滩头望金华山》其二，《诚斋集》卷二十六，《四部丛刊》本

乡人新作聚星亭，欲画荀、陈遗事于屏间，而穷乡僻陋，无从得本。友人周元兴、吴和中共称张、黄二生之能，因俾为之，果能考究车服制度，想象人物风采，观者皆叹其工。二生因请为记其事。予以为二生更能远游以广其见闻，精思以开其胸臆，则其所就，当不止此。予老矣，尚能为生印之。

（宋）朱熹《赠画者张黄二生》，《晦庵先生朱文公文集》卷七十六，《四部备要》本

元祐后诗人迭起，一种则波澜富而句律疏，一种则锻炼精而情性远，要之不出苏、黄二体而已。及简斋出，始以老杜为师。《墨梅》之类，尚是少作。建炎以后，避地湖峤，行路万里，诗益奇壮。

（宋）刘克庄《后村诗话前集》卷二，《后村诗话》，中华书局本

学诗浑似学参禅，束缚宁论句与联。四海九州何历历，千秋万岁孰传传。

（宋）魏庆之《诗人玉屑》卷一"赵章泉学诗"条，上海古籍出版社本

李贺未始立题，然后为诗，如他人牵合程课者。每旦出，小奚奴背古锦囊，遇所得，书投囊中，及暮归足成之。
　　　　　　（宋）魏庆之《诗人玉屑》卷十五"李长吉古锦囊"条，上海古籍出版社本

　　先生读书，白首不辍。皇天帝霸之迹，圣经贤传之遗，下至百家九流，闾阎委巷，人情物理，纤悉委曲？先生旁搜远绍，盖朝斯夕斯焉。是百世之上，六合之外，无能出于寻丈之间也。以一室容一身，以一心容万象，所为容如此，此诗人之所以为诗也。
　　　　　　（宋）文天祥《孙容庵甲稿序》，《文山先生全集》卷九，《四部丛刊》本

　　自丧乱后，友人挈其家避地游官岭海，而全家毁于盗。孤穷流落，困顿万状，然后崖山除礼部侍郎，中且权直学士矣。会南风不竞，御舟漂散，友人仓卒蹈海者，再为北军所钩，致遂不获死，以至于今。凡十数年间，可惊可愕可悲可愤可痛可闵之事，友人备尝，无所不至。其惨戚感慨之气，结而不信，皆于诗乎发之。盖至是动乎情性，自不能不诗。
　　　　　　（宋）文天祥《东海集序》，《文山先生全集》卷十四，《四部丛刊》本

　　三百五篇之诗，间出于田夫野叟之作。当时樵者固多能诗。自晋唐以来，诗始为一道，而作者有数矣。
　　　　　　（宋）文天祥《跋李敬则樵唱稿》，《文山先生全集》卷十，《四部丛刊》本

　　王平甫在三馆曝书，见韩幹所画马，作《画马行》，又作《画马跋》云："明皇召幹上南薰殿，问曰：'汝奚不师陈闳？'是时闳擅名天下。幹奏曰：'臣不愿也。'明皇曰：'然则汝以何为师？'幹曰：'飞龙厩数万匹，皆臣师也。'余于是知幹真善画者，盖以笔墨之迹，口耳之传，而臻神妙之品者，古今未之有也。"又以为彼一画史耳，且能不怵于形势，而信其所知如此，学士大夫其可愧于幹哉！
　　　　　　（宋）曾季狸《艇斋诗话》，《历代诗话续编》本

老杜写物之工，皆出于目见。如："花妥莺捎蝶，溪喧獭趁鱼。""芹泥随燕觜，花粉上蜂须。""仰蜂黏落絮，行蚁上枯梨。""柱穿蜂溜蜜，栈缺燕添巢。""风轻粉蝶喜，花暖蜜蜂喧。"非目见安能造此等语。又杜诗中喜言蜜蜂，如上所录是也。

（宋）曾季狸《艇斋诗话》，《历代诗话续编》本

东坡（一作"东湖"）论作诗，喜对景能赋，必有是景，然后有是句，若无是景而作，即谓之"脱空"诗，不足贵也。

（宋）曾季狸《艇斋诗话》，《历代诗话续编》本

眼处心生句自神，暗中摸索总非真。画图临出秦川景，亲到长安有几人？

（金）元好问《论诗三十首》之第十一，《遗山先生文集》卷十一，《四部丛刊》本

五言之兴，始于汉而盛于魏；杂体之变，渐于晋而极于唐。穷天地之大，竭万物之富，幽之为鬼神，明之为日月，通天下之情，尽天下之变，悉归于吟咏之微。

（金）赵衍《重刊李长吉诗集序》，《李贺歌诗编》，《四部丛刊》本

余少时喜学诗，每见山林江湖中有能者，则以问之。其法人人不同。有一老生云："子欲学诗乎？则先学游，游成，诗当自异于时。"方在父兄旁游何可得，但时时取陆放翁《入蜀记》、范至能《吴船录》之类，张诸坐间，想象上下，计其往来，何止日行数千万里之为快。已而得应科目出，交接天下士大夫，谘其乡土风俗。已而得宦学江淮间，航浮洪流，车走巍坂，风驰雨奔，往往经见古今战争兴废处所，虽未能尽平生之大观，要自胸中潇潇然无复前时意态矣。身又辗转更涉世故，一时同学诗人眼前略无在者，后生辈因复推余能诗，余故不自知其何如也。然有来从余问诗，余固不敢劝之以游，及徐而考其诗，大抵其人之未学游者不如已游者之畅，游之狭者不如游之广者之肆也。呜呼，信有是哉！

（元）戴表元《刘仲宽诗序》，《剡源文集》卷九，《丛书集成》本

画牛虎犬马，一切飞走，要皆从类而得之，则真矣。不然，则劳而无功，远之又远矣。韩幹画马云厩中万马皆吾师之说，明矣。画花竹者，须访问于老圃，朝暮观之。然后见其含苞养秀，荣枯凋落之态无阙矣。画山水者，须要遍历广观。然后方知著笔去处。何以知之？澄叟自幼而观湘中山水，长游三峡夔门。或水或陆，尽得其态。久久然后自觉，有力水墨。学者不可不知也。

（元）李澄叟《画说》，《历代论画名著汇编》本

辞章之弊久矣。栀蜡为葩，以逞妖艳，非不眩人目睛，比之元气流行，千红万紫，遍发洛阳名园，固自弗侔，何也？生意之动荡，与死色之不泽者，其可以并论也哉！盖古人之于文，以躬行心得者著为言，言有醇疵，但系乎学之浅深尔。后世则不然，以文学文，皆亿度想象而为之。知道君子，未尝不一笑掷之也。

（明）宋濂《朱悦道文稿后题》，《宋学士全集》卷十二，《丛书集成》本

予少时读杜少陵诗，颇怪其多忧愁怒抑之气。而说者谓其遭时之乱，而以其怨恨悲愁发为言辞，乌得而和且乐也。然而闻见异情，犹未能尽喻焉。比五六年来，兵戈迭起，民物凋耗，伤心满目，每一形言，则不自觉其凄怆愤惋，虽欲止之而不可。然后知少陵之发于性情，真不得已，而予所怪者，不异夏虫之疑冰矣。

（明）刘基《项伯高诗序》，《诚意伯文集》卷五，《四部丛刊》本

余闻良材之木，不就刻斫，则无以为美观；逸足之驹，不服调御，则无以能致远；瓌玮魁闳之士，不遭困约卑屈，则无以益智虑而成志业。

（明）高启《送倪雅序》，《高太史凫藻集》卷二，《四部丛刊》本

太白夜宿荀媪家，闻比邻春臼之声，以起兴，遂得"邻女夜春寒"之句。

（明）谢榛《四溟诗话》卷二，人民文学出版社本

余幼年即好奇闻。在童子社学时，每偷市野言稗史，惧为父师诃夺，私求隐处读之。比长好益甚，闻益奇。迨于既壮，旁求曲致，几贮满胸中矣。
　　　　　　（明）吴承恩《禹鼎志序》，《吴承恩诗文集》卷二，中华书局本

二词哗于市井，虽儿女子初学言者，亦知歌之。但淫艳亵狎，不堪入耳，其声则然矣，语意则直出肺肝，不加雕刻，俱男女相与之情，虽君臣友朋，亦多有托此者，以其情尤足感人也。故风出谣口，真诗只在民间。
　　　　　　（明）李开先《市井艳词序》，《李开先集》上册，中华书局本

有学诗文于李崆峒者，自旁郡而之汴省。崆峒教以："若似得传唱《锁南枝》，则诗文无以加矣。"请问其详，崆峒告以："不能悉记也。只在街市上闲行，必有唱之者。"越数日，果闻之，喜跃如获重宝，即至崆峒处谢曰："诚如尊教！"何大复继至汴省，亦酷爱之，曰："时词中状元也。如十五国风，出诸里巷妇女之口者，情词婉曲，有非后世诗人墨客操觚染翰，刻骨流血所能及者，以其真也。"
　　　　　　（明）李开先《词谑》第二十七条，《中国古典戏曲论著集成》
　　　　　　（三），中国戏剧出版社本

身履是事，口便说是事，作生意者但说生意，力田作者但说力田。凿凿有味，真有德之言，令人听之忘厌倦矣。
　　　　　　（明）李贽《答耿司寇》，《焚书》卷一，中华书局本

文非感时发己，或出自家经画康济，千古难易者，皆是无病呻吟，不能工。
　　　　　　（明）李贽《复焦漪园》，《续焚书》卷一，中华书局本

施糜散木，是贤乔梓高谊。但饥流感目，拯恤关心，文字定损佳思。惜年来衰惯，无能为少俊鼓舞耳。钗香付内。并谢。
　　　　　　（明）汤显祖《答门人黄元常》，《汤显祖诗文集》卷四十八，
　　　　　　上海古籍出版社本

元亮、延之，绝无七言。康乐仅一二首，亦非全作。歌行至宋益衰，惟明远颇自振拔，行路难十八章，欲汰去浮靡，返于浑朴，而时代所压，

不能顿超。后来长短句实多出此，与玄晖五言，俱兆唐人轨辙矣。

（明）胡应麟《诗薮·内编》卷三，中华书局本

杜子美足迹遍天下，故其诗变化百出。唐山人球诗思历游不出二百里，以此正可贮瓢中耳。

（明）陈继儒《太平清话》卷二，《丛书集成》本

陈郡丞尝谓余言：黄子久终日只在荒山乱石丛木深筿中坐，意态忽忽。人不测其为何。又每往泖中通海处看急流轰浪，虽风雨骤至，水怪悲诧而不顾。噫！此大痴之笔所以神郁变化几与造化争神奇哉。山行遇奇树怪石，即具楮墨四面约略取之。此亦诗家李贺锦囊之储也。

（明）李日华《论画》，《历代论画名著汇编》本

余友姚叔祥尝语余云：余行黄河，始知"孤村几岁临伊岸，一雁初晴下朔风"之为真景也。余家海上，每客过，闻海唑声必怪问，进海味有疑而不下箸者，益知"潮声偏惧初来客，海味惟甘久住人"二语之确切。人足迹不出门，能悉门外许许，尽拈为锦囊用乎？

（明）胡震亨《唐音癸签》卷十一，古典文学出版社本

刘须溪云：作诗如作字，横眉竖鼻，所差几何，而清俗相去远甚。

又云：诗在灞桥风雪中驴子上，非也。寻常景色，时时处处，妙意皆可拾得。然此犹涉假借，若平生父子兄弟家人邻里间，意愈近而愈不近，著意政难，有能率意自道，出于孤臣怨女之所不能者，随事纪实，足称名家，即名家犹不可得，或一二语而止，如孟东野"慈母手中线"，"归书但云安"，极羁旅难言之情。李太白"昨夜梁园雪，弟寒兄不知"，小夫贱隶，谁不能道，而学士大夫，或愧之矣；如杜子美"问事竞挽须，谁能即嗔喝，欲起屡见肘，仍嗔问升斗"，并与声音笑貌仿佛尽之；又如古人于奴婢猥下，写至"孤客亲僮仆"，凄然甚矣。又云："僮仆生新敬"，则出处世态，隐约可见。又云："大因无主善"，则俯仰犹有不忍言者。古今甚深密义，往往于浅易得之。

（明）胡震亨《唐音癸签》卷二，古典文学出版社本

故善画者，师物不师人；善学者，师心不师道；善为诗者，师森罗万象，不师先辈。法李唐者，岂谓其机格与字句哉？法其不为汉，不为魏，不为六朝之心而已，是真法者也。

  （明）袁宏道《叙竹林集》，《袁宏道集笺校》，上海古籍出版社本

  唐兴，沈宋之流，研练精切，号为律诗。而意义格力能兼昔人之所专者，必称子美。亦由其博极群书，周行万里，观览之际，哀乐交贯，不自知其所变化，而才无拘长也。

  （明）周立勋《岳起堂稿序》，《陈子龙诗集》附录三，上海古籍出版社本

  诗之为道，本于性生；而亦随其闻见睹记，情绪感遇之浅深以递进。

  （明）彭宾《岳起堂稿序》，《陈子龙诗集》附录三，上海古籍出版社本

  画虽状形，主乎意，意不足谓之非形可也。虽然，意在形，舍形何所求意？故得其形者，意溢乎形，失其形者形乎哉！画物欲似物，岂可不识其面？古之人之名世，果得于暗中摸索耶？彼务于转摹者，多以纸素之识是足，而不之外，故愈远愈伪，形尚失之，况意？苟非识华山之形，我其能图耶？既图矣，意犹未满，由是存乎静室，存乎行路，存乎床枕，存乎饮食，存乎外物，存乎听音，存乎应接之隙，存乎文章之中。一日燕居，闻鼓吹过门，怵然而作曰："得之矣夫。"遂麾旧而重图之。斯时也，但知法在华山，竟不知平日之所谓家数者何在。夫家数因人而立名，既因于人，吾独非人乎？夫宪章乎既往之迹者谓之宗，宗也者从也，其一于从而止乎？可从，从，从也；可违，违，亦从也。违果为从乎？时当违，理可违，吾斯违矣。吾虽违，理其违哉！时当从，理可从，吾斯从矣。从其在我乎？亦理是从而已焉耳。谓吾有宗欤？不拘拘于专门之固守；谓吾无宗欤？又不远于前人之轨辙。然则余也，其盖处夫宗与不宗之间乎？且夫山之为山也，不一其状：大而高焉嵩，小而高焉岑，狭而高焉峦，卑而大焉扈，锐而高焉峤，小而众焉岿，形如堂焉密，两向焉嵚，陂隅高焉岊，上大下小焉嶘，边焉崖，崖之高焉岩，上秀焉峰，此皆常之常焉者也。不纯

乎嵩，不纯乎岑，不纯乎峦，不纯乎扈，不纯乎峤，不纯乎岜，不纯乎密，不纯乎嵌，不纯乎岊，不纯乎巚，不纯乎崖，不纯乎岩，不纯乎峰，此皆常之变焉者也。至于非嵩、非岑、非峦、非扈、非峤、非岜、非密、非嵌、非岊、非巚、非崖、非岩、非峰，一不可以名命，此岂非变之变焉者乎？彼既出于变之变，吾可以常之常者待之哉？吾故不得不去故而就新也。虽然，是亦不过得其仿佛耳，若夫神秀之极，固非文房之具所能致也。然自是而后，步趋奔逸，渐觉已制，不屑屑瞠若乎后尘。每虚堂神定，默以对之，意之来也，自不可以言喻。余也安敢故背前人，然不能不立于前人之外。俗情喜同不喜异，芷诸家，或偶见焉，以为乖于诸体也，怪问何师？余应之曰："吾师心，心师目，目师华山。"

（明）王履《华山图序》，《中国画论丛编》本

画家以古为师，已自上乘。进此当以天地为师。每朝起看云气变幻，绝近画中山。山行时见奇树，须四面取之。树有左看不入画，而右看入画者。前后亦尔。看得熟，自然传神。传神者必以形。形与心手相凑而相忘，神之所托也。

（明）莫是龙《画说》，《历代论画名著汇编》本

昔人评大年画，谓得胸中千卷书更奇古。又大年以宋宗室，不得远游。每朝陵回，得写胸中丘壑。不行万里路，不读万卷书，欲作画祖，其可得乎？此在吾曹勉之。无望于庸史矣。

（明）莫是龙《画说》，《历代论画名著汇编》本

夫文章者，天地之元气也。忠臣、志士之文章与日月争光，与天地俱磨灭，然其出也，往往在阳九百六沦亡颠覆之时。宇宙偏沴之运，与人心愤盈之气，相与轧磨薄射，而忠臣志士之文章出焉。有战国之乱，则有屈原之《楚词》，有三国之乱，则有诸葛武侯之《出师表》，有南北宋、金、元之乱，则有李伯纪之奏议、文履善之《指南集》。

（清）钱谦益《纯师集序》，《牧斋初学集》卷四十，上海古籍出版社本

古今之称诗者，多于麻竹，然而传至于今者寡矣。传至于今，而为人

所嗟叹而不能已者，盖又寡矣。此无他，则为人为己之分也。盖《三百篇》大抵出于放臣怨女怀沙恤纬之口，直达其悲壮怨谲之气，初未尝有古人之家数存于胸中，以为如是可以悦人，如是可以传远也……不知昔人之所以上下于千古者，用以自治其性情，非用以取法于章句也。

（清）黄宗羲《姜友棠诗序》，《黄梨洲文集》，中华书局本

太冲之游，正及春夏，于烟云峰岫，独见其淡冶之容，苍翠之色；而六桥桃柳，夹岸芙蕖，与夫画舫银鞍，冶郎游女，凡山川物色之明秀佳丽，无不入其奇怀，供其彩笔，宜其学诗未久，而名章回句，遂能惊人也。闻秋深将复与其兄鲁山携诗卷琴囊而往。诗思与游屐俱深，吾安能测其所至哉！

（清）归庄《王太冲蕉雨亭诗序》，《归庄集》卷三，中华书局本

廿年以来，东西南北，率彼旷野，未获一觐清光。而昨岁于蓟门得读《思辨录》，乃知当吾世而有真儒如先生者，孟子所谓"穷则独善其身，达则兼善天下"，具内圣外王之事者也。弟少年时，不过从诸文士之后，为雕虫篆刻之技。及乎年齿渐大，闻见益增，始知后海先河，为山覆篑，而炳烛之光，桑榆之效，亦已晚矣。近刻《日知录》八卷，特付东堂邮呈，专祈指示。其有不合者，望一一为之批驳，寄至都门，以便改正。《思辨录》刻全，仍乞见惠一部。灯下率尔，统惟鉴原。

（清）顾炎武《与陆桴亭札》，《顾亭林诗文集·亭林余集》，中华书局本

王道本乎人情。凡作传奇，只当求于耳目之前，不当索诸闻见之外。无论词曲，古今文字皆然。凡说人情、物理者，千古相传；凡涉荒唐、怪异者，当日即朽。《五经》、《四书》、《左》、《国》、《史》、《汉》以及唐、宋诸大家，何一不说人情？何一不关物理？及今家传户颂，有怪其平易而废之者乎？

（清）李渔《闲情偶寄·词曲部·结构第一》，《中国古典戏曲论著集成》（七），中国戏剧出版社本

文贵高洁，诗尚清真，况于词乎？作词之料，不过情景二字，非对眼前写景，即据心上说情，说得情出，写得景明，即是好词。情景都是现在事，现在不求，而求诸千里之外，百世之上，是舍易求难，路头先左，安得复有好词？

（清）李渔《窥词管见》，《词话丛编》本

下劣文字，好作反语，亦其天良不容揜处。人能言其所知，不能言其所不知。凡反语，皆不善、不勤、不慎之慝。今人昼之所行，夜之所思，耳之所闻，目之所见，特此数者，终日习熟，故自写供招，痛快无蹇涩处。若令于圣贤大义微言，从正面上体会，教从何处下口？无怪乎反之不已，一正便托开也。

（清）王夫之《夕堂永日绪论》外编，《薑斋诗话》附录，人民文学出版社本

科场文字之蹇劣，无足深责者。名利热中，神不清，气不冒，莫能引心气以入理而快出之，固也。况法制严酷，几如罪人之待鞫乎？汉、晋以上，惟不以文字为仕进之羔雉，故各随所至，而卓然为一家言。隋、唐以诗赋取士，文场之赋无一传者，诗唯"曲终人不见，江上数峰青"一律而已。燕、许、高、岑、李、杜、储、王所传诗，皆仕宦后所作，阅物多，得景大，取精宏，寄意远，自非局促名场者所及。

（清）王夫之《夕堂永日绪论》外编，《薑斋诗话》附录，人民文学出版社本

身之所历，目之所见，是铁门限。即极写大景，如"阴晴众壑殊"、"乾坤日夜浮"，亦必不逾此限。非按舆地图便可云"平野入青徐"也，抑登楼所得见者耳。隔垣听演杂剧，可闻其歌，不见其舞，更远则但闻鼓声，而可云所演何出乎？前有齐、梁，后有晚唐及宋人，皆欺心以炫巧。

（清）王夫之《薑斋诗话》卷二，人民文学出版社本

古今有才人之诗，有志士之诗。事雕绘，工镂刻，以驰骋乎风花月露之场，必不择人择境而能为之，随乎其人与境而无不可为之，而极乎谐声状物之能事，此才人之诗也。处乎其常，而备天地四时之气，历乎其变，

而深古今身世之怀，必其人而后能为之，必遭其境而后能出之，即其片语只字能令人永怀一叹而不能置者，此志士之诗也。才人之诗，可以作，亦可无作。志士之诗，即欲不作，而必不能不作。才人之诗，虽履丰席厚，而时或不传。志士之诗，愈贫贱忧戚，而决无不传。才人之诗，古今不可指数。志士之诗，虽代不乏人，然推其至，如晋之陶潜，唐之杜甫、韩愈，宋之苏轼，为造极乎其诗，实其能造极乎其志。盖其本乎性之高明，以为其质，历乎事之常变，以坚其学，遭乎境之坎壈郁怫，以老其识，而后以无所不可之才出之。此固非号称才人之所可得而几。如是乃以传诗，即为传人矣。

（清）叶燮《密游集序》，《己畦集》卷八，清金阊刘承芳刊本

诗之可学而能者，尽天下之人皆能读古人之诗而能诗，今天下之称诗者是也；而求诗之工而可传者，则不在是。何则？大凡天资人力，次序先后，虽有生学困知之不同，而欲其诗之工而可传，则非就诗以求诗者也。

（清）叶燮《原诗·内篇上》，人民文学出版社本

胸明眼高，每觉前无古人，后无来者，则笔端自然磊落而雄放；虚心下气，每觉街谈巷议，助我见闻；牧竖耕夫，益我神智，则笔端自然深细而温和。

（清）吴雷发《说诗菅蒯》，《清诗话》本

诗乃心声，心日进于三教百家之言，则诗思月异而岁不同，此子美之"读书破万卷"也。惟留心于风云月露，则为李谔之所讥者而已。人于顺逆境遇间，所动情思，皆是诗材。子美之诗，多得于此。人不能然，失却好诗；及至作诗，了无意思，惟学古人句样而已。

（清）吴乔《围炉诗话》卷第一，《清诗话续编》本

文人触目惊心，无一事轻忽。如《题柏大兄弟山居屋壁》曰："书签映夕曛"，决非由思索得者，若粗莽人偶不经意，即失之矣。然上句乃"笔架霑窗雨"，必无晴雨并见之理，当是适逢新霁，斜晖射书上，笔架犹带残雨也。又如"远鸥浮水静，轻燕受风斜"，"花妥莺梢蝶，溪喧獭趁鱼"，"啅雀争枝坠，飞虫满院游"，"芹泥随燕嘴，花蕊上蜂须"，"风

蝶勤依桨,春鸥不避船","柱穿蜂溜蜜,栈缺燕添巢","步壑风吹面,看松露滴身","路危行木杪,身远宿云端",皆目前之景,特人无此细心,亦无此秀笔耳。

(清)贺裳《载酒园诗话又编》,《清诗话续编》本

记诵实胸中,何患气机艰涩;登临遍宇内,自然心目开张。

(清)黄子云《野鸿诗的》,《清诗话》本

昨有人传老兄息辞数语,不知的否?细味之,真非大笔不能也。冒滥领赈,当途所最忌。乃云:写赈时原有七口,后一女出嫁,一仆在逃,只剩五口;在首者既非无因,而领者原非虚冒。宜州尊见之而赏心,板桥闻之而击节也。此等辞令,固非庸手所能,亦非狠手所办,真是解连环妙手。夫妙则何可方物乎?千古好文章,只是即景即情,得事得理,固不必引经断律,称为辣手也。吾安能求之天下如老长兄者,日与之谈文章秘妙,经史神髓乎?真可以消长夏、度寒宵矣。

(清)郑燮《与丹翁书》,《郑板桥集·补遗》,中华书局本

秋冬之际,取围屏骨子,断去两头,横安以为窗棂:用匀薄洁白之纸糊之。风和日暖,冻蝇触窗纸上,冬冬作小鼓声。于时一片竹影零乱,岂非天然图画乎!凡吾画竹,无所师承,多得于纸窗粉壁日光月影中耳。

(清)郑燮《板桥题画·竹》,《郑板桥集》五,中华书局本

("那林代[黛]玉裹着一幅杏子红绫被,安稳合目而睡。那湘云却一把青丝拖于枕畔,被只齐胸,一弯雪白的膀子掠于被外,又带着两个金镯子。"下批)又一个睡态。写代(黛)玉之睡态,俨然就是娇弱女子,可怜。湘云之态,则俨然是个娇态女儿,可爱。真是人人俱尽,个个活跳,吾不知作者胸中埋伏多少裙钗。

(清)《脂砚斋重评石头记》第二十一回夹批,人民文学出版社本

("过了一日,就有宝玉寄名的干娘马道婆进荣国府来请安,见了宝玉唬了一大跳。问起原因,说是烫的,便点头叹息一回,向宝玉脸上用指头画了一画,口内嘟嘟囔囔的又持颂了一回……"下批)一段无伦无理、

信口开河的混话,却句句都是耳闻目睹者,并非杜撰而有。作者与余实实经过。

(清)《脂砚斋重评石头记》第二十五回夹批,人民文学出版社本

欲作好诗,先要好题,必须山川关塞,离合悲欢,才足以发抒情性,动人观感。若不过今日赏花,明日饮酒,同僚征逐,呒墨挥毫,剔龋无休,多多益累。纵使李、杜复生,亦不能有惊人之句,况我辈生于今日,求传尤难。

(清)袁枚《答祝芷塘太史》,《小仓山房尺牍》卷十,国学书局刊本

黄黎洲先生云:"诗人萃天地之清气,以月露风云花鸟为其性情。月露风云花鸟之在天地间,俄顷灭没,惟诗人能结之于不散。"先生不以诗见长,而言之有味。

(清)袁枚《随园诗话》卷三,人民文学出版社本

少陵云:"多师是我师。"非止可师之人而师之也,村童牧竖,一言一笑,皆吾之师,善取之皆成佳句。随园担粪者,十月中,在梅树下喜报云:"有一身花矣!"余因有句云:"月映竹成千'个'字,霜高梅孕一身花。"余二月出门,有野僧送行,曰:"可惜园中梅花盛开,公带不去!"余因有句云:"只怜香雪梅千树,不得随身带上船。"

(清)袁枚《随园诗话》卷二,人民文学出版社本

《四库总目提要》:《淮海集》宋秦观撰……本传称文丽而思深,《苕溪渔隐丛话》载,苏轼荐观于王安石,安石答书,述叶致远之言,以为清新婉丽,有似鲍、谢。敖陶孙《诗评》,则谓其诗如时女步春,终伤婉弱。元好问《论诗绝句》,因有"女郎诗"之讥,今观其集,少年所作,神锋太俊,或有之,概以为摩曼之音,则诋之太甚。吕本中《童蒙训》曰:"少游'雨砌堕危芳,风楹纳飞絮'之类,李公择以为谢家兄弟不能过也。"过岭以后诗,高古严重,自成一家,与旧作不同,斯公论矣,观《雷州诗》八首,后人误编之东坡集中,不能辨别,则安得概目以小石

调乎？

  （清）纪昀《四库全书总目提要》卷一五四集部别集类七，中华书局本

  古来好诗本有数，可奈前人都占去。想他怕我在同时，先出世来抢佳句。并驱已落第二层，突过难寻更高处。恨不劫灰悉烧却，让我独以一家著。有人掩口笑我旁，世间美好无尽藏。古人宁遂无余地，代有作者任取将。浣纱女亡出环燕，拔山人去生关张。真仙不藉旧丹火，神医自有新药方。能胜大敌始称勇，岂就矮人乃见长？君自不登楼百尺，空妒他人在上床。

  （清）赵翼《连日翻阅前人诗戏作效子才体》，《瓯北集》卷三十五，清嘉庆寿考堂本

  上人法一朝过我，问我作诗三昧门。我闻大士入词海，不起宴坐澄心源。禅波洞澈百渊底，法水荡涤诸尘根。迅流速度超鬼国，到岸舍筏登昆仑。无边草木悉妙药，一切禽鸟皆能言。化身八万四千臂，神通转物如乾坤。山河大地悉自说，是身口意初不喧。世间何事无妙理？悟处不独非风幡。群鹅转颈感王子，佳人舞剑惊公孙。风飘素练有飞势，雨注破屋空留痕。惜哉数子柱元解，但令笔画空腾骞。君看琅琊酿泉上，醉翁妙语今犹存。向来溪壑不改色，青嶂尚属僧家缘。

  （清）翁方纲《七言诗三昧举隅》，《清诗话》本

  古今诗人，派别不同，而其理则一。如右丞辋川之咏必著其孟城华冈，少陵巴山之作亦指其汉庙花溪。推而上之，则桧楫松舟而必言淇水，川之于鲋甫而必言韩士也。

  （清）翁方纲《跋天山冠山题咏卷后》，《复初斋文集》卷三十，清刊本

  《三百》诗人岂有师？都成绝唱沁心脾。今人不讲源头水，只问支流派是谁。

  （清）宋湘《说诗八首》其一，《红杏山房诗钞·滇蹄集》卷一，清刊本

诗之铸炼云何？曰：善读书，纵游山水，周知天下之故而养心气，其本乎！

(清)宋大樽《茗香诗论》，《清诗话》本

言志者必自得，无邪者不为人，是故古人之诗，本之于性天，养之以经籍，内无怵迫苟且之心，外无夸张浅露之状；天地之间，风云日月，人情物态，无往非吾诗之所自出，与之贯输于无穷。此即深造自得、居安资深、左右逢原之说也，不为人故也。

(清)潘德舆《养一斋诗话》卷一，《清诗话续编》本

不是无端悲怨深，直将阅历写成吟。可能十万珍珠字，买尽千秋儿女心。

(清)龚自珍《题红禅室诗尾》之三，《龚自珍全集》第九辑，上海人民出版社本

昔夫子去鲁，回望龟山，有"斧柯奈何"之歌，又有"违山十里，蟪蛄在耳"之歌，又作《猗兰》之《操》，甚至闻孺子沧浪濯缨起兴，与赐、商言诗，切磋绘事，告往知来，皆见许可，是则鱼跃鸢飞，天地间形形色色，莫非诗也。

(清)魏源《诗比兴笺序》，《魏源集》，中华书局本

代匹夫匹妇语最难，盖饥寒劳困之苦，虽告人人且不知，知之必物我无间者也。杜少陵、元次山、白香山不但如身入闾阎，目击其事，直与疾病之在身者无异。颂其诗，顾可不知其人乎？

(清)刘熙载《艺概·诗概》，上海古籍出版社本

"春山淡冶而如笑，夏山苍翠而如滴，秋山明净而如妆，冬山惨淡而如睡。"宋画院郭熙语也。金许古《行香子》过拍云："夜山低，晴山近，晓山高。"郭能写山之貌，许尤传山之神。非入山甚深，知山之真者，未易道得。

(清)况周颐《蕙风词话》卷三，人民文学出版社本

画屋要设身处地,令人见之皆可入也。

(清)龚贤《画诀》,《历代论画名著汇编》本

画泉宜得势,闻之似有声。即在古人画中见过摹临过,亦须看真景始得。

(清)龚贤《画诀》,《历代论画名著汇编》本

从来笔墨之探奇,必系山川之写照。善师者师化工,不善师者抚缣素。

(清)笪重光《画筌》,《历代论画名著汇编》本

"为诗须要多读书,以养其气;多历名山大川,以扩其眼界;宜多亲名师益友,以充其识见。"瑾问曰:"是则然矣。但寒士僻处穷巷,无书可读,而又无缘游历名山大川,常憾不得好友之切磋。奈何?"曰:"只是当境处莫要放过。时时著意,事事留心,则自然有进步处。"

(清)何世璂《然镫记闻》,《清诗话》本

(3) 江山之助

夫书肇于自然,自然既立,阴阳生焉;阴阳既生,形势出矣。藏头护尾,力在字中,下笔用力,肌肤之丽。故曰:势来不可止,势去不可遏,惟笔软则奇怪生焉。

(汉)蔡邕《九势·江山之助》,《历代书法论文选》,上海书画出版社本

夫山水无情,应之以会。

(南朝·梁)任昉《为庾杲之与刘居士虬书》,《全梁文》卷四十三,《全上古三代秦汉三国六朝文》本

若乃山林皋壤,实文思之奥府,略语则阙,详说则繁。然屈平所以能洞监风骚之情者,抑亦江山之助乎!

(南朝·梁)刘勰《文心雕龙·物色》,人民文学出版社本

若乃采江山之峻势,观天地之奇作,丹壑争流,青峰杂起,陵涛鼓怒

以伏注，天壁嵯峨而横立，亦宇宙之绝观者也。虽庄周诧吕梁之险，韩侯怯孟门之峻，曾何足云。盖登培塿者，起衡霍之心，游渭浍者，发江湖之思。况乎躬览胜事，足践灵区，烟霞为朝夕之资，风月得林泉之助。嗟乎！山川之感召多矣，余能无情哉！爰成文律，用宣行唱，编为三十首，投诸好事焉。

    （唐）王勃《入蜀纪行诗序》，《王子安集》卷四，《四部丛刊》本

  子刘子曰：五达之井，百汲而盈科，未必凉而甘，所处之势然也。人之词待扣而扬，犹井之利汲耳。始余为童儿，居江湖间，喜与属词者游，谬以为可教。视长者所行止，必操觚从之。及冠举秀才，一幸而中说，有司惧不厌于众，亟以口誉之。长安中多循空言，以为诚果有名字，益与曹辈畋渔于书林，宵语途话，琴酒调谑，一出于文章。俄被召为记室参军。会出师淮上，恒磨墨于楯鼻上，或寝止群书中。居一二岁，由甸服升诸朝，凡三进班而所掌犹外府，或官课，或为人所倩，昌言奏记，移让告谕，奠神志葬，或猥并焉。及谪于沅、湘间，为江山风物之所荡，往往指事成歌诗，或读书有所感，辄立评议。穷愁著书，古儒者之大同，非高冠长剑之比耳。

    （唐）刘禹锡《刘氏集略说》，《刘禹锡集》卷二十，上海人民出版社本

  常爱陶彭泽，文思何高玄。又怪韦江州，诗情亦清闲。今朝登此楼，有以知其然。大江寒见底，匡山青倚天。深夜溢浦月，平旦炉峰烟。清辉与灵气，日夕供文篇。我无二人才，孰为来其间？因高偶成句，俯仰愧江山！

    （唐）白居易《题浔阳楼》，《白居易集》卷七，中华书局本

  其或晴天旷景，浩荡多思，永夜高月，耿耿不寐，或风露初晓，恍若有得；或烟雨如晦，缅怀所思。则何以节宣惨舒，畅达情性，其有易于诗乎！

    （唐）吕温《联句诗序》，《全唐文》卷六二八，中华书局本

雪引诗情不敢慵,来登高阁犯晨钟。山僧莫怪多时望,玉立南山万万峰。

　　　　(宋)王禹偁《雪后登灵果寺阁》,《小畜集》卷八,《四部丛刊》本

平生诗句多山水,谪宦谁知是胜游。南下阁乡三百里,泉声相送到商州。

　　　　(宋)王禹偁《听泉》,《小畜集》卷八,《四部丛刊》本

腊月滁州始觉寒,年丰岁暮郡斋闲。官供好酒何忧雪,天与新诗合看山。

　　　　(宋)王禹偁《腊月》,《小畜集》卷十,《四部丛刊》本

郡城萧洒浙江滨,暂辍乘骢慰远民。莫放霜威夸御史,且收风景属诗人。雪侵楼上迎潮眼,花拥湖中泛月身。尽是公余吟咏处,好飞佳句寄词臣。

　　　　(宋)王禹偁《送张监察通判余杭》,《小畜集》卷十,《四部丛刊》本

太湖汤汤,我得而发挥。洞庭峨峨,我得而润色。遂使幽云野泉,奇卉怪草,暨鸟兽虫鱼辈,皆欣欣熙熙,似有知于感遇也。至于缁徒羽人,有解真空道气者,襞笺以赠之。仙宫佛屋,有灵踪古迹者,拂壁以纪之,挥珠抵玑,散落人口,仅得五十章。间以倡和赞献之句,凡一百首。虽金石不同其音,同归于雅正。黼黻不同其文,同成于章施。前不见刘、白,后不见皮、陆,又何人也!予见受代之日,盈编而归,献于帝阍,有骇宸鉴,且使湖山之兴,不披图而尽见之矣。然则君之是役也,得不为大来之阶乎,又何徒劳之叹邪!

　　　　(宋)王禹偁《桂阳罗君游太湖洞庭诗序》,《小畜外集》卷十三,《四部丛刊》本

子城西北隅,雉堞圮毁,蓁莽荒秽,因作小楼二间,与月波楼通。远吞山光,平挹江濑。幽阒辽夐,不可具状。夏宜争雨,有瀑布声,冬宜密雪,有碎玉声。宜鼓琴,琴调虚畅;宜咏诗,诗韵清绝;宜围棋,子声丁

丁然；宜投壶，矢声铮铮然：皆竹楼之所助也。

  （宋）王禹偁《黄州新建小竹楼记》，《小畜集》卷十七，《四部丛刊》本

  境入东南处处清，不因辞客不传名。屈平岂要江山助，却是江山遇屈平。

  （宋）李觏《遣兴》，《直讲李先生文集》卷三十六，《四部丛刊》本

  朔风岂不寒，蜀道岂不难。之子代亲行，万里心自安。剑阁雪犹明，锦江春未阑。到日必诗成，重登李杜坛。

  （宋）范仲淹《送蔡挺代父之蜀》，《范文正公集》卷二，《四部丛刊》本

  尧夫非是爱吟诗，安乐窝中得意时。志快不须求事显，书成当自有人知。林泉且作酬心物，风月聊充藉手资。多少宽平好田地，尧夫非是爱吟诗。

  （宋）邵雍《首尾吟》其三，《伊川击壤集》卷二十，《四部丛刊》本

  南浦东冈二月时，物华撩我有新诗。含风鸭绿粼粼起，弄日鹅黄袅袅垂。

  （宋）王安石《半山即事十首》之三，《王文公文集》卷七十五，上海人民出版社本

  诗到随州更老成，江山为助笔纵横。眼看白璧埋黄壤，何况人间父子情。

  （宋）黄庭坚《忆邢惇夫》，《山谷诗集注》卷十，《四部备要》本

  江上孤烟蔽远林，秋原人静下鸣禽。水乡此景常经眼，谁信侯家画万金。枫林荻港白昼静，落雁飞鸥尽日闲。平远起君千里恨，清诗可要助江山。

  （宋）张耒《题赵粲所收赵令穰大年烟林二绝》，《柯山集》卷二十三，《丛书集成》本

诗家两杜昔无邻，文采传家世有人。疾置送诗惊老丑，坐曹得句自清新。兴来不假江山助，目过浑如草木春。衣马智专吾不让，衡阳纸贵子能频。

　　　　（宋）陈师道《寄杜择之》，《后山居士文集》卷四，上海古籍出版社本

江城八月枫叶凋，城头哦诗江动摇。秋雨留人意恋恋，水风泛树声萧萧。纶巾老子无远策，长作东西南北客。不知何逊在扬州，坐待梅花映妆额。

　　　　（宋）陈与义《欲离均阳而雨不止书八句寄何子应》，《陈与义集》卷十九，中华书局本

渔子牧儿谈笑新，先生胜日步湖漘。沙边忽见长身士，头上仍攲折角巾。豺虎不能宽远俗，山川终要识诗人。芦丛如画斜阳里，拄杖相寻无杂宾。

　　　　（宋）陈与义《赠傅子文》，《陈与义集》卷二十一，中华书局本

书史蓄胸中，而气味入于冠裾；山川历目前，而英灵助于文字。太史公南游北涉，信非徒然。观杜老《壮游》云："东下姑苏台，已具浮海航。到今有遗恨，不得穷扶桑。剑池石壁仄，长洲荷芰香。嵯峨阊门北，清庙映回塘。越女天下白，鉴湖五月凉。剡溪蕴秀异，欲罢不能忘。归帆拂天姥，中岁贡旧乡。放荡齐赵间，西归到咸阳。"其豪气逸韵，可以想见。序太白集者，称其隐岷山，居襄汉，南游江淮，观云梦，去之齐鲁，之吴，之梁，北抵赵魏燕晋，西涉岐邠，徙金陵，止浔阳，流夜郎，泛洞庭，上巫峡。白自序亦曰："偶乘扁舟，一日千里，或遇胜景，终年不移。"其恣横采览，非其狂也。使二公稳坐中书，何以垂不朽如此哉。燕公得助于江山，郑綮谓"相府非灞桥，那得诗思？"非虚语也。

　　　　（宋）黄彻《䂬溪诗话》卷八，《历代诗话续编》本

《冷斋夜话》云："山谷尝言天下清景，初不择贵贱贤愚而与之。然吾特疑端为我辈设，荆公在钟山，官床与客夜坐，作诗云：'残生伤性老

欹书，年少东来复起予。各据槁梧同不寐，偶然闻雨落阶除。'东坡《宿余杭山寺》诗云：'暮鼓朝钟自击撞，闭门欹枕对残釭，白灰旋拨通红火，卧听萧萧雪打窗。'人以山谷之言为确论。"

（宋）胡仔《苕溪渔隐丛话》前集卷三十三，人民文学出版社本

古乐府有东武吟，鲍明远辈所作，皆名千载。盖其山川气俗，有以感发人意，故骚人墨客，得以驰骋上下，与荆州、邯郸、巴东三峡之类，森然并传，至于今不泯也。

（宋）陆游《徐大用乐府序》，《陆游集·渭南文集》卷十四，中华书局本

文字尘埃我自知，向来诸老误相期。挥毫当得江山助，不到潇湘岂有诗？

（宋）陆游《予使江西时以诗投政府丐湖湘一麾会召还不果偶读旧稿有感》，《陆游集·剑南诗稿》卷六十，中华书局本

观雪剡溪天下胜，题诗常恨不能奇。未应便许凝之语，此兴何曾有尽时。

（宋）陆游《晓雪二首》其二，《陆游集·剑南诗稿》卷五十五，中华书局本

乌桕微丹菊渐开，天高风送雁声哀。诗情也似并刀快，剪得秋光入卷来。

（宋）陆游《秋思三首》其一，《陆游集·剑南诗稿》卷五十四，中华书局本

予之诗，始学江西诸君子，既又学后山五字律，既又学半山老人七字绝句，晚乃学绝句于唐人，学之愈力，作之愈寡。尝与林谦之屡叹之。谦之云：择之之精，得之之艰，又欲作之之不寡乎？予喟曰：诗人盖异病而同源也，独予乎哉！

故自淳熙丁酉之春上暨壬午止，有诗五百八十二首，其寡盖如此。其夏之官荆溪，既抵官下，阅讼牒，理邦赋，惟朱墨之为亲，诗意时往目（疑为日之形讹）来于予怀，欲作未暇也。戊戌三朝时节，赐告，少公事，是日即作诗，忽若有窾，于是辞谢唐人及王、陈、江西诸君子，皆不敢学，而后欣如也。试令儿辈操笔，予口占数首，则浏浏焉无复前日之轧

轧矣。自此每过午，吏散庭空，即携一便面，步后园，登古城，采撷杞菊，攀翻花竹，万象毕来，献予诗材，盖麾之不去，前者未雠，而后者已迫，涣然未觉作诗之难也。盖诗人之病，去体将有日矣。方是时，不惟未觉作诗之难，亦未觉作州之难也。

明年二月晦，代者至，予合符而去，试汇其稿，凡十有四月，而得诗四百九十二首，予亦未敢出以示人也。今年备官公府掾，故人钟君将之自淮水，移书于予曰：荆溪比易守，前日作州之无难者，今难十倍不啻。子荆溪之诗，未可以出欤？予一笑抄以寄之云。淳熙丁未四月三日，庐陵杨万里廷秀序。

  （宋）杨万里《诚斋荆溪集序》，《诚斋集》卷八十，《四部丛刊》本

余随牒倦游，登九疑，探禹穴，航南海，望罗浮，渡鳄溪，盖太史公、韩退之、柳子厚、苏东坡之车辙马迹，余皆略至其地。观余诗，江湖岭海之山川风物多在焉。昔岁自江西道院召归册府，未几而有廷劳使客之命，于是始得观涛江、历淮楚，尽见东南之奇观，如渡扬子江二诗，余大儿长孺举似于范石湖、尤梁溪二公间，皆以为余诗又变，余亦不自知也。

  （宋）杨万里《诚斋朝天续集序》，《诚斋集》卷八十一，《四部丛刊》本

四诗赠我尽新奇，万象从君听指麾。流水落花春寂寞，小风淡日燕差池。

  （宋）杨万里《和段季承左藏惠四绝句》其四，《诚斋集》卷二十四，《四部丛刊》本

君不见东阳沈隐侯，君不见宣城谢玄晖，两处双溪清澈底，二子诗句清于溪。千载却有曹夫子，天借古人作诗地，家在东阳室婺边，官在宣城莲幕里。溪光滴作两眼明，溪秀吐作五字清，开卷看来掩卷坐，词波跳作双溪声。无中写作双溪操，收拾新篇句中妙，莫将沈谢鸿雁行，便与猗那荐清庙。

  （宋）杨万里《谢曹宗家臣惠双溪集》，《诚斋集》卷二十四，《四部丛刊》本

一书还添二百诗,风光投到费推辞。江湖物色休吟尽,留取西归一半题。

(宋)杨万里《登慈湖过烈山望见历阳一带山》其二,《诚斋集》卷三十五,《四部丛刊》本

红尘不解送诗来,身在烟波句自佳。银汉光中有诗客,玉虹背上曳芒鞋。

(宋)杨万里《再登垂虹亭》,《诚斋集》卷十三,《四部丛刊》本

一夜秋声恼井桐,梦回得句寄西风。诗成却问题诗处,正在东山东复东。

(宋)杨万里《寄题刘元朋环翠阁二首》其二,《诚斋集》卷四,《四部丛刊》本

城里哦诗枉断髭,山中物物是诗题。欲将数句了天竺,天竺前头更有诗。

(宋)杨万里《寒食雨中同舍约游天竺得十六绝句呈陆务观》其九,《诚斋集》卷二十,《四部丛刊》本

绍熙庚戌十月,予上章匄外,蒙恩除江东副漕,辞行诸公间,参政胡公笑劳曰:"诚斋老子是行,天不以其欠江东某耶?"予谢不敢当也。既门脩门,友人巩丰追送予于舟次,因举似胡公语,且自笑曰:"金陵六朝故国句,固未易著,又经半山品题著句,亦未易。"丰曰:"先生何畏焉!钟山吾师也,石城大江,岂欺我哉?金陵之胜绝固也,抑诗家未有勍者欤?有勍者则与半山并驱诗坛,未知风月当落谁手,生生何畏焉?"予复谢不敢当也。既抵官下,再见夏时,因集在金陵及行部广德、宣池、徽、歙、饶信、南康、太平诸郡而作,得诗五百首,乃命曰《江东集》,以寄刘炳先、继先伯仲。

(宋)杨万里《诚斋江东集序》,《诚斋集》卷八十一,《四部丛刊》本

裴侯爱画老成癖,岁晚倦游家四壁。随身只有万叠山,秘不示人私自惜。俗人教看亦不识,我独摩娑三太息。问君"何处得此奇?和璧隋珠

未为敌"。答云"衢州老祝翁，胸次自有阴阳工，峙山融川取世界，咳云唾雨呼雷风。昨来邂逅衢城东，定交斗酒欢无穷。自言妙处容我识，为我扫此须臾中"。尔时闻名今识面，回首十年齐掣电。裴侯已死我亦衰，只君虽老身犹健。眼明骨轻须不变，笔下江山转葱蒨。为君多识机中练，更约无事重相见。

（宋）朱熹《题祝生画》，《朱子大全》文三，《四部备要》本

不是胸中饱丘壑，谁能笔下吐云烟？故应只有王摩诘，解写离骚极目天。

（宋）朱熹《奉题李彦中所藏俞侯墨戏》，《朱子大全》文九，《四部备要》本

郑卫之音，自古以为邪淫之乐，何也？盖郑卫之地滨大河，沙地，土不厚，其间人自然气轻浮。其地土苦，不费耕耨物亦能生，故其人偷脱怠惰，弛慢颓靡。其人情如此，其声音同之。故闻其乐，使人如此懈慢。其地平下，其间人自然意气柔弱怠惰；其土足以生，古所谓"息土之民不才"者，此也。若四夷则皆踞高山溪谷，故其气刚劲，此四夷常胜中国者，此也。

（宋）张载《经学理窟·礼乐》，《张载集》，中华书局本

邢居实字惇夫，年少豪迈，所与游皆一时名士。年十四五时，尝《作明妃引》，末云："安得壮士霍嫖姚，缚取呼韩作编户。"诸公多称之。既卒，余收拾其残草，编成一集，号曰呻吟。惇夫自少便多憔悴感慨之意，其作《秋怀》诗云："高歌感人心，心悲将奈何？"其作《枣阳道中感兴》："有意问山神，此生复来否？"已而果卒于汉东。惇夫之卒也，山谷以诗哭之云："诗到随州更老成，江山为助笔纵横。眼看白璧埋黄壤，何况人间父子情。"盖惇夫与其父，歆向也。

（宋）魏庆之《诗人玉屑》卷十八，上海古籍出版社本

李太白周览四海名山大川，一泉之旁，一山之阻，神林鬼冢，魑魅之穴，猿狖所家，鱼龙所宫，往往游焉。故其为诗，疏宕有奇气。

（宋）孙觌《送删定侄归南安序》，转引《李太白全集》卷三十四《附录·丛说》，中华书局本

故人不肯宿山家,半夜驱车踏月华。寄语傍人休大笑,诗成端的向谁夸。

（元）虞集《送程以文兼柬揭曼硕三首》之三,《道园学古录》卷三十,《四部备要》本

夫山之行,重峰峻岭,奔腾起伏,势若龙马,亦或以广衍平大为胜；水之流,惊湍怒涛,吞天浴日,莫穷涯涘,而亦或以平川漫泽纡余清泠以为美,不可执一而论也。盖其脉络贯通,首尾相映,精神所在,随寓而见,是以能极其变焉。敬仲得此于其心,一托于吟咏之事,故能若此,何其快哉！昔李阳冰善篆书,自以为有得于日月风云山川草木动植之体,敬仲之诗,得于山川,亦何奇哉！

（元）虞集《饶敬仲诗序》,《道园学古录》卷三十四,《四部备要》本

余杭古佳丽,御史重分司。甘旨足为养,江山能助诗。梅花春早晚,潮候月盈亏。纠察先从此,阴阳恐失宜。

（元）刘因《张察院分司临安》,《静修先生文集》卷八,《丛书集成》本

求书于书,求画于画,固不若求书画于象先也。君试与客仰以观星文之经纬,俯以察地理之脉络,是大宝书也；远以眺三神山之出没乎海涛,近似鉴五湖之烟霏,七十二峰之空翠,四时朝暮景状一同又大画苑也。书耶,画耶？属之芇耶,我之属也。

（元）杨维桢《书画舫记》,《东维子文集》卷十八,《四部丛刊》本

抑吾闻伯牙氏之学于连城是也,置之绝岛之间,观风水之濒洞,山林之杳,鸟悲兽号之惨,情一移而琴遂最天下。曹氏之居溪上也,流水终日虢鸣阶除,闻若金石交作而清奏钧韶也,高陵大埠烟云晻霭在窗户外,其朝夕之变不同也,即物象之变而写之于琴,吾知其符连成子之教矣。是道又岂纨袴小儿、笄珥妇女以吟猱攫醳习于工师之乐,学以为乐哉。子它日挐舟过溪上,听太古之吉,以见圣人于穆然,顾然之间,尚当为汝赋其乐云。

（元）杨维桢《溪居琴乐轩记》,《东维子文集》卷十七,《四部丛刊》本

我元之有天下，拓基启祚，皆始于西北，其去周之邠、镐盖远，然而大山崇林，长河旷壤，钟于两间，而为风气所凝结。况祖宗深仁厚泽，浸灌陶煦，有加而无已。是以人生其间，多质直端重，才丰而气昌，岂比规规占毕，尖新剽掠以为言者哉？

　　　　（元）于文传《雁门集序》，《雁门集》附录一，上海古籍出版社本

　　昔人之论文者，曰有山林之文，有台阁之文。山林之文，其气枯以槁；台阁之文，其气丽以雄。是非天之降才尔殊也，亦以所居之地不同，故其发于言辞之或异耳。濂尝以此而求诸家之诗，其见于山林者，无非风云月露之形，花木虫鱼之玩，山川原隰之胜而已。然其情也曲以畅，故其音也眇以幽。若夫处台阁则不然。览乎城观宫阙之壮，典章文物之懿，甲兵卒乘之雄，中夏会同之盛，所以恢廓其心胸，踔厉其志气者，无不厚也，无不硕也。故不发则已，发则其音淳庞而雍容，铿訇而镗鞳；甚矣哉！所居之移人乎！

　　　　（明）宋濂《汪右丞诗集序》，《宋学士全集》卷六，《丛书集成》本

　　成都川蜀之要地，杨子云、司马相如、诸葛武侯之所居，英雄俊杰战攻驻守之迹，诗人文士游眺、饮射、赋咏、歌呼之所。庭学无不历览，既览必发为诗，以纪其景物时世之变，于是其诗益工。越三年，以例自免归，会余于京师。其气愈充，其语愈壮，其志意愈高，盖得于山水之助者侈矣！

　　　　（明）宋濂《送陈庭学序》，《宋学士全集》卷八，《丛书集成》本

　　予闻昔人论文有山林台阁之异。山林之文，其气瑟缩而枯槁；台阁之文，其体绚丽而丰腴。此无他，所处之地不同而所托之兴有异也。

　　　　（明）宋濂《蒋录事诗集后》，《宋文宪全集》卷十三，《四部备要》本

　　余读其诗，见其词语精炼，音调谐畅，有唐人之风。盖君近尝渡浙

江，上会稽，历大末、金华诸山，入闽关，至海，由四明而归，探揽瑰怪，有得于江山之助，故其诗视旧为益工。而余闭门穷愁，才思荒落，自顾有不及矣。

(明)高启《匡山樵歌序》，《高太史凫藻集》卷五，《四部丛刊》本

问君庐山几许高，青天一道挂飞涛。何当作我夫容顶，接取银波润彩毫。

(明)吴承恩《送人游匡庐》，《吴承恩诗文集》卷一，中华书局本

北平张子言……初学举业于吕泾野，继学诗文于何大复……所作初犹未成，其气岸直，欲吞曹、刘，掩颜、谢，驾班、马，箝官屈、宋，厮隶褒、雄，与翰林江亶爰、马西玄、林懋易、廖洞野诸豪俊交游，商订文物，倡和诗篇，重其人于都下，而驰其声于四方，将谒吕师于解州，乃历房山，渡潴沱，缘中条，陟太行，广览黄河素汾，凡稷、契、伊、傅之迹，唐、虞、夏、商之墟，莫不入之心胸而寄之吟弄，虽壮怀激烈，而雅颂雍容，遍游洛川、伊阙而后返。既而吕官南都，则又由金、焦吊采石，泛石湖，访椒丘，独上雨花之台，遍览西湖之胜，而深探禹穴之奇，呼吸万里，变化百灵，洪涛溔漾于目前，丹霞缥缈于足下，自谓与世无二，而新制杰出，可与江山争雄，乃呈其稿于吕师，而回其辕于大梁。梁故汉孝王之封疆，而吹台巍巍独壮，又有文人之宗崆峒在焉。凡数十日，歌咏酬赠颇多，崆峒称其为燕山豪士。夜宴，瓶芝忽尔自堕，以为拌行觞焉，亦一奇怪事也。与崆峒作《芝拌行》，俱有李、杜风骨。

(明)李开先《昆仑张诗人传》，《李开先集》，中华书局本

西北之音慷慨，东南之音柔婉，盖昔人所谓系水土之风气，而先王律之以中声者，惟其慷慨而不入于猛，柔婉而不邻于悲，斯其为中声焉已矣。若其音之出于风土之固然，则未有能相易者也。故其陈之则足以观其风；其歌之则足以贡其俗。

(明)唐顺之《东川子诗集序》，《荆川先生文集》卷十，《四部丛刊》本

或谓永、柳诸山,以柳子诸文传,而柳子之文之奇,非永、柳诸山,不足以发。二君他诗固多清丽,而评者谓玄墓诸篇尤胜,殆山水之奇有以发之耶?

  (明)文徵明《玄墓山探梅倡和诗序》,《甫田集》卷十七,清宣统刊本

  余友李山人宾甫,少而辞荣,中岁归隐,家幸不乏负郭,弛于负担,所居有林皋泉石之胜,灌园垂钓,与禽鱼亲。发为诗歌,力去雕饰,天然冲夷,语必与情冥,意必与境会,音必与格调,文必与质比,非独其材过人,盖根之性情者深哉!则其所得于丘壑之助不小也。

  (明)屠隆《李山人诗集序》,《白榆集》卷三,明刊本

  予往来维扬,与大仪李季宣友善。向后音徽莫嗣。顷乃从南州汪鲁望所相闻,因以知鲁望之材常为淮海间重。劳思久之。逾年鲁望举秋试,而予偶以龙沙之会如章门,过而问之。出肃轩然与语,道述文雅交游之际,豁如也。后夜复过我玉茗堂中,出其诗读之,乃复锵然逸韵,若明玑之乍转于盘,而利刃之初发于硎也。喜维扬之士能得鲁望。虽然,维扬轴天下佳丽之处。登昭明台,访旧芜城,亦足发文士之致;加以临长江,望远海,江山助人。所集胜友如鹜,以鲁望风神意度,出乎人而当比,才思永激,比日以新。然则鲁望之与维扬,盖两相得也。兹且复如扬而与计吏偕,观齐鲁燕赵之风,尽雍容感慨之气,至都而人物地形之观始极。诚有以得之,诗道当亦深广,岂有穷哉!

  (明)汤显祖《栖约斋集文选序》,《汤显祖诗文集》卷五十,上海古籍出版社本

  鹿城雁荡之区,奇秀甲天下,故生长其间者,率清远夷旷,矙然埃壒之表,至发为诗歌,亦往往与其人类,盖山川之助云。

  (明)胡应麟《方外吟序》,《少室山房类稿》卷八十一,《续金华丛书》本

  山人于诗偏好王维、孟浩然,故不为刻酷雄深莽客语,而兴象萧疏,神情玄畅,如藉茂草,荫长松,临水登山,嗒然竟日,每一诵之,辄使人

有轻世遗累，蜉蝣方外意，即亡论其格，极其才，穷其致，摩诘、襄阳门户，无难从也。谈者以为山人家雁宕而客武夷，奄有二方之胜，宜所为诗，宛类其人若此。

    （明）胡应麟《方外吟序》，《少室山房类稿》卷八十一，《续金华丛书》本

  元季多奇人，出语必惊众。山川纵吞吐，造物时簸弄。魂梦游玉楼，敲推入醋瓮。嗟彼龙豹姿，甘为鬼才用。

    （明）胡应麟《婺七贤诗·陈隐侯君采》，《少室山房类稿》卷十七，《续金华丛书》本

  古今为诗者，于寻常景物，率尔下笔，颇多佳语，至于名山大川，立意构词，乃反失之，何则？物有以夺其气也。余于三楼，亦颇以雄丽自失，辟如解音声人，曲窗呕哑，亦成佳韵，及置酒高会，冠舄纷错，辄面赤舌颤而不能吐者，气先慑也。

    （明）袁宏道《四楼咏引》，《袁宏道集笺校》卷五十四，上海古籍出版社本

  兄近作益咄咄逼人矣，甚矣山水之能发藻思也。

    （明）袁中道《答王天根》，《珂雪斋近集》上册，上海书店重印本

  予观卧子新诗而重有感焉，士当不得志而寄情篇什，忧闷悲裂，隽词遥旨，往往有之。然未若躬历山川，意驰草木，眺曩迹，本土风，览宫阙之嵯峨，极边庭之萧瑟，为情与境雄也。

    （明）周立勋《白云草序》，《陈忠裕公全集》卷首，清刊本

  出入风雨，卷舒苍翠，走造化于笔端，可以哂洪谷，笑范宽，醉骂马远诸人矣。

    （清）恽正叔《南田论画》，《历代论画名著汇编》本

  今位初以少年负才气，历两浙、徐、兖、燕、蓟之域，帝京宫阙之盛，江、淮、黄河、泰岱、黄山之奇壮，皆收之于舟车杖屐之间，得江山

之助如此，诗之工可知矣！钟嵘评刘公幹诗，以为仗气爱奇，动多振绝，但气过其文，雕润恨少。位初之诗，亦以气胜，有公幹之风。唐人作诗，有月锻季炼者，有刿鉥心目、搯擢肾胃者，此诚太过。然所谓雕润，殆不可少也。以位初之才气，而更加以熔铸藻缋，即轶东平而上之，岂难者哉。是在位初勉之耳！

（清）归庄《江位初诗序》，《归庄集》卷三，中华书局本

同公静秀而文，诗亦如其人，有潇洒出尘之韵，良不易得……又居太湖之中，洞庭名胜之地，以三万六千顷之波涛荡其胸，以七十二峰之云烟木石豁其目，而年方盛壮，学诗之志又专，吾知其诗必日新月异，未可量也！

（明）归庄《浮屠同岑诗序》，《归庄集》卷二，中华书局本

余读太史公自序："二十而游江、淮，上会稽，浮沅、湘，涉汶、泗。"杜子美《壮游》诗，入吴渡浙，放荡齐赵。故知二公之文章，得江山之助为多。余读先生全集，自燕齐以至淮南、江左，名胜古迹，六年之中，题咏殆遍，不以簿书鞅掌损其胜情；诗之才调风格，又压等辈而蹑古人。他日拥传按节，倘在楚地，果得洞庭之缘，知必更有惊人之作，与"吴楚"、"乾坤"之句争雄千古。

（清）归庄《王阮亭忆洞庭诗序》，《归庄集》卷三，中华书局本

恺似以少壮之年，屡往还浙、闽数千里之地，山川古迹、景物风俗，历历在目，于是有《江行杂诗》二十首。辛亥冬，出以示余。奇句云涌。爽致山立，几欲与杜陵《秦州》并驱。恺似以旷世之才，又得江山之助，宜其卓绝如此……读诸咏，不独羡其壮游，更羡其才之能称其游也。

（清）归庄《题孙恺似江行杂诗》，《归庄集》卷四，中华书局本

天下之道，未有见之不真，蓄之不厚，而可以苟为之者。子久以画名，其所以得传者固有说。尝考子久，常熟人，去大海九十里，焉知其不常登蜃楼以观日，习潮音而听涛涌，而后以其灵奇恍惚之况，寓之于画

耶？司马子长作《史记》，必先游览天下，书画之道，未必不与此通也。且子久既以画名矣，而乃自号曰"大痴"。痴则不画，画则不痴，二者果可兼乎？以是知子久之画，又必其有无饥无温，齐毁齐誉之性情寓其中，而后进乎技也。故山水者，天下之神气也。其始必日见山水，罗而致之几席之间，以蓄其气；其终当遂无山无水，以吾心之浩浩落落，沛然与之为一，而乃传其种。盖茗是其不易也。而世俗之为画，顾有终身不见山水者，何也？且甚或终日见焉，而犹之不见者，又未可知也，而况乎其能求之无山与水者乎？呜乎！天下容有习且熟于其真，而举而为之，常不得其似者，未有望而摹其似，而有得者也。画何独不然。

（清）侯方域《书黄子久画后》，《壮悔堂文集》卷九，《四部备要》本

自居庸折而南，连峰出没者百数，以其在都城右，合名之曰西山。游者或徒或骑，各随所适，故历境往往不同。能文之士辄为赋诗记事，盖非以衒其才，而山水之胜足以移人情者，言之不能已也。

（清）朱彝尊《朱人远西山诗序》，《曝书亭集》卷三十八，《四部备要》本

锡山之泉，居水品第二。自扬子中泠水莫得其真，而众水皆出。是泉之下县治万家，负郭之廛相比富者，饰楼榭亭池以恣游，衍士虽贫，水茨水槛亦必有竹树交映，清江淡沲，演漾门户之外。其人多简秀自好，所为诗文，每以真意取胜，无凌厉叫嚣之习，信夫山水之足以益人情性也。

（清）朱彝尊《秋水集序》，《曝书亭集》卷三十七，《四部备要》本

林处士泉石自娱，笔墨得湖山之助，故清绮绝伦，可谓人与地两无负也。惜带晚唐风气，未免调卑句弱，时有狐裘羔袖之恨。

（清）贺裳《载酒园诗话》，《清诗话续编》本

《发同谷县》十一首，艰难是诗骨，山川特诗料，有化工笔，使有情无情，相助喷礴。○有意无意中点入自己心事，方见山川奇险，处处与游人为难，不然只是写景剩语耳。○若琐屑描画，寸步不离，即成篇亦已非

诗。看他用笔不到处，俱有奇险神理，此岂诗人所能办！○后人经历山水奇绝处，亦有名作，但为景所压，七嘴八舌，犹自形容不了，那有工夫说自己来此缘由。惟其摹写光景，遗却性情，此所以不及古人耳。

（清）张谦宜《絸斋诗谈》卷四，《清诗话续编》本

　　所居钟山海之胜，故笔下苍秀。读书涵养，骨力朴老，此老生平得力处。

（清）张谦宜《絸斋诗谈》，卷六，《清诗话续编》本

　　然君诗则自出都后且益工，盖天才踔厉，其所固然，而又得江山戎马之助，以发抒其奇。当夫乘轺问俗，停鞭览古，兴酣落笔，百怪奔集，故雄丽奇恣，不可逼视，虽欲不传，不可得也。

（清）蒋士铨《瓯北集序》，《瓯北集》卷首，清寿考堂本

　　诗不但因时，抑且因地。如杜牧之云："南山与秋色，气势两相高。"此必是陕西之终南山。若以咏江西之庐山，广东之罗浮，便不是矣。即如"夜足沾沙雨，春多逆水风"，不可以入江、浙之舟景。"阊阖晴开昳荡荡，曲江翠幕排银榜"，不可以咏吴地之曲江也。明矣！今教粤人学为诗，而所习者，止是唐诗，只管蹈袭，势必尽以西北方高明爽垲之时景，熟于口头笔底，岂不重可笑欤？所以闽十子、吴四子、粤五子皆各操土音，不为过也。○格调自要高雅，不以方隅自限，此则存乎其人耳。

（清）翁方纲《石洲诗话》卷二，《清诗话续编》本

　　永、柳山水孤峻，与永嘉、陇、蜀各别，故子厚诗文，不必谢之森秀，杜之险壮，但寓目辄书，自然独造。

（清）乔亿《剑溪说诗》卷上，《清诗话续编》本

　　凡作诗必要书味熏蒸，人皆知之。又须山水灵秀之气，沦浃肌骨，始能穷尽诗人真趣，人未必知之。试观古名人之性情，未有不与山水融合者也。观今之诗人，但观其游览诸作，虽满纸林泉，而口齿间总少烟霞气，此必非真诗人也。

（清）厉志《白华山人诗说》卷二，《清诗话续编》本

龚自珍曰：平原旷野，无诗也；沮洳，无诗也；硗确狭隘，无诗也；适市者，其声嚣；适鼠壤者，其声嘶；适女闾者，其声不诚。天下之山川，莫尊于辽东。辽俯中原，逶迤万余里，蛇行象奔，而稍稍洿之，乃卒恣意横溢，以达乎岭外。大海际南斗，竖亥不可复步，气脉所届，怒若未毕；要之山川首尾可言者则尽此矣。诗有肖是者乎哉？诗人之所产，有禀是者乎哉？自珍又曰：有之。

（清）龚自珍《送徐铁孙序》，《龚自珍全集》第二辑，上海人民出版社本

人知游山乐，不知游山学。人生天地间，息息宜通天地籥。特立山之介，空洞山之聪，渟蓄山之奥，流驶山之通。泉能使山静，石能使山雄，云能使山活，树能使山葱。谁超泉石云树外，悟入介奥通明中。游山浅，见山肤泽；游山深，见山魂魄。与山为一始知山，寐寐形神合为一。蜗争膻慕世间人，请来一共云山夕。

（清）魏源《游山吟八首》之二，《魏源集》，中华书局本

太白十诗九言月，渊明十诗九言酒，和靖十诗九言梅，我今无一当何有！惟有耽山情最真，一丘一壑不让人，画时所历梦同趣，贮山胸似贮壶冰。渊明面庐无一咏，太白登华无一吟，永嘉虽遇谢公屐，台荡胜迹皆未寻。昔人所欠将余俟，应笑十诗九山水。他年诗集如香山，供养衡云最深里。

（清）魏源《戏自题诗集》，《魏源集》，中华书局本

今年春君又出《蜀游草》一卷见示。盖自京师首涂，由秦入蜀，又由蜀而楚，以至吾浙，所历如井陉之险，太华之高，剑阁之崭岩，瞿圹之轰辐，无不见之于诗。初不必如韩昌黎所谓"险语破鬼胆"者，而每读一篇，令人如身履其地，如目睹其景。姚武功云："格调江山峻，功夫日月深"，君诗之谓矣。

（清）俞樾《丁濂甫同年蜀游草序》，《春在堂杂文》续编三，清刊本

若夫精神的文明与地理关系者亦不少。凡天然之景物过于伟大者，使

人生恐怖之念，想象力过敏，而理性因以减缩，其妨碍人心之发达；阻文明之进步者实多，苟天然景物得其中和，则人类不被天然所压服，而自信力乃生，非直不怖之，反爱其美，而为种种之试验，思制天然力以为人利用。以此说推之，则五大洲之中，亚、非、美三洲，其可怖之景物较欧洲为多，不特山川、河岳、沙漠等终古不变之物为然耳，如地震、飓风、疫疠等不时之现象，欧洲亦较少于他洲。故安息时代之文明，大率带恐怖天象之意，宗教之发达，速于科学，迷信之势力，强于道理。彼埃及人所拜之偶像，皆不作人形。秘鲁亦然，墨西哥亦然，印度亦然。及希腊之文明起，其所塑绘之群神，始为优美人类之形貌，其宗教始发于爱心，而非发于畏心。此事虽小，然亦可见安息埃及之文明，使人与神之距离远，希腊之文明，使人与神之距离近也。而希腊所以能为世界中科学之祖国者，实由于是。

既就欧洲内论之，亦有可以证明此例者。欧洲中火山地震等可怖之景，惟南部两半岛最多，即意大利与西班牙、葡萄牙是也。而在今日之欧洲，其人民迷信最深，教会之势力最强者，惟此三国。且三国中，虽美术家最多，而大科学家不能出焉。此亦天然之景物与想象理性之开发有关系一明证也。

要而论之，欧罗巴以前之文明，全持天然界之恩惠。其得之也，非以人力，故虽能发生，而不能进步。欧洲则适相反，其天然界不能生文明，故自外输入之文明，不可不以人力维持之，兢兢焉，勤勤焉，而此兢兢勤勤之人力，即进步之最大原因也。

（清）梁启超《地理与文明之关系》，《饮冰室文集》卷十，中华书局本

由此观之，历代王霸定鼎，其在黄河流域者，最占多数。固由所蕴所受使然，亦由对于北狄取保守之势，非据北方而不足以为拒也。而其据于此者，为外界之现象所风动所熏染，其规模常宏远，其局势常壮阔，其气魄常磅礴英鸷，有俊鹘盘云，横绝朔漠之概。

由此观之，建都于扬子江流域者，除明太祖外，大率皆创业未就，或败亡之余，苟安旦夕者也。为其外界之现象所风动所熏染，其规模常绮丽，其局势常清隐，其气魄常文弱，有月明画舫缓歌慢舞之观。

其在文学上，则千余年南北峙立，其受地理之影响，尤有彰明较著

者，试略论之。……

（四）词章　燕赵多慷慨悲歌之士，吴楚多放泆纤丽之文，自古然矣。自唐以前，于诗于文于赋，皆南北各为家数。长城饮马，河梁携手，北人之气概也；江南草长，洞庭始波，南人之情怀也。散文之长江大河一泻千里者，北人为优；骈文之镂云刻月善移我情者，南人为优。盖文章根于性灵，其受四围社会之影响特甚焉。自后世交通益盛，文人墨客，大率足迹走天下，其界亦寖微矣。

（五）美术音乐　吾中国以书法为一美术，故千余年来，此学蔚为大国焉。书派之分，南北尤显，北以碑著，南以帖名，南帖为圆笔之宗，北碑为方笔之祖。遒健雄浑，峻峭方整，北派之所长也，《龙门二十品》、《爨龙颜碑》、《吊比干文》等为其代表。秀逸摇曳，含蓄潇洒，南派之所长也，《兰亭》、《洛神》、《淳化阁帖》等为其代表。盖虽雕虫小技，而与其社会之人物风气，皆一一相肖有如此者，不亦奇哉！画学亦然。北派擅工笔，南派擅写意。李将军（思训）之金碧山水，笔格遒劲，北宗之代表也。王摩诘之破墨水石，意象逼真，南派之代表也。音乐亦然。《通典》云："祖孝孙以梁陈旧乐，杂用吴楚之音，周隋旧乐，多涉胡戎之技，于是斟酌南北，考以古音，而作大唐雅乐。"直至今日，而西梆子腔与南昆曲，一则悲壮，一则靡曼，犹截然分南北两流。由是观之，大而经济、心性、伦理之精，小而金石、刻画、游戏之末，几无一不与地理有密切之关系。天然力之影响于人事者，不亦伟耶，不亦伟耶。

大抵自唐以前，南北之界最甚，唐后则渐微，盖"文学地理"常随"政治地理"为转移。自纵流之运河既通，两流域之形势，日相接近，天下益日趋于统一，而唐代君主上下，复努力以联贯之，贞观之初，孔颖达、颜师古等奉诏撰《五经正义》，既已有折衷南北之意。祖孝孙之定定，亦其一端也。大家之韩柳，诗家之李杜，皆生江河两域之间，思起八代之衰，成一家之言。书家如欧（询）、虞（世南）、褚（遂良）、李（邕）、颜（真卿）、柳（公权）之徒，亦皆包北碑南帖之长，独开生面。盖调和南北之功，以唐为最矣。由此言之，天行之力虽伟，而人治恒足以相胜。今日轮船铁路之力，且将使东西五洲合一炉而共冶之矣，而更何区区南北之足云也。

（清）梁启超《中国地理大势论》，《饮冰室文集》卷十，中华书局本有灵运然后有山水，山水之蕴不穷，灵运之诗弥旨。山水之奇，不能自发，而灵运发之。仆尝一游吴、越之山水矣，每当即景延览之际，忆"昏旦变气候，山水含清晖。清晖能娱人，游子憺忘归"之诗，击杖而歌，低徊无已。及其风泉奔会，林籁相发，与夫岚霭烟霏，举目无状，乃知"异音同至听"，"空翠难强名"诸语之妙有化工。故谓山水之奇蕴，无时不有，而游非其人，不知也。

（清）佚名《静居绪言》，《清诗话续编》本

2. 文章者　原出五经——源于书本

《易》与天地准，故能弥纶天地之道。仰以观于天文，俯以察于地理，是故知幽明之故。

（先秦）《周易·系辞上》卷七，《十三经注疏》本

夫文章者，原出五经。诏命策檄，生于《书》者也；序述论议，生于《易》者也；歌咏赋颂，生于《诗》者也；祭祀哀诔，生于《礼》者也；书奏箴铭，生于《春秋》者也。朝廷宪章，军旅誓诰，敷显仁义，发明功德，牧民建国，施用多途。至于陶冶性灵，从容讽谏，入其滋味，亦乐事也。

（北齐）颜之推《颜氏家训·文章第九》，上海古籍出版社本

三极彝训，其书言经。经也者，恒久之至道，不刊之鸿教也。故象天地，效鬼神，参物序，制人纪，洞性灵之奥区，极文章之骨髓者也。皇世三坟，帝代五典，重以八索，申以九丘，岁历绵暧，条流纷糅，自夫子删述，而大宝咸耀。于是易张十翼，书标七观，诗列四始，礼正五经，春秋五例，义既极乎性情，辞亦匠于文理，故能开学养正，昭明有融。然而道心惟微，圣谟卓绝，墙宇重峻，而吐纳自深。譬万钧之洪钟，无铮铮之细响矣。

……

赞曰：三极彝道，训深稽古。致化归一，分教斯五。性灵熔匠，文章奥府。渊哉铄乎，群言之祖。

（南朝·梁）刘勰《文心雕龙·宗经》，人民文学出版社本

故论说辞序，则易统其首；诏策章奏，则书发其源；赋颂歌赞，则诗立其本；铭诔箴祝，则礼统其端；纪传铭檄，则春秋为根：并穷高以树表，极远以启疆，所以百家腾跃，终入环内者也。若禀经以制式，酌雅以富言，是仰山而铸铜，煮海而为盐也。

（南朝·梁）刘勰《文心雕龙·宗经》，人民文学出版社本

故文能宗经，体有六义：一则情深而不诡，二则风清而不杂，三则事信而不诞，四则义直而不回，五则体约而不芜，六则文丽而不淫。扬子比雕玉以作器，谓五经之含文也。夫文以行立，行以文传，四教所先，符采相济，励德树声，莫不师圣；而建言修辞，鲜克宗经。是以楚艳汉侈，流弊不还，正末归本，不其懿欤！

（南朝·梁）刘勰《文心雕龙·宗经》，人民文学出版社本

至于根柢槃深，枝叶峻茂，辞约而旨丰，事近而喻远，是以往者虽旧，余味日新，后进追取而非晚，前修文用而未先，可谓太山遍雨，河润千里者也。

（南朝·梁）刘勰《文心雕龙·宗经》，人民文学出版社本

若乃羲农轩皞之源，山渎钟律之要，白鱼赤乌之符，黄金紫玉之瑞，事丰奇伟，辞富膏腴，无益经典而有助文章。是以后来辞人，采摭英华，平子恐其迷学，奏令禁绝；仲豫惜其杂真，未许煨燔；前代配经，故详论焉。

赞曰：荣河温洛，是孕图纬。神宝藏用，理隐文贵。世历二汉，朱紫腾沸。芟夷谲诡，采其雕蔚。

（南朝·梁）刘勰《文心雕龙·正纬》，人民文学出版社本

谚者，直语也。丧言亦不及文，故吊亦称谚。廛路浅言，有实无华。邹穆公云："囊满储中。"皆其类也。太誓曰："古人有言：'牝鸡无晨。'"大雅云："人亦有言：'惟忧用老。'"并上古遗谚，诗书所引者也。至于陈琳谏辞，称"掩目捕雀"；潘岳哀辞，称"掌珠伉俪"：并引俗说而为文辞者也。夫文辞鄙俚，莫过于谚，而圣贤诗书，采以为谈；况

逾于此，岂可忽哉！

(南朝·梁) 刘勰《文心雕龙·书记》，人民文学出版社本

街谈巷议，时有可观，小说卮言，犹贤于已。

(唐) 刘知幾《史通·杂述》，中华书局本

百家诸子，私存撰录，寸有所长，实广闻见。

(唐) 刘知幾《史通·采撰》，中华书局本

盖山有木，工则度之。况举世文章，岂无其选？但苦作者书之不读耳。

(唐) 刘知幾《史通·载文》，中华书局本

公之作本乎王道，大抵以五经为泉源，抒情性以托讽，然后有歌咏；美教化，献箴谏，然后有赋颂；悬权衡以辩天下，公是非，然后有论议。至若记序编录铭鼎刻石之作，必采其行事，以正褒贬，非夫子之旨不书。故风雅之指归，刑政之本根，忠孝之大伦，皆见于词，于时文士驰骛，飚扇波委，二十年间，学者稍厌折扬皇荂，而窥咸池之音者什五六，识者谓之文章中兴，公实启之。

(唐) 独狐及《检校尚书吏部员外郎赵郡李公中集序》，《全唐文》卷三百八十八，中华书局本

抑又有难者，愈之所为不自知其至犹未也？虽然，学之二十余年矣。始者非三代两汉之书不敢观，非圣人之志不敢存，处若忘，行若遗，俨乎其若思，茫乎其若迷。当其取于心而注于手也，惟陈言之务去，戛戛乎其难哉！其观于人，不知其非笑之为非笑也。如是者亦有年，犹不改，然后识古书之正伪，与虽正而不至焉者，昭昭然白黑分矣。而务去之，乃徐有得也。当其取于心而注于手也，汩汩然来矣。其观于人也，笑之则以为喜，誉之则以为忧，以其犹有人之说者存也。如是者亦有年，然后浩乎其沛然矣。吾又惧其杂也，迎而距之，平心而察之，其皆醇也，然后肆焉。

(唐) 韩愈《答李翊书》，《韩昌黎全集》卷十六，《四部备要》本

呜乎！穗而朝其魁，不近于义耶？舍沮洳而之江海，自微而务著，不

近于智邪？今之学者始得百家小说而不知孟轲荀杨氏之道，或知之又不汲汲于圣人之言，求大中之要，何也？百家小说沮洳也，孟轲荀杨氏圣人之渎也，六籍者，圣人之海也。苟不能舍沮洳而求渎，由渎而至于海，是人之智反出于水虫下，能不悲夫？吾是以志夫蟹。

（唐）陆龟蒙《蟹志》，《全唐文》卷八百〇一，中华书局本

吾观足下之文五六万言，如观于天。吾见万象森布罗列于上，吾不见日行之有道焉、月行之有次焉、星行之有躔焉。然水汗漫中夏，其泛也，其广也，其出必有源，其归必于海。出不于其源，归不于其海，则为中国之患焉。岂得所以为水之道？伏羲、神农、黄帝、尧、舜、禹、汤、文、武、周公、孔子，所以为文之道也。

由是道，则圣人之徒矣。离是道，不杨则墨矣，不佛则老矣，不庄则韩矣。足下为文，始宗于圣人，终要于圣人，为日行有道，月行有次，星行有躔，水出有源，亦归于海，尽为文之道矣。

（宋）石介《与张秀才书》，《石徂徕集》卷之上，《丛书集成》本

盖尝以为学诗者，必探赜六经，以浚其源；历观古今，以益其波；玩物化之无极，以穷其变；窥古今之步趋，以律其度。虽知其然而病未能也。窃尝叹夫自诗人以来，莫盛于唐，读其诗者，皆粲然可喜，而考其平生，鲜有轨于大道而厌足人意者，其甚者，曾与闾阎儿童之见无以异。此风也，至唐之季年而尤剧，使人鄙厌其文，惟恐持去之不速。

（宋）朱松《上赵漕书》，《韦斋集》卷九，《四部丛刊》本

凡作诗，平居须收拾诗材以备用。退之作《范阳卢殷墓志》云"于书无所不读，然止用以资为诗"是也。

（宋）强幼安《唐子西文录》，《历代诗话》本

少陵在布衣中，慨然有致君尧、舜之志，而世无知者，虽同学翁亦颇笑之，故"浩歌弥激烈"，"沉饮聊自遣"也。此与诸葛孔明抱膝长啸无异，读其诗，可以想其胸臆矣。嗟夫，子美岂诗人而已哉！其云："彤庭所分帛，本自寒女出。鞭挞其夫家，聚敛贡城阙。圣人筐篚恩，实欲邦国

活。臣如忽至理，君岂弃此物。多士盈朝廷，仁者宜战栗。"又云："朱门酒肉臭，路有冻死骨。荣枯咫尺异，惆怅难再述。"方幼子饿死之时，尚以常免租税不隶征伐为幸，而思失业徒，念远戍卒，至于"忧端齐终南"，此岂嘲风咏月者哉？盖深于经术者也，与王吉贡禹之流等矣。

（宋）张戒《岁寒堂诗话》卷下，《历代诗话续编》本

《东皋杂录》云："有问荆公：'老杜诗，何故妙绝古今？'公曰：'老杜固尝言之：读书破万卷，下笔如有神。'"

（宋）胡仔《苕溪渔隐丛话》后集卷第五，人民文学出版社本

《易》、《诗》、《书》、《仪礼》、《春秋》、《论语》、《大学》、《中庸》、《孟子》，皆圣贤明道经世之书，虽非为作文设，而千万世文章从是出焉。

（宋）李涂《文章精义》，清刊本

予闻近世之评诗者：渊明之辞甚高，而其指则出于庄老；康节之辞若卑，而其指则原于六经。以余观之，渊明之学正自经术中来，故形之于诗，有不可掩。荣木之忧，逝川之叹也。贫士之咏，箪瓢之乐也。食薇饮水之言，衔木填海之喻，至深痛切。顾读书弗之察尔。渊明之志若是，又岂毁彝伦、外名教者可同日语乎？

（宋）真德秀《跋黄瀛甫拟陶诗》，《真文忠公文集》卷三十六，《四部丛刊》本

周茂叔居濂溪，前辈名士多赋濂溪诗。茂叔能知人，二程从文兄南游时，方十余岁。茂叔爱其端爽，谓人曰："二子他日当以经行，为世所宗。"其后果如其言。崇宁以来，非王氏经术皆禁止，而士人罕言，其学者号伊川学，往往自相传道，举子之得第者，亦有弃所学而从之者。建安尤盛，伊川一日对群弟子，取毛诗读一二篇，掩卷曰："诗人托兴立言，引物连类，其义理炳然如此，其文章浑然如此，诸君尚何疑耶？若劳苦旁求，谓我所得，以眩惑后生辈，吾不忍也。非独诗为然，凡圣人书，熟读之，其义自见，藏之于心，终身可行，患在信之不笃耳。"

（宋）朱弁《曲洧旧闻》卷三，《丛书集成》本

兰溪徐公夙有闻家庭所传先儒道德性命之说，而尤精于史学。凡司马氏《资治通鉴》所纪君臣事实，可以寓褒贬而存劝戒者，人为一诗，总若干首。大义炳然，本乎圣经之旨，诚有功于名教者也。《春秋》作于诗之既亡，而诗之能使人创艾兴起者，乃复见于《春秋》绝笔千百年之后，岂非先民性情之正有不亡者存，诗与《春秋》固可迭相为用乎？

　　　　　　　　（元）黄溍《徐氏咏史诗后序》，《黄文献集》卷六，《丛书集成》本

今之学者，倘有志乎诗，须先将汉魏盛唐诸诗，日夕沉潜讽咏，熟其词，究其旨，则又访诸善诗之士，以讲明之。若今人之治经，日就月将，而自然有得，则取之左右逢其源。苟为不然，我见其能诗者鲜矣。是犹孩提之童，未能行者而欲行，鲜不仆也。

　　　　　　　　（元）杨载《诗法家数》，《历代诗话》本

文者，所以明理也。自六经以来，何莫不然。其正者自正，奇者自奇，皆随其所发而合于理，非故为是平易险怪之别也。后世作文者不是之思，始夸诩以为富，剽疾以为快，诙诡以为戏，刻画以为工，而于理始远矣。故尝谓学为文者，皆当以六经为师，舍六经无师矣。江右刘君某，年甚盛，气甚充，作为诗文数百篇，其锋殆不可当。然窃患刘君之才过多，若有不必作而作者。夫六经之为文也，一经之中一章不可少，一句一字不可阙，盖其谨严如此，故立千万年，为世之经也。余老病废学，刘君不以余为不肖，一再下问，不敢不以诚告。刘君以余言为然耶，则一以经为法，一以理为本，必不可不作者勿使无，可不作者勿使剩，如此，他日当追配古人，岂止蒯屈，贾之垒，短曹、刘之墙而已哉！

　　　　　　　　（元）赵子昂《刘孟质文集序》，《赵孟頫集》卷六，浙江古籍出版社本

去古远矣，世之论文者有二：曰载道，曰纪事。记事之文，当本之司马迁、班固；而载道之文，舍六籍吾将焉从？虽然，六籍者本与根也；迁、固者枝与叶也。此固近代唐子西之论，而予之所见，则有异于是也。六籍之外，当以孟子为宗，韩子次之，欧阳子又次之，此则国之通衢，无

荆榛之塞，无蛇虎之祸，可以直趋圣贤之大道。
　　　　　　（明）宋濂《文原》，《宋学士全集》卷二十五，《丛书集成》本

　　昔者先师黄文献公尝有言曰：作文之法，以群经为本根，迁、固二史为波澜。本根不蕃，则无以造道之原；波澜不广，则无以尽事之变。舍此二者而为文，则槁木死灰而已。予窃识之不敢忘。
　　　　　　（明）宋濂《叶夷仲文集序》，《宋学士全集》卷七，《丛书集成》本

　　诗与诸经同名而体异，盖兼比兴、协音律、言志厉俗，乃其所尚。后之文皆出诸经，而所谓诗者，其名固未改也，但限以声韵，例以格式，名虽同而体尚亦各异。
　　　　　　（明）李东阳《镜川先生诗集序》，《李东阳集》文前稿卷八，岳麓书社本

　　今之有志于为文者，当本之六经以求其祖龙。而至于马迁，则龙之出游，所谓太行华阴而之秦中者也。故其气尚雄厚，其规制尚自宏远，若遽因欧曾以为眼界，是犹入金陵而览吴会，得其江山逶迤之丽，浅风乐土之便，不复思履殽函，以窥秦中者也。
　　　　　　（明）茅坤《复唐荆川司谏书》，《茅鹿门集》卷三，清刊本

　　窃谓天地间万物之情，各有其至，而世之文章家当于六籍中求其吾心者之至，而涤于其道，然后从而发之为文，譬则金之在冶，而种种色色，无不得其鼓铸之真，即如仆所顷次韩昌黎辈，而属之八大家……而八君子者之中，曾子固殊属木讷蹇涩，嗷之无声，嘘之无焰者，而仆犹取之，以其所序《战国策》诸书及记筹册，宜学黄诸文，盖亦翩然能得古六籍之遗而言之者已。要之，非世所谓翡翠珊瑚，刻镂剿膚之饰而为之文者。故苏长公尝称韩昌黎起八代之衰，其所指者固在此。
　　　　　　（明）茅坤《复陈五岳方伯书》，《茅鹿门集》卷四，清刊本

　　柳宗元曰："本之《书》以求其质，本之《诗》以求其情，本之《礼》以求其宜，本之《春秋》以求其断，本之《易》以求其动，参之

《榖梁氏》以厉其气，参之《孟》、《荀》以畅其支，参之《老》、《庄》以肆其端，参之《国语》以博其趣，参之《离骚》以致其幽，参之太史以著其洁。"

（明）王世贞《艺苑卮言》卷一，《历代诗话续编》本

词曲虽小道哉，然非多读书，以博其见闻，发其旨趣，终非大雅。须自《国风》、《离骚》、古乐府及汉、魏、六朝、三唐诸诗，下迨《花间》、《草堂》诸词，金、元杂剧诸曲，又至古今诸部类书，俱博搜精采，蓄之胸中，于抽毫时，掇取其神情标韵，写之律吕，令声乐自肥肠满脑中流出，自然纵横该洽，与剿袭口耳者不同。

（明）王骥德《曲律》卷二"论须读书"条，《中国古典戏曲论著集成》（四），中国戏剧出版社本

余闻古之学者，九经以为经，三史以为纬，降而游于艺，则秦、汉以下迄于唐、宋诸家，其规矩绳墨也。九经、三史之学，专门名家，穷老尽气，苟能通其条贯，穷其指要，则亦代不数人矣。敬之如神明，尊之如师保，宝之如天球、大训，犹惧有陨越。僭而加评隙焉，其谁敢？三史以降，皆九经之别子耳孙也，规之矩之，犹恐轶其方圆；绳之墨之，犹恐偭其平直，妄而肆论议焉，其谁敢？

（清）钱谦益《葛端调编次诸家文集序》，《牧斋初学集》卷二十九，上海古籍出版社本

儒者于六经，如法吏之于三尺，一字动摇不得。法吏定罪，必据三尺。儒者论事，必本六经。自儒者之是非六经也，所以邪说竞作，更无以压之。宋朝诸君子，直是未睹其害耳。读六籍，心有不合，如见父母之过，口不得言也。初读时多不合，久后学问进，便觉得自家粗浅。

（清）冯班《读古浅说》，《钝吟杂录》卷四，《丛书集成》本

……然后知进学之必有本，而文章不离乎经术也。西京之文，惟董仲舒、刘向经术最纯，故其文最尔雅。彼扬雄之徒，品行自诡于圣人，务掇奇字以自矜尚，安知所谓文哉？魏晋以降，学者不本经术，惟浮夸是务，

文运之厄数百年。

　　　　　（清）朱彝尊《与李武曾论文书》，《曝书亭集》卷三十一，《四部备要》本

　　秦汉唐宋，虽代有升降，要文之流委而非其源也。颜之推曰："文章者，原出五经。"而柳子厚论文亦曰："本之《书》，以求其质；本之《诗》，以求其情；本之《礼》，以求其宜；本之《春秋》，以求其断；本之《易》，以求其动。"王禹偁曰："为文而舍六经，又何法焉？"李涂曰："经虽非为作文设，而千万代文章从是出。"是则六经者，文之源也，足以尽天下之情之辞之政之心，不入于虚伪而归于有用。执事诚欲以古文名家，则取法者莫若经焉尔矣。

　　　　　（清）朱彝尊《答胡司臬书》，《曝书亭集》卷三十三，《四部备要》本

　　夫诗之道，有根柢焉，有兴会焉，二者率不可得兼。镜中之象，水中之月，相中之色；羚羊挂角，无迹可求，此兴会也。本之风雅，以导其源；溯之楚骚、汉魏乐府诗，以达其流；博之九经、三史、诸子以穷其变，此根柢也。根柢原于学问，兴会发于性情。于斯二者兼之，又斡以风骨，润以丹青，谐以金石，故能衔华佩实，大放厥词，自名一家。

　　　　　（清）王士禛《带经堂诗话》卷三，人民文学出版社本

　　经为天地之常道，冥行摘埴，中道而回惑迷谬者众矣。而其病有三：曰依托，曰摹拟，曰附会。何谓依托？王莽《大诰》，苏绰《周官》，圣贤心法，借以饰其浊乱，是谓侮经。何谓摹似？扬雄《太元》，王通《元经》，后人著撰，辄敢上比神圣，是谓僭经。何谓附会？董生《繁露》，韩婴《外传》，偭背经旨，铺陈杂说，是谓畔经。侮与僭与畔，皆不得其宗者也。律以郑贾，衷心程朱，心术端而经学纯，经学纯而风俗化。宗之一说，所以立文章之根柢也。此吾所以植其本也。

　　　　　（清）杭世骏《古文百篇序》，《道古堂文集》卷八，清刊本

　　诗文同出六籍。文流而为纂组文艺，诗流而为声律之工，非诗文矣。

　　　　　（清）章学诚《陈东浦方伯诗序》，《校雠通义·外篇》，上海古籍出版社本

周衰文弊，六艺道息，而诸子争鸣。盖至战国而文章之变尽，至战国而著述之事专，至战国而后世之文体备……

战国之文，其源皆出于六艺，何谓也？曰：道体无所不该，六艺足以尽之。诸子之为书，其持之有故而言之成理者，必有得于道体之一端，而后乃能姿肆其说，以成一家之言也。所谓一端者，无非六义之所该，故推之而皆得其所本，非谓诸子果能服六艺之教而出辞必衷于是也。老子说本阴阳，庄、列寓言假象，《易》教也；邹衍侈言天地，关尹推衍五行，《书》教也；管、商法制，义存政典，《礼》教也；申、韩刑名，旨归赏罚，《春秋》教也；其他杨、墨、尹文之言，苏、张，孙、吴之术，辨其原委，挹其旨趣，九流之所分部，《七录》之所叙论，皆于物曲人官得其一致，而不自知为六典之遗也。

战国之文既源于六艺，又谓多出于诗教，何谓也？曰：战国者，纵横之世也，纵横之学，本于古者行人之官。观春秋之辞命，列国大夫聘问诸侯，出使专对，盖欲文其言以达旨而已。至战国而抵掌揣摩，腾说以取富贵，其辞敷张而扬厉，变其本而加恢奇焉，不可谓非行人辞命之极也。孔子曰："诵诗三百，授之以政，不达，使于四方，不能专对，虽多奚为？"是则比兴之旨，讽谕之义，固行人之所肄也。纵横者流推而衍之，是以能委折而入情，微婉而善讽也。九流之学，承官曲于六典，虽或原于《书》《易》《春秋》，其质多本于礼教，为其体之有所该也。及其出而用世，必兼纵横，所以文其质也。古之文质合于一，至战国而各具之质，当其用也，必兼纵横之辞以文之，周衰文弊之效也。故曰：战国者，纵横之世也。

（清）章学诚《文史通义·诗教上》，中华书局本

韩退之有言："沿河而下，苟不止，虽有迟疾，必至于海。如不得其道也，虽疾不止，终莫幸而至焉。故学者必慎其所道。道于杨、墨、老、庄、佛之学，而欲之圣人之道，犹航断港绝潢以望至于海也。"然则为诗者求合乎风人之旨，可不慎其所道哉！诗学根本六经，指义四始，放浪于庄、骚，错综于左、史，岂易言哉！

（清）乔亿《剑溪说诗》卷上，《清诗话续编》本

知始则知本。漱六艺之芳润，非本也；约六经之旨，乃本也。清昼受西方之教者，亦曰："诗，六经之菁英。"事以末来，而情以本应，末即本也。欧阳永叔不喜《史记》，苏子美不喜杜诗，询弗阅为通人；若不本之六经，虽复"熟精《文选》理"，有是非颇谬者矣。

（清）宋大樽《茗香诗论》，《清诗话》本

文字要奇伟，有精采，有英气奇气。《荀子》、《国语》皆委靡繁絮，不能振起。此亦非关世盛世衰。如《变风》、《变雅》、《离骚》，岂非衰世之文，而战国、楚、汉尤为乱世，其文奇伟，亘古莫及。但奇伟出之自然乃妙，若有意如此，又入于客气矜张，伪体假象。此存乎其人读书深，志气伟耳。若专学诗文，不去读圣贤书，培养本源，终费力不长进。如韩公便是百世师。

（清）方东树《昭昧詹言》卷一，人民文学出版社本

碧溪谓老杜"不眠忧战伐，无力正乾坤"，"安得壮士挽天河，净洗甲兵常不用"，即孟子"善战阵为大罪，战必克为民贼"意。"一朝自罪己，万里车书通"，即《无逸》、《旅獒》意。"明朝有封事，数问夜如何"，即"幸而得之，坐以待旦"意。"避人焚谏草，骑马欲鸡栖"，即"嘉谋嘉猷，入告于内，顺之于外，曰斯谋斯猷，惟我后之德"意。皆真见此老心曲，非阿所好者。诗必如老杜作，方有益于人；诗必如碧溪读，方有益于己。尝谓经术不通，不可以作诗，观碧溪之言，经术不通，亦不可以读诗也。

（清）潘德舆《养一斋诗话》卷十，《清诗话续编》本

夫六经者，周史之宗子也。《易》也者，卜筮之史也；《书》也者，记言之史也；《春秋》也者，记动之史也；《风》也者，史所采于民，而编之竹帛，付之司乐者也。《雅》、《颂》也者，史所采于士大夫也。《礼》也者，一代之律令，史职藏之故府，而时以诏王者也。《小学》也者，外史达之四方，瞽史谕之宾客之所为也。

（清）龚自珍《古史钩沉论》，《龚自珍全集》第一辑，上海人民出版社本

洪北江《晓读书斋录》上云："古人述作，皆有所本。荀子八赋，可云奇创矣，实本于《管子·小问篇》。自命之曰粟，命之曰禾，文法既同，又皆用韵。管子对桓公之言曰：'臣非圣也，善承教也。'足知古人才识，皆自学问中来。"又下云："郭璞注《尔雅》，自释训丁丁嘤鸣已下，皆用韵。学王逸《楚词章句》及《荀子·成相篇》。"按，《湛园未定稿无题集韵诗序》云："昔人评王逸少临钟元常书，谓其胜于自运。要惟逸少能之耳。"与北江此二条，皆文家不可不知。

  （清）平步青《霞外攟屑》卷七下《缥锦廛文筑下·论文》"述作有本"条，上海古籍出版社本

  学诗有八字诀，曰：多读多讲多作多改而已。盖作诗先问是非，后分工拙。……然非多读古人之诗即多作亦无用，譬无源之水，立见其涸矣。夫贵多读者，非欲剿袭意调偷用字句也，惟取触发我之性灵耳。

  （清）李沂《秋星阁诗话》，《清诗话》本

3. 乐本心术——源于心性

  昔者先王未有宫室，冬则居营窟，夏则居橧巢。未有火化，食草木之实、鸟兽之肉，饮其血，茹其毛。未有麻丝，衣其羽皮。后圣有作，然后修火之利。范金，合土，以为台榭、宫室、牖户。以炮，以燔，以亨，以炙，以为醴酪。治其麻丝，以为布帛。以养生送死，以事鬼神上帝。皆从其朔。故玄酒在室，醴醆在户；粢醍在堂，澄酒在下。陈其牺牲，备其鼎俎；列其琴瑟、管磬、钟鼓，修其祝嘏。以降上神与其先祖，以正君臣，以笃父子，以睦兄弟，以齐上下，夫妇有所。是谓承天之祜。

  （先秦）《礼记·礼运》，《十三经注疏》本

  二曰，音乐之所由来者远矣：生于度量，本于太一。太一出两仪，两仪出阴阳。阴阳变化，一上一下，合而成章。浑浑沌沌，离则复合，合则复离，是谓天常。天地车轮，终则复始，极则复反，莫不咸当。日月星辰，或疾或徐。日月不同，以尽其行。四时代兴，或暑或寒，或短或长，或柔或刚。万物所出，造于太一，化于阴阳。萌芽始震，凝寒以形。形体有处，莫不有声。声出于和，和出于适。和、适，先王定乐由此而生。天

下太平，万物安宁，皆化其上，乐乃可成。成乐有具，必节嗜欲。嗜欲不辟，乐乃可务。务乐有术，必由平出。平出于公，公出于道。故惟得道之人，其可与言乐乎！亡国戮民非无乐也，其乐不乐。溺者非不笑也，罪人非不歌也，狂者非不武也，乱世之乐，有似于此。君臣失位，父子失处，夫妇失宜，民人呻吟，其以为乐也，若之何哉？

凡乐，天地之和，阴阳之调也。始生人者，天也，人无事焉。天使人有欲，人弗得不求；天使人有恶，人弗得不辟。欲与恶，所受于天也，人不得与焉，不可变，不可易。世之学者有非乐者矣，安由出哉？

大乐，君臣、父子、长少之所欢欣而说也。欢欣生于平，平生于道。道也者，视之不见，听之不闻，不可为状。有知不见之见、不闻之闻、无状之状者，则几于知之矣。道也者，至精也，不可为形，不可为名；强为之，谓之太一。故一也者制令，两也者从听。先圣择两法一，是以知万物之情。故能以一听政者，乐君臣，和远近，说黔首，合宗亲；能以一治其身者，免于灾，终其寿，全其天；能以一治其国者，奸邪去，贤者至，成大化；能以一治天下者，寒暑适，风雨时，为圣人。故知一则明，明两则狂。

（先秦）《吕氏春秋·仲夏纪·大乐》，《诸子集成》本

情性者，人治之本，礼乐所由生也。故原情性之极，礼为之防，乐为之节。性有卑谦辞让，故制礼以适其宜；情有好恶喜怒哀乐，故作乐以通其敬。礼所以制，乐所为作者，情与性也。

（汉）王充《论衡·本性》，中华书局本

然乐之为体，以心为主。故无声之乐，民之父母也。至八音会谐，人之所悦，亦总谓之乐。然风俗移易，本不在此也。

（晋）嵇康《声无哀乐论》，《全三国文》卷四十九，《全上古三代秦汉三国六朝文》本

人文之元，肇自太极，幽赞神明，《易》象惟先。庖牺画其始，仲尼翼其终。而乾坤两位，独制《文言》。言之文也，天地之心哉！若乃《河图》孕乎八卦，《洛书》韫乎九畴，玉版金缕之实，丹文绿牒之华，谁其尸之，亦神理而已。

（南朝·梁）刘勰《文心雕龙·原道》，人民文学出版社本

夫乐本心术，故响浃肌髓，先王慎焉，务塞淫滥。

（南朝·梁）刘勰《文心雕龙·乐府》，人民文学出版社本

夫音律所始，本于人声者也。声含宫商，肇自血气，先王因之，以制乐歌。故知器写人声，声非学（范校：当作效）器者也。故言语者，文章神明枢机，吐纳律吕，唇吻而已。

（南朝·梁）刘勰《文心雕龙·声律》，人民文学出版社本

薛收问曰：今之民胡无诗？子曰：诗者，民之情性也，情性能亡乎？非民无诗，职诗者之罪也。

（隋）王通《中说·关朗篇》，《丛书集成》本

夫道生气，气生形，形动气徵，声所由出也。然则形、气者，声之源也。

（唐）武则天敕撰《乐书要录》卷五"辨音声审音源"条，《丛书集成》本

天地间有粹灵气焉，万类皆得之，而人居多；就人中，文人得之又居多。盖是气，凝为性，发为志，散为文。粹胜灵者，其文冲以恬；灵胜粹者，其文宣以秀；粹灵均者，其文蔚温雅渊，疏朗丽则，检不扼，达不放，古淡而不鄙，新奇而不怪。

（唐）白居易《故京兆元少尹文集序》，《白居易集》卷六十八，中华书局本

近世诗人，穷戚则职于怨憝，荣达则专于淫泆。身之休戚，发于喜怒，时之否泰，出于爱恶，殊不以天下大义而为言者，故其诗大率溺于情好也。噫！情之溺人也甚于水。古者谓水能载舟，亦能覆舟，是覆载在水也，不在人也。载则为利，覆则为害，是利害在人也，不在水也。不知覆载能使人有利害耶，利害能使水有覆载耶？二者之间，必有处焉。就如人能蹈水，非水能蹈人也。然而有称善蹈者，未始不为水之所害也。若外利而蹈水，则水之情亦由人之情也；若内利而蹈水，则败坏之患立至于前。又何必分乎人焉水焉，其伤性害命一也。

性者，道之形体也，性伤则道亦从之矣；心者，性之郛郭也，心伤则性亦从之矣；身者，心之区宇也，身伤则心亦从之矣；物者，身之舟车也，物伤则身亦从之矣。是知以道观性，以性观心，以心观身，以身观物，治则治矣，然犹未离乎害者也。不若以道观道，以性观性，以心观心，以身观身，以物观物，则虽欲相伤，其可得乎？若然，则以家观家，以国观国，以天下观天下，亦从而可知之矣。

予自壮岁业于儒术，谓人世之乐何尝有万之一二，而谓名教之乐固有万万焉。况观物之乐，复有万万者焉。虽死生荣辱转战于前，曾未入于胸中，则何异四时风花雪月一过乎眼也。诚为能以物观物，而两不相伤者焉，盖其间情累都忘去尔。所未忘者，独有诗在焉。然而虽曰未忘，其实亦若忘之矣。何者？谓其所作异乎人之所作也。所作不限声律，不沿爱恶，不立固必，不希名誉，如鉴之应形，如钟之应声。其或经道之余，因闲观时，因静照物，因时起志，因物寓言，因志发咏，因言成诗，因咏成声，因诗成音。是故哀而未尝伤，乐而未尝淫。虽曰吟咏情性，曾何累于性情哉！

（宋）邵雍《伊川击壤集·序》，《四部丛刊》本

夫鉴之所以能为明者，谓其能不隐万物之形也。虽然，鉴之能不隐万物之形，未若水之能一万物之形也。虽然，水之能一万物之形，又未若圣人能一万物之情也。圣人之所以能一万物之情者，谓其圣人之能反观也。所以谓之反观者，不以我观物也。不以我观物者，以物观物之谓也。既能以物观物，又安有我于其间哉？

（宋）邵雍《皇极经世全书解·观物篇内篇十二》，清王植辑本

以物观物，性也；以我观物，情也。性公而明，情偏而暗。人得中和之气则刚柔均，阳多则偏刚，阴多则偏柔。人智强则物智弱。

（宋）邵雍《皇极经世全书解·观物篇外篇十》，清王植辑本

任我则情，情则蔽，蔽则昏矣；因物则性，性则神，神则明矣。潜天潜地，不行而至，不为阴阳所摄者，神也。

（宋）邵雍《皇极经世全书解·观物篇外篇十二》，清王植辑本

夫所以谓之观物者，非以目观之也，非观之以目而观之以心也，非观之以心而观之以理也。天下之物莫不有理焉，莫不有性焉，莫不有命焉。所以谓之理者，穷之而后可知也；所以谓之性者，尽之而后可知也；所以谓之命者，至之而后可知也。此三知者，天下之真知也，虽圣人无以过之也，而过之者非所以谓之圣人也。

（宋）邵雍《皇极经世全书解·观物篇内篇十二》，清王植辑本

行笔因调性，成诗为写心。诗扬心造化，笔发性园林。

（宋）邵雍《无苦吟》，《伊川击壤集》卷十七，《四部丛刊》本

诗者人之志，非诗志莫传。人和心尽见，天与意相连。论物生新句，评文起雅言。兴来如宿构，未始用雕镌。

（宋）邵雍《谈诗吟》，《伊川击壤集》卷十八，《四部丛刊》本

韩退之论张长史喜草书，不治它技。所遇于世存亡得丧，亡聊不平，有动于心，必发于书。所观于物，千变万化，可喜可愕，必寓于书。故张之书不可端倪，以此终其身而名后世。与可之于竹，殆犹张之于书也。嘉州石洞讲师道臻，刻意尚行，欲自振于溷浊之波，故以墨竹自名。然臻过与可之门而不入其室何也？夫吴生之超其师，得之于心也，故无不妙；张长史之不治它技，用智不分也，故能入于神。夫心能不牵于外物，则其天守全，万物森然，出于一镜，岂待含墨吮笔，槃礴而后为之哉？故余谓臻欲得妙于笔，当得妙于心。

（宋）黄庭坚《道臻师画墨竹序》，《豫章黄先生文集》卷十六，《四部丛刊》本

欧阳文忠曰："诗原乎心者也，富贵愁怨，见乎所处。"江南李氏巨富，有诗曰："帘日已高三丈透，金炉次第添香兽。红锦地衣随步皱，佳人舞彻金钗溜。酒恶时拈花蕊嗅，别殿微闻箫鼓奏。"与"时挑野菜和根煮，旋斫生柴带叶烧"异矣。（《摭遗》）

（宋）魏庆之《诗人玉屑》卷十"富贵·诗原乎心"条，上海古籍出版社本

昔日读诗，深有味于诗序"在心为志"之旨，以为在心之志，乃喜怒哀乐欲发而未发之端，事虽未形，几则已动，圣贤学问每致谨乎此，故曰"在心为志"。若夫动而见于言，事形而见于事，则志之发见于外者，非所谓"在心为志"也。是以夫子他日语门弟子曰："诗三百，一言以蔽之，曰：思无邪。"无邪之思，在心之志，皆端本于未发之际，存诚于几微之间。迨夫情动而言形，为雅、为颂、为风、为赋、为比、为兴，皆思之所发，志之所存，心之精神，实在于是，非外袭而取之也。序诗者即心而言志，志其诗之源乎？

（宋）家铉翁《志堂记》，《则堂集》卷三，《四库全书》珍本初集本

叙曰：五常之精，万象之灵，不能自文，必委其精、萃其灵于伟杰之人以焕发焉。故文者，天地真粹之气也，所以君五常、母万象也。纵出横飞，疑无涯隅；表乾里坤，深入隐奥。非夫腹五常精，心万象灵，神合冥会，则未始得之矣。

（宋）孙仅《读杜工部诗集序》，《杜诗详注》第五册附编，中华书局本

故有心则有诗，有诗则有歌，有歌则有声律，有声律则有乐歌。永言，即诗也，非于诗外求歌也。今先定音节，乃制词从之，倒置甚矣。

（宋）王灼《碧鸡漫志》，《中国古典戏曲论著集成》（一），中国戏剧出版社本

昔人谓汉太史迁之文，所以奇，所以深，所以雄雅健绝，超丽疏越者，非区区于文字之间而已也。迁生龙门，耕牧河山之阳，南浮江、淮，上会稽，探禹穴，窥九嶷，浮于沅、湘；北涉汶、泗，讲业齐、鲁之都，过梁、楚；西使巴、蜀，略邛、笮、昆明，还于河、洛；能尽天下之大观，以助其气，然后吐而为辞，笔而为书。故尔欲学迁之文，先学其游可也。

余谓不然，果如是，则迁之为迁亦下矣。勤于足迹之余，会于观览之末，激其志而益其气，仅发于文辞而不能成事业，则其游也外，而所得者小也。其游也外，故其得也小，其得也小，故其失也大。是以《史记》

一书，甚多疏略，或有牴牾。论大道则先黄、老而后六经，序游侠则退处士而进奸雄，述货殖则崇轨利而羞贱贫。其于书法也，则记繁而志寡。项籍一夫也，而述本纪，与尧舜并；陈涉役徒也，作世家，与孔子同。其失岂浅浅哉？

　　故欲学迁之游，而求助于外者，曷亦内游乎？身不离于衽席之上，而游于六合之外，生乎千古之下，而游于千古之上，岂区区于足迹之余，观览之末者所能也？持心御气，明正精一，游于内而不滞于内，应于外而不逐于外。常止而行，常动而静，常诚而不妄，常和而不悖。如止水，众止不能易；如明镜，众形不能逃；如平衡之权，轻重在我：无偏无倚，无污无滞，无挠无荡，每寓于物而游焉。于经也则河图、洛书，刳划太古，擘天地之几，发大地之蕴，尽天地之变，见鬼神之迹。太极出形，面目于世，万化万象，张皇其中，而弥茫洞豁，崎岖充溢；因吾之心，见天地鬼神之心；因吾之游，见天地鬼神之游。周诰、商盘、禹谟、舜典，醇讻忠致，贯日月，开金石，都俞吁咈，咢咢灏灏，唐、虞、三代之治，慢然而见。风、雅、变、正、讽、赞、刺、美，洋洋乎中声，鼓动至化，元经笔削，燦邪直正。齐桓、晋文，霸心方侈，而束之以道，缚之以义；乱臣贼子，禁其欲而不敢肆。藩垣屏翰，既周流而历览之，乃升正大之堂，入高明之城。尧、舜、禹、汤、文、武、周、孔，拱宓牺而坐，皋、夔、伊、吕，亚风牧而侍，孟轲氏辨乎其间，而颜、曾导焉，荀、扬奉焉。熙熙乎育物之仁，翕翕乎制物之义，位尊卑，辨上下，治神人之礼，和而不流之乐；别嫌疑，明是非，照耀昭晰之智，闲而存之之敬，实而守之之信，化而极之之圣，死生之说，神应之妙，大发其闳。而诡言诐行，放辟斥除；圣路廓清，而天宇泰定。至矣哉！君君臣臣，父父子子，夫夫妇妇，兄兄弟弟，何盛尔也。而后易志赜精而游乎史；废兴之迹，邪正之由，大君大臣之所以盛，小惠小道之所以蔽，礼乐之所以兴，政刑之所以紊，国势之所以张，国本之所以强，奸佞鸷孽之所以逞，祸乱崩析之所以致，纪纲之所以明，风俗之所以坏，教化之所行。见其记注繁而正义鲜也，思得仲尼者而笔削之；见其典故废而法制剥也，思得周公者而振起之。既游矣，既得矣，而后洗心斋戒，退藏于密。视当其可者，时时而出之；可以动则动，可以止则止，可以久则久，可以速则速。蕴而为德行，行而为事业，固不以文辞而已也。如是则吾之卓尔之道，浩然之气，巍乎与天地一，固不待于山川之助也。彼嶒山乔岳，高则高矣，于吾道何有？长江大河，盛则盛矣，于吾气何有？故曰，欲游乎外者，必游乎内。噫，以史迁之才，果未游于内耶？盖亦称之者过矣。

    （元）郝经《内游》，《郝文忠公陵川文集》卷二十，清王缪编订本

  是则心者，万理之原，大无不包，小无不摄。能充之则为贤知，反之则愚不肖矣。觉之则为四圣，反之则六凡矣。

    （明）宋濂《夹注辅教编序》，《宋学士全集》补遗卷二，《丛书集成》本

  情者，心之精也。情无定位，触感而兴，既动于中，必形于声。故喜则为笑哑，忧则为吁戏，怒则为叱咤。然引而成音，气实为佐；引音成词，文实与功。盖因情以发气，因气以成声，因声而绘词，因词而定韵，此诗之源也。然情实眇眇，必因思以穷其奥；气有粗弱，必因力以夺其偏；词难妥帖，必因才以致其极；才易飘扬，必因质以御其侈。此诗之流也。由是而观，则知诗者乃精神之浮英，造化之秘思也。若夫妙骋心机，随方合节，或约旨以植义，或宏文以叙心，或缓发如朱弦，或急张如跃桔，或始迅以中留，或既优而后促，或慷慨以任壮，或悲凄以引泣，或因拙以得工，或发奇而似易。此轮匠之超悟，不可得而详也。《易》曰："书不尽言，言不尽意。"若乃因言求意，其亦庶乎有得欤！

    （明）徐祯卿《谈艺录》，《历代诗话》本

  或言："《琵琶记》高处在《庆寿》、《成婚》、《弹琴》、《赏月》诸大套。"此犹有规模可寻。惟《食糠》、《尝药》、《筑坟》、《写真》诸作，从人心流出，严沧浪言"水中之月，空中之影"，最不可到。

    （明）徐渭《南词叙录》，《中国古典戏曲论著集成》（三），中国戏剧出版社本

  夫诗，心之精神发而声音者也，其精神发于协气而天地之和应焉，其精神发于意气而天地之变悉焉。故诗和于《雅》、《颂》，变于《风》也。《风》至于变而极矣。虞始之，殷周邕之，列国备以极之，然其功于天地

一也。

（明）王世贞《金台十八子诗集序》，《弇州山人四部稿》卷六十五，明刊本

天下之慧人才士，始知心灵无涯，搜之愈出，相与各呈其奇，而互穷其变……

（明）袁中道《中郎先生全集序》，《袁小修文集》卷三，《中国文学珍本丛书》本

诗非异物，只是人人心头舌尖所万不获已，必欲说出之一句说话耳。儒者则又以生平烂读之万卷，因而与之裁之成章，润之成文者也。夫诗之有章有文也，此固儒者之所矜为独能也。若其原本，不过只是人人心头舌尖万不获已，必欲说出之一句说话；则固非儒者之所得矜为独能也。承云新作，便欲入许用晦之室矣。

（清）金圣叹《与家伯长文昌》，《尺牍新钞》第一集卷五，清刊本

夫文章，天地之元气也。元气之在平时，昆仑旁薄，和声顺气，发自廊庙，而鬯浃于幽遐，无所见奇。逮夫厄运危时，天地闭塞，元气鼓荡而出，拥勇郁遏，坌愤激讦，而后至文生焉。故文章之盛，莫盛于亡宋之日，而皋羽其尤也。

（清）黄宗羲《谢皋羽年谱游录注序》，《南雷文案》附《吾悔集》卷一，《四部丛刊》本

吾尝以谓文章之原，本乎天地。天地之道，阴阳刚柔而已。苟有得乎阴阳刚柔之精，皆可以为文章之美，阴阳刚柔并行而不容偏废，有其一端而绝亡其一，刚者至于偾强而拂戾，柔者至于颓废而暗幽，则必无与于文者矣。然古君子称为文章之至，虽兼具二者之用，亦不能无所偏优于其间，其故何哉？天地之道，协合以为体，而时发奇出以为用者，理固然也。其在天地之用也，尚阳而下阴，伸刚而绌柔，故人得之亦然。文之雄伟而劲直者，必贵于温深而徐婉。温深徐婉之才，不易得也；然其尤难得者，必在乎天下之雄才也。夫古今为诗人者多矣，为诗而善者亦多矣，而

卓然足称为雄才者，千余年中数人焉耳。甚矣，其得之难也。

    （清）姚鼐《海愚诗钞序》，《惜抱轩文集》卷四，《四部备要》本

  鼐闻天地之道，阴阳刚柔而已。文者，天地之精英，而阴阳刚柔之发也。惟圣人之言，统二气之会而弗偏，然而《易》、《诗》、《书》、《论语》所载，亦间有可以刚柔分矣。值其时其人，告语之体各有宜也。自诸子而降，其为文无弗有偏者。其得于阳与刚之美者，则其文如霆，如电，如长风之出谷，如崇山峻崖，如决大川，如奔骐骥；其光也，如杲日，如火，如金镠铁；其于人也，如冯高视远，如君而朝万众，如鼓万勇士而战之。其得于阴与柔之美者，则其文如升初日，如清风，如云，如霞，如烟，如幽林曲涧，如沦，如漾，如珠玉之辉，如鸿鹄之鸣而入寥廓；其于人也，漻乎其如叹，邈乎其如有思，暖乎其如喜，愀乎其如悲。观其文，讽其音，则为文者之性情形状举以殊焉。且夫阴阳刚柔，其本二端，造物者糅而气有多寡进绌，则品次亿万，以至于不可穷，万物生焉。故曰：一阴一阳之为道。夫文之多变，亦若是已。糅而偏胜可也。偏胜之极，一有一绝无，与夫刚不足为刚，柔不足为柔者，皆不可以言文。

    （清）姚鼐《复鲁絜非书》，《惜抱轩文集》卷六，《四部备要》本

  文章出自灵性，灵性亦随文而生……袭人收拾行装，王夫人伤心，李纨落泪，宝钗咽泣，写这许多琐细事，都只是为了一个宝玉出家。说一句"宝玉出家而去"不就行了？又何必写这许多？这就如同小厮所说，"各有原由"。所以，读者不能小看灵性文章，文章灵性。

    （清）哈斯宝《〈新译红楼梦〉回批》第三十九回批语，内蒙古人民出版社本

二

文艺的特性

1. 立象以尽意——文艺的形象性

(1) "物"和"象"

圣人有以见天下之赜,而拟诸其形容,象其物宜,是故谓之象。

(先秦)《周易·系辞上》,《十三经注疏》本

参伍以变,错综其数。通其变,遂成天下之文。极其数,遂定天下之象,非天下之至变,其孰能与于此?

(先秦)《周易·系辞上》,《十三经注疏》本

子曰:"书不尽言,言不尽意。"然则圣人之意,其不可见乎?子曰:"圣人立象以尽意,设卦以尽情伪,系辞焉以尽其言,变而通之以尽利,鼓之舞之以尽神。"

(先秦)《周易·系辞上》,《十三经注疏》本

道之为物,惟恍惟惚。惚兮恍兮,其中有象;恍兮惚兮,其中有物。

(先秦)《老子道德经·二十一》,《诸子集成》本

盖帝尧长,帝舜短,文王长,周公短……长短小大,美恶形相,岂论也哉!

(先秦)《荀子·非相》,《诸子集成》本

（在"梦帝赉予良弼，其代予言，乃审厥象，俾以形旁求于天下"下传）审所梦之人，刻其形象，以四方旁求之于民间。

（汉）孔安国《说命上第十二》传，《尚书正义》卷十，《十三经注疏》本

祭神如在，敬神之道既极；去圣兹远，怀圣之理必深。此土诸寺，止乎应生之目，则暂列形象，自斯以后，封以箧笥。

（南朝·梁）萧纲《与僧正教》，《广弘明集》卷十六，《四部丛刊》本

（在"忘己之象"下疏）遗忘己象者，乃能制众物之形象也。

（唐）孔颖达《周易正义》卷七，《十三经注疏》本

诗者，其文章之蕴耶？义得而言丧，故微而难能；境生于象外，故精而寡和。

（唐）刘禹锡《董氏武陵集记》，《刘禹锡集》卷十九，上海人民出版社本

戴容州云："诗家之景，如蓝田日暖，良玉生烟，可望而不可置于眉睫之前也。"象外之象，景外之景，岂容易可谭哉？然题纪之作，目击可图，体势自别，不可废也。

愚近有《虞乡县楼》及《柏梯》二篇，诚非平生所得者。然"官路好禽声，轩车驻晚程"，即虞乡入境可见也。又"南楼山色秀，北路邑偏清"，假令作者复生，亦当以著题见许。其《柏梯》之作，大抵亦然。浦公试为我一过县城，少留寺阁，足知其不怍也。岂徒雪月之间哉？伫归山后，"看花满眼泪，回首汉公卿"，"人意共春风（原注："上二句杨庶子。"按：此注似应在"回首汉公卿"句下），哀多如更闻"，下至于"塞广雪无穷"之句，可得而评也。郑杂事不罪章指，亦望呈达。知非子狂笔。

（唐）司空图《与极浦书》，《司空表圣文集》卷三，《四部丛刊》本

夫诗道幽远，理入玄微，凡俗罔知，以为浅近。真诗之人，心合造

化，言含万象。且天地日月草木烟云，皆随我用，合我晦明。此则诗人之言，应于物象，岂可易哉？

(唐)虚中《流类手鉴》，《诗学指南》卷四，清刊本

古之嫔，擘纤而胸束。古之马，喙尖而腹细。古之台阁竦峙，古之服饰容曳。故古画非独变态有奇意也，抑亦物象殊也。

(唐)张彦远《论画·论画六法》，《历代论画名著汇编》本

夫病者二：一曰无形，二曰有形。有形病者，花木不时，屋小人大，或树高于山，桥不登于岸，可度形之类是也。如此之病，不可改图。无形之病，气韵俱泯，物象全乖，笔墨虽行，类同死物。以斯格拙，不可删修。子既好写云林山水，须明物象之原。

(五代)荆浩《笔法记》，《历代论画名著汇编》本

摩诘本诗老，佩芷袭芳荪……吴生虽妙绝，犹以画工论。摩诘得之于象外，有如仙翮谢笼樊。吾观二子皆神俊，又于维也敛衽无间言。

(宋)苏轼《王维吴道子画》，《苏轼诗集》卷三，中华书局本

予初喜杜紫微"南山与秋色，气势两相高"语，已乃知出于老杜"千崖秋气高"，盖一语领略尽秋色也。然二家言岩崖间秋气耳，犹未及江天水国气象宏阔处。一日雨后过太湖，泊舟洞庭山下，乃得句云："木落洞庭秋"，或云此蹈袭"枫落吴江冷"语，第变冷为秋则气象自不同。彼记时耳，是安知秋色之高尽在洞庭里许乎？此渊源自《楚骚》中来。《九歌》云："洞庭波兮木叶下"，其陶写物象，宏放如此，诗可以易言哉！

(宋)陈知柔《休斋诗语》，引自《宋诗话辑佚》本

论天下之马者，不于形骨毛色中求。彼得其白体者，若搏执绊羁不可离者也。且将以形容骨相而求画，吾知天下无马矣。况若得若丧其一，而见之恍惚难穷哉。观者不能进智于此也。谓画者能之，将托之神遇而得其妙解者耶。曹霸得此，诚于马也，放乎技矣。彼以无托于外者，或未始见有也。其守以形似，而得其骨相者，果真马乎？照夜白、五花骢，此良马

也，可以形容毛骨求也。于良马而论形似者，其神遁矣。其得于兰筋初成，肉翅已就，此千里马也。神驹天马，有常形其异者，角相翅力，赭流吻下，血出脾中，霸皆不及也。是真有意于马乎？夫能忘心于马，无见马之累，形尽倏忽，若灭若没，成象已具，寓之胸中，将逐逐而出，不知所制，则腾骧而上，景入缣帛。初不自觉而马或见前者，为真马也。若放乎象者，岂复有马哉？

（宋）董逌《书曹将军照夜白图》，《广川画跋》第四卷，《画品丛书》本

（阎）立本世以画显，当在荆州时，得张僧繇画，初犹未解，曰："定虚得名耳。"明日又往，曰："犹是近代妙手。"明日又往，曰："名下定无虚士。"十日不能去，寝卧其下对之。夫画至于去辙迹者，其难悟如此。后人画未能辨笔画，而学不知形象所主，见解又非得若立本极其功用。

（宋）董逌《阎立本渭桥图》，《广川画跋》第四卷，《画品丛书》本

诗有内外意，内意欲尽其理，外意欲尽其象，内外意含蓄，方妙。

（元）杨载《诗法家数》，《历代诗话》本

其绝句如《消寒图》一首，音节兴象皆造盛唐有余地，非诗门之颛主者不能至也。

（元）杨维桢《卫子刚诗录序》，《东维子文集》卷七，《四部丛刊》本

夫意象应曰合，意象乖曰离，是故乾坤之卦，体天地之撰，意象尽矣。空同丙寅间诗为合，江西以后诗为离。

（明）何景明《与李空同论诗书》，《何大复先生全集》卷三十二，清刊本

夫综物为象，述事宣情，则此道为胜；若求之性命，则此特其皮毛耳。

（明）屠隆《刘子威先生澹思集序》，《白榆集》卷二，明刊本

唐僧琢句法：比物以意，而不指言一物，谓之象外句。如无可"听雨寒更尽，门前落叶声"，以落叶比雨声也。又"微阳下乔木，远烧入秋山"，以微阳比远烧也。言其用不言其名。

（明）费经虞《雅伦·炼句》，清刊本

风雅之规，典则居要；《离骚》之致，深永为宗；古诗之妙，专求意象；歌行之畅，必由才气；近体之攻，务先法律；绝句之构，独主风神，此结撰之殊途也。

（明）胡应麟《诗薮·内编》卷一，上海古籍出版社本

《郊祀》炼辞锻字，幽深无际，古雅有余。《铙歌》陈事述情，句格峥嵘，兴象标拔。惜中多不可解。今人《安世》等篇，多不点目，宁暇此乎？

（明）胡应麟《诗薮·内编》卷一，上海古籍出版社本

两汉诸诗，惟《郊庙》颇尚辞，乐府颇尚气，至《十九首》及诸杂诗，随语成韵，随韵成趣。辞藻骨气，略无可寻，而兴象玲珑，意致深婉，真可以泣鬼神，动天地。

（明）胡应麟《诗薮·内编》卷二，上海古籍出版社本

子建杂诗，全法《十九首》意象，规模酷肖，而奇警绝剧弗如。《送应氏》、《赠王粲》等篇，全法苏、李词藻，气骨有余，而清和婉顺不足，然东、西京后，惟斯人得其具体。

（明）胡应麟《诗薮·内编》卷二，上海古籍出版社本

《大风》千秋气概之祖，《秋风》百代情致之宗，虽词语寂寥，而意象靡尽。《柏梁》诸篇，句调太质，兴寄无存，不足贵也。

（明）胡应麟《诗薮·内编》卷三，上海古籍出版社本

盛唐绝句，兴象玲珑，句意深婉，无工可见，无迹可寻。中唐遽减风神，晚唐大露筋骨，可并论乎？

（明）胡应麟《诗薮·内编》卷六，上海古籍出版社本

陶翰既多兴象，复备风骨，卢象雅而平素，得国士之风。

（明）胡震亨《唐音癸签》卷五，古典文学出版社本

诗词虽同一机杼，而词家意象亦或与诗略有不同。句欲敏，字欲捷，长篇须曲折三致意，而气自流贯乃得。

（明）朱承爵《存余堂诗话》，《历代诗话》本

唐人秦韬玉有诗云："地衣镇角香狮子，帘额侵钩绣辟邪。"后山有"坏墙得雨蜗成字，古屋无人燕作家。"韬玉可谓状富贵之象于目前，后山可谓含寂寞之景于言外也。

（明）顾元庆《夷白斋诗话》，《历代诗话》本

注杜诗者，谓杜语必有出处，然添却故事，减却诗好处。如"五更鼓角声悲壮，三峡星河影动摇"，盖言峡流倾注，上撼星河，语有兴象。竹坡乃引《天官书》：天一枪棓矛盾，动摇角，大兵起。谓语中暗见用兵之意，顿觉索然。且上句已明言"鼓角"矣，何复暗用为哉？

（清）施闰章《蠖斋诗话》，《清诗话》本

过江以后，渊明诗胸次浩然，天真绝俗，当于语言意象外求之，唐人祖述者，王右丞得其清腴，孟山人得其闲远，储太祝得其真朴，韦苏州得其冲和，柳柳州得其峻洁，气体风神，翛然埃壒之外。

（清）沈德潜《唐诗别裁集·凡例》，上海古籍出版社本

诗之用，片言可以明百义；诗之体，坐驰可以役万象。所以杜浣花集古今大成于开、宝间，上薄《风》《骚》，下凌屈、宋。无有议者。

（清）薛雪《一瓢诗话》，《清诗话》本

李西涯谓："作诗不用闲言助字，自然意象具足。此为最难。"要知五言尚多，七言颇不易，一落村学究对法，便不成诗。陈声伯举"西风酒旗市，细雨菊花天"为深秋景物，宛然在目，初不假语助而得。

（清）薛雪《一瓢诗话》，《清诗话》本

响字之说，古人不废。暨乎唐代，锻炼弥上。然其兴象之深微，寄托之高远，则固别有在也。虚谷置其本原而拈其末节，每篇标举一联，每句标举一字，将率天下之人而致力，于是所谓温柔敦厚之旨蔑如也，所谓文外曲致思表纤旨亦茫如也。

（清）纪昀《瀛奎律髓刊误序》，《纪文达公遗集》卷九，清刊本

诗以禅为喻，沧浪自一家。水中明指月，镜里试拈花。圆魄千江印，欹枝两面斜。蟾疑浮浪縠，蝶讶隔窗纱。对影虽知幻，摹形反虑差。其间原有象，此会本无遮。六义轻东鲁，三乘转法华。别传归教外，珍重辨瑜瑕。

（清）纪昀《赋得镜花水月，得花字》，《纪文达公遗集》卷十六，清刊本

《易》之象也，《诗》之兴也，变化而不可方物矣……

象之所包广矣，非徒《易》而已，六艺莫不兼之，盖道体之将形而未显者也。雎鸠之于好逑，樛木之于贞淑，甚而熊蛇之于男女，象之通于《诗》也。

（清）章学诚《文史通义·易教下》，中华书局本

《易》象虽包六艺，与《诗》之比兴，尤为表里。夫《诗》之流别，盛于战国人文，所谓长于讽喻，不学《诗》则无以言也。然战国之文，深于此兴，即其深于取象者也。《庄》、《列》之寓言也，则触蛮可以立国，蕉鹿可以听讼；《离骚》之抒愤也，则帝阙可上九天，鬼情可察九地。他若纵横驰说之士，飞箝捭阖之流，徒蛇引虎之营谋，桃梗土偶之问答，愈出愈奇，不可思议。然而指迷从道，固有其功，饰奸售欺，亦受其毒。故人心营构之象，有吉有凶，宜察天地自然之象而衷之以理，此《易》教之所以范天下也。

（清）章学诚《文史通义·易教下》，中华书局本

陶彭泽诗，有化工气象，余则惟能描摹山水，刻画风云，如潘、陆、鲍、左、二谢等是矣。

（清）洪亮吉《北江诗话》卷二，人民文学出版社本

《易》取象，《诗》谲谏，犹之寓言也。但取象如《诗》之有比，谲谏则不必于象。

（清）宋大樽《茗香诗论》，《清诗话》本

文字精深在法与意；华妙在兴象与词。

（清）方东树《昭昧詹言》卷一，人民文学出版社本

用意高妙；兴象高妙；文法高妙；而非深解古人则不得。

（清）方东树《昭昧詹言》卷一，人民文学出版社本

唐初诗人及盛唐人，于唐以前诸名家，皆尝深知而慕效之，其上者能变，次者犹或得其一节，惟大谢无嗣音。皎然之论，亦只空识其句法兴象而已，不得深究其作用措注之精微也。

（清）方东树《昭昧詹言》卷五，人民文学出版社本

谢公每一篇，经营章法，措注虚实，高下浅深，其文法至深，颇不易识。其造句天然浑成，兴象不可思议执著，均非他家所及。此所以能成一大宗硕师，百世不祧也。

（清）方东树《昭昧詹言》卷五，人民文学出版社本

谢公不过言山水烟霞邱壑之美，已志在此，赏心无与同耳，千篇一律。惟其思深气沉，风格凝重，造语工妙，兴象宛然，人自不能及。

（清）方东树《昭昧詹言》卷五，人民文学出版社本

辋川于诗，亦称一祖。然比之杜公，真如维摩之于如来，确然别为一派。寻其所至，只是以兴象超远，浑然元气，为后人所莫及；高华精警，极声色之宗，而不落人间声色，所以可贵。

（清）方东树《昭昧詹言》卷十六，人民文学出版社本

诗重比兴。比但以物相比；兴则因物感触，言在于此而义寄于彼，如《关雎》《桃夭》《兔罝》《樛木》。解此则言外有余味而不尽于句中。又有兴而兼比者，亦终取兴不取比也。若夫兴在象外，则虽比而亦兴。然

则,兴最诗之要用也。

(清)方东树《昭昧詹言》卷十八,人民文学出版社本

春有草树,山有烟霞,皆是造化自然,非设色之可拟。故赋之为道,重象尤宜重兴。兴不称象,虽纷披繁密而生意索然,能无为识者厌乎?

(清)刘熙载《艺概·赋概》,上海古籍出版社本

石看三面。有圭端、刀错、玉尺、银瓶、香案、琴墩、虫窠、鱼砌、覆盂、欹帽、缺斯、蹲兽、蚌壳、螺躯、鸟罩、犀首之异状。须离象而求。树分单夹。有散蝶、聚蜂、蛇警、鸦集、鸡翎、燕剪、珠缀、冰凌、竹个、棕团、帘垂、穗结、飘缕、簇角、攒针、叠纨之殊形。贵相机而作。

(清)笪重光《画筌》,《历代论画名著汇编》本

(2) 写"形"状"物"

山水以形媚道而仁者乐,不亦几乎?

(南朝·宋)宗炳《画山水序》,《历代论画名著汇编》本

雕刻文刀利,搜求智网恢。莫烦相属和,传示及提孩。

(唐)韩愈《咏雪赠张籍》,《韩昌黎诗系年集释》卷二,古典文学出版社本

山近看如此,远数里看又如此,远数十里看又如此,每远每异,所谓山形步步移也。山正面如此,侧面又如此,背面又如此,每看每异,所谓山形面面看也。如此,是一山而兼数十百山之形状。可得不悉乎。山春夏看如此,秋冬看又如此。所谓四时之景不同也。山朝看如此,暮看又如此,阴晴看又如此,所谓朝暮之变态不同也。如此,是一山而兼数十百山之意态。

(宋)郭熙《林泉高致·山水训》,《历代论画名著汇编》本

诗人有写物之功。"桑之未落,其叶沃若。"他木殆不可以当此。林逋《梅花诗》云:"疏影横斜水清浅,暗香浮动月黄昏。"决非桃李诗。

皮日休《白莲》诗云："无情有恨何人见，月晓风清欲堕时。"决非红梅诗。此乃写物之功。若石曼卿红梅诗云："认桃无绿叶，辨杏有青枝。"此至陋语，盖村学中体也。

（宋）苏轼《评诗人写物》，《东坡题跋》卷三，《丛书集成》本

画师相与言，靠山不靠水。谓山有峰峦崖谷，烟云水石，可以萦带掩连见之；至水则更无带映曲纹斜势，要尽其窊隆派别，故于画为尤难。彼或争胜取奇，以夸张当世者，不过能加皴纹起浪，若更作蛟蜃出没，便是山海图矣，更无水也。唐人孙位画水，必杂山石，为惊涛怒浪。盖失水之本性，而求假于物，以发其湍瀑，是不足于水也。往时曲阳庙壁有画水，世传为异，盖水纹平漫隐起，若流动混混不息，其后有梯升而索者，知壁为隆洼高下，随势为水，以是衒于世俗，而人初未识其伪也。近世孙白，始创意作簿滔浚原，平波细流，停为激滟，引为决泄，尽出前人意外，别为新规胜概。不假山石为激跃，而自成迅流；不借滩濑为湍溅，而自为冲波。使夫萦纡曲直，随流荡漾，自然长纹细络，有序不乱，此真水也。尝言画漫水，要不断水脉为工。画急水，要不混洄澜为工。若今以二说观世之画者，真可一笑也。夫漫流之失，则为池水风纹，更无流脉。画迅流者，则浪头涌起，反如印板水纹，天下岂胜其至众哉？要知画水者，当先观其源，次观其澜，又其次则观其流也。不知此者，乃陊池水中耳。故知汪洋涵蓄，以滔没为平；引脉分流，以澹淡为势。至于聚为漪澜，散为淰汹，识游泳乎其中，而不系于物者，此真天下之水者也。亦知求于此乎？

（宋）董逌《书孙白画水图》，《广川画跋》卷二，《画品丛书》本

诗人写人物态度，至不可移易。元微之《李娃行》云："髻鬟峨峨高一尺，门前立地看春风"，此定是娼妇；退之《华山女》诗云："洗妆拭面著冠帔，白咽红颊长眉青"，此定是女道士；东坡作《芙蓉城》诗亦用"长眉青"三字，云"中有一人长眉青，炯如微云淡疏星"，便有神仙风度。

（宋）许顗《彦周诗话》，《历代诗话》本

《后湖集》云："'中岁颇好道，晚家南山垂。兴来每独往，胜事空自

知。行到水穷处，坐看云起时。偶然值林叟，谈笑无回期。'此诗造意之妙，至与造物相表里，岂直诗中有画哉？观其诗，知其蝉蜕尘埃之中，浮游万物之表者也。山谷老人云：'余顷年登山临水，未尝不读王摩诘诗，固知此老胸次，定有泉石膏肓之疾。'"

（宋）胡仔《苕溪渔隐丛话》前集卷十五，人民文学出版社本

苕溪渔隐曰："裴璘《咏白牡丹诗》云：'长安豪贵惜春残，争赏先开紫牡丹。别有玉杯承露冷，无人起就月中看。'时称绝唱。以余观之，语句凡近，不若胡武平《咏白牡丹诗》云：'璧堂月冷难成寐，翠幄风多不奈寒。'其语意清胜，过裴璘远矣。如皮日休《咏白莲诗》云：'无情有恨何人见，月冷风清欲堕时。'若移作咏白牡丹诗，有何不可？弥更亲切耳。曼卿《咏小桃二绝句》云：'生色深红绶带长，宫帘寒在井栏香。母家升上瑶池品，先得春风一面妆。''本分桃花寒食前，小桃长是上春天。二乔、二赵俱倾国，女弟娇疆意自先。'其模写命意，岂不佳哉？"

（宋）胡仔《苕溪渔隐丛话》前集卷三十二，人民文学出版社本

品四时之景物，务要明乎物理，度乎人事。春可画以人物，欣欣而舒和，踏青郊游、翠陌、竞秋千、渔唱、渡水、归牧、耕锄、山种、捕鱼之类也。夏可画以人物，坦坦于山林阴映之处，或以行旅憩歇、水阁、亭轩、避暑、纳凉、玩水浮梁、浴鹤江浒、晓汲涉水、过渡之类也。秋则画以人物萧萧，玩月、采菱、浣纱、渔笛、捣帛、衣舂、登高赏菊之类也。冬则画以人物寂寂，围炉、饮酒、惨冽、游宦、雪笠、寒人、骡辎、运粮、雪江、渡口寒郊、雪腊履冰之类也。

（宋）韩纯全《山水纯全集》，《历代论画名著汇编》本

唐人《江行》诗云："贾客昼眠知浪静，舟人夜语觉潮生。"此一联曲尽江行之景，真善写物也。予每诵之。

（宋）曾季狸《艇斋诗话》，《历代诗话续编》本

老杜"灯影照无睡，心清闻妙香"，韦苏州"兵卫森画戟，燕寝凝清香"，皆曲尽其妙。不问诗题，杜诗知其宿僧房，韦诗知其为邦君之居

也。此为写物之妙。

（宋）曾季狸《艇斋诗话》，《历代诗话续编》本

东坡送别子由诗云："登高回首坡陇隔，时见乌帽出复没。"模写甚工。异时记凌虚台，谓见山之出于林木之上者，累累然如人之旅行于墙外而见其髻也，盖同一机轴。

（元）吴师道《吴礼部诗话》，《历代诗话续编》本

"武松再筛第二杯酒，对那妇人说道：'嫂嫂是个精细人，不必用武松多说。我哥哥为人质朴，全靠嫂嫂作主……嫂嫂把得家定，我哥烦恼做甚么？岂不闻古人言，篱牢犬不入。'那妇人……被武松说了这一篇……紫涨了面皮，指着武大便骂道：'……我是一个不带头巾男子汉（［夹批］"画"），叮叮当当响的婆娘（［夹批］"画"），拳头上立得人（［夹批］"画"），胳膊上走的马（［夹批］"画"），人面上行的人（［夹批］"画"）……自从嫁了武大，真个蝼蚁也不敢入屋里来（［夹批］"画"），有甚么篱笆不牢，犬儿钻得入来？（［夹批］"画"）'"［眉批］传神传神，当作淫妇谱看。

（明）李贽《李卓吾先生批评忠义水浒传》第二十四回批语，上海人民出版社影印明容与堂本

《西厢》为才子佳人之书，故其费笔费墨处俱是写张生、莺莺二人，余俱未尝少用其笔之一毛、墨之一沈也。其有时亦写红娘者，以红娘正是二人之针线关锁（分时红为针线，合时红为关锁），写红娘，正是妙于写二人。其他，即尊如夫人亦不与写，何况欢郎？慈如法本，亦不与写，何况法聪？恩如白马，亦不与写，何况卒子？此譬如写花，决不写到泥，非不知花定不可无泥；写酒，决不写到壶，非不知酒定不可无壶。盖其理甚明，决不容写，人所共晓，不待多说也。故有时亦写红娘者，此如写花却写蝴蝶，写酒却写监史也。蝴蝶实非花，而花必得蝴蝶而逾妙；监史实非酒，而酒必得监史而逾妙；红娘本非张生、莺莺，而张生、莺莺必得红娘而逾妙。盖自张生自说生辰八字起，直至夫人不必苦苦追求止，曾无一句一字中间可以暂废红娘者也。若夫人、法本、白马等人，则皆偶然借作家火（伙），如风吹浪，浪息风休，如桴击鼓，鼓歇桴罢，真乃不必更转一

盼，重废一唾也。今续之四篇，乃忽因郑恒二字（《西厢》中郑恒，真只二字耳，笨伯不达，视之遂如眼钉喉刺，一何可笑），既与独作一篇，后又复请多人再递花名手本，凡《西厢》所有偶借之家火（伙），至此重复一一画卯过堂。盖必使普天下锦绣才子，读《西厢》正至飘飘凌云之时，则务尽吹之到于鬼门关前，使之睹诸变相，遍身极大不乐，而后快于其心焉！嗟乎，杜工部《画鹘》诗有云："写此神俊姿，充君眼中物。"彼一何其极善与之相反如是也！

（清）金圣叹《贯华堂第六才子书西厢记》卷之八，续之四，《金圣叹全集》（三），江苏古籍出版社本

《西厢记》止为要写此一个人，便不得不又写一个人。一个人者，红娘是也。若使不写红娘，却如何写双文？然则《西厢记》写红娘，当知正是出力写双文。

《西厢记》所以写此一个人者，为有一个人，要写此一个人也。有一个人者，张生是也。若使张生不要写双文，又何故写双文？然则《西厢记》又有时写张生者，当知正是写其所以要写双文之故也。

（清）金圣叹《读第六才子书〈西厢记〉法》，《贯华堂第六才子书西厢记》卷之二，《金圣叹全集》（三），江苏古籍出版社本

诚悟《西厢记》写红娘，止为写双文，写张生亦止为写双文，便应悟《西厢记》决无暇写他夫人、法本、杜将军等人。

诚悟《西厢记》止是为写双文，便应悟《西厢记》决是不许写到郑恒。

（清）金圣叹《读第六才子书〈西厢记〉法》，《贯华堂第六才子书西厢记》卷之二，《金圣叹全集》（三），江苏古籍出版社本

万松叠翠、万横香雪二图，寄韵设色，并极神秀，万松尤有势。盖云林画多得之气象萧疏，烟林清旷，此独峰峦浑厚，势状雄强。其皴擦勾斫分披纠合之法，无一不备，神至之笔，岂可以一律论耶？

（清）侯方域《倪云林十万图记》，《壮悔堂文集》卷六，《四部备要》本

言者，心之声也，欲代此一人立言，先宜代此一人立心。若非梦往神游，何谓设身处地。无论立心端正者，我当设身处地，代生端正之想，即遇立心邪辟者，我亦当舍经从权，暂为邪辟之思。务使心曲隐微，随口唾出，说一人肖一人，勿使雷同，弗使浮泛，若《水浒传》之叙事，吴道子之写生，斯称此道中之绝技。果能如此，即欲不传，其可得乎？

（清）李渔《闲情偶寄·词曲部·宾白第四》，《中国古典戏曲论著集成》（七），中国戏剧出版社本

唐刘希夷汝阳潭诗："鱼鳞可怜紫，鸭毛自然碧。"写物最工，然非初唐人语，已似皮、陆……

（清）王士禛《带经堂诗话》卷十二，人民文学出版社本

游山诗，能以一二句檃括一山者最寡。孟东野《南山》诗云："南山塞天地，日月石上生。"可云善状终南山矣。近日毕尚书沅《登华山》云："三峰三霄通，一岳一石作。"余丙午岁《游嵩高山》云："四面各万里，兹山天当中。"或庶几可步武东野。

（清）洪亮吉《北江诗话》卷四，人民文学出版社本

（3）如"画" 入"画"

记传所以叙其事，不能载其形，赋颂所以咏其美，不能备其象，图画之制所以兼之也。故陆士衡云："丹青之兴比雅颂之述作，美大业之馨香。宣物莫大于言，存形莫善于画。"此之谓也。

（唐）张彦远《叙画之源流》，《历代名画记》卷一，《历代论画名著汇编》本

画师韩幹岂知道，画马不独画马皮。画出三马腹中事，似欲讥世人莫知。伯时一见笑不语，告我韩幹非画师。

（宋）苏辙《韩幹三马》，《栾城集》卷十五，《四部备要》本

赵魏公自云幼好画马。每得片纸必画，而后弃去。故公壮年笔意精绝，郭祐之作诗，至以出曹韩上为言，公闻之，微笑不答。盖亦自负也。

此图用篆法写成,精神如生,诚可宝玩也。

（明）宋濂《题赵子昂马图后》,《宋学士全集》卷十二,《丛书集成》本

余谓观画之法,山川、草木当求其精华所聚,不必计其巨细、疏密,鸟兽、虫鱼当求其意态性情于笔墨之外,不必较其肥瘠、大小。推而至于文章之繁简、字画之重轻,莫不皆然。甫论字则贵瘦硬,论画马则鄙多肉,此自其天资所好而言耳,未足为通论也。

（明）方孝孺《题韩幹马图》,《逊志斋集》卷十八,《四部备要》本

"一道残阳铺水中,半江瑟瑟半江红。可怜九月初三夜,露似真珠月似弓。"诗有丰韵,言残阳铺水,半江之碧,如瑟瑟之色,半江红,日所映也,可谓工致入画。

（明）杨慎《升庵诗话》卷三,《历代诗话续编》本

慎少时,先太师与瑞虹龙崖二叔父看画。二叔父曰:"景之美者,人曰似画,画之佳者,人曰似真。孰为正?"慎对曰:"元微之有诗云:'颠倒世人心,纷纷乏公是。真赏画不成,画赏真相似。丹青各所尚,工拙何足恃。求此妄中情,哀哉子华子。'"龙崖曰:"诗亦未见佳,慎尔可试作之。"遂呈稿曰:"会心山水真如画,巧手丹青画似真。梦觉难分列御寇,影形相赠晋诗人。"二叔父喜曰:"只此四句,大胜前人。"近病中追忆往事,记而笔之,只二三首尔。宏治己未,时年十二。

（明）杨慎《画品》,《历代论画名著汇编》本

杜牧之《清明》诗曰:"借问酒家何处有,牧童遥指杏花村。"此作宛然入画,但气格不高。

（明）谢榛《四溟诗话》卷一,人民文学出版社本

子美曰:"细雨荷锄立,江猿吟翠屏。"此语宛然入画,情景适会,与造物同其妙,非沉思苦索而得之也。

（明）谢榛《四溟诗话》卷二,人民文学出版社本

（"钟楼倒塌，殿宇崩摧。山门尽长苍苔，经阁都生碧藓……诸天坏损，怀中鸟雀营巢；帝释歆斜，口内蜘蛛结网。方丈凄凉，廊房寂寞……香积厨中藏兔穴，龙华台上印狐踪。"）

［眉批］形容败落寺院如画。

    （明）李贽《李卓吾先生批评忠义水浒传》第六回批语，上海人民出版社影印明容与堂本

（"杨志先把弓虚扯一扯，周谨在马上听得脑后弓弦响，扭转身来便把防牌来迎，却早接个空。"）

［眉批］形容周谨、杨志比箭处如画。

    （明）李贽《李卓吾先生批评忠义水浒传》第十三回批语，上海人民出版社影印明容与堂本

（"只听得乱树背后扑的一声响，跳出一只吊睛白额大虫来……那个大虫又饥又渴，把两只爪在地下略按一按，和身望上一扑，从半空里撺将下来……武松见大虫扑来，只一闪，闪在大虫背后。那大虫背后看人最难，便把前爪搭在地下，把腰胯一掀，掀将起来。武松只一躲，躲在一边。大虫见掀他不着，吼一声，却似半天里起个霹雳，振得那山冈也动，把这铁棒也似虎尾倒竖起来，只一剪，武松却又闪在一边。"）

［眉批］又画虎矣，妙绝，妙绝。

    （明）李贽《李卓吾先生批评忠义水浒传》第二十三回批语，上海人民出版社影印明容与堂本

（"……武松将半截棒丢在一边，两只手就势把大虫顶花皮胳肢地揪住，一按按将下来。那只大虫急要挣扎，早没了气力，被武松尽气力纳定，那里肯放半点儿松宽。武松把只脚望大虫门面上、眼睛里只顾乱踢，那大虫咆哮起来，把身底下扒起两堆黄泥，做了一个土坑。武松把那大虫嘴直按下黄泥坑里去，那大虫吃武松奈何得没了些气力。武松把左手紧紧地揪住顶花皮，偷出右手来，把起铁锤般大小拳头尽平生之力只顾打，打得五七十拳，那大虫眼里、口里、鼻子里、耳朵里都迸出鲜血来。那武松尽平昔神威，仗胸中武艺，半歇儿把大虫打做一块，却似躺着一个锦布袋。"）

[眉批] 又画武松打虎了，恐画也没有这样妙！
> （明）李贽《李卓吾先生批评忠义水浒传》第二十三回批语，上海人民出版社影印明容与堂本

（"郓哥道：'我说与你，你却不要气苦。我从今年正月十三日，提得一篮儿雪梨，我去寻西门庆大郎，挂一勾子，一地里没寻他处，问人时说道，他在紫石街王婆茶坊里和卖炊饼的武大老婆做一处，如今刮上了他每日只在那里。我听得了这话，一径奔去寻他……'"）

[眉批] 描画小猴子之状，咄咄如画。
> （明）李贽《李卓吾先生批评忠义水浒传》第二十六回批语，上海人民出版社影印明容与堂本

（"武松道：'你倒来发话，指望老爷送人情与你，半文也没，我精拳头有一双相送。金银有些，留了自买酒吃，看你怎地奈何我？'"）

[眉批] 画。
> （明）李贽《李卓吾先生批评忠义水浒传》第二十八回批语，上海人民出版社影印明容与堂本

（"卢俊义看脚时，都是潦浆泡，点地不得，寻那旧草鞋又不见了。董超道：'我把一双新草鞋与你'，却是夹麻皮做的，穿上都打破了脚，出不的门。当日秋雨纷纷，路上又滑，卢俊义一步一颠，薛霸拿起水火棍拦腰便打，董超假意去劝，一路上埋怨叫苦。"）

[眉批] 将公人情状一笔写出，的是丹青上手。
> （明）李贽《李卓吾先生批评忠义水浒传》第六十二回批语，上海人民出版社影印明容与堂本

"袅袅兮秋风，洞庭波兮木叶下"，形容秋景入画；"悲哉秋之为气也，憭慄兮若远行，登山临水兮送将归"，模写秋意入神。皆千古言秋之祖。六代、唐人诗赋，靡不自此出者。
> （明）胡应麟《诗薮·内编》卷一，上海古籍出版社本

谢康乐之诗，虽是涉于对偶，然而森蔚璀玮，繁密错缛，一句一字，极其深思，昔人谓无一篇不佳。今观其《入彭蠡》、《华山冈》、《七里

濑》、《始宁墅》、《富春渚》诸诗，模写行役江山，历历如画，信一代之伟作也。

（明）安磐《颐山诗话》，《四库全书》珍本初集本

（"因感伤怀抱，向酒保借笔砚来。"下批）写千载豪杰失意，如画。

（清）金圣叹《第五才子书施耐庵水浒传》第十回夹批，中华书局本

（"早望见前面有一座高山，生得十分险峻。"下批）先叙白虎山。古云："行人如在画图中"，今日笔墨都入画图中也。

（清）金圣叹《第五才子书施耐庵水浒传》第三十一回夹批，中华书局本

（"宋江看了道：'壮哉，真好汉也！'李逵道：'这宋大哥便知我的鸟意，吃肉不强似吃鱼。"下批）无端插出宋江掉文一句，却紧接出李逵误认来。奇笔、妙笔，鬼神于文矣！宋江自赞李逵壮哉，李逵却认是说羊肉壮哉。宋江自赞李逵真好汉，李逵却认是说羊肉真好吃。写通文人与不通文人相对，如画。

（清）金圣叹《第五才子书施耐庵水浒传》第三十七回夹批，中华书局本

（"李逵听了，咬着唇冷笑。"下批）冷笑如画。又好笑，又怕神行法。咬唇二字，活画出妙人。

（清）金圣叹《第五才子书施耐庵水浒传》第五十二回夹批，中华书局本

余有寄怀钱塘吴宝厓（陈琰）二绝句云："竞说仙人萼绿华，紫金跳脱降羊家。苎萝溪上春无主，一代红颜独浣纱。""紫陌纷纷看牡丹，车如流水从（去声）金鞍。那知冰雪西溪路，犹有梅花耐岁寒？"宝厓因属禹尚基（之昆）写《西溪梅雪图》。

（清）王士禛《渔洋诗话》卷上，《清诗话》本

此回将大家丧事详细剔画，如见其气概，如闻其声音，丝毫不错，作

者不负大家后裔。

（清）《脂砚斋重评石头记》第十四回批语，人民文学出版社本

叙述情景，须得画意，为最上乘。

（清）方东树《昭昧詹言》卷一，人民文学出版社本

辋川叙题细密不漏，又能设色取景，虚实布置，一一如画，如今科举作墨卷相似，诚万选之技也。

（清）方东树《昭昧詹言》卷十六，人民文学出版社本

《钱塘湖春行》……佳处在象中有兴，有人在，不比死句。

《夜归》……只八句说去，往复一气中，层次情事，有如一幅画图，令人一一可按可见，固非小才能办。

《西湖晚归回望孤山寺赠诸客》，此题已如画，诗写景工而真，所以为佳。

（清）方东树《昭昧詹言》卷十八，人民文学出版社本

画不如书可勒碑，书不如文可枣梨，荆关粉本尽安在，周秦古籍今犹垂。画不如文百世知，文不如画走四夷。重译那知谪仙咏，丹青图重西洋西。横传之远画胜文，竖传之文文胜画。小劫大劫一时来，谁识庖羲以前卦。万劫不灭是何物，杲杲青天行白日。

（清）魏源《读书吟示儿耆六首》之一，《魏源集》，中华书局本

荆帆诗云："十载软尘为客久，一江小雨共僧还。"大有画意。

（清）查为仁《莲坡诗话》，《清诗话》本

（4）"诗中有画" "画中有诗"

更如前人言：诗是无形画，画是有形诗。哲人多谈此言，吾人所师。余因暇日阅晋唐古今诗什，其中佳句，有道尽人腹中之事，有装出人目前之景。然不因静居燕坐，明窗净几，一炷炉香，万虑消沉，则佳句好意，亦看不出，幽情美趣，亦想不成。即画之主意，亦岂易及乎？境界已熟，

心手已应，方始纵横中度，左右逢原。

    （宋）郭熙《林泉高致·画意》，《历代论画名著汇编》本

  昔闻柳宗元，山水寻不饫。其记若丹青，因来问潭步。石燕飞有无，香草生触处。仙姑异麻姑，岁月楼中度。不食颜渥赭，言语神灵预。

    （宋）梅尧臣《送张中乐屯田知永州》，《梅尧臣集编年校注》卷二十八，上海古籍出版社本

  古城踏成谷，不见人马踪。古人岂不行，旧迹岂不重。从何求故步，往返自憧憧。观君百篇诗，善画人形容。毫发无不似，落笔任横纵。曷如握明镜，物物目所逢。赠以东南归，掷去手中筇。

    （宋）梅尧臣《毛君宝秘校将出京示予诗因以答之》，《梅尧臣集编年校注》卷三十，上海古籍出版社本

  古来画师非俗士，摹写物象略与诗人同。

    （宋）苏轼《欧阳少师令赋所蓄石屏》，《苏轼诗集》卷六，中华书局本

  韩生画马真是马，苏子作诗如见画。世无伯乐亦无韩，此诗此画谁当看。

    （宋）苏轼《韩幹马十四匹》，《苏轼诗集》卷十五，中华书局本

  风流文采磨不尽，水墨自与诗争妍。画山何必山中人，田歌自古非知田。

    （宋）苏轼《王晋卿作烟江叠嶂图，仆赋诗十四韵，晋卿和之，语特奇丽，因复次韵》，《苏轼诗集》卷三十，中华书局本

  画以人物为神，花竹禽鱼为妙，宫室器用为巧，山水为胜。而山水以清雄奇富、变态无穷为难。燕公之笔，浑然天成，粲然日新，已离画工之度数，而得诗人之清丽也。

    （宋）苏轼《跋蒲传正燕公山水》，《东坡题跋》卷五，《丛书集成》本

味摩诘之诗，诗中有画；观摩诘之画，画中有诗。诗曰："蓝溪白石出，玉川红叶稀。山路元无雨，空翠湿人衣。"此摩诘之诗。或曰："非也，好事者以补摩诘之遗。"

（宋）苏轼《书摩诘蓝田烟雨图》，《东坡题跋》卷五，《丛书集成》本

既不能诗成无色之画，画出无声之诗。

（宋）黄庭坚《自赞》，《山谷全书·正集》卷二十二，清刊本

韦侯常喜作群马，杜陵诗中如见画。忽开短卷六马图，想见诗老醉骑驴。龙眠作马晚更妙，至今似觉韦偃少。一洗万古凡马空，句法如此今谁工。

（宋）黄庭坚《题韦偃马》，《山谷外集诗注》卷十五，《四部备要》本

东坡尝作韩幹马诗云："少陵翰墨无形画，韩幹丹青不语诗。此画此诗今已矣，人间驽骥谩争驰。"余以为若论诗画，于此尽矣，每诵数过，殆欲常以为法也。

（宋）赵令畤《侯鲭录》卷八，《丛书集成》本

东坡为温公作《独乐园诗》，只从头四句，便已都说尽。云："青山在屋上，流水在屋下，中有五亩园，花木秀而野。"此便可以图画。

（宋）王直方《王直方诗话》"独乐园诗"条，《宋诗话辑佚》本

《摭言》载白乐天在江东，进士多奔往。时张祜负时名，既而徐凝至，二子相矛盾。祜称其佳句云："树影中流见，钟声两岸闻。"凝以为奈无野人"千古长如白练飞，一条界破青山色"。祜愕然不对，于是一座尽倾。其后东坡（云，世传徐凝《瀑布诗》，至为尘陋。又伪作乐天诗，称美此句，有赛不得之语。乐天虽涉浅易，岂至是哉？）乃作绝云："帝遣银河一派垂，古来惟有谪仙词。飞流溅沫知多少，不与徐凝洗恶诗。"余以为比之相去，何啻九牛一毛也。

案：伍涵芬云："《天台赋》'瀑布飞流而界道'，则'界'字原有来历，句法又能化旧生新，东坡以恶讥之，过矣。"

（宋）王直方《王直方诗话》，《宋诗话辑佚》本

白乐天以诗名，与元微之同时，号元白。诗词多比图画，如重屏图，自唐迄今传焉，乃乐天《醉眠诗》也。诗曰："放杯书案上，枕臂火炉前。老爱寻思睡，慵便取次眠。妻教卸乌帽，婢与展青毡。便是屏风样，何劳画古贤。"且诗之所以能尽人情物态者，非笔端有口未易到也。诗家以画为无声诗，诚哉是言。

（宋）李欣《古今诗话》"无声诗"条，《宋诗话辑佚》本

血色凡花太俗生，花工新意染秋英。袍红太重鞓红浅，画不能摹句写成。

（宋）范成大《真瑞堂前丹桂》二首之一，《范石湖集》卷二十一，上海古籍出版社本

夜雨无端忽晓晴，南溪便长丰篙清。斜冲乱石雪霜碎，快泻深陂金玉声。慢处回头萦作漩，急边眨眼不留行。李成觑著如何画，却是诗中画得成。

（宋）杨万里《雨后至溪上》，《诚斋集》卷四十，《四部丛刊》本

晓日秋山破格奇，青红明灭舞清漪。色工著色饶渠巧，便有此客无此姿。

（宋）杨万里《过上湖岭望招贤江南北山》其四，《诚斋集》卷二十六，《四部丛刊》本

老子年来画入神，凿空幻出墨梅春。壁为玉板灯为笔，整整斜斜样样新。

（宋）杨万里《醉后拈梅花近壁以灯照之，宛然如墨梅》，《诚斋集》卷七，《四部丛刊》本

吾乡李君磊嵬胸，夜持云梯倚秋空。月中寻得修月斧，斫倒南山千岁

松。束归丹灶和玉桂,燧出绿雾霏鸾龙。捣成玄圭与苍璧,洒作横枝岁寒色。庾岭霜林和靖园,掇入生绡供戏剧。幻松作璧璧作梅,豪气勃郁尚不开。琼艘满醋梅雪下,吐出西湖有声画。

    (宋)杨万里《乡士李英才得老潘墨法善作墨梅复喜作诗艮斋目以三奇赠之七字复同赋云》,《诚斋集》卷二十二,《四部丛刊》本

  窗底梅花瓶底老,瓶边破砚梅边好。诗人忽然诗兴来,如何见砚不见梅。急磨玄圭染霜纸,撼落花须浮砚水。诗成字字梅样香,却把春风寄谁子?

    (宋)杨万里《春兴》,《诚斋集》卷十二,《四部丛刊》本

  松风涧水打窗声,玉佩琼琚触眼明。当画如何挂秋月,未春特地转新莺。只消一卷梅山集,幻出多般景物情。老子平生有诗癖,为君焚却老陶泓。

    (宋)杨万里《跋姜春坊梅山诗集》其一,《诚斋集》卷二十,《四部丛刊》本

  余顷岁数往来江西,饱闻阁皂之胜,每以不能一往游焉为恨。今观《苍玉诗卷》,则亦不待身到脚历,而小院回廊,风篁雪竹,已了了在眼中矣。

    (宋)朱熹《跋苍玉诗卷》,《晦庵先生朱文公文集》卷八十三,《四部备要》本

  周郎词艺妙天下,似是诗家非画家。宁与嵇公写琴操,不为盛尹作梅花。

    (宋)刘克庄《跋周忘机画》一首,《后村先生大全集》卷十,《四部丛刊》本

  吕居仁《春日即事》云:"雪消池馆初春后,人倚栏干欲暮时。"此自可入画。人之情态,物之容态,二句尽之。

    (宋)魏庆之《诗人玉屑》卷三"诗句可入画"条,上海古籍出版社本

唐人诗有"嫩绿枝头红一点,动人春色不须多"之句,闻旧时尝以此试画工,众工竞于花卉上妆点春色,皆不中选。惟一人于危亭缥缈隐映之处,画一美妇人凭栏而立,众工遂服。此可谓善体诗人之意矣。唐明皇尝赏千叶莲花,因指妃子,谓左右曰:"何如此解语花也。"而当时语云:"上宫春色,四时在目",盖此意也。然彼世俗画工者,乃亦解此耶?

(宋)陈善《扪虱新话》上集卷一,《丛书集成》本

东坡咏梅,有"竹外一枝斜更好"之句,此便是坡作夹竹梅花图,但未下笔耳。每咏其句,便如行孤山篱落间,风光物采来照映,人应接不暇也。近读山谷文字云,适有人以桃杏杂花拥一枝梅见惠,谷为作诗,不知惠者何人,然能如此安排,亦是不凡。正如市倡东涂西抹中,忽见谢家夫人,萧散自有林下风采,益复可喜。窃谓此语,便可与坡诗对,画作两幅图子也。戏录于此,将与好事者以为画本。

(宋)陈善《扪虱新话》上集卷一,《丛书集成》本

东坡酷爱西湖,尝作诗云:"若把西湖比西子,淡妆浓抹总相宜",识者谓此二句已道尽西湖好处。公又有诗曰:"云山已作歌眉敛,山下碧流清似眼",予谓此诗又是为西子写生也。要识西子,但看西湖;要识西湖,但看此诗。

(宋)陈善《扪虱新话》上集卷一,《丛书集成》本

《西清诗话》云:丹青吟咏,妙处相资。昔人谓诗中有画、画中有诗者,盖画能状,而诗人能言之。唐人有《盘车图》,画重冈复岭,一夫驰车山谷间;永叔赋诗:"坡长坡峻牛力疲,天寒日暮人心速。"且画工意初未必然,而诗人广大之,乃知作诗者,徒言其景不若尽其情,此品题之津梁也。

(宋)何汶《竹庄诗话》卷九,中华书局本

《王直方诗话》云:郭功甫少时喜诵文忠公诗。一日过梅圣俞,曰:"近得永叔书,方作《庐山高》诗赠刘同年,自以为得意。"恨未见此诗。

功父为诵之。圣俞击节叹赏曰："使吾更作诗三十年，亦不能道其中一句。"功甫再诵，不觉心醉，遂置酒，又再诵，酒数行，凡诵十数遍，不交一谈而罢。明日，圣俞赠功甫诗，其略曰："一诵《庐山高》，万景不得藏。""设令古画师，极意未能详。"

             （宋）何汶《竹庄诗话》卷十六，中华书局本

  黄山谷云：文湖州写竹木，用笔甚妙，而作书乃不逮，以画法作书，则孰能御之？吴兴乃以此书法写竹，故望而知其非他人所能及者也。

    （元）虞集《子昂墨竹跋》，《道园学古录》卷十一，《四部备要》本

  东坡以诗为有声画，画为无声诗。盖诗者心声，画者心画，二者同体也。纳山川草木之秀描写于有声者，非画乎？览山川草木之秀，叙述于无声者，非诗乎？故能诗者必知画，而能画者多知诗。由其道无二致也。

    （元）杨维桢《无声诗意序》，《东维子文集》卷十一，《四部丛刊》本

  何物能支笔万钧，案头依约远山痕；灯横烟影隐犹见，秋入霜毫势欲吞。掌上三峰看太华，人间一发是中原；中书未免从高阁，不向林泉怨少恩。

    （元）刘因《以韵即席课诸生东斋诸物七首》之一，《静修先生文集》卷九，《丛书集成》本

  夫形声之在天下，皆出于自然。然亦有诗歌以为声，藻绘以为形者，其大用之朝廷邦国，固未暇论，而闾巷山林之下，或不能无。若论其至，亦可以通鬼神、夺造化。降于后世，乃流为技艺之末，而造其妙者，犹以为难。说者谓诗为有声之画，画为无声之诗。二者盖相为用，而不两能。若诗之为声，尤其重且难者也。

    （明）李东阳《书沈石田诗稿后》，《怀麓堂集》文后卷十四，清刊本

  少陵诗云："华夷山不断，吴蜀水常通。"只此二语，写出长江万里之景如在目中，可谓诗中有画。今观周生所画长江万里图，又如见乎少陵

之诗,可谓画中有诗。诗中有画,长江在诗;画中有诗,长江在画。然则长江属之诗耶?属之画耶?

     (明)唐顺之《跋周东村长江万里图后》,《荆川先生文集》卷十七,《四部丛刊》本

  越僧某索画于石田翁,尝寄一绝云:"寄将一幅剡溪藤,江面青山画几层。笔到断崖泉落处,石边添个看云僧。"石田欣然,画其诗意答之。余谓僧诗画矣,何以图为?

     (明)顾元庆《夷白斋诗话》,《历代诗话》本

  弟独谓诗中有画,画中有诗,因摩诘一身兼此二妙,故连合言之,若以有诗句之画作画,画不能佳,以有画意之诗为诗,诗必不妙。如李青莲《静夜思》诗:"举头望明月,低头思故乡",有何可画?王摩诘《山路》诗:"兰田白石出,玉川红叶稀",尚可入画,"山路原无雨,空翠湿人衣",则如何入画?又《香积寺》诗:"泉声咽危石,日色冷青松",松,泉声,危石,日色,青松,皆可描摹,而"咽"字,"冷"字,则决难画出。故诗以空灵才为妙诗,可以入画之诗,尚是眼中金银屑也。画如小李将军,楼台殿阁,界画写摩,细入毫发,自不若元人之画,点染依稀,烟云灭没,反得奇趣。由此观之,有诗之画,未免板实,而胸中丘壑,反不若匠心训手之为不可及也。

     (明)张岱《与包严介》,《琅嬛文集》,上海杂志公司《国学珍本丛书》本

  余作画,每取古人佳句,借其能动,易于落想,然后层层画去。

     (明)孔衍栻《画诀·立意》,《历代论画名著汇编》本

  诗中有画,不独摩诘也。浩然情景悠然,尤能写生,其便娟之姿,逸宕之气,似欲超王而上,然终不能出王范围内者,王厚于孟故也。吾尝譬之,王如一轮秋月,碧天似洗;而孟则江月一色,荡漾空明。虽同此月,而孟所得者,特其光与影耳。

     (清)贺贻孙《诗筏》,《清诗话续编》本

王维《出塞》作，直是八句见成好词，虽千椎万炼，然实无斧锻之迹，前人谓神景。律如镂金斫石，一往着力，开宝以后，便如冶金削石，条条矣。斯为识诗之言。

（清）毛奇龄《西河诗话》卷七，《西河合集·文集》，清刊本

吾尝谓凡艺之类多端，而能尽天地万事万物之情状者，莫如画。彼其山水云霞、林木鸟兽、城郭宫室，以及人士男女、老少妍媸、器具服玩，甚至状貌之忧离欢乐，凡遇于目，感于心，传之于手而为象，惟画则然，大可笼万有，小可析毫末，而为有形者所不能遁。吾又以谓尽天地万事万物之情状者，又莫如诗。彼其山水云霞、人士男女、忧离欢乐等类而外，更有雷鸣风动、鸟啼虫吟、歌哭言笑，凡能遇于目、入于耳、会于心，宜之于口而为言，惟诗则然，其笼万有，析毫末，而为有情者所不能遁。昔人评王维之画，曰"画中有诗"，又评王维之诗，曰"诗中有画"。由是言之，则画与诗初无二道也。然吾以为何不云：摩诘之诗即画，摩诘之画即诗，又何必论其中之有无哉？故画者，天地无声之诗；诗者，天地无色之画。

画者形也，形依情则深；诗者情也，情附形则显。是理也，宁独画与诗哉？推而极之，天地间无一物一事之不然者矣。

（清）叶燮《赤霞楼诗集序》，《己畦文集》卷八，清刘永芎刊本

画家有读画之说。余谓画无可读者，读其诗也。

（清）袁枚《随园诗话补遗》卷六，人民文学出版社本

六朝以来绝少题画诗，自杜少陵创为画松、画马、画鹰等名篇，搜奇抉奥，笔补造化，嗣是苏黄诸公极妍尽态，物无遁形，以后益务斗胜矣。

（清）赵翼《檐曝杂记》卷五，《瓯北全书》，清刊本

昔人谓"诗中有画，画中有诗"，然亦有画手所不能到者。先广文尝言："刘文房《龙门八咏》：'入夜翠微里，千峰明一灯。'《浮石濑》诗：'众岭猿啸重，空江人语响。'《石梁湖》诗：'湖色澹不流，沙鸥远还灭。'钱仲文《秋杪南山》诗：'反照乱流明，寒空千嶂净。'李祭酒

《别业》诗:'片水明断崖,余霞入古寺。'柳子厚《溪居》诗:'晓耕翻露草,夜榜响溪石。'《田家》诗:'鸡鸣村巷白,夜色归暮田。'此岂画手所能到耶?"先广文尝命为唐人摘句一小册,以供卧游。橐笔余生,因循未果,书以志憾。

(清)陆蓥《问花楼诗话》卷一,《清诗话续编》本

戴安道画《南都赋》,范宣叹为有益。知画中有赋,即可知赋中宜有画矣。

(清)刘熙载《艺概·赋概》,上海古籍出版社本

书与画异形而同品。画之意象变化,不可胜穷,约之,不出神、能、逸、妙四品而已。

(清)刘熙载《艺概·书概》,上海古籍出版社本

2. 为情造文——文艺的表情性

(1) 情中外发为文

情欲信,辞欲巧。

(先秦)《礼记·表记》,《十三经注疏》本

凡礼始乎梲,成乎文,终乎悦校。故至备,情文俱尽。其次,情文代胜。其下,复情以归大一也。

(先秦)《荀子·礼论》,《诸子集成》本

文者所以接物也,情系于中而欲发外者也。以文灭情,则失情;以情灭文,则失文;文情理通,则凤麟极矣。

(汉)刘安《淮南鸿烈·缪称训》,《丛书集成》本

余每观才士之所作,窃有以得其用心。夫放言遣辞,良多变矣。妍蚩好恶,可得而言。每自属文,尤见其情。恒患意不称物,文不逮意,盖非知之难,能之难也。

(晋)陆机《文赋》,《文选》卷十七,《四部备要》本

或遗理以存异，徒寻虚以逐微。言寡情而鲜爱，辞浮漂而不归。犹弦么而徽急，故虽和而不悲。

（晋）陆机《文赋》，《文选》卷十七，《四部备要》本

文患其事尽于形，情急于藻，义牵其旨，韵移其意。虽时有能者，大较多不免此累，政可类工巧图缋，竟无得也。常谓情志所托，故当以意为主，以文传意。以意为主，则其旨必见；以文传意，则其词不流；然后抽其芬芳，振其金石耳。

（南朝·宋）范晔《狱中与诸甥侄书》，《宋书·范晔传》，中华书局本

昔诗人什篇，为情而造文，辞人赋颂，为文而造情。何以明其然？盖风雅之兴，志思蓄愤，而吟咏情性，以讽其上，此为情而造文也；诸子之徒，心非郁陶，苟驰夸饰，鬻声钓世，此为文而造情也。故为情者要约而写真，为文者淫丽而烦滥。而后之作者，采滥忽真，远弃风雅，近师辞赋，故体情之制日疏，逐文之篇愈盛。故有志深轩冕，而泛咏皋壤，心缠几务，而虚述人外，真宰弗存，翩其反矣。夫桃李不言而成蹊，有实存也；男子树兰而不芳，无其情也。夫以草木之微，依情待实，况乎文章，述志为本，言与志反，文岂足徵？

（南朝·梁）刘勰《文心雕龙·情采》，人民文学出版社本

感人心者，莫先乎情，莫始乎言，莫切乎声，莫深乎义。诗者，根情，苗言，华声，实义。上自圣贤，下至愚骇，微及鱼豚，幽及鬼神，群分而气同，形异而情一，未有声入而不应，情交而不感者。

（唐）白居易《与元九书》，《白居易集》卷四十五，中华书局本

士君子藏器于身，应物如响。成天下之务者，存乎事业，通万物之情者，在乎文辞。

（五代）徐铉《翰林学士江简公集序》，《全唐文》卷八百八十一，中华书局本

何以为是篇言哉？茅每见举长吉诗教学者，谓其思深情浓，故语适

称，而非刻画无情无思之辞，徒苦心出之者。

（元）刘将孙《刻长吉诗序》，《养吾斋集》卷九，《四库全书》珍本初集本

诗乃模写情景之具，情融乎内而深且长，景耀乎外而远且大。当知神龙变化之妙：小则入乎微罅，大则腾乎天宇。此惟李杜二老知之。

（明）谢榛《四溟诗话》卷四，人民文学出版社本

大抵情辞易工。盖人生于情，所谓"愚夫愚妇可以与知者"。观十五国风，大半皆发于情，可以知矣。是以作者既易工，闻者亦易动听。即《西厢记》与今所唱时曲，大率皆情词也。

（明）何良俊《曲论》，《中国古典戏曲论著集成》（四），中国戏剧出版社本

《记》有之："情动于中，故形于声；声成文，谓之音。"盖古者民间之诗，多出于纴织井臼之余，劳苦怨慕之语，动于情之不容已耳。

（明）陈子龙《佩月堂诗稿序》，《陈忠裕公全集》卷二十五，清刊本

汉魏五言，为情而造文，故其体委婉而情深。颜、谢五言，为文而造意，故其语雕刻而意冗。吕氏《童蒙训》云："读《古诗十九首》及曹子建诸诗，如'明月照高楼，流光正徘徊'之类，皆思深远而有余意，言有尽而意无穷。学者当以此等诗常自涵养，自然下笔高妙。"吕氏之所谓意，即予之所谓情也。

（明）许学夷《诗源辩体》卷三，人民文学出版社本

今世之为诗者，大抵习乎其词，而不本于其情，故词虽工而情则非有。若吾修钤之诗……可谓情辞俱至，足以自名其家者也。

（明）王祎《盛修钤诗集序》，《王忠文公集》卷七，清重刊本

佛言众生为有情，此世界为情世界。儒者之所谓五性，亦情也。性不能不动而为情，情不能不感而缘物，故曰："情动于中而形于言。"诗者，

情之发于声音者也。

  （清）钱谦益《陆敕先诗稿序》，《牧斋有学集》卷十九，《四部丛刊》本

  今古之情无尽，而一人之情有至有不至。凡情之至者，其文未有不至者也。则天地间街谈巷语邪许呻吟，无一非文。而游女、田夫、波臣、戍客，无一非文人也。

  （清）黄宗羲《明文案序上》，《南雷文定》卷一，《四部备要》本

  雕琢入化，而一气顺妙，悲凉生动，无出其右。一似因前六句生后二句，则文生情；一似因结二句生前六句，则情生文。

  （清）王夫之《唐诗评选》卷三评杜甫《秦州杂诗》，《船山遗书》，太平洋书店重校刊本

  安仁情深而语冗繁。

  （清）黄子云《野鸿诗的》，《清诗话》本

  文生于情，情又生于文，气动志而志动气也。故有所识鲜而著文辞，辞之所及，忽有所触而转增识解，皆一理之奇也……

  文以气行，亦以情至。人之于文，往往理明事白，于为文之初指，亦若无可憾矣；而人见之者，以谓其理其事不过如是，虽不为文可也。此非事理本无可取，亦非作者之文不如其事其理，文之情未至也。今人误解辞达之旨者，以谓文取理明而事白，其他又何求焉！不知文情未至，即其理其事之情亦未至也……昔人谓文之至者，以为不知文生于情，情生于文。夫文生于情，而文又能生情，以谓文人多事乎？不知使人由情而恍然于其事其理，则辞之于事理，必如是而始可称为达尔。

  （清）章学诚《文史通义·杂说》，《章氏遗书》本

  子规声与鹧鸪声，好鸟鸣春尚有情。何苦颠顸书数语，不加笺注不分明。

  （清）张问陶《论诗十二绝句》之八，《船山诗草》卷十一，清刊本

元曲多有以本人名姓直入句中，读之愈觉情文真切者。然亦止可一部中偶尔一用，多则易伤俚俗。

（清）梁廷枏《曲话》卷二，《中国古典戏曲论著集成》（八），中国戏剧出版社本

红友之论曰："曲有音，有情，有理。不通乎音，弗能歌，不通乎情，弗能作；理则贯乎音与情之间，可以意领不可以言宣。悟比，则如破竹、建瓴，否则终隔一膜也。"……情、理、音三字，亦惟红友庶乎尽之。

（清）梁廷枏《曲话》卷三，《中国古典戏曲论著集成》（八），中国戏剧出版社本

唱曲之法，不但声之宜讲，而得曲之情为尤重。盖声者众曲之所尽同，而情者一曲之所独异。

（清）徐大椿《乐府传声·曲情》，《中国古典戏曲论著集成》（七），中国戏剧出版社本

落笔务在得情，择词必须合意。如宴饮、陈诉、道路、军马、酸凄、调关，自有专曲。用之不得其宜，虽才情生色，亦不足取也。

（清）黄图珌《看山阁集闲笔·文学部·曲有合情》，《中国古典戏曲论著集成》（七），中国戏剧出版社本

从来小说家言：要皆文人学士心有所触，意有所指，借端发挥，以写其磊落光明之概；其事不奇，其人不奇，其遇不奇，不足以传；即事奇、人奇、遇奇矣，而无幽隽典丽之笔以叙其事，则与盲人所唱七字经无异，又何能供赏鉴？是小说虽小道，其旨趣义蕴原可羽翼贤卷圣经，用笔行文要当合诸腐迁盲左，何可以小说目之哉！

（清）何昌森《水石缘序》，引自《中国历代小说论著选》，江西人民出版社本

（2）诗缘情而绮靡

诗缘情而绮靡。

（晋）陆机《文赋》，《文选》卷十七，《四部备要》本

当汉魏之间,虽以朴散为器,作者犹质有余而文不足……至沈詹事宋考功始裁成六律,彰施五色,使言之而中伦,歌之而成声,缘情绮靡之功至是乃备。虽去雅寖远,其丽有过于古者。

(唐)独孤及《唐故左补阙安定皇甫公集序》,《全唐文》卷三百八十八,中华书局本

两重意已上,皆文外之旨。若遇高手,如康乐公,览而察之,但见情性,不睹文字,益诣道之极也。

(唐)皎然《诗式》,《历代诗话》本

歌咏者极清性之本,载述者遵良直之旨。

(唐)皇甫湜《谕业》,《皇甫持正集》卷一,《四部丛刊》本

诗者,情动于中而形于言。故怨思悲愁,常多感慨;抒怀佳作,讽刺雅言,虽著于群书,盈厨溢阁,其间触事兴咏,尤所钟情。不有发挥,孰明厥义,因采为《本事诗》,凡七题,犹四始也。

(唐)孟棨《本事诗序目》,《历代诗话续编》本

人之所以灵者,情也。情之所以通者,言也。其或情之深,思之远,郁积乎中,不可以言尽者,则发为诗。诗之贵于时久矣。虽复观风之政缺,道人之职废,文质异体,正变殊途,然而精诚中感靡由于外奖,英华挺发必自于天成。以此观其人,察其俗,思过半矣。比夫泽宫选士,入国知教,其最亲切者也。是以君子尚之。

(五代)徐铉《萧庶子诗序》,《全唐文》卷八百八十一,中华书局本

文章之于人,有满心而发,肆口而成,不待思虑而工,不待雕琢而丽者,皆天理之自然,而情性之道也。世之言雄暴晓武者,莫如刘季、项籍。此两人者,岂有儿女之情哉?至其过故乡而感慨,别美人而涕泣,情发于言,流为歌词,含思凄婉,闻者动心焉。此两人者,岂其费心而得之

哉？直寄其意耳。

(宋) 张耒《贺方回乐府序》,《柯山集》卷四十,《丛书集成》本

东京以来,非无作者,大概文采有余,性情不足,高欢玉璧之役,士卒死者七万人,惭愤发疾归,使斛律金作《敕勒歌》,其辞略曰:"山苍苍,天茫茫,风吹草低见牛羊。"欢自和之,哀感流涕。金不知书,能发挥自然之妙如此,当时徐、庾辈不能也。

(宋) 王灼《碧鸡漫志》卷第一,《中国古典戏曲论著集成》(一),中国戏剧出版社本

古人因事作歌,输写一时之意,意尽则止,故歌无定句；因其喜怒哀乐,声则不同,故句无定声。今音节皆有辖束,而一字一拍,不敢辄增损,何与古相戾欤？予曰：皆是也。今人固不及古,而本之性情,稽之度数,古今所尚,各因其所重……古今所尚治体风俗,各因其所重,不独歌乐也。古人岂无度数？今人岂无性情？用之各有轻重,但今不及古耳。今所行曲拍,使古人复生,恐未能易。

(宋) 王灼《碧鸡漫志》卷第一,《中国古典戏曲论著集成》(一),中国戏剧出版社本

诗所以发性情之和也。性情未发,诗为无声；性情既发,诗为有声。闷无于声,诗之精；岂于有声,诗之迹。前之二谢,后之一苏,其诗瑰伟卓荦,今世所脍炙。

(宋) 文天祥《罗主簿一鹗诗序》,《文文山先生全集》卷九,《四部丛刊》本

余坐幽燕狱中,无所为,诵杜诗稍习,诸所感兴,因其五言集为绝句。久之,得二百首。凡吾意所欲言者,子美先为代言之,日玩之不置,但觉为吾诗,忘其为子美诗也。乃知子美非能自为诗,诗句自是人情性中语,烦子美道耳。子美于吾隔数百年,而其言语为吾用,非情性同哉？

(宋) 文天祥《集杜诗自序》,《文文山先生全集》卷十六,《四部丛刊》本

郊寒白俗,诗人类鄙薄之。然郑厚评诗,荆公、苏、黄辈曾不比数,

而云乐天如柳阴春莺，东野如草根秋虫，皆造化中一妙。何哉？哀乐之真，发乎情性，此诗之正理也。

　　　　　　　　　（金）王若虚《滹南诗话》卷一，《历代诗话续编》本

　　言之至者为文，而人之文有涉于刑名器数，而作者不必皆出于自然。惟夫诗则一由性情以生，悲喜忧乐忽焉触之，而材力不与能焉。

　　　　　　　　　（元）戴表元《珣上人删诗序》，《剡源集》卷九，《丛书集成》本

　　夫诗者，所以自乐吾之性情也，而岂观美自鬻之技哉？欣悲感发，得之油然者有浅深，而写之适然者有浓淡。志尚尚，则必不可凡，世味薄，则必不可俗。故渊明之冲寂，苏州之简素，昌黎之奇畅，欧之清远，苏、黄之神变，彼其养于气者，茫茫相望，皆如嵇延祖轩轩于鸡群，宜其超然尘埃混浊之外，非复喧啾之所可匹侪。凡学诗者，必不可以无此意也。

　　　　　　　　　（元）刘将孙《九皋诗集序》，《养吾斋集》卷十，《四库全书》珍本初集本

　　余谓诗入对隅，特近体不得不尔。发乎情性浅深疏密，各自极其中之所欲言。若必两两而并，若花红柳绿，江山水石，斤斤为格律，此岂复有情性哉？

　　　　　　　　　（元）刘将孙《胡以实诗词序》，《养吾斋集》卷十一，《四库全书》珍本初集本

　　文章犹小技，何况诗云云。沛然本情性，以是列之经。

　　　　　　　　　（元）刘将孙《感遇》，《养吾斋集》卷一，《四库全书》珍本初集本

　　或问：诗可学乎？曰：诗不可以学为也。诗本情性，有性此有情，有情此有诗也……诗之状未有不依情而出也。虽然，不可学，诗之所出者，不可以无学也。声和乎中正必由于情，情和乎中正或失于性，则学问之功得矣。

　　　　　　　　　（元）杨维桢《荆韶诗序》，《东维子文集》卷七，《四部丛刊》本

凡读《三百篇》，要会其情不足性有余处。情不足，故寓之景，性有余，故见乎情。

（元）陈绎曾《诗谱》，《历代诗话续编》本

大概唐人以诗为诗，宋人以文为诗。唐诗主于达性情，故于《三百篇》为近；宋诗主于立议论，故于《三百篇》为远。达性情者，《国风》之余，立议论者，《雅》、《颂》之变，固未易以优劣也。

（元）傅与砺《诗法正论》，《诗学指南》卷一，清刊本

山谷云，诗者，人之情性也，非强谏争于廷，怨忿诟于道，怒邻骂座之为也。其人忠信笃敬，抱道而居，与时乖违，遇物悲喜，同床而不察，并世而不闻，情之所不能堪，因发为呻吟调笑之声，胸次释然，而闻者亦有所劝勉，比律吕而可歌，列干羽而可舞，是诗之美也。其发于讪谤侵陵，引颈以承戈，被襟而受矢，以快一朝之忿者，人皆谓诗之过，乃失诗之旨，非诗之过也。（诗文发源）

（元）王构《修辞鉴衡》卷一，《丛书集成》本

诗缘情而托物者也，其亦易易乎！然非易也。非天赋超逸之才，不能有以称其器。才称矣，非加稽古之功，审诸家之音节体制，不能有以究其施。功加矣，非良师友示之以轨度，约之以范围，不能有以择其精，师友良矣，非雕肝琢肾，宵咏朝吟，不能有以验其所至之浅深。吟咏侈矣，非得夫江山之助，则尘土之思，胶扰蔽固，不能有以发挥其性灵。五美云备，然后可以言诗矣。

（明）宋濂《刘兵部诗集序》，《宋学士全集》卷六，《丛书集成》本

诗乃吟咏性情之具，而所谓风、雅、颂者，皆出于吾之一心，特因事感触而成，非智力之所能增损也。

（明）宋濂《答章秀才论诗书》，《宋学士全集》卷二十八，《丛书集成》本

夫诗本性情之发者也。其切而易见者，莫如夫妇之间，是以《三百

篇》首乎雎鸠，六义首乎风。而汉魏作者，义关君臣朋友，辞必托诸夫妇，以岂郁而达情焉，其旨远矣！

（明）何景明《明月篇序》，《何大复先生全集》卷十四，清刊本

陆机《文赋》曰："诗缘情而绮靡，赋体物而浏亮。"夫"绮靡"重六朝之弊，"浏亮"非两汉之体。徐昌谷曰："诗缘情而绮靡，则陆生之所知，固魏诗之查秽耳。"

（明）谢榛《四溟诗话》卷一，人民文学出版社本

黄司务问诗法于李空同。因指场圃中绿豆而言曰："颜色而已。"此即陆机所谓"诗缘情而绮靡"是也。

（明）谢榛《四溟诗话》卷二，人民文学出版社本

皇甫湜曰："陶诗切以事情，但不文尔。"湜非知渊明者。渊明最有性情，使加藻饰，无异鲍、谢，何以发真趣于偶尔，寄至味于澹然？陈后山亦有是评，益本于湜。

（明）谢榛《四溟诗话》卷二，人民文学出版社本

诗苟发于情性，更得兴致高远，体势稳顺，措词妥贴，音调和畅，斯可谓诗之最上乘矣。然岂可以易言哉？

（明）何良俊《四友斋丛说》卷二十四，中华书局本

诗以性情为主。《三百篇》亦只是性情。今诗家所祟，莫过于"十九首"，其首篇"行行重行行"，何等情意深至，而辞句简质，其后或有托讽者，其辞不得不曲而婉，然终始只一事，而首尾照应，血脉连属，何等妥贴。

（明）何良俊《四友斋丛说》卷二十四，中华书局本

不本之性情，则其所谓托兴引喻与直陈其事者，又将安从生哉？今世人皆称盛唐风骨，然所谓风骨者，正是物也。学者苟以是求之，则可以得古人之用心，而其作亦庶几乎必传。若舍此而但求工于言句之间，吾见其

愈工而愈远矣。

（明）何良俊《四友斋丛说》卷二十四，中华书局本

大抵情词易工，盖人生于情，所谓愚夫愚妇，可以与知者。观十五《国风》，大半皆发于情，可以知矣。是以作者既易工，闻者亦易动听。即今所唱时曲，大率皆情词也。

（明）何良俊《四友斋丛说》卷二十四，中华书局本

古人之诗本乎情，非设以为之者也。是以有诗而无诗人。迨于后世，则有诗人矣。乞诗之目，多至不可胜应，而诗之格，亦多至不可胜品，然其于诗，类皆本无是情，而设情以为之。夫设情以为之者，其趋在于干诗之名。干诗之名，其势必至于袭诗之格而剿其华词。审如是，则诗之实亡矣！是之谓有诗人而无诗。

（明）徐渭《肖甫诗序》，《徐渭集》卷十九，中华书局本

盖《三百篇》之后，未尝无诗也。不然，则古今人情无不同，而独于诗有异乎？夫诗者，出于情而已矣。

（明）归有光《沈次谷先生诗序》，《震川先生集》卷二，上海古籍出版社本

夫诗由性情生者也。诗自《三百篇》而降，作者多矣，乃世人往往好称唐人，何也？则其所托兴者深也。非独其所托兴者深也，谓其犹有风人之遗也。非独谓其犹有风人之遗也，则其生乎性情者也。

（明）屠隆《唐诗品汇选释断序》，《由拳集》卷十二，明刊本

世总为情，情生诗歌，而行于神。天下之声音笑貌，大小生死，不出乎是。因以憺荡人意，欢乐歌舞，悲壮哀感鬼神风雨鸟兽，摇动草木，洞裂金石。其诗之传者，神情合至，或一至焉；一无所至，而必曰传者，亦世所不许也。

（明）汤显祖《耳伯麻菇游诗序》，《汤显祖诗文集》卷三十一，上海古籍出版社本

《文赋》云："诗缘情而绮靡。"六朝之诗所自出也，汉以前无有也。

（明）胡应麟《诗薮·外编》卷二，上海古籍出版社本

足迹所至，几半天下，而诗文亦因之以日进。大都独抒性灵，不拘格套，非从自己胸臆流出，不肯下笔。有时情与境会，顷刻千言，如水东注，令人夺魂。其间有佳处，亦有疵处。佳处自不必言，即疵处亦多本色独造语。

     （明）袁宏道《叙小修诗》，《袁宏道集笺校》卷四，上海古籍出版社本

  国朝有功于风雅者，莫如历下。其意以气格高华为主，力塞大历后之窦，于时宋、元近代之习，为之一洗。及其后也，学之者浸成格套，以浮响虚声相高，凡胸中所欲言者，皆郁而不能言，而诗道病矣。先兄中郎矫之，其意以发抒性灵为主，始大畅其意所欲言，极其韵致，穷其变化，谢华启秀，耳目为之一新。及其后也，学之者稍入俚易，境无不收，情无不写，未免冲口而发，不复检括，而诗道又将病矣。

     （明）袁中道《阮集之诗序》，《袁小修文集》卷二，《中国文学珍本丛书》本

  夫诗道性情者也，发而为言，言其心之所不能不有，非谓其事之所不可无而必欲有言也。以为事之所不可无而必欲有言者，声誉之言也。不得已而言者，言其心之所不能不有者，性情之言也……今之言诗者，始以为事之所不可无，无故而诗以之兴；终诎于心之所未必有，无故而诗以之自废。其兴其废不出于性情，而出于声誉于诗何与哉！

     （明）钟惺《陪郎草序》，《隐秀轩文集》辰集，民国初排印本

  夫竟陵之诗，果何法哉？其言有以性情浮出纸上者为真。呜呼，果若此，是《三百篇》之后，惟竟陵独矣。乃今承袭其风者，以空疏为清，以枯涩为原，以率尔不成语为有性情，而诗人沉著、含蓄、直朴、澹老之致以亡……吾非悲夫竟陵也，恶夫学竟陵者之流失也。

     （明）吴应箕《曾学博诗序》，《楼山堂集》卷十六，清刊本

  汉、魏人诗，本乎情兴。学者专习凝领而神与境会，即情兴之所至。否则，不失之袭，又未免苦思，以意见为诗耳。

     （明）许学夷《诗源辩体》卷三，人民文学出版社本

汉、魏同者，情兴所至，以情为诗，故于古为近。魏人异者，情兴未至，以意为诗，故于古为远……陈绎曾云：东都以上主情，建安以下主意。此前人未尝道破。

（明）许学夷《诗源辩体》卷四，人民文学出版社本

文之善达性情者，无如诗。《三百篇》之可以兴人者，惟其发于中情，自然而然故也。自唐人用以取士，而诗入于套；六朝用以见才，而诗入于艰；宋人用以讲学，而诗入于腐。而从来性情之郁，不可不变而之词曲。

（明）顾曲散人《太霞曲话》，《新曲苑》第十五种，中华书局本

古今作者之异，我知之矣。古之作者，本性情，导志意，谰言长语，客嘲童约，无往而非文也。涂歌巷舂，春愁秋怨，无往而非诗也。今之作者则不然，矜虫鱼，拾香草，骈枝而俪叶，取青而妃白，以是为陈美象设，斯已矣，而情与志不存焉。

（清）钱谦益《王元昭集序》，《牧斋初学集》卷三十二，上海古籍出版社本

《纪》曰："人生而静，天之性也；感于物而动，性之欲也。"性不能以无感，感不能以无欲，物与性相摩，感与欲相荡，四轮三劫，迫促于外，七情八苦，煎煮于内，身世轨戛，心口交躩，萌于志，发于气，冲击于音声，而诗兴矣。故曰："诗言志，歌永言。"畅其趣，极其致，可以哀乐而乐哀，穷通而通穷，死生而生死。性情之变穷，而诗之道尽矣。

（清）钱谦益《定山堂诗集旧序》，《定山堂诗集》卷首，清刊本

枨闑司出入，而户则有枢；轮轴行遐迹，而车乃有轴。性情者，诗文之枢与轴也。车有轴，而轮辐可夷可险；户有枢，而枨闑可启可闭。故人有性情，而诗文归于一致矣。

（清）周容《与史立庵》，《尺牍新钞》卷五，《丛书集成》本

又尝谓容曰："古人诗无字不体情体物，移易不可，初视殊不觉也，

及为妄改者形出始见。如古诗云：'枕郎左边，随郎转侧。'二语为李于鳞取去，改'左'为'右'，岂非点金成铁！"容闻之，不禁失笑。不特见先生读书体贴，亦以见先生接引后学之怀，坦易可亲如此。

           （清）周容《春酒堂诗话》，《清诗话续编》本

  诗之至者，在乎道性情。性情所至，风格立焉，华采见焉，声调出焉。无性情而矜风格，是鸷集翰苑也；无性情而炫华采，是雉窜文囿也；无性情而夸声调，亦鸦噪词坛而已。

     （清）尤侗《曹德培诗序》，《西堂杂俎三集》卷三，清刊本

  诗以道情，道之为言路也。情之所至，诗无不至，诗之所至，情以之至，一遵路委蛇，一拔木通道也。

     （清）王夫之《古诗评选》卷四，《李陵与苏武诗》评语，《船山古近体诗评选三种》，船山学社本

  诗本性情，固不可强，亦不必强。近见论诗者，或以悲愁过甚为非；且谓喜怒哀乐，俱宜中节。不知此乃讲道学，不是论诗。诗人万种苦心，不得已而寓之于诗。诗中之所谓悲愁，尚不敌其胸中所有也。《三百篇》中岂无哀怨动人者？乃谓忠臣孝子贞夫节妇之反过甚乎？

            （清）吴雷发《说诗菅蒯》，《清诗话》本

  诗以道性情，人各有性情，则亦人各有诗耳。俗人党同伐异，是欲使人之性情，无一不同而后可也。东坡云："王氏之文，患在于好使人同己。"若今人之才，远不及王氏，而必欲使人同己，尤为不知量矣。昌黎以沉雄博大之才，发之于诗，而遇郊、岛之寒瘦者，亦从而津津叹赏之。盖古之具异才者，未有不爱才者也。

            （清）吴雷发《说诗菅蒯》，《清诗话》本

  缘情以为诗，诗之所由作，其情之不容已者乎？夫其感春而思，遇秋而悲，蕴于中者深，斯出之也善。长言之，不见其多，约言之，不见其不足。情之挚者，诗未有不工者也。后之称诗者，或漫无所感于中，取古人之声律字句而规仿之，必求其合；好奇之士，则又务离乎古人以自鸣其异。

均之为诗,未有无情之言可以传后者也。惟本乎自得者,其诗乃可传焉。

(清)朱彝尊《钱舍人诗序》,《曝书亭集》卷三十七,《四部备要》本

问:"作诗,学力与性情,必兼具而后愉快,愚意以为学力深,始能见性情。若不多读书,多贯穿,而遽言性情,则开后学油腔滑调、信口成章之恶习矣。近时风气颇波,惟夫子一言以为砥柱。"

阮亭答:"司空表圣云:'不著一字,尽得风流',此性情之说也;扬子云云:'读千赋则能赋',此学问之说也。二者相辅而行,不可偏废。若无性情而侈言学问,则昔人有讥点鬼簿,獭祭鱼者矣。学力深,始能见性情,此一话是造微破的之论。"

(清)王士禛等《师友诗传录》,《清诗话》本

诗者,各人之性情耳,与唐宋无与也。若拘拘焉持唐宋以相敌,是子之胸中有已亡之国号,而无自得之性情,于诗之本旨已失矣。

(清)袁枚《答施兰垞论诗书》,《小仓山房诗文集》卷十七,《四部备要》本

若夫诗者,心之声也,性情所流露者也。从性情而得者,如出水芙蓉,天然可爱;从学问而来者,如元黄错采,绚染始成。

(清)袁枚《答何水部》,《小仓山房尺牍》卷七,民国初刊本

欲作好诗,先要好题,必须山川关塞,离合悲欢,才足以发抒情性,动人观感。若不过今日赏花,明日饮酒,同僚经逐,吮墨挥豪,别翻无休,多多益累。纵使李、杜复生,亦不能有惊人之句,况我辈生于今日,求传尤难。

(清)袁枚《答祝芷塘太史》,《小仓山房尺牍》卷十,民国初刊本

梁昭明太子《与湘东王书》云:"夫六典三礼,所施有地,所用有宜。未闻吟咏性情,反拟《内则》之篇;操笔写志,更摹《酒诰》之作,迟迟春日,翻学归藏;湛湛江水,竟同大诰。"此数语振聋发聩,想当时必有迂儒曲士,以经学读诗者,故为此语以晓之。

(清)袁枚《随园诗话补遗》卷一,人民文学出版社本

诗者，人之性情也，近取诸身而足矣，其言动心，其色夺目，其味适口，其音悦耳，便是佳诗。孔子曰："不学诗无以言"，又曰："诗可以兴。"两句相应，惟其言之工妙，所以能使人感发而兴起，倘直率庸腐之言，能兴者其谁耶？

（清）袁枚《随园诗话补遗》卷一，人民文学出版社本

诗本性情者也。人生而有志，志发而为言，言出而成歌咏，协乎声律。其大者，和其声以鸣国家之盛，次亦足抒愤寓怀。举日星河岳，草秀珍舒，鸟啼花放，有触乎情，即可以宕其性灵。是诗本乎性情者然也，而究非性情之至也。夫在天为道，在人为性，性动为情，情之至由于性之至，至性至情不过本天而动，而天下之凡有性情者，相与感发于不自知；咏叹于不容已，于此见性情之所通者大而机自有真也。

（清）纪昀《冰瓯草序》，《纪文达公遗集》卷九，清刊本

夫诗，温柔敦厚者也。不质直言之，而比兴言之；不言理，言情；不务胜人而务感人。自理道之说起，人各挟其是非，以逞其血气，激浊扬清，本非谬戾，而言不本于性情，则听者厌倦。

（清）焦循《毛诗郑氏笺》，《雕菰集》卷十六，清刊本

夫论诗之教，以兴、观、群、怨为用。言中有物，故闻之足感，味之弥旨，传之愈久而常新。臣子之于君父、夫妇、兄弟、朋友、天时、物理、人事之感，无古今一也。故曰：诗之为学，性情而已。

（清）方东树《昭昧詹言》卷一，人民文学出版社本

诗到极则，不过是抒写自己胸襟，若晋之陶元亮，唐之王右丞，其人也。

（清）徐增《而庵诗话》，《清诗话》本

3. 长于造其真——文艺的真实性

（1）旨直而婉　辞隐而见

传语曰："秦始皇燔烧诗书，坑杀儒士。"言燔烧诗书，灭去《五经》文书也。坑杀儒士者，言其皆挟经传文书之人也。烧其书，坑其人，诗书

绝矣。言烧燔诗书坑杀儒士,实也;言其欲灭诗书,故坑杀其人,非其诚,又增之也。

秦始皇帝三十四年,置酒咸阳台,儒士七十人前为寿。仆射周青臣进颂始皇之德。齐淳于越进谏始皇,不封子弟功臣自为挟辅,刺周青臣以为面谀。始皇下其议于丞相李斯。李斯非淳于越曰:"诸生不师今而学古,以非当世,惑乱黔首。臣请敕史官,非秦记皆烧之;非博士官所职,天下有敢藏诗书、百家语、诸刑书者,悉诣守尉集烧之;有敢偶语诗书,弃市;以古非今者,族灭。吏见知弗举,与同罪。"始皇许之。明年,三十五年,诸生在咸阳者多为妖言。始皇使御史案问诸生,诸生传相告引,自除犯禁者四百六十七人,皆坑之。燔诗书,起淳于越之谏;坑儒士,起自诸生为妖言,见坑者四百六十七人。传增言坑杀儒士,欲绝诗书,又言尽坑之。此非其实而又增之。

(汉)王充《论衡·语增》,中华书局本

辰象文于天,山川文于地,肖形最灵,经纬教化,鼓天下之动,通万物之宜,而人文作焉,三才备焉。名代大君子所以序九功,正五事,精义入神,英华发外,著之话言,施之宪章,文明之盛,与天地准。

(唐)权德舆《唐故银青光禄大夫赠司徒赞皇文献公李公文集序》,《权载之文集》卷三十三,《四部丛刊》本

易贲之象曰:"观乎人文以化成天下",故阙里之四教,门人之四科,未有遗文者。荀况、孟轲修道著书,本于仁义,经术之枝派也。追夫骚人怨思之作,游士从衡之论,刺讥捭阖,文宪陵夷。至汉廷、贾谊、刘向、班固、扬雄、司马迁、相如之伦,郁然复兴,有古风烈然,则文之用也横三才之中,经纪万事,章明群类,不可已也。

(唐)权德舆《唐故尚书比部郎中博陵崔君文集序》,《权载之文集》卷三十三,《四部丛刊》本

德舆以为君子消长之道,直乎其时,而文亦随之。得其时,则彰明事业,以宣利泽;不得其时,则放言寄陈,以摅志气。公自门子秀士,被昭荐绅,至于登大朝筦宰政,四十年间,作为文章,以修人纪,以达王事。惧喜怒之不中节,故有《作威诫》;惩苟得之害正,故有《重请铭》;攻

匪人之干纪，故有《与永王璘笺书》；诮时宰之不能上广聪明，故有《台封说》；悼《谷风》之诗废，故有《僚友箴》；虑法吏边吏之失其官守，故有《猫鼠议》。是惟无作，作则有补于时。以至于修事功，断国论，导志通理，昭明易直，施于名命，发为雅诰，刻于金石，无愧辞。康庄逸辙，卓荦浚发，九流六艺，鼓舞奔走，陈思王所谓："俨乎若崇山，勃乎若浮云"，惟公信然。公姓崔氏，讳祐甫，字贻孙，博陵安平人。

（唐）权德舆《唐故银青光禄大夫守中书侍郎同平章事赠太傅常山文贞公崔公集序》，《权载之文集》卷三十三，《四部丛刊》本

昔者三代陈诗以观民风，信诈淫义，躁静柔刚，于是乎取之；喜怒哀乐，吉凶存亡，于是乎观之。兆于此必应于彼，成乎终，必见乎始。诗不可以为伪。魏公子为南皮之游，以浮华相高，故其诗傲荡骄志，胜而专，动而不安。晋名士为金谷之宴，以邪侈相扇，故其诗滥溺淫志，冶而缓，往而不返。正平公为海昏之会，以礼义相诲，故其诗恬淡退志，庄直立志。退以独全其道，立以兼济于时。立而不矜，退而不悲，适而不放，乐而不荒，亲而不比，数而不黩，如切如磋，婉而有直；体曰比曰兴，近而有深致。仁者见之，遁世而无忧，智者见之，爱身而有待。暖乎若冬阳之煦，油乎若春泽之侵，其诱人也易，其感人也深，卒不知其所以然也。夫如是，则观南皮之诗，应刘焉得不夭，魏祚焉得不短；观金谷之诗，潘石焉得不诛，晋室焉得不乱；观海昏之诗，裴氏焉得不兴，我唐焉得不理。诗之时义，其大矣哉，天人国家之际，其至矣哉！

（唐）吕温《裴氏海昏集序》，《吕衡州文集》卷三，《丛书集成》本

余尝爱唐人诗云"鸡声茅店月，人迹板桥霜"，则天寒岁暮，风凄木落，羁旅之愁，如身履之。至其曰"野旷春水慢，花坞夕阳迟"，则风酣日煦，万物骀荡，天人之意，相与融怡，读之便觉欣然感发。谓此四句可以坐变寒暑。诗之为巧，犹画工小笔尔，以此知文章与造化争巧可也。

（宋）欧阳修《温庭筠严维诗》，《欧阳文忠公文集》卷一百三十，《四部备要》本

近永叔寄到《师鲁墓志》，词意高妙，固可传来代。然后书事实处亦恐不满人意，请明公，更指出少修之。永叔书意不许人改也，然他人为之虽备，却恐其文不传于后。或有未尽事，请明公于墓表中书之，亦不遗其美，又不可太高，恐为人攻剥，则反有损师鲁之名也。

  （宋）范仲淹《与韩魏公》，《范文正公尺牍》卷中，《四部丛刊》本

  史笔善记事，长于炫其文；文胜则实丧，徒憎口云云。诗史善记事，长于造其真；真胜则华去，非如目纷纷。

  （宋）邵雍《诗史吟》，《伊川击壤集》卷十八，《四部丛刊》本

  学者须做有用文字，不可尽力虚言。有用文字，议论文字是也。议论文字，须以董仲舒、刘向为主，《礼记》、《周礼》及《新序》、《说苑》之类，皆当贯串熟考，则做一日便有一日工夫（近世文字如曾子固诸序尤须详味）。

  （宋）吕本中《童蒙诗训》，《宋诗话辑佚》本

  参谋健笔落纵横，太尉清樽赏快晴。文雅风流虽可爱，关中遗虏要人平。

  （宋）陆游《次韵子长题吴太尉云山亭》，《陆游集·剑南诗稿》卷三，中华书局本

  赁春老子吾所慕，垂世文章宁在多。诗不删来二千载，世间惟有《五噫歌》。

  （宋）陆游《读后汉书》，《陆游集·剑南诗稿》卷三十九，中华书局本

  古之诗，出于性情之真。先王盛时，风教兴行，人人得其性情之正，故其间虽喜怒哀乐之发，微或有过差，终皆合于正理。故《大序》曰："变风发乎情，本乎礼义。发乎情，民之性也，本乎礼义，先王之泽也。"《三百篇》诗，惟其皆合正理，故闻者莫不兴起，其良心趋于善而去于恶。故曰兴于诗。

  （宋）真德秀《问兴立成》，《真西山文集》卷三十一，《四部丛刊》本

斗靡夸多费览观，陆文犹恨冗于潘。心声只要传心了，布谷澜翻可是难。

（金）元好问《论诗三十首》之九，《遗山先生文集》卷十一，《四部丛刊》本

诗与文，特言语之别称耳，有所记述之谓文，吟咏情性之谓诗，其为言语则一也。唐诗所以绝出于《三百篇》之后者，知本焉尔矣。何谓本？诚是也。古圣贤道德言语布在方册者多矣，且以"弗虑胡获，弗为无成"，"无有作好"，"无有作恶"，"朴虽小，天下莫敢臣"较之，与"祈年孔夙，方社不莫"，"敬共明神，宜无悔怒"何异，但篇题句读不同而已。故由心而诚，由诚而言，由言而诗也。三者相为一。情动于中而形于言，言发乎迩而见乎远，同声相应，同气相求，虽小夫贱妇孤臣孽子之感讽皆可以厚人伦，美教化，无它道也。故曰不诚无物。夫惟不诚，故言无所主，心口别为二物；物我邈其千里，漠然而往，悠然而来，人之听之，若春风之过马耳，其欲动天地、感神鬼，难矣。其是之谓本。唐人之诗，其知本乎，何温柔敦厚、蔼然仁义之言之多也！幽忧憔悴，寒饥困惫，一寓于诗，而其厄穷而不悯，遗佚而不怨者，故在也。至于伤谗疾恶，不平之气不能自掩，责之愈深，其旨愈婉，怨之愈深，其辞愈缓。优柔餍饫，使人涵泳于先生之泽，情性之外，不知有文字。幸矣，学者之得唐人为指归也。

（金）元好问《杨叔能小亨集引》，《遗山先生文集》卷三十六，《四部丛刊》本

世称老杜为诗史，以其所著备见时事。予谓老杜非直纪事史也，有春秋之法也。其旨直而婉，其辞隐而见，如《东灵湫》、《陈陶》、《花门》、《杜鹃》、《东狩》、《石壕》、《花卿》、前后《出塞》等作是也。故知杜诗者春秋之诗也，岂徒史也哉？虽然，老杜岂有志于春秋者，诗亡然后春秋作，圣人值其时有不容己者，杜亦然。

（元）杨维桢《梧溪诗集序》，《东维子文集》卷七，《四部丛刊》本

云间义门夏士良氏博雅好古，蓄书万卷外，古名流迹墨舍金购之弗恪……士良蓄画凡百十家而独名文竹于轩，非文氏之墨君可贵，三百年之清风雅节可咏耳。虽然笃谷多偃竹同特爱之，尝画以遗子瞻氏曰：偃竹数尺而有万尺之势，其诗曰："待将一段鹅溪绢，扫取寒梢万尺长。"偃竹有不可偃者，如此与可以之子瞻，以之士良之所藏，作于笃谷不笃谷不问，顾亦问只尺之素有方（万）尺之势，不可偃者何如耳。士良仕志未伸必有得于此者，不然轩之外林林然麻生而立棘者皆赟笃物耳，何独以画为贵哉。抑吾闻夏先人止知公有义荆图、兵余图与堂俱毁，士良更命荆以侣竹则又弗坠其先绪云。

（元）杨维桢《文竹轩记》，《东维子文集》卷十五，《四部丛刊》本

曹县盖有王叔武云，其言曰：夫诗者，天地自然之音也。今途咢而巷讴，劳呻而康吟，一唱而群和者，其真也，斯之谓风也。孔子曰："礼失而求之野。"今真诗乃在民间。而文人学子，顾往往为韵言，谓之诗。夫孟子谓《诗》亡然后《春秋》作者，雅也。而风者亦遂弃而不采，不列之乐官。悲夫！李子曰：嗟！异哉！有是乎？予尝聆民间音矣，其曲胡，其思淫，其声哀，其调靡靡，是金、元之乐也，奚其真？王子曰：真者，音之发而情之原也。古者国异风，即其俗成声。今之俗既历胡，乃其曲乌得而不胡也？故真者，音之发而情之原也，非雅俗之辩也……李子闻之，惧而惭，曰：予之诗，非真也，王子所谓文人学子韵言耳，出之情寡而工之词多者也。然又弘治、正德间诗耳，故自题曰《弘德集》。每自欲改之以求其真，然今老矣！

（明）李梦阳《诗集自序》，《李空同全集》卷五十，明刊本

余读《诗》至《秦风》，其言尽田猎、战斗之事，其人翘然自喜，忾然有跃马贾勇之气。已而读《楚》、《骚》诸篇，其言郁纡而忉怛，则愀然有登山临水、羁臣弃妇之思。夫《秦风》慷慨而入于猛，《楚》、《骚》柔婉而邻于悲，然君子不废。岂非以其虽未止乎中声而不失其风土之固然，其陈之也可以观其风，其歌之也可以贡其俗乎！

（明）唐顺之《东川子诗集序》，《荆川先生文集》卷十，清刊本

杜诗意在前，诗在后，故能感动人。今人诗在前，意在后，不能感动人。盖杜遭乱，以诗遣兴，不专在诗，所以叙事、点景、论心，各各皆真，诵之如见当时气象，故称诗史。今人专意作诗，则惟求工于言，非真诗也。空同诗自叙亦曰：予之诗非真也，王叙武所谓文人学子之韵言耳。是以诗贵真，乃有神，方可传久。

（明）王文禄《诗的》，《丛书集成》本

吼山云石，大者如芒，小者如菌，孤露孑立，意甚肤浅。陶氏书屋则护以松竹，藏以曲径，则山浅而人为之幽深也。水宕水胜，而亭榭楼台，意全在水，一水之外，不留寸壤。非以舟中看水，则以槛中看水。舣舟其下，则悄然骨竦，肃然神怖，顷返欲堕，不可久留。旱宕水不甚胜，而意不在水，多留隙地，以松放其山，而山反亲昵，以疏宕其水，而水反萦回。造屋者只为丛林，不为山水。有厨廥而山水以厨廥妙，有回廊而山水以回廊妙，有层楼曲房而山水以层楼曲房妙，有长林可风，有空庭可月。夜墅孤灯，高岩拂水，自是仙界，决非人间。肯以一丸泥封其谷口，则窅然桃源，必无津逮者也。

（明）张岱《吼山》，《琅嬛文集》，上海杂志公司《国学珍本丛书》本

寓山作记，作解，作述，作涉，作赞，作铭者，多矣。然皆人而不我，客而不主，出而不入，予而不受，忙而不闲。主人作注，不事铺张，不事雕绘，意随景到，笔借目传，如数家物，如写家书，如殷殷诏语家之儿女僮婢，闲中花鸟，意外烟云，真有一种人不及知，而已独知之之妙。不及收藏，不能持赠者，皆从笔底勾出。如苏子瞻凤翔寺观王摩诘壁上画僧，残灯耿然，踽踽欲动。非其笔墨之妙，特其见闻之真也。区区门外汉，何足以深语。

（明）张岱《跋寓山注》，《琅嬛文集》，上海杂志公司《国学珍本丛书》本

古之君子，遇世衰变，身婴荼痛，宣郁达情，何尝不以诗欤！传有之矣：鸟兽丧其群匹，逾时而返，巡故乡，翔回鸣号焉，踯躅踟蹰焉。至于燕雀犹有啁噍之顷焉，夫人之悲孰大于丧其君父者哉！从其质也，辟踊哭

泣。自天子达于庶人，犹之乎鸣号啁噍也。君子为之节饰焉，则情文生焉矣。所谓长歌惨于痛哭，岂徒辞翰之事乎！

（明）陈子龙《申长公诗稿序》，《陈忠裕公全集》卷二十六，清刊本

有人谓《西厢》此篇最鄙秽者，此三家村中冬烘先生之言也。夫论此事，则自从盘古至于今日，谁人家中无此事者乎？若论此文，则亦自盘古至于今日，谁人手下有此文者乎？谁人家中无此事，而何鄙秽之与有？谁人手下有此文，而敢谓其有一句一字之鄙秽哉？曰：一句一字，都不鄙秽，然则自〔元和令〕起，直至〔青哥儿〕尽，如是若干，皆何等言语耶？曰：固也，我正谓如使真成鄙秽，则只须一句一字而其言已尽，决不用如是若干言语者也。今自〔元和令〕起，直至〔青哥儿〕尽，乃用如是若干言语，吾是以绝叹其真不是鄙秽也。盖事则家家家中之事也，文乃一人手下之文也，借家家家中之事，写吾一人手下之文者，意在于文，意不在于事也。意不在事，故不避鄙秽；意在于文，故吾真曾不见其鄙秽。而彼三家村中冬烘先生犹呶呶不休，詈之曰鄙秽，此岂非先生不惟不解其文，又独甚解其事故耶！然则天下之鄙秽，殆莫过先生，而又何敢呶呶焉！

（清）金圣叹《贯华堂第六才子书〈西厢记〉》卷七《酬简》批语，《金圣叹全集》（三），江苏古籍出版社本

古人图画，皆指事为之，使观者可法可戒。上自三代之时，则周明堂之四门墉，有尧舜之容、桀纣之象……自实体难工，空摹易善，于是白描山水之画兴，而古人之意亡矣。

宋邵博《闻见后录》云：观汉李翕王稚子高贯方墓碑，多刻山林人物，乃知顾恺之、陆探微、宗处士辈，尚有其遗法。至吴道之绝艺入神，然始用巧思，而古意少减矣，况其下者？此可为知者道也。

……

谢在杭《五杂俎》曰："自唐以前名画，未有无故事者。"盖有故事，便须立意结构，事事考订，人物衣冠制度，宫室规模大略，城郭山川，形势向背，皆不得草草下笔。非若今人任意师心，卤莽灭裂，动辄托之写意而止也。余观张僧繇、展子虔、阎立本辈，皆画神佛变相、星曜真形，至

如石勒、窦建德、安禄山有何足画？而皆写其故实。其他如懿宗射兔、贵妃上马、后主幸晋阳、华清宫避暑，不一而足。上之则神农播种、尧民击壤、老子度关、宣尼十哲，下之则商山采芝、二疏祖道、元达鏁谏、葛洪移居。如此题目，今人却不肯画，而古人为之，转相沿仿，盖由所重在此，习以成风，要亦相传法度，易于循习耳。

（清）顾炎武《画》，《日知录》卷二十一，上海古籍出版社本

昔人云："画鬼、魅易，画狗、马难。"以鬼、魅无形，画之不似，难于稽考；狗、马为人所习见，一笔稍乖，是人得以指谪。可见事涉荒唐，即文人藏拙之具也。而近日传奇，独工于为此。噫！活人见鬼，其兆不祥，矧有古事之家，动出魑魅魍魉为寿乎？移风易俗，当自此始。吾谓剧本非他，即三代以后之《韶濩》也。殷俗尚鬼，犹不闻以怪诞不经之事被诸声乐，奏于庙堂，矧辟谬崇真之盛世乎？王道本乎人情，凡作传奇，只当求于耳目之前，不当索诸闻见之外。无论词曲，古今文字皆然。凡说人情、物理者，千古相传；凡涉荒唐、怪异者，当日即朽。《五经》、《四书》、《左》、《国》、《史》、《汉》以及唐宋诸大家，何一不说人情？何一不关物理？及今家传户颂，有怪其平易而废之者乎？《齐谐》，志怪之书也，当日仅存其名，后世未见其实。此非平易可久，怪诞不传之明验欤？人谓："家常日用之事，已被前人做尽，穷微极隐，纤芥无遗。非好奇也，求为平而不可得也。"予曰："不然。世间奇事无多，常事为多；物理易尽，人情难尽。有一日之君臣父子，即有一日之忠孝节义，性之所发，愈出愈奇，尽有前人未作之事，留之以待后人，后人猛发之心，较之胜于先辈者。即就妇人女子言之，女德莫过于贞，妇怨无甚于妒。古来贞女守节之事，自剪发、断臂、刺面、毁身以至刎颈而止矣。近日矢贞之妇，竟有刲肠、剖腹，自涂肝脑于贵人之庭以鸣不屈者。又有不持利器，谈笑而终其身，若老衲高僧之坐化者。岂非五伦以内，自有变化不穷之事乎？古来妒妇制夫之条，自罚跪、戒眠、捧灯、戴水以至扑臀而止矣。近日妒悍之流，竟有锁门绝食，迁怒于人，使族党避祸难前，坐视其死而莫之救者。又有鞭扑不加，囹圄不设，宽仁大度，若有刑措之风，而其夫摄于不怒之威，自遣其妾而归化者。岂非闺阃以内，便有日异月新之事乎？此类繁多，不能枚举。（王安节云："近日人情世故，总以翻案见奇。刑于之化，倒行逆施，其一端也。"）此言前人未见之事，后人见之，可备填

词制曲之用者也。即前人已见之事，尽有摹写未尽之情，描画不全之态。若能设身处地，伐隐攻微，彼泉下之人，自能效灵于我，授以生花之笔，假以蕴绣之肠，制为杂剧，使人但赏极新极艳之词，而竟忘其为极腐极陈之事者。此为最上一乘，予有志焉，而未之逮也。"

（清）李渔《闲情偶寄·词曲部·结构第一》，《中国古典戏曲论著集成》（七），中国戏剧出版社本

予向梓传奇，尝埒誓词于首，其略云："加生、旦以美名，原非市恩于有托；抹净、丑以花面，亦属调笑于无心；凡以点缀词场，使不岑寂而已。但虑：七情以内，无境不生；六合之中，何所不有。幻设一事，即有一事之偶同；乔命一名，即有一名之巧合。焉知不以无基之楼阁，认为有样之葫芦？是用沥血鸣神，剖心告世：倘有一毫所指，甘为三世之喑；即漏显诛，难逋阴罚。"此种血忱，业已沁入梨枣，印政寰中久矣。而好事之家，犹有不尽相谅者，每观一剧，必问所指何人。噫！如其尽有所指，则誓词之设已经二十余年，上帝有赫，实式临之，胡不降之以罚？兹以身后之事，且置勿论，论其现在者：年将六十，即旦夕就木，不为夭矣。向忧伯道之忧，今且五其男二其女——孕而未诞、诞而待孕者，尚不一其人——虽尽属景升豚犬，然得此以慰桑榆，不忧穷民之无告矣。年虽迈而筋力未衰，涉水登山，少年场往往追予弗及；貌虽癯而精血未耗，寻花觅柳，儿女事犹然自觉情长。所患在贫，贫也，非病也；所少在贵，贵岂人人可幸致乎？是造物之悯予，亦云至矣。非悯其才，非悯其德，悯其方寸之无他也。生平所著之书，虽无裨于人心、世道，若止论等身，几与曹交食粟之躯，等其高下。使其间稍伏机心，略藏匕首，造物且诛之、夺之不暇，肯容自作孽者老而不死，犹得佯狂自肆于笔墨之林哉！吾于发端之始，即以讽刺戒人，且若嚣嚣自鸣得意者，非敢故作夜郎，窃恐词人不究立言初意，谬信《琵琶》王四之说，因谬成真，谁无恩怨，谁乏牢骚，悉以填词泄愤，是此一书者，非阐明词学之书，乃教人行险播恶之书也。上帝讨无礼予其首，诛乎现身说法，盖为此耳。

（清）李渔《闲情偶寄·词曲部·结构第一》，《中国古典戏曲论著集成》（七），中国戏剧出版社本

近日吴中《山歌》、《挂枝儿》，语近风谣，无理有情，为近日真诗一

线所存。如汉古诗云："客从北方来，欲到到交趾。远行无他货，惟有凤凰子。"句似迂鄙，想极荒唐，而一种真朴之气，有张、蔡诸人所不能道者。晋、宋间《子夜》、《读曲》及《清商曲》亦尔。安知歌谣中遂无佳诗乎？每欲取吴讴入情者，汇为风雅别调，想知诗者不以为河汉也。

（清）贺贻孙《诗筏》，《清诗话续编》本

诗是心声，不可违心而出，亦不能违心而出。功名之士，决不能为泉石淡泊之音；轻浮之子，必不能为敦庞大雅之响。故陶潜多素心之语，李白有遗世之句，杜甫兴广厦万间之愿，苏轼师四海弟昆之言。凡如此类，皆应声而出，其心如日月，其诗如日月之光，随其光之所至，即日月见焉。

（清）叶燮《原诗·外篇上》，人民文学出版社本

近代浦长源送人诗"衣上暮寒吴苑雨，马头秋色晋陵山"，相传为佳句。按晋陵颇无山色可观，马头所见者，犹然梁溪山耳。作诗时惟计程途，未考事实也。

（清）贺裳《载酒园诗话》卷一，《清诗话续编》本

缩写修篁小扇中，一段落落有清风。墙东便是行庵竹，长向君家学化工。

（清）郑燮《为马秋玉画扇》，《郑板桥集·题画》，上海古籍出版社本

尹文端公曰："言者，心之声也，古今来未有心不善而诗能佳者。《三百篇》大半贤人君子之作。溯自西汉苏、李五言，下至魏晋六朝唐宋元明，所谓大家、名家者，不一而足，何一非有心胸有性情之君子哉！即其人稍涉诡激，亦不过不矜细行，自损名位而已，从未有阴贼险狠，妨民病国之人。至若唐之苏涣作贼，刘叉攫金，罗虬杀妓，须知此种无赖，诗本不佳，不过附他人以传耳。圣人教人学诗，其效可睹矣。"余笑问："曹操何如？"公曰："使操生治世，原是能臣，观其祭乔太尉，赎文姬，颇有性情，宜其诗之佳也。"

（清）袁枚《随园诗话》卷十二，人民文学出版社本

夫物相杂谓之文。布帛菽粟，文也；珠玉锦绣，亦文也；其他浓云震雷，奇木怪石，皆文也。足下必以适用为贵，将使天地之大，化工之巧，其专生布帛菽粟乎？抑能使有用之布帛菽粟，贵于无用之珠玉锦绣乎？人之一身，耳目有用，须眉无用，足下其能存耳目而去须眉乎？是亦不达于理矣。

（清）袁枚《答友人论文第二书》，《小仓山房诗文集》卷十九，《四部备要》本

韩退之晚列朝参，朝廷有大著作，多出其手，如《淮西碑》、《顺宗实录》等书，以为有绝大关系，故传之不衰。而何以柳州一老，穷兀困悴，仅形容一石之奇，一壑之幽，偶作《天说》诸篇，又多谲诡悖傲，而不与经合，然其名卒与韩峙，而韩且推之畏之者，何哉？文之佳恶，实不系乎有用与无用也。

（清）袁枚《答友人论文第二书》，《小仓山房诗文集》卷十九，《四部备要》本

绝句之有宫体，大约皆文人忧忿，托之于女子，贵乎婉而善怨，凄断伤心，溢于楮墨之外。其用古事古器，用服饰、宫殿、乐器，当以类合。清庙之鼎钟，不可置于房闼，帝后之冠服，不可施于婢妾，慎之慎之！汉、唐事类略相似，然不可杂用。且如舞马登床，此唐明皇事。若上句用汉武驳娑宫，下句不得言宫中舞马，以有此宫时无此戏也。又如同一宫殿，有听政、燕闲之不同，即不可混用，以宫嫔不得至外庭也。

（清）张谦宜《絸斋诗谈》卷二，《清诗话续编》本

诗不可无为而作。试看古人好诗，岂有无为而作者？无为而作者，必不是好诗。

（清）薛雪《一瓢诗话》，《清诗话》本

夫传人者文如其人，述事者文如其事，足矣；其或有关考征，要必本质所具，即或闲情逸出，正为阿堵传神。不此之务，但知市菜求增，是之谓"画蛇添足"，又文人之通弊也……

古人文成法立，未尝有定格也；传人适如其人，述事适如其事，无定

之中有一定焉。知其意者，旦暮遇之；不知其意，袭其形貌，神弗肖也。

（清）章学诚《文史通义·古文十弊》，《四部备要》本

诗必有为而作，焉得多！

（清）乔亿《剑溪说诗》卷下，《清诗话续编》本

读陶公诗，专取其真：事真景真，情真理真，不烦绳削而自合。谢、鲍则专事绳削，而其佳处，则在以绳削而造于真。

（清）方东树《昭昧詹言》卷四，人民文学出版社本

宋人诗"酿雪不成微有雨，被风吹散却为晴"，明人诗"薄暑不成雨，夕阳开晚晴"。明诗虽简淡似唐人，却不如宋人之无数曲折，而自成一体，雅有劲骨。此又见诗在真气，宗唐者不尽是，而宋人不尽非也。

（清）潘德舆《养一斋诗话》卷四，《清诗话续编》本

不似怀人不似禅，梦回清泪一潸然。瓶花帖妥炉香定，觅我童心廿六年。

（清）龚自珍《午梦初觉，怅然诗成》，《龚自珍全集》第九辑，上海人民出版社本

讽书射策，是亦敷奏以言也。如汉世九千言足矣，则进而与之射策。射策兼策本朝事，十事中十者甲科，中七者乙科，中三四者丙科，不及三摈之。其言不得呫嗫不定，唱叹蔓衍，以避正的。宜酌定每条毋逾若干言以为式，其不能对则庄书未闻二字以为式。如此则功令不缛，有司不眩，心术不欺，言语不伪。至于说经，则老年教学之先生为之，成人有德者为之，髫卯姑毋庸；私家著述，藏名山者为之，大廷姑毋庸。诗赋则私家之又不急之言也。及夫唱叹蔓衍之文章，大廷试士毋庸。

（清）龚自珍《述思古子议》，《龚自珍全集》第一辑，上海人民出版社本

龚子闲居，阴气沉沉而来袭心，不知何病，此以江沅。江沅曰：我尝闲居，阴气沉沉而来袭心，不知何病。龚子则自求病于其心，心有脉，脉有见童年。见童年侍母侧，见母，见一灯荧然，见一砚、一几，见一仆

妪，见一猫，见如是，见已，而吾病得矣。龚子又尝取钱枚长短言一卷，使江沅读。沅曰：异哉！其心朗朗乎无滓，可以逸尘埃而登青天，惜其声音浏然，如击秋玉，予始魂魄近之而哀，远之而益哀，莫或沉之，若或坠之。龚子又内自鞫也，状何如？曰：予童时逃塾就母时，一灯荧然，一砚、一几时，依一妪抱一猫时，一切境未起时，一切哀乐未中时，一切语言未造时，当彼之时，亦尝阴气沉沉而来袭心，如今闲居时。如是鞫已，则不知此方圣人所诃欤？西方圣人所诃欤？甲、乙、丙、丁、戊五氏者，孰党我欤？孰诟我欤？姑自宥也，以待夫覆鞫之者。作《宥情》。

（清）龚自珍《宥情》，《龚自珍全集》第一辑，上海人民出版社本

介甫《上邵学士书》云："某尝患近世之文，辞弗顾于理，理弗顾于事，以襞积故实为有学，以雕绘语句为精新。譬之撷奇花之英，积而玩之，虽光华馨采，鲜缛可爱，求其根柢济用，则蔑如也。"又《上人书》云："所谓文者，务为有补于世而已矣。所谓辞者，犹器之有刻镂绘画也。诚使巧且华，不必适用；诚使适用，亦不必巧且华。"余谓介甫之文，洵异于尚辞巧华矣，特未思免于此弊，仍未必济用适用耳。

（清）刘熙载《艺概·文概》，上海古籍出版社本

《大雅》之变，具忧世之怀；《小雅》之变，多忧生之意。

（清）刘熙载《艺概·诗概》，上海古籍出版社本

昌黎论文曰："惟其是尔。"余谓"是"字注脚有二：曰正，曰真。

（清）刘熙载《艺概·文概》，上海古籍出版社本

有真山水，可以见真笔墨，有真笔墨，可以发真文章。

（清）王原祁《题画仿王叔明长卷》，《麓台画跋》，《历代论画名著汇编》本

（2）言必符实

易简而天下之理得矣。

（先秦）《周易·系辞上》，《十三经注疏》本

夫《易》彰往而察来，而微显阐幽，开而当名辨物，正言断辞，则备矣。

(先秦)《周易·系辞下》，《十三经注疏》本

故子墨子之有天之意也，上将以度天下之王公大人为刑政也；下将以量天下之万民为文学出言谈也。观其行，顺天之意，谓之善意行，反天之意，谓之不善意行；观其言谈，顺天之意，谓之善言谈，反天之意，谓之不善言谈。

(先秦)《墨子·天志中》，《诸子集成》本

名正则治，名丧则乱。使名丧者，淫说也。说淫则可不可，而然不然；是不是，而非不非。故君子之说也，足以言贤者之实，不肖者之充而已矣；足以喻治之所悖乱之所由起而已矣；足以知物之情，人之所获以生而已矣。

(先秦)《吕氏春秋·先识览·正名》，《诸子集成》本

客有为齐王画者，齐王问曰："画孰最难者？"曰："犬马最难。""孰易者？"曰："鬼魅最易。夫犬马，人所知也，旦暮罄于前，不可类之，故难。鬼魅，无形者，不罄于前，故易之也。"

(先秦)《韩非子·外储说左上》，《诸子集成》本

今夫图工好画鬼魅而憎图狗马者，何也？鬼魅不世出，而狗马可日见也。

(汉)刘安《淮南子·氾论训》，《诸子集成》本

教训者，以道义为本，以巧辩为末。辞语者，以信顺为本，以诡丽为末。列士者，以孝悌为本，以交游为末。孝悌者，以致养为本，以华观为末。人臣者，以忠正为本，以媚爱为末。五者，守本离末则仁义兴，离本守末则道德崩。慎本略末犹可也，舍本务末则恶矣。

(汉)王符《潜夫论·务本》，《丛书集成》本

艺之兴也，其由民心之有智乎。造艺者，将以有理乎。民生而心知

物，知物而欲作，欲作而事繁，事繁而莫之能理也。故圣人因智以造艺，因艺以立事，二者近在乎身，而远在乎物。

（汉）徐幹《中论·艺纪》，《丛书集成》本

　　文章地理，必须惬当。梁简文《雁门太守行》乃云："鹅军攻日逐，燕骑荡康居。大宛归善马，小月送降书。"萧子晖《陇头水》云："天寒陇水急，散漫俱分泻；北注徂黄龙，东流会白马。"此亦明珠之颣，美玉之瑕，宜慎之。

（北齐）颜之推《颜氏家训·文章篇》，《四部丛刊》本

　　盖江芈骂商臣曰："呼！役夫！宜君王废汝而立职。"汉王怒郦生曰："竖儒！几败乃公事。"单固谓杨（原作稜，据浦本改）康曰："老奴！汝死自其分。"乐广叹卫玠曰："谁家生得宁馨儿。"斯并当时侮嫚之词，流俗鄙俚之说，必播以唇吻，传诸讽诵，而世人皆以为上之二言，不失清雅，而下之两句，殊为鲁朴者何哉？盖楚、汉世隔，事已成古，魏、晋年近，言犹类今，已古者即谓其文，犹今者乃惊其质。夫天地长久，风俗无恒，后之视今，亦犹今之视昔。而作者皆怯书今语，勇效昔言，不其惑乎？……盖善为政者，不择人而理，故俗无精粗，咸被其化。工为史者，不选事而书，故言无美恶，尽传于后。若事皆不谬，言必近真，庶几可与古人同居，何止得其糟粕而已。

（唐）刘知幾《史通·言语》，中华书局本

　　今孤囚废锢，连遭瘴疠羸顿，朝夕就死，无能为也。第不能竟其业，若太尉者，宜使勿坠，本史迁言荆轲征复无且。言大将军征苏建，言留侯征画容貌，今孤囚贱辱，虽不及无且建等，然比画工传容貌尚差胜，春秋传所谓传信传著。虽孔子亦就是也，窃自以为信且著，其逸事有状。

（唐）柳宗元《与史官韩愈致段秀实太尉远事书》，《柳河东集》卷三十一，中华书局本

　　张氏子得天之和，心之术，积为行，发为艺；艺尤者，其画欤？画无常工，以似为工；学无常师，以真为师。故其措一意，状一物，往往运思，中与神会；仿佛焉若驱和役灵于其间者。时予在长安中，居甚闲，闻

甚熟，乃请观于张。张为予尽出之。厥有山水、松石、云霓、鸟兽，暨四夷、六畜、妓乐、华虫咸在焉。凡十余轴。无动植，无小大，皆曲尽其能；莫不向背无遗势，洪纤无遁形。迫而视之，有似乎水中了然分其影者。然后知学在骨髓者，自心术得；工侔造化者，由天和来。张但得于心，传于手，亦不自知其然而然也。至若笔精之英华，指趣之律度，予非画之流也，不可得而知之。今所得者，但觉其形真而圆，神和而全，炳然俨然，如出于图之前而已耳。

（唐）白居易《记画》，《白居易集》卷四十三，中华书局本

我公沨沨，学奥词雄；缘情体物，有文献风。

（唐）白居易《唐故银青光禄大夫秘书监曲江县开国伯赠礼部尚书范阳张公墓志铭》，《白居易集》卷七十，中华书局本

桃花夭红竹净绿，春风相间连溪谷，花留蜂蝶竹有禽，三月江南看不足。徐熙下笔能逼真，茧素画成才六幅，萼繁叶密有向背，枝瘦节疏有直曲。年深粉剥见墨纵，描写工夫始惊俗。从初李氏国破亡，图书散入公侯族，公侯三世多衰微，窃贸担头由婢仆。太学杨君固甚贫，直缘识别争来鬻，朝质绨袍暮质琴，不忧明日铛无粥。装成如得骊颔珠，谁能更问龙牙轴，竹真似竹桃似桃，不待生春长在目。

（宋）梅尧臣《和杨直讲夹竹花图》，《梅尧臣集编年校注》卷二十七，上海古籍出版社本

右洵先奉敕编礼书，后闻臣寮上言，以为祖宗所行，不能无过差，不经之事，欲尽芟去，无使存录，洵窃见议者之说，与敕意大异。何者？前所授敕，其意曰，纂集故事，而使后世无忘之耳。非曰制为典礼而使后世遵而行之也。然则洵等所编者，是史书之类也。遇事而记之，不择善恶，详其曲折，而使后世得知而善恶自著者，是史之体也。若夫存其善者，而去其不善，则是制作之事，而非职之所及也。而议者以责洵等，不已过乎！

且又有所不可者，朝廷之礼，虽为详备，然大抵往往亦有不安之处，非特一二事而已，而欲有所去焉，不识其所去者果何事也，既欲去之，则其势不得不尽去，尽去则礼缺而不备，苟独去其一而不去其二，则适足以

为抵捂龃龉而不可齐一,且议者之意,不过欲以掩恶讳过,以全臣子之义,如是而已矣。昔孔子作《春秋》,惟其恻怛而不忍言者,而后有隐讳,盖桓公薨,子般卒,没而不书,其实以为是不可书也。至于成宋乱,及齐狩,跻僖公,作丘甲,用田赋,丹桓宫楹,刻桓宫,桷若此之类,皆书而不讳。其意以为虽书不善而尚可书也。今先世之所行,虽小有不善者,犹与《春秋》之所书者甚远,而悉使洵等隐讳而不书,如此将使后世不知其浅深,徒见当时之臣子至于隐讳而不言,以为有所大不可言者,则无乃欲益而反损欤。公羊之说,灭纪灭项,皆所以为贤者讳,然其所谓讳者,非不书也,书而迂曲其文耳,然则其实犹不没也,其实犹不没者,非以彰其过也,以见其过之止于此也。今无故乃取先世之事而没之,后世将不知而大疑之,此大不便者也。班固作汉志,凡汉之事,悉载而无所择,今欲如之,则先世之小有过差者,不足以害其大明,而可以使后世无疑之意,且使洵等为得其所职,而不至于侵官者,谨具状申。

　　　　（宋）苏洵《议修礼书状》,《嘉祐集》卷十四,《四部备要》本

　　轼不佞,自为学至今,十有五年,以为凡学之难者,难于无私,无私之难者,难于通万物之理。故不通乎万物之理,虽欲无私不可得也。己好则好之,己恶则恶之,以是自信则惑也。是故,幽居默处,而观万物之变,尽其自然之理,而断之于中。其所不然者,虽古之所谓贤人之说,亦有所不取。虽以此自信,而亦以此自知其不悦于世也。故其言语文章,未尝辄至于公相之门。

　　　　（宋）苏轼《上曾丞相书》,《东坡七集·东坡集》卷二十八,《四部备要》本

　　黄筌画飞鸟,颈足皆展,或曰飞鸟缩颈则展足,缩足则展颈,无两展者。验之信然。乃知观物不审者,虽画师且不能,况其大者乎？君子是以务学而好问也。

　　　　（宋）苏轼《书黄筌画雀》,《东坡题跋》卷五,《丛书集成》本

　　世人怪韩生,画马身苦肥,幹宁忍不画骧骨,当时厩马君未知,开元太平国无事,战马卷甲饱不骑,玉关橐驼通万里,长安第宅连诸姨,笙歌锦绣遍一国,六龙长闲空食粟,霜甜秋草沙苑游,日暖春波滑川浴,睢圆

腰稳目生光，细尾丰膺毛贴肉，珠鞍玉镫骄不行，岂有尘埃侵四足。韩生丹青写天厩，磊落万龙无一瘦，岂知本下骨如墙，饥啮草根刺伤口，君家古国才坐身，千里腾骧已有神，回身侧顾不无意，剪骏络头嗟失真。君不见，太宗战马拳腹毛，身骑此马传群豪。龙虎精神金鼓气，岂有闲地供脂膏。至今画图快胸臆，想见虬须亲破贼，那知但爱厩中肥，渔阳筋脚蹄如石，神驹入水随烟云，蜀山石路无行人，六骥悲鸣足流血，骑骡遗事一酸辛。

（宋）张耒《萧朝散惠石本韩幹马图马亡后足》，《柯山集》卷十三，《丛书集成》本

老杜《刘少府画山水幛歌》云："反思前夜风雨急，乃是蒲城鬼神入。元气淋漓幛犹湿，真宰上诉天应泣。"应物《听嘉陵江声》云："水性自云静，石中本无声。如何两相激，雷转空山鸣。"《赠能吟李儋》诗云："丝桐本异质，音响合自然。吾观造化意，二物相因缘。"临川《咏鲁公坏碑》云："六书篆籀数变改，遂令后世多失真。谁初妄凿好与丑，坐令学士劳骸筋。堂堂鲁公勇且仁，岂亦以此夸常民。直疑技巧有天德，不必强勉亦通神。"坡《咏歙砚》诗云："与天作石来几时，与人作砚初不辞。诗成鲍谢石何与，笔落钟王砚不知。"此皆穷本探妙，超出准绳外，不特状写景物也。

（宋）黄彻《䂬溪诗话》卷六，《历代诗话续编》本

诗人有写物之功。"桑之未落，其叶沃若"，他木，殆不以当此。林逋《梅花》诗云："疏影横斜水清浅，暗香浮动月黄昏。"决非桃李诗。皮日休《白莲》诗云："无情有恨何人见，月明风清欲坠时。"决非红莲诗。此乃写物之功。若石曼卿《红梅》诗云："认桃无绿叶，辨杏有青枝。"此村学中至陋语也。

（宋）阮阅《诗话总龟》卷七，《四部丛刊》本

《孙子》十三篇论战守次第与山川险易长短小大之状，皆曲尽其妙，摧高发隐，使物无遁情，此尤文章妙处。

（宋）吕本中《童蒙诗训》，《宋诗话辑佚》本

《夷白堂小集》云："《中秋夜待月诗》，和者数人，赵承之一联云：'古来此景叹经岁，今夜谁家不倚楼。'孙平父一联云：'坐待银盘生海底，俄惊金饼上云头。'尤为佳也。"苕溪渔隐曰："余评前一联自在，语意俱到；后一联银盘金饼，止是咏月，何独中秋，吾无取焉。"

（宋）胡仔《苕溪渔隐丛话》后集卷二十三，人民文学出版社本

夫题品泉石，模写景物，惟实故切，惟切故奇。若耳目之所不接，想像为之，虽有李、杜之妙思，未免近于庄、列之寓言矣。

（宋）刘克庄《题丘攀桂月林图》，《后村题跋》卷四，《丛书集成》本

诗以体物验工巧。骆宾王《咏挑镫杖》云："禀质非贪热，焦心岂惮熬。终知不自润，何用处脂膏。"语简而味长，每欲仿此作数题，未暇也。

（宋）刘克庄《后村诗话》续集卷二，中华书局本

古人文字中时有涉俗语者，正以文之则失真，是以宁存而不去，而宋子京直要句句变常，此其所以多戾也。

（金）王若虚《新唐书辨》下，《滹南遗老集》卷二十四，《丛书集成》本

陈后山曰："扬子云之文好奇而卒不能奇，故思苦而辞艰。善为文者因事出奇，江河之行，顺下而已。至其触山赴谷，风搏物激，然后尽天下之变。子云虽奇故不能奇也。"此论甚佳，可以为后学之法。

（金）王若虚《文辨》，《滹南遗老集》卷三十四，《丛书集成》本

观人之道，当概其心所存，与身所履如何而论之，夫然后中而无失。今也，名乡贤士之物故，莫不有诗人挽悼之，仿佛其平生，或以德书，或以交言，或以遇荣，或以御恤，或以名而慕，或以年而抑，或以政而思，或以文而扬，往往各得其一事一言，而未概心所存，身所履，始终何如也。譬之绘工，始学画人，耳目鼻口颧颐颜角理发，须各自为处，终未尝

集而为面，使人真见夫妍丑善恶寿夭贵贱，为谁某之全……

（元）姚燧《郑龙冈先生挽诗序》，《牧庵集》卷三，《丛书集成》本

余顷年游蒋山，夜上宝公塔，时天已昏黑，而月犹未出，前临大江，下视佛屋峥嵘，时闻风铃铿然有声，忽记杜少陵诗"夜深殿突兀，风动金琅珰"，恺然如己语也。又尝独行山谷间，古木夹道交阴，唯闻子规相应木间，乃知"两边山木合，终日子规啼"之为佳句也。又（有缺文）中濒溪与客纳凉，时夕阳在山，蝉声满树，观二人洗马于溪中，曰，此少陵所谓"晚凉看洗马，森木乱鸣蝉"者也。此诗平日诵之，不见其工，唯当所见处，乃始知其为妙。作诗止欲写所见耳，不必过为奇险也。

（元）王构《修辞鉴衡》卷一，《丛书集成》本

凡著述最忌成心，成心著于胸中，则颠倒是非，虽丘山之巨，目睫之近，有蔽不自知者。

（明）胡应麟《少室山房笔丛》卷二《经籍会通》二，中华书局本

画家以古人为师，已自上乘，进此当以天地为师。每朝起看云气变幻，绝近画中山。山行时见奇树，须四面取之。树有左看不入画，而右看入画者，前后亦尔。看得熟，自然传神。传神者必以形。形与心手相凑而相忘，神之所托也。树岂有不入画者，特画收之生绢中，茂密而不繁，峭秀而不蹇，即是一家眷属耳。

（明）董其昌《画禅室随笔》，《历代论画名著汇编》本

尝记《博物志》云："汉刘褒画云汉图，见者觉热，又画北风图，见者觉寒。"窃疑画本非真，何缘至是？然犹曰：人之见，为之也。甚而僧繇点睛，雷电破壁；吴道玄画殿内五龙，大雨辄生烟雾。是将执画为真则既不可，若云赝也，不已胜于真者乎？然则操觚之家，亦若是焉则已矣。

（明）睡乡居士《二刻拍案惊奇序》，人民文学出版社本

《水浒传》不说鬼神怪异之事，是他气力过人处。《西游记》每到弄

不来时，便是南海观音救了。

　　　　　（清）金圣叹《读第五才子书法》，引自《水浒资料汇编》，中华书局本

　　士之能立言者，必需之岁月以自验其学问之所至。若夫遭遇乱离，而独以其身超然于尘埃之表，则笔之于书者，将为天下后世所考正。其平生之学，尤可重焉。

　　　　　（清）吴伟业《彭燕又五十寿序》，《梅村家藏稿》卷三十六，《四部丛刊》本

　　自开辟以来，天地之大，古今之变，万汇之赜，日星河岳，赋物象形，兵刑礼乐，饮食男女，于以发为文章，形为诗赋，其道万千。余得以二语敝之，曰理、曰事、曰情，不出乎此而已。

　　　　　（清）叶燮《原诗·内篇下》，人民文学出版社本

　　曰理、曰事、曰情三语，大而乾坤以之定位，日月以之运行，以至一草一木一飞一走，三者缺一，则不成物。

　　　　　（清）叶燮《原诗·内篇下》，人民文学出版社本

　　东坡诗笔妙天下，外国皆知仰之。子由使北诗云："莫把文章动蛮貊，恐妨谈笑卧江湖。"其盛名如此。然当时尚有指摘其用事之误者。予《居易录》中已言之。王楙《纪闻》又云："吴人方唯深子通绝不喜子瞻诗文。胡文仲连因语及苏诗'清寒入山骨，草木尽坚瘦'。方曰：做多自然有一句半句道著也。"其狂僭至此，譬蜣螂转粪，语以苏合之香，岂肯顾哉？

　　　　　（清）王士禛《带经堂诗话》卷二，人民文学出版社本

　　怀古必切时地。老杜《公安县怀古》中云："洒落君臣契，飞腾战伐名。"简而能该，真史笔也。刘沧咸阳、邺都、长洲诸咏，设色写景，可互相统易，是以酬应为怀古矣。许浑稍可观，然落句往往入套。

　　　　　（清）沈德潜《说诗晬语》卷下，《清诗话》本

　　游山诗，永嘉山水主灵秀，谢康乐称之；蜀中山水主险隘，杜工部称

之；永州山水主幽峭，柳仪曹称之。略一转移，失却山川真面。

（清）沈德潜《说诗晬语》卷下，《清诗话》本

钱、郎赠送之作，当时引以为重；应酬诗，前人亦不尽废也。然必所赠之人何人，所往之地何地，一一按切，而复以己之情性流露于中，自然可咏可歌，非幕下张君房辈所能代作。

（清）沈德潜《说诗晬语》卷下，《清诗话》本

古人有误用事实处：弦高本犒秦师，谢康乐云："弦高犒晋师。"《庄子》："柳生左肘。"柳，疡类也。王右丞《老将行》云："今日垂杨生左肘。"是以疡为树矣。又"卫青不败由天幸"句，误用霍去病事。而高常侍《送浑将军出塞》亦云："卫青未肯学孙吴。"同时误用，未知何故？

（清）沈德潜《说诗晬语》卷下，《清诗话》本

夫文之道一而已，然在朝廷则言朝廷，在草野则言草野，惟其当之为贵。夫诗书所载之文，大抵朝庙之文也。公之文雍容、俯仰，明切而不芜，优柔而有余。书曰：辞尚体要，公可谓得朝廷之体者与，某谫陋无状而公独爱其文以为善。公殁后，公子詹事抄集其文十二卷，以公遗意寄鼐，俾为之序，因具论其意如此。

（清）姚鼐《石鼓砚斋文钞序》，《惜抱轩全集·文后集》卷一，《四部备要》本

客言：足下始工于文词，近习考订。仆岂愿通人受此名哉！又云：足下既习考订，亦兼文词。又岂愿通人受此名哉！足下示吾近作，勇去口吻之冶俊，为汪洋郁栗冲夷，是文章之祥也，而颇喜杂陈枚举夫一二琐故，以新名其家，则累矣累矣。古人文学，同驱并进，于一物一名之中，能言其大本大原，而究其所终极；综百氏之所谭，而知其义例，编入其门径，我从而筦钥之，百物为我隶用。苟树一义，若浑浑圜矣，则文儒之总也。

（清）龚自珍《与人笺一》，《龚自珍全集》第五辑，上海人民出版社本

自宋迄今，儒者之言易醇，古文之法易守，故必切万物之情乃为真儒

者，成一家之则乃为真古文。梅崖好矫揉，姬传好修饰，律以唐荆川所谓精光注本色高者且概乎有愧，况求以易堂经济之学乎？而顾当舍叔子而从之乎？顷读吾邑彭躬庵文集，如涌万斛之源泉，以灌四方之涸泽，才情气魄，似更在叔子之上，而人亦多相谤，以为异于儒者之文。然则文必拘迂无用乃为儒者乎？呜呼！此宋后之人，文所以多不如古也。

（清）尚镕《书魏叔子文集后》，《持雅堂文集》卷五，清刊本

昌黎答刘正夫问文曰："无难易，惟其是而已。"李习之《答王载言书》曰："其爱难者，则曰文章宜深不当易；其爱易者，则曰文章宜通不当难。此皆情有所偏，滞而不流，未识文章之所主也。"于此见两公文一脉相通矣。

（清）刘熙载《艺概·文概》，上海古籍出版社本

为人作传，必人己之间，同弗是，异弗非，方能持理之平，而施之不枉其实。

（清）刘熙载《艺概·文概》，上海古籍出版社本

传中叙事，或叙其有致此之由而果若此，或叙其无致此之由而竟若此，大要合其人之志行与时位，而称量以出之。

（清）刘熙载《艺概·文概》，上海古籍出版社本

论之失，或在失出，或在失入。失出视失入，其犹愈乎？

（清）刘熙载《艺概·文概》，上海古籍出版社本

司马长卿谓："赋家之心，包括宇宙。"成公绥《天地赋序》云："赋者贵能分赋物理，敷演无方，天地之盛，可以致思矣。"意与长卿宛合。

（清）刘熙载《艺概·赋概》，上海古籍出版社本

赋取穷物之变。如山川草木，虽各具本等意态，而随时异观，则存乎阴阳晦明风雨也。

（清）刘熙载《艺概·赋概》，上海古籍出版社本

言此事必深知此事，到得事理曲尽，则其文确凿不可磨灭，如《考工记》是也。《梁书·萧子云传》载其"著《晋史》，至《二王列传》，欲作论草隶法，不尽意，遂不能成"。此亦见实事求是之意。

（清）刘熙载《艺概·文概》，上海古籍出版社本

文中子抑迁、固而与陈寿，所言似过。然观寿书练核事情，每下一字一句，极有斤两，虽迁、固亦当心折。

（清）刘熙载《艺概·文概》，上海古籍出版社本

太史公文，如张长史于歌舞战斗，悉取其意与法以为草书。其秘要则在于无我，而以万物为我也。

（清）刘熙载《艺概·文概》，上海古籍出版社本

文之道，时为大。《春秋》不同于《尚书》，无论矣。即以《左传》、《史记》言之，强《左》为《史》，则噍杀；强《史》为《左》，则啴缓。惟与时为消息，故不同正所以同也。

（清）刘熙载《艺概·文概》，上海古籍出版社本

《庄子·齐物论》"大块噫气，其名为风"一段，体物入微。与之神似者，《考工记》后，柳州文中亦间有之。

（清）刘熙载《艺概·文概》，上海古籍出版社本

实事求是，因寄所托，一切文字不外此两种，在赋则尤缺一不可。若美言不信，玩物丧志，其赋亦不可已乎！

（清）刘熙载《艺概·赋概》，上海古籍出版社本

（3）美物贵依其本

古者包牺氏之王天下也，仰则观象于天，俯则观法于地，观鸟兽之文，与地之宜，近取诸身，远取诸物，于是始作八卦，以通神明之德，以类万物之情。

（先秦）《周易·系辞下》，《十三经注疏》本

包牺氏没，神农氏作，斫木为耜，揉木为耒，耒耨之利，以教天下，盖取诸《益》。

日中为市，致天下之民，聚天下之货，交易而退，各得其所，盖取诸《噬嗑》。

神农氏没，黄帝、尧、舜氏作，通其变，使民不倦，神而化之，使民宜之。易穷则变，变则通，通则久。是以自天祐之，吉无不利。黄帝、尧、舜垂衣裳而天下治，盖取诸《乾坤》。

刳木为舟，剡木为楫，舟楫之利，以济不通，致远以利天下，盖取诸《涣》。

服牛乘马，引重致远，以利天下，盖取诸《随》。

重门击柝，以待暴客，盖取诸《豫》。

断木为杵，掘地为臼，臼杵之利，万民以济，盖取诸《小过》。

弦木为弧，剡木为矢，弧矢之利，以威天下，盖取诸《睽》。

上古穴居而野处，后世圣人易之以宫室，上栋下宇，以待风雨，盖取诸《大壮》。

古之葬者，厚衣之以薪，葬之中野，不封不树，丧期无数，后世圣人易之以棺椁，盖取诸《大过》。

上古结绳而治，后世圣人易之以书契，百官以治，万民以察，盖取诸《夬》。

……

子曰：……夫《易》……其称名也小，其取类也大；其旨远，其辞文；其言曲而中，其事肆而隐；因贰以济民行，以明失得之报。

……

《易》之为书也，广大悉备，有天道焉，有人道焉，有地道焉。兼三材而两之，故六；六者非它也，三材之道也。

道有变动故曰爻，爻有等故曰物，物相杂故曰文，文不当故吉凶生焉。

……

将叛者其辞惭，中心疑者其辞枝。吉人之辞寡，躁人之辞多，诬善之人其辞游，失其守者其辞屈。

(先秦)《周易·系辞下》，《十三经注疏》本古者庖牺氏之王天下也，仰则观象于天，俯则观法于地，视鸟兽之文与地之宜，近取诸身，远取诸物，于是始作《易》八卦，以垂宪象。及神农氏结绳为治，而统其事，庶业其繁，饰伪萌生。黄帝之史仓颉，见鸟兽蹄迒之迹，知分理之可相别异也，初造书契。百工以乂，万品以察，盖取诸夬。夬扬于王庭，言文者宣教明化于王者朝廷，君子所以施禄及下居德则忌也。

（汉）许慎《说文解字序》，《四部丛刊》本

仓颉之初作书，盖依类象形，故谓之文。其后形声相益，即谓之字。字者言孳乳而浸多也。著于竹帛谓之书，书者如也。以迄五帝三王之世，改易殊体，封于泰山者七十有二代，靡有同焉。

《周礼》：八岁入小学，保氏教国子，先以六书。一曰指事。指事者视而可识，察而可见，上下是也。二曰象形。象形者画成其物，随体诘诎，日月是也。三曰形声。形声者以事为名，取譬相成，江河是也。四曰会意。会意者比类合谊，以见指㧑，武信是也。五曰转注。转注者连类一首，同意相受，考老是也。六曰假借。假借者本无其字，依声托事，令长是也。

（汉）许慎《说文解字序》，《四部丛刊》本

盖诗有六义焉，其二曰赋。扬雄曰："诗人之赋丽以则。"班固曰："赋者，古诗之流也。"先王采焉，以观土风。见"绿竹猗猗"，则知卫地淇澳之产；见"在其版屋"，则知秦野西戎之宅。故能居然而辨八方。然相如赋《上林》，而引"卢橘夏熟"；扬雄赋《甘泉》，而陈"玉树青葱"；班固赋《西都》，而叹以"出比目"；张衡赋《西京》，而述以"游海若"。假称珍怪，以为润色。若斯之类，匪啻于兹。考之果木，则生非其壤；校之神物，则出非其所。于辞则易为藻饰，于义则虚而无征。且夫玉卮无当，虽宝非用；侈言无验，虽丽非经。而论者莫不诋訐其研精，作者大氐举为宪章，积习生常，有自来矣。

余既思摹《二京》而赋《三都》，其山川城邑，则稽之地图；其鸟兽草木，则验之方志；风谣歌舞，各附其俗；魁梧长者，莫非其旧。何则？发言为诗者，咏其所志也；升高能赋者，颂其所见也；美物者，贵依其本；赞事者，宜本其实。匪本匪实，览者奚信！且夫任土作贡，

《虞书》所著；辨物居方，《周易》所慎。聊举其一隅，摄其体统，归诸诂训焉。

（晋）左思《三都赋序》，《文选》卷四，《四部备要》本

夫画道之中，水墨最为上。肇自然之性，成造化之功。或咫尺之图，写百千里之景。东西南北，宛尔目前；春夏秋冬，生于笔底。

（唐）王维《山水诀》，《历代论画名著汇编》本

乘之愈往，识之愈真。

（唐）司空图《诗品·纤秾》，《诗品集解　续诗品注》，人民文学出版社本

模山拟水，得其真体。

（唐）释彦悰《后画录》，《画品丛书》本

成之为画，精通造化，笔尽意在，扫千里于咫尺，写万趣于指下。峰峦重叠，间露祠墅，此为最佳。至于林木稠薄，泉流深浅，如就真景……评曰：成之命笔，惟意所到。宗师造化，自创景物，皆合其妙。

（五代）刘道醇《圣朝名画评》第二卷，《画品丛书》本

（王）士元命笔造微，事物皆备，虽片瓦茎木，亦取于象，此所以过人无限。

（五代）刘道醇《圣朝名画评》第三卷，《画品丛书》本

观乎处士之作也，孑然弗论，洗然无尘，意必以淳，语必以真。乐则歌之，忧则怀之。无虚美，无苟怨。隐居求志，多优游之咏；天下有道，无愤惋之作，《骚》、《雅》之际，此无愧焉。览之者有以知诗道之艰，国风之正也。

（宋）范仲淹《唐异诗序》，《范文正公集》卷六，《四部丛刊》本

宰云台殿起崔嵬，万里长江一酒杯，坐见山川吞日月，杳无车马送尘埃。雁飞云路声低过，客近天门梦易回。胜概唯诗可收拾，不才羞作等

闲来。

（宋）王安石《落星寺南康军江中》，《王文公文集》卷六十四，上海人民出版社本

孔子曰："辞达而已矣。"物固有是理，患不知之。知之患不能达之于口与手。辞者，达是而已矣。

（宋）苏轼《答俞括书》，《经进东坡文集事略》卷四十七，《四部丛刊》本

要知画水者，当先观其源，次观其澜，又其次观其流也。

（宋）董逌《广川画跋》卷二，《画品丛书》本

谢赫言画者，写真最难。而顾恺之则以为都在点睛处。故谓传神写照，正在阿堵中尔。世人论画，都失古人意。不知山水、草木、虫鱼、鸟兽，孰非其真者耶？苟失形似，便是画虎而狗者，可谓得其真哉？营邱李咸熙，士流清放者也。故于画妙入三昧，至无蹊辙可求，亦不知下笔处，故能都无蓬块气。其绝人处，不在得真形，山水木石，烟霞岚雾间。其天机之动，阳开阴阖，迅发惊绝，世不得而知也。故曰："气生于笔，笔遗于象。"

（宋）董逌《广川画跋》卷四，《画品丛书》本

山水在于位置，其于远近阔狭，工者增减，在其天机。务得收敛众景，发之图素。惟不失自然，使气象全得，无笔墨辙迹，然后尽其妙。故前人谓画无真山活水，岂此意也哉？燕仲穆以画自嬉，而山水尤妙于真形。然平生不妄落笔，登临探索，遇物兴怀。胸中磊落，自成邱壑。至于意好已传，然后发之。或自形象求之，皆尽所见，不能措思虑于其间。自号能移景物随画，故平生画皆因所见为之。

（宋）董逌《广川画跋》卷五，《画品丛书》本

燕仲穆平生画，皆因所见，未尝架空凿虚，随意增损。或问之，则曰：出人意者，便失自然。

（宋）董逌《广川画跋》卷五，《画品丛书》本

文以说理为上,序事为次,古人皆备而有之。后世知说理者或失于略事;而善序事者或失于悖理,皆过也。

(宋)秦观《通事说》,《淮海后集》卷六,《四部丛刊》本

古之文章,虽制作之体不一端,大抵不过记事,辨理而已。记事而可以垂世,辨理而足以开物,皆辞达者也。虽然有道,词生于理,理根于心,苟邪气不入于心,僻学不接于耳目,中和正大之气溢于中,发于文字言语,未有不明白条畅,盍观于语者乎?直者文简事核而明,虽使妇女童于听之而喻。曲者枝词游说,文繁而事晦,读之三反而不见其情,此无待而然也。

(宋)张耒《答汪信民书》,《柯山集》卷四十八,《丛书集成》本

厉归真画虎,毛色明润,其视眈眈,有威加百兽之意。尝作棚于山中大木上,下观虎,欲见真态。又或自衣虎皮,跳踯于庭,以思仿其势。

(宋)李廌《德隅斋画品》,《画品丛书》本

[荆公诗:"黄昏风雨暝园林,残菊飘零满地金。"] 子瞻跋云:"秋英不比春花落,说与诗人子细看。"盖为菊无落英故也。荆公云:"苏子瞻读《楚词》不熟耳。"予以谓屈平"餐秋菊之落英",大概言花衰谢之意,若"飘零满地金"则过矣。东坡既以落英为非,则屈原岂亦谬误乎?坡在海南《谢人寄酒诗》有云:"漫绕东篱嗅落英",又何也?

(宋)胡仔《苕溪渔隐丛话》前集卷三十四,人民文学出版社本

人言居富贵之中者,则能道富贵语,亦犹居贫贱者工于说饥寒也。王岐公被遇四朝,目濡耳染,莫非富贵,则其诗章虽欲不富贵得乎?故岐公之诗,当时有至宝丹之喻。如"宝藏发函金作界,仙醑传羽玉为台","梦回金殿风光别,吟到银河月影低"等句甚多。李庆孙《富贵曲》云:"轴装曲谱金书字,树记花名玉篆牌。"晏元献云:"太乞儿相。若谙富贵者,不尔道也。"元献诗云:"梨花院落溶溶月,柳絮池塘淡淡风。"此自然有富贵气。吾曾伯祖侍郎讳宫,虽起于寒微,而论富贵若固有之。尝有诗云:"翩翩燕子朱门静,狼藉梨花小院闲。"又云:"西楼月上帘帘静,

后苑花开院院香。"其视晏公真不愧矣。若孟郊"借车载家具，家具少于车"，陶潜"敝襟不掩肘，藜羹常乏斟"，杜甫"天吴与紫凤，颠倒在短褐"，皆巧于说贫者也。

　　　　　　　　　　（宋）葛立方《韵语阳秋》卷第一，《历代诗话》本

　　唐明皇使韩幹师陈闳画马，及画成，明皇怪不与闳同。幹奏曰："臣之师，即陛下内厩马也。"上异之。其后画入神品。按老杜《丹青引赠曹霸》云："弟子韩幹早入室，亦能画马穷殊相。"则幹之师乃曹霸尔。孰谓师内厩马，便能尽毫端之妙乎？世传《职贡图》，乃阎立本所画，东坡作诗，亦云立本笔。所谓"音容狯狞服奇庞，横绝岭海逾涛泷。珍禽瑰产争牵杠，名王解辫却盖幢"者也。按朱景玄《画录》，谓《职贡图》乃其弟立德所作，立本所画诸国王粉本尔。

　　　　　　　　　　（宋）葛立方《韵话阳秋》卷第十四，《历代诗话》本

　　杜《蜀山水图》云："沱水流中座，岷山赴此堂。白波吹粉壁，青嶂插雕梁。"此以画为真也。曾玄父云："断崖韦偃树，小雨郭熙山。"此以真为画也。

　　　　　　　　　　（宋）杨万里《诗话》，《诚斋集》卷一百十四，《四部丛刊》本

　　西昌有客学南昌，衣钵真传快阁旁。坡底诗人梅底醉，花为句子萼为章。想渠踏月枝枝瘦，赠我盈编字字香。若画江西后宗派，不愁禽贼不禽王。

　　　　　　　　　　（宋）杨万里《跋萧彦毓梅坡诗集》，《诚斋集》卷三十六，《四部丛刊》本

　　使君把酒索我诗，索诗不得呼画师。要知作诗如作画，人力岂能穷造化。

　　　　　　　　　　（宋）戴复古《黄州栖霞楼即景呈谢深道国正》，《石屏诗集》卷一，《四部丛刊续编》本

　　秦少章言，公尝言观书之乐，夜常以三鼓为率。虽大醉归，亦必披展至倦而寝。然自出诏狱之后，不复观一字矣，某于钱塘从公学二年，未尝见公持观一书也。然每有赋咏，及著撰所用故实，虽目前烂熟事，必令秦

与叔党诸人，检视而后出。

（宋）何薳《春渚纪闻》卷六，《丛书集成》本

心存忠义，心处闲逸。情真，景真，事真，意真，几于《十九首》矣，但气差缓耳。至其工夫精密，天然无斧凿痕迹，又有出于《十九首》之表者。盛唐诸家风韵皆出此。

（元）陈绎曾《诗谱·陶渊明》，《历代诗话续编》本

情真、景真、事真、意真。澄至清，发至情。

（元）陈绎曾《诗谱·古诗十九首》，《历代诗话续编》本

范觉，名中立，以其豁达大度，人故以宽名之。画山水初师李成，既乃叹曰："与其师人，不若师诸造化。"乃脱旧习，游秦中，遍观奇胜。落笔雄伟老硬，真得山骨。

（元）汤垕《画鉴》，《画品丛书》本

历代帝王能画者，至徽宗可谓尽意。当时设建画学，诸生试艺，如取程文等高下，为进身之阶，故一时技艺，皆臻其妙。尝命学人画孔雀升墩障屏，大不称旨，复命余子次第呈进，有极尽工力亦不得用者，乃相与诣阙陈请所谓。旨曰："凡孔雀升墩，必先左脚；卿等所图，俱先右脚。"验之信然，群工遂服，其格物之精类此。

（元）汤垕《画鉴》，《画品丛书》本

学诗浑似学参禅，语要惊人不在联。但写真情并实境，任他埋没与流传。

（明）都穆《南濠诗话》，《历代诗话续编》本

古之人有书其人之墓者，必其知足以知其人者也。知不足以知其人，而据其所传闻书之，虽其当实，君子且以为近诬。而况其不当实者乎？虽或知不足以知其人，而知其子弟则为之书其父兄者，今往往有之。然其不失实者，亦或少矣！自余稍知为文，惟书人之墓，则尤不敢不谨。知不足以知其人，不敢书。虽或知其子弟，而亦不敢以书其父兄。

（明）唐顺之《彭翠岩处士墓表》，《荆川先生文集》卷十六，《四部丛刊》本

吾朝天地在，不惜滞风尘。意气能无合，文章自有真。齐名他日事，侧目此时人。如别还秋色，樽前白发新。

（明）李攀龙《送元美》二首之一，《沧溟集》卷六，清刊本

李和尚曰：《水浒传》文字不好处只在说梦、说怪、说陈处，其妙处都在人情物理上，人亦知之否？

（明）李贽《李卓吾先生批评忠义水浒传》第九十七回总批，上海人民出版社影印明容与堂本

大真宰握权炉锤，铸物不假雕刻，万象森然，形随性别，状以情殊。散万于一，总一于万。前者推荡，后者滞迁，然而无弗肖也，故曰化工。梦而不杂，成而不变，运而不劳，是天下之绝巧也。偃师之为木偶也，鲁般之为飞鸢也，宋人之为玉楮也，楚人之为棘猴也，工巧之极，至于乱真。然竭其神而役之，则神弗胜役也，假其物而造之，则物弗胜造也，是大冶所笑也。张僧繇之写龙，三年而不点睛，点即飞去，可谓手夺造化，然而龙也乎哉？

（明）屠隆《咏物诗序》，《白榆集》卷一，明刊本

今世传街谈巷语，有所谓演义者，盖尤在传奇、杂剧下。然元人武林施某所编《水浒传》，特为盛行；世率以其凿空无据，要不尽尔也。余偶阅一小说序，称施某尝入市肆，细阅故书，于敝楮中得宋张叔夜擒贼招语一通，备悉其一百八人所由起，因润饰成此编。其门人罗本，亦效之为《三国志演义》，绝浅陋可嗤也。

（明）胡应麟《庄岳委谈》，《少室山房笔丛》卷四十一辛部，中华书局本

余之为说也，则异是！食龙肉谓不若食猪肉之味为真也，貌鬼神谓不若狗马之形为近也。

（明）张岱《张子说铃序》，《琅嬛文集》，上海杂志公司《国学珍本丛书》本

古戏不论事实，亦不论理之有无可否，于古人事多损益缘饰为之，然

尚存梗概。后稍就实，多本古史传杂说略施丹垩，不欲脱空杜撰。迩始有捏造无影响之事以欺妇人、小儿者，然类皆优人及里巷小人所为，大雅之士亦不屑也。

  （明）王骥德《曲律》卷第三杂论第三十九上，《中国古典戏曲论著集成》（四），中国戏剧出版社本

  读《三国》胜读《西游记》。《西游》捏造妖魔之事，诞而不经，不若《三国》实叙帝王之实，真而可考也。

  （清）毛宗岗《读三国志法》，《绣像第一才子书》卷首，《〈三国演义〉资料汇编》，百花文艺出版社本

  作演义者，以文章之奇，而传其事之奇。而且无所事于穿凿，第贯穿其事实，错综其始末，而已无之不奇，此又人事之未经见者也。独是事奇矣，书奇矣，而无有人焉起而评之。即或有人，而使心非锦心，口非绣口，不能一代古人传其胸臆，则是书亦终于周秦而上汉唐而下诸演义等，人亦乌乎知其奇，而信其奇哉！余尝欲探索其奇以正诸世，会病未果。忽于友人案头见毛子所评《三国志》之稿，观其笔墨之快，心思之灵，先得我心之同然，因称快者再。而今而后，知第一才子书之目，又果在《三国》也。故余序此数言付毛子，授剞之日，弁于简端，使后之阅者知余与毛子有同心云。

  时顺治岁次甲申嘉平朔日，金人瑞圣叹氏题。

  （清）金圣叹《绣像第一才子书》首卷，《〈三国演义〉资料汇编》，百花文艺出版社本

  则是高俅来而一百八人来矣，王进去后更有史进。史者，史也。寓言稗史亦史也。夫古者史以记事，今稗史所记何事？殆记一百八人之事也。记一百八人之事而亦居然谓之史也，何居？从来庶人之议皆史也。庶人则何敢议也？庶人不敢议也。庶人不敢议而又议何也？天下有道，然后庶人不议也。今则庶人议矣，何用知其天下无道？曰：王进去而高俅来矣。

  （清）金圣叹《第五才子书施耐庵水浒传》第一回总评，中华书局本

  某尝道《水浒》胜似《史记》，人都不肯信，殊不知某却不是乱说。

其实《史记》是以文运事,《水浒》是因文生事。以文运事,是先有事生成如此如此,却要算计出一篇文字来,虽是史公高才,也毕竟是吃苦事。因文生事即不然。只是顺着笔性去,削高补低都由我。

  (清)金圣叹《读第五才子书法》,《第五才子书施耐庵水浒传》卷三,中华书局本

  因此题更无下笔处,故将前事闲闲自叙一遍作起也。然便真似有一聪明解事女郎于纸上行间,纤腰微袅,小脚徐那,一头迤逦行来,一头车轮打算。一时文笔之妙,真无逾于是也。

  (清)金圣叹《贯华堂第六才子书西厢记》卷六《前候》批语,《金圣叹全集》(三),江苏古籍出版社本

  朝政得失,文人聚散,皆确考时地,全无假借。至于儿女钟情,宾客解嘲,虽稍有点染,亦非乌有子虚之比。

  (清)孔尚任《桃花扇凡例》,《桃花扇》卷首,人民文学出版社本

  稗官小说,不尽凿空,必有所本。如施耐庵《水浒传》,徵独三十六人姓名见于龚圣与《赞》,而首篇叙高俅出身,与《挥麈后录》所载一一吻合。

  (清)王士禛《居易录》卷七,引自《〈水浒传〉资料汇编》,百花文艺出版社本

  纪事诗不可不慎。韦应物云"宿将降贼庭,儒生独全义",刺许远失实,冤哉!

  (清)吴乔《围炉诗话》卷之三,《清诗话续编》本

  不真,不新,不朴,不雅,不浑,不可与言诗。

  (清)黄子云《野鸿诗的》,《清诗话》本

  空空道人遂向石头说道:"石兄,你这一段故事,据你自己说有些趣味,故编写在此,意欲问世传奇。据我看来,第一件,无朝代年纪可考,第二件,并无大贤大忠、理朝廷治风俗的善政。其中只不过几个异样的女

子，或情或痴，或小才微善，亦无班姑、蔡女之德能，我总抄去，恐世人不爱看呢。"石头笑答道："我师何太痴也。若云无朝代可考，今我师意假借汉、唐等年纪添缀，又有何难？但我想历来野史，皆蹈一辙，莫如我这不借此套者，反倒新奇别致，不过只取其事体情理罢了，又何必拘拘于朝代年纪哉？再者世井俗人，喜看理治之书者甚少，爱看适趣闲文者特多。历代野史，或讪谤君相，或贬人妻女，奸淫凶恶，不可胜数；更有一种风月笔墨，其淫秽污臭，涂毒笔墨，坏人子弟，又不可胜数。至若佳人才子等书，则又千部共出一套，且其中终不能不涉于淫滥，以致满纸潘安、子建、西子、文君。不过作者要写出自己的那两首情诗艳赋来，故假拟出男女二人名姓，又必傍出一小人，其间拨乱，亦如剧中之小丑然。且环婢开口，即者也之乎，非文即理。故逐一看去，悉皆自相矛盾，大不近情理之话。意不如我半世亲睹亲闻的这几个女子，虽不敢说强似前代书中所有之人，但事迹原委，亦可以消愁破闷也。有几首歪诗熟话，可以喷饭供酒。至若离合悲欢、兴衰际遇，则又追踪摄迹，不敢稍加穿凿，徒为供人之目，而反失其真传者。"

（清）《脂砚斋重评石头记》第一回，人民文学出版社本

一段无伦无理信口开河的混话，却句句都是耳闻目睹者，并非杜撰而有，作者与余实实经过。（"又向贾母道"等句旁批。——脂京本）

（清）《脂砚斋重评石头记批语》第四十三回，《中国历代小说论著选》，江西人民出版社本

书生穷眼，偶值声伎之宴，辄不禁见之吟咏，而力为铺张。杜集中如《陪诸公子丈八沟纳凉》，则云："公子调冰水，佳人雪藕丝。"《陪李梓州泛江有伎乐，则戏为艳曲》云："江清歌扇底，野旷舞衣前。"《陪王侍御宴姚通泉携酒泛江有伎》则云："复携美人登彩舟，笛声愤怒哀中流。"《戎州宴杨使君东楼》则云："座从歌伎密，乐任主人为。"《江畔独步寻花至黄四娘家》则云："黄四娘家花满蹊，千朵万朵压枝低。"皆不免有过望之喜，而其诗究亦不工。如《陪李梓州艳曲》云："使君自有妇，莫学野鸳鸯。"固已毫无醖藉。《戏恼郝使君》云："愿携王赵两红颜，再骋肌肤如素练。"则更恶俗，杀风景矣。

（清）赵翼《瓯北诗话》卷二，人民文学出版社本

斗靡夸多费览观，陆文犹恨冗于潘。心声只要传心了，布谷澜翻可是难。（"陆芜而潘净"，语见《世说》。）此首义与下一首论杜合观之。

（清）翁方纲《石洲诗话》卷七，《清诗话续编》本

自文人胸有成竹，遂至闺修皆如板印。与其文而失实，何如质以传真也！

（清）章学诚《文史通义·古史十弊》，《四部备要》本

《三国演义》固为小说，事实不免附会，然其取材则颇博赡。如武侯班师泸水，以面为人首，裹牛羊肉，以祭厉鬼，正史所无，往往出于稗记，不可尽以小说亡稽斥之。其最不可训者，桃园结义，甚至忘其君臣而直称兄弟，且其书似出《水浒传》后。叙昭烈、关、张、诸葛，俱以《水浒传》中崔苻啸聚行径拟之。诸葛丞相生平以谨慎自命，却因有祭风及制造木牛流马等事，遂撰出无数神奇诡怪，而于昭烈未即位前君臣僚寀之间，直似《水浒传》中吴用军师，何其陋耶。张恒侯史称其爱君子，是非不知礼者，《演义》直以拟《水浒》之李逵，则侮慢极矣。关公显圣，亦情理所不近。盖演义者本亡知识，不脱传奇习气，固亦无足深责，却为其意欲尊正统，故于昭烈、忠武，颇极推崇，而无如其识之陋耳。凡演义之书，如《列国志》、《东西汉》、《说唐》及《南北宋》，多纪实事，《西游记》、《金瓶梅》之类，全凭虚构，皆无伤也。唯《三国演义》则七分实事，三分虚构，以致观者往往为所惑乱。如桃园等事，士大夫有作故事用者矣。故演义之属，虽无当于著述之论，然流俗耳目渐染，实行益于劝惩。但须实则概从其实，虚则明著寓言，不可错杂如《三国》之淆人耳。

（清）章学诚《丙辰札记》，孔另境编《中国小说史料》，上海古籍出版社本

小说家所言，亦皆有本。如《西游》之雷音寺、火焰山，皆在吐鲁番道中。余遣戍伊犁日，曾过之。

（清）洪亮吉《北江诗话》卷一，人民文学出版社本

读陶公诗，专取其真；事真景真，情真理真，不烦绳削而自合。谢、鲍则专事绳削，而其佳处，则在以绳削而造于真。

（清）方东树《昭昧詹言》卷四，人民文学出版社本

曰：圣人神悟，不恃文献而知千载以上之事，此之谓圣不可知，此之谓先觉。但著作之体，必须信而有征，无征不信，不信民弗从。圣人不肯以我一人之神悟，而疑惑天下后世之学者，且怀千古著作之例，故闵其言尔。

（清）龚自珍《语录》，《龚自珍全集》第八辑，上海人民出版社本

文贵法古，然患先有一古字横在胸中。盖文惟其是，惟其真。舍是与真，而于形模求古，所贵于古者果如是乎？

（清）刘熙载《艺概·文概》，上海古籍出版社本

世间极认真事曰做官，极虚幻事曰做戏。而弟窃愚甚，每于场中见歌哭笑骂，打诨插科，便确认为真。真不在所打扮古人，而在此扮古人之戏子，一一俱有父母妻儿，一一俱要养家活口，一一俱以哭笑打诨，养父母，活妻儿，此戏子乃真古人也。又每自于顶冠束带，装模做样之际，确然自道一真官，天下亦无一人疑我为戏子者。正不知打恭看坐，欢容笑口，与夫作色正容，凛莫敢犯之官人，实即此养家活口做哭做笑之古人耳；乃拿定一戏场戏具戏本戏腔，至五脏六腑，全为戏用，而自亦不觉为真戏子。悲夫！

（清）刘达生《与余集生》，《尺牍新钞》一集，《丛书集成》本

适欲修问，而敝宗名优持箜板之具，奏技贵邑，其意欲得年兄领袖此段风流。弟以为世界中，崇积数千年富贵功名，皆如此辈所为，然此辈登坛作歌舞等事，亦无不真出精神。如圣贤豪杰持性情入世，虽幻泡微尘，亦图所以不灭。然则虽真实事，固当作剧技等观；虽剧技等事，亦可作真实观。年兄持两观行世，用之不穷，弟借此辈作书邮，亦愿年兄寓此意也。

（清）罗万藻《与过君断》，《尺牍新钞》二集，《丛书集成》本

吴道子画仲由，便戴木剑。阎令公画昭君，已著帏帽。殊不知木剑创于晋代，帏帽兴于国朝。举此凡例，亦画之一病也，且如幅巾传于汉魏，幕离起自齐隋，幞头始于周朝。

佚名《杂评》，《历代论画名著汇编》本

昔人评画家，谓"画鬼魅易，画人物难"。余谓"作小说者，亦复写人谋难，写仙术易"。施耐庵《水浒》专以写人谋见长，俞仲华以《荡寇志》结《水浒》一书，其写仙术处，未免过于铺张矣。然其用意，则较罗贯中以《征四寇》续《水浒》为优。

（清）丘炜萲《客云庐小说话》卷一，阿英《晚清文学丛钞·小说戏曲研究卷》，中华书局本

《岳传》一书，前集多系实事，惟前后颠倒，颇以为憾。后集因飞为秦桧所诈，作者感愤，欲为平反，故所载类多失实。

（清）钱静芳《小说丛考》，孔另境编《中国小说史料》，上海古籍出版社本

乃论者犹谓俚谈琐语，文不雅驯；凿空架奇，事无确据。呜呼！则亦未知斯编实有针世砭俗之意矣。是何异于黄鹄云飞，而弋者犹盱衡于林薮，徽弦响变，而听者徒击节于宫商。殊不知天下有正史，亦必有野史。正史者纪千古政治之得失，野史者述一时民风之盛衰。譬之于《诗》，正史为雅颂，而野史则国风也。故夫翻云覆雨，年老寂寥，则订交乌可不慎？十载埋头，一朝释褐，则际遇各自有时。他如鬼附人船，生谐死偶，实鬼神之变幻；夜晤洞庭，诗传燕翼，乃伉俪之奇缘；至若遇魅影于花前，则端己者岂不生疑？敲木鱼于月下，则佞僧者可以为鉴。凡此种种，皆出于耳目见闻，凿凿可据，岂徒效空中楼阁而为子虚乌有先生者哉！

（清）烟水散人《珍珠舶序》，《中国现代小说论著选》，江西人民出版社本

第二十五回《真番女赚馘高指挥，假燕将活擒茹太守》

香泉曰：正史写实事，故其文如写照，酷肖而止。若小说演义，多凿

空之笔，既无可肖，则如散画人物，略有微疵，便生指摘，如满释奴一妇人，无是公也，正当如何描写可以动人心魄？今观其初投军时，吐出一种英愤气概，固已精彩夺目。此回赚取敌将，出入剑戟之丛，凛凛乎有生气逼人。若谓并无其人，亦无其事，将焉信之。

（清）孟芥舟《女仙外史》第二十五回评语，《中国历代小说论著选》，江西人民出版社本

《东周列国》一书，稗官之近正者也。周自平辙东移，下迄吕政，上下五百有余年之间，列国数十，变故万端，事绪纷纠，人物庞沓，最为棘目鼜牙，其难读更倍于他史。而一变为稗官，则童稚无不可得读，夫至童稚皆得读史，岂非大乐极快之事邪！然世之读稗官者颇众而卒不获读史之益者何哉？盖稗官不过纪事而已。其于智愚忠佞贤奸之行事，与国家之兴废存亡，盛衰成败，虽皆胪列其迹，而与天道之感召，人事之报施，智愚忠佞贤奸计言行事之得失，及其所以盛衰成败废兴存亡之故，固皆未能有所发明，则读者于事之初终原委，方且懵焉昧之，又安望其有益于学问之数哉！夫既无与于学问之数，则读犹不读，是为无益之书，安用灾梨祸枣为！坊友周君，深虑于此，嘱子者屡矣。寅卯之岁，予家居多暇，稍为评骘，条其得失而抉其隐微。虽未必尽合于当日之旨，而依理论断，是非既颇不谬于圣人，而亦不致遗嗤于博识之士。聊以豁读者之心目，于史学或亦不无小裨焉。故既为评之，而复叙之如此。时乾隆九年春月七都梦夫蔡元放氏题于支瞬居中。

（清）蔡元放《东周列国志序》，《中国历代小说论著选》，江西人民出版社本

《列国志》与别本小说不同，别本都是假话，如《封神》、《水浒》、《西游》等书，全是劈空撰出，即如《三国志》，最为近实，亦复有许多做造在内。《列国志》却不然，有一件说一件，有一句说一句，连记事实也记不了，那里还有功夫去添造。故读《列国志》，全要把作正史看，莫作小说一例看了。

（清）蔡元放《东周列国志读法》，《中国历代小说论著选》，江西人民出版社本

小说是假的好做，如《封神》、《水浒》、《西游》诸书，因是劈空捏造，故可以随意补截，联络成文。《列国志》全是实事，便只得一段一段，各自分说，没处可用补截联络之巧了。所以文字反不如假的好看，然只就其一段一段之事看来，却也是绝妙小说。

（清）蔡元放《东周列国志读法》，《中国历代小说论著选》，江西人民出版社本

史亦与小说同体，所以觉其不若小说可爱者，因实有之事常平淡，诳设之事常秾艳，人心去平淡而即秾艳，亦其公理，此史之处于不能不负者也。且史文简素，万难详尽，必读者设身处地，以意历之，始得其状，尤费心思。如《水浒》武大郎一传，叙西门庆、潘金莲等事，初非有奇事新理，不过就寻常日用琐屑叙来，与人人胸中之情理相印合，故自来言文章者推为绝作。若以武大入《唐书》、《宋史》列传中叙之，只有"妻潘通于西门庆，同谋杀大"二句耳，观者之孰乐孰不乐可知也。科学书与经典更无此事，所以为下。

（清）夏曾佑《小说原理》，阿英《晚清文学丛钞·小说戏曲研究卷》，中华书局本

（4）踵事增华

其是非颇缪于圣人，论大道则先黄老而后六经，序游侠则退处士而进奸雄，述货殖则崇势力而羞贱贫，此其所蔽也。然自刘向、扬雄博极群书，皆称迁有良史之材，服其善序事理，辨而不华，质而不俚，其文直，其事核；不虚美，不隐恶，故谓之实录。乌呼！以迁之博物洽闻，而不能以知自全，既陷极刑，幽而发愤，书亦信矣。

（汉）班固《汉书·司马迁传赞》，中华书局本

是故《论衡》之造也，起众书并失实，虚妄之言胜真美也。故虚妄之语不黜，则华文不见息；华文放流，则实事不见用。故《论衡》者，所以铨轻重之言，立真伪之平，非苟调文饰辞，为奇伟之观也……好谈论者，增益实事，为美盛之语；用笔墨者，造生空文，为虚妄之传。听者以为真然，说而不舍；览者以为实事，传而不绝……今吾不得已也，虚妄显于真，实诚乱于伪，世人不悟，是非不定，紫朱杂厕，瓦玉集糅，以情言

之，岂吾心所能忍哉！

（汉）王充《论衡·对作》，中华书局本

扬子云作《法言》蜀富人赍钱十万，愿载于书。子云不听，曰："夫富无仁义之行，犹圈中之鹿，栏中之牛也，安得妄载！"班叔皮续《太史公书》，载乡里人以为恶戒。邪人枉道，绳墨所弹，安得避讳？是故子云不为财劝，叔皮不为恩挠。文人之笔，独已公矣。贤圣定意于笔，笔集成文，文具情显，后人观之，以见正邪，安宜妄记！足蹈于地，迹有好丑；文集于礼，志有善恶。故夫占迹以睹足，观文以知情。"《诗》三百，一言以蔽之，曰：思无邪。"《论衡》篇以十数，亦一言也，曰："疾虚妄。"

（汉）王充《论衡·佚文》，中华书局本

盖诗有六义焉，其二曰赋。杨雄曰："诗人之赋丽以则。"班固曰："赋者，古诗之流也。"先王采焉，以观土风。见"绿竹猗猗"，则知卫地淇澳之产；见"在其版屋"，则知秦野西戎之宅。故能居然而辨八方。然相如赋《上林》，而引"卢橘夏熟"；杨雄赋《甘泉》，而陈"玉树青葱"；班固赋《西都》，而叹以"出比目"；张衡赋《西京》，而述以"游海若"。假称珍怪，以为润色。若斯之类，匪啻于兹。考之果木，则生非其壤；校之神物，则出非其所。于辞则易为藻饰，于义则虚而无征。且夫玉卮无当，虽宝非用；侈言无验，虽丽非经。而论者莫不诋讦其研精，作者大氐举为宪章，积习生常，有自来矣。

余既思摹《二京》而赋《三都》，其山川城邑，则稽之地图；其鸟兽草木，则验之方志；风谣歌舞，各附其俗；魁梧长者，莫非其旧。何则？发言为诗者，咏其所志也；升高能赋者，颂其所见也；美物者，贵依其本；赞事者，宜本其实。匪本匪实，览者奚信！且夫任土作贡，《虞书》所著；辨物居方，《周易》所慎。聊举其一隅，摄其体统，归诸诂训焉。

（晋）左思《三都赋序》，《文选》卷四，《四部备要》本

或贵爱诗乘浅近之细文，忽薄深美富博之子书，以磋切之至言为骏拙，以虚华之小辩为妍巧。真伪颠倒，玉石混淆。同广乐于桑间，钧龙章于卉服。悠悠皆然，可叹可慨者也。

（晋）葛洪《抱朴子·尚博》，《诸子集成》本

夫假象过大，则与类相远；逸辞过壮，则与事相违；辨言过理，则与义相失；丽靡过美，则与情相悖。此四过者，所以背大体而害政教。是以司马迁割相如之浮说，扬雄疾"辞人之赋丽以淫"。
　　　　　（晋）挚虞《文章流别论》，《全晋文》卷七十七，《全上古三代秦汉三国六朝文》本

　　酌奇而不失其真，玩华而不坠其实。
　　　　　（南朝·梁）刘勰《文心雕龙·辨骚》，人民文学出版社本

　　竹未尝香也，而杜子美诗云："雨洗娟娟静，风吹细细香。"雪未尝香也，而李太白诗云："瑶台雪花数千点，片片吹落春风香。"
　　　　　（宋）葛立方《韵语阳秋》卷第四，《历代诗话续编》本

　　数百载以下笔墨，摹数百载以上之人之事，不必有，而有则必然之景之情而能令信疑，疑信，生死，死生，环解锥画。后数百载而下，犹恍惚有所谓怀女、思士、陈人、迂叟，从楮间眉眼生动，此非临川不擅也。临川作《牡丹亭》词，非词也，画也；不丹青，而丹青不能绘也；非画也，真也；不啼笑而啼笑，即有声也。以为追琢唐音乎，鞭箠宋调乎，抽翻元剧乎？当其意得，一往追之，快意而止。非唐，非宋，非元也。柳生骏绝，杜女妖绝，杜翁方绝，陈老迂绝，甄母愁绝，春香韵绝，石姑之妥，老驼之勤，小癞之密，使君之识，牝贼之机，非临川飞神吹气为之，而其人遁矣。若乃真中觅假，呆处藏黠，绎其指归，□□则柳生未尝痴也，陈老未尝腐也，杜翁未尝忍也，杜女未尝怪也。理于此确，道于此玄，为临川下一转语。震峰沈际飞书于独深居。
　　　　　（明）沈际飞《牡丹亭题词》，《汤显祖诗文集》附录，上海古籍出版社本

　　闻喜李文叔曰：园圃之胜，不能兼者六。务宏大者，鲜幽邃；人力胜者，少苍古；多泉水者，艰眺望。惟斐晋公湖园兼之。
　　　　　（明）袁中道《书灵宝许金吾先园图后》，《珂雪斋文集》卷十二，上海杂志公司本

李习之常言：虎丘池水不流，天竺石桥无水，灵鹫拥前山，不可远视，峡山少平地，泉出山无所潭。天地间之美，其阙陷大都如此。
　　　　（明）袁中道《游洪山九峰记》，《珂雪斋近集》卷一，上海书店本

　　《宣和遗事》具载三十六人姓名，可见三十六人是实有。只是七十回中许多事迹，须知都是作书人凭空造谎出来。如今却因读此七十回，反把三十六个人物都认得了，任凭提起一个，都似旧时熟识，文字有气力如此。
　　　　（清）金圣叹《读第五才子书法》，《第五才子书施耐庵水浒传》卷三，中华书局本

(5)"真"与"假"

　　丑女来效颦，还家惊四邻。寿陵失本步，笑杀邯郸人。一曲斐然子，雕虫丧天真。棘刺造沐猴，三年费精神……
　　　　（唐）李白《古风》其三十五，《李太白全集》卷二，中华书局本

　　东坡云："世间事勿笑为易，惟读王祈大夫诗，不笑为难。"祈尝谓东坡云："有《竹诗》两句，最为得意。"因诵曰："叶垂千口剑，干耸万条枪。"坡云："好则极好，则是十条竹竿，一个叶儿也。"
　　　　（宋）王直方《王直方诗话》，《宋诗话辑佚》本

　　人谓富贵中不得言贫贱事，少壮中不得言衰老事，康强中不得言疾病死亡，事脱或犯之，谓之诗谶，谓之无气，是大不然。诗者，妙观逸相之所寓也，岂可限以绳墨哉？王维作画雪中芭蕉，诗法眼观之知其神情寄寓于物，俗（论）则讥以为不知寒暑。荆公方大拜，贺客盈门，忽点墨书其壁曰："霜筠雪竹钟山寺，投老归欤寄此生。"坡在儋耳作诗曰："平生万事足，所欠惟一死。"岂可与世俗论哉……余作诗自志其略曰："东坡醉墨浩琳琅，千首空余万丈光。雪里芭蕉失寒暑，眼中骐骥略玄黄。"
　　　　（宋）释惠洪《冷斋夜话》卷四，《丛书集成》本

　　吟诗喜作豪句，须不畔于理方善。如东坡《观崔白骤雨图》云："扶

桑大茧如瓮盎，天女织绡云汉上。往来不遣凤衔梭，谁能鼓臂投三丈？"此语豪而甚工。石敏若《橘林》文中《咏雪》，有"燕南雪花大于掌，冰柱悬檐一千丈"之语，豪则豪矣，然安得尔高屋耶？虽豪觉畔理。或云：《咏雪》非敏若诗，见鲍钦止《夷白堂小集》。李太白《北风行》云："燕山雪花大如席。"《秋浦歌》云："白发三千丈。"其句可谓豪矣，奈无此理何！

（宋）严有翼《艺苑雌黄》，《宋诗话辑佚》本

江山登临之美，泉石赏玩之胜，世间佳境也，观者必曰"如画"。故有"江山如画"，"天开图画即江山"，"身在画图中"之语。至于丹青之妙，好事君子嗟叹之不足者，则又以逼真目之。如老杜"人间又见真乘黄"，"时危安得真致此"，"悄然坐我天姥下"，"斯须九重真龙出"，"凭轩忽若无丹青"，"高堂见生鹘"，"直讶松杉冷"，"兼疑菱荇香"之句是也。

（宋）洪迈《容斋随笔》卷十六，上海古籍出版社本

李贽载曰：《水浒传》事节都是假的，说来却似逼真，所以为妙，常见近来文集乃有真事做假者，真钝汉也，何堪与施耐庵、罗贯中作奴！

（明）李贽《李卓吾先生批评忠义水浒传》第一回总评，上海人民出版社影印明容与堂刻本

凡传奇以戏文为称也，亡往而非戏也。故其事欲谬而亡根也……近为传奇者，若良史焉，古意微矣！

（明）胡应麟《少室山房笔丛·庄岳委谈下》，中华书局本

凡变异之谈，盛于六朝，然多是传录舛讹，未必尽幻设语。至唐人乃作意好奇，假小说以寄笔端，如《毛颖》《南柯》之类尚可，若《东阳夜怪录》称成自虚，《玄怪录》《元无有》，皆但可付之一笑，其文气亦卑下亡足论。宋人所记乃多有近实者，而文采无足观。本朝《新》《余》等话，本出名流，以皆幻设，而时益以俚俗，又在数家下。惟《广记》所录唐人闺阁事，咸绰有情致，诗词亦大率可喜。

（明）胡应麟《少室山房笔丛·二酉缀遗中》，中华书局本

小说家以真为正，以幻为奇。然语有之："画鬼易，画人难。"《西游》幻极矣，鬼而不人，第可资齿牙，不可动肝肺。《三国志》，人矣，描写亦工，所不足者幻耳。然势不得幻，非才不能幻。其季（孟）之间乎……王猴山先生每称罗贯中《三遂平妖传》堪与《水浒》颉颃。

　　　　　（明）张无咎《批评北宋三遂新平妖传叙》，《中国历代小说论著选》，江西人民出版社本

　　读《三国》胜读《西游记》。《西游》捏造妖魔之事，诞而不经，不若《三国》实叙帝王之实，真而可考也。且《西游》好处，《三国》已皆有之：如哑泉、黑泉之类，何异子母河、落胎泉之奇！朵思大王、木鹿大王之类，何异牛魔、鹿力、金角、银角之号！伏波显圣、山神指迷之类，何异南海观音之救！只一卷汉相南征记，便抵得一部《西游记》矣。至于前而钲国寺，后而玉泉山，或自视戒刀，脱离火厄，或望空一语，有同棒喝，岂必诵灵台方寸斜月三星之文，乃悟禅心乎哉。

　　　　　（清）毛宗岗《读三国志法》，《中国历代小说论著选》，江西人民出版社本

　　昔人云："画鬼、魅易，画狗、马难。"以鬼、魅无形，画之不似，难于稽考；狗、马为人所习见，一笔稍乖，是人得以指谪。可见事涉荒唐，即文人藏拙之具也。

　　　　　（清）李渔《闲情偶寄·词曲部·结构第一》，《中国古典戏曲论著集成》（七），中国戏剧出版社本

　　史称淮南盗宋江，遍掠河北十郡。海州知州张叔夜击之，令其讨方腊，以赎罪耳。不闻有天罡地煞之说也。一百八人未必尽有其人，而著《水浒》者，则既已著其人矣。一百八人未必尽有其事，而著《水浒》者，则既已著其事矣。既已著其人，不得谓无其人。既已著其事，不得谓无其事。且纵观古往今来兴亡治乱之际，如《水浒》之人之事者，如较列眉，如指诸掌，又不可胜数，则又安得不借题发论，而就事而言事也哉？……若《水浒》之人之事，譬诸钟磬，敲者有心，闻者有意，初不等之于海市蜃楼。幻也而誉之以真，谑也而对之以庄，言之无罪，而闻之

得以自戒,不犹愈于东坡之口孽也乎?

      (清)王望如《评论出像水浒传总论》,《水浒传会评本》,北京大学出版社本

  文人造语,半属子虚。后山辨《高唐赋》,以为"欲界诸天,当有配偶"云云,丑甚!

      (清)何文焕《历代诗话考索》,《历代诗话》本

  志而曰异,明其不同于常也。然而圣人曰:"君子以同而异。"何耶?其义广矣、大矣。夫圣人之言,虽多主于人事,而吾谓三才之理,六经之义,诸圣之义,可一以贯之。则谓异之为义,既易之冒道,无不可也。夫人但知居仁由义,克己复礼,为善人君子矣。而陟降而在帝左右,祷祝而感召风雷,乃近于巫祝之说者,何耶?神禹创铸九鼎,而山海一经,复垂万世,岂上古圣人而喜语怪乎?抑争子虚乌有之赋心,而预为分道扬镳者地乎?后世拘墟之士,双瞳如豆,一叶迷山,目所不见,率以仲尼"不语"为辞,不知鹢飞石陨,是何人载笔尔尔也?倘概以左氏之诬蔽之,无异掩耳者高语无雷矣。引而申之,即"阊阖九天,衣冠万国"之句,深山穷谷中人,亦以为欺我无疑也,余谓:欲读天下之奇书,须明天下之大道,盖以人伦大道,淑世者圣人之所以为木铎也。然而天下有解人,则虽孔子之所"不语"者,皆足辅功令教化之所不及,而诺皋、夷坚,亦可与六经同功……或又疑而且规之曰:异事,世间固有之矣,或亦不妨抵掌;而竟驰想天外,幻迹人区,无乃为齐谐滥觞乎?曰:是也。然子长列传,不厌滑稽;卮言寓言,蒙庄嚆矢。且二十一史果皆实录乎?仙人之议李郭也,固有遗憾久矣。而况勃窣文心,笔补造化,不止生花,且同炼石。佳狐佳鬼之奇俊也,降福既以孔皆,敦伦更复无斁,人中大贤,犹有愧焉。是在解人不为法缚,不死句下可也。

      (清)高珩《聊斋志异序》,《聊斋志异》卷首,上海古籍出版社会校会注会评本

  传中诸人,自前传招安建功之后,虽隐显不同,然却都是应授统制之职;今入本传,自应俱称统制。不应仍用前传称呼。而燕青之呼小乙,穆春之呼小郎,戴宗之呼院长,杜兴之呼主管,尤为不合之甚。但作者恐看

官从前传看来，本传忽然改了称呼，便使耳目易混，故只一概仍其旧号。使读者只如接着前传，一气看下一般，庶不致混淆难辨也。

本传四十回大书，上而神仙帝王、忠臣义士，下而厮养乞丐、奸佞凶残；大而礼乐征伐，揭地掀天，小而饮食起居，细微琐屑；中国外国，男子妇人，件件写到，可谓如火如锦，无所不备矣！然则皆是乌有先生，乃作者凭空撰出，以娱后人耳目。恐读者误认为真，故于结束团圆时写一演戏，而其戏却恰与李俊相对照，使读者知此传不过是一本戏文。读者当赏其文，不当认为真事，将作者费无限惨淡经营结构出来之妙文，尽行埋没也。

作者又恐看官讥其荒诞不经，故借演戏将虬髯公来做个比例，见得当年确曾实有其人，实有其事，正与此传相符。可见作者不是瞒天造谎。故于演戏时，在李俊及诸臣口中，节节点明，处处映出……虽变态万端，而究竟不过是一出戏文……

（清）蔡元放《水浒后传读法》，《水浒后传》卷首，清刊本

（6）传真不传伪

皇甫谧云：高宗梦天赐贤人，胥靡之衣，蒙之而来，曰：云我徒也，姓傅，名说，天下得我者，岂徒也哉？武丁悟而推之，曰：傅者，相也；说者，欢悦也。天下当有傅我而说民者哉！明以梦视百官，百官皆非也。乃使百工写其形象，求诸天下，果见筑者胥靡衣，褐带索，执役于虞虢之间，傅岩之野，名说。以其得之傅岩，谓之傅说。案：谧言初梦即云姓傅名说，又言得之傅岩，谓之傅说，其言自不相副。谧惟见此书，傅会为近世之语，其言非实事也。

（唐）孔颖达《说命上第十二疏》，《尚书正义》卷十，《十三经注疏》本

伊余幼且贱，所禀自以殊。弱岁谬知道，有心匡皇符。意超海上鹰，运蹢辕下驹。纵性作古文，所为皆自如。但恐才格劣，敢夸词采敷。句句考事实，篇篇穷玄虚。谁能变羊质，竟不获骊珠。粤有造化手，曾开天地炉。文章邺下秀，气貌淹中儒。展我此志业，期君持中枢。苍生眼穿望，勿作磻溪谟。

（唐）皮日休《奉酬崔璐进士见寄次韵》，《全唐诗》卷六百〇九，中华书局本

臣日休以文为命士，所至州县山川，未尝不求其风谣，以颂以文，幸上发辒轩，使得采以闻。

（唐）皮日休《霍山赋序》，《皮子文薮》卷一，中华书局本

对景不宜挂画，以伪不胜真也。

（明）屠隆《画笺·挂画》，《考槃余事》卷二，《丛书集成》本

忠义者，事君处友之善物也。不忠不义，其人虽生已朽，而其言虽美弗传。此一百八人者，忠义之聚于山林者也；此百廿回者，忠义之见于笔墨者也。失之于正史，求之于稗官；失之于衣冠，求之于草野。盖欲以动君子，而使小人亦不得借以行其私，故李氏复加"忠义"二字，有以也夫。

（明）李贽《出像评点忠义水浒全传发凡》，《水浒传会评本》，北京大学出版社本

凡说人情物理者，千古相传；凡涉荒唐怪异者，当日即朽。《五经》、《四书》、《左》、《国》、《史》、《汉》以及唐宋诸大家，何一不说人情？何一不关物理？及今家传户颂，有怪其平易而废之者乎？《齐谐》，志怪之书也，当日仅存其名，后世未见其实。此非平易可久，怪诞不传之明验欤？

（清）李渔《闲情偶寄·词曲部·结构第一》，《中国古典戏曲论著集成》（七），中国戏剧出版社本

昔之翰墨自误，苟非其道义不敢出，今则徇人之指为之，惟恐不疾，夫人境遇不同，情性自异，乃代人之悲喜而强效其歌哭，其有肖焉否邪？古之工于此者莫若陈琳、阮瑀，工而多者莫若刘穆之，然传于今者特少，则以当时虽叹其工，而之三人者终未慊于心，以为不足传而弃之者多也。至徐幹怀文抱质，有箕山之志，自出其文为《中论》，传世最久，儒者取焉，然则欲文之工，未若家居肆志者之独得矣。

（清）朱彝尊《报周青士书》，《曝书亭全集》卷三十一，《四部备要》本

郑夹漈曰："千古文章，传真不传伪。"古人之文，醇驳互殊，皆有独诣处，不可磨灭。自义理之学明，而学者率多雷同附和，人之所是是

之，人之所非非之，问其所以是所以非之故，而茫然莫解。归熙甫亦云："今科举所举千二百人，读其文莫不崇王黜伯，贬萧、曹而薄姚、宋，信如所言，是国家三年之中，例得皋、夔、周、孔千二百人也？宁有是哉！"足下来教，是千二百人所共是；仆缘情之作，是千二百人所共非。天下固有小是不必是，小非不必非者；亦有君子之非贤于小人之是者。先有寸心，后有千古。再四思之，故不如勿删也。

　　　　　　（清）袁枚《答蕺园论诗书》，《小仓山房文集》卷三十，《四部备要》本

　　夫文章之传于后世，必其有得于天地菁英之气，如珠如玉如珊瑚木难，抛沦粪土而宝光夜发，望气者皆能见之，若夫杯盘匕箸，几筵筦箪，寻常之物，虽里巷无知之人，朝夕顾视未必其惊相告也。何则？常物者人之所能为，而非常之物则天之所偶异也。

　　　　　　（清）刘大魁《罗西园诗序》，《海峰文集》卷三，清刊本

　　陶公曰："黄唐莫逮，慨独在予。"杜公曰："许身一何愚，自比稷与契。"有此等襟抱，诗乃为千古之冠，然又非好作褒衣大袑语者所能仿佛也。文章之道，传真不传伪，亦观其平日胸次行止为何如耳。

　　　　　　（清）潘德舆《养一斋诗话》卷二，《清诗话续编》本

教 化 编

王寿亨 编选

一

文艺的地位

1. 文章　经国之大业 ——文艺有崇高地位

《春秋》之称，微而显，婉而辨，上之人能使昭明。善人劝焉，淫人惧焉，是以君子贵之。

(先秦)《左传·昭公三十一年》,《十三经注疏》本

夫民有血气心知之性，而无哀乐喜怒之常，应感起物而动，然后心术形焉。

是故，志微噍杀之音作，而民思忧；啴谐慢易繁文简节之音作，而民康乐；粗厉猛起奋末广贲之音作，而民刚毅；廉直劲正庄诚之音作，而民肃敬；宽裕肉好顺成和动之音作，而民慈爱；流辟邪散狄成涤滥之音作，而民淫乱。

(先秦)《礼记·乐记》,《十三经注疏》本

凡音者，生于人心者也。乐者，通伦理者也。是故知声而不知音者，禽兽是也。知音而不知乐者，众庶是也。惟君子为能知乐。是故审声以知音，审音以知乐，审乐以知政，而治道备矣。是故不知声者，不可与言音；不知音者，不可与言乐。知乐则几于礼矣。礼乐皆得，谓之有德，德者，得也。是故乐之隆，非极音也；食飨之礼，非致味也。

(先秦)《礼记·乐记》,《十三经注疏》本

清庙之瑟，朱弦而疏越，壹倡而三叹，有遗音者矣。大飨之礼，尚玄

酒而俎腥鱼，大羹不和，有遗味者矣。是故先王之制礼乐也，非以极口腹耳目之欲也，将以教民平好恶，而反人道之正也。

　　人生而静，天之性也。感于物而动，性之欲也。物至知知，然后好恶形焉。好恶无节于内，知诱于外，不能反躬，天理灭矣。

　　夫物之感人无穷，而人之好恶无节，则是物至而人化物也。人化物也者，灭天理而穷人欲者也。于是有悖逆诈伪之心，有淫泆作乱之事。是故强者胁弱，众者暴寡，知者诈愚，勇者苦怯，疾病不养，老幼孤独不得其所，此大乱之道也！是故先王之制礼乐，人为之节。

　　衰麻哭泣，所以节丧纪也；钟鼓干戚，所以和安乐也；昏姻冠笄，所以别男女也；射乡食飨，所以正交接也。礼节民心，乐和民声，政以行之，刑以防之。礼乐刑政，四达而不悖，则王道备矣。

（先秦）《礼记·乐记》，《十三经注疏》本

　　乐者，天地之和也；礼者，天地之序也。和，故百物皆化；序，故群物皆别。

　　乐由天作，礼以地制。过制则乱，过作则暴；明于天地，然后能兴礼乐也。

　　论伦无患，乐之情也；欣喜欢爱，乐之官也。中正无邪，礼之质也；庄敬恭顺，礼之制也。若夫礼乐之施于金石，越于声音，用于宗庙社稷，事乎山川鬼神，则此所与民同也。

（先秦）《礼记·乐记》，《十三经注疏》本

　　乐者，心之动也。声者，乐之象也。文采节奏，声之饰也。君子动其本，乐其象，然后治其饰。是故先鼓以警戒，三步以见方，再始以著往，复乱以饬归，奋疾而不拔，极幽而不隐。独乐其志，不厌其道，备举其道，不私其欲。是故情见而义立，乐终而德尊，君子以好善，小人以听过。故曰："生民之道，乐为大焉！"

（先秦）《礼记·乐记》，《十三经注疏》本

　　子曰："弟子，入则孝，出则弟，谨而信，泛爱众，而亲仁。行有余力，则以学文。"

（先秦）《论语·学而》，《十三经注疏》本

子曰："志于道，据于德，依于仁，游于艺。"

（先秦）《论语·述而》，《十三经注疏》本

子以四教：文、行、忠、信。

（先秦）《论语·述而》，《十三经注疏》本

子曰："兴于诗，立于礼，成于乐。"

（先秦）《论语·泰伯》，《十三经注疏》本

不学诗，无以言。

（先秦）《论语·季氏》，《十三经注疏》本

北门成问于黄帝曰："帝张《咸池》之乐于洞庭之野，吾始闻之惧，复闻之怠，卒闻之而惑；荡荡默默，乃不自得。"

帝曰："汝殆其然哉！吾奏之以人，徵之以天，行之以礼义，建之以太清。夫至乐者，先应之以人事，顺之以天理，行之以五德，应之以自然，然后调理四时，太和万物。四时迭起，万物循生；一盛一衰，文武伦经；一清一浊，阴阳调和，流光其声；蛰虫始作，吾惊之以雷霆；其卒无尾，其始无首；一死一生，一偾一起；所常无穷，而一不可待。汝故惧也。

"吾又奏之以阴阳之和。烛之以日月之明；其声能短能长，能柔能刚，变化齐一，不主故常；在谷满谷，在坑满坑；涂却守神，以物为量。其声挥绰，其名高明，是故鬼神守其幽，日月星辰行其纪。吾止之于有穷，流之于无止。予欲虑之而不能知也，望之而不能见也，逐之而不能及也；傥然立于四虚之道，倚于槁梧而吟。目知穷乎所欲见，力屈乎所欲逐，吾既不及已！夫形充空虚，乃至委蛇。汝委蛇，故怠。

"吾又奏之以无怠之声，调之以自然之命，故若混逐丛生，林乐而无形；布挥而不曳，幽昏而无声。动于无方，居于窈冥；或谓之死，或谓之生；或谓之实，或谓之荣；行流散徙，不主常声。世疑之，稽于圣人。圣也者，达于情而遂于命也。天机不张而五官皆备，此之谓天乐，无言而心说。故有焱氏为之颂曰：'听之不闻其声，视之不见其形，充满天地，苞

裹六极。'汝欲听之而无接焉，而故惑也。

"乐也者，始于惧，惧故祟；吾又次之以怠，怠故遁；卒之于惑，惑故愚；愚故道，道可载而与之俱也。"

（先秦）《庄子·天运》，《诸子集成》本

故礼者养也，刍豢稻粱，五味调香，所以养口也；椒兰芬苾，所以养鼻也；雕琢刻镂，黼黻文章，所以养目也；钟鼓管磬琴瑟竽笙，所以养耳也；疏房檖䆳越席床第几筵，所以养体也。

（先秦）《荀子·礼论》，《诸子集成》本

今夫雅颂之声，皆发于词，本于情，故君臣以睦，父子以亲。故韶夏之乐也，声浸乎金石，润乎草木。今取怨思之声，施之于弦管，闻其音者，不淫则悲；淫则乱男女之辨，悲则感怨思之气，岂所谓乐哉！赵王迁流于房陵，思故乡，为作山水之讴，闻者莫不殒涕。荆轲西刺秦王，高渐离、宋意为击筑而歌于易水之上，闻者莫不瞋目裂眦，发植穿冠。因以此声为乐而入宗庙，岂古之所谓乐哉！

（汉）刘安《淮南子·泰族训》，《诸子集成》本

凡音由于人心，天之与人有以相通，如景之象形，响之应声。故为善者天报之以福，为恶者天与之以殃，其自然者也。

故舜弹五弦之琴，歌《南风》之诗而天下治；纣为朝歌北鄙之音，身死国亡。舜之道何弘也？纣之道何隘也？夫《南风》之诗者生长之音也，舜乐好之，乐与天地同意，得万国之驩心，故天下治也。夫朝歌者不时也，北者败也，鄙者陋也，纣乐好之，与万国殊心，诸侯不附，百姓不亲，天下畔之，故身死国亡。

而卫灵公之时，将之晋，至于濮水之上舍。夜半时闻鼓琴声，问左右，皆对曰"不闻"。乃召师涓曰："吾闻鼓琴音，问左右，皆不闻。其状似鬼神，为我听而写之。"师涓曰："诺。"因端坐援琴，听而写之。明日，曰："臣得之矣，然未习也，请宿习之。"灵公曰："可。"因复宿。明日，报曰："习矣。"即去之晋，见晋平公。平公置酒于施惠之台。酒酣，灵公曰："今者来，闻新声，请奏之。"平公曰："可。"即令师涓坐师旷旁，援琴鼓之。未终，师旷抚而止之曰："此亡国之声也，不可遂。"

平公曰:"何道出?"师旷曰:"师延所作也,与纣为靡靡之乐。武王伐纣,师延东走,自投濮水之中,故闻此声必于濮水之上,先闻此声者国削。"平公曰:"寡人所好者音也,愿遂闻之。"师涓鼓而终之。

平公曰:"音无此最悲乎?"师旷曰:"有。"平公曰:"可得闻乎?"师旷曰:"君德义薄,不可以听之。"平公曰:"寡人所好者音也,愿闻之。"师旷不得已,援琴而鼓之。一奏之,有玄鹤二八集乎廊门;再奏之,延颈而鸣,舒翼而舞。

平公大喜,起而为师旷寿。反坐,问曰:"音无此最悲乎?"师旷曰:"有。昔者黄帝以大合鬼神,今君德义薄,不足以听之,听之将败。"平公曰:"寡人老矣,所好者音也,愿遂闻之。"师旷不得已,援琴而鼓之。一奏之,有白云从西北起;再奏之,大风至而雨随之,飞廊瓦,左右皆奔走。平公恐惧,伏于廊屋之间。晋国大旱,赤地三年。

听者或吉或凶。夫乐不可妄兴也。

(汉)司马迁《史记·乐书》,中华书局本

(陆)贾时时前说称《诗》《书》。高帝骂之曰:"乃公居马上得之,安事《诗》《书》!"贾曰:"马上得之,宁可以马上治乎?且汤武逆取而以顺守之,文武并用,长久之术也。昔者吴王夫差、智伯极武而亡;秦任刑法不变,卒灭赵氏。乡使秦以并天下,行仁义,法先圣,陛下安得而有之?"

(汉)班固《汉书·郦陆朱刘叔孙传》,中华书局本

辞赋大者与古诗同义,小者辩丽可喜。辟如女工有绮縠,音乐有郑卫,今世俗犹皆以此虞说耳目;辞赋比之,尚有仁义风谕、鸟兽草木多闻之观,贤于倡优博奕远矣。

(汉)刘询(汉宣帝)语,引自《汉书·王褒传》,中华书局本

周公制礼乐,名垂而不灭。孔子作《春秋》,闻传而不绝。周公、孔子,难以论言。汉世文章之徒,陆贾、司马迁、刘子政、扬子云,其材能若奇,其称不由人。世传《诗》家鲁申公,《书》家千乘欧阳、公孙,不遭太史公,世人不闻。夫以业自显,孰与须人乃显?夫能纪百人,孰与廑能显其名?

(汉)王充《论衡·书解》,中华书局本

或曰:"士之论高,何必以文?"

答曰:夫人有文质乃成。物有华而不实,有实而不华者。《易》曰:"圣人之情见乎辞。"出口为言,集札为文,文辞施设,实情敷烈。夫文德,世服也。空书为文,实行为德,著之于衣为服。故曰:德弥盛者文弥缛,德弥章者人弥明。大人德扩,其文炳;小人德炽,其文斑。官尊而文繁,德高而文积。华而睆者,大夫之箦,曾子寝疾,命元起易。由此言之,衣服以品贤,贤以文为差,愚杰不别,须文从立折……物以文为表,人以文为基。棘子成欲弥文,子贡讥之。谓文不足奇者,子成之徒也。

(汉)王充《论衡·书解》,中华书局本

文人之休,国之符也。望丰屋知名家,睹乔木知旧都。鸿文在国,圣世之验也。孟子相人以眸子焉,心清则眸子瞭。瞭者,目文瞭也。夫候国占人,同一实也。国君圣而文人聚,人心惠而目多采。蹂蹈文锦于泥涂之中,闻见之者莫不痛心。知文锦之可惜,不知文人之当尊,不通类也。

(汉)王充《论衡·佚文》,中华书局本

盖文章,经国之大业,不朽之盛事。年寿有时而尽,荣乐止乎其身,二者必至之常期,未若文章之无穷。是以古之作者,寄身于翰墨,见意于篇籍,不假良史之辞,不托飞驰之势,而声名自传于后。故西伯幽而演《易》,周旦显而制《礼》,不以隐约而弗务,不以康乐而加思。夫然则古人贱尺璧而重寸阴,惧乎时之过已。而人多不强力,贫贱则慑于饥寒,富贵则流于逸乐,遂营目前之务,而遗千载之功,日月逝于上,体貌衰于下,忽然与万物迁化,斯志士之大痛也。

(魏)曹丕《典论·论文》,《文选》卷五十二,《四部备要》本

生有七尺之形,死惟一棺之土,惟立德扬名,可以不朽,其次莫如著篇籍。疫疠数起,士人雕落,余独何人,能全其寿?

《魏书·文帝纪》裴松之注引曹丕《与王朗书》,《三国志》卷二,中华书局本

夫街谈巷说,必有可采;击辕之歌,有应风雅。匹夫之思,未易轻弃

也。辞赋小道，固未足以揄扬大义，彰示来世也。昔扬子云先朝执戟之臣耳，犹称壮夫不为也。吾虽德薄，位为藩侯，犹庶几戮力上国，流惠下民，建永世之业，留金石之功，岂徒以翰墨为勋绩，辞赋为君子哉？

　　　　（魏）曹植《与杨德祖书》，《文选》卷四十二，《四部备要》本

　　孔氏删诗书，王业粲已分。骋我径寸翰，流藻垂华芬。

　　　　（魏）曹植《薤露行》，逯钦立编《魏诗》卷六，中华书局本

　　今之赋颂，古诗之流，不更孔公，风雅无别耳。修家子云，老不晓事，强著一书，悔其少作。若此仲山周公之俦，皆有誉耶？君侯忘圣贤之显迹，述鄙宗之过言，窃以为未之思也。若乃不忘经国之大业，流千载之英声，铭功景钟，书名竹帛，斯自雅量，素所畜也，岂与文章相妨害哉？

　　　　（魏）杨修《答临淄侯笺》，《文选》卷四十，《四部备要》本

　　夫著作书论者，乃欲阐宏大道，述明圣教，推演事义，尽极情类，记是贬非，以为法式。当时可行，后世可修。且古者富贵而名贱废灭，不可胜记。唯篇论俶傥之人，为不朽耳。夫奋命于百代之前，而流誉于千载之后，以其览之者有益，闻之者有觉故也。岂徒转相放效，名作书论，浮辞谈说，而无损益哉？而世俗之人，不解作体，而务泛滥之言，不存有益之义，非也。

　　　　（魏）桓范《世要论·序作》，《全三国文》卷三十七，《全上古三代秦汉三国六朝文》本

　　文章不经国，筐箧无尺书。用等称才学，往往见叹誉。避席跪自陈，贱子实空虚。

　　　　（魏）应璩《百一诗一首》，《文选》卷二十一，《四部备要》本

　　或曰：著述虽繁，适可以骋辞耀藻，无补救于得失，未若德行不言之训，故颜、闵为上，而游、夏乃次。四科之格，学本而行末，然则缀文固为余事，而吾子不襃崇其源，而独贵其流可乎？抱朴子答曰：德行为有事，优劣易见；文章微妙，其体难识。夫易见者粗也，难识者精也。夫唯粗也，故铨衡有定焉。夫唯精也，故品藻难一焉。吾故舍易见之粗，而论

难识之精，不亦可乎？

（晋）葛洪《抱朴子外篇·尚博》，《诸子集成》本

或曰：德行者本也，文章者末也。故四科之序，文不居上。然则著纸者糟粕之余事，可传者祭毕之刍狗，卑高之格，是可识矣。文之体略，可得闻乎？

抱朴子答曰：筌可以弃，而鱼未获则不得无筌；文可以废，而道未行则不得无文。若夫翰迹韵略之宏促，属辞比事之疏密，源流至到之修短，蕴藉汲引之深浅，其悬绝也，虽天外毫内，不足以喻其辽邈，其相倾也，虽三光熠耀，不足以方其巨细，龙渊铅铤，未足譬其锐钝，鸿羽积金，未足比其轻重。清浊参差，所禀有主，朗昧不同科，强弱各殊气。而俗士唯见能染毫画纸者，便概之一例。斯伯牙所以永思钟子，郢人所以格斤不运也。盖刻削者比肩，而班、狄擅绝于之称；援琴者至众，而夔、襄专知音之难。厩马千驷，而骐、骥有逸群之价；美人万计，而威、施有超世之容。盖有远过众者也。且文章之与德行，犹十尺之与一丈，谓之余事，未之前闻。夫上天之所以垂象，唐虞之所以为称，大人虎炳，君子豹蔚，昌旦定圣谥于一字，仲尼从周之郁，莫非文也。八卦生鹰隼之所被，六甲出灵龟之所负，文之所在，虽贱犹贵，犬羊之鞟，未得比焉。且夫本不必皆珍，末不必悉薄。譬若锦绣之因素地，珠玉之居蚌石，云雨生于肤寸，江河始于咫尺尔。则文章虽为德行之弟，未可呼为余事也。

（晋）葛洪《抱朴子外篇·尚博》，《诸子集成》本

文之为德也大矣，与天地并生者何哉？夫玄黄色杂，方圆体分，日月叠璧，以垂丽天之象；山川焕绮，以铺理地之形；此盖道之文也。仰观吐曜，俯察含章，高卑定位，故两仪既生矣。惟人参之，性灵所钟，是谓三才；为五行之秀，实天地之心。心生而言立，言立而文明，自然之道也。傍及万品，动植皆文：龙凤以藻绘呈瑞，虎豹以炳蔚凝姿；云霞雕色，有逾画工之妙；草木贲华，无待锦匠之奇；夫岂外饰？盖自然耳。至于林籁结响，调如竽瑟；泉石激韵，和若球锽；故形立则章成矣，声发则文生矣。夫以无识之物，郁然有彩，有心之器，其无文欤！

人文之元，肇自太极，幽赞神明，《易》象惟先。庖牺画其始，仲尼翼其终。而乾坤两位，独制《文言》。言之文也，天地之心哉！若乃《河

图》孕乎八卦，《洛书》韫乎九畴，玉版金镂之实，丹文绿牒之华，谁其尸之，亦神理而已。自鸟迹代绳，文字始炳，炎皞遗事，纪在《三坟》，而年世渺邈，声采靡追。唐虞文章，则焕乎始盛。元首载歌，既发吟咏之志；《益稷》陈谟，亦垂敷奏之风。夏后氏兴，业峻鸿绩，九序惟歌，勋德弥缛。逮及商周，文胜其质，《雅》、《颂》所被，英华日新。文王患忧，繇辞炳曜，符采复隐，精义坚深。重以公旦多材，振其徽烈，剬诗缉颂，斧藻群言。至夫子继圣，独秀前哲，熔钧《六经》，必金声而玉振；雕琢情性，组织辞令，木铎起而千里应，席珍流而万世响，写天地之辉光，晓生民之耳目矣。

爰自风姓，暨于孔氏，玄圣创典，素王述训，莫不原道心以敷章，研神理而设教，取象乎河洛，问数乎蓍龟，观天文以极变，察人文以成化；然后能经纬区宇，弥纶彝宪，发挥事业，彪炳辞义。故知道沿圣以垂文，圣因文而明道，旁通而无滞，日用而不匮。《易》曰：鼓天下之动者存乎辞。辞之所以能鼓天下者，乃道之文也。

赞曰：道心惟微，神理设教。光采玄圣，炳耀仁孝。龙图献体，龟书呈貌。天文斯观，民胥以效。

（南朝·梁）刘勰《文心雕龙·原道》，人民文学出版社本

夫作者曰圣，述者曰明，陶铸性情，功在上哲，夫子文章，可得而闻，则圣人之情，见乎文辞矣。先王圣化（又作声教），布在方册；夫子风采，溢于格言。是以远称唐世，则焕乎为盛；近褒周代，则郁哉可从。此政化贵文之征也。郑伯入陈，以文辞为功；宋置折俎，以多文举礼。此事迹贵文之征也。褒美子产，则云"言以足志，文以足言"；泛论君子，则云"情欲信，辞欲巧"。此修身贵文之征也。然则志足而言文，情信而辞巧，乃含章之玉牒，秉文之金科矣。

（南朝·梁）刘勰《文心雕龙·徵圣》，人民文学出版社本

赞曰：瞻彼前修，有懿文德。声昭楚南，采动梁北。雕而不器，贞干谁则。岂无华身，亦有光国。

（南朝·梁）刘勰《文心雕龙·程器》，人民文学出版社本

嗟夫！身与时舛，志共道申，标心于万古之上，而送怀于千载之下，

金石靡矣,声其销乎!

(南朝·梁)刘勰《文心雕龙·诸子》,人民文学出版社本

式观元始,眇觌玄风:冬穴夏巢之时,茹毛饮血之世,世质民淳,斯文未作。逮乎伏羲氏之王天下也,始画八卦,造书契,以代结绳之政,由是文籍生焉。《易》曰:"观乎天文,以察时变;观乎人文,以化成天下。"文之时义,远矣哉!

(南朝·梁)萧统《文选序》,《文选》卷首,《四部备要》本

日月参辰,火龙黼黻,尚且著于玄象,章乎人事,而况文辞可止,咏歌可辍乎?不为"壮夫",扬雄实小言破道;非为"君子",曹植亦小辩破言。论之科刑,罪在不赦。

(南朝·梁)萧纲《答张缵谢示集书》,《全梁文》卷十一,《全上古三代秦汉三国六朝文》本

或问扬雄曰:"吾子少而好赋?"雄曰:"然。童子雕虫篆刻,壮夫不为也。"余窃非之曰:虞舜歌《南风》之诗,周公作《鸱鸮》之咏,吉甫、史克,雅颂之美者,未闻皆在幼年累德也。孔子曰:"不学诗无以言。""自卫反鲁,乐正,雅、颂各得其所。"大明孝道,引《诗》证之。扬雄安敢忽之也?若论"诗人之赋丽以则,辞人之赋丽以淫",但知变之而已,又未知雄自为壮夫何如也?著《剧秦美新》,妄投于阁,周章怖慴,不达天命,童子之为耳!桓谭以胜老子,葛洪以方仲尼,使人叹息。此人直以晓算术,解阴阳,故著《太玄经》,为数子所惑耳!其遗言余行,孙卿、屈原之不及,安敢望大圣之清尘?且《太玄》今竟何用乎?不啻覆酱瓿而已。

(北齐)颜之推《颜氏家训·文章第九》,《诸子集成》本

齐世有席毗者,清干之士,官至行台尚书。嗤鄙文学,嘲刘逖云:君辈辞藻,譬若朝菌,须臾之玩,非宏才也;岂比吾徒,千丈松树,常有风霜,不可凋悴矣。刘应之曰:既有寒木,又发春华。何如也?席笑曰:可哉。

(北齐)颜之推《颜氏家训·文章第九》,《诸子集成》本

昔司马迁,班固书,并为司马相如传,相如不预汉廷大事,盖取其文

章尤著也。固又为《贾邹枚路传》，亦取其能文传焉。范氏《后汉书》有《文苑传》，所载之人，其详已甚；然经礼乐而纬国家，通古今而述美恶，非文莫可也。是以君临天下者，莫不敦悦其义，缙绅之学，咸贵尚其道，古往今来，未之能易。

（唐）姚思廉《梁书·文学传序》，中华书局本

大矣哉！文籍之盛也，范围天地，幽赞神明，用之邦国，则百官以义；用之乡人，则万姓以察。

（唐）高俭《文思博要序》，《全唐文》卷一百三十四，中华书局本

论曰易称观乎天文以察时变，传称言而无文行之不远。故文章经国之大业，不朽之能事，而君子所役心劳神，宜于大者远者，非缘情体物雕虫小技而已。是故思王抗言词赋耻为君子，武皇裁敕篇章仅称往事，不其然乎？至若身处魏阙之下，心存江湖之上，诗以见志，文宣王有焉。

（唐）王勃《平台秘略论十首·文艺三》，《王子安集》卷十，《四部丛刊》本

夫文章之道，自古称难。圣人以开物成务，君子以立言见志。

（唐）王勃《上吏部裴侍郎启》，《全唐文》卷一百八十，中华书局本

叙曰：书以记言，其来尚矣。越在三代，左史职之，百官以理，万人以察，扬于王庭，用实大焉。苟非可以燮理情性，平章邦国，敷彝伦而叙要道，察时变而经王猷，树皇极之纲维，资生灵之视听，皆可略也。

（唐）王勃《续书序》，《全唐文》卷一百八十，中华书局本

自古皆死，不朽者文。

（唐）宋之问《祭杨盈川文》，《全唐文》卷二百四十一，中华书局本

文章一小技，于道未为尊。

（唐）杜甫《贻华阳柳少府》，《杜少陵集详注》卷十五，文学古籍刊行社本

臣闻：七声无主，律吕综其和。五彩无章，黼黻交其丽，是知气有壹郁，非巧辞莫之通，形有万变，非工文莫之写，先王以是经天地，究人神，阐寂寞，鉴幽昧，文之辞义大矣哉！

（唐）张说《唐昭容上官氏文集序》，《全唐文》卷二百二十五，中华书局本

今之文士咸能先理。理不一，断于古书。老生直趣尧舜之道，孔氏之志明而出之，又古之所难有也。然则文章未必为士之末，独采取何如尔。

（唐）柳宗元《与杨京兆凭书》，《柳河东集》卷三十，上海人民出版社本

汝勿信人号文章为一艺！夫所谓一艺者，乃时世所好之文，或有盛名于近代者是也。其能到古人者，则仁义之辞也，恶得以一艺而名之哉？仲尼、孟轲殁千余年矣，吾不及见其人，吾能知其圣且贤者，以吾读其辞而得之者也。

（唐）李翱《寄从弟正辞书》，《李文公集》卷八，《四部丛刊》本

《易》曰："观乎人文以化成天下。"能讽其言盖有之矣，未有明其义者也。尝试论之：夫一二相生，大钧造物，百化交错，六气节宣，或阴合而阳开，或天经而地纪，有圣作，则实为人文。若乃夫以刚克，妻以柔立，父慈而教，子孝而箴，此室家之文也。君以仁使臣，臣以义事君，予违汝弼，献可替否，此则朝廷之文也。三公论道，六卿分职，九流异趣，百揆同归，此则官司之文也。宽则人慢，纠之以猛；猛则人残，施之以宽；宽以济猛，猛以济宽，此刑政之文也。乐胜则流，遏之以礼；礼胜则离，和之以乐；与时消息，因俗变通，此教化之文也。文者，盖言错综庶绩、藻绘人情如成文焉，以致其理。然则，人文化成之义，其在兹乎？而近代谄谀之臣，特以时君不能则象乾坤，祖述尧舜，作化成天下之文，乃以旗裳冕服、章句翰墨为人文也，遂使君人者浩然忘本，沛然自得，盛威仪以求至理。坐吟咏而待太平，流荡因循，败而未悟，不其痛欤！必以旗裳冕服为人文，则秦汉魏晋声明文物，礼缛五帝，仪繁三王，可曰焕乎

其有文章矣，何衰乱之多也！必以章句翰墨为人文，则陈后主、隋炀帝雍容绮靡，洋溢编简，可曰文思安安（下"安"字，一作"矣"），何灭亡之速也！核之以名义，研之以情实既如彼，校之以古今，质之以成败又如此。《传》不云乎：经纬天地曰文。《礼》不云乎：文王以文理。则文之时义其久矣哉，焉可以名数末流、雕虫小技厕杂其间也。

    （唐）吕温《人文化成论》，《吕衡州文集》卷第十，《丛书集成》本

  文艺诗人之蕴雅，贯三极而正存象外，班九流而化行天下。夫然则游夏登科于孔门，独擅文学。虽风流万古而不易者，文乎哉！且日新之谓盛德，崇业之谓不朽。

    （唐）于邵《华阳属和集序》，《全唐文》卷四百二十七，中华书局本

  且夫日月丽乎天，草木丽乎地，风雅亦丽于人，是故不可废。废文则废天，莫可法也。废天则废地，莫可理也，废地则废人，莫可象也。郁郁乎文哉，法天理地象人者也。

    （唐）顾况《文论》，《全唐文》卷五百二十九，中华书局本

  泠泠庶子泉，落落阳冰笔。云气势崩垂，龙蛇互蟠屈。峄山既劖灭，石鼓又缺失。唯兹数十字，遒劲倚云窟。模印遍华夷，流传耀缃帙。书诚一艺尔，小道讵可忽。乃知出人事，千古名不没。

    （宋）王禹偁《阳冰篆》，《小畜集》卷五，《四部丛刊》本

  二年商岭赖知音，惜别难藏泪满襟。头白忽抛攀桂伴，道消休话拨茅心。科名偶得同年分，交契都因谪宦深。唱和诗章收拾取，两家留与子孙吟。

    （宋）王禹偁《留别仲咸二首》之一，《小畜集》卷九，《四部丛刊》本

  昔读韦公集，固多滁州词。烂熳写风土，下上穷幽奇。君今得此郡，名与前人驰。君才比江海，浩浩观无涯。下笔犹高帆，十幅美满吹。一举一千里，只在顷刻时。寻常行舟舻，傍岸撑牵疲。有才苟如此，但恨不勇

为。仲尼著《春秋》，贬骨常苦笞。后世各有史，善恶亦不遗。君能切体类，镜照嫫与施。直辞鬼胆惧，微文奸魄悲。不书儿女书，不作风月诗。唯存先王法，好丑无使疑。安求一时誉，当期千载知……

（宋）梅尧臣《寄滁州欧阳永叔》，《宛陵先生集》卷二十六，《四部丛刊》本

草木鸟兽之为物，众人之为人，其为生虽异，而为死则同，一归于腐坏澌尽泯灭而已。而众人之中，有圣贤者，固亦生且死于其间，而独异于草木鸟兽众人者，虽死而不朽，愈远而弥存也。其所以为圣贤者，修之于身，施之于事，见之于言，是三者所以能不朽而存也。

修于身者无所不获，施于事者有得有不得焉，其见于言者则又有能有不能也。施于事矣，不见于言可也。自《诗》、《书》、《史记》所传，其人岂必皆能言之士哉。修于身矣，而不施于事不见于言亦可也。孔子弟子有能政事者矣，有能言语者矣。若颜回者，在陋巷，曲肱饥卧而已，其群居则默然终日如愚人。然自当时群弟子皆推尊之，以为不敢望而及。而后世更百千岁，亦未有能及之者。其不朽而存者，固不待施于事，况于言乎。

予读班固《艺文志》、唐四库书目，见其所列，自三代、秦、汉以来，著书之士，多者至百余篇，少者犹三四十篇，其人不可胜数，而散亡磨灭，百不一二存焉。予窃悲其人，文章丽矣，言语工矣，无异草木荣华之飘风，鸟兽好音之过耳也。方其用心与力之劳，亦何异众人之汲汲营营，而忽焉以死者，虽有迟有速，而卒与三者同归于泯灭。夫言之不可恃也，盖如此。

（宋）欧阳修《送徐无党南归序》，《欧阳文忠集》卷四十三，《四部备要》本

尝谓文者，礼教治政云尔。其书诸策而传之人，大体归然而已，而曰"言之不文，行之不远"云者，徒谓"辞之不可以已"也，非圣人作文之本意也……且自所谓文者，务为有补于世而已矣；所谓辞者，犹器之有刻镂绘画也，诚使巧且华，不必适用；诚使适用，亦不必巧且华。要之以适用为本，以刻镂绘画为之容而已。不适用，非所以为器也，不为之容，其亦若是乎？否也。然容亦未可已也，勿先之，其可也。

（宋）王安石《上人书》，《王文公文集》卷三，上海人民出版社本

文学，古人之余事，不足以发身。春秋时，齐、鲁、秦、晋、宋、郑、吴、楚列国之大夫，显明诸侯，相与聘问交际，陈诗扬礼，见于言辞，人称之至今，想见其为人若不可及者，皆有它事业，尊君庇民，举大而任重，排难而解纷，用之如谷米药石，一日不可无。而言辞者，特以缘饰而行之耳。战国异甚，士一切趋利邀合，朝秦而暮楚不耻，无春秋时诸大夫事业矣，而言辞始专为贤，雄夸虚张，听者为夺，虽义理皆亡，而文章可喜，以其去三代春秋时犹近也。其用以发身，亦不足言。

（宋）晁补之《海陵集序》，《鸡肋集》卷三十四，《四部丛刊》本

古以王官采诗，子教伯鱼学诗，诗岂小事哉！

（宋）刘克庄《跋真仁夫诗卷》，《后村先生大全集》卷九十九，《四部丛刊》本

冷落门墙绝似冰，夜窗风雨耿孤灯。采盘任我翻成雉，涴墨从渠点作蝇。休说文章只小技，由来富贵总无能。依稀扬李无人忆，但忆瀼西杜少陵。

（宋）方夔《杂兴十首》之四，《富山遗稿》卷七，八千卷楼抄本

圣代御题前代敕，小臣叨备史臣书。事业久为人土苴，文章犹作世璠玙。海沦碣石图空在，墓筑祁连计已疏。谁识全燕天所眷，万年形胜帝王居。

（元）虞集《题东平王与盛熙明手卷》，《道园学古录》卷三，《四部备要》本

李攀龙曰："不朽者文，不晦者心。"

（明）王世贞《艺苑卮言》卷一，《历代诗话续编》本

北海大志直节，东汉名流，而与〈建安七子〉并称；骆宾王劲辞忠愤，唐之义士，而与〈垂拱四杰〉为列。以文章之末技，而掩其立身之大闲，可惜也！

卓吾子曰：文章非末技，大闲岂容掩？先生差矣！或曰：先生皆自况也。

（明）李贽《孔北海》，《焚书》卷五，中华书局本

文章非末技也，权侔警跸，功配生成，气运视以盛衰，尘劫同其悠远。语其极至，则源委于六经，澎湃于七国，浩瀚于两都。西京下无文矣，非无文，文之至弗与也。东京后无诗矣，非无诗，诗之至弗与也。

（明）胡应麟《诗薮·内编》卷一，上海古籍出版社本

盖古所称经国大业，不朽盛事也者，其惟文章乎？故机泄于龟马，基造于坟索，此语文章之始也。摛藻则天壤为光，抒情则丘陵生韵，此语文章之用也。

（明）袁宗道《刻文章辩体序》，《白苏斋类集》卷七，《中国文学珍本丛书》本

昔人谓文章经国之大业，不朽之盛事，此合体用，兼华实之言。惜今人于所谓立言不朽者，直以词赋之言当之。无论视立言为浮且浅，适使簿书俗吏薄视文士为无用，则此语为之，此不讲于经国二字之义也。

（明）钟惺《南州草序》，《隐秀轩文集》戽集，排印本

客仰而大嘘曰：有是哉？子之不我诬也。是可谓羽翼信史而不违者矣。简帙浩瀚，善本甚艰，请寿诸梓，公之四方，可乎？余不揣谫劣，原作者之意，缀俚语四十韵于卷端，庶几歌咏而有所得欤。於戏！牛溲、马勃，良医所珍，孰谓稗官小说，不足为世道重轻哉？

今古兴亡数本天，就中人事亦堪怜，欲知三国苍生苦，请听通俗演义篇……试看北面事仇者，汉国臣寮归子孙。天理民彝荡扫地，鼎味争如蕨味馨。志士仁人空抱恨，几番血泪渍衣痕。人言三国多才俊，我独沈吟未深信。鹰犬骞腾麟凤孤，四海徒令蹈白刃。天假数年寿孔明，山河未必轻归晋。此编非直口耳资，万古纲常期复振。

（明）张尚德《三国志通俗演义引》，《三国志通俗演义》卷首，人民文学出版社影印本

儒者以文章为小技，夫岂然哉？文者，道之英华也。得于道者深，则其发于文也闳以赡；得于道者粹，则其发于文也贞以醇。譬之木焉，道，其根本；而文，其华叶也。文不本于道，是犹无根之华叶，朝荣夕悴，乃

所谓小技也。君子之文，岂其然哉？

    （明）何乔新《桂芳稿序》，《文肃公文集》卷九，清刊本

  国家之兴，必有魁人硕士，乘维新之运，以雄辞巨笔，出而敷张神藻，润饰洪业，铿乎有声，炳乎有光，耸世德于汉、唐之上，使郡国闻之，知朝廷之大；四夷闻之，知中华之尊；后世闻之，知今日之盛。然后见文章之用为非末技也。

    （明）徐一夔《陶尚书文集序》，《皇明文衡》卷三十八，《四部丛刊》本

  近又取《三国志》读之，见其据实指陈，非属臆造，堪与经史相表里。

    （清）金人瑞《三国志演义序》，《绣像第一才子书》卷首，引自《三国演义资料汇编》，百花文艺出版社本

  小序所云："言之不足，故嗟叹之，嗟叹之不足，故永歌之，永歌之不足，不知手之舞之，足之蹈之也。"至于手舞足蹈，则秦声赵瑟、郑卫递代，观者目摇神愕，而作者幽愁抑郁之思为之一快。然千载而下，读其书，想其无聊寄寓之怀，忾然有馀悲焉。而一二俗人，乃以俳优小技目之，不亦异乎？

    （清）尤侗《叶九来乐府序》，《西堂杂俎二集》卷三，清刊本

  填词一道，文人之末技也，然能抑而为此，犹觉愈于驰马试剑、纵酒呼卢。孔子有言："不有博奕者乎？为之，犹贤乎已。"博奕虽戏具，犹贤于饱食终日，无所用心；填词虽小道，不又贤于博奕乎？吾谓：技无大小，贵在能精；才乏纤洪，利于善用。能精善用，虽寸长尺短，亦可成名。否则才夸八斗，胸号五车，为文仅称点鬼之谈，著书惟供覆瓿之用，虽多亦奚以为！填词一道，非特文人工此者足以成名，即前代帝王，亦有以本朝词曲擅长，遂能不泯其国事者。请历言之：高则诚、王实甫诸人，元之名士也，舍填词一无表见。使两人不撰《西厢》、《琵琶》，则沿至今日，谁复知其姓字？是则诚、实甫之传，《琵琶》、《西厢》传之也。汤若士，明之才人也，诗文尺牍，尽有可观，而其脍炙人口者，不在尺牍诗

文，而在《还魂》一剧。使若士不草《还魂》，则当日之若士，已虽有而若无，况后代乎？是若士之传，《还魂》传之也。此人以填词而得名者也。历朝文字之盛，其名各有所归，汉史、唐诗、宋文、元曲，此世人口头语也。《汉书》、《史记》，千古不磨，尚矣，唐则诗人济济，宋有文士跄跄；宜其鼎足文坛，为三代后之"三代"也。元有天下，非特政刑礼乐，一无可宗，即语言文字之末，图书翰墨之微，亦少概见。使非崇尚词曲，得《琵琶》、《西厢》以及《元人百种》诸书传于后代，则当日之元，亦与五代、金、辽同其泯灭焉，能附三朝骥尾而挂学士文人之齿颊哉！此帝王国事以填词而得名者也。由是观之，填词非末技，乃与史传诗文同源而异派者也。

（清）李渔《闲情偶寄·词曲部·结构第一》，《中国古典戏曲论著集成》（七），中国戏剧出版社本

老氏曰："五色令人目盲，五声令人耳聋，五味令人口爽。"是其不求诸己而徒归怨于物也，亦愚矣哉！

（清）王夫之《尚书引义》卷六《顾命》，引自《中国古代乐论选辑》，人民音乐出版社本

词虽小技，昔之通儒巨公往往为之。盖有诗所难言者，委曲倚之于声，其辞愈微，而其旨益远。善言词者，假闺房儿女之言，通之于《离骚》变雅之义，此尤不得志于时者所宜寄情焉耳。

（清）朱彝尊《陈纬云红盐词序》，《曝书亭全集》卷四十，《四部备要》本

尝谓功业报国，文章亦报国，而文章之著作为尤难。掖之进，知己；劝其退，亦知己，而劝退之成全为尤大。公疑仆禄有余赢，故欲退居以自怡，似又非知仆者。仆进有事在，退有事在，未必退闲于进。且所谓以文章报国者，非必如贞符典引刻意颂谀而已。但使有鸿丽辨达之作，踔绝古今，使人称某朝文有某氏，则亦未必非邦家之光。

（清）袁枚《再答陶观察书》，《小仓山房文集》卷十六，《四部备要》本

《汉书》曰：上令王褒与张子侨等并待诏，数从游所幸宫馆，辄为歌

颂，议者多以为淫靡不急。上曰：不有博弈者乎？为之犹贤乎已。辞赋有仁义讽谕，贤于倡优博弈远矣。

（清）李调元《赋话》卷七，《丛书集成》本

《闲中今古录》云："元末永嘉高明，字则诚，登至正元年进士，历任庆元路推官，文行之名，重于时。见方谷珍来据庆元，避世于鄞之栎社，以词曲自娱。因刘后村有'死后是非谁管得，满村听唱蔡中郎'之句，因编《琵琶记》，用雪伯喈之耻……既卒，有以其记进，上览毕，曰：'五经四书如五谷，家家不可缺，高明《琵琶记》，如珍羞百味，富贵家岂可缺邪！'其见推许如此。"

（清）焦循《剧说》卷二，《中国古典戏曲论著集成》（八），中国戏剧出版社本

是故吾修之于身，而为人所取法莫如德；吾饬之于官，而为民所安顿者莫如功。若夫兴起人之善气，遏抑人之淫心，陶缙绅，藻天地，载德与功之风动天下，传之无穷，则莫如文。故古之立言者与功德并传不朽。

（清）方东树《复姚君书》，《仪卫轩文集》卷七，清刊本

《诗序》："风，风也。风以动之。"可知风之义至微至远矣。观二《南》咏歌文王之化，辞意之微远何如！

（清）刘熙载《艺概·诗概》，上海古籍出版社本

扬子云谓"雕虫篆刻，壮夫不为"。然壮夫自有壮夫之赋，不然，则周公、尹吉甫叙事之作，亦不足称矣。杨德祖《答临淄侯笺》，先得我心。

（清）刘熙载《艺概·赋概》，上海古籍出版社本

《南华经》曰："大言炎炎，小言詹詹。"仁义道德，羽翼经史，言之大者也；诗赋歌词，艺术稗官，言之小者也。言而至于小说，其小之尤小者乎？士君子上不能立德，次不能立功立言，以共垂不朽，而戋戋焉小说之是讲，不亦鄙且陋哉！虽然，物从其类，嗜有不同，麋鹿食荐，蝍且甘带；其视荐、带之味，固不异于粱肉也。

余菽、麦不分,之无仅识,人之小而尤小者也。以最小之人,见至小之书,犹麋鹿、蜩且适与荇、带相值也。则余之于《红楼梦》,爱而读之,读之而批之,固有情不自禁者矣。客有笑于侧者曰:"子以《红楼梦》为小说耶?夫福善祸淫,神之司也,劝善惩恶,圣人之教也。《红楼梦》虽小说,而善恶报施,劝惩垂诫,通其说者,且与神圣同功,而子以其言为小,何徇其名而不究其实也?"余曰:"客亦知夫天与海乎?以管窥天,管内之天,即管外之天也;以蠡测海,蠡中之海,即蠡外之海也。谓之无所见,可乎?谓所见之非天、海可乎?并不得谓管、蠡内之天、海,别一小天、海,而管蠡外之天、海,又一大天、海也。道一而已,语小莫破,即语大莫载,语有大小,非道有大小也。《红楼梦》作者既自命为小说,吾亦小之云尔。若夫祸福自召,劝惩示儆,余于批本中已反覆言之矣。"客无以难,曰:"子言是也。"即取副本藏之而去。因书其言,以弁卷首。

(清)王希廉《红楼梦批序》,《红楼梦卷》卷二,中华书局本

子桓曰:"文章,经国之大业,不朽之盛事。年寿有时而尽,荣乐止乎其身,二者必至之常期,未若文章之无穷。"钟嵘曰:"灵祇待之以致飨,幽微藉之以昭告,动天地,感鬼神,莫近于诗。"仆谓即未必然,亦及一生作用:穷险绝奇,诗以入之;幽景玄象,诗以出之;块磊郁塞,诗以破之;死生契阔,诗以通之;真居仙馆,诗以游之;豪情逸思,诗以发之;闲心古貌,诗以状之;愁悰恨绪,诗以诉之;病缘梦境,诗以达之。

(清)佚名《静居绪言》,《清诗话续编》本

文学是人生最高尚的嗜好。无论何时,总要积极提倡的。即使没有人提倡他,他也不会灭绝。不惟如此,你就想禁遏他,也禁遏不来,因为稍有点子的文化的国民,就有这种嗜好,文化越高,这种嗜好便越重。但是若不有人往高尚的一路提倡,他却会委靡堕落,变成社会上一种毒害。比方男女情爱,禁是禁不来的,本质原来又是极好的,但若不向高尚处提,结果可以流于丑秽。还有一义,文学是要常常变化更新的,因为文学的本质和作用,最主要的就是"趣味"。趣味这件东西,是由内发的情感和外受的环境交媾发生出来。就社会全体论,各个时代趣味不同;就一个人而论,趣味亦刻刻变化。任凭怎么好的食品,若是顿顿照样吃,自然讨厌,

若是将剩下来的嚼了又嚼，那更一毫滋味都没有了。

（清）梁启超《晚清两大家诗钞题词》，《饮冰室文集》卷四十三，中华书局本

活动之不能以须臾息者，其唯人心乎？夫人心本以活动为生活者也。心得其活动之地，则感一种之快乐，反是，则感一种之苦痛。此种苦痛，非积极的苦痛，而消极的苦痛也。易言以明之，即空虚的苦痛也。空虚的苦痛比积极的苦痛，尤为人所难堪。何则？积极的苦痛，犹为心之活动之一种，故亦含快乐之原质，而空虚的苦痛则并此原质而无之，故也。人与其无生也，不如恶生；与其不活动也，不如恶活动。此生理学及心理学上之二大原理，不可诬也。人欲医此苦痛，于是用种种之方法，在西人名之曰 To Kill Time，而在我中国则曰消遣。其用语之确当，均无以易，一切嗜好由此起也。

然人心之活动亦夥矣。食色之欲所以保存个人及其种姓之生活者，实存于人心之根柢，而时时要求其满足。然满足此欲，固非易易也。于是或劳心，或劳动，戚戚暇暇，以求其生活之道。如此者，吾人谓之曰工作。工作之为一种积极的苦痛，吾人之所经验也。且人固不能终日从事于工作，岁有闲月，月有闲日，日有闲时。殊如生活之道，不苦者其工作愈简，其闲暇愈多。此时虽乏积极的苦痛，然以空虚之消极的苦痛代之，故苟足以供其心之活动者，虽无益于生活之事业，亦鹜而趋之。如此者，吾人谓之曰嗜好。虽嗜好之高尚卑劣万有不齐，然其所以慰空虚之苦痛，而与人心以活动者，其揆一也。

嗜好之为物，本所以医空虚的苦痛者，故皆与生活无直接之关系。然若谓其与生活之欲无关系，则甚不然者也。人类之于生活，既竞争而得胜矣，于是此根本之欲复变而为势力之欲，而务使其物质上与精神上之生活超于他人之生活之上。此势力之欲。即谓之生活之欲之苗裔，无不可也。人之一生，唯由此二欲以策其知力及体力，而使之活动，其直接为生活，故而活动时谓之曰工作；或其势力有余而唯为活动，故而活动时谓之曰嗜好。故嗜好之为物，虽非表直接之势力，亦必为势力之小影，或足以遂其势力之欲者，始足以动人心而医其空虚的苦痛。不然，欲其嗜之也难矣。今吾人当进而研究种种之嗜好，且示其与生活及势力之欲之关系焉。

嗜好中之烟酒二者，其令人心休息之方面多，而活动之方面少。易言

而明之，此二者之效宁在医积极的苦痛，而不在医消极的苦痛。又此二者于心理上之结果外，兼有生理上之结果，而吾人对此二者之经验亦甚少，故不具论，今先论博奕。夫人生者，竞争之生活也。苟吾人竞争之势力无所施于实际，或实际上既竞争而胜矣，则其剩余之势力仍不能不求发泄之地。博奕之事，正于抽象上表出竞争之世界，而使吾人于此满足其势力之欲者也……长于悟性者，其嗜博也甚于奕，长于理性者，其嗜奕也愈于博……亦各随其性之所近，而欲于竞争之中发见其势力之优胜之快乐耳。吾人对博奕之嗜好，殆非此无以解释之也。

若夫宫室车马衣服之嗜好，其适用之部分属于生活之欲，而其装饰之部分则属于势力之欲。驰骋田猎跳舞之嗜好，亦此势力之欲之所表示也。常人之对书画古物也亦然，彼之爱书籍，非必爱其所含之真理也，爱书画古玩，非必爱其形式之优美古雅也，以多相衒，以精相衒，以物之稀而难得也相衒。读书者亦然，以博相衒，一言以蔽之，衒其势力之胜于他人而已矣。常人对戏剧之嗜好，亦由势力之欲出。先以喜剧（即滑稽剧）言之，夫能笑人者，必其势力强于被笑者也，故笑者实吾人一种势力之发表。然人于实际之生活中，虽遇可笑之事，然非其人为我所素狎者，或其位置远在吾人之下者，则不敢笑，独于滑稽剧中，以其非事实，故不独使人能笑，而且使人敢笑，此即对喜剧之快乐之所存也。悲剧亦然。霍雷士曰："人生者，自观之者言之，则为一喜剧；自感之者言之，则又为一悲剧也。"自吾人思之，则人生之运命固无以异于悲剧，然人当演此悲剧时，亦俯首杜口，或故示整暇，汶汶而过耳，欲如悲剧中之主人公且演且歌以诉其胸中之苦痛者，又谁听之而谁怜之乎？夫悲剧中之人物之无势力之可言，固不待论，然敢鸣其苦痛者与不敢鸣其痛苦者之间，其势力之大小必有辩矣。夫人生中固无独语之事，而戏曲则以许独语故，故人生中久压抑之势力，独于其中筐倾而篋倒之。故虽不解美术上之趣味者，亦于此中得一种势力之快乐，普通之人之对戏曲之嗜好，亦非此不足以解释之矣。

若夫最高尚之嗜好如文学美术，亦不外势力之欲之发表。希尔列尔既谓儿童之游戏存于用剩余之势力矣。文学美术亦不过成人之精神的游戏，故其渊源之存于剩余之势力，无可疑也。且吾人内界之思想感情，平时不能语诸人或不能以庄语表之者，于文学中以无人与我一定之关系故，故得倾倒而出之。易言以明之，吾人之势力所不能于实际表出者，得以游戏表出之是也。若夫真正之大诗人,则又以人类之感情为其一己之感情,彼其势力充实不可以已,遂不以发表自己之感情为满足,更进而欲发表人类全体之感情。彼之著作实为人类全体之喉舌,而读者于此得闻其悲欢啼笑之声,遂觉自己之势力亦为之发扬而不能自已。故自文学言之,创作与赏鉴之二方面,亦皆以此势力之欲为之根柢也。文学既然,他美术何独不然!

  (清)王国维《人间嗜好之研究》,《静庵文集续编》,《海宁王静安先生遗书》本

  天下有最神圣最尊贵而无与于当世之用者,哲学与美术是已,天下之人嚣然谓之曰无用,无损于哲学美术之价值也。至为此学者自忘其神圣之位置,而求以合当世之用,于是二者之价值失。夫哲学与美术之所志者,真理也。真理者,天下万世之真理,而非一时之真理。其有发明此真理(哲学家)或以记号表之(美术)者,天下万世之功绩,而非一时之功绩也。唯其为天下万世之真理,故不能尽与一时一国之利益合,且有时不能相容,以即其神圣之所存也。且夫世之所谓有用者,孰有过于政治家及实业家者乎?世人喜言功用,吾姑以其功用言之。夫人之所以异于禽兽者,岂不以其有纯粹之知识与微妙之感情哉?至于生活之欲,人与禽兽无以或异。后者政治家及实业家之所供给,前者之慰藉满足,非求诸哲学及美术不可。就其所贡献于人之事业言之,其性质之贵贱,固以殊矣。至就其功效之所及言之,则哲学家与美术家之事业,虽千载以下,四海以外,苟其所发明之真理与其所表之记号之尚存,则人类之知识感情由此而得其满足慰藉者,曾无以异于昔;而政治家及实业家之事业,其及于五世十世者,希矣。此又久暂之别也。然则人而无所贡献于哲学美术,斯亦已耳,苟为真正之哲学家美术家,又何慊乎政治家哉!

  披我中国之哲学史,凡哲学家无不欲兼为政治家者,斯可异已!孔子,大政治家也;墨子,大政治家也;孟、荀二子,皆抱政治上之大志者也;汉之贾、董,宋之张、程、朱、陆,明之罗、王,无不然。岂独哲学家而已?诗人亦然。"自谓颇腾达,立登要路津,致君尧舜上,再使风俗淳",非杜子美之抱负乎?"胡不上书自荐达,坐令四海如虞唐",非韩退之之忠告乎?"寂寞已甘千古笑,驰驱犹望两河平",非陆务观之悲愤乎?如此者,世谓之大诗人矣。至诗人之无此抱负者,与夫小说、戏曲、图画、音乐诸家,皆以侏儒倡优自处,世亦以侏儒倡优畜之。所谓"诗外

尚有事在"，"一命为文人便无足观"，我国人之金科玉律也。呜呼！美术之无独立之价值也久矣，此无怪历代诗人多托于忠君爱国、劝善惩恶之意以自解免，而纯粹美术上之著述，往往受世之迫害而无人为之昭雪者也。此亦我国哲学美术不发达之一原因也。

　　夫然，故我国无纯粹之哲学，其最完备者唯道德哲学与政治哲学耳。至于周秦两宋间之形而上学，不过欲固道德哲学之根柢，其对形而上学，非有固有之兴味也。其于形而上学且然，况乎美学、名学、知识论等冷淡不急之问题哉！更转而观诗歌之方面，则咏史、怀古、感事、赠人之题目，弥满充塞于诗界，而抒情叙事之作，什佰不能得一，其有美术上之价值者，仅其写自然之美之一方面耳。甚至戏曲小说之纯文学，亦往往以惩劝为旨，其有纯粹美术上之目的者，世非唯不知贵，且加贬焉。于哲学则如彼，于美术则如此，岂独世人不具眼之罪哉？抑亦哲学家美术家自忘其神圣之位置与独立之价值，而蒽然以听命于众故也。

　　至我国哲学家及诗人所以多政治上之抱负者，抑又有说。夫势力之欲，人之所生而即具者，圣贤豪杰之所不能免也。而知力愈优者，其势力之欲亦愈盛。人之对哲学及美术而有兴味者，必其知力之优者也，故其势力之欲亦准之，今纯粹之哲学与纯粹之美术既不能得势力于我国之思想界矣，则彼等势力之欲不于政治将于何求其满足之地乎？且政治上之势力，有形的也，及身的也，而哲学美术上之势力，无形的也，身后的也，故非旷世之豪杰，鲜有不为一时之势力所诱惑者矣！虽然，无亦其对哲学美术之趣味有未深，而于其价值有未自觉者乎？今夫人积年月之研究，而一旦豁然悟宇宙人生之真理，或以胸中惝恍不可捉摸之意境，一旦表诸文字绘画雕刻之上，此固彼天赋之能力之发展，而此时之快乐，决非南面王之所能易者也。且此宇宙人生而尚如此，则其所发明所表示之宇宙人生之真理之势力与价值必仍如故，之二者所以酬哲学家美术家者，固已多矣。若夫忘哲学美术之神圣而以为道德政治之手段者，正使其著作无价值者也，愿今后之哲学美术家毋忘其天职而失其独立之位置，则幸矣。

　　　　（清）王国维《论哲学家与美术家之天职》，《静庵文集》，《海宁王静安先生遗书》本

2. 圣人之道　去智去巧——文艺有害无益

　　圣人之治：虚其心，实其腹，弱其志，强其骨。常使无知无欲，使夫

知者不敢为也，为无为则无不治。

（先秦）《老子·三章》，《诸子集成》本

五色令人目盲，五音令人耳聋，五味令人口爽；驰骋畋猎，令人心发狂；难得之货，令人行妨。是以圣人为腹不为目，故去彼取此。

（先秦）《老子·十一章》，《诸子集成》本

大道废，有仁义；慧智出，有大伪；六亲不和，有孝慈；国家昏乱，有忠臣。

（先秦）《老子·十八章》，《诸子集成》本

绝圣弃智，民利百倍；绝仁弃义，民复孝慈；绝巧弃利，盗贼无有。此三者以为文不足，故令有所属，见素抱朴，少私寡欲。

（先秦）《老子·十九章》，《诸子集成》本

绝学无忧。

（先秦）《老子·二十章》，《诸子集成》本

为学日益，为道日损，损之又损，以至于无为。

（先秦）《老子·四十八章》，《诸子集成》本

菽粟不足，末生不禁，民必有饥饿之色，而工以雕文刻镂相稚也，谓之逆。布帛不足，衣服毋度，民必有冻寒之伤，而女以美衣锦绣綦组相稚也，谓之逆。

（先秦）《管子·重令》，《诸子集成》本

圣人者，省诸本而游诸乐……问曰：兴时化若何？莫善于侈靡。贱有实，敬无用，则人可刑也。故贱粟米而如敬珠玉，好礼乐而如贱事业，本之始也。

（先秦）《管子·侈靡》，《诸子集成》本

人君唯毋听观乐玩好，则败。凡观乐者，宫室台池，珠玉声乐也。此皆弗财尽力伤国之道也。而以此事君者，皆奸人也，而人君听之焉得毋

败。然则府仓虚，蓄积竭，且奸人在上，则壅遏贤者而不进也。然则国适有患，则优倡侏儒起而议国事矣，是驱国而捐之也。故曰：观乐玩好之说胜，则奸人在上位。

(先秦)《管子·立政九败解》，《诸子集成》本

子墨子言曰：仁之事者，必务求兴天下之利，除天下之害；将以为法乎天下，利人乎即为，不利人乎即止。且夫仁者之为天下度也，非为其目之所美，耳之所乐，口之所甘，身体之所安；以此亏夺民衣食之财，仁者弗为也。是故子墨子之所以非乐者，非以大钟、鸣鼓、琴瑟、竽笙之声，以为不乐也；非以刻镂华文章之色，以为不美也；非以刍豢煎炙之味，以为不甘也；非以高台、厚榭、邃野之居，以为不安也。虽身知其安也，口知其甘也，目知其美也，耳知其乐也；然上考之，不中圣王之事，下度之，不中万民之利。是故子墨子曰：为乐非也！

今王公大人，虽无造为乐器，以为事乎国家，非直掊潦水折壤坦而为之也，将必厚措敛乎万民，以为大钟、鸣鼓、琴瑟、竽笙之声。古者圣王，亦尝厚措敛乎万民，以为舟车。既以成矣，曰：吾将恶许用之？曰：舟用之水，车用之陆，君子息其足焉，小人休其肩背焉。故万民出财赍而予之，不敢以为戚恨者，何也？以其反中民之利也。然则乐器反中民之利，亦若此，即我弗敢非也。然则当用乐器，譬之，若圣王之为舟车也，即我弗敢非也。民有三患：饥者不得食，寒者不得衣，劳者不得息。三者民之巨患也。然即当为之撞巨钟、击鸣鼓、弹琴瑟、吹竽笙，而扬干戚，民衣食之财，将安可得乎？即我以为未必然也。意舍此。

今有大国即攻小国，有大家即伐小家，强劫弱，众暴寡，诈欺愚，贵傲贱，寇乱盗贼并兴。不可禁止也。然即当为之撞巨钟、击鸣鼓、弹琴瑟、吹竽笙，而扬干戚，天下之乱也，将安可得而治与？即我未必然也。是故子墨子曰：姑尝厚措敛乎万民，以为大钟、鸣鼓、琴瑟、竽笙之声，以求兴天下之利，除天下之害，而无补也。是故子墨子曰：为乐非也！

今王公大人，唯毋处高台厚榭之上而视之，钟犹是延鼎也，弗撞击，将何乐得焉哉？其说将必撞击之。惟勿撞击，将必不使老与迟者。老与迟者，耳目不聪明，股肱不毕强，声不和调，明不转朴。将必使当年，因其耳目之聪明，股肱之毕强，声之和调，眉之转朴，使丈夫为之，废丈夫耕稼树艺之时；使妇人为之，废妇人纺绩织纴之事。今王公大人，唯毋为

乐，亏夺民衣食之财，以拊乐如此多也！是故子墨子曰：为乐非也！

今大钟、鸣鼓、琴瑟、竽笙之声，既已具矣，大人锈然奏而独听之，将何乐得焉哉？其说将必与贱人，不与君子。与君子听之，废君子听治；与贱人听之，废贱人之从事。今王公大人，惟毋为乐，亏夺民之衣食之财，以拊乐如此多也！是故子墨子曰：为乐非也！

昔者齐康公，兴乐万，万人不可衣短褐，不可食糠糟。曰：食饮不美，面目颜色不足视也；衣服不美，身体从容丑赢不足观也。是以食必粱肉，衣必文绣，此掌不从事乎衣食之财，而掌食乎人者也！是故子墨子曰：今王公大人，惟毋为乐，亏夺民衣食之财，以拊乐如此多也！是故子墨子曰：为乐非也！

今人固与禽兽、麋鹿、蜚鸟、贞虫异者也。今之禽兽、麋鹿、蜚鸟、贞虫，因其羽毛，以为衣裘；因其蹄蚤，以为裤屦；因其水草，以为饮食。故唯使雄不耕稼树艺，雌亦不纺绩织纴，衣食之财，固已具矣。今人与此异者也！赖其力者生，不赖其力者不生。君子不强听治即刑政乱；贱人不强从事，即财用不足。今天下之士君子，以吾言不然。然即姑尝数天下分事而观乐之害；王公大人，早朝晏退，听狱治政，此其分事也；士君子竭股肱之力亶其思虑之智，内治官府，外收敛关市山林泽梁之利，以实仓廪府库，此其分事也；农夫早出暮入，耕稼树艺，多聚叔粟，此其分事也；妇人夙兴夜寐，纺绩织纴，多治麻、丝、葛、绪、绲、布、缪，此其分事也。今惟毋在乎王公大人，说乐而听之，即必不能早朝晏退，听狱治政，是故国家乱而社稷危矣。今惟毋在乎士君子，说乐而听之，即必不能竭股肱之力，亶其思虑之智，内治官府，外收敛关市山林泽梁之利，以实仓廪府库，是故仓廪府库不实。今惟毋在乎农夫，说乐而听之，即必不能早出暮入，耕稼树艺，多聚叔粟，是故叔粟不足。今惟毋在乎妇人，说乐而听之，即必不能夙兴夜寐，纺绩织纴，多治麻、丝、葛、绪、绲、布、缪，是故布缪不兴。曰：孰为大人之听治，而废国家之从事？曰：乐也！是故子墨子曰：为乐非也！

何以知其然也？曰：先王之书，汤之《官刑》有之。曰："其恒舞于宫，是谓巫风。其刑，君子出丝二卫，小人否。似二伯黄径。"乃言曰："呜乎！舞佯佯。黄言孔章，上帝弗常，九有以亡，上帝不顺。降之百殃，其家必坏丧。"察九有之所以亡者，徒从饰乐也！于《武观》曰："启乃淫溢康乐，野于饮食，将将铭苋磬以力，湛浊于酒，渝食于野，万舞翼翼，章闻于大，天用弗式。"故上者天鬼弗戒，下者万民弗利。是故子墨子曰：今天下士君子，请将欲求兴天下之利，除天下之害，当在乐之为物，将不可不禁而止也。

（先秦）《墨子·非乐》，《墨子间诂》本

　　子墨子曰：问于儒者何故为乐。曰："乐以为乐也。"子墨子曰："子未我应也！今我问曰何故为室？曰冬避寒焉，夏避暑焉，目（原为"室"字，从俞樾校说改。）以为男女之别也。则子告我为室之故矣。今我问曰何故为乐，曰乐以为乐也。是犹曰何故为室，曰室以为室也。"

　　子墨子谓程子曰："儒之道，足以丧天下者四政焉……又弦歌、鼓舞，习为声乐，此足以丧天下……"程子曰："甚矣！先生之毁儒也。"子墨子曰："儒固无此若（王念孙校："若"亦"此"也。《墨子》书多谓"此"为"此若"。）四政者而我言之，则是毁也。今儒固有此四政者而我言之，则非毁也，告闻也。"

（先秦）《墨子·公孟》，《墨子间诂》本

　　子墨子谓公孟子曰："丧礼：君与父母妻后子死，三年丧服。伯父叔兄弟期。族人五月。姑姊舅甥，皆有数月之丧。或以不丧之间，诵诗三百，弦诗三百，歌诗三百，舞诗三百，若用子之言，则君子何日以听治？庶人何日以从事？"公孟子曰："国乱则治之，国治则为礼乐，国治则从事，国富则为礼乐。"子墨子曰："国之治，治之废，则国之治亦废。国之富也，从事故富也。从事废，则国之富亦废。故虽治国，劝之无餍，然后可也。今子曰'国治则为礼乐，乱则治之'，是譬犹噎而穿井也，死而求医也。古者三代暴王，桀纣幽厉，茶为声乐，不顾其民，是以身为刑僇，国为戾虚者，皆从此道也。"

（先秦）《墨子·公孟》，《墨子间诂》本

　　晏子曰："……夫儒……好乐而淫人，不可使亲治……孔丘盛容修饰以蛊世，弦歌鼓舞以聚徒……积财不能赡其乐，繁饰邪术以营世君，盛为声乐以淫遇民……"

（先秦）《墨子·非儒下》，《墨子间诂》本……且夫繁饰礼乐以淫人，久丧伪哀以谩亲……

(先秦)《墨子·非儒下》,《墨子间诂》本

程繁问于子墨子曰："夫子曰'圣王不为乐'。昔诸侯倦于听治，息于钟鼓之乐；士大夫倦于听治，息于竽瑟之乐；农夫春耕夏耘，秋敛冬藏，息于瓴（原为"聆"字，从王念孙校说改。）缶之乐。今夫子曰'圣王不为乐'，此譬之犹马驾而不税，弓张而不弛，无乃有血气者之所不能至邪？"（本句"乃"后原有"非"字，从俞樾校说删。）

子墨子曰："昔者，尧舜有茅茨者，且以为礼，且以为乐；汤放桀于大水，环天下自立以为王，事成功立，无大后患，因先王之乐，又自作乐，命曰《濩》，又修《九招》；武王胜殷杀纣，环天下自立以为王，事成功立，无大后患，因先王之乐，又自作乐，命曰《象》；周成王因先王之乐，又自作乐，命曰《驺虞》。周成王之治天下也，不若武王，武王之治天下也，不若成汤，成汤之治天下也，不若尧舜，故其乐逾繁者，其治逾寡。自此观之，乐非所以治天下也。"

程繁曰："子曰圣王无乐。此亦乐已，若之何其谓'圣王无乐'也？"

子墨子曰："圣王之命也，多、寡之……食之，利也；以知饥而食之者，智也；因为，无智矣。今圣有乐而少，此亦无也。"

(先秦)《墨子·三辩》,《墨子间诂》本

上不厌其乐，下不堪其苦，故国离（毕沅校说：读为"罹"。）寇敌则伤，民见凶饥则亡。

(先秦)《墨子·七患》,《墨子间诂》本

暴夺民衣食之财，以为锦绣文采靡曼之衣，铸金以为钩，珠玉以为珮；女工作文采，男工作刻镂，以为身服，此非云益暖之情也。单财劳力，毕归之于无用也。

(先秦)《墨子·辞过》,《墨子间诂》本

当今之主……必厚作敛于百姓，以饰舟车：饰车以文采，饰舟以刻镂。女子废其纺织而修文采，故民寒；男子离其耕稼而修刻镂，故民饥。人君为舟车若此，故左右象之，是以其民饥寒并至，故为奸衺（邪），奸

袁多则刑罚深，刑罚深则国乱。

（先秦）《墨子·辞过》，《墨子间诂》本

子墨子曰：凡入国，必择务而从事焉：国家昏乱，则语之尚贤，尚同；国家贫，则语之节用，节葬；国家憙音湛湎，则语之非乐，非命；国家淫僻无礼，则语之尊天，事鬼；国家务夺侵凌，即语之兼爱，非攻。故曰，择务而从事焉。

（先秦）《墨子·鲁问》，《墨子间诂》本

农战之民千人，而有《诗》、《书》辩慧者一人焉，千人者皆怠于农战矣。

（先秦）《商君书·农战》，《诸子集成》本

《诗》、《书》、礼、乐、善、修、仁、廉、辩、慧，国有十者，上无使守战，国以十者治，敌至必削，不至必贫；国去此十者，敌不敢至，虽至必却。兴兵而伐，必取，按兵不伐，必富。

（先秦）《商君书·农战》，《诸子集成》本

六虱：曰礼乐，曰《诗》《书》，曰修善，曰孝弟，曰诚信，曰贞廉，曰仁义，曰非兵，曰羞战。国有十二者，上无使农战，必贫至削。

（先秦）《商君书·靳令》，《诸子集成》本

古之人，在混芒之中，与一世而得澹漠焉。当是时也，阴阳和静，鬼神不扰，四时得节，万物不伤，群生不夭，人虽有知，无所用之，此之谓至一。当是时也，莫之为而常自然。逮德下衰，及燧人、伏羲始为天下，是故顺而不一。德又下衰，及神农、黄帝始为天下，是故安而不顺。德又下衰，及唐虞始为天下，兴治化之流，浇淳散朴，离道以善，险德以行，然后去性而从于心。心与心识知而不足以定天下，然后附之以文，益之以博。文灭质，博溺心，然后民始惑乱，无以反其性情而复其初。

（先秦）《庄子·缮性》，《诸子集成》本

且夫失性有五：一曰五色乱目，使目不明；二曰五声乱耳，使耳不

聪；三曰五臭熏鼻，困惾中颡；四曰五味浊口，使口厉爽；五曰趣舍滑心，使性飞扬。此五者，皆生之害也。

（先秦）《庄子·天地》，《诸子集成》本

故绝圣弃知，大盗乃止；擿玉毁珠，小盗不起；焚符破玺，而民朴鄙；掊斗折衡，而民不争；殚残天下之圣法，而民始可与论议。擢乱六律，铄绝竽瑟，塞瞽旷之耳，而天下始人含其聪矣；灭文章，散五采，胶离朱之目，而天下始人含其明矣；毁绝钩绳而弃规矩，攦工倕之指，而天下始人有其巧矣。故曰"大巧若拙"。削曾史之行，钳杨墨之口，攘弃仁义，而天下之德始玄同矣。彼人含其明，则天下不铄矣；人含其聪，则天下不累矣；人含其知，则天下不惑矣；人含其德，则天下不僻矣。彼曾、史、杨、墨、师旷、工倕、离朱，皆外立其德而以爘乱天下者也，法之所无用也。

（先秦）《庄子·胠箧》，《诸子集成》本

故至德之世，其行填填，其视颠颠。当是时也，山无蹊隧，泽无舟梁；万物群生，连属其乡；禽兽成群，草木遂长。是故禽兽可系羁而游，鸟鹊之巢可攀援而窥。夫至德之世，同与禽兽居，族与万物并，恶乎知君子小人哉！同乎无知，其德不离；同乎无欲，是谓素朴；素朴而民性得矣。及至圣人，蹩躠为仁，踶跂为义，而天下始疑矣！澶漫为乐，摘僻为礼，而天下始分矣。故纯朴不残，孰为牺尊！白玉不毁，孰为珪璋！道德不废，安取仁义！性情不离，安用礼乐！五色不乱，孰为文采！五声不乱，孰应六律！夫残朴以为器，工匠之罪也；毁道德以为仁义，圣人之过也。

（先秦）《庄子·马蹄》，《诸子集成》本

骈于明者，乱五色，淫文章，青黄黼黻之煌煌非乎？而离朱是已。多于聪者，乱五声，淫六律，金石丝竹黄钟大吕之声非乎？而师旷是已。枝于仁者，擢德塞性以收名声，使天下簧鼓以奉不及之法非乎？而曾史是已。骈于辩者，累瓦结绳窜句，游心于坚白同异之间，而敝跬誉无用之言非乎？而杨、墨是已。故此皆多骈旁枝之道，非天下之至正也。

（先秦）《庄子·骈拇》，《诸子集成》本

黄帝曰："……夫知者不言，言者不知，故圣人行不言之教。道不可致，德不可至……"

（先秦）《庄子·知北游》，《诸子集成》本

大公调曰："阴阳相照，相盖相治；四时相代，相生相杀，欲恶去就，于是桥起；雌雄片合，于是庸有。安危相易，祸福相生，缓急相摩，聚散以成。此名实之可纪，精微之可志也。随序之相理，桥运之相使，穷则反，终则始。此物之所有，言之所尽，知之所至，极物而已。睹道之人，不随其所废，不原其所起，此议之所止。"

（先秦）《庄子·则阳》，《诸子集成》本

多言以类。圣人也；少言而法，君子也；多少（据卢文弨校作言）无法，而流湎然，虽辩，小人也。故劳力而不当民务，谓之奸事；劳知而不律先王，谓之奸心；辩说譬喻，齐给便利，而不顺礼义，谓之奸说，此三奸者，圣王之所禁也。

（先秦）《荀子·非十二子》，《诸子集成》本

假今之世，饰邪说，文奸言，以枭乱天下，矞宇嵬琐，使天下混然不知是非治乱之所存者，有人矣。

（先秦）《荀子·非十二子》，《诸子集成》本

儒以文乱法，侠以武犯禁，而人主兼礼之，此所以乱也。夫离法者罪，而诸先生以文学取，犯禁者诛，而群侠以私剑养。故法之所非，君之所取；吏之所诛，上之所养也。法趣上下，四相反也而无所定，虽有十黄帝不能治也。故行仁义者非所誉，誉之则害功；工文学者非所用，用之则乱法。

（先秦）《韩非子·五蠹》，《诸子集成》本

匹夫有私便，人主有公利：不作而养足，不仕而名显，此私便也；息文学而明法度，塞私便而一功劳，此公利也。错法以道民也，而又贵文学，则民之所师法也疑；赏功以劝民也，而又尊行修，则民之产利也惰。

夫贵文学以疑法，尊行修以贰功，索国之富强，不可得也。

（先秦）《韩非子·八说》，《诸子集成》本

圣人之道，去智去巧，智巧不去，难以为常。

（先秦）《韩非子·扬权》，《诸子集成》本

宋人有为其君以象（指象牙）为楮叶者，三年而成。丰杀茎柯，毫芒繁泽，乱之楮叶之中而不可别（辨）也。此人遂以功食禄于宋邦。列子闻之曰："使天地三年而成一叶，则物之有叶者寡矣。"故不乘天地之资，而载一人之身；不随道理之数，而学一人之智；此皆一叶之行也。

（先秦）《韩非子·喻老》，《诸子集成》本

昔者戎王使由余聘于秦。穆公问之曰："寡人尝闻道而未得目见之也。愿闻古之明主得国失国何常以？"由余对曰："臣尝得闻之矣：常以俭得之，以奢失之。"穆公曰："寡人不辱而问道于子，予以俭对寡人，何也？"由余对曰："臣闻昔者尧有天下，饭于土簋，饮于土铏，其地南至交趾，北至幽都，东西至日月之所出入者，莫不宾服。尧禅天下，虞舜受之，作为食器，斩山木而财之，削锯修其迹，流漆黑其上，输之于宫以为食器，诸侯以为益侈，国之不服者十三。舜禅天下而传之于禹，禹作为祭器，墨漆其外，朱画其内，缦帛为茵，蒋席颇缘，觞酌有彩，而樽俎有饰，此弥侈矣，而国之不服者三十三。夏后氏没，殷人受之，作为大路而建九旒，食器雕琢，觞酌刻镂，四（白）壁垩墀，茵席雕文，此弥侈矣，而国之不服者五十三。君子皆知文章矣，而欲服者弥少，臣故曰俭其道也。"由余出，公乃召内史廖而告之，曰："寡人闻邻国有圣人，敌国之忧也。今由余，圣人也，寡人患之，吾将奈何？"内史廖曰："臣闻戎王之居，僻陋而道远，未闻中国之声。君其遗之女乐，以乱其政；而后为由余请期，以疏其谏。彼君臣有间，而后可图也。"君曰："诺。"乃使史廖以女乐二八遗戎王，因为由余请期，戎王许诺。凡其女乐而说之，设酒张饮，日以听乐，终岁不迁，牛马半死。由余归。因谏戎王，戎王弗听。由余遂去之秦，秦穆公迎而拜之上卿，问其兵势与其地形，既以得之，举兵而伐之，兼国十二，开地千里。故曰：耽于女乐，不顾国政，亡国之祸也。

（先秦）《韩非子·十过》，《诸子集成》本

臣非非难言也，所以难言者：言顺比滑泽，洋洋纚纚然，则见以为华而不实。敦厚恭祗，鲠固慎完，则见以为拙而不伦。多言繁称，连类比物，则见以为虚而无用。揔微说约，径省而不饰，则见以为刿而不辩。激急亲近，探知人情，则见以为僭而不让。宏大广博，妙远不测，则见以为夸而无用。家计小谈，以具数言，则见以为陋。言而近世，辞不悖逆，则见以为贪生而谀上。言而远俗，诡躁人间，则见以为诞。捷敏辩给，繁于文采，则见以为史。殊释文学，以质性言，则见以为鄙。时称诗书，道法往古，则见以为诵。此臣非之所以难言而重患也。

（先秦）《韩非子·难言》，《诸子集成》本

楚王谓田鸠曰：墨子者，显学也，其身体则可，其言多而不辩，何也？曰：昔秦伯嫁其女于晋公子，令晋为之饰装（王先慎曰：《御览》引无"令晋"二字），从文衣之媵七十人。至晋，晋人爱其妾而贱公女。此可谓善嫁妾而未可谓善嫁女也。楚人有卖其珠于郑者，为木兰之柜，薰以桂椒，缀以珠玉，饰以玫瑰，辑以羽翠，郑人头其椟而还其珠。此可谓善卖椟矣，未可谓善鬻珠也。今世之谈也，皆道辩说文辞之言，人主览其文而忘其用。墨子之说，传先王之道，论圣人之言以宣告人。若辩其辞，则恐人怀其文，忘其直，以文害用也。此与楚人鬻珠、秦伯嫁女同类，故其言多不辩。

（先秦）《韩非子·外储说左上》，《诸子集成》本

喜淫刑而不周于法，好辩说而不求其用，滥于文丽而不顾其功者，可亡也。

（先秦）《韩非子·亡徵》，《诸子集成》本

商君教秦孝公以连什伍，设告坐之过，燔诗书而明法令，塞私门之请而遂公家之劳，禁游宦之民而显耕战之士。孝公行之，主以尊安，国以富强。

（先秦）《韩非子·和氏》，《诸子集成》本

……故曰："祸莫大于可欲。是以圣人不引五色，不淫于声乐，明君

贱玩好而去淫丽。"

（先秦）《韩非子·解老》，《诸子集成》本

……耳目淫于声色之乐，则五藏动摇而不定矣。五藏动摇而不定，则血气滔荡而不休矣。血气滔荡而不休，则精神驰骋于外而不守矣。精神驰骋于外而不守，则祸福之至，虽如丘山，无由识之矣……以言夫精神之不可使外淫也。是故五色乱目，使目不明；五音哗耳，使耳不聪；五味乱口，使口爽伤；趣舍滑心，使行飞扬。此四者，天下之所养性也，然皆人累也。故曰：嗜欲者，使人之气越，而好憎者，使人之心劳，弗疾去，则志气日耗……

（汉）刘安《淮南鸿烈·精神训》，《丛书集成》本

夫声色五味，远国珍怪、瑰异奇物，足以变心易志、摇荡精神、惑动血气者，不可胜计也。夫天地之生财也，本不过五。圣人节五行，则治不荒。凡人之性，心和欲得则乐，乐斯动，动斯蹈，蹈斯荡，荡斯歌，歌斯舞，歌舞节则禽兽跳矣。人之性，心有忧丧则悲，悲则哀，哀斯愤，愤斯怒，怒斯动，动则手足不静。人之性，有侵犯则怒，怒则血充，血充则气激。气激则发怒，发怒则有所释憾矣。故钟鼓管箫，干戚羽旄，所以饰喜也；衰绖苴杖、哭踊有节，所以饰哀也；兵革羽旄，金鼓斧钺，所以饰怒也。必有其质，乃为之文。古者圣人在上，政教平，仁爱洽，上下同心，君臣辑睦，衣食有余，家给人足，父慈子孝，兄良弟顺，生者不怨，死者不恨，天下和洽，人得其愿，夫人相乐，无所发贶，故圣人为之作乐以和节之。末世之政，田渔重税，关市急征，泽梁毕禁，网罟无所布，耒耜无以设，民力竭于徭役，财用殚于会赋，居者无食，行者无粮，老者不养，死者不葬，赘妻鬻子，以给上求，犹弗能澹（赡），愚人蠢妇，皆有流连之心，凄怆之志；乃使始为之撞大钟，击鸣鼓，吹竽笙，弹琴瑟，失乐之本矣……故兵者所以讨暴，非所以为暴也；乐者所以致和，非所以为淫也；丧者所以尽哀，非所以为伪也，故事亲有道矣，而爱为务；朝廷有容矣，而敬为上；处丧有礼矣，而哀为主；用兵有术矣，而义为本。本立而道行，本伤而道废。

（汉）刘安《淮南鸿烈·本经训》，《丛书集成》本

故弁冕辂舆，可服而不可好也。太羹之和，可食而不可嗜也。朱弦漏越，一唱而三叹，可听而不可快也。故无声者，正其可听者也。其无味者，正其足味者也。吠声清于耳，兼味快于口，非其贵也。故事不本于道德者，不可以为仪；言不合乎先王者，不可以为道；音不调乎雅颂者，不可以为乐。

（汉）刘安《淮南鸿烈·泰族训》，《丛书集成》本

或问：吾子少而好赋？曰：然。童子雕虫篆刻。俄而曰：壮夫不为也。

（汉）扬雄《法言·吾子》，《诸子集成》本

……辞赋小道，固未足以揄扬大义，彰示来世也。

昔扬子云先朝执戟之臣耳，犹称壮夫不为也；吾虽德薄，位为蕃侯，犹庶几戮力上国，流惠下民，建永世之业，流金石之功，岂徒以翰墨为勋绩，辞赋为君子哉？若吾志未果，吾道不行，则将采庶官之实录，辩时俗之得失，定仁义之衷，成一家之言。虽未能藏之于名山，将以传之于同好。非要之皓首，岂今日之论乎？其言之不惭，恃惠子之知我也。

（魏）曹植《与杨祖德书》，《文选》卷四十二，《四部备要》本

人君之大患也，莫大于详于小事，而略于大道，察于近物，而暗于远图。故自古及今，未有如此而不乱也，未有如此而不亡也。夫详于小事，而察于近物者，谓耳听乎丝竹歌谣之和，目视乎雕琢彩色之章，口给乎辩慧切对之辞，心通乎短言小说之文，手习乎射御书数之巧，体骛乎俯仰折旋之容。凡此数者，观之足以尽人之心，学之足以动人之志。且先王之末教也，非有小才小智，则亦不能为也。是故能为之者，莫不自悦乎其事，而无取于人，以人皆不能故也。

（汉）徐幹《中论·务本》，《丛书集成》本

抱朴子曰：物贵济事，而饰为其末，化俗以德，而言非其本，故緜布可以御寒，不必貂狐；淳素可以匠物，不在文辩。

（晋）葛洪《抱朴子外篇·广譬》，《诸子集成》本

常恨庄生，言行自伐，桎梏世业，身居漆园而多诞谈，好画鬼魅，憎图狗马，狭细忠贞，贬毁仁义，可谓雕虎画龙，难以征风云，空板亿万，不能救无钱；孺子之竹马，不免于脚剥；土栌之盈案，无益于腹虚也。

（晋）葛洪《抱朴子外篇·应嘲》，《诸子集成》本

夫文章者，原出《五经》：诏命策檄，生于《书》者也；序述论议，生于《易》者也；歌咏赋颂，生于《诗》者也；祭祀哀诔，生于《礼》者也；书奏箴铭，生于《春秋》者也。朝廷宪章，军旅誓诰，敷显仁义，发明功德，牧民建国，施用多途。至于陶冶性灵，从容讽谏，入其滋味，亦乐事也，行有余力，则可习之。然而自古文人，多陷轻薄：屈原露才扬己，显暴君过；宋玉体貌容冶，见遇俳优；东方曼倩滑稽不雅，司马长卿窃赀无操；王褒过章《僮约》，扬雄德败《美新》；李陵降辱夷虏，刘歆反复莽世；傅毅党附权门，班固盗窃父史；赵元叔抗竦过度，冯敬通浮华摈压；马季长佞媚获诮，蔡伯喈同恶受诛；吴质诋忤乡里，曹植悖慢犯法；杜笃乞假无厌，路粹隘狭已甚；陈琳实号粗疏，繁钦性无检格；刘桢屈强输作，王粲率躁见嫌；孔融、祢衡诞傲致殒；杨修、丁廙扇动取毙；阮籍无礼败俗，嵇康凌物凶终；傅玄忿斗免官，孙楚矜夸凌上；陆机犯顺履险，潘岳干没取危；颜延年负气摧黜，谢灵运空疏乱纪；王元长凶贼自诒，谢玄晖侮慢见及。凡此诸人，皆其翘秀者，不能悉纪，大较如此。至于帝王，亦或未免。自昔天子而有才华者，唯汉武、魏太祖、文帝、明帝、宋孝武帝，皆负世议，非懿德之君也。自子游、子夏、荀况、孟轲、枚乘、贾谊、苏武、张衡、左思之俦，有盛名而免过患者，时复闻之，但其损败居多尔。每尝思之，原其所积，文章之体，标举兴会，发引性灵，使人矜伐，故忽于持操，果于进取。今世文士，此患弥切。一事惬当，一句清巧，神厉九霄，志凌千载，自吟自赏，不觉更有傍人，加以砂砾所伤，惨于矛戟；讽刺之祸，速乎风尘。深宜防虑，以保元吉。

（北齐）颜之推《颜氏家训·文章》，《诸子集成》本

孝标善于攻缪，博而且精，固以察及泉鱼，辩穷河豕。嗟乎！以峻之才识，足堪任大，而不能探赜彪、峤，网罗班、马，方复留情于委巷小说，锐思于流俗短书。可谓劳而无功，费而无当者矣。

（唐）刘知幾《史通·补注》，《四部备要》本

是知著述之功，其力大矣，岂与夫诗赋小技校其优劣者哉？

（唐）刘知幾《史通·杂说下》，《四部备要》本

文章小道，无足致嗤。

（唐）刘知幾《史通·杂说下》，《四部备要》本

今夫文者，以风云为之体，花木为之象，辞华为之质，韵句为之数，声律为之本，雕熔为之饰，组绣为之美，浮浅为之容，华丹为之明，对偶为之纲，郑卫为之声，浮薄相扇，风流忘返，遗两仪三纲五常九畴而为之文也，弃礼乐孝悌功业教化刑政号令而为之文也。圣人职之，君子章之，庶人由之。君臣何由明，父子何由亲，夫妇何由顺，尊卑何由纪，贵贱何由叙，内外何由别，而化日以薄，风日以淫，俗日以僻。此其为今之时弊也。

（宋）石介《上蔡副枢密书》，《石徂徕集》卷之上，《丛书集成》本

世俗见孔子不用而作经，乃言圣贤得志则在行事，不在书也。噫！孔子诚不用矣，尧、舜、禹、汤时，圣贤有不得志者乎？奚其为典、谟、训、诰哉？成王、周公时，有不得志者乎？奚其为雅、颂战？心之志，志之言，言之文，若冻馁然、孰谓得志而不衣食哉？用之大，其言者愈大，《虞书》之历象日月星辰，夏后之赋贡九州，周人之职三百六十官，不已大乎？

今之君子固多靳儒，至于布衣闾巷，尚曰贤者行而已，不必文也。彼颜、闵氏时，夫子在，盖无可复言，非为有德行不著书也。游、夏之徒，不在德行科，亦不措一辞。子思、孟轲，岂无德行乎？是皆不才子无功于文，而雷同此说，以自慰耳。

（宋）李觏《延平集序》，《直讲李先生文集》卷二十五，《四部丛刊》本

古者圣王制礼法，修教化，三纲正，九畴叙，百姓大和，万物咸若，乃作乐以宣八风之气，以平天下之情。故乐声淡而不伤，和而不淫，入其

耳，感其心，莫不淡且和焉。淡则欲心平，和则躁心释，优柔平中，德之盛也，天下化中，治之至也，是谓道配天地，古之极也。后世礼法不修，政刑繁苛，纵欲败度，下民困苦，谓古乐不足听也，代变新声，妖淫愁怨，导欲增悲，不能自止。故有贼君弃父，轻生败伦，不可禁者矣。呜呼！乐者古以平心，今以助欲，古以宣化，今以长怨，不复古礼，不变今乐，而欲至治者远矣。

（宋）周敦颐《通书·乐上第十七》，《濂洛关闽书》卷一，《丛书集成》本

圣人之道，入乎耳，存乎心，蕴之为德行，行之为事业。彼以文辞而已者，陋矣！

（宋）周敦颐《通书·陋第三十四》，《濂洛关闽书》卷一，《丛书集成》本

近世之诗大抵华而无实，虽壮丽如曹、刘、鲍、谢，亦无益于用。

（宋）司马光《答齐州司法张秘校正彦书》，《温国文正司马公集》卷六十，《四部丛刊》本

臣今复差知审官院，窃见资荫人初授差遣者，今试诗一首，实为无益，不惟其间有墙面者，假手于人，徒长奸伪，就使自作诗得如曹、刘、沈、宋，其于立身治民有何所用？古者二帝三王皆立太学之官以教公卿大夫子弟，其故何哉？盖以其人将嗣守官业，苟无德行道义，则必害及于民故也，今若使公卿大夫子弟尽肄业于太学，则其父兄不常在京师，固难齐壹，若但使之习业于家，而考校于初授差遣之际，业不习者不得出官，则不烦劝督而人人自勉于学矣。此乃事之易行者也。向若使之尽通诗书礼乐，则中材以下或有所不及，今但使之习《孝经》、《论语》，傥能尽期年之功，则无不精熟矣，此乃业之易习者也。然《孝经》、《论语》，其文虽不多而立身治国之道尽在其中，就使学者不能践履，亦知天下有周公、孔子仁义礼乐其为益也，岂可与一首律诗为比哉！臣窃以为兹事用力不勤，更张甚易，而为益稍大，别无所损，伏望圣明详察，或有可取……

（宋）司马光《再乞资荫人试经义札子》，《温国文正司马公集》卷四十一，《四部丛刊》本

百年礼乐逢休运，千里江山极胜游。那似鲍昭空写恨，不为王粲只消忧。

（宋）王安石《杂咏绝句十五首》之九，《王文公文集》卷七十五，上海人民出版社本

或问：诗可学否？曰：既学时，须是用功方合诗人格。既用功甚妨事。古人诗云："吟成五个字，用破一生心。"又谓："可惜一生心，用在五字上。"此言甚当。先生尝说：王子真曾寄药来，某无以答他，某素不作诗，亦非是禁止不作，但不欲为此闲言语。且如今言能诗无如杜甫，如云："穿花蛱蝶深深见，点水蜻蜓款款飞。"如此闲言语，道出做甚？某所以不尝作诗。

（宋）程颐《遗书》卷十八伊川语四，《二程全书》，《四部备要》本

问作文害道否？曰：害也。凡为文不专意则不工，若专意则志局于此，又安能与天地同其大也？《书》云"玩物丧志"，为文亦玩物也。吕与叔有诗云："学如元凯方成癖，文似相如始类俳；独立孔门无一事，只输颜氏得心斋。"此诗甚好。古之学者，惟务养情性，其他则不学。今为文者，专务章句悦人耳目。既务悦人，非俳优而何？曰：古者学为文否？曰：人见六经，便以为圣人亦作文，不知圣人亦摅发胸中所蕴，自成文耳。所谓有德者必有言也。曰：游、夏称文学，何也？曰：游、夏亦何尝秉笔学为词章也？且如"观乎天文以察时变，观乎人文以化成天下"，此岂词章之文也。

（宋）程颐《遗书》卷十八伊川语四，《二程全书》，《四部备要》本

问张旭学草书，见担夫与公主争道，及公孙大娘舞剑，而后悟笔法，莫是心常思念至此而感发否？曰：然。须是思方有感悟处，若不思，怎生得如此？然可惜张旭留心于书，若移此心于道，何所不至！

（宋）程颐《遗书》卷十八伊川语四，《二程全书》，《四部备要》本

向之云无多为文与诗者，非止为伤心气也，直以不当轻作尔。圣贤之

言不得已也。盖有是言则是理明，无是言则天下之理有阙焉。如彼耒耜陶冶之器，不制则生人之道有不足矣。圣人之言虽欲已，得乎？然其包涵尽天下之理，亦其约也。后之人始执卷则以文章为先，平生所为，动多于圣人，然有之无所补，无之靡所阙，乃无用之赘言也。不止赘而已，既不得其要，则离真失正，反害于道必矣。诗之盛莫如唐，唐人善论文，莫如韩愈，愈之所称，独高李、杜二子之诗，存者千篇，皆吾弟所见也，可考而知矣。

(宋）程颐《答朱长文书》，《伊川文集》卷五，《二程全书》，《四部备要》本

天下有多少才，只为道不明于天下，故不得有所成就。且古者兴于诗立于礼成于乐，如今人怎生会得？古人于诗，如今人歌曲一般，虽闾巷童稚，皆习闻其说而晓其义，故能兴起于诗，后世老师宿儒，尚不能晓其义，怎生责得学者，是不得兴于诗也。古礼既废，人伦不明，以至治家皆无法度，是不得立于礼也。古人有歌咏以养其性情，声音以养其耳，舞蹈以养其血脉，今皆无之，是不得成于乐也。古之成材也易，今之成材也难。

(宋）程颐《二程语录》卷十一，《丛书集成》本

……某族系单微，器能浅陋，少时好赋，仅成童子之雕虫；中岁穷经，未究古人之糟粕。始策名于进士，俄充赋于直言。滥居方物之前，叨被传车之召。文章末技，固非道义之尊；箕斗虚名，只取谤伤之速。

(宋）秦观《谢馆职启》，《淮海集》卷二十八，《四部丛刊》本

《离骚》妙才，太史公称其与日月争光，尚不敢望《风》《雅》之阶席，况一变为声律众体之诗，又变而为雕虫篆刻之赋？概以仲尼删削之意，其弗畔而获存者，吾知其百无一二矣。是则无之不为损，有之非惟无益或反有所害，乃无用之空文也。

(宋）胡寅《洙泗文集序》，《斐然集》卷十九，《四库全书》珍本初集本

道妙从来亦粗闻，闭门方用十年勤。笔端小技深知悔，旧稿如山欲

尽焚。

  （宋）陆游《龟堂杂兴》之九，《剑南诗稿》卷四十一，上海古籍出版社本

  文章小技聊干禄，道学初心拟致君。

  （宋）范成大《鹿鸣宴》，《范石湖集》卷十七，上海古籍出版社本

  至于文词，一小伎耳，以言乎迩，则不足以治己；以言乎远，则无以治人；是亦何所与于人心之存亡，世道之隆替，而校其利害勤恳反复至于连篇累牍而不厌耶？

  （宋）朱熹《答汪叔耕书一》，《晦庵先生朱文公义集》卷五十九，《四部备要》本

  苏氏之学，上谈性命，下述政理，其所言者，非特屈、宋、唐、景而已。学者始则以其文而悦之，以苟一朝之利，及其既久，则渐涵入骨髓，不复能自解免，其坏人材，败风俗，盖不少矣。

  （宋）朱熹《答吕伯恭书五》，《朱子大全》文三十三，《四部备要》本

  夫文与道果同耶异耶，若道外有物，则为文者，可以肆意妄言而无害于道。惟夫道外无物，则言而一有不合于道者，则于道为有害。但其害有缓急深浅耳。屈、宋、唐、景之文，熹旧尝好之矣。既而思之，其言虽侈，然其实不过悲愁放旷二端而已。日诵此言，与之俱化，岂不大为心害？于是屏绝不敢复观。

  （宋）朱熹《答吕伯恭书五》，《朱子大全》文三十三，《四部备要》本

  齐、梁间诗，读之令人四肢皆懒慢不收拾。

  （宋）朱熹《论文下》，《朱子语类》卷一百四十，中华书局本

  因语某人好作文，曰："平生最不喜作文，不得已为人所托，乃为之。自有一等人，乐于作诗，不知移以讲学，多少有益。"符舜功曰：

"赵昌父前日在此，好作诗，与之语道理，如水投石。"可学

(宋)朱熹《朱子语类辑略》卷五，《丛书集成》本

近世诸公作诗费工夫，要何用？元祐时有无限事合理会，诸公却尽日唱和而已。今言诗不必作，且道恐分了为学工夫。然到极处，当自知作诗果无益。必大

(宋)朱熹《论文下》，《朱子语类》卷一百四十，中华书局本

……然窃闻之道路，陛下毓德之初，亲御简策，衡石之程，不过讽诵文辞，吟咏情性而已。比年以来，圣心独诣，欲求大道之要。又颇留意于老子、释氏之书。疏远传闻，未知信否。然私独以为若果如此，则非所以奉承天锡神圣之资而跻之尧舜之盛者也。盖记诵华藻，非所以探渊源而出治道；虚无寂灭，非所以贯本末而立大中……

(宋)朱熹《壬午应诏封事》，《朱子大全》文十一，《四部备要》本

大儿自幼开爽不类常儿，予常恐其堕于浮靡之习，不敢教以诗文。既没后许进之，乃出其所与唱和诗卷示予。予初不知其能道此语也，为之挥涕不能已，不忍复观也。为书其后而归之，以识予哀云。庆元乙卯六月既望，晦翁书。

(宋)朱熹《题嗣子诗卷》，《晦庵先生朱文公文集》卷八十三，《四部备要》本

老苏自言其初学为文时，取《论语》《孟子》《韩子》及其他圣贤之文，而兀然端坐终日以读之者七八年。方其始也，入其中而惶然以博，观于其外，而骇然以惊。及其久也，读之益精，而其胸中豁然以明，若人之言固当然者，然犹未敢自出其言也。历时既久，胸中之言日益多，不能自制，试出而书之，已而再三读之，浑浑乎觉其来之易矣。

予谓老苏，但为欲学古人说话声响，极为细事，乃肯用功如此，故其所就，亦非常人所及。如韩退之、柳子厚辈，亦是如此。其答李翊、韦中立之书，可见其用力处矣。然皆只是要作好文章，令人称赏而已，究竟何

预己事，却用了许多岁月，费了许多精神，甚可惜也。

（宋）朱熹《沧州精舍谕学者》，《朱子文集》卷十一，《丛书集成》本

刘子澄言："本朝只有四篇文字好，《太极图》、《西铭》、《易传序》、《春秋传序》。"因言杜诗亦何用。曰："是无意思。大部小部无万数，益得人甚事。"

（宋）朱熹《论文上》，《朱子语类》卷一百三十九，中华书局本

今人不去讲义理，只去学诗文，已落得第二义；况又不去学好底，只去学那不好底。

（宋）朱熹《清邃阁论诗》，《朱子文集大全类编》，清刊本

道盛则文俱盛，文盛则道始衰矣。射策之晁错，不知木强之申屠；谈经之公孙，不如戆愚之汲黯。自汉以来，甚矣文之日胜，而士之俗日漓，人才之日乏，而国家之日不理也；华藻之厚，而忠信之薄也；词辩之工，而事业之陋也；学问之该，而器识之浅也。吾不意夫文之为天下患如此也！

（宋）陈傅良《文章策》，《止斋之集》附录，《四部丛刊》本

崇观后文字散坏，相矜以浮肆，为险肤无据之辞，苟以荡心意，移耳目，取贵一时，雅道尽矣。

（宋）叶适《谢景思集序》，《水心先生文集》卷二十一，《四部丛刊》本

古今胸次浩江河，才比诸公十倍过。时把文章供戏谑，不知此体误人多。

（宋）戴复古《论诗十绝》之二，《石屏诗集》卷七，《四部丛刊》续编本

累丸承蜩，戏之神者也；运斤成风，使之神者也；文章一小伎，诗又小伎之游戏者。

（宋）文天祥《跋萧敬夫诗篇》，《文文山集》卷十，清刊本

自先王之道衰，诸子之文，人人自殊。管夷吾氏则以霸略为文；邓析氏则以两可辩说为文；列御寇氏则以黄老清净无为为文；墨翟氏则以贵俭兼爱、尚贤明鬼、非命尚同为文；公孙龙氏欲屈众说，则又以坚白名实为文；庄周氏则又以通天地之统、序万物之性、达死生之变为文；慎到氏则又以刑名之学为文；申不害氏、韩非氏宗之，又流为深刻之文；鬼谷氏则又以捭阖为文；苏秦氏、张仪氏学之，又肆为纵横之文；孙武氏、吴起氏则又以军形兵势、图国料敌为文。独荀况氏粗知先王之学，有若非诸子之可及，惜乎学未闻道，又不足深知群圣人之文。凡若是者殆不能悉数也，文日以多，道日以裂，世变日以下，其故何哉？盖各以私说臆见，哗世惑众，而不知会通之归，所以不能参天地而为文。

（明）宋濂《华川书舍记》，《宋学士全集》卷二，《丛书集成》本

诗文不朽大业，学者雕心刻肾，穷昼极夜，犹惧弗窥奥妙，而以游戏废日可乎？孔融《离合》，鲍照《建除》，温峤回文，傅咸集句，亡补于诗，而反为诗病。自兹以降，摹放实繁，字谜、人名、鸟兽、花木，六朝才士集中，不可胜数，诗道之下流，学人之大戒也。

（明）胡应麟《诗薮·外编》卷二，上海古籍出版社本

《水浒传》，罗贯著。贯字贯中，杭州人，编辑小说数十种，而《水浒传》叙宋江事，奸盗脱骗机械甚详。然变诈百端，坏人心术，说者谓子孙三代皆哑，天道好还之报如此。

（明）王圻《续文献通考》，引自孔另境编《中国小说史料》，上海古籍出版社本

《续文献通考》载："罗贯中为《水浒传》，三世子弟皆哑。"此书未大伤元气，尚受报如此；今人为种种宣淫导欲之书者，更当何如？可畏哉！

（清）周亮工《因树屋书影》，引自孔另境编《中国小说史料》，上海古籍出版社本

唐士大夫多浮薄轻佻，所作小说，无非奇诡妖艳之事，任意编造，斑

惑后辈。而牛僧孺《周秦行纪》尤为狂诞，至称德宗为"沈婆儿"，则几于大不敬矣。李卫公《穷愁志》载其文，意在族灭其家而始快，虽怨毒之词，未免过当，而僧孺之妄谈，实有以招之也。（或云：僧孺本无此记，卫公门客伪造耳。）宋元以后，士之能自立者，皆耻而不为矣。而市井无赖，别有说书一家，演义盲词，日增月益，诲淫劝杀，为风俗人心之害，较之唐人小说，殆有甚焉。

（清）钱大昕《十驾斋养新录》卷十八"文人浮薄"条，商务印书馆本

刘念台《人谱类记》："今之院本，即古之乐章。每演戏时，见有孝子、悌弟、忠臣、义士，虽妇人牧竖，往往涕泗横流。此其动人最切，较之老生拥皋比、讲经义，老衲登上座、说佛法，功效百倍。近时所撰院本，多是男女私媟之事，深可痛恨，而世人喜为搬演，聚父子兄弟，并帏其妇人而观之。稍不自制，便入禽兽之门，可不深戒！"

（清）李调元《剧话》，《中国古典戏曲论著集成》（八），中国戏剧出版社本

诗咏庄姜、宣姜，并著其色，而有美有刺，义各不同，使义不切于美刺，其色不必言矣。《离骚》称灵修、美人，及汉、魏乐府言女子盛容饰，皆寓词以托讽，无非比兴者。齐、梁以下，始专咏色，于义何取，直诲淫焉耳。唐人仿古意而不失其正者间见，若杜子美《丽人行》，直书所见，深切著明，尤合乎"主文谲谏"之义。今读此诗者，亦尝俛焉玩其词而逆其志耶？

（清）乔亿《剑溪说诗又编》，《清诗话续编》本

《水东日记》云："今书坊相传射利之徒，伪为小说杂书。南人喜谈如汉小王光武、杨六使文广，北人喜谈如继母大贤等事，甚多。农、工、商贩，抄写绘画，家畜而人有之，痴騃女妇，尤所酷好，好事者因目为'女通鉴'。甚者，吕文穆、王龟龄诸名贤，百态诬蔑，作为戏剧，以为佐酒乐客之具。士大夫不以为非，亦相率而推波助澜，遂泛滥而莫之救。"

（清）焦循《剧说》卷一，《中国古典戏曲论著集成》（八），中国戏剧出版社本

昔僧秀关西与黄山谷云："作诗无害，惟艳歌小说可罢之。"山谷笑曰："殆空中语耳，终堕此恶道耶？"师曰："若是。以邪言荡人淫心，使彼由汝犯法，恐不止堕恶道而已。"黄自此不作艳词。此语见《七修类稿》，甚为有理，郑苏年师尝言："填词语多佻达，可不必学。"故及门中亦无一工此者。

(清) 梁章钜《退庵随笔·学诗》卷二十，引自《笔记小说大观》，江苏广陵古籍出版社本

更色而不更叶者松柏也，更叶而不更条者众木也，更条而不更根者百草也，更根而不更种者五谷也。谷种曰仁，实函斯活，仁者天地之心也，天生一人，即赋以此种子之仁，油然浡然不容己于方寸。故一粒之仁，可蕃衍化育，成千百万亿之仁于无穷，横六合，亘古今，无有乎不同，无有乎或变者也。仁种之不成熟奈何？曰：黄稗夺之也。地力、雨露、人事，滋于彼则耗于此。功利之稗一，记丑之稗一，词章之稗一，技艺嗜好之稗一，生气渗泄，外强中干，而仁之存者寡矣。自非旋其地力、雨露、人事毕注于斯，日夜滋息于斯，其能膏液融渥油然浡然不容己乎？《诗》曰："毋田甫田，维莠骄骄。"又曰："荼蓼朽止，黍稷茂止。"

(清) 魏源《默觚上·学篇十三》，《魏源集》上册，中华书局本

近来词客稗官家，每见前人有书盛行于世，即袭其名，著为后书副之，取其易行，竟成习套。有后以续前者，有后以证前者，甚有后与前绝不相类者，亦有狗尾续貂者。《四大奇书》如《三国演义》名《三国志》，窃取陈寿史书之名，《东西晋演义》亦名《续三国志》，更有《后三国志》与前绝不相侔。如《西游记》乃有《后西游记》、《续西游记》，《后西游》虽不能媲美于前，然嬉笑怒骂，皆成文章；若《续西游》则成狗尾矣；更有《东游记》、《南游记》、《北游记》，真堪喷饭耳。如前《水浒》一书，《后水浒》则二书：一为李俊立国海岛，花荣、徐宁之子共佐成业，应高宗"却上金鳌背上行"之谶，犹不失忠君爱国之旨；一为宋江转世杨幺，卢俊义转世王魔，一片邪污之谈，文词乖谬，尚狗尾之不若也。《金瓶梅》亦有续书，每回首载《太上感应篇》，道学不成道学，稗官不成稗官，且多背谬妄语，颠倒失伦，大伤风化；况有前本奇书压卷，而妄思续之，亦不自揣之甚矣。外而《禅真逸史》一书，《禅真后

史》二书：一为三教觉世，一为薛举托生瞿家，皆大部文字，各有各趣，但终不脱稗官口吻耳。再有《前七国》、《后七国》。而传奇各种，《西厢》有《后西厢》，《寻亲》有《后寻亲》，《浣纱》有《后浣纱》，《白兔》有《后白兔》，《千金》有《翻千金》，《精忠》有《翻精忠》，亦名《如是观》。凡此不胜枚举，姑以人所习见习闻者，笔而志之。总之，作书命意，创始者倍及精神，后此纵佳，自有崖岸，不独不能加于其上，即求媲美并观，亦不可得；何况续其狗尾，自出下下耶。演义、小说之别名，非出正道，自当凛遵俞旨，永行禁绝。

（清）刘廷玑《在园杂志》，引自《中国历代小说论著选》，江西人民出版社本

　　《红楼梦》一书，海淫之甚者也。乾隆五十年以后，其书始传。为演说故相明珠家事：以宝玉隐明珠之名，以甄（真）宝玉贾（假）宝玉乱其绪，以开卷之秦氏为入情之始，以卷终之小青为点睛之笔。摹写柔情，婉娈万状，启人淫窦，导人邪机。自是而有《续红楼梦》、《后红楼梦》、《红楼重梦》、《红楼复梦》、《红楼再梦》、《红楼幻梦》、《红楼圆梦》诸刻，曼衍支离，不可究诘。评者尚嫌其手笔远逊原书，而不知原书实为厉阶，诸刻特衍海淫之谬种，其弊一也。满洲玉研农先生（麟），家大人座主也，尝语家大人曰："《红楼梦》一书，我满洲无识者流，每以为奇宝，往往向人夸耀，以为助我铺张。甚至串成戏出，演作弹词，观者为之感叹欷歔，声泪俱下，谓此曾经我所在场目击者。其实毫无影响，自欺欺人，不值我在傍齿冷也。其稍有识者，无不以此为诬蔑我满人，可耻可恨。若果尤而效之，岂但书所云骄奢淫佚，将由恶终者哉？我做安徽学政时，曾经出示严禁，而力量不能远及，徒唤奈何！有一庠士颇擅才笔，私撰《红楼梦节要》一书，已付书坊剞劂。经我访出，曾褫其衿，焚其版，一时观听，颇为肃然；惜他处无有仿而行之者。那绎堂先生亦极言《红楼梦》一书为邪说诐行之尤，无非糟蹋旗人，实堪痛恨；我拟奏请通行禁绝，又恐立言不能得体，是以隐忍未行，则与我有同心矣。"此书全部中无一人是真的，惟属笔之曹雪芹实有其人，然以老贡生槁死牖下，徒抱伯道之嗟，身后萧条，更无人稍为矜恤，则未必非编造淫书之显报矣。

（清）梁恭辰《劝戒四录》，引自孔另境编《中国小说史料》，上海古籍出版社本

偶于书摊见有书贾记数一册，云是岁所销之书，《致富奇书》若干，《红楼梦》、《金瓶梅》、《水浒》、《西厢》等书称是，其余名目甚多，均不至前数。切叹风俗系乎人心，而人心重赖激劝。乃此等恶劣小说盈天下，以逢人之情欲，诱为不轨，所以弃礼灭义，相习成风，载胥难挽也。幸近岁稍严书禁，漏卮或可塞乎？

      （清）郑光祖《一斑录杂述》卷四，引自《水浒传资料汇编》，百花文艺出版社本

乾隆八旬盛典后，京版《红楼梦》流行江浙，每部数十金。至翻印日多，低者不及二两。其书较《金瓶梅》愈奇愈热，巧于不露，士夫爱玩鼓掌。传入闺阁，毫无避忌。作俑者曹雪芹，汉军举人也。由是后梦、续梦、复梦、翻梦，新书迭出，诗牌酒令，斗胜一时。然入阴界者，每传地狱治雪芹甚苦，人亦不恤。盖其诱坏身心性命者，业力甚大，与佛经之升堂，正作反对。嘉庆癸酉，以林清逆案，牵都司曹某，凌迟复族，乃汉军雪芹家也。余始惊其叛逆隐情，乃天报以阴律耳。伤风教者，罪安逃哉！然若狂者今亦少哀矣。更得潘顺之、补之昆仲，汪杏春、岭梅叔侄等，损赀收毁，请示永禁，功德不小。然散播何能止息，莫若聚此淫书，移送海外，以答其鸦烟流毒之意，庶合古人屏诸远方，似亦阴符长策也。

      （清）毛庆臻《一亭杂记》，引自孔另境编《中国小说史料》，上海古籍出版社本

二

文艺的作用

1. 文之以礼乐 可以成人—— 文艺的教育作用

(1) 文与政通 化成天下

《彖》曰：贲"亨"，柔来而文刚，故"亨"。分，刚上而文柔，故"小利有攸往"。刚柔交错，（依都京本补）天文也。文明以止，人文也。观乎天文，以察时变。观乎人文，以化成天下。

（先秦）《周易》卷三"贲"条，《十三经注疏》本

《象》曰：风行天上，小畜。君子以懿文德。

（先秦）《周易》卷二"小畜"条，《十三经注疏》本

是故，卦有小大，辞有险易。辞也者，各指其所之。

（先秦）《周易·系辞上》，《十三经注疏》本

是故先王慎所以感之者：故礼以道其志，乐以其声，政以一其行，刑以防其奸。礼乐刑政，其极一也，所以同民心而出治道也。

（先秦）《礼记·乐记》，《十三经注疏》本

郑卫之音，乱世之音也，比于慢矣，桑间濮上之音，亡国之音也，其政散，其民流，诬上行私而不可止也。

（先秦）《礼记·乐记》，《十三经注疏》本

礼节民心，乐和民声，政以行之，刑以防之。礼乐刑政，四达而不悖，则王道备矣。

(先秦)《礼记·乐记》，《十三经注疏》本

凡音者，生人心者也。情动于中，故形于声；声成文，谓之音。是故治世之音安以乐，其政和；乱世之音怨以怒，其政乖；亡国之音哀以思，其民困。声音之道，与政通矣。

宫为君，商为臣，角山民，徵为事，羽为物，五者不乱，则无怗懘之音矣，宫乱则荒，其君骄；商乱则陂，其官坏；角乱则忧，其民怨；徵乱则哀，其事勤；羽乱则危，其财匮。五者皆乱，迭相陵，谓之慢。如此，则国之灭亡无日矣。

(先秦)《礼记·乐记》，《十三经注疏》本

是故先王本之情性，稽之度数，制之礼义。合生气之和，道五常之行，使之阳而不散，阴而不密，刚气不怒，柔气不慑，四畅交于中而发作于外，皆安其位而不相夺也。

然后立之学等，广其节奏，省其文采，以绳德厚(《乐书》"厚"后有"也"字)，律(《乐书》作"类")大小之称，比终始之序，以象事行。使亲疏贵贱长幼男女之理，皆形见于乐。故曰："乐观其深矣。"

(先秦)《礼记·乐记》，《十三经注疏》本

君子曰：礼乐不可斯须去身，致乐以治心，则易直子谅之心，油然生矣。易直子谅之心生则乐，乐则安，安则久，久则天，天则神，天则不言而信，神则不怒而威，致乐以治心者也，致礼以治躬则庄敬，庄敬则严威。

(先秦)《礼记·乐记》，《十三经注疏》本

王者功成作乐，治定制礼；其功大者其乐备，其治辩音其礼具。

(先秦)《礼记·乐记》，《十三经注疏》本

臧哀伯谏曰：君人者将昭德塞违，以临照百官，犹惧或失之。故昭令德以示子孙。是以清庙茅屋，大路越席，大羹不致，粢食不凿，昭其俭

也。衮、冕、黻、珽、带、裳、幅、舄、衡、紞、纮、綖，昭其度也。藻率、鞞、鞛、鞶、厉、游、缨，昭其数也。火、龙、黼、黻，昭其文也。五色比象，昭其物也。钖、鸾、和、铃，昭其声也。三辰旂旗，昭其明也。夫德俭而有度，登降有数。文物以纪之，声明以发之，以临照百官，百官于是乎戒惧而不敢易纪律……

（先秦）《左传·桓公二年》，《十三经注疏》本

晋郤缺言于赵宣子曰："……《夏书》曰：'戒之用休，董之用威，劝之以九歌，勿使坏！'九功之德皆可歌也，谓之九歌，六府、三事，谓之九功。水、火、金、木、土、谷，谓之六府。正德、利用、厚生，谓之三事。义而行之，谓之德礼。无礼不乐，所由叛也。若吾子之德，莫可歌也，其谁来之？盍使睦者歌吾子乎？"

（先秦）《左传·文公七年》，《十三经注疏》本

晋侯以乐之半赐魏绛……（魏绛）辞曰："……夫乐以安德，义以处之，礼以行之，信以守之，仁以厉之，而后可以殿邦国，同福禄，来远人，所谓乐也……"

（先秦）《左传·襄公十一年》，《十三经注疏》本

晋侯与诸大夫宴于温，使诸大夫舞，曰："歌诗必类。"齐高厚之诗不类。荀偃怒，且曰："诸侯有异志矣！"使诸大夫盟高厚。高厚逃归。于是，叔孙豹、晋荀偃、宋向戌、卫甯殖、郑公孙虿、小邾之大夫盟曰："同讨不庭！"

（先秦）《左传·襄公十六年》，《十三经注疏》本

晋侯求医于秦。秦伯使医和视之……（医和）对曰："节之。先王之乐，所以节百事也。故有五节，迟速本末以相及，中声以降，五降之后，不容弹矣。于是有烦手淫声，慆堙心耳，乃忘平和，君子弗听也。物亦如之，至于烦，乃舍也已，无以生疾。君子之近琴瑟，以仪节也，非以慆心也。天有六气，降生五味，发为五色，徵为五声，淫生六疾。六气曰阴、阳、风、雨、晦、明也……"

（先秦）《左传·昭公元年》，《十三经注疏》本

天王将铸无射。泠州鸠曰："王其以心疾死乎？夫乐，天子之职也。夫音，乐之舆也，而钟，音之器也。天子省风以作乐，器以钟之，舆以行之，小音不窕，大者不槬，则和于物。物和则嘉成。故和声入于耳而藏于心，心亿则乐。窕则不咸，槬则不容，心是以感。感实生疾。今钟槬矣，王心弗堪，其能久乎？"

（先秦）《左传·昭公二十一年》，《十三经注疏》本

　　二十三年，王将铸无射，而为之大林。单穆公曰："不可……"

　　王弗听，问之泠州鸠。对曰："……夫宫音之主也。第以及羽，圣人保乐而爱财，财以备器，乐以殖财。故乐器重者从细，轻者从大。是以金尚羽，石尚角，瓦丝尚宫，匏竹尚议，革木一声。夫政象乐，乐从和，和从平。声以和乐，律以平声。金石以动之，丝竹以行之，诗以道之，歌以咏之，匏以宣之，瓦以赞之，革木以节之。物得其常曰乐极，极之所集曰声，声应相保曰和，细大不逾曰平。如是，而铸之金，磨之石，系之丝木，越之匏竹，节之鼓而行之，以遂八风。于是乎气无滞阴，亦无散阳，阴阳序次，风雨时至，嘉生繁祉，人民全和利，物备而乐成，上下不罢，故曰乐正。今细过其主妨于正，用物过度妨于财，正害财匮妨于乐。细抑大陵，不容于耳，非和也。听声越远，非平也。妨正匮财，声不和平，非宗官之所司也。夫有和平之声，则有蕃殖之财。于是乎道之以中德，咏之以中音，德音不愆，以合神人，神是以宁，民是以听。若夫匮财用，罢民力，以逞淫心，听之不和，比之不度，无益于教，而离民怒神，非臣之所闻也。"

（先秦）《国语·周语下》，上海古籍出版社本

　　王将铸无射，问律于泠州鸠。对曰："……律吕不易，无奸物也。细钧有钟无镈，昭其大也。大钧有镈无钟，甚大无镈，鸣其细也。大昭小鸣，和之道也。和平则久，久固则纯，纯明则终，终复则乐，可以成政也，故先王贵之。"

（先秦）《国语·周语下》，上海古籍出版社本

　　诵诗三百，授之以政，不达。使于四方，不能专对。虽多，亦奚以为？

（先秦）《论语·子路》，《十三经注疏》本

故书者，政事之纪也；诗者，中声之所止也；礼者，法之大分，类之纲纪也。故学至乎礼而止矣，夫是之谓道德之极。礼之敬文也，乐之中和也，诗书之博也，春秋之微也，在天地之间者毕矣。

（先秦）《荀子·劝学》，《诸子集成》本

人之生，不能无群，群而无分则争，争则乱，乱则穷矣。故无分者，人之大害也；有分者，天下之本利也；而人君者，所以管分之枢要也。故美之者，是美天下之本也；安之者，是安天下之本也；贵之者，是贵天下之本也。古者先王分割而等异之也，故使或美，或恶，或厚，或薄，或佚，或乐，或勉，或劳，非特以为淫泰夸丽之声，将以明仁之文，通仁之顺也。故为之雕琢刻镂、黼黻文章，使足以辨贵贱而已，不求其观；为之钟鼓管磬、琴瑟竽笙，使足以辨吉凶、合欢定和而已，不求其余；为之宫室台榭，使足以避燥湿、养德、辨轻重而已，不求其外。《诗》曰："雕琢其章，金玉其相，亹亹我王，纲纪四方。"此之谓也。

（先秦）《荀子·富国》，《诸子集成》本

故治世之音安以乐，其政平也；乱世之音，怨以怒，其政乖也；亡国之音悲以哀，其政险也。凡音乐，通乎政，而移风平俗者也。俗定而音乐化之矣。故有道之世，观其音而知其俗矣，观其政而知其主矣。

（先秦）《吕氏春秋·仲夏纪·适音》，《诸子集成》本

亡国之主一贯，天时虽异，其事虽殊，所以亡同者，乐不适也。乐不适则不可以存。

（先秦）《吕氏春秋·贵直论·过理》，《诸子集成》本

昔虞舜治天下，弹五弦之琴，歌"南风"之诗，寂若无治国之意，漠若无忧民之心，然天下治。周公制作礼乐，郊天地，望山川，师旅不设，刑格法悬，而四海之内奉供来臻，越裳之君重译来朝。故无为也，乃无（"无"为"有"之误）为也。

（汉）陆贾《新语·无为》，《丛书集成》本

礼：天子之乐宫县，诸侯之乐轩县，大夫直县，士有琴瑟。叔孙子奚者，卫之大夫也。曲县者，卫君之乐体也；繁缨者，君之驾饰也。齐人攻卫，叔孙子奚率师逆之，大败齐师，卫于是赏以温。叔孙子奚辞温，而请曲县繁缨以朝，卫君许之。孔子闻之曰："惜乎，不如多与之邑。夫乐者所以载国，国者所以载君，彼乐亡而礼从之，礼亡而政从之，政亡而国从之，国亡而君从之。惜乎！不如多与之邑。"

（汉）贾谊《新书·审微》，《丛书集成》本

太史公曰：余每读《虞书》，至于君臣相敕，维是几安，而股肱不良，万事堕坏，未尝不流涕也。成王作颂，推己惩艾，悲彼家难，可不谓战战恐惧，善守善终哉？君子不为约则修德，满则弃礼，佚能思初，安能惟始，沐浴膏泽而歌咏勤若，非大德谁能如斯！传曰："治定功成，礼乐乃兴。"海内人道益深，其德益至，所乐者益异。满而不损则溢，盈而不持则倾。凡作乐者，所以节乐。君子以谦退为礼，以损减为乐，乐其如此也。以为州异国殊，情习不同，故博采风俗，协比声律，以补短移化，助流政教。天子躬于明堂临观，而万民咸荡涤邪秽，斟酌饱满，以饰厥性。故云《雅》、《颂》之音理而民正，嘄噭之声兴而士奋，郑卫之曲动而心淫。及其调和谐合，鸟兽尽感，而况怀五常，含好恶，自然之势也。

（汉）司马迁《史记·乐书》，中华书局本

夫声音之道，与政通矣，所以移风易俗，明贵辨贱。

（梁）萧衍《访百寮古乐诏》，《全梁文》卷二，《全上古三代秦汉三国六朝文》本

臣闻乐由阳来，性情之本；诗以言志，政教之基。故能使天地咸亨，人伦敦序。故东鲁梦周，穷兹删采，西河邵魏，著彼缵述。叶星辰而建诗，观斗仪而命礼。以为陈徐雅颂，膏肓匪一。燕韩篇什，痼疾多端。北海郑君，徒逢笺释；南郡太守，空为异序。庶今中和永播硕学知宗。大胥负师，国子咸绍。孝敬之德，化洽天下。多识之风，道行比屋。

（梁）萧纲《请尚书左丞贺琛奉述制旨毛诗义表》，《全梁文》卷九，《全上古三代秦汉三国六朝文》本

言政而不及化，是天下无礼也；言声而不及雅，是天下无乐也；言文而不及理，是天下无文也。王道从何而兴乎？

（隋）王通《中说·王道》，《丛书集成》本

夫文生于情，情生于哀乐，哀乐生于治乱，故君子感哀乐而为文章，以知治乱之本。屈、宋以降，则感哀乐而亡雅正；魏、晋以还，则感声色而止风教；宋、齐以下，则感物色而亡兴致。教化兴亡，则君子之风尽，故淫丽形似之文皆亡国哀思之音也。自夫子至梁、陈，三变以至衰弱。嗟乎，《关雎》兴而周道盛，王泽竭而诗不作；作则王道兴矣。天其或者肇往时之乱，为圣唐之治，兴三代之文者乎？

（唐）柳冕《与滑州卢大夫论文书》，《唐文粹》卷八十四，《四部丛刊》本

《易》有四象，有天文焉，有人文焉，所以察时变而观化成也。《诗》有六义，有《大雅》焉，有《小雅》焉，所以陈国风而美王政也。

（唐）韩休《苏颋文集序》，《全唐文》卷二百九十五，中华书局本

古之为文者，所以导达心志，发挥性灵。本乎咏歌，终乎《雅》、《颂》。帝庸作而君臣动色，王泽竭而风化不行。政之兴衰，实系于此。

（唐）颜真卿《尚书刑部侍郎赠尚书右仆射孙逖文公集序》，《全唐文》卷三百三十七，中华书局本

传曰："物生而后有象，象而后有滋，滋而后有数，数成而文见矣。"始自天地，终于草木，不能无文也，而况于人乎？且夫日月星辰，天之文也；丘陵川渎，地之文也；羽毛彪炳，鸟兽之文也；华叶采错，草木之文也。天无文，四时不行矣；地无文，九州不别矣；鸟兽草木之无文，则混然而无名，而人不能用之矣。人无文，则礼无以辩其数，乐无以成其章，有国者无以行其刑政，立言者无以存其劝诫，文之时用大矣哉！

（唐）李舟《独孤常州集序》，《全唐文》卷四百四十三，中华书局本

诗人之所作本诸心，心有所感而形于言。言合典谟，则列于风雅……古之作者，因事造端，敷宏体要，立义以全其制，因文以寄其心。

著王政之兴衰，表国风之善否。岂其苟悦权右，取媚薄俗哉！

（唐）高仲武《大唐中兴间气集序》，《全唐文》卷四百五十八，中华书局本

夫君子为能知乐，是故审音以知乐，审乐以知政。

（唐）王虔休《修进继天诞圣乐表》，《全唐文》卷五百十五，中华书局本

文章之道，与政通矣。世教之污崇，人风之薄厚，与立言立事者邪正臧否，皆在焉。故登高能赋可以观者，可与图事；诵诗三百可以将命，可与专对。若子产入陈，以文辞为功。仲尼弟子，用文学命科。文学者或不备德行，德行者或不兼政事，於戏！才全其难乎！

（唐）梁肃《秘书监包府君集序》，《全唐文》卷五百一十八，中华书局本

夫大者夫道，其次人文。在昔圣王以之经纬百度，臣下以之弼成五教。德又下衰，则怨刺形于歌咏，讽议彰乎史册。故道德仁义，非文不明，礼乐刑政，非文不立。

（唐）梁肃《常州刺史独孤及集后序》，《全唐文》卷五百一十八，中华书局本

圣人观象立言，用稽述作，发乎情性，形于咏歌。大则明天下政途，弥纶王化，小则舒一时幽愤，刺见国风。

（唐）武元衡《刘商郎中集序》，《全唐文》卷五百三十一，中华书局本

乐者制也。所以道天和，全人性，故作之以崇德，审之以知政。

（唐）李程《大合乐赋》，《全唐文》卷六百三十二，中华书局本

文章与政通，而风俗以文移。

（唐）裴廷翰《樊川文集后序》，《全唐文》卷七百五十九，中华书局本

在昔乐官采诗而陈于国者，以察风俗之邪正，以审王化之兴废，得刍荛而上达，萌治乱而先觉，诗之义也大矣远矣，肇自宗周，降及汉魏，莫不政治以讽谕系国家之盛衰。作之者有犯而无讳，闻之者伤惧而鉴诫，宁同嘲戏风月，取欢流俗而已哉！晋宋诗人不失雅颂，直言无避，颇遵汉魏之风。下逮齐、梁、陈、隋，德祚浅薄，无能激切于事，皆以浮艳相夸，风雅大变，不随流者无几，所谓"亡国之音哀以思"，"王泽竭而诗不作"。吴公子听五音知国之兴废，匪虚谬也。

    （唐）顾陶《唐诗类选序》，《古今图书集成·文学典》卷一百九十七，中华书局本

若使其幸得用于朝廷，作为雅颂，以歌咏大宋之功德；荐之清庙，而追商、周、鲁颂之作者，岂不伟欤！

    （宋）欧阳修《梅圣俞诗集序》，《欧阳文忠公文集》卷四十二，《四部丛刊》本

孔子又曰："诵诗三百，授之以政，不达；使于四方，不能专对；虽多，亦奚以为？"夫国有诸侯之事，而能端委束带，与宾客言，以排难解纷，徇国家之急，或务农训兵，以扞城其民，是亦学之有益于时者也。故言语政事次之。若夫习其容而未能尽其义，诵其数而未能行其道，虽敏而传，君子所不爱，此文学之所以为末者也。

    （宋）司马光《答孔文仲司户书》，《温国文正司马公文集》卷六十，《四部丛刊》本

声音之道，与天地同和，与政通。

    （宋）张载《经学理窟·礼乐》，《张载集》，中华书局本

欲骂征车劝小留，南山南畔更逢秋。数声过雁催行色，一盏昏灯话别愁。自昔文章关治道，即今台阁要名流。白头尚作书痴在，剩乞朱黄与校雠。

    （宋）陆游《送范西叔赴召又》，《剑南诗稿》卷三，上海古籍出版社本

古者学成而用，故其为志在乎行事而已。然方未用时，有其志而无其

行事，则以其性情之发，寓诸吟咏之间焉。及其既用也，而前日之吟咏，乃皆今日行事之所资，则所以发诸性情以明吾志之有在者，夫岂见之空言而已哉！此登高赋诗所以观乎大夫之能否者，其所由来远矣。后世学不师古，而师之与事判为二途。于是处逸乐者则流连光景，以自放于花竹之间，而不知返。不幸而有饥寒迫之，摈斥摧挫流离穷厄之至，则嗟穷悼屈，感愤呼号，莫有纪极于其中。然于时政无所系，于治道无所补，则徒见诸空言而已耳。是故有见于此，而思务去之者，岂不谓之有志之士乎？

（元）戴良《玉笥集序》，《九灵山房集》卷七，《丛书集成》本

《记》曰："声音之道，与政通矣，故审乐以知政。"盖言乐之正、哇，有关于时之理、乱也。然自三代以后，号为历年多，施泽久，而民安乐之者，汉唐与宋。汉莫盛于文、景之时，然至孝武时，河间献王始献雅乐，天子下太乐官，常存肄之，岁时以备数，然不常御。常御及郊庙，皆非雅声。至哀帝时，始罢郑声，明雅乐。而汉之运祚，且移于王莽矣。唐莫盛于贞观、开元之时，然所用者多教坊俗乐，太常阅工人常肄习之，其不可教者乃习雅乐。然则其所谓乐者，可知矣。宋莫盛于天圣、景祐之时，然当时胡瑗、李照、阮逸、范镇之徒，拳拳以律吕未谐，声音未正为忧，而卒不克更置。至政和时，始制大晟乐，自谓古雅，而宋之土宇且陷入女真矣。盖古者因乐以观政，而后世则方其发政施仁之时，未暇制乐；及其承平之后，纲纪法度皆已具举，敌国外患皆已销亡，君相他无所施为，学士大夫他无所论说，然后始及制乐，乐既成，而政已秕，国已衰矣。昔隋开皇中，制乐用何妥之说，而摈万宝常之议。及乐成，宝常听之泫然曰："乐声淫厉而哀，不久天下将尽噫！"使当时一用宝常之议，能救隋之亡乎？

（元）马端临《文献通考·自序》，商务印书馆本

且书以代结绳，功信伟矣。至于辨章服之有制，画衣冠以示警，饰车辂之等威，表旌旗之后先，所以弥纶其治具，匡赞其政原者，又乌可以废之哉？画绘之事，统于冬官，而春官外史，专掌书令，其意可见矣。

（明）宋濂《画原》，《宋学士全集》卷二十五，《丛书集成》本

文辞与政化相为流通。上而朝廷，下而臣庶，皆资之以达务。是故

祭飨郊庙，则有祠祝；播告环宇，则有诏令；胙土分茅，则有册命；陈师鞠旅，则有誓戒；谏诤陈请，则有章疏；纪功耀德，则有铭颂；吟咏鼓舞，则有诗骚。所以著其典章之懿，叙其声明之实，制其事为之变，发其性情之正，阖辟化原，推拓政本，盖有不疾而速，不行而至者矣。然必生于光岳气完之时，通乎天人精微之蕴，索乎历代盛衰之故，洞乎百物荣悴之情，核乎鬼神幽明之赜，贯乎方域离合之由，举其大也极乎天地，语其小也则入夫芒秒，而后聚其精魄形诸篇翰。汹汹乎，泱泱乎，诚不可尚已！

（明）宋濂《欧阳文公文集序》，《宋学士全集》卷七，《丛书集成》本

然琴之妙，发于性灵，通于政术，感人动物，分刚柔而辨兴替，又不尽在文而在声。何者？试使人诵诗，雄者未必指发，而肃者未必敛容，惟鼓琴，则宫商分而清和别，郁勃宣而德意通，欲为之平，躁为之释。盖声音之道，微妙圆通，本于文而不尽于文，声固精于文也。

（明）严澂《琴川汇谱序》，引自《中国古代乐论选辑》，人民音乐出版社本

盖诗之为用犹史也。史言一代之事，直而无隐；诗系一代之政，婉而有章。辞义不同，由世而异。中古之盛，政善民安，化成俗美，人情舒而不迫，风气淳而不散，其言庄以简，和以平，用而不匮，广而不宣，直而有曲，体顺成而相动，是谓德音。及其衰也，列国之言各殊，俭者多啬，强者多悍，淫乱者忘反，忧深者思蹙，其或好乐而无主，困敝而思治，亦随其欲之所尚，政之所本，人情风气之所感，故古诗之体，有美有刺，有正有变，圣人并存而不废。

（明）胡翰《古乐府诗类编序》，《明文在》卷四十六，清刊本

合洪武迄崇祯诗甄综之，上自帝后，近而宫壸宗潢，远而蕃服，旁及妇寺僧尼道流，幽索之鬼神，下征诸谣谚，入选者三千四百余家。或因诗而存其人，或因人而存其诗，间缀以诗话，述其本事，期不失作者之旨。明命既讫，死封疆之臣、亡国之大夫，党锢之士，既遗民之在野者，概著于录焉，析为百卷，庶几成一代之书，窃取国史之义，俾览者可以明夫得

失之故矣。

  （清）朱彝尊《明诗综序》，《曝书亭全集》卷三十六，《四部备要》本

  观乎人文，以化成天下，文之时义大矣哉！……至唐起八代之衰，彬彬郁郁，以文辅治，用昭立言极则，非徒猎取科名之具也。世道人心，日流日下，舍正取邪者，不可胜数，良可慨也。故予之辑斯全唐文，示士林之准则，正小民之趋向也。书内存释、道诸文四十余卷；非二氏之学乎？殊不知今世奸恶之徒，创为邪书，蛊惑痴愚，并二氏之不若也。文章为政事之大本，从身心性命中发出，所谓言者心之声也。正人所言皆正，所行皆正。正文风以端士习；端士习，以厚风俗。相因而至，经正民兴，理不易也。

  （清）爱新觉罗·弘历（清高宗）《全唐文序》，《全唐文》卷首，中华书局本

  载道以文章，全唐罗册府、书成作大观，四库亦小补。诸体皆华臻，堪为政治辅……

  （清）爱新觉罗·弘历（清高宗）《读全唐文》，《全唐文纪事》，中华书局本

  ……如《春秋》一经，荆公斥为断烂朝报，此真官文书也。而大义炳如，圣笔谨严如彼。推而上之，二典、三谟、周诰、殷盘，凡圣帝明王贤臣硕辅所用明治化、陈政事，孰非官文书耶？其在《易》曰："上古结绳而治，后世圣人易之以书契，百官以治，万民以察。"则文字之用，其原亦可知矣。韩退之、柳子厚论文，必原本六经，如庄周所称"《诗》以道志，《书》以道事，《礼》以道行，《乐》以道和，《易》以道阴阳，《春秋》以道名分，大小精粗，其用无乎不贯"。至圣不作，道德不一，于是中贤小儒始岐其用，而不能相通。要之文不能经世者，皆无用之言，大雅君子所弗为也。诸葛武侯千古一人，而陈承祚所上《忠武集》、《出师表》外，皆手教也。阁下之文，所以经事适用者，皆足与古人媲美矣，此即少不合于八家，亦何惭于作者哉？

  （清）方东树《复罗月川太守书》，《仪卫轩文集》卷七，清刊本

汉氏宫殿之名，不可得而簿录也。其瓦黝以温，其文字多哀丽伤心者，观其体，皆深习八体六技者之所为，非尽陶师之为也。夫后汉祠墓之刻碑，皆石工书；而前汉瓦文，乃兼大小篆。嘻！可以识炎运之西隆，窥刘祚之东替也矣。

（清）龚自珍《瓦录序》，《龚自珍全集》第四辑，上海人民出版社本

（2）有益教化　有补于世

子曰："乱之所生也，则言语以为阶。"

（先秦）《周易·系辞上》，《十三经注疏》本

大司徒之职掌……而施十有二教焉。一曰以祀礼教敬则民不苟；二曰以阳礼教让则民不争；三曰以阴礼教亲则民不怨；四曰以乐礼教和则民不乖；五曰以仪辨等则民不越；六曰以俗教安则民不偷；七曰以刑教中则民不虣；八曰以誓教恤则民不怠；九曰以度教节则民知足；十曰以世事教能则民不失职；十有一曰以贤制爵则民慎德；十有二曰以庸制禄则民兴功。

（先秦）《周礼》卷十，《十三经注疏》本

大司乐。掌成均之法，以治建国之学政，而合国之子弟焉。凡有道者有德者使教焉。死则以为乐祖，祭于瞽宗。以乐德教国子，中和祗庸孝友。以乐语教国子，兴道讽诵言语。以乐舞教国子，舞云门、大卷、大咸、大磬、大夏、大濩、大武。以六律、六同、五声、八音、六舞、大合乐，以致鬼神示，以和邦国，以谐万民，以安宾客，以说远人，以作动物。

（先秦）《周礼》卷二十二，《十三经注疏》本

瞽矇。掌播鼗柷敔埙箫管弦歌。讽诵诗，世奠系，鼓琴瑟。掌九德、六诗之歌，以役大师。

（先秦）《周礼》卷二十三，《十三经注疏》本

子夏曰："敢问《诗》云'凯弟君子，民之父母'，何如斯可谓民之父母矣？"孔子曰："夫民之父母乎？必达于礼乐之原，以致五至而行三

无,以横于天下,四方有败,必先知之。此之谓民之父母矣。"

子夏曰:"民之父母,既得而闻之矣。敢问何谓五至?"孔子曰:"志之所至,诗亦至焉;诗之所至,礼亦至焉;礼之所至,乐亦至焉;乐之所至,哀亦至焉。哀乐相生,是故正明目而视之,不可得而见也;倾耳而听之,不可得而闻也,志气塞乎天地,此之谓五至。"

(先秦)《礼记·仲尼闲居》,《十三经注疏》本

故人情者,圣王之田也。修礼以耕之,陈义以种之,讲学以耨之,本仁以聚之,播乐以安之……故治国不以礼,犹无耜而耕也;为礼不本于义,犹耕而弗种也;为义而不讲之以学,犹种而弗耨也;讲之以学而不合之以仁,犹耨而弗获也;合之以仁而不安之以乐,犹获而弗食也;安之以乐而不达于顺,犹食而弗肥也。

(先秦)《礼记·礼运》,《十三经注疏》本

礼交动乎上,乐交应乎下,和之至也。礼也者,反其所自生;乐也者,乐其所自成。是故先王之制礼也以节事,修乐以道志。故观其礼乐而治乱可知也。

(先秦)《礼记·礼器》,《十三经注疏》本

奠酬而工升歌,发德也。歌者在上,匏竹在下,贵人声也。乐由阳来者也,礼由阴作者也,阴阳和而万物得。

(先秦)《礼记·郊特牲》,《十三经注疏》本

子曰:"礼也者,理也;乐也者,节也。君子无礼不动,无节不作。不能诗,于礼缪;不能乐,于礼素;薄于德,于礼虚。"

……

子曰:"古之人与?古之人也!达于礼而不达于乐,谓之素;达于乐而不达于礼,谓之偏。夫夔达于乐而不达于礼。"

(先秦)《礼记·仲尼燕居》,《十三经注疏》本

乐也者,情之不可变者也;礼也者,理之不可易者也。乐统同,礼辨异,礼乐之说,管乎人情矣!

穷本知变，乐之情也；著诚去伪，礼之经也。礼乐偩天地之情，达神明之德，降兴上下之神，而凝是精粗之体，领父子君臣之节。

（先秦）《礼记·乐记》，《十三经注疏》本

凡音者，生于人心者也。乐也，通伦理者也。是故知声而不知音者，禽兽是也。知音而不知乐者，众庶是也。惟君子为能知乐。

是故审声以知音，审音以知乐，审乐以知政，而治道备矣。

是故不知声者，不可与言音。不知音者，不可与言乐。知乐，则几于礼矣。礼乐皆得，谓之有德。

（先秦）《礼记·乐记》，《十三经注疏》本

乐者为同，礼者为异。同则相亲，异则相敬。乐胜则流，礼胜则离。合情饰貌者，礼乐之事也。

礼义立，则贵贱等矣；乐文同，则上下和矣；好恶著，则贤不肖别矣；刑禁暴，爵举贤，则政均矣。仁以爱之，义以正之。如此，则民治行矣。

（先秦）《礼记·乐记》，《十三经注疏》本

乐由中出，礼自外作。乐由中出故静，礼自外作故文。大乐必易，大礼必简。乐至则无怨；礼至则不争。揖让而治天下者，礼乐之谓也。

暴民不作，诸侯宾服，兵革不试，五刑不用，百姓无患，天子不怒，如此，则乐达矣。合父子之亲，明长幼之序，以敬四海之内，天子如此，则礼行矣。

（先秦）《礼记·乐记》，《十三经注疏》本

夫乐者，乐也，人情之所不能免也。乐必发于声音，形于动静，人之道也。声音动静，性术之变，尽于此矣。故人不耐无乐，乐不耐无形。形而不为道，不耐无乱。先王耻其乱，故制雅颂之声以道之。使其声足乐而不流，使其文足论而不息，使其曲直繁瘠廉肉节奏，足以感动人之善心而已矣，不使放心邪气得接焉。是先王立乐之方也。

是故，乐在宗庙之中，君臣上下同听之，则莫不和敬，在族长乡里之中，长幼同听之，则莫不和顺；在闺门之内，父子兄弟同听之，则莫不和

亲。故乐者，审一以定和，比物以饰节，节奏合以成文。所以合和父子君臣，附亲万民也。是先王立乐之方也。

故听其雅颂之声，志意得广焉；执其干戚，习其俯仰诎伸，容貌得庄焉；行其缀兆，要其节奏，行列得正焉，进退得齐焉。故乐者，天地之命，中和之纪，人情之所不能免也。

（先秦）《礼记·乐记》，《十三经注疏》本

礼者，殊事合敬者也；乐者，异文合爱者也。

（先秦）《礼记·乐记》，《十三经注疏》本

乐者，心之动也。声者，乐之象也。文采节奏，声之饰也。君子动其本，乐其象，然后治其饰。是故先鼓以警戒，三步以见方，再始以著往，复乱以饬归，奋疾而不拔，极幽而不隐。独乐其志，不厌其道，备举其道，不私其欲。是故情见而义立，乐终而德尊，君子以好善，小人以听过。故曰：生民之道，乐为大焉。

（先秦）《礼记·乐记》，《十三经注疏》本

礼乐皆得，谓之有德，德者得也。是故乐之隆，非极音也；食飨之礼，非致味也。

（先秦）《礼记·乐记》，《十三经注疏》本

是故君子反情以和其志，比类以成其行。奸声乱色，不留聪明；淫乐慝礼，不接心术；惰慢邪辟之气，不设于身体。使耳目鼻口心知百体，皆由顺正，以行其义。然后发以声音，而文以琴瑟，动以干戚，饰以羽旄，从以箫管，奋至德之光，动四气之和，以著万物之理。

是故，清明象天，广大象地，终始象四时，周还象风雨。五色成文而不乱，八风从律而不奸，百度得数而有常。小大相成，终始相生，倡和清浊，迭相为经。故乐行而伦清，耳目聪明，血气和平，移风易俗，天下皆宁。故曰："乐者，乐也。"君子乐得其道，小人乐得其欲。以道制欲，则乐而不乱；以欲忘道，则惑而不乐。是故君子反情以和其志，广乐以成其教。乐行而民乡方，可以观德矣。

（先秦）《礼记·乐记》，《十三经注疏》本

是故大人举礼乐,则天地将为昭焉,天地䜣合,阴阳相得,煦妪覆育万物,然后草木茂,区萌达,羽翼奋,角觡生,蛰虫昭苏,羽者妪伏,毛者孕鬻,胎生者不殰,而卵生者不殈,则乐之道归焉耳!

(先秦)《礼记·乐记》,《十三经注疏》本

乐也者,动于内者也;礼也者,动于外者也。故礼主其减,乐主其盈。礼减而进,以进为文;乐盈而反,以反为文,礼减而不进则销,乐盈而不反则放。故礼有报而乐有反,礼得其报则乐,乐得其反则安。礼之报,乐之反,其义一也。

(先秦)《礼记·乐记》,《十三经注疏》本

夫民有血气心知之性,而无哀乐喜怒之常,应感起物而动,然后心术形焉。

是故志微噍杀之音作,而民思忧;啴谐慢易繁文简节之音作,而民康乐;粗厉猛起奋末广贲之音作,而民刚毅;廉直劲正庄诚之音作,而民肃敬;宽裕肉好顺成和动之音作,而民慈爱;流辟邪散狄成涤滥之音作,而民淫乱。

(先秦)《礼记·乐记》,《十三经注疏》本

乐者,所以象德也;礼者,所以缀淫也。

(先秦)《礼记·乐记》,《十三经注疏》本

乐也者,圣人之所乐也,而可以善民心。其感人深,其移风易俗,故先王著其教焉。

(先秦)《礼记·乐记》,《十三经注疏》本

平公说新声,师旷曰:"公室其将卑乎!君之明兆于衰矣。夫乐以开山川之风也,以耀德于广远也。风德以广之,风山川以远之,风物以听之,修诗以咏之,修礼以节之。夫德广远而有时节,是以远服而迩不迁。"

(先秦)《国语·晋语八》,上海古籍出版社本

庄王使士亹傅太子箴……（申）叔时曰："教之春秋，而为之耸善而抑恶焉，以戒劝其心；教之世，而为之昭明德而废幽昏焉，以休惧其动；教之诗，而为之导广显德，以耀明其志；教之礼，使知上下之则；教之乐，以疏其秽而镇其浮；教之令，使访物官；教之语，使明其德，而知先王之务用明德于民也；教之故志，使知废兴者而戒惧焉；教之训典，使知族类，行比义焉。"

（先秦）《国语·楚语上》，上海古籍出版社本

子路问成人。子曰："若臧武仲之知，公绰之不欲，卞庄子之勇，冉求之艺，文之以礼乐，亦可以为成人矣。"曰："今之成人者何必然？见利思义，见危授命，久要不忘平生之言，亦可以为成人矣。"

（先秦）《论语·宪问》，《十三经注疏》本

子之武城，闻弦歌之声，夫子莞尔而笑，曰："割鸡焉用牛刀？"子游对曰："昔者，偃也闻诸夫子曰：'君子学道则爱人，小人学道则易使也。'"子曰："二三子！偃之言是也。前言戏之耳。"

（先秦）《论语·阳货》，《十三经注疏》本

子曰："君子博学于文，约之以礼，亦可以弗畔矣夫！"

（先秦）《论语·雍也》，《十三经注疏》本

子曰："有德者必有言，有言者不必有德。"

（先秦）《论语·宪问》，《十三经注疏》本

孔子曰："益者三乐，损者三乐。乐节礼乐，乐道人之善，乐多贤友，益矣。乐骄乐，乐佚游，乐宴乐，损矣。"

（先秦）《论语·季氏》，《十三经注疏》本

曾子曰："君子以文会友，以友辅仁。"

（先秦）《论语·颜渊》，《十三经注疏》本

凡民之生也，必以正平；所以失之者，必以喜乐哀怒。节怒莫若乐，

节乐莫若礼，守礼莫若敬。外敬而内静者，必反其性。岂无利事哉，我无利心。岂无安处哉，我无安心。心之中又有心，意以先言，意然后形，形然后思，思然后知。凡心之形，过知失生。是故内聚以为原。泉之不竭，表里遂通。泉之不涸，四支坚固。能令用之，被服四固。是故圣人一言解之：上察于天，下察于地。

（先秦）《管子·心术下》，《诸子集成》本

将将鸿鹄，貌之美者也。貌美，故民歌之。德义者，行之美者也。德义美，故民乐之。民之所歌乐者，美行德义也，而明主鸿鹄有之。故曰：鸿鹄将将，维民歌之。

（先秦）《管子·形势解》，《诸子集成》本

公孙丑问曰："高子曰：'《小弁》，小人之诗也。'"

孟子曰："何以言之？"

曰："怨。"

曰："固哉，高叟之为诗也！有人于此，越人关弓而射之，则己谈笑而道之；无他，疏之也。其兄关弓而射之，则己垂涕泣而道之；无他，戚之也。《小弁》之怨，亲亲也，亲亲，仁也。固矣夫，高叟之为诗也！"

曰："《凯风》何以不怨？"

曰："《凯风》，亲之过小者也；《小弁》，亲之过大者也。亲之过大而不怨，是愈疏也；亲之过小而怨，是不可矶也。愈疏，不孝也；不可矶，亦不孝也……"

（先秦）《孟子·告子下》，《十三经注疏》本

孟子曰："仁言不如仁声之入人深也，善政不如善教之得民也。善政，民畏之；善教，民爱之。善政得民财，善教得民心。"

（先秦）《孟子·尽心上》，《十三经注疏》本

孟子曰："……昔者禹抑洪水而天下平；周公兼夷狄、驱猛兽而百姓宁，孔子成《春秋》而乱臣贼子惧。《诗》云：'戎狄是膺，荆舒是惩，则莫我敢承。'无父无君，是周公所膺也。我亦欲正人心，息邪说，距诐行，放淫辞，以承三圣者。岂好辩哉？予不得已也。能言距杨、墨者，圣

人之徒也。"

（先秦）《孟子·滕文公下》，《十三经注疏》本

孟子曰："仁之实，事亲是也。义之实，从兄是也。智之实，知斯二者弗去是也。礼之实，节文斯二者是也。乐之实，乐斯二者，乐则生矣，生则恶可已也，恶可已，则不知足之蹈之，手之舞之。"

（先秦）《孟子·离娄上》，《十三经注疏》本

天乐者，乐也，人情之所必不免也。故人不能无乐，乐则必发于声音，形于动静。而人之道，声音动静，性术之变尽是矣。故人不能不乐，乐则不能无形，形而不为道，则不能无乱。先王恶其乱也，故制雅颂之声以道之，使其声足以乐而不流，使其文足以辨而不谞，使其曲直、繁省、廉肉、节奏，足以感动人之善心，使夫邪污之气无由得接焉。

（先秦）《荀子·乐论》，《诸子集成》本

君子以钟鼓道志，以琴瑟乐心。动以干戚，饰以羽旄，从以磬管，故其清明象天，其广大象地，其俯仰周旋，有似于四时，故乐行而志清，礼修而行成，耳目聪明，血气和平，移风易俗，天下皆宁，美善相乐。

故曰："乐者乐也。"君子乐得其道，小人乐得其欲。以道制欲，则乐而不乱，以欲忘道，则惑而不乐。故乐者，所以道乐也，金石丝竹，所以道德也。乐行而民乡方矣。故乐者，治人之盛者也，而墨子非之！

（先秦）《荀子·乐论》，《诸子集成》本

人之于文学也，犹玉之于琢磨也。诗曰："如切如磋，如琢如磨。"谓学问也，和之璧，井里之厥也，玉人琢之，为天子宝。子赣、季路，故鄙人也，被文学，服礼义，为天下列士。

（先秦）《荀子·大略》，《诸子集成》本

夫《诗》、《书》、《礼》、《乐》之分，固非庸人之所知也。故曰：一之而可再也，有之而可久也，广之而可通也，虑之而可安也，反鈆察之而俞可好也。以治情则利，以为名则荣，以群则和，以独则足乐，意者其是邪？

（先秦）《荀子·荣辱》，《诸子集成》本

故乐在宗庙之中，君臣上下同听之，则莫不和敬；闺门之内，父子兄弟同听之，则莫不和亲；乡里族长之中，长少同听之，则莫不和顺。故乐者，审一以定和者也，比物以饰节者也，合奏以成文者也；足以率一道，足以治万变。是先王立乐之术也。

（先秦）《荀子·乐论》，《诸子集成》本

乐者，圣人之所乐也，而可以善民心，其感人深，其移风易俗，故先王导之以礼乐而民和睦。

夫民有好恶之情而无喜怒之应，则乱。先王恶其乱也，故修其行，正其乐，而天下顺焉。故齐衰之服，哭泣之声，使人之心悲；带甲婴軸，歌于行伍，使人之心伤；姚冶之容，郑卫之音，使人之心淫；绅端章甫，舞《韶》歌《武》，使人之心庄。故君子耳不听淫声，目不视女色，口不出恶言，此三者，君子慎之。

凡奸声感人而逆气应之，逆气成象而乱生焉。正声感人而顺气应之，顺气成象而治生焉。唱和有应，善恶相象，故君子慎其所去就也。

（先秦）《荀子·乐论》，《诸子集成》本

论礼乐，正身行，广教化，美风俗，兼覆而调一之，辟公之事也。

（先秦）《荀子·王制》，《诸子集成》本

乐姚冶以险，则民流僈鄙贱矣。流僈则乱，鄙贱则争。乱、争则兵弱城犯，敌国危之。如是，则百姓不安其处，不乐其乡，不足其上矣。故礼乐废而邪音起者，危、削、侮辱之本也。故先王贵礼乐而贱邪音。其在"序官"也，曰："修宪命，审诛赏，禁淫声，以时顺修，使夷俗邪音不敢乱雅，太师之事也。"

（先秦）《荀子·乐论》，《诸子集成》本

昔先圣王之为苑囿园池也，足以观望劳形而已矣；其为宫室台榭也，足以辟燥湿而已矣；其为舆马衣裘也，足以逸身煖骸而已矣；其为饮食酏醴也，足以适味充虚而已矣；其为声色音乐也，足以安性自娱而已矣。五者，圣王之所以养性也。非好俭而恶弗也，节乎性也。

（先秦）《吕氏春秋·孟春纪·重己》，《诸子集成》本……凡说者,兑之也,非说之也。今世之说者,多弗能兑,而反说之。夫弗能兑而反说,是拯溺而硾之以石也,是救病而饮之以堇也。

(先秦)《吕氏春秋·孟夏纪·劝学》,《诸子集成》本

圣人深虑天下,莫贵于生。夫耳目鼻口,生之役也。耳虽欲声,目虽欲色,鼻虽欲芬香,口虽欲滋味,害于生则止。

(先秦)《吕氏春秋·仲春纪·贵生》,《诸子集成》本

故先王必托于音乐,以论其教。清庙之瑟,朱弦而疏越,一唱而三叹,有进乎音者矣。大飨之礼,上玄尊而俎生鱼,大羹不和,有进乎味者也。故先王之制礼乐也,非特以欢耳目,极口腹之欲也,将以教民平好恶,行理义也。

(先秦)《吕氏春秋·仲夏纪·适音》,《诸子集成》本

凡音者,产乎人心者也,感于心则荡乎音,音成于外而化乎内,是故闻其声而知其风,察其风而知其志,观其志而知其德。盛衰贤不肖,君子小人,皆形于乐,不可隐匿。故曰:乐之为观也,深矣。

(先秦)《吕氏春秋·季夏纪·音初》,《诸子集成》本

凡闻言必熟论,其于人必验之以理。鲁哀公问于孔子曰:"乐正夔一足,信乎?"孔子曰:"昔者舜欲以乐传教于天下,乃令重黎举夔于草莽之中而进之。舜以为乐正。夔于是正六律,和五声,以通八风,而天下大服。重黎又欲益求人,舜曰:'夫乐,天地之精也,得失之节也。故唯圣人为能和,乐之本也。夔能和之,以平天下,若夔者一而足矣。故曰夔一足,非一足也。"

(先秦)《吕氏春秋·慎行论·察传》,《诸子集成》本

《关雎》,后妃之德也,风之始也,所以风天下而正夫妇也。故用之乡人焉,用之邦国焉。风,风也,教也;风以动之,教以化之。

诗者,志之所之也,在心为志,发言为诗。情动于中而形于言,言之不足故嗟叹之,嗟叹之不足故永歌之,永歌之不足,不知手之舞之,足之蹈之也。

情发于声，声成文谓之音。治世之音安以乐，其政和；乱世之音怨以怒，其政乖；亡国之音哀以思，其民困。故正得失，动天地，感鬼神，莫近于诗。先王以是经夫妇，成孝敬，厚人伦，美教化，移风俗。

故诗有六义焉：一曰风，二曰赋，三曰比，四曰兴，五曰雅，六曰颂。上以风化下，下以风刺上，主文而谲谏，言之者无罪，闻之者足以戒，故曰风。至于王道衰，礼义废，政教失，国异政，家殊俗，而变风、变雅作矣。国史明乎得失之迹，伤人伦之废，哀刑政之苛，吟咏情性，以风其上，达于事变而怀其旧俗者也。故变风发乎情，止乎礼义。发乎情，民之性也；止乎礼义，先王之泽也。是以一国之事，系一人之本，谓之风；言天下之事，形四方之风，谓之雅。雅者，正也，言王政之所由废兴也。政有小大，故有小雅焉，有大雅焉。颂者，美盛德之形容，以其成功告于神明者也。是谓四始，诗之至也。

然则《关雎》、《麟趾》之化，王者之风，故系之周公。南，言化自北而南也。《鹊巢》、《驺虞》之德，诸侯之风也，先王之所以教，故系之召公。《周南》、《召南》，正始之道，王化之基。是以《关雎》乐得淑女，以配君子，爱在进贤，不淫其色，哀窈窕，思贤才，而无伤善之心焉。是《关雎》之义也。

（汉）卫宏《毛诗序》，《毛诗正义》，《十三经注疏》本

……后世衰废，于是后圣乃定五经，明六艺，承天统地，穷事（察）微，原情立本，以绪人伦，宗诸天地，（纂）修篇章，垂诸来世，被诸鸟兽，以匡衰乱，天人合策，原道悉备，智者达其心，百工穷其巧，乃调之以管弦丝竹之音，设钟鼓歌舞之乐，以节奢侈，正风俗，通文雅。后世淫邪，增之以郑卫之音，民弃本趋末，技巧横出，用意各殊，则加雕文刻镂，傅致胶漆丹青玄黄琦玮之色，以穷耳目之好，极工匠之巧……

（汉）陆贾《新语·道基第一》，《丛书集成》本

武帝即位，举贤良文学之士前后百数，而仲舒以贤良对策焉。制曰："……盖闻五帝三王之道，改制作乐而天下洽和，百王同之。当虞氏之乐莫盛于《韶》，于周莫盛于《勺》。圣王已没，钟鼓管弦之声未衰，而大道微缺，陵夷至虖桀纣之行，王道大坏矣。夫五百年之间，守文之君，当涂之士，欲则先王之法以戴翼其世者甚众，然犹不能反，日以仆灭，至后

王而后止，岂其所持操或悖缪而失其统与？固天降命不可复反，必推之于大衰而后息与？乌乎！凡所为屑屑，夙兴夜寐，务法上古者，又将无补与……"仲舒对曰："……道者，所繇适于治之路也。仁、义、礼、乐，皆其具也。故圣王已没，而子孙长久安宁数百岁，此皆礼乐教化之功也。王者未作乐之时，乃用先王之乐宜于世者，而以深入教化于民。教化之情不得，雅颂之乐不成，故王者功成作乐，乐其德也。乐者，所以变民风，化民俗也。其变民也易，其化人也著。故声发于和，而本于情，接于肌肤，臧于骨髓。故王道虽微缺，而管弦之声未衰也。夫虞氏之不为政久矣，然而乐颂遗风犹有存者，是以孔子在齐而闻《韶》也……"

（汉）班固《汉书·董仲舒传》，中华书局本

　　……何谓本？曰：天、地、人，万物之本也。天生之，地养之，人成之。天生之以孝悌，地养之以衣食，人成之以礼乐，三者相为手足，合以成体，不可一无也。无孝悌，则亡其所以生；无衣食，则亡其所以养；无礼乐，则亡其所以成也。三者皆亡，则民如麋鹿，各从其欲，家自为俗，父不能使子，君不能使臣。虽有城郭，名曰虚邑。如此者，其君枕块而僵，莫之危而自危，莫之丧而自亡，是谓自然之罚。自然之罚至，裹袭石室，分障险阻，犹不能逃之也。明主贤君，必于其信，是故肃慎三本，效祀致敬，共事祖祢，举显孝悌，表异孝行，所以奉天本也。秉耒躬耕，采桑亲蚕，垦草殖谷，开辟以足衣食，所以奉地本也。立辟雍庠序，修孝悌敬让，明以教化，感以礼乐，所以奉人本也。三者皆奉，则民如子弟，不敢自专；邦如父母，不待恩而爱，不须严而使，虽野居露宿，厚于宫室。如是者，其若安枕而卧，莫之助而自强，莫之绥而自安，是谓自然之赏……

（汉）董仲舒《春秋繁露·立元神第十九》，上海古籍出版社本

　　君子知在位者之不能以恶服人也，是故简六艺以赡养之。《诗》、《书》序其志，礼乐纯其美，《易》、《春秋》明其知。六学皆大，而各有所长。《诗》道志，故长于质。礼制节，故长于文。乐咏德，故长于风。《书》著功，故长于事。《易》本天地，故长于数。《春秋》正是非，故长于治人。能兼得其所长，而不能遍举其详也……

（汉）董仲舒《春秋繁露·玉杯第二》，上海古籍出版社本

汤作《濩》。闻其宫声，使人温良而宽大；闻其商声，使人方廉而好义；闻其角声，使人恻隐而爱仁；闻其徵声，使人乐养而好施；闻其羽声，使人恭敬而好礼。《诗》曰："汤降不迟，圣敬日跻。"

（汉）韩婴《韩诗外传》卷八，《丛书集成》本

……周室衰而王道废，儒墨乃始列道而议，分徒而讼。于是博学以疑圣，华诬以胁众，弦歌鼓舞，缘饰诗书，以买名誉于天下。繁登降之礼，饰绂冕之服；聚众不足以极其变，积财不足以赡其费。于是万民乃始慆佻离跂，各欲行其知伪，以求凿枘于世而错择名利。是故百姓曼衍于淫荒之陂，而失其大宗之本。夫世之所以丧性命，有衰渐以然，所由来者久矣。是故圣人之学也，欲以返性于初，而游心于虚也。达人之学也，欲以通性于辽廓，而觉于寂漠也。若夫俗世之学也则不然，擢德攓性，内愁五藏，外劳耳目，乃始招蛲振缱物之豪芒，摇消掉捎仁义礼乐，暴行越智于天下，以招号名声于世，此我所羞而不为也……

（汉）刘安《淮南鸿烈·俶真训》，《丛书集成》本

道德定于天下而民纯朴，则目不营于色，耳不淫于声，坐俳而歌谣，被发而浮游，虽有毛嫱西施之色，不知说也，掉羽武象，不知乐也。淫泆无别，不得生焉。由此观之，礼乐不用也。是故德衰然后仁生，行沮然后义立，和失然后声调，礼淫然后容饰。

（汉）刘安《淮南鸿烈·本经训》，《丛书集成》本

百川异源，而皆归于海；百家殊业，而皆务于治。王道缺而诗作，周室废、礼乐坏而《春秋》作。《诗》《春秋》，学之美者也。皆衰世之造也，儒者循之，以教导于世，岂若三代之盛哉！

（汉）刘安《淮南鸿烈·氾论训》，《丛书集成》本

民有好色之性，故有大婚之礼；有饮食之性，故有大飨之谊；有喜乐之性，故有钟鼓管弦之音；有悲哀之性，故有衰绖哭踊之节。故先王之制法也，因民之所好而为之节文者也。因其好色而制婚姻之礼，故男女有别。因其喜音而正雅颂之声，故风俗不流……此皆人之所有于性，而圣人

之所匠成也。故无其性，不可教训。有其性，无其养，不能遵道。

（汉）刘安《淮南鸿烈·泰族训》，《丛书集成》本

率性而行谓之道，得其天性谓之德，性失然后贵仁，道失然后贵义。是故仁义立而道德迁矣，礼乐饰则纯朴散矣……古者民童蒙不知东西，貌不羡乎情，而言不溢乎行，其衣致暖而无文，其兵戈铢而无刃，其歌乐而无转，其哭哀而无声。

（汉）刘安《淮南鸿烈·齐俗训》，《丛书集成》本

故古之君人者，其惨怛于民也；国有饥者食不重味，民有寒者而冬不被裘，岁登民丰乃始县钟鼓，陈干戚，君臣上下，同心而乐之，国无哀人。故古之为金石管弦者，所以宣乐也……及至乱主，取民则不裁其力。求于下则不量其积，男女不得事耕织之业，以供上之求，力勤财匮，君臣相疾也。故民至焦唇沸肝，有命（今）无储，而乃始撞大钟，击鸣鼓，吹竽笙，弹琴瑟，是犹贯甲胄而入宗庙，被罗纨而从军旅，失乐之所由生矣。

（汉）刘安《淮南鸿烈·主术训》，《丛书集成》本

太史公曰：夫上古明王举乐者，非以娱心自乐，快意恣欲，将欲为治也。正教者皆始于音，音正而行正。故音乐者，可以动荡血脉，通流精神而和正心也……故乐所以内辅正心而外异贵贱也；上以事宗庙，下以变化黎庶也……故闻宫音，使人温舒而广大；闻商音，使人方正而好义；闻角音，使人恻隐而爱人；闻徵音，使人乐善而好施；闻羽音，使人整齐而好礼。夫礼由外入，乐自内出。故君子不可须臾离礼，须臾离礼则暴慢之行穷外；不可须臾离乐，须臾离乐则奸邪之行穷内。故乐音者，君子之所养义也。夫古者，天子诸侯听钟磬未尝离于庭，卿大夫听琴瑟之音未尝离于前，所以养行义而防淫佚也。夫淫佚生于无礼，故圣王使人耳闻雅颂之音，目视威仪之礼，足行恭敬之容，口言仁义之道。故君子终日言而邪辟无由入也。

（汉）司马迁《史记·乐书》，中华书局本

乐者，所以移风易俗也。自雅颂声兴，则已好郑卫之音。郑卫之音所

从来久矣。人情之所感，远俗则怀。

（汉）司马迁《史记·太史公自序》，中华书局本

子路鼓瑟，有北鄙之声，孔子闻之，曰："信矣！由之不才也。"冉有侍，孔子曰："求，来！尔奚不谓由；夫先王之制音也，奏中声为中节，流入于南，不归于北？南者，生育之乡，北者，杀伐之域。故君子执中以为本，务生以为基；故其音温和而居中，以象生育之气；忧哀悲痛之感不加乎心，暴厉淫荒之动不存乎体；夫然者，乃治存之风，安乐之为也。彼小人则不然，执末以论本，务刚以为基；故其音湫厉而微末，以象杀伐之气，和节中正之感不加乎心，温俨恭庄之动不存乎体；夫杀者，乃乱亡之风，奔北之为也。昔舜造南风之声，其兴也勃焉，至今王公述而不释；纣为北鄙之声，其废也忽焉，至今王公以为笑。彼舜以匹夫，积正合仁，履中行善，而卒以兴；纣以天子，好慢淫荒，刚厉暴贼，而卒以灭。今由也，匹夫之徒，布衣之丑也！既无意乎先王之制，而又有亡国之声，岂能保七尺之身哉！冉有以告子路，子路曰："由之罪也！小人不能耳陷而入于斯。宜矣，夫子之言也！"遂自悔，不食，七日而骨立焉。孔子曰："由之改，过矣！"

（汉）刘向《说苑·修文》，《丛书集成》本

凡从外入者，莫深于声音，变人最极，故圣人因而成之以德，曰"乐"。乐者，德之风。《诗》曰："威仪抑抑，德音秩秩。"谓礼乐也。故君子以礼正外，以乐正内。内须臾离乐，则邪气生矣，外须臾离礼，则慢行起矣。故古者天子诸侯听钟声未尝离于庭，卿大夫听琴瑟未尝离于前，所以养正心而灭淫气也。乐之动于内，使人易道而好良；乐之动于外，使人温恭而文雅。雅颂之声动人，而正气应之；和成容好之声动人，而和气应之；粗厉猛贲之声动人，而怒气应之；郑卫之声动人，而淫气应之。是以君子慎其所以动人也。

（汉）刘向《说苑·修文》，《丛书集成》本

孔子至齐，郭门之外遇一婴儿，挈一壶相与俱行。其视精，其心正，其行端。孔子谓御曰："趣驱之！趣驱之！《韶》乐方作。"孔子至彼闻《韶》，三月不知肉味。故乐非独以自乐也，又以乐人；非独以自正也，

又以正人，大矣哉。于此乐者，不图为乐至于此。

（汉）刘向《说苑·修文》，《丛书集成》本

孔子不应，曲终而曰："由，君子好乐为无骄也，小人好乐为无慑也。"

（汉）刘向《说苑·杂言》，《丛书集成》本

刘向《琴说》云："凡鼓琴，有七例：一曰明道德；二曰感鬼神；三曰美风俗；四曰妙心察；五曰制声调；六曰流文雅；七曰善传授。"

（汉）刘向《琴说》，引自《中国古代乐论选辑》，人民音乐出版社本

或问："交五声十二律也，或雅或郑，何也？"曰："中正则雅，多哇则郑。""请问本？"曰："黄钟以生之，中正以平之，确乎郑卫不能入也。"

（汉）扬雄《法言·吾子》，《丛书集成》本

或曰："君子听声乎？"曰："君子惟正之听；荒乎淫，拂乎正，沈而乐者，君子弗听也。"

（汉）扬雄《法言·寡见》，《丛书集成》本

古者诸侯卿大夫交接邻国，以微言相感，当揖让之时，必称《诗》以谕其志，盖以别贤不肖而观盛衰焉。故孔子曰"不学《诗》，无以言"也。

（汉）班固《汉书·艺文志》，中华书局本

小说家者流，盖出于稗官。街谈巷语，道听涂说者之所造也。孔子曰："虽小道，必有可观者焉，致远恐泥，是以君子弗为也。"然亦弗灭也，闾里小知者之所及，亦使缀而不忘。如或一言可采，此亦刍荛狂夫之议也。

（汉）班固《汉书·艺文志》，中华书局本

自孝武立乐府而采歌谣，于是有代、赵之讴，秦、楚之风，皆感于哀

乐，缘事而发，亦可以观风俗，知薄厚云。

（汉）班固《汉书·艺文志》，中华书局本

《书》曰："诗言志，歌咏言。"故哀乐之心感，而歌咏之声发。诵其言谓之诗，咏其声谓之歌。故古有采诗之官，王者所以观风俗，知得失，自考正也。

（汉）班固《汉书·艺文志》，中华书局本

所以作乐者，谐八音，荡涤人之邪意，全其正性，移风易俗也。

（汉）班固《汉书·律历志》，中华书局本

六经之道同归，而《礼》、《乐》之用为急。治身者斯须忘礼，则暴嫚入之矣；为国者一朝失礼，则荒乱及之矣。人函天地阴阳之气，有喜怒哀乐之情。天禀其性而不能节也，圣人能为之节而不能绝也，故象天地而制礼乐，所以通神明，立人伦，正情性，节万事者也。

（汉）班固《汉书·礼乐志》，中华书局本

乐者，圣人之所乐也，而可以善民心。其感人深，其移风易俗易，故先王著其教焉。

夫民有血气心知之性，而无哀乐喜怒之常，应感而动，然后心术形焉。是以纤微憔瘁之音作，而民思忧；阐谐嫚易之音作，而民康乐；粗厉猛奋之音作，而民刚毅；廉直正诚之音作，而民肃敬；宽裕和顺之音作，而民慈爱；流辟邪散之音作，而民淫乱。先王耻其乱也，故制雅颂之声，本之情性，稽之度数，制之礼仪，合生气之和，导五常之行，使之阳而不散，阴而不集，刚气不怒，柔气不慑，四畅交于中，而发作于外，皆安其位而不相夺，足以感动人之善心也，不使邪气得接焉，是先王立乐之方也。

（汉）班固《汉书·礼乐志》，中华书局本

赞曰：仲尼称"材难不其然与！"自孔子后，缀文之士众矣，唯孟轲、孙况、董仲舒、司马迁、刘向、扬雄。此数公者，皆博物洽闻，通达古今，其言有补于世。传曰"圣人不出，其间必有命世者焉"，岂近是乎？

（汉）班固《汉书·楚元王传赞》，中华书局本司马迁称《春秋》推见至隐;《易》本隐以之显;《大雅》言王公大人,而德逮黎庶;《小雅》讥小己之得失,其流及上。所言虽殊,其合德一也。相如虽多虚辞滥说,然要其归引之于节俭,此亦《诗》之风谏何异?扬雄以为靡丽之赋,劝百而风一,犹骋郑卫之声,曲终而奏雅,不已戏乎!

(汉)班固《汉书·司马相如传赞》,中华书局本

盖闻导民以礼,风之以乐……

(汉)班固《汉书·儒林传》公孙弘语,中华书局本

夫教训者,所以遂道术而崇德义也。今学问之士,好语虚无之事,争著雕丽之文,以求见异于世。品人鲜识,从而高之。此伤道德之实而或朦夫之大者也。诗赋者,所以颂善丑之德,泄哀乐之情也。故温雅以广文,兴喻以尽意。今赋颂之徒,苟为饶辩屈蹇之辞,竞陈诬罔无然之事,以索见怪于世。愚夫戆士,从而奇。此悖孩童之思,而长不诚之言者也。

(汉)王符《潜夫论·务本》,《丛书集成》本

夫贫生于富,弱生于强,乱生于治,危生于安。是故明王之养民也,忧之劳之,教之诲之,慎微防萌,以断其邪。故《易》美节以制度,不伤财,不害民。《七月》诗大小教之,终而复始。由此观之,民固不可恣也。

(汉)王符《潜夫论·浮侈》,《丛书集成》本

盖寡言无多,而华文无寡。为世用者,百篇无害,不为用者,一章无补。

(汉)王充《论衡·自纪篇》,中华书局本

好学勤力,博闻强识,世间多有;著书表文,论说古今,万不耐一。然则著书表文,博通所能用之者也。入山见木,长短无所不知;入野见草,大小无所不识。然而不能伐木以作室屋,采草以和方药,此知草木所不能用也。夫通人览见广博,不能摄以论说,此为匿生书主人,孔子所谓"诵《诗》三百,授之以政,不达"者也,与彼草木不能伐采,一实也。孔子得

史记以作《春秋》,及其立义创意,褒贬赏诛,不复因史记者,眇思自出于胸中也。凡贵通者,贵其能用之也。即徒诵读,读诗讽术,虽千篇以上,鹦鹉能言之类也。衍传书之意,出膏腴之辞,非俶傥之才,不能任也。

(汉)王充《论衡·超奇篇》,中华书局本

夫文人文章岂徒调墨弄笔为美丽之观哉?载人之行,传人之名也!善人愿载,思勉为善;邪人恶载,力自禁裁。然则文人之笔,劝善惩恶也。谥法所以章善,即以著恶也。加一字之谥,人犹劝惩,闻知之者,莫不自勉。况极笔墨之力,定善恶之实,言行毕载,文以千数,传流于世,成为丹青,故可尊也。

(汉)王充《论衡·佚文篇》,中华书局本

或问曰:贤圣不空生,必有以用其心。上至孔、墨之党,下至荀、孟子徒,教训必作垂文,何也?

对曰:圣人作经艺,著传记,匡济薄俗,驱民使之归实诚也。案《六略》之书万三千篇,增善消恶,割截横拓,驱役游慢,期便道善,归正道焉。孔子作《春秋》,周民弊也。故采求毫毛之善,贬纤介之恶,拨乱世,反诸正,人道浃,王道备,所以检押靡薄之俗者,悉具密致……是故周道不弊,则民不文薄;民不文薄,《春秋》不作。杨、墨之学不乱儒义,则孟子之传不造;韩国不小弱,法度不坏废,则韩非之书不为;高祖不辨得天下,马上之计未转,则陆贾之语不奏;众事不失实,凡论不坏乱,则桓谭之论不起。故夫贤圣之兴文也,起事不空为,因因不妄作。作有益于化,化有补于正,故汉立兰台之官,校审其书,以考其言。董仲舒作道术之书,颇言灾异政治所失,书成文具,表在汉室。主父偃嫉之,诬奏其书。天子下董仲舒于吏,当谓之下愚。仲舒当死,天子赦之。夫仲舒言灾异之事,孝武犹不罪而尊其身,况所论无触忌之言,核道实之事,收故实之语乎?故夫贤人之在世也,进则尽忠宣化,以明朝廷;退则称论贬说,以觉失俗。俗也不知还,则立道轻为非;论者不追救,则迷乱不觉悟。

(汉)王充《论衡·对作篇》,中华书局本

以敏于赋、颂,为弘丽之文为贤乎?则夫司马长卿、杨子云是也。文丽而务巨,言眇而趋深,然而不能处定是非,辩然否之实。虽文如锦绣,深如河汉，民不觉知是非之分，无益于弥为崇实之化。

            （汉）王充《论衡·定贤篇》，中华书局本

  著作者为文儒，说经者为世儒，二儒在世，未知何者为优？或曰：文儒不若世儒。世儒说圣人之经，解贤者之传，义理广博，无不实见，故在官常位，位最尊者为博士，门徒聚众，招会千里，身虽死亡，学传于后。文儒为华淫之说，于世无补，故无常官，弟子门徒，不见一人，身死之后，莫有绍传，此其所以不如世儒者也。

  答曰：不然。夫世儒说圣情，共起并验，俱追圣人，事殊而务同，言异而义钧，何以谓之文儒之说无补于世？世儒业易为，故世人学之多；非事可析第，故官廷设其位。文儒之业，卓绝不循，人寡其书；业虽不讲，门虽无人，书文奇伟，世人亦传。彼虚说，此实篇，折累二者，孰者为贤？案古俊乂著作辞说，自用其业，自明于世；世儒当时虽尊，不遭文儒之书，其迹不传。周公制礼乐，名垂而不灭；孔子作《春秋》，闻传而不绝。周公、孔子难以论言。汉世文章之徒，陆贾、司马迁、刘子政、扬子云，其材能若奇，其称不由人。世传《诗》家鲁申公，《书》家千乘、欧阳、公孙，不遭太史公，世人不闻。夫以业自显，孰与须人乃显？夫能纪百人，孰与廑能显其名……

            （汉）王充《论衡·书解》，中华书局本

  诗之兴也，谅不于上皇之世……有夏承之，篇章泯弃，靡有孑遗，迩及商王，不风不雅。何者？论功颂德，所以将顺其美；刺过讥失，所以匡救其恶，各于其党，则为法者彰显，为戒者著明。

     （汉）郑玄《诗谱叙》，《全后汉文》卷八十四，《全上古三代秦汉三国六朝文》本

  诗者，弦歌讽谕之声也。自书契之兴，朴略尚质，面称不为谄，目谏不为谤。君臣之接如朋友然，在于恳诚而已。斯道稍衰，奸伪以生，上下相犯。及其制礼，尊君卑臣，君道刚严，臣道柔顺，于是箴谏者希，情志不通，故作诗者以诵其美而讥其过。

     （汉）郑玄《六艺论》，《全后汉文》卷八十四，《全上古三代秦汉三国六朝文》本

酒以成礼，过则复败，而流于沉湎，故作酒诲以戒之。

（魏）曹丕《典论》，《丛书集成》本

[附一] 荆州牧刘表跨有南土，子弟骄贵，以酒器名三爵。上曰伯雅，受七胜，中雅受六胜，季雅受五胜，又设大针于杖端，有醉者，辄以劖刺之，验其醉醒。（《典论》）

[附二] 中常侍张让子奉为太医令，与人饮酒，辄裂引衣裳，发露形体，以为戏乐。将罢，又乱其舃履，使大小差跱，无不颠倒僵仆，蹉跌手足，因随而笑之。（《典论》）

[附三] 孝灵帝末，朝政堕废，群官有司并湎于酒，贵戚尤甚，斗酒千钱，常侍张让子奉为太医令，与人饮，去衣露形为乐。（《典论》）

夫文学者，人伦之守，大教之本也。

（魏）王粲《荆州文学记官志》，《全后汉文》卷九十一，《全上古三代秦汉三国六朝文》本

故圣人立调适之音，建平和之声，制便事之节，定顺从之容，使天下之为乐者，莫不仪焉。自上以下，降杀有等，至于庶人，咸皆闻之。歌谣者，咏先王之德；俯仰者，习先王之容，器具者，象先王之式；度数者，应先王之制。入于心，沦于气。心气和洽，则风俗齐一。圣人之为进退、俯仰之容也，将以屈形体，服心意，便所修，安所事也。歌咏诗曲，将以宣和平，著不逮也。钟鼓，所以节耳；羽旄，所以制目。听之者不倾，视之者不衰，耳目不倾不衰，则风俗移易。故移风易俗，莫善于乐也。

（魏）阮籍《乐论》，《全三国文》卷四十六，《全上古三代秦汉三国六朝文》本

先王之为乐也，将以定万物之情，一天下之意也。故使其声平，其容和，下不思上之声，君不欲臣之色，上下不争而忠义成。夫正乐者，所以屏淫声也。故乐废则淫声作。

（魏）阮籍《乐论》，《全三国文》卷四十六，《全上古三代秦汉三国六朝文》本

昔先王制乐，非以纵耳目之观，崇曲房之嬿也，必通天地之气，静万

物之神也；固上下之位，定性命之真也。故清庙之歌，咏成功之绩；宾飨之诗，称礼让之则；百姓化其善，异俗服其德。此淫声之所以薄，正乐之所以贵也。

（魏）阮籍《乐论》，《全三国文》卷四十六，《全上古三代秦汉三国六朝文》本

先王之欲人之为君子也，故立保氏，掌教六艺。

（汉）徐幹《中论·艺纪》，《丛书集成》本

孔子称安上治民，莫善于礼，移风易俗，莫善于乐。

（汉）徐幹《中论·艺纪》，《丛书集成》本

艺者，所以旌智饰能统事御群也，圣人之所不能已也。艺者以事成德者也，德者以道率身者也。艺者德之枝叶也，德者人之根干也。斯二物者，不遍行，不独立，木无枝叶则不能丰其根干，故谓之瘠；人无艺则不能成其德，故谓之野，若欲为夫君子，必兼之乎。

（汉）徐幹《中论·艺纪》，《丛书集成》本

夫著作书论者，乃欲阐弘大道，述明圣教，推演事义，尽极情类，记是贬非，以为法式，当时可行，后世可修。且古者富贵而名贱废灭，不可胜记，唯篇论俶傥之人为不朽耳。夫奋名于百代之前，而流誉于千载之后，以其览之者益，闻之者有觉故也。岂徒转相放效，各作书论，浮辞淡说而无损益哉！而世俗之人，不解作体而务泛溢之言，不存有益之义，非也。故作者不尚其辞丽，而贵其存道也；不好其巧慧而恶其伤义也。故夫小辩破道，狂简之徒，斐然成文，皆圣人之所疾矣。

（魏）桓范《政要论·序作》，《群书治要》卷四十七，《丛书集成》本

论者或怪亮文采不艳，而过于丁宁周至……亮所与言，尽众人凡士，故其文指不得及远也。然其声教遗言，皆经事综物，公诚之心，形于文墨，足以知其人之意理，而有补于当世。

（晋）陈寿《上诸葛氏集表》，《三国志·诸葛亮传》，中华书局本

伊兹文之为用，固众理之所因。恢万里而无阂，通亿载而为津。俯贻则于来叶，仰观象乎古人。济文武于将坠，宣风声于不泯。涂无远而不弥，理无微而不纶。配沾润于云雨，象变化乎鬼神。被金石而德广，流管弦而日新。

（晋）陆机《文赋》，《陆机集》卷一，中华书局本

文章者，所以宣上下之象，明人伦之叙，穷理尽性，以穷万物之宜者也。

（晋）挚虞《文章流别论》，《全晋文》卷七十七，中华书局本

昔之为文者，非苟尚辞而已，将以纽之王教，本乎劝戒也。自夏、殷以前，其文隐没，靡得而详焉。周监二代，文质之体，百世可知。故孔子采万国之风，正雅颂之名，集而谓之诗。诗人之作，杂有赋体。子夏序诗曰：一曰风，二曰赋。故知赋者，古诗之流也。至于战国，王道陵迟，风雅寝顿，于是贤人失志，辞赋作焉。是以孙卿、屈原之属，遗文炳然，辞义可观，存其所感，咸有古诗之意，皆因文以寄其心，托理以全其制，赋之首也。及宋玉之徒，淫文放发，言过于实，夸竞之兴，体失之渐，风雅之则，于是乎乖。逮汉贾谊，颇节之以礼。自时厥后，缀文之士，不率典言，并务恢张。其文博诞空类……流宕忘反，非一时也。

（晋）皇甫谧《三都赋序》，《全晋文》卷七十一，《全上古三代秦汉三国六朝文》本

……夫制器者珍于周急，而不以采饰外形为善。立言者贵于助教，而不以偶俗集誉为高。若徒阿顺谄谀，虚美隐恶，岂所匡失弼违醒迷补过者乎。虑寡和而废白雪之音，嫌难售而贱连城之价，余无取焉。非不能属华艳以取悦，非不知抗直言之多咎，然不忍违情曲笔，错滥真伪，欲令心口相契，顾不愧景，冀知音之在后也。否泰有命，通塞听天，何必书行言用，荣及当年乎！夫君子之开口动笔，必戒悟蔽。式整雷同之倾邪，磋砻流遁之暗秽。而著书者徒饰弄华藻，张磔迂阔，属难验无益之辞，治靡丽虚言之美，有似坚白厉修之书，公孙刑名之论。虽旷笼天地之外，微入无间之内，立解连环，离同合异，鸟影不动，鸡卵有足，犬可为羊，大龟长蛇之言，适足示巧表奇以诳俗，何异乎画敖仓以救饥，仰天汉以解渴。说

昆山之多玉，不能赈原宪之贫；观药藏之簿领，不能治危急之疾。墨子刻木鸡以厉天，不如三寸之车辖；管青铸骐骥于金象，不如驽马之周用。言高秋天而不可施者，丘不与易也。

（晋）葛洪《抱朴子外篇·应嘲》，《诸子集成》本

抱朴子曰：丹帏接网，组帐重荫，则丑姿翳矣；朱漆致饰，错涂炫耀，则枯木隐矣。是以六艺备则卑鄙化为君子；众誉集则孤陋邈乎贵游。

（晋）葛洪《抱朴子外篇·博喻》，《诸子集成》本

迁文直而事核，固文赡而事详。若固之序事，不激诡，不抑抗，赡而不秽，详而有体，使读之者亹亹而不厌。信哉，其能成名也！彪、固讥迁，以为是非颇谬于圣人，然其论议常排死节，否正直，而不叙杀身成仁之为美，则轻仁义、贱守节愈矣。

（南朝·宋）范晔《后汉书·班彪列传》，中华书局本

佛道自后汉明帝，法始东流，自此以来，其教稍广，自帝王至于民庶，莫不归心……元嘉十二年，丹阳尹萧摹之奏曰："佛化被于中国，已历四代，形象塔寺，所在千数，进可以系心，退足以招劝。"

（南朝·梁）沈约《宋书·夷蛮传》，中华书局本

唯文章之用，实经典枝条；五礼资之以成，六典因之致用，君臣所以炳焕，军国所以昭明。

（南朝·梁）刘勰《文心雕龙·序志》，人民文学出版社本

夫乐本心术，故响浃肌髓，先王慎焉，务塞淫滥。敷训胄子，必歌九德；故能情感七始，化动八风。自雅声浸微，溺音腾沸，秦燔乐经，汉初绍复，制氏纪其铿锵，叔孙定其容与；于是武德兴乎高祖，四时广于孝文，虽摹韶夏，而颇袭秦旧，中和之响，阒其不还。暨武帝崇礼，始立乐府，总赵代之音，撮齐楚之气，延年以曼声协律，朱马以骚体制歌，桂华杂曲，丽而不经，赤雁群篇，靡而非典，河间荐雅而罕御，故汲黯致讥于天马也。至宣帝雅颂，诗效鹿鸣；迄及元成，稍广淫乐；正音乖俗，其难也如此。既后郊庙，惟杂雅章，辞虽典文，而律非夔旷。至于魏之三祖，

气爽才丽，宰割辞调，音靡节平。观其北上众引，秋风列篇，或述酣宴，或伤羁戍，志不出于淫荡，辞不离于哀思，虽三调之正声，实韶夏之郑曲也。逮于晋世，则傅玄晓音，创定雅歌，以咏祖宗；张华新篇，亦充庭万。然杜夔调律，音奏舒雅，荀勖改悬，声节哀急，故阮咸讥其离声，后人验其铜尺，和乐精妙，固表里而相资矣。故知诗为乐心，声为乐体，乐体在声，瞽师务调其器；乐心在诗，君子宜正其文。好乐无荒。晋风所以称远；伊其相谑，郑国所以云亡。故知季札观辞，不直听声而已。

（南朝·梁）刘勰《文心雕龙·乐府》，人民文学出版社本

若夫艳歌婉娈，怨志诀绝，淫辞在曲，正响焉生！然俗听飞驰，职竞新异，雅咏温恭，必欠伸鱼睨；奇辞切至，则拊髀雀跃，诗声俱郑，自此阶矣。
……
赞曰：八音摛文，树辞为体。讴吟坰野，金石云陛。《韶》响难追，郑声易启。岂惟观乐，于焉识礼。

（南朝·梁）刘勰《文心雕龙·乐府》，人民文学出版社本

芮良夫之诗云："自有肺肠，俾民卒狂。"夫心险如山，口壅若川，怨怒之情不一，欢谑之言无方。昔华元弃甲，城者发睅目之讴；臧纥丧师，国人造侏儒之歌。并嗤戏形貌，内怨为俳也。又蚕蟹鄙谚，狸首淫哇，苟可箴戒，载于礼典。故知谐辞讔言，亦无弃矣。

（南朝·梁）刘勰《文心雕龙·谐隐》，人民文学出版社本

夫观古之为隐，理周要务，岂为童稚之戏谑，搏髀而抃笑哉？然文辞之有谐讔，譬九流之有小说；盖稗官所采，以广视听，若效而不已，则髡祖而入室，旃孟之石交乎！
赞曰：古之嘲隐，振危释惫。虽有丝麻，无弃菅蒯。会义适时，颇益讽诫，空戏滑稽，德音大坏。

（南朝·梁）刘勰《文心雕龙·谐隐》，人民文学出版社本

子野曾祖宋中大夫西乡侯，以文帝之十二年受诏撰元嘉起居注，二十六年重被诏续成何承天《宋书》，其年终于位，书则未遑述作。齐兴后数

十年，宋之新史，既行于世也。

子野生乎秦始之季，长于永明之年，家有旧书，闻见又接，是以不用浮浅，因宋之新史，为《宋略》二十卷。剪截繁文，删撮事要，即其简寡，志以为名。

夫黜恶章善，臧否与夺，则以先达格言，不有私也。岂以勒成一家，贻之好事？盖司典之后，而不忘焉。

  （南朝·梁）裴子野《宋略总论》，《全梁文》卷五十三，中华书局本

夫今之俗，搢绅稚齿，闾巷小生，学以浮动为贵。用百家则多尚轻侧，涉经记则不通大旨。苟取成章，贵在悦目。龙首豕足，随时之义，牛头马髀，强相附会。事等张君之弧，徒观外泽；亦如南阳之里，难就穷检矣。射鱼指天，事徒勤而靡获；适郢首燕，马虽良而不到。夫挹酌道德，宪章前言者，君子所以行也。是故言顾行，行顾言。原宪云：无财谓之贫，学道不行谓之病。末俗学徒，颇或异此。或假兹以为伎术，或狎之以为戏笑。若谓伎术者，犁軒眩人，皆伎术也。若以为戏笑者，少府斗获，皆戏笑也。未闻强学自立，和乐慎礼若此者也。口谈忠孝，色方在于过鸿；形服儒衣，心不则于德义。既弥乖于本行，实有长于浇风。一失其源，则其流已远。

  （南朝·梁）萧绎《金楼子·立言篇》，《丛书集成》本

妙形难象，至理希诠，形之所及，理亦在焉。悟兹空假，劳兹盖缠；式图往秘，用结来缘。丹青并饰，金玉同镌；神仪内莹，宝相外宣。园光照耀，映彼无边；灵应肸响，感发大千。

  （北齐）邢邵《文襄皇帝金象铭》，《全北齐文》卷三，《全上古三代秦汉三国六朝文》本

夫乐者，声乐而心和，所以非为乐也，今则声哀而心悲，洒泪而歔欷，是以悲为乐也。若以悲为乐，亦何乐之有哉？今悲思之声，施于管弦，听音者，不淫则悲；淫则乱男女之辨，悲则感怨思之声，岂所谓乐哉？故奸声感人，而逆气应之，逆气成象，而淫乐兴焉；正声感人，而顺气应之，顺气成象，而和乐兴焉。乐不和顺，则气有蓄滞；气有蓄滞，则

有悖逆诈伪之心，淫泆妄作之事。是以奸声乱色，不留聪明；淫乐慝礼，不接心术。使人心和而不乱者，雅乐之情也。故为诗颂以宣其志，钟鼓以节其耳，羽旄以制其目；听之者不倾，视之者不邪。耳目不倾不邪，则邪音不入，邪音不入，则情性内和；性情内和，然后乃为乐也。

（北魏）刘昼《刘子·辩乐》，《丛书集成》本

故人不能无乐，乐则不能无形，形则不能无道，道则不能无乱。先王恶其乱也，故制雅乐以道之，使其声足乐而不淫，使其音调伦而不诡，使其曲繁省而廉均；是以感人之善恶，不使放心邪气，是先王立乐之情也。

（北魏）刘昼《刘子·辩乐》，《丛书集成》本

案圣人之作乐也，非止苟悦耳目而已矣。欲使在宗庙之内，君臣同听之则莫不和敬；在乡里之内，长幼同听之则莫不和顺；在闺门之内，父子同听之则莫不和亲。此先王立乐之方也。故知声而不知音者，禽兽是也，知音而不知乐者，众庶是也。故黄钟、大吕、弦歌、干戚，僮子皆能舞之。能知乐者，其唯君子。不知声者，不可与言音；不知音者，不可与言乐；知乐则几于道矣。

（隋）何妥语，引自《隋书·儒林列传》，中华书局本

夫文以化成，惟圣之高义，行而不远，前史之格言，是以温洛祯图，绿字符其丕业；苑山灵篆，金简成其帝载。既而书契之道聿兴，钟石之文逾广，移风俗于王化，崇孝敬于人伦，经纬乾坤，弥纶中外，故知文之时义大哉远矣！

（唐）房玄龄《晋书·文苑传序》，中华书局本

《易》曰："观乎天文，以察时变，观乎人文，以化成天下。"《传》曰："言，身之文也，言而不文，行之不远。"故尧曰"则天"，表文明之称；周云"盛德"，著焕乎之美。然则文之为用，其大矣哉！上所以敷德教于下，下所以达情志于上；大则经纬天地，作训垂范；次则风谣歌颂，匡主和民。

（唐）魏徵《隋书·文学传序》，中华书局本

夫诗者，论功颂德之歌，止僻防邪之训，虽无为而自发，乃有益于生灵。六情静于中，百物荡于外。情缘物动，物感情迁。若政遇醇和，则欢娱被于朝野；时当惨黩，亦怨刺形于咏歌。作之者所以畅怀舒愤，闻之者足以塞违从正。发诸情性，谐于律吕。故曰：感天地，动鬼神，莫近于诗。

（唐）孔颖达《毛诗正义序》，《全唐文》卷一百四十六，中华书局本

史臣曰：两仪定位，日月扬晖，天文彰矣；八卦以陈，书契有作，人文详矣。若乃《坟》《索》所纪，莫得而云；《典》《谟》以降，遗风可述。是以曲阜多才多艺，鉴二代以正其本；阙里性与天道，修六经以维其末。故能范围天地，纲纪人伦。穷神知化，称首于千古！经邦纬俗，藏用于百代。至矣哉！斯固圣人之述作也。

逮乎两周道丧，七十义乖。淹中稷下，八儒三墨，辩博之论蜂起；漆园黍谷，名法兵农，宏放之词雾集。虽雅诰奥义，或未尽善，考其所长，盖贤达之源流也。

（唐）令狐德棻《周书·王褒庾信传论》，中华书局本

夫文学者，盖人伦之所基欤？是以君子异乎众庶。

（唐）姚思廉《陈书·文学传论》，中华书局本

《易》曰："观乎人文，以化成天下。"孔子曰"焕乎其有文章"也。自楚、汉以降，辞人世出，洛汭、江左，其流弥畅。莫不思侔造化，明并日月，大则宪章典谟，裨赞王道，小则文理清正，申纾性灵。至于经礼乐，综人伦，通古今，述美恶，莫尚乎此。

（唐）姚思廉《陈书·文学传序》，中华书局本

夫观乎人文以化成天下，观乎国风以察兴亡。是知文之为用远矣，大矣。若乃宣、僖善政，其美载于周诗；怀、襄不道，其恶存乎楚赋；读者不以吉甫、奚斯为谄，屈平、宋玉为谤者，何也？盖不虚美、不隐恶故也。是则文之将史，其流一焉，固可以方驾南、董，俱称良直者矣。爰泊中叶，文体大变，树理者多以诡妄为本，饰辞者务以淫丽为宗，譬如女工

之有绮縠，音乐之有郑卫……若马卿之《子虚》、《上林》，扬雄之《甘泉》、《羽猎》，班固《两都》，马融《广成》，喻过其体，词没其义，繁华而失实，流宕而忘返，无裨劝奖，有长奸诈，而前后《史》、《汉》皆书诸列传，不其谬乎？

（唐）刘知幾《史通·载文》，《四部备要》本

　　夫文章之道，自古称难。圣人以开物成务，君子以立言见志。遗雅背训，孟子不为；劝百讽一，扬雄所耻。苟非可以甄明大义，矫正末流，俗化资以兴衰，家国繇其轻重，古人未尝留心也。自微言既绝，斯文不振，屈、宋导浇源于前，枚、马张淫风于后；谈人主者以宫室苑囿为雄，叙名流者以沉酗骄奢为达。故魏文用之而中国衰，宋武贵之而江东乱；虽沈、谢争骛，适先兆齐梁之危；徐、庾并驰，不能免周陈之祸。于是识其道者卷舌而不言，明其弊者拂衣而径逝。《潜夫》《昌言》之论，作之而有逆于诗；周公孔氏之教，存之而不行于代，天下之文靡不坏矣。国家应千载之期，恢百王之业，天地静默，阴阳顺序，方欲激扬正道，大庇生人，黜非圣之书，除不稽之论。牧童顿颡思进皇谋，樵夫拭目愿谈王道。崇大厦者非一木之材，匡弊俗者非一日之卫，众持则力尽，真长则伪销，自然之数也。君侯受朝廷之寄，掌熔范之权，至于舞咏浇淳，好尚邪正，宜深以为念也。

（唐）王勃《上吏部裴侍郎启》，《王子安集》卷八，《四部丛刊》本

　　天下皆知礼之为贵，用周旋揖让之仪。天下皆知乐之为盛，节金石丝簧之变。是则忠信之薄，饰容貌于矜庄；风俗之微，陶性灵于歌舞。殊不知达人君子，遗形骸于得丧之机，心照神交，混荣辱于是非之境，非若诸公者，大夫之相知也。以为烟霞可赏，岁月难留，遂欲极千载之交欢，穷百年之乐事，莫不如珪如璋，令闻令望，济济锵锵，同会于文场者也。

（唐）杨炯《晦日药园诗序》，《杨盈川集》卷三，中华书局本

　　大矣哉，文之时义也！有天文焉，察时以观其变；有人文焉，立言以重其范。历年滋久，递为文质，应运以发其明，因人以通其粹。仲尼既没，游、夏光洙泗之风；屈平自沉，唐、宋弘汨罗之迹。文儒于焉异术，

词赋所以殊源。

　　　　　（唐）杨炯《王勃集序》，《杨盈川集》卷三，中华书局本

　　……君子独立，矫世之方，于是和墨澹情，洒翰缛意，寄孤兴于露月，沉浮标于山海，乃集瑶圃，洗玉池，翩翩然又以自得也。

　　　　　（唐）陈子昂《洪崖子鸾鸟诗序》，《陈子昂集》卷七，中华书局本

　　朕闻乐者起于心，心者动于物。物不正则不可为乐，乐不和则不能理人。况天生黎蒸，区别男女。外则导之以礼，中则由之以乐。

　　　　　（唐）苏颋《禁断女乐敕》，《全唐文》卷二百五十四，中华书局本

　　或激扬仁义，或囊括政刑，或富国成家，或惩恶劝善，进既资于助国，退亦取于理身。实翰墨之泉源，信文章之隆薮。故马迁修史，列之九流，班固叙书，著之七略。

　　　　　（唐）孙嘉之《对书史百家策》，《全唐文》卷二百五十九，中华书局本

　　臣与群官详审：以为乐音气化，所以感天地、动鬼神、调五行、均四序，故哲王垂制，被之乐章。

　　　　　（唐）严善思《公除后请习乐表》，《全唐文》卷二百六十六，中华书局本

　　乐天之和，礼地之序。礼配地，乐应天。故音动于心，声形于物。因心哀乐感物应变。乐正则风化正，乐邪则政教邪。

　　　　　（唐）武平一《谏大飨用倡优媟狎书》，《全唐文》卷二百六十八，中华书局本

　　臣闻礼乐，其所由来尚矣。先王所以美教化厚人伦，以致太平也。

　　　　　（唐）邢巨《应文辞雅丽科对策》，《全唐文》卷三百〇一，中华书局本

保乂皇极,缉熙文教,以为正国风美王化者,莫近于诗。

(唐)孙逖《宰相及百官定昆明池旬宴序》,《全唐文》卷三百一十二,中华书局本

文章本乎作者,而哀乐系乎时。本乎作者,六经之志也;系乎时者,乐文武而哀幽厉也。立身扬名,有国有家,化人成俗,安危存亡,于是乎观之。

(唐)李华《赠礼部尚书清河孝公崔沔集序》,《全唐文》卷三百一十五,中华书局本

《易》曰:"观乎人文,以化成天下。"《关雎》之义曰:"先王以是经夫妇,成孝敬,厚人伦,美教化,移风俗。盖王政之所由废兴也。"故延陵听诗,知诸侯之存亡。今试学者以帖字为精通,而不穷旨义,岂能知迁怒贰过之道乎?考文者以声病为是非,而惟择浮艳,岂能知移风易俗化天下之事乎?是以上失其源,而下袭其流,乘流波荡,不知所止,先王之道,莫能行也。

(唐)贾至《议杨绾条奏贡举疏》,《全唐文》卷三百六十八,中华书局本

礼以训俗,乐以移风……且歌者所以导志,舞者所以饰情。观其容也,或以移乎风俗;察其字也,或以表乎贞明。

(唐)平冽《开元字舞赋》,《全唐文》卷四百〇六,中华书局本

乐者所以节宣其意,舞者所以激扬其气,不乐无以调风俗,不舞无以摅情志。

(唐)平冽《舞赋》,《全唐文》卷四百〇六,中华书局本

人无文,则礼无以辨其数,乐无以成其章。有国者无以行其刑政,立言者无以存其劝诫。文之时用大矣哉!

(唐)李舟《独孤常州集序》,《全唐文》卷四百四十三,中华书局本

古之厚风俗,美教化,必播于歌咏,垂于无穷……本乎诗人之志有四

焉：美其德，美其位，美其政，美其邻。信可以编诸唐雅，昭示后学，岂止于涂歌里诵，遐迩悦慕而已。

（唐）梁肃《贺苏常二孙使君邻郡诗序》，《全唐文》卷五百一十八，中华书局本

文之作，上所以发扬道德，正性命之纪；次所以财成典礼，厚人伦之义，又其次所以昭显义类，立天下之中。

（唐）梁肃《补阙李君前集序》，《全唐文》卷五百一十八，中华书局本

唐兴九世，天子以人文化成天下。王泽洽，颂声作，洋洋焉与三代同风。其辅相之臣曰邺侯李公泌字长源，用比兴之文，行易简之道。赞事盛圣，辨章品物，疏通以尽理，闳丽而合雅，舒卷之道，必形于辞，其伟矣夫……有文集二十卷。其习嘉遁，则有沧浪紫府之诗，其在王庭，则有君臣赓载之歌。或依隐以玩世，或主文以谲谏，步骤六义，发扬时风，观其词者有以见上之任人，始兴之知人者已。

（唐）梁肃《丞相邺侯李泌文集序》，《全唐文》卷五百一十八，中华书局本

别后九年，年已老大，平生好文，老亦兴尽。日为外事所挠，有"笔语"两大卷，或不得已而为之，或有为而为之。既为，颇近教化。谨录呈上，望览讫一笑。

（唐）柳冕《与滑州卢大夫论文书》，《全唐文》卷五百二十七，中华书局本

文章本于教化，形于治乱，系于国风。故在君子之心为志，形君子之言为文，论君子之道为教。《易》云："观乎人文，以化成天下。"此君子之文也。自屈、宋以降，为文者本于哀艳，务于恢诞，亡于比兴，失古义矣。虽扬、马形似，曹、刘骨气，潘、陆藻丽，文多用寡，则是一技，君子不为也。昔武帝好神仙，而相如为《大人赋》以讽，帝览之，飘然有凌云之气，故扬雄病之，曰："讽则讽矣，吾恐不免于劝也。"盖文有余而质不足则流，才有余而雅不足则荡；流荡不返，使人有淫丽之心，此文之病也。雄虽知之，不能行之，行之者，惟荀、孟、

贾生、董仲舒而已。

    （唐）柳冕《与徐给事论文书》，《全唐文》卷五百二十七，中华书局本

  故文章之道，不根教化，别是一枝耳。当时君子，耻为文人，语曰："德成而上，艺成而下，文章技艺之流也。"故夫子末之。

  ……

  如变其文，即先变其俗。文章、风俗其弊一也。变之之术在教其心。使人日用而不自知也。伏维尊经术，卑文士。经术尊则教化美；教化美则文章盛；文章盛则王道兴。此二者在圣君行之而已。

    （唐）柳冕《谢杜相公论房杜二相书》，《全唐文》卷五百二十七，中华书局本

  夫文章者，本于教化，发于情性……夫日月之丽，仰之愈明；金石之音，听之弥清。故圣人感之而文章生焉，教化成焉，哀乐形焉。逮德下衰，文章教化扫地尽矣。噫，圣人之道，犹圣人之文也。学其道不知其文，君子耻之；学其文不知其教，君子亦耻之。

    （唐）柳冕《答徐州张尚书论文武书》，《全唐文》卷五百二十七，中华书局本

  六经之作，圣人所以明天道，正人伦，助治乱。苟非大者，君子不学；苟非远者，君子不言。学大则君子之德崇，言远则君子之业广。

    （唐）柳冕《答孟判官论宇文生评史官书》，《全唐文》卷五百二十七，中华书局本

  叙曰三代之理曰忠敬文。文之为也。上以端教化，下以通讽谕，其大则扬激烈而章缉熙，其细则咏情性以舒愤懑。自孔门偃商之后，荀况、孟轲宪章六籍。汉兴，刘向、贾谊论时政，相如、子云著赋颂，或闳侈巨丽，或博厚遒雅。历代文章与时升降，其或伯仲之间，齐名善价，以德行世其业，以文学大其门则又鲜焉。

    （唐）权德舆《故唐通议大夫梓州诸军事梓州刺史上柱国权公文集序》，《权载之文集》卷三十四，《四部丛刊》本

昔有虞以濬哲文明理天下，故有谐八音、陈九德、赓载康哉之臣。周宣王修文武之业，以开中兴，故有歌丞人、赋韩奕、清风大雅之什。春秋之际，诸侯列卿大夫感物造端，能赋可以图事，称诗可以谕志。然则元侯宗工，作为文章，本于王化，系于风俗，亦其志气之所发也。

(唐) 权德舆《唐故徐泗濠节度使观察处置等使通议大夫检校尚书左仆射使持节徐州诸军事兼徐州刺史御史大夫赐紫金鱼袋上柱国南阳郡开国公赠司徒张公集序》，《权载之文集》卷三十四，《四部丛刊》本

自吾居夷，不与中州人通书。有来南者，时言韩愈为《毛颖传》，不能举其辞，而独大笑以为怪。而吾久不克见。杨子海之来，始持其书，索而读之，若捕龙蛇，搏虎豹，急与之角而力不敢暇，信韩子之怪于文也。世之模拟窜窃，取青媲白，肥皮厚肉，柔筋脆骨，而以为辞者之读之也，其大笑固宜。且世人笑之也不以其俳乎，而俳又非圣人之所弃者。《诗》曰："善戏谑兮，不为虐兮。"太史公书有《滑稽列传》，皆取乎有益于世者也。故学者终日讨说答问，呻吟习复，应对进退，掬溜播洒，则罢惫而废乱，故有息焉游焉之说。不学操缦，不能安弦，有所拘者，有所纵也。

(唐) 柳宗元《读韩愈所著毛颖传后题》，《柳河东集》卷二十一，中华书局本

河东，古吾土也。家世迁徙，莫能就绪。闻其间有大河条山，气盖关左，文士往往彷徉临望，坐得胜概焉。吾固翘翘褰裳，奋怀旧都，日以滋甚。独孤生，周人也，往而先我。且又爱慕文雅，甚达经要，才与身长，志益强力。挟是而东，夫岂徒往乎。温清奉引之隙必有美制，傥飞以示我，我将易观而待，所不敢忽。古之序者，期以申导志义，不为富厚，而今也反是。生至于晋，出吾斯文于笔砚之伍。其有评我太简者，慎勿以知文许之。

(唐) 柳宗元《送独孤申叔侍亲往河东序》，《柳河东集》卷二十二，中华书局本

赞曰：文之用，辞令褒贬，导扬讽谕而已。虽其言鄙野足以备于用，然而阙其文采，固不足以竦动时听，夸示后学。立言而朽，君子不由也。故作者抱其根源，而必由是假道焉。作于圣，故曰经；述于才，故曰文。

文有二道，辞令褒贬，本乎著述者也；导扬讽谕，本乎比兴者也。
　　　　　（唐）柳宗元《杨评事文集后序》，《柳河东集》卷二十一，中华书局本

　　日月星辰经乎天，天之文也；山川草木罗乎地，地之文也；志气言语发乎人，人之文也。志气不能塞天地，言语不能根教化，是人之文纰缪也；山崩、川涸、草木枯死，是地之文裂绝也；日月晕蚀、星辰错行，是天之文乖盭也。天文乖盭，无久复乎上；地文裂绝，无久载乎下；人文纰缪，无久立乎天地之间，故文不可以不慎也。
　　　　　（唐）李翱《杂说》上，《全唐文》卷六百三十八，中华书局本

　　天运地转，刚柔生焉；礼辩乐形，文章出焉。天之文莫丽乎日月，地之文莫秀乎山川。圣人观象立言，用稽述作，发乎情性，形于咏歌，大则明天下政途，弥纶王化，小则舒一时幽愤，刺见国风。故子夏云："在心为志，发言为诗，声成文谓之音"也。固可动天地，感鬼神，则正始之道存焉。
　　　　　（唐）武元衡《刘商郎中集序》，《全唐文》卷五百三十一，中华书局本

　　……圣人知其然，因其言，经之以六义；缘其声，纬之以五音。音有韵，义有类。韵协则言顺，言顺则声易入；类举则情见，情见则感易交。于是乎孕大含深，贯微洞密，上下通而一气泰，忧乐合而百志熙。五帝三皇所以直道而行，垂拱而理者，揭此以为大柄，决此以为大宝也。
　　故闻"元首明，股肱良"之歌，则知虞道昌矣。闻五子洛汭之歌，则知夏政荒矣。言者无罪，闻者足戒，言者闻者莫不两尽其心焉。
　　洎周衰秦兴，采诗官废，上不以诗补察时政，下不以歌泄导人情。乃至于谄成之风动，救失之道缺。于时六义始刓矣。
　　国风变为骚辞，五言始于苏、李。苏、李、骚人，皆不遇者，各系其志，发而为文……故兴离别则引双凫一雁为喻，讽君子小人则引香草恶鸟为比。虽义类不具，犹得风人之什二三焉。于时六义始缺矣。
　　晋、宋以还，得者盖寡。以康乐之奥博，多溺于山水；以渊明之高古，偏放于田园。江、鲍之流，又狭于此。如梁鸿《五噫》之例者，百

无一二焉。于时六义寖微矣，陵夷（矣）至于梁、陈间，率不过嘲风月、弄花草而已……于时六义尽去矣。

唐兴二百年，其间诗人不可胜数。所可举者，陈子昂有《感遇》诗二十首，鲍鲂有《感兴诗》十五首。又诗之豪者，世称李、杜。李之作，才矣奇矣，人不逮矣，索其风雅比兴，十无一焉。杜诗最多，可传者千余首，至于贯穿今古，觇缕格律，尽工尽善，又过于李。然撮其《新安》、《石壕》、《潼关》、《芦子》、《花门》之章，"朱门酒肉臭，路有冻死骨"之句，亦不过三四十首。杜尚如此，况不逮杜者乎！

仆常痛诗道崩坏，忽忽愤发，或食辍哺，夜辍寝，不量才力，欲力扶之。

……自登朝来，年齿渐长，阅事渐多，每与人言，多询时务，每读书史，多求理道，始知文章合为时而著，歌诗合为事而作。是时皇帝初即位，宰府有正人，屡降玺书，访人急病。仆当此日，擢在翰林，身是谏官，月请谏纸，启奏之外，有可以救济人病，裨补时缺，而难于指言者，辄咏歌之，欲稍稍递进闻于上。上以广宸聪，副忧勤；次以酬恩奖，塞言责；下以复吾平生之志。

（唐）白居易《与元九书》，《白居易集》卷四十五，中华书局本

张君何为者？业文三十春；尤工乐府诗，举代少其伦。为诗意如何？六义互铺陈，风雅比兴外，未尝著空文。读君《学仙》诗，可讽放佚君；读君《董公》诗，可诲贪暴臣；读君《商女》诗，可感悍妇仁；读君《勤齐》诗，可劝薄夫淳。上可裨教化，舒之济万民；下可理情性，卷之善一身。

（唐）白居易《读张籍古乐府》，《白居易集》卷一，中华书局本

臣闻：序人伦，安国家，莫先于礼。和人神，移风俗，莫尚于乐。二者所以并天地，参阴阳，废一不可也。何则？礼者纳人于别，而不能和也，乐者致人于和，而不能别也，必待礼以济乐，乐以济礼，然后和而无怨，别而不争，是以先王并建而用之，故理天下如指诸掌耳。

（唐）白居易《策林·六十二议礼乐》，《白居易集》卷六十五，中华书局本

《鹿鸣》，宴群臣诗，曰："既饮食之，复实弊帛筐篚，以将其厚意，然后忠臣嘉宾得尽其心矣。"《吉日》诗，曰："宣王能慎微接下，无不尽心以奉其上焉。"自古虽尊为天子，未有不用此而能得多士尽心也，未有不得多士之尽心，而得树功立业流于歌诗也，况于诸侯哉！

（唐）杜牧《上宣州崔大夫诗》，《樊川文集》卷十三，上海古籍出版社本

赋者，古诗之流也。伤前王太佚，作《忧赋》；虑民道难济，作《河桥赋》；念下情不达，作《霍山赋》；悯寒士道壅，作《桃花赋》……文贵穷理，理贵原情，作《十原》。太乐既亡，至音不嗣，作《补周礼》、《九夏歌》。两汉庸儒，贱我左氏，作《春秋决疑》。其余碑、铭、赞、颂、论、议、书、序，皆上剥远非，下补近失，非空言也。

（唐）皮日休《文薮序》，《皮子文薮》卷首，上海古籍出版社本

夫孟子荀卿，翼传孔道，以至于文中子。文中子之末，降及贞观开元，其传者醨，其继者浅，或引刑名以为文，或援纵横以为理，或作词、赋以为雅，文中之道，旷百祀而得室授者，惟昌黎文公焉。文公之文，蹶杨墨于不毛之地，蹂释老于无人之境，故得孔道巍然而自正。夫今之文，千百士之作，释其卷，观其词，无不裨造化，补时政，繄公之力也。

（唐）皮日休《请韩文公配飨太学书》，《皮子文薮》卷九，上海古籍出版社本

江文通尝著青苔赋，尽苔之状则有之，惩劝之道雅未闻也。如此则化下风上之旨废。因复为之，以嗣其声云。

（唐）陆龟蒙《苔赋序》，《全唐文》卷八百，中华书局本

夫诗之作，善善则颂美之，恶恶则风刺之。苟不能本此二道，虽甚美切，犹土木偶不主于气血，何所尚哉？自风雅之道息，为五七字诗者，皆率拘以句度属对焉。既有所拘，则演情叙事不尽矣。且歌与诗，其道一也。然诗之所拘悉无之，足得放意，取非常语，非常意，又尽，则为善矣。国朝能为歌为诗者不少，独李太白为称首，盖气骨高举，不失颂美风刺之道焉。厥后白乐天为讽谏五十篇，亦一时之奇逸极言。昔张为作诗图

五层,以白氏为广德大教化主,不错矣。至于李长吉以降,皆以刻削峻拔飞动文采为第一流,而下笔不在洞房蛾眉神仙诡怪之间,则掷之不顾。迩来相教学者,靡曼浸淫,困不知变。呜呼!亦风俗使然!君子萌一意,出一言,亦当有益于事。矧极思属词,得不动关于教化?

(唐)吴融《禅月集序》,《禅月集》卷首,《四部丛刊》本

夫画者,成教化,助人伦,穷神变,测幽微,与六籍同功,四时并运,发于天然,非繇述作。

(唐)张彦远《论画·叙画之源流》,《历代论画名著汇编》本

洎乎有虞作绘,绘画明焉。既就彰施,仍深比象。于是礼乐大阐,教化由兴,故能揖让而天下治,焕乎而词章备。《广雅》云:画,类也。《尔雅》云:画,形也。《说文》云:画,畛也。象田畛畔,所以画也。《释名》云:画,挂也。以彩色挂物象也。故钟鼎刻,则识魑魅而知神奸;旗章明,则昭轨度而备国制,清庙肃而尊彝陈,广轮度而疆理辨。以忠以孝,尽在于云台;有烈有勋,皆登于麟阁。见善足以戒恶,见恶足以思贤。留乎形容,式昭盛德之事;具其成败,以传既往之踪。记传所以叙其事,不能载其形。赋颂所以咏其美,不能备其象。图画之制所以兼之也。故陆士衡云:丹青之兴,比雅颂之述作,美大业之馨香。宣扬莫大于言,存形莫善于画,此之谓也。善哉。曹植有言曰:观画者见三皇五帝,莫不仰戴;见三季异主,莫不悲惋;见篡臣贼嗣,莫不切齿;见高节妙士,莫不忘食;见忠臣死难,莫不抗节;见放臣逐子,莫不叹息;见淫夫妒妇,莫不侧目;见命妃顺后,莫不嘉贵。是知存乎鉴戒者,图画也。

(唐)张彦远《论画·叙画之源流》,《历代论画名著汇编》本

叟曰:嗜欲者,生之贼也。名贤纵乐琴书图画,代去杂欲。子既亲善,但期终始所学,勿为进退。

(五代)荆浩《笔法记》,《历代论画名著汇编》本

子责我以好古文。子之言,何谓为古文?古文者,非在辞涩言苦,使人难读诵之;在于古其理,高其意,随言短长,应变作制,同古人之行事,是谓古文也。子不能味吾书,取吾意,今而视之,今而诵之;不以古

道观吾心，不以古道观吾志，吾文无过矣。吾若从世之文也，安可垂教于民哉？亦自愧于心矣。欲行古人之道，反类今人之文，譬乎游于海者，乘之以骥，可乎哉？苟不可，则吾从于古文。吾以此道化于民，若鸣金石于宫中，众岂曰丝竹之音也，则以金石而听之矣。

     （宋）柳开《应责》，《河东集》卷一，《四部丛刊》本

  滁民带楚俗，下俚同巴音。岁稔又时安，春来恣歌吟。接臂转若环，聚首丛如林。男女互相调，其词非奔淫。修教不易俗，吾亦弗之禁。夜阑尚未阕，其乐何愔愔。用此散楚兵，子房谋计深。乃知国家事，成败因人心。

     （宋）王禹偁《唱山歌》，《小畜集》卷五，《四部丛刊》本

  援桴者有勉励督课之语，若歌曲然，且其俗更互力田，人人自勉。仆爱其有义，作《畬田词》五首，以侑其气。亦欲采诗官闻之，传于执政者，苟择良二千石，暨贤百里，使化天下之民。如斯民之义，庶乎污莱尽辟矣。其词俚，欲山甿之易晓也。

     （宋）王禹偁《畬田词序》，《小畜集》卷八，《四部丛刊》本

  命屈由来道日新，诗家权柄敌陶钧。任无功业调金鼎，且有篇章到古人。本与乐天为后进，敢朝子美是前身。从今莫厌闲官职，主管风骚胜要津。

     （宋）王禹偁《前赋春居杂兴诗二首，间半岁，不复省视，因长男嘉祐读杜工部集，见语意颇有相类者，咨于予，且意予窃之也，予喜而作诗。聊以自贺》，《小畜集》卷九，《四部丛刊》本

  予尝读谪仙传，具得其事。始而隐以俟命也，中而仕以求用也，终而退以全身也。又尝读谪仙文，微达其旨，颂而讽，以救时也；僻而奥，以矫俗也；清而丽，以见才也。而未识谪仙之容，可太息矣！恨不得生于天宝间，与谪仙挈书秉毫，私愿毕矣！

     （宋）王禹偁《李太白写真赞并序》，《小畜外集》卷十，《四部丛刊》本

  明远无志于文则已，若有志也，必在潜其心而索其道。潜其心而索其道，则有所得也必深；其所得也既深，则其所言者必远；既深且远，则庶

乎可望于斯文也。不然，则浅且近矣。曷可望于斯文哉！

噫！斯文之难至也久矣。自西汉至李唐，其间鸿生硕儒，摩肩而起，以文章垂世者众矣。然多杨、墨、佛、老虚无报应之事，沈、谢、徐、庾妖艳邪侈之言，杂乎其中，至有盈编满集，发而视之，无一言及于教化者。此非无用瞽言，徒污简策者乎？至于终始仁义，不叛不杂者，惟董仲舒、扬雄、王通、韩愈而已。

由是言之，则可容易而至之哉？若欲容易而至，则非吾所闻也，明远熟察之，无以吾言为忽。不宜。

（宋）孙复《答张洞书》，《孙明复小集》卷二，问经堂精舍本

……夫有天地故有文。天尊地卑，乾坤定矣；卑高以陈，贵贱位矣；动静有常，刚柔断矣；方以类聚，物以群分，吉凶生矣；在天成象，在地成形，变化见矣。文之所由生也。天垂象，见吉凶，圣人象之；河出图，洛出书，圣人则之。文之所由见也。观乎天文以察时变，观乎人文以化成天下，文之所由用也。三皇之书，言大道也，谓之三坟；五帝之书，言常道也，谓之五典。文之所由迹也。四始六义存乎《诗》，典谟诰誓存乎《书》，安上治民存乎《礼》，移风易欲存乎《乐》，穷理尽性存乎《易》，惩恶劝善存乎《春秋》。文之所由著也。

（宋）石介《上蔡副枢密书》，《石徂徕集》卷上，《丛书集成》本

谨上书先生左右，介近得姚铉《唐文粹》及《昌黎集》。观其述作，有三代制度、两汉遗风，殊不类今之文。曰诗赋者，曰碑颂者，曰铭赞者，或序记，或书箴，必本于教化仁义，根于礼乐刑政，而后为之辞。大者驱引帝皇王之道，施于国家，教于人民，以佐神灵，以浸虫鱼；次者正百度，叙百官，和阴阳，平四时，以舒畅元化，缉安四方。

今之为文，其主者不过句读妍巧，对偶的当而已；极美者不过事实繁多，声律调谐而已。雕镂篆刻伤其本，浮华缘饰丧其实，于教化仁义礼乐刑政，则缺然无仿佛者。

（宋）石介《上赵先生书》，《石徂徕集》卷上，《丛书集成》本

故两仪，文之体也；三纲，文之象也；五常，文之质也；九畴，文之数也；道德，文之本也；礼乐，文之饰也；孝悌，文之美也；功业，文之

容也；教化，文之明也；刑政，文之纲也；号令，文之声也；圣人职文者也，君子章之，庶人由之。

（宋）石介《上蔡副枢密书》，《石徂徕集》卷上，《丛书集成》本

留守工部彭城刘公随，尝亲来视学于东庳，谓非圣人书宜悉去之，不可使学者读之，惑乱其心也。公之心可谓正矣。噫，非圣人书，犹不可观之，况非圣人乎？且自伏羲至于神农，神农至于黄帝，黄帝至于尧舜，尧舜至于禹汤，禹汤至于文武，文武至于周公，周公至于孔子，中国就一人治也，道由一涂出也。有老子生焉，然后仁义废而礼乐坏，有佛氏出焉，然后三纲弃而五常乱。呜呼！老与佛，贼圣人之道者也，悖中国之治者也。公所谓非圣人之书者，老与佛之书也。老与佛之书，犹不可使学者见，况使学者见老与佛之象乎？

（宋）石介《去二画本记》，《石徂徕集》卷下，《丛书集成》本

诗之作，与人生偕者也。人函愉乐悲郁之气，必舒于言，能者述之，传于律，故其流行无穷，可以播管弦而交鬼神也。

古之有天下者，欲知风教之感，气俗之变，必立官司，采掇而监听之，由是弛张其务，以足其所思，乃能享世长久，弊乱无由而生。

（宋）石介《石曼卿诗集序》，《石徂徕集》卷下，《丛书集成》本

窃谓文之于化人也深矣，虽五声八音，或雅或郑，纳诸听闻而沦入心窍不是过也。尝试从事于简策间，其读虚无之书则心颓然而厌于世；观军阵之法则心奋起而轻其生；味纵横之说则思谲诡而忘忠信；熟刑名之学则意苛刻而泥廉隅；诵隐遁之篇则意先驰于水石；咏宫体之辞则志不出于衽匣。文见于外，心动乎内，百变而百从之矣。

（宋）李觏《上宋舍人书》，《直讲李先生文集》卷二十七，《四部丛刊》本

嗟予有口莫能辨，叹息但以两手扪。卢仝韩愈不在世，弹压百怪无雄文。争奇斗异各取胜，遂至荒诞无根原。

（宋）欧阳修《菱溪大石》，《欧阳文忠全集》卷三，《四部备要》本

伏见眉州布衣苏洵，履行淳固，性识明达，亦尝一举有司不中，遂退而力学。其论议精于物理，而善识变权；文章不为空言，而期于有用。其所撰权书衡论机策二十篇，辞辩闳伟，博于古而宜于今，实有用之言，非特能文之士也。

　　　　　（宋）欧阳修《荐布衣苏洵状》，《欧阳文忠全集》卷一百十，《四部备要》本

天下之事，固有出于不幸者矣。苟有可以用于世者，不必皆贤圣之作也。

　　　　　（宋）欧阳修《六一题跋·秦泰山刻石》，《丛书集成》本

人肖天地之貌，故有血气仁智之灵；生禀阴阳之和，故形喜怒哀乐之变。物所以感于目，情所以动乎心，合之为大中，发之为至和，诱以非物，则邪僻之将入，感以非理，则流荡而忘归。盖七情不能自节，待乐而节之；至性不能自和，待乐而和之。圣人由是照天命以穷根，哀生民之多欲，顺导其性，大为之防。

　　　　　（宋）欧阳修《国学试策三道第二道》，《欧阳文忠全集》卷七十五，《四部备要》本

经以明道，若太阳之御六合焉；文以通理，若四时之妙万物焉。诚以日至，义以日精。聚学为海，则九河我吞，百谷我尊；淬词为锋，则浮云我诀，良玉我切。然则文学之器，天成不一，或醇醇而古，或郁郁于时，或峻于层云，或深于重渊。至于通《易》之神明，得《诗》之风化，洞《春秋》褒贬之法，达《礼》《乐》制作之情，善言二帝三王之《书》，博涉九流百家之说者，盖互有人焉。

　　　　　（宋）范仲淹《南京书院题名记》，《范文正公文集》卷三，《丛书集成》本

古之乐兮，所以化人，今之乐兮，亦以和民，在上下之咸乐，岂今昔之殊伦？何后何先，俱可谐于雅颂；一彼一此，皆能感于人。

　　　　　（宋）范仲淹《今乐犹古乐赋》，《范文正公集》卷二十，《四部丛刊》本

人之心也，发而为声。声之出也，形而为言。声成文而音宣，言成文而诗作。圣人稽四始之正，笔而为经；考五声之和，鼓以为乐。是故言依声而成象，诗依乐以宣心，感于人神，穆乎风俗。昭昭六义，赋实在焉。及乎大醇既醨，旁流斯激，风雅条散，故态屡迁。律吕脉分，新声间作。而士衡名之体物，聊举于一端；子云语以雕虫，盖尊其六籍。降及近世，尤尚斯文。律体之兴，盛于唐室，贻于代者雅有存焉。可歌可谣，以条以贯。或祖述王道，或褒赞国风，或研究物情，或规戒人事，焕然可警锵乎！

（宋）范仲淹《赋林衡鉴序》，《范文正公别集》卷四，《四部丛刊》本

诗之为意也，范围乎一气，出入乎万物，卷舒变化，其体甚大。故夫喜焉如春，悲焉如秋，徘徊如云，峥嵘如山，高乎如日星，远乎如神仙，森如武库，锵如乐府。羽翰乎教化之声，献酬乎仁义之醇，上以德于君，下以风于民。不然，何以动天地而感鬼神哉？

（宋）范仲淹《唐异诗序》，《范文正公集》卷六，《四部丛刊》本

诗成半醉正陶陶，更用如椽大笔抄。尽得意时仍放手，到凝情处略濡毫。鲁阳却日功犹浅，宗悫乘风志未高。写出太平难状意，任他天下颂功劳。

（宋）邵雍《大字吟》，《伊川击壤集》卷十一，《四部丛刊》本

爱君难得似当时，曲尽人情莫若诗。无雅岂明王教化，有风方识国兴衰。

（宋）邵雍《观诗吟》，《伊川击壤集》卷十五，《四部丛刊》本

史笔善记事，长于炫其文，文胜则实丧，徒憎口云云。诗史善记事，长于造其真，真胜则华去，非如目纷纷。天下非一事，天下非一人，天下非一物，天下非一身。皇王帝伯时，其人长如存，百千万亿年，其事长如新。可以辨庶政，可以齐黎民，可以述祖考，可以训子孙，可以尊万乘，可以严三军，可以进讽谏，可以扬功勋，可以移风俗，可以厚人伦，可以美教化，可以和竦亲，可以正夫妇，可以明君臣，可以赞天地，可以感鬼神。规人何切

切，诲人何谆谆，送人何恋恋，赠人何勤勤。无岁无佳节，无月无嘉辰，无时无嘉景，无日无嘉宾，樽中有美禄，坐上无妖氛，胸中有美物，心上无埃尘。忍不用大笔，书字如车轮。三千有余首，布为天下春。

（宋）邵雍《诗史吟》，《伊川击壤集》卷十八，《四部丛刊》本

乐声淡，则听心平；乐辞善，则歌者慕；故风移而俗易矣。妖声艳辞之化也，亦然。

（宋）周敦颐《周子通书》乐下第十九，《濂洛关闽书》卷一，《丛书集成》本

诗之作，与人生偕者也。人函愉乐悲郁之气，必舒于言，能者财之传于律，故其流行无穷，可以播而交鬼神也。古之有天下者，欲知风教之感，气俗之变，乃设官采掇而监听之，由是弛张其务，以足其所思，故能长治久安，弊乱无由而生，厥后官废诗不传，在上者不复知民志之所向，故政化烦悖，治道亡矣。

（宋）苏舜钦《石曼卿诗集序》，《苏舜钦集》卷十三，上海古籍出版社本

《南齐书》八纪、十一志、四十列传，合五十九篇。梁萧子显撰。始江淹已为十《志》，沈约又为《齐纪》，而子显自表武帝，别为此书。臣等因校正其讹谬，而叙其篇目曰：

将以是非得失兴坏理乱之故而为法戒，则必得其所托，而后能传于久，此史之所以作也。然而所托不得其人，则或失其意，或乱其实，或析理之不通，或设辞之不善，故虽有殊功懿德非常之迹，将暗而不章，郁而不发；而梼杌嵬琐，奸回凶慝之形，可幸而掩也。

（宋）曾巩《南齐书目录序》，《曾巩集》卷十一，中华书局本

孔子曰："兴于诗，立于礼，成于乐。"盖乐者，所以感人心，而使之化，故曰："成于乐。"昔舜命夔典乐，教胄子，曰："直而温，宽而栗，刚而无虐，简而无傲。"则乐者非独去邪，又所以救其性之偏而纳之中也，故和鸾佩玉雅颂琴瑟之音，非其故不去于前，岂虚也哉！

（宋）曾巩《相国寺维摩院听琴序》，《曾巩集》卷十三，中华书局本

尝谓文者，礼教治政云尔。其书诸策而传之人，大体归然而已。而曰"言之不文，行之不远"云者，徒谓辞之不可以已也，非圣人作文之本意也。

自孔子之死久，韩子作，望圣人于百千年中，卓然也。独子厚名与韩并，子厚非韩比也，然其文卒配韩以传，亦豪杰可畏者也。韩子尝语人以文矣，曰云云；子厚亦曰云云；疑二子者，徒语人以其辞耳，作文之本意，不如是其已也。

孟子曰："君子欲其自得之也，自得之，则居之安，居之安，则资之深，资之深，则取诸左右逢其原。"独谓孟子之云尔，非直施于文而已，然亦可托以为作文之本意。

且所谓文者，务为有补于世而已矣；所谓辞者，犹器之有刻镂绘画也。诚使巧且华，不必适用，诚使适用，亦不必巧且华。要之以适用为本，以刻镂绘画为之容而已。不适用，非所以为器也，不为之容，其亦若是乎？否也。然容亦未可已也，勿先之，其可也。

某学文久，数挟此说以自治，始欲书之策而传之人，其试于事者，则有待矣。其为是非邪？未能自定也。执事，正人也，不阿其所好者。书杂文十篇献左右，愿赐之教，使之是非有定焉。

（宋）王安石《上人书》，《王文公文集》卷三，上海人民出版社本

治教政令，圣人之所谓文也，书之策，引而被之天下之民，一也。圣人之于道也，盖心得之；作而为治教政令也，则有本末先后，权势制义，而一之于极。其书之策也，则道其然而已矣。

彼陋者不然，一适焉，一否焉，非流焉则泥，非过焉则不至。甚者置其本，求其末，当后者反先之，无一焉不悖于极。彼其于道也，非心得之也，其书之策也，独能不悖耶？故书之策而善，引而被之天下之民，反不善焉，无矣。二帝、三王，引而被之天下之民而善者也；孔子、孟子，书之策而善者也；皆圣人也，易地则皆然。

某生二十年而学，十四年矣，圣人之所谓文者，私有意焉，书之策则未也。间或悱然动于事而出于词，以警戒其躬；若施于友朋，褊迫陋庳，非敢谓之文也。乃者执事欲收而教之，使献焉，虽自知明，敢自盖邪？谨书所为书、序、原、说若干篇，因叙所闻与所志，献左右，惟赐

览观焉。

  （宋）王安石《与祖择之书》，《王文公文集》卷五，上海人民出版社本

  其文如金玉谷帛药石也，必有适于用，无益之文，未尝一语及之。

  （宋）苏轼《司马温公行状》，《东坡七集》卷三十六，《四部备要》本

  管城子无食肉相，孔方兄有绝交书。文章功用不经世，何异丝窠缀露珠。

  （宋）黄庭坚《戏呈孔毅父》，《山谷诗集注》卷六，《四部备要》本

  诗者人之情性也，非强谏争于廷，怨忿诟于道，怒邻骂坐之为也。其人忠信笃敬，抱道而居，与时乖逢，遇物悲喜，同床而不察，并世而不闻，情之所不能堪，因发于呻吟调笑之声，胸次释然，而闻者亦有所劝勉，比律吕而可歌，列干羽而可舞，是诗之美也。其发为讪谤侵陵，引颈以承戈，挟襟而受矢，以快一朝之忿者，人皆以为诗之祸，是失诗之旨，非诗之过也。

  （宋）黄庭坚《书王知载朐山杂咏后》，《豫章黄先生文集》卷二十六，《四部丛刊》本

  古之所谓儒者，不主于学文，而文章之工，亦不可谓其能穷苦而深刻也。发大议，定大策，开人之所难惑；内足以正君，外可以训民；使于四方，邻国寝谋；言于军旅，敌人听命；则古者臧文仲、叔向、子产、晏婴、令尹子文之徒，实以是为文，后世取法焉。其于文也，云蒸雨降，雷霆之震也，有生于天地之间者实赖之，是故系万物之休戚，于其舌端之语默。

  （宋）张耒《送秦观从苏杭州为学序》，《柯山集》卷四十，《丛书集成》本

  学始于身而成于性，欲善其身而不明于善，所谓徒善者也，徒善者，非善之正也。是故学者所以明善也，学外也，思内也。学以佐行，思以佐

学，古之制也。若其自得则在子矣。

士之所戒，其惟名乎，声实相从，如影之于形，短长曲直，惟形之使，无实之名，黎人贩焉，善人畏焉，得且畏之，况求之乎！言以述志，文以成言，约之以义，行之必信。近则致其用，远则致其传，文之质也；大以为小，小以为大，简而不约，盈而不余，文之用也。正心完气，广之以学，斯至矣。辱问非所及，敬诵所闻，足下其择焉。

（宋）陈师道《答江端礼书》，《后山居士文集》卷九，上海古籍出版社本

夫诗自二《南》以降，三百余篇，先儒以为二《南》周公所述，用之乡人邦国，以风动一世，其余出于一时公卿大夫与夫闾巷匹夫匹妇之所作，其辞抑扬反复，蹈厉顿挫，极道其忧思佚乐之致，而率归之于正。圣人以是为先王之余泽，犹可见其仿佛，足以耸动天下后世，故删而存之。至今列于六经，焯乎如日月。春秋之世，列国君臣相与宴享朝聘，以修先君之好，往往赋古人诗，以自见其意，观时称情，必当其物，不然，有君赋之而臣不拜，其谨且严如此。而晋、郑垂陇之会，郑之诸卿，皆赋诗以属赵孟，而叔向因以知其存亡兴衰之先后，其言之验，若合符然。盖心者，祸福之机也，心取是诗而口赋之，虽吉凶未见于前，而神者先受之矣。

（宋）朱松《上赵漕书》，《韦斋集》卷九，《四部丛刊》本

许浑诗格清丽，然不干教化。又有李远以赋名，伤于绮靡不涉道，故当时号浑诗远赋。虽然，诗要于教化，若似〔聂〕夷中辈，又太拙直矣。

（宋）阮阅《诗话总龟》前六，《四部丛刊》本

宋玉《高唐》、《神女》二赋，其为寓言托兴甚明。予尝即其词而味其旨，盖可谓发乎情，止乎礼义，真得诗人风化之本。

（宋）洪迈《容斋三笔》卷三，上海古籍出版社本

吾常慕昔人，石介与王令。挑灯读其文，奋起失衰病。吾徒宗六经，崇雅必放郑。人众何足云，少忍待天定。

（宋）陆游《冬日读白集爱其"贫坚志士节，病长高人情"之句作古风》，《剑南诗稿》卷四十一，上海古籍出版社本

右《欧阳文忠公文粹》一百三十篇。公之文，根乎仁义而达之政理，盖可以翼"六经"而载之万世者也。虽片言半简，犹宜存而弗削。顾犹有可去取于其间，毋乃诵公之文而不知其旨，敢于犯是不韪而不疑也……公之文，雍容典雅，纡余宽平，反覆以达其意，无复毫发之遗；而其味常深长于意言之外，使人读之蔼然，足以得祖宗致治之盛。其关世教，岂不大哉！

（宋）陈亮《书欧阳文粹后》，《龙川文集》卷十六，《丛书集成》本

窃尝论之：原之为人，其志行虽或过于中庸，而不可以为法，然皆出于忠君爱国之诚心；原之为书，其辞旨虽或流于跌宕怪神怨怼激发，而不可为训，然皆生于缱绻恻怛，不能自已之至意。虽其不知学于北方，以求周公、仲尼之道，而独驰骋于变风、变雅之末流。以故醇儒庄士或羞称之，然使世之放臣、屏子、怨妻、去妇泪抆讴吟于下，而所天者幸而听之，则于彼此之间天性民彝之善，岂不足以交有所发，而增夫三纲五典之重？此予之所以每有味于其言，而不敢直以词人之赋视之也。

（宋）朱熹《楚辞集注序》，《朱子文集》卷十一，《丛书集成》本

诗者，人心之感物而形于言之余也。心之所感有邪正，故言之所形有是非。惟圣人在上，则所感者无不正，而其言皆足以为教。其或感之之杂，而所发不能无可择者，则上之人必思所以自反，而因有以劝惩之，是亦所以为教也。昔周盛时，上自郊庙、朝廷，而下达于乡党、闾巷，其言粹然而不出于正者。圣人固已协之声律而用之乡人，用之邦国，以化天下。至于列国之诗，则天子巡狩亦必陈而观之，以行黜陟之典。降自昭、穆而后，寖以陵夷，至于东迁，而遂废不讲矣。孔子生于其时，既不得位，无以行帝王劝惩黜陟之政。于是特举其籍而讨论之，去其重复，正其纷乱；而其善之不足以为法，恶之不足以为戒者，则亦刊而去之，以从简约，示久远，使夫学者即是而有以考其得失，善者师之而恶者改焉。是以其政虽不足行于一时，而其教实被于万世。是则诗之所以为教者，然也。

（宋）朱熹《诗集传序》，《朱子文集》卷十一，《丛书集成》本

本之二《南》以求其端，参之列《国》以尽其变，正之于《雅》以

大其规，和之于《颂》以要其止，此学诗之大旨也。于是乎章句以纲之，训诂以纪之，讽咏以昌之，涵濡以体之。察之情性隐微之间，审之言行枢机之始，则修身齐家平均天下之道，其亦不待他求而得之于此矣。

（宋）朱熹《诗集传序》，《朱子文集》卷十一，《丛书集成》本

文章尤不可泛，如《离骚》忠洁之志，固亦可尚，然只正经一篇，已自多了，此须更子细决择。叙古蒙求亦太多，兼奥涩难读，恐非启蒙之具。却是古乐府及杜子美诗，意思好，可取者多，令其喜，讽咏易入心，最为有益也。

（宋）朱熹《答刘子澄》，《朱子大全》文三十五，《四部备要》本

熹闻诗者志之所之，在心为志，发言为诗，然则诗者，岂复有工拙哉？亦视其志之所向者高下如何耳！是以古之君子，德足以求其志，必出于高明纯一之地，其于诗固不学而能之。至于格律之精粗，用韵属对比事遣辞之善否，今以魏晋以前诸贤之作考之，盖未有用意于其间者，而况于古诗之流乎？近世作者，乃始留情于此。故诗有工拙之论，而葩藻之词胜，言志之功隐矣。

（宋）朱熹《答杨宋卿》，《朱子大全》文三十九，《四部备要》本

虽幼以文显，无浮巧轻艳之作，既长，益务关教化、养性情，花卉之炫丽，风露之凄爽，不道也。词命最温厚，亦不自矜贵。

（宋）叶适《兵部尚书蔡公墓志铭》，《叶适集》卷二十三，中华书局本

读书不知接统绪，虽多无益也。为文不能关教事，虽工无益也。笃行而不合于大义，虽高无益也。立志不存于忧世，虽仁无益也……

（宋）叶适《赠薛子长》，《叶适集》卷二十九，中华书局本

汉西都文章最盛，至有唐为尤甚。然其发挥理义，有补世教者，董仲舒氏、韩愈氏而止耳。

（宋）真德秀《跋彭忠肃文集》，《真西山先生集》卷四，《丛书集成》本

古者采诗，命太师为乐章，祭祀、宴射、乡饮皆用之，故曰：正得失，动天地，感鬼神，莫近于诗。先王以是经夫妇，成孝敬，厚人伦，美教化，易风俗。诗至于动天地，感鬼神，移风俗，何也？正谓播诸乐歌，有此效耳。

（宋）王灼《碧鸡漫志》卷第一，《中国古典戏曲论著集成》（一），中国戏剧出版社本

诗人之言，为用固寡，然大有益于世者，若《长恨歌》是也。明皇太真之事，本有新台之恶，而歌云"杨家有女初长成，养在深闺人未识"，故世人罕知其为寿王瑁之妃也。《春秋》为尊者讳，此歌真得之。

（宋）马永卿《嬾真子》卷二"长恨歌"条，《丛书集成》本

诗之存于世者三百五篇，圣人删定垂世，为六艺之一，使人观之而有所感发惩创，初不计其言语之工拙与夫学问之浅深也，后世论诗，必以言语工拙论，而又必推其人学问浅深为如何。然言论工者，未必学问深，而深于学问者，亦或拙于言语，此诗之所以难言也。

（元）方回《赵宾旸诗集序》，《桐江集》卷一，宛委别藏影抄本

德行、道义也者，人之根干也；言语、词章也者，人之枝叶也。枝叶之去于根干远矣。然木无枝叶，无以庇其身；人无词章，则亦无以养其德。自有人类以来，以迨于今，记载之事，莫之或废。而千载之间，行名之士精于言者皆传，大之以铺扬先王典章、礼乐之美，而小之呻吟伊优以自娱其不幸，此以著述为勋者也。

（元）戴表元《王仲昭字说序》，《剡源集》卷第十一，《丛书集成》本

……夫一道德而同风俗，作者之事也；复古而不至焉者，儒者之责也。六艺之道，莫急于礼乐，乐书废已久，而仪礼迄不得立学官，遗音旧器，莫可寻辩，登降进退揖让之损益，临事取具，跂就企及，卒泥夫近古。吾独谓学古之士，犹足以语夫此也……

（元）袁桷《五经约说序》，《清容居士集》卷二十一，《丛书集成》本

古者君臣赓歌于朝，以相劝戒，颂德作乐以荐于天地宗庙。朝觐宴享之合，征伐勉劳之恩，建国设都之役，车马田猎之盛，农亩艰难之业，闺门和乐之善，悉托于诗，而其用大矣。至于亡国失家、放臣逐子、嫠妇怨女之感，淫渎谗刺之起，而其变极矣。于是又有隐君放言之作，市井田野之歌，谣诵谶纬之文，史传物色之咏，神仙术数之说，鬼神幽怪之语，其类尚多有之。而最善者，君子之道德，有乎其身，则发诸音而成文者，足以垂世立教，以成天下之务者也。上下千百年间，人品不同，所遇异时，所发异志，所感异事，极其才之所能，其可以一概观之也哉？

（元）虞集《会上人诗序》，《道园学古录》卷四十五，《四部备要》本

士大夫学于家业，成则国家取而用之，古之道也。然业成而未用于世，有其志而无其行事，则以其性情才思，寓诸吟咏，见诸议论而已。及出而见用，则凡行事者，即前日之吟咏议论者也。说诗者引古人之语，谓可以为大夫者九事，山川能说、登高能赋，其二也，非其胸次素定，一旦起而行之，其何以哉。

（元）虞集《杨贤可诗序》，《道园学古录》卷三十三，《四部备要》本

诗之教尚矣。虞廷载赓，君臣之道合；五子有作，兄弟之义章。《关雎》首夫妇之匹，《小弁》全父子之恩。诗之教也；遂极于乡人，采于国史，而被诸歌乐。所以养人心，厚天伦，移风易俗之具，实在于是。后世风变而骚，骚变而选，流虽云远，而原尚根于是也。魏晋而下，其教遂熄矣。求诗者类求端序于声病之末，而本诸三纲、远之五常者，遂弃弗寻。国史所资又何采焉！及李唐之盛，士以诗命世者始百数家，尚有袭六代之弊者。唯老杜氏慨然起揽千载即坠之绪，陈古讽今，言诗者宗为一代诗史。下洗哇淫，上薄风雅，使海内靡然，没知有百篇之旨。议论杜氏之功者，谓不在骚人之下。噫！比世末学咸知诵少陵之诗矣，而弗求其旨义之所从出，则又徇末失本，与六代之弊同。余为之太息者有年。

（元）杨维桢《诗之宗要序》，《东维子文集》卷七，《四部丛刊》本

秋灯明翠幕，夜案览云编。今来古往，其间故事几多般。少甚佳人才子，也有神仙幽怪，琐碎不堪观。正是不关风化体，纵好也徒然。论传奇，乐人易，动人难。知音君子，这般另作眼儿看。休论插科打诨，也不寻宫数调，只看子孝共妻贤。正是骅骝方独步，万马敢争先。

　　　　（元）高则诚《琵琶记》第一出《副末开场》，《六十种曲》本

　　文之为用，其亦溥博矣乎！何以见之？施于朝廷，则有诏、诰、册、祝之文；行之师旅，则有露布、符、檄之文；托之国史，则有记、表、志、传之文。他如序、记、铭、箴、赞、颂、歌、吟之属，发之于性情，接之于事物，随其洪纤，称其美恶，察其伦品之详，尽其弥纶之变。如此者，要不可一日无也。

　　　　（明）宋濂《曾助教文集序》，《宋学士全集》卷七，《丛书集成》本

　　文岂易言哉？自有生民以来，涉世非不远也，历年非不久也，能言之士非不夥且众也。以今观之，照耀如日月，流行如风霆，卷舒如云霞，惟群圣人之文则然。列峙如山岳，流布如江河，发越如草木，亦惟群圣人之文则然。而诸子百家之文，固无与焉。故濂谓：立言不能正民极、经国制、树彝伦、建大义者，皆不足谓之文也。士无志于古则已，有志于古，舍群圣人之文，何以法焉？

　　　　（明）宋濂《华川书舍记》，《宋学士全集》卷二，《丛书集成》本

　　呜呼！文岂易言哉！日月照耀，风霆流行，云霞卷舒，变化不常者，天之文也；山岳列峙，江河流布，草木发越，神妙莫测者，地之文也。群圣人与天地参，以天地之文发为人文，施之卦爻，而阴阳之理显；形之典谟而政事之道行；咏之雅颂，而性情之用著；笔之春秋，而赏罚之义彰；序之以礼，知之以乐，而扶导防范之法具。虽其为教有不同，凡所以正民极、经国制、树彝伦、建大义、财成天地之化者，何莫非一文之所为也。

　　　　（明）宋濂《华川书舍记》，《宋学士全集》卷二，《丛书集成》本

彼辨博驰骋，以邪夺正，是诬世也；卑辞甘言，藉威取宠，是媚权也；佞墓受金，是非舛缪，是网利也；气亡魄丧，悗悗不振，是萎苶也；抽青媲白，眩人耳目，是聋瞽也。若此者弗可枚举，其文乎哉，其文乎哉！

（明）宋濂《太乙元徵记》，《宋学士全集》卷二十八，《丛书集成》本

然而圣人一心皆理。众人理虽本具，而欲则害之。盖有不得全其正者，故圣人复因其心之所有，而以六经教之。其人之温柔敦厚，则有得于《诗》之教焉；疏通知远，则有得于《书》之教焉；广博易良，则有得于《乐》之教焉；洁静精微，则有得于《易》之教焉；恭俭庄敬，则有得于《礼》之教焉；属辞比事，则有得于《春秋》之教焉。然虽有是六者之不同，无非教之以复其本心之正也。

（明）宋濂《六经论》，《宋学士全集》卷二十八，《丛书集成》本

古之善绘者，或画《诗》，或图《孝经》，或貌《尔雅》，或象《论语》暨《春秋》，或著《易》象，皆附经而行，犹未失其初也。下逮汉、魏、晋、梁之间，讲学之有图，问礼之有图，烈女、仁智之有图，致使图史并传，助名教而翼群伦，亦有可观者焉。

（明）宋濂《画原》，《宋学士全集》卷二十五，《丛书集成》本

诗之为学，自古难言。必有忠信近道之质，蕴优柔不迫之思，形主文谲谏之言，将以洗濯其襟灵，发挥其文藻，扬厉其体裁，低昂其音节，使读者鼓舞而有得，闻者感发而知勤，此岂细故也哉！奈何习之者多如牛毛，而专之者少如麟角也。

（明）宋濂《清啸后稿序》，《宋学士全集》卷七，《丛书集成》本

曰："《书》曰：惟口起羞。昔苏公以谤诗速狱播斥海外不可以不戒也。"孔子曰："邦有道，危言危行；邦无道，危行言孙。故尧有诽谤之木，而秦有偶语之僇。乱世之计，治世之所与也。得言而不言，是土瓦木石之徒也。王子生圣明之时而敢违孔子之训，而自比于土瓦木石

也耶？"

（明）刘基《王原章诗集序》，《诚意伯文集》卷五，《四部丛刊》本

夫诗何为而作哉？情发于中而形于言。《国风》、二《雅》，列于六经，美刺风戒，莫不有裨于世教。

（明）刘基《照玄上人诗集序》，《诚意伯文集》卷五，《四部丛刊》本

古昔君子之立言，其亦有不得已者乎？孔子曰："予欲无言。"孟子曰："予岂好辨哉？"则其为书者，莫非忧世而作。若诸子好为异同，祈胜于人者，言虽繁而道益晦，固不足贵矣。

（明）贝琼《东吴先生文集序》，《清江贝先生文集》卷二十八，《四部丛刊》本

（文章）如菽粟，如布帛，如精金，如美玉，如出水芙蓉，何也？曰："有补于世也，不假磨硁雕琢也。"

（明）苏伯衡《空同子瞽说二十八首》，《苏平仲文集》卷十六，《四部丛刊》本

诗理宏渊，谈何容易，究其妙用，可略而言，《卿云》江水，开《雅》、《颂》之源；《烝民》、《麦秀》，建《国风》之始。览其事迹，兴废如存，占彼民情，困舒在目。则知诗者，所以宣元郁之思，光神妙之化者也。先王协之于宫徵，被之于簧弦，奏之于郊社，颂之于宗庙，歌之于燕会，讽之于房中。盖以之可以格天地，感鬼神，畅风教，通世情。此古诗之大约也。汉祚鸿朗，文章作新，《安世》楚声，温纯厚雅，孝武乐府，壮丽宏奇。缙绅先生，咸从附作。虽规迹古风，各怀刻厉。美哉歌咏，汉德雍扬，可为《雅》、《颂》之嗣也。及夫兴怀触感，民各有情。贤人逸士，呻吟于下里，弃妻思妇，歌咏于中闺。鼓吹奏乎军曲，童谣发于闾巷，亦十五《国风》之次也。东京继轨，大演五言，而歌诗之声微矣。至于含气布词，质而不采，七情杂遣，并自悠圆。或间有微疵，终难掩玉。两京诗法，譬之伯仲埙篪，所以相成其音调也。魏氏文学，独专其盛。然国运风移，古朴易解。曹王数子，才气慷慨，不诡风人。而特立之

功，卒亦未至，故时与之暗化矣。呜呼！世代推移，理有必尔。风斯偃矣，何足论才？故特标极界，以俟君子取焉。

（明）徐祯卿《谈艺录》，《历代诗话》本

赵守之延安，延安刘子曰："延安民鄙地薄，不足以辱良太守。虽然，敦俗化鄙，致厚易安可以无良守耶？"又曰："守在广平，赋诗为文，广平之治不废。"何子曰："若是延安又何忧乎？夫仆所以受师也，卑所以受润也。夫诗之道尚情而有爱文之道，尚事而有理，是故召和感情者诗之道也，慈惠出焉；经德纬事者文之道也，礼义出焉。夫饰莫大于礼义，润莫大于慈惠，是故可以敦尚，可以生息。"

（明）何景明《何子内篇》卷三十一，清刊本

传奇十二科，以神仙道化居首，而隐居乐道次之，忠臣烈士，逐臣孤子又次之，终之以神佛、烟花、粉黛。要之激动人心，感移风化，非徒作，非苟作，非无益而作之者。今所选传奇，取其辞意高古，音调协和。与人心风教俱有激劝感移之功，尤以天分高而学力到、悟入深而体裁正者，为之本此。

（明）李开先《改定元贤传奇后序》，《闲居》之五，《李开先集》上册，中华书局本

虽于先王述作之意，不无异同；然明义理，抒性情，达意欲，应世用，上赞文治，中翼经传，下综艺林，要其大旨固无戾也。

（明）徐师曾《文体明辨序》，《文体明辨序说》卷首，人民文学出版社本

苟可以诱世而劝俗者，君子不废也。匹夫一怒，挺而两斗，于是时而庄语之以《诗》、《书》、《礼》、《乐》，则益其怒而疾其斗耳。而滑稽之士为之微言、冷击、嘲谐、诙谑于其旁，则释然一噱而散。小夫妇人，恣睢凶毒于冥冥，或惧之以士师理官之法，彼有傲然而已矣。巫儿、佛媪，为之张皇神鬼，指征机祥，则彼且瞿目缩舌而骇汗。夫苟可以解急斗，则嘲谐、诙谑或捷于《诗》、《书》、《礼》、《乐》；苟可以惧冥凶，则神鬼、机祥或痛于士师理官，滑稽、机祥之说，非君子之说，其要于解斗而惧

凶，则君子所以为劝于世也。由此言之，其苟可以为劝于世，虽其戏如滑稽，诞如机祥，且不废也。况其言之根据古先而不诡于绳墨者乎？

（明）唐顺之《笔畴序》，《荆川先生文集》卷十，清刊本

仆不能为文，而能知文。每观古人之文，退而自观，鄙文未尝不哑然笑也。半生簸弄笔舌，只是几句老婆舌头语，不知前人说了几遍，有何新得可以阐理道而裨世教者哉！此皆肝膈之论，非苟为谦让以欺兄者。爱我如兄、如曹君，虽欲使吾文不朽，吾文其能不朽乎？否也。兄试观世间糊窗棂、塞瓶瓮、尘灰朽腐满墙壁间，何处不是近时人文集？有谁闲眼睛与之披阅。若此者可谓之不朽否耶？本无精光，遂尔销歇，理固宜然。设使其人早知分量，将几块木板留却柴烧了，岂不省事！可笑！可笑！

（明）唐顺之《答蔡可泉》，《荆川先生文集》卷七，清刊本

《琵琶记》之下，《拜月亭》是元人施君美撰，亦佳。元朗谓胜《琵琶》，则大谬也。中间虽有一二佳曲，然无词家大学问，一短也；既无风情，又无裨风教，二短也；歌演终场，不能至人堕泪，三短也。《拜月亭》之下，《荆钗》近俗而时动人，《香囊》近雅而不动人，《五伦全备》是文庄元老大儒之作，不免腐烂。

（明）王世贞《艺苑卮言》附录一，《弇州山人四部稿·艺苑卮言》卷一百五十二，明世经堂刻本

故有国者不可以不读，一读此传，则忠义不在水浒，而皆在于君侧矣。贤宰相不可以不读，一读此传，则忠义不在水浒，而皆在于朝廷矣。兵部掌军国之枢，督府专阃外之寄，是又不可以不读也，苟一日而读此传，则忠义不在水浒，而皆为干城心腹之选矣。否则不在朝廷，不在君侧，不在干城腹心，乌乎在？在水浒。此传之所为发愤矣。若夫好事者资其谈柄，用兵者藉其谋画，要以各见所长，乌睹所谓忠义者哉！

（明）李贽《忠义水浒传序》，《焚书》卷三，中华书局本

人生而有情。思欢怒愁，感于幽微，流乎啸歌，形诸动摇。或一往而尽，或积日而不能自休。盖自凤凰鸟兽以至巴、渝夷鬼，无不能舞能歌，以灵机自相传活，而况吾人。奇哉清源师，演古先神圣八能千唱之节，而

为此道。初止爨弄参鹘，后稍为末泥三姑旦等杂剧传奇。长者折至半百，短者折才四耳。生天生地，生鬼生神，极人物之万途，攒古今之千变。一勾栏之上，几色目之中，无不纡徐焕眩，顿挫徘徊。恍然如见千秋之人，发梦中之事。使天下之人无故而喜，无故而悲。或语或嘿，或鼓或疲，或端冕而听，或侧弁而咍，或窥观而笑，或市涌而排。乃至贵倨弛傲，贫啬争施。聋者欲玩，聋者欲听，哑者欲叹，跛者欲起。无情者可使有情，无声者可使有声。寂可使喧，喧可使寂，饥可使饱，醉可使醒，行可以留，卧可以兴。鄙者欲绝，顽者欲灵。可以合君臣之节，可以浃父子之恩，可以增长幼之睦，可以动夫妇之欢，可以发宾友之仪，可以释怨毒之结，可以已愁愤之疾，可以浑庸鄙之好。然则斯道也，孝子以事其亲，敬长而娱死；仁人以此奉其尊，享帝而事鬼；老者以此终，少者以此长。外户可以不闭，嗜欲可以少营。人有此声，家有此道，疫疠不作，天下和平。岂非以人情之大窦，为名教之至乐也哉。

（明）汤显祖《宜黄县戏神清源师庙记》，《汤显祖诗文集》卷三十四《玉茗堂文之七》，上海古籍出版社本

夫文以足志，意寓词中。如云依附捃人剩余，因足嗤其因陈；第云修词假人面貌，岂遂同于象物。示存砥柱，赖有作者。故曰：选义考言者，文章之通论也。起衰济溺者，君子之用心也。

（明）许重熙《文集序》，《汤显祖诗文集》附录，上海古籍出版社本

小说者流，或骚人墨客，游戏笔端，或奇士洽人，搜罗字外。纪述见闻，无可回忌，覃研理道，务极幽深。其善者，足以备经解之异同，存史官之讨核，总之有补于世，无害于时。乃若私怀不逞，假手铅椠，如《周秦行纪》、《东轩笔录》之类，同于武夫之刃、逸人之舌者，此大弊也。然天下万世，公伦具在，亦亡益焉。

（明）胡应麟《九流绪论》，《少室山房笔丛》卷二十九，中华书局本

怨诽不怒，风谣所兴；感物悼时，岂能无慨？若有颂无规，斯为近谄……托美人于君王，寄良媒于哲辅，淫思怨感，实始风骚。舒章置蜡之

篇，勒卤散钗之句，伟男西陵之什，子龙秋雨之章，本非大雅所讥，岂云盛德之累？

  （明）陈子龙《壬申文选凡例》，《陈忠裕公全集》卷三十，清刊本

  盖君子之为史也，非独以纪其事将以善善而恶恶也。夫善之已形，恶之已著，人皆能言之。惟其事在拟议之间，幽隐之际，非君子不能知之。而不为明之，则难遵而易畔，是故《春秋》之所褒贬，或言近而指远，或文与而实非，或彼此异辞，或前后异旨，所谓别嫌疑、明是非、定犹豫也。

  （明）陈子龙《史记测议序》，《陈忠裕公全集》卷二十五，清刊本

  [沈棨《双麟》] 记成仁以二子成名，俗笔所作，第可为优人贡谀耳！但其中抗节房庭，大义凛凛，犹足为世教之资。

  （明）祁彪佳《远山堂曲品·具品》，《中国古典戏曲论著集成》（六），中国戏剧出版社本

  [王元寿《空缄》] 刘元普之仗义，奇矣；李伯承一不识面之交，以空缄托妻子，奇更出元普上。此记贯串如无缝天衣，词曲中忠、孝、节、侠，种种具足。此与《紫绶》，皆伯彭有关世道文字也。

  （明）祁彪佳《远山堂曲品·能品》，《中国古典戏曲论著集成》（六），中国戏剧出版社本

  [王元寿《紫绮裘》] 田夫人幽配崔炜，事极诡异。记中崔子以好施受祉，任贼以扑满招尤，作者欲以惕世也。

  （明）祁彪佳《远山堂曲品·能品》，《中国古典戏曲论著集成》（六），中国戏剧出版社本

  [汪廷讷《三祝》] 范文正父子事功文章，既表表一代矣，至敦伦尚义，此记能阐其微。

  （明）祁彪佳《远山堂曲品·能品》，《中国古典戏曲论著集成》（六），中国戏剧出版社本

然尝闻之：孔子之删《诗》，朱子之定《骚》，其意一也。《诗》之为言，可以感发善心，惩创逸志，其有裨于风化也大矣。《骚》之为辞，皆出于忠爱之诚心。而所谓善不由外来，名不可以虚作者又非圣贤之格言，使放臣屈子吟呻咏叹于寂寞之滨。则所以自处者，必有其道矣。而所天者，幸而听之，宁不凄然兴感，而迪其伦纪之常哉？此圣贤删定之大意也。读此书者，因其辞以求其义，得其义而反诸身焉，庶几乎朱子之意而不流于雕虫篆刻之末矣。

　　　　　　　　（明）何乔新《楚辞序》，《文肃公文集》卷九，清刊本

　　自已删之后，诗雅萧条，如苏李之高妙，嵇阮之冲澹，曹刘之豪逸，谢鲍之峻洁，其诗非不工也，然嘲咏风月，无裨风教。求其有补风化者，晋之渊明而已。观其自晋以前，皆书年号，自宋以后，惟书甲子，是岂可与刻绘者例论耶？

　　　　　　　　（明）何乔新《论诗》，《文肃公文集》卷一，清刊本

　　王阳明先生《传习录》："古乐不作久矣。今之戏学，尚与古乐意思相近。《韶》之九成，便是舜一本戏学。《武》之九变，便是武王一本戏学。圣人一生实事，俱播在乐中，所以有德者闻之，便知其尽善尽美与尽美未尽善处。若后世作乐，只是做词调，于民俗风化绝不干涉，何以化民善俗！今要民俗反朴还淳，取今之戏本，将妖淫词调删去，只取忠臣孝子故事，使愚俗人人易晓，无意中感发他良知起来，却于风化有益。"

　　　　　　　　（明）杨恩寿《词余丛话》，《中国古典戏曲论著集成》（九），中国戏剧出版社本

　　古人往矣，吾取古事，丽今声，华衮其贤者，粉墨其愿者，奏之场上，令观者藉为劝惩兴起，甚或扼腕裂眦，涕泗交下而不能已，此方为有关世教文字。若徒取漫言，既已造化在手，而又未必其新奇可喜，亦何贵漫言为耶？此非腐谈，要是确论。故不关风化，纵好徒然，此《琵琶》持大头脑处，《拜月》只是宣淫，端士所不与也。

　　　　　　　　（明）王德骥《曲律》卷第四，《中国古典戏曲论著集成》（四），中国戏剧出版社本

六经国史而外，凡著述皆小说也。而尚理或病于艰深，修辞或伤于藻绘，则不足以触里耳而振恒心。此《醒世恒言》四十种所以继《明言》、《通言》而刻也。明者，取其可以导愚也。通者，取其可以适俗也。恒则习之而不厌，传之而可久。三刻殊名，其义一耳。

　　　　　　（明）可一居士《醒世恒言序》，《醒世恒言》卷首，人民文学出版社本

　　夫人居恒动作言语不甚相悬，一旦弄酒，则叫号踯躅，视堑如沟，度城如槛。何则？酒浊其神也。然而斟酌有时，虽毕吏部、刘太常，未有时时如滥泥者。岂非醒者恒而醉者暂乎？由此推之，惕孺为醒，下石为醉；却嚘为醒，食嗟为醉；剖玉为醒，题石为醉。又推之，忠孝为醒，而悖逆为醉；节检为醒，而淫荡为醉；耳和目章，口顺心贞为醒，而即聋从昧，与顽用嚚为醉。人之恒心，亦可思已。从恒者吉，背恒者凶。心恒心，言恒言，行恒行，入夫妇而不惊，质天地而无怍。下之巫医可作，而上之善人君子圣人亦可见。恒之时义大矣哉。自昔浊乱之世，谓之天醉。天不自醉人醉之，则天不自醒人醒之。以醒天之权与人，而以醒人之权与言。言恒而人恒，人恒而天亦得其恒。万世太平之福，其可量乎！则兹刻者，虽与《康衢》、《击壤》之歌并传不朽可矣。崇儒之代，不废二教，亦谓导愚适俗，或有藉焉。以二教为儒之辅可也。以《明言》、《通言》、《恒言》为六经国史之辅不亦可乎？

　　　　　　（明）可一居士《醒世恒言序》，《醒世恒言》卷首，人民文学出版社本

　　六经、《语》、《孟》，谭者纷如，归于令人为忠臣，为孝子，为贤牧，为良友，为义夫，为节妇，为树德之士，为积善之家，如是而已矣。经书著其理，史传述其事，其揆一也。理著而世不皆切磋之彦，事述而世不皆博雅之儒。于是乎村夫稚子，里妇估儿，以甲是乙非为喜怒，以前因后果为劝惩，以道听途说为学问。而通俗演义一种，遂足以佐经书史传之穷。而或者曰："村醪市脯，不入宾筵，乌用是齐东娓娓者为？"呜呼！《大人》、《子虚》，曲终奏雅，顾其旨何如耳！

　　　　　　（明）无碍居士《警世通言叙》，《警世通言》卷首，《世界文库》本

吾友笑笑为此，爰罄平日所蕴者，著斯传，凡一百回。其中语句新奇，脍炙人口，无非明人伦、戒淫奔、分淑慝、化善恶，知盛衰消长之机，取报应轮回之事，如在目前。始终如脉络贯通，如万系迎风而不乱也。使观者庶几可以一哂而忘忧也。其中未免语涉俚俗，气含脂粉。余则曰：不然，《关雎》之作，乐而不淫，哀而不伤。富与贵，人之所慕也，鲜有不至于淫者；哀与怨，人之所恶也，鲜有不至于伤者。吾尝观前代骚人，如卢景晖之《剪灯新语》，元微之之《莺莺传》……其间语句文确，读者往往不能畅怀，不至终篇而掩弃之矣。此一传者，虽市井之常谈，闺房之碎语，使三尺童子闻之，如饫天浆而拔鲸牙，洞洞然易晓，虽不比古之集，理趣文墨，绰有可观。其他关系世道风化，惩戒善恶，涤虑洗心，无不小补。

（明）欣欣子《金瓶梅词话序》，载《金瓶梅词话》卷首，人民文学出版社本

《金瓶梅》秽书也，袁石公亟称之，亦自寄其牢骚耳，非有取于《金瓶梅》也。然作者亦自有意，盖为世戒，非为世劝也。

（明）弄珠客《金瓶梅序》，《金瓶梅词话》卷首，人民文学出版社本

［鹧鸪天］书会谁将杂曲编，南腔北曲两皆全。若于伦理无关紧，纵是新奇不足传。风月好，物华鲜，万方人乐太平年。今宵搬演新编记，要使人心忽惕然。

［临江仙］每见世人搬杂剧，无端诬赖前贤，伯喈负屈十朋冤。九原如可作，怒气定冲天。这本《五伦全备记》，分明假托扬传。一场戏理五伦全，备他时世曲，寓我圣贤言。

［西江月］亦有悲欢离合，始终开阖闭圆。白多唱少，非干不会把腔填。要得看的个个易知易见，不免插科打诨妆成乔态狂言。

戏场无笑不成欢，用此竦人观看。

（明）丘濬《五伦全备忠孝记》第一出《副末开场》，《古本戏曲丛刊》初集本

客问于余曰：刘先主、曹操、孙权，各据汉地为三国，史已志其颠末，传世久矣。复有所谓《三国志通俗演义》者，不几近于赘乎？余曰：

否，史氏所志，事详而文古，义微而旨深，非通儒夙学，展卷间，鲜不便思困睡，故好事者，以俗近语，隐括成编。欲天下之人，入耳而通其事，因事而悟其义，因义而兴乎感。不待研精覃思，知正统必当扶，窃位必当诛，忠孝节义必当师，奸贪谀佞必当去。是是非非，了然于心目之下，俾益风教，广且大焉，何病其赘耶？

    （明）张尚德《三国志通俗演义引》，《三国志通俗演义》卷首，人民文学出版社本

  夫先王以诗经夫妇，成孝敬，人伦教化，移情易俗。虽变风变雅，亦先王之泽也。非徒以弘文丽藻，铺扬盛事，咏歌自适而已。则后世学士大夫与德行高流之言诗者，皆当正其大旨，综以词华，探历根源，参详殊变，是非不谬于圣人，风教可贻于后世。若徒矜才资高敏，记闻广博，杂撰篇章，文义荡然，即时所宗尚，君子亦何所取耶？

    （明）费经虞《雅伦自序》，《雅伦》卷首，清刊本

  昔吴均作《破镜赋》，颜之推以为凶逆之兽，为文宜避此名。而杜牧之称元、白之诗纤艳不逞，淫言媟语，冬寒夏热，入人肌骨，不可除去。盖文章之关于风教若此。

    （清）钱谦益《张异度文集序》，《牧斋初学集》卷三十三，上海古籍出版社本

  临川谱《四梦》，虽梦之好恶有别，然皆足以警难醒之痴人也。

    （清）孔尚任《与王歙州》，《孔尚任诗文集》卷三，清刊本

  传奇虽小道，凡诗、赋、词、曲、四六，小说家无体不备。至于摹写须眉，点染景物，乃兼画苑矣，其旨趣实本于三百篇，而义则《春秋》，用笔行文，又《左》、《国》、太史公也。于以警世易俗，赞圣道而辅王化，最近且切。今之乐犹古之乐，岂不信哉！

    （清）孔尚任《桃花扇小引》，《桃花扇》卷首，人民文学出版社本

  《桃花扇》一剧，皆南朝新事，父老犹有存者。场上歌舞，局外指点，知三百年之基业，隳于何人？败于何事？消于何年？歇于何地？不独

令观者感激涕零，亦可惩创人心，为末世之一救矣。

　　　　　　　（清）孔尚任《桃花扇小引》，《桃花扇》卷首，人民文学出版社本

　　今之传奇，即古者歌舞之变也，然其感动人心，较昔之歌舞更显而畅矣。盖士之不遇者，郁积其无聊不平之概于胸中，无所发抒，因借古人之歌呼笑骂，以陶写我之抑郁牢骚；而我之性情，爱借古人之性情而盘旋于纸上，婉转于当场。于是乎，热腔骂世、冷板敲人。今阅者不自觉其喜怒悲欢之随所触而生，而亦于是乎歌呼笑骂之不自已，则感人之深，与乐之歌舞所以陶淑斯人而归于中正和平者，其致一也。

　　　　　　　（清）吴伟业《北词广正谱序》，引自《中国古代乐论选辑》，人民音乐出版社本

　　夫文者，古人以陈谟矢训、作命敷告、教化世俗者之所为，非仅以言辞为工者也。

　　　　　　　（清）吴伟业《陈百史文集序》，《梅村家藏稿》卷二十七《文集五》，《四部丛刊》本

　　文之不可绝于天地间者，曰明道也，纪政事也，察民隐也，乐道人之善也。若此者有益于天下，有益于将来，多一篇多一篇之益矣。若夫怪力乱神之事，无稽之言，剿袭之说，谀佞之文，若此者有损于己，无益于人，多一篇多一篇之损矣。

　　　　　　　（清）顾炎武《日知录》卷十九，《四部备要》本

　　君子之为学，以明道也，以救世也，徒以诗文而已，所谓雕虫篆刻，亦何益哉？

　　　　　　　（清）顾炎武《与人书》之二十五，《顾亭林诗文集》卷四，中华书局本

　　《宋史》言刘忠肃每戒子弟曰：士当以器识为先，一命为文人，无足观矣。仆自一读此言，便绝应酬文字，所以养其器识而不堕于文人也。悬牌在室，以拒来请，人所共见，足下尚不知邪？抑将谓随俗为之，而无伤于器识邪？中孚为其先妣求传再三，终已辞之，盖止为一人一家之事，而

无关于经术政理之大，则不作也。韩文公文起八代之衰，若但作《原道》、《原毁》、《争臣论》、《平淮西碑》、《张中丞传后序》诸篇，而一切铭状概为谢绝，则诚近代之泰山北斗矣，今犹未敢许也。此非仆之言，当日刘叉已讥之。

  （清）顾炎武《与人书》之十八，《顾亭林诗文集》卷四，中华书局本

  昔人如刘琨、温峤，皆以匡济为志，不必有意为诗，而诗卒以传，盖当吾世而忧时悯俗，托物见志，非徒求之声咏而已，意者，彤生今日亦有所感耶？

  （清）侯方域《王彤生诗序》，《壮悔堂文集》卷二，《四部备要》本

  余生平所著传奇，皆属寓言，其事绝无所指，恐观者不谅，谬谓寓讥刺其中，故作此词以自誓。

  窃闻诸子皆属寓言，稗官好为曲喻，《齐谐》志怪，有其事，岂必尽有其人？博望凿空，诡其名焉，得不诡其实！矧不肖砚田糊口，原非发愤而著书，笔藏生心，匪托微言以讽世，不过借三寸枯管为圣天子粉饰太平，揭一片婆心效老，逌人木铎里巷。

  （清）李渔《笠翁一家言全集》文集之二，芥子园刊本

  ……然卜其可传与否，则在三事，曰情、曰文、曰有裨风教，情事不奇不传，文词不警拔不传，情文俱备而不轨乎正道，无益于劝惩，使观者、听者哑然一笑而遂已者，亦终不传。是词幻无情为有情，既出寻常视听之外，又在人情物理之中，奇莫奇于此矣。而词华之美，音节之谐……有非警拔二字，足以概其长者。三美俱擅，词家之能事毕矣。

  （清）李渔《〈香草亭〉传奇序》，《笠翁一家言二集》卷三，芥子园刊本

  今海内狼藉烂熳，人有文章，卑者夸博矜靡，如潘、陆、谢、沈，浮藻无质，不足言矣。高人志士，寄情于彭泽之篇，发愤于汨罗之赋，固可以兴顽懦、垂金石，禧窃以为非其至也。文之至者，当如稻粱可以食天下

之饥，布衣可以衣天下之寒，下为来学所禀承，上为兴王所取法，则一立言之间，而功与德已具。

（清）魏禧《上郭天门老师书》，《魏叔子文集》卷六，易堂刻本

仆尝言曰：文章之变，于今已尽，无能离古人而自创一格者，独识力卓越，庶足与古人相增益，是故言不关于世道，识不越于庸众，则虽有奇文，可以无作。识定则求其畅，所谓了然于手口也。畅则求其健，不简不练，则气肤格弱，不足以经远。三者既立，而欲进求古人之精微，穷其变化，则学至而后知之。仆于古学，游其藩篱，未登其堂户。家姊婿邱邦士，精思高悟，能自立规矩，仆尝从学，受益为多。又古人自道为学之法，如昌黎、老泉，不可殚述。仆不能剿衍陈言，以塞门下之问，惟举仆所尝自尽者告之门下，诚能自丰其本，及乎斐然成章，则当就学于邱先生以尽其法，仆不足再问已。

（清）魏禧《答蔡生书》，《魏叔子文集》卷六，易堂刻本

客曰：吾子之言诗详矣。意所为诗必能审音按律，谐曲赴节，如汉魏以来，曹、刘、沈、谢诸家而后可，今之为诗者流治一，先生家言屈首比偶，湛溺帖括，司章句而掇世资，岂与古之言诗有当欤？子岂更有说欤？陈子曰：固矣哉，客之说诗也。今之诗犹古之诗也，今之揣摩咕哔而为诗，犹古之吟谣趋艳而为诗也。闻之诸先生，儒者治一经则思获一经之用，然则诗之列于学宫也，非仅为摹绘牵缀，淹丽奥博遂足以成名也。务使词必称意，格必称理，举凡悲欢愉戚，出离荡往之境，与夫鸟兽草木诡奇变谲之状，一切泽之以正大，而规之以和平。天子采其声可以定乐，君子闻其音可以观化，孰谓今之制义非延涓之能事，夔旷之极致欤？

（清）陈维崧《路进士诗经稿序》，《陈迦陵文集》卷二，《四部丛刊》本

王者之迹熄而诗亡，非诗亡也。古者太师陈诗以观民风。《记》曰："诗言其志也。"又曰："志之所至，诗亦至焉。"王迹熄而列国之风不陈于太师矣。诗之所由亡，不因民志之日以乱欤？

（清）朱彝尊《九歌草堂诗集序》，《曝书亭全集》卷三十六，《四部备要》本

小说演义，亦各有所据，如《水浒传》、《平妖传》之类，予尝详之《居易录》中。又如《警世通言》有《拗相公》一篇，述王安石罢相归金陵事，极快人意，乃因卢多逊谪岭南事而稍附益之耳。故野史传奇，往往存三代之直，反胜秽史曲笔者倍蓰。前辈谓村中儿童听说三国事，闻昭烈败，则颦蹙，曹操败，则欢喜踊跃，正此谓也。礼失而求之野，惟史亦然。

　　　　　　　　　　（清）王士禛《香祖笔记》卷十，上海古籍出版社本

　　诗之为道，可以理性情，善伦物，感鬼神，设教邦国，应对诸侯，用如此其重也。秦、汉以来，乐府代兴；六代继之，流衍靡曼。至有唐而声律日工，托兴渐失，徒视为嘲风雪，弄花草，游历燕衎之具，而诗教远矣。学者但知尊唐而不上穷其源，犹望海者指鱼背为海岸，而不自悟其见之小也。今虽不能竟越三唐之格，然必优柔渐渍，仰溯《风》、《雅》，诗道始尊。

　　　　　　　　　　（清）沈德潜《说诗晬语》卷上，《清诗话》本

　　事难显陈，理难言罄，每托物连类以形之。郁情欲舒，天机随触，每借物引怀以抒之。比兴互陈，反覆唱叹，而中藏之欢愉惨戚，隐跃欲传，其言浅，其情深也。倘质直敷陈，绝无蕴蓄，以无情之语而欲动人之情，难矣。王子击好《晨风》，而慈父感悟；裴安祖讲《鹿鸣》，而兄弟同食；周盘诵《汝坟》，而为亲从征。此三诗别有旨也，而触发乃在君臣、父子、兄弟，唯其"可以兴"也。读前人诗而但求训诂，猎得词章记问之富而已，虽多奚为？

　　　　　　　　　　（清）沈德潜《说诗晬语》卷上，《清诗话》本

　　《雄雉》末章，进君子以挺身善世之道，犹所云万里之外，以身为本也。汉《东门行》："今时清廉，难犯教言，君独自爱莫为非。"重言以丁宁之，去风人未远。

　　　　　　　　　　（清）沈德潜《说诗晬语》卷上，《清诗话》本

　　《离骚》者，《诗》之苗裔也。第《诗》分正变，而《离骚》所际独变，故有侘傺噫郁之音，无和平广大之响。读其词，审其音，如赤子婉恋

于父母侧而不忍去。要其显忠斥佞，爱君忧国，足以持人道之穷矣。尊之为经，乌得为过？

（清）沈德潜《说诗晬语》卷上，《清诗话》本

浣花诗中拳拳于武侯，推崇至矣，《纲目》因之而反魏为汉。三峡君臣，得以光昭宇宙，微浣花之力不及此，孰谓文章而无关乎世教耶？称之为诗史，信然。

（清）黄子云《野鸿诗的》，《清诗话》本

读书作文者，岂仅文之云尔哉？将以开心明理，内有养而外有济也。得志则加之于民，不得志则独善其身，亦可以化乡党而教训子弟。

（清）郑燮《与江宾谷江禹九书》，《郑板桥集》补遗，上海古籍出版社本

夫诗之为用广矣，其达而在上者，登歌清庙，扬厉朝廷之盛德，而比隆商周《雅》、《颂》之遗；其穷而在下者抱其所有而不得施设，悲愁感愤之无聊而见于吟咏，亦得穷人情物类之微而极写夫日月风云之状，使人读之可以歌可以泣，不知手足之舞蹈也。然天下岂生而皆达者哉，则羁愁之响忽变而为《雅》、《颂》之音者有矣。

（清）刘大櫆《朱东发诗序》，《海峰文集》卷三，清刊本

诗也者所以为乐也，去先王之世既远，乐亡而诗独存，夫诗有则音存，音存则乐虽亡而不亡，吾以为今之学者不得如古之人，安弦舞勺而其业莫要于为诗。昔者圣人制为诗以教天下，田野之农夫，闺房之女妇，乡曲之孺子类，皆能为歌谣以颂其上之美，而讥其失刑罚之烦、赋敛之苛，皆有以自达其隐，抑塞之情舒而忿憾，无聊不平之气寝以微矣。诗亡则上下之意指暗聋痞结，而陈胜吴广始得以纵横于阡陌之间！夫诗成于音，音成于声，声成于言，言成于志，志平则音和，志衰则音促，志敬则音凝，志佚则音荡，故圣人乐观焉。夫然后奏之以金石，吹之以管笙。宫以宫倡，徵以徵和，高下疾徐，莫不中节。屈伸俯仰，杂而成文，有诗而君臣之志通也，有诗而父子兄弟之恩浃也，有诗而夫妇之好永也。夫诗何负于人哉？盖孔子尝弦歌三百以求合乎韶武雅颂之音，故曰："小子何莫学夫

诗","不学诗无以言",诗成而礼乐之化行矣。

（清）刘大櫆《左仲郜诗序》，《海峰文集》卷三，清刊本

趋庭之训，首先及诗。……诗以道性情，感志意，关风教，通鬼神，伦常物理，无不毕具。

（清）薛雪《一瓢诗话》，《清诗话》本

古今稗官野史，不下数百千种。而《三国志》、《西游记》、《水浒传》及《金瓶梅》演义，世称四大奇书，人人乐得而观之，余窃有疑焉。稗官为史之支流，善读稗官者，可进于史，故其为书亦必善善恶恶，俾读者有所观感戒惧，而风俗人心，庶以维持不坏也。《西游》元虚荒渺，论者谓为谈道之书。所云意马心猿，金公木母，大抵心即是佛之旨。予弗敢知。《三国》不尽合正史，而就中魏晋代禅，依样葫芦，天道循环，可为篡弑者鉴；其他蜀与吴所以废兴存亡之故，亦具可发人深省，予何敢厚非。至《水浒》、《金瓶梅》诲盗诲淫，久干例禁，乃言者津津夸其章法之奇，用笔之妙，且谓其摹写人物事故，即家常日用，米盐琐屑，皆各穷神尽相，画工化工合为一手，从来稗官无有出其右者，呜乎！其未见《儒林外史》一书乎！夫曰：外史原不自居正史之列也，曰儒林迥异元虚荒渺之谈也。其书以功名富贵为一篇之骨，有心艳功名富贵，而媚人下人者；有倚仗功名富贵，而骄人傲人者；有假托无意功名富贵，自以为高，被人看破耻笑者。终乃以辞却功名富贵，品地最上一层为中流砥柱。篇中所载之人，不可枚举，而其人之性情心术，一一活现纸上，读之者无论是何人品，无不可取以自镜。

（清）闲斋老人《儒林外史序》，《儒林外史》卷首，人民文学出版社本

今之人，贫者日为衣食所累，富者又怀不足之心，纵一时稍闲，又有贪淫恋色、好货寻愁之事，那里去有功夫看那理治之书！所以，我这一段事，也不愿世人称奇道妙，也不定要世人喜悦检读，只愿他们当那醉余饱卧之时，或避世去愁之际，把此一玩，岂不省了些寿命筋力？就比那谋虚逐妄，也省了口舌是非之害，腿脚奔忙之苦。再者，亦令世人换新耳目，不比那些胡牵乱扯，忽离忽遇，满纸才人淑女、子建、文君、红娘、小玉

等通共熟套之旧稿。我师意为何如？

（清）《脂砚斋重评石头记》第一回，中华书局本

夫物之无益于人者，人弗贵之矣！史称：严君平卜筮于成都市，以为卜筮者贱业而可以惠众，人有邪恶是非之问，则依蓍龟为言利害。与人子言依于孝，与人弟言依于顺，与人臣言依于忠，各因势导之以善，从者已过半矣。然则诗之能益人，亦何间于穷达哉？知此庶乎其道尊。

（清）宋大樽《茗香诗论》，《清诗话》本

说者谓：《西厢·拷红》一出，红责老夫人为大快，然未有快于《赛琵琶·女审》一出者也。盖《西厢》男女猥亵，为大雅所不欲观；此剧自三官堂以上，不啻坐凄风苦雨中，咀荼啮蘖，郁抑而气不得申，忽聆此快，真久病顿甦，奇痒得搔，心融意畅，莫可名言，《琵琶记》无此也。然观此剧者，须于其极可恶处，看他原有悔心。名优演此，不难摹其薄情，全在摹其追悔。当面诟王相，昏夜谋杀子女，未尝不自恨失足。计无可出，一时之错，遂为终身之咎，真是古寺晨钟，发人深省。高氏《琵琶》，未能及也。

（清）焦循《花部农谭》，《中国古典戏曲论著集成》（八），中国戏剧出版社本

天下之物，各适于用。文何用？有用之一身者，有用之天下者，有用之当时者，有用之百世者。科举应试之文，用之一身者也；应酬交际之文，用之当时者也；二者之于文，皆无足重轻。若夫朝廷之诰，军旅之檄，铭功纪德之作，兴利除弊之议，关于军国之重，民物之生，是文之用于天下也。然必仕而在上有才艺足以达者任之。

（清）焦循《与王钦莱论文书》，《雕菰集》卷十四，《丛书集成》本

谟觞阁《破愁》四剧，周元公作，谓酒、色、财、气也。沉湎者，酒化血；宣淫者，女化骷髅；悭悋者，银化纸锭；健讼、行贿者，囚化木：事可解颐，词颇醒世。

（清）焦循《剧说》卷五，《中国古典戏曲论著集成》（八），中国戏剧出版社本

《谭辂》云:"'姜诗'传奇,相传是学究陈罢齐所作。虽粗浅,然填词亦亲切有味,且甚能感动人,似有裨于风化,不可以其肤浅而弃之。"

(清)焦循《剧说》卷四,《中国古典戏曲论著集成》(八),中国戏剧出版社本

汤来贺云:"先年乐府如《五福》、《百顺》、《四德》、《十义》、《跃鲤》、《卧冰》之类,皆取古人之善行谱为传奇,播诸声容,使儿童妇女见而乐之,皆有所向慕而思为善事,则是饮食歌舞,俱有益于风化,古人之用心如此,何其厚也!自元人王实甫、关汉卿作俑为《西厢》,其字句音节,足以动人,而后世淫词纷纷继作。然闻万历中年,家庭之间犹相戒演此;近日若《红梅》、《桃花》、《玉簪》、《绿袍》等记,不啻百种,皆杜撰诡名,绝无古事可考,且意俱相同,毫无可喜,徒创此以导邪,予不识其何心也。"说见《内省斋文集》。

(清)焦循《剧说》卷四,《中国古典戏曲论著集成》(八),中国戏剧出版社本

何云:"阮公源出于《骚》,而钟记室以为出于《小雅》。"愚谓《骚》与《小雅》,特文体不同耳;其悯时病俗,忧伤之旨,岂有二哉?阮公之时与世,真《小雅》之时与世也,其心则屈子之心也。以为《骚》,以为《小雅》,皆无不可。而其文之宏放高迈,沉痛幽深,则于《骚》、《雅》皆近之。钟、何之论,皆滞见也。

(清)方东树《昭昧詹言》卷三,人民文学出版社本

夫子告伯鱼曰:"不学诗无以言。"夫学诗所以能言者,岂非以理达气和,故言之有序与?岂非以熟悉于列国之风土民情,故使于四方,有专对之才与?抑或有得清风肆好之旨,故论答之际,言之成文与?是三者皆所谓言矣,而不尽是也。

夫古圣贤立言,未有不取资于诗者也。道德之精微,天人之相与,彝伦之所以昭,性情之所以著,显而为政事,幽而为鬼神,于诗无不可证,故论学论治,皆莫能外焉。故《中庸》言理之无声无臭,其义精且密矣,而必即诗言以推之。《孔子闲居》言五至三无,其辞美且盛矣,而必以近于诗者明之。其他如《孝经》之所述,《礼记》、《大学》之所称,《坊

记》、《表记》、《缁衣》之所引，无不取征于诗。何者，理无尽藏，非触类旁通则无以见。夫诗者，触类可通者也。触类可通，故言无不尽，引而申之，其义愈进焉。

古人之于言，有因事及诗者矣，子贡之悟切磋是也；有因诗及事者矣，子夏之悟礼后是也；有诗如此而意如彼者矣，孔子因"绵蛮黄鸟"而悟人之当止，因"执辔如组"而悟为天下之道是也。若夫旨已畅而言已尽，复假诗以致其反复之意，以寄其咏叹之情，则自古立言之体皆然。此诗之所资者大，而不尽在乎辞令之善也。夫言其一端而已。用是知古人读经，其求得于身而切于用也，有如此夫。

（清）刘开《读诗说下》，《刘孟涂集》卷一，清刊本

夫诗者，所以治人之性情也。以古人之忧乐，动天下之心思，使之出于正而已矣。乐正之所崇，下学之所事，自成周以来，罔不由之。故学而有得者必通乎诗，是故多闻强识，精于名物之训，可以为博矣，亦未可以善读诗也。感物造端，升高为赋，可以为大夫矣，亦未可为善诗也。古之善为诗者，施之于为政，用之于立言，故先王之教以诗也。可以正人心焉，可以善风俗焉。君子之学于为诗也，可以厚性情焉，可以变气质焉。夫难变者，莫若气质，惟诗能之。至于变化气质而其功用大矣。孔子论为学之序，首曰兴于诗，言感发心志，舍诗则无自也。又曰："小子何莫学夫诗。"言初学之要，必先之于诗，而后本末巨细可以渐底于成也。其告伯鱼曰："人而不为《周南》、《召南》，其犹正墙面而立。"言修之于身，而化成于国，王道必起自近也。夫教亦多术矣，而感人之速，化人之深，无如诗之显而易也。自古圣贤未有不得诗教而能造于大中至正之域也。后世以声律词藻为诗，舍六艺之正，以求一言一韵之工，于是五七言之体兴，而三百篇之诵读视为具文，教之所以端其趋向，学之所以淑其性情，皆置而不讲矣。呜呼！此人心学术所以不如古与？夫圣人之为教也，固不能夺天下之所安，而予之以所难也，亦因其情而利导之也。夫诗者所以顺人情而导之以正也。顺情而导则其教易行，而学易入。故诗为雅言之首，而学者之始事必由是焉。是故善读诗者，因古以触今，感物以见志，沉潜乎讽谕，反复乎篇章，而慈仁忠孝之意油然自生，父子以恩，君臣以笃，兄弟以和，夫妇以顺，朋友以厚，此皆天性之发于中而不能自已者也。夫天性之发，非出于矫饰。故诗之移人情也，亦动于自然而非有所苦焉。且

夫强之人者，去必速，貌为合者，神易离，惟诗之感人者，因其天真之动，故虽草野间巷亦触于歌泣而不自禁。惟人之感于诗也，本于中心之诚，故能叹慕流连，遂被潜移而不自觉，此诗之为道所以为治心之方，入德之门，而贤愚皆可共勉者也。夫温柔敦厚者，诗之旨也；缠绵悱恻者，诗之情也，人必有缠绵悱恻之实意，而后可炳为事功，蕴为道德，否则，铺张砥砺，亦伪而已矣。正人心，善风俗，莫要于诗，故读二《南》可以奋兴，列《国》可以讽刺，正《雅》可以则，变《雅》可以怨，《豳》可以图始，《颂》可以乐成。故诗者，中和之用，人之所不能忽者也。故绎其辞，歌其声，婉而不隐，直而不犯，和而不随，怨而不迫，躁心得释焉，矜气得平焉，客止得安焉。故诗之始可以厚人性情，其继也可以变化气质。夫气质变乃可入道，诗之功至此成焉。

（清）刘开《读诗说上》，《刘孟涂集》卷一，清刊本

凡悦人者，未有不欺人者也。末世诗人，求悦人而不耻，每欺人而不顾。若事事以质实为的，则人事治矣；若人人之诗以质实为的，则人心治而人事亦渐可治矣。诗所以厚风俗者此也。隋李谔曰："连篇累牍，不出月露之形；积案盈箱，唯是风云之状。文笔日烦，其政日乱。"此皆不质实之过。质则不悦人，实则不欺人，以此二字衡之，而天下诗集之可焚者亦众矣。

（清）潘德舆《养一斋诗话》卷三，《清诗话续编》本

教以言相感，化以神相感。有教而无化，无以格顽；有化而无教，无以格愚。圣人在上，以《诗》、《书》教民，以礼乐化民；圣人在下，以无体之礼，无声之乐化民。善气迎人，人不得而敖之；静气迎人，人不得而聒之；正气迎人，人不得而于之，其德盛者化自神，其气足以动物也。积学未至而暴之遽，积诚未至而教之强，学之通弊矣。故言立不如默成，强人不如积感。《诗》曰："载色载笑，匪怒伊教。"

（清）魏源《默觚下·治篇十三》，《魏源集》，中华书局本

圣人以名教治天下之君子，以美利利天下之庶人。求田问舍，服贾牵牛，以卿大夫为细民之行则讥之，细民不责以卿大夫之行也；故《国风》刺淫者数十篇，而刺民好利者无一焉。

（清）魏源《默觚下·治篇三》，《魏源集》，中华书局本

立德、立功、立言、立节，谓之四不朽。自夫杂霸为功，意气为节，文词为言，而三者始不皆出于道德，而崇道德者又或不尽兼功节言，大道遂为天下裂。君子之言，有德之言也；君子之功，有体之用也；君子之节，仁者之勇也。故无功、节、言之德，于世为不曜之星，无德之功、节、言，于身心为无原之雨；君子皆弗取焉。《诗》曰："瑟兮僩兮，赫兮咺兮。有匪君子，终不可谖兮。"

（清）魏源《默觚上·学篇九》，《魏源集》，中华书局本

轻议古人固非是，动辄索引古人之理想，以阑入今日之理想，亦非是也。吾于今人之论小说，每一见之。如《水浒传》志盗之书也，而今人每每称其提倡平等主义，吾恐施耐庵当日断断不能作此理想，不过彼叙此一百八人聚义梁山泊，恰似一平等社会之现状耳。吾曾反复读之，意其为愤世之作。吾国素无言论自由之说，文字每易贾祸，故忧时愤世之心，不得不托之小说。且托之小说，亦不敢明写其事也，必委曲譬喻以为寓言，此古人著书之苦况也。《水浒传》者，一部贪官污吏传之别裁也。梁山泊一百八人，强半为在官人役，如都头也，教师也，里正也，书吏也，而一一都归结为盗，则著者之视在官人役之为何如可知矣。而如是等等之人，之所以都归结于为盗者，无非官逼之使然，则著者之视官为何如亦可知矣。吾虽雅不欲援古人之理想以阑入今日之理想，然持此意以读《水浒传》，则谓《水浒传》为今日官吏之龟鉴也亦宜。

（清）吴沃尧《杂说》，引自《晚清文学丛钞·小说戏曲研究卷》，中华书局本

《易》曰"风以动之"，又曰"挠万物者莫疾乎风。"《论语》曰："君子德风，小人之德草，草上之风必偃。"《诗序》曰："《关雎》风之始也，所以风天下也。"吾尝参合此诸义，而有以知风之体与其用也。夫风之初起于蘋末，则调调刁刁而已，其稍进也，则侵淫而盛于土囊之口，及其卒也，乃飘忽溯滂，激扬熛怒，蹴石伐木，梢杀林莽。夫国之有风、民之有风、世之有风，亦若是则已耳，其作始甚简，其将毕乃钜；其始也起于一二人心术之微，及其既成则合千万人而莫之能御。故自其成者言之则曰风俗、曰风气，自其成之者言之，则曰风化、曰风教。教化者，气与

俗之所由生也。

　　（清）梁启超《说国风下》，《饮冰室文集》卷十六，中华书局本

　　小说之为体，其易入人也既如彼，其为用之易感人也又如此，故人类之普通性，嗜他文不如其嗜小说，此殆心理学自然之作用，非人力之所得而易也。此天下万国凡有血气者莫不皆然，非直吾赤县神州之民也。夫既已嗜之矣，且遍嗜之矣，则小说之在一群也，既已如空气如菽粟，欲避不得避，欲屏不得屏，而日日相与呼吸之餐嚼之矣。于此其空气而苟含有秽质也，其菽粟而苟含有毒性也，则其人之食息于此间者，必憔悴，必萎病，必惨死，必堕落，此不待蓍龟而决也。于此而不洁净其空气，不别择其菽粟，则虽日饵以参苓，日施以刀圭，而此群中人之老病死苦，终不可得救。知此义，则吾中国群治腐败之总根源，可以识矣。吾中国人状元宰相之思想何自来乎？小说也。吾中国人佳人才子之思想何自来乎？小说也。吾中国人江湖盗贼之思想何自来乎？小说也。吾中国人妖巫狐鬼之思想何自来乎？小说也。若是者，岂尝有人焉提其耳而诲之。传诸钵而授之也？而下自屠爨贩卒，妪娃童稚，上至大人先生、高才硕学，凡此诸思想，必居一于是，莫或使之，若或使之，盖百数十种小说之力直接间接以毒人，如此其甚也。今我国民惑堪舆，惑相命，惑卜筮，惑祈禳，因风水而阻止铁路，阻止开矿，争坟墓而阖族械斗，杀人如草，因迎神赛会，而岁耗百万金钱，废时生事，消耗国力者，曰惟小说之故。今我国民慕科第若膻，趋爵禄若鹜，奴颜婢膝，寡廉鲜耻，惟思以十年萤雪，暮夜苞苴，易其归骄妻妾，武断乡曲一日之快，遂至名节大防，扫地以尽者，曰惟小说之故。今我国民轻弃信义，权谋诡诈，云翻雨覆，苛刻凉薄，驯至尽人皆机心，举国皆荆棘者，曰惟小说之故。今我国民轻薄无行，沉溺声色，绻恋床笫，缠绵歌泣于春花秋月，销磨其少壮活泼之气，青年子弟，自十五岁至三十岁，惟以多情多感多愁多病为一大事业，儿女情多，风云气少，甚者为伤风败俗之行，毒遍社会，曰惟小说之故。今我国民，绿林豪杰，遍地皆是，日日有桃园之拜，处处为梁山之盟，所谓"大碗酒，大块肉，分秤称金银，论套穿衣服"等思想，充塞于下等社会之脑中，遂成为哥老、大刀等会，卒至有如义和拳者起，沦陷京国，启召外戎，曰惟小说之故。呜呼！小说之陷溺人群，乃至如是，乃至如是！大圣鸿哲数万言谆诲之而不足者，华

士坊贾一二书败坏之而有余。斯事既愈为大雅君子所不屑道，则愈不得不专归于华士坊贾之手。而其性质其位置，又如空气然，如菽粟然，为一社会中不可得避不可得屏之物。于是华士坊贾，遂至握一国之主权而操纵之矣。呜呼！使长此而终古也，则吾国前途尚可问耶，尚可问耶！故今日欲改良群治，必自小说界革命始；欲新民，必自新小说始。

（清）梁启超《论小说与群治之关系》，《饮冰室文集》卷十，中华书局本

欲改造国民之品质，则诗歌音乐为精神教育之一要件，此稍有识者所能知也。

（清）梁启超《饮冰室诗话》，《饮冰室文集》卷七十七，中华书局本

夫国之存亡，非谓夫社稷、宗庙之兴废也，非谓夫正朔、服色之存替也。盖有所谓国民性者。国民性而丧，虽社稷、宗庙、正朔，服色俨然，君子谓之未始有国也。反是，则虽微社稷、宗庙、正朔、服色，岂害为有国！国民性何物？一国之人，千数百年来受诸其祖若宗，而因以自觉其卓然别成一合同而化之团体以示异于他国民者是已。国民性以何道而嗣续？以何道而传播？以何道而发扬？则文学实传其薪火而管其枢机。明乎此义，然后知古人所谓文章为经国大业、不朽盛事者，殊非夸也。

今岁欧洲大战，有胎祸之一国曰塞尔维亚者，世所共闻也。此国之亡，尝七百年矣。距今百年前，乃始光复旧物，渐得列于附庸。今乃攘臂与世界一大名国战，而胜败尚在不可知之数。彼独非世之鲜民也哉？而至竟若是。吾尝稽其史乘，知其人尊尚其先民之文学也至深厚，因文学而忆记其先烈，而想慕之，而讴歌之，而似续之，不复其初焉而不止也。岂惟塞尔维亚，希腊也，意大利也，德意志也，皆若是已耳。夫生为今日之韩人者，宜若为宇宙间一奇零之夫，无复可以自效于国家与天壤。顾以吾所持论，则谓宇宙间安有奇零人，人自奇零而已。苟甘自奇零，则当世名国中奇零之人又岂鲜，独韩人也欤哉！然则金、王二君之志事，于是乎可敬，而十家文之钞辑，于是乎非无用矣。

（清）梁启超《丽韩十家文钞序》《饮冰室文集》卷十二，中华书局本

《桃花扇》于种族之戚不敢十分明言，盖生于专制政体下，不得不尔也。然书中固往往不能自制，每一读之，使人生故国之感。余尤爱诵者，如"莫过乌衣巷，是别姓人家新画梁。谁知歌罢剩空筵，长江一线。吴头楚尾路三千，尽归别姓，雨翻云变，寒涛束卷，万事付空烟。将五十年兴亡看饱，那乌衣巷不姓王，莫愁湖鬼夜哭，凤凰台栖枭鸟，龙山梦最真，旧境丢难掉，不信这舆图换稿，诌一套哀江南，放悲声唱到老。"读此而不油然生民族主义之思想者，必其无人心者也。

（清）梁启超《论桃花扇》，《新曲苑·曲海扬波》卷一，中华书局本

中国人无尚武精神，其原因甚多，而音乐靡曼亦其一端，此近世识者所同道也。昔斯巴达人被围，乞援于雅典，雅典人以一眇目跛足之学校教师应之，斯巴达人惑焉。及临阵，此教师为作军歌，斯巴达人诵之，勇气百倍，遂以获胜。甚矣声音之道感人深矣。吾中国向无军歌，其有一二，若杜工部之前后《出塞》，盖不多见，然于发扬蹈厉之气尤缺。此非徒祖国文学之缺点，抑亦国运升沉所关也。往见黄公度《出军歌》四章，读之狂喜，大有"含笑看吴钩"之乐，尝以录入《小说报》第一号。顷复见其全文，乃知共二十四首，凡《出军》、《军中》、《还军》各八章。其章末一字，义取相属，以"鼓勇同行，敢战必胜，死战向前，纵横莫抗，旋师定约，张我国权"二十四字殿焉。其精神之雄壮活泼沉浑深远不必论，即文藻亦二千年所未有也，诗界革命之能事至斯而极矣。吾为一言以蔽之曰：读此诗而不起舞者必非男子。

（清）梁启超《饮冰室诗话》，《饮冰室文集》卷七十七，中华书局本

去年闻学生某君入东京音乐学校，专研究乐学，余喜无量。盖欲改造国民之品质，则诗歌音乐为精神教育之一要件，此稍有识者所能知也。中国乐学，发达尚蚤。自明以前，虽进步稍缓，而其统犹绵绵不绝。前此凡有韵之文，半皆可以入乐者也。《诗》三百篇，皆为乐章，尚矣。如《楚辞》之《招魂》、《九歌》，汉之《大风》、《柏梁》，皆应弦赴节，不徒乐府之名如其实而已。下至唐代绝句，如"云想衣裳"、"黄河远上"，莫不被诸弦管。宋之词，元之曲，又其显而易见者也。盖自明以前，文学家多

通音律，而无论雅乐、剧曲，大率皆由士大夫主持之，虽或衰靡，而俚俗犹不至太甚。本朝以来，则音律之学，士夫无复过问，而先王乐教，乃全委诸教坊优伎之手矣。读泰西文明史，无论何代，无论何国，无不食文学家之赐；其国民于诸文豪，亦顶礼而尸祝之。若中国之词章家，则于国民岂有丝毫之影响耶？推原其故，不得不谓诗与乐分之所致也。郑夹漈有言：" 古之诗曰歌行，后之诗曰古、近二体。歌行主声，二体主文。诗为声也，不为文也。浩歌长啸，古人之深趣。今人既不尚啸，而又失其歌诗之旨，所以无乐事也。凡律其辞则谓之诗，声其诗则谓之歌，诗未有不歌者也……呜呼！诗在于声不在于义。孔子曰：'《关雎》乐而不淫，哀而不伤。' 亦为《关雎》之声和平，能令闻者感发而不失其度耳。若诵其文，习其理，能有哀乐之事乎？二体之作，失其诗矣。" 其言可谓特识。夹漈时已然，辀近乃益甚。至于今日，而诗、词、曲三者皆成为陈设之古玩，而词章家真社会之蠹矣。顷读杂志《江苏》，屡陈中国音乐改良之义，其第七号已谱《出军歌》、《学校歌》数阕，读之拍案叫绝，此中国文学复兴之先河也。惜余亦一门外汉，仅如夹漈所谓诵其文习其理而已。寄语某君，自今以往，更委身于祖国文学，据今所学，而调和之以渊懿之风格，微妙之辞藻；苟能为索士比亚、弥儿顿，其报国民之恩者，不已多乎？

（清）梁启超《饮冰室诗话》，人民文学出版社本

上海曾志忞，留学东京音乐学校有年，此实我国此学先登第一人也。今日不从事教育则已，苟从事教育，则唱歌一科，实为学校中万不可缺者。举国无一人能谱新乐，实社会之羞也。曾君顷编一书，名曰《教育唱歌集》：凡为幼稚园用者八章，寻常小学用者七章，高等小学用者六章，中学用者五章，皆按以谱，而于教授方法，复恳切说明。凡教师细读一过，自能按谱以授。从此小学唱歌一科，可以无缺矣。吾见刻本，不禁为之狂喜。原诗卷首有《告诗人》一条，足为文学家下一针砭而增其价值，兹录如下：

曰恋、曰穷、曰狂、曰怨，四者古今诗人之特性，舍此乃不足以成诗人。其为诗也，非寒灯暮雨，即血泪冰心，求其和平爽美，勃勃有春气者，鲜不可得。且好为微妙幽深之语，务使妇孺皆不知，惟词章家独知之，其诗乃得传于世。总言之，诗人之诗，上者写恋穷狂怨之态，下者博

渊博奇特之名，要皆非教育的，音乐的者也。近数年有矫其弊者，稍变体格，分章句，间长短，名曰学校唱歌，其命意可谓是矣。然词意深曲，不宜小学，且修辞间有未适、于教育之理论实际病焉。虽然，是皆未得标准以参考之耳。欧美小学唱歌，其文浅易于读本。日本改良唱歌，大都通用俗语。童稚习之，浅而有味。今吾国之所谓学校唱歌，其文之高深，十倍于读本，甚有一字一句，即用数十行讲义，而幼稚仍不知者。以是教幼稚，其何能达唱歌之目的？谨广告海内诗人之欲改良是举者，请以他国小学唱歌为标本，然后以最浅之文字，存以深意，发为文章。与其文也宁俗，与其曲也宁直，与其填砌也宁自然，与其高古也宁流利。辞欲严而义欲正，气欲旺而神欲流，语欲短而心欲长，品欲高而行欲洁。于此加意，庶乎近之。

其所编之歌，亦煞费苦心，如其《告诗人》篇中之言。

（清）梁启超《饮冰室诗话》，人民文学出版社本

文化日进，思潮日高，群知小说之效果，捷于演说报章；不视为遣情之具，而视为开通民智之津梁，涵养民德之要素；……有释奴小说之作，而后美洲大陆创一新天地。有革命小说之作，而后欧洲政治特辟一新纪元。而以视吾国，北人之敢死喜乱，不啻活演一《水浒传》。南人之醉生梦死，不啻实做一《石头记》。小说势力之伟大，几几乎能造成世界矣。

（清）佚名《新世界小说社报发刊辞》（1902），引自《中国历代小说论著选》，江西人民出版社本

吾国政治，出于在上，一夫为刚，万夫为柔，务以酷烈之手段，以震荡摧锄天下之士气。士之不得志于时而能文章者，乃著小说以抒其愤。其大要分为二：一则述已往之成迹，若《隋唐演义》、若《列国志》诸书，言民怒之不可犯，溯国家兴亡盛衰之故，使人君知所惧；一则设为悲歌慷慨之士，穷而为寇为盗，有侠烈之行，忘一身之危，而急人之急，以愧在上位而虐下民者，若《七侠五义》、《水浒传》皆其伦也……今试问萃新小说数十种，能有一焉，如《水浒传》、《三国演义》影响之大者乎？曰：无有也。

（清）王钟麒《中国历代小说史论》，阿英《晚清文学丛钞·小说戏曲研究卷》，中华书局本

《续金瓶梅》者惩述者不达作者之意,遵今上圣明颁行《太上感应篇》,以《金瓶梅》为之注脚,本阴阳鬼神以为经,取声色货利以为纬,大而君臣家国,细而闺壶婢仆,兵火之离合,桑海之变迁,生死起灭,幻入风云,果因禅宗,寓言亵昵,于是乎蔓理言而非腐,而其旨一归之劝世。此夫为隐言、显言、放言、正言而以夸、以刺,无不备焉者也。以之翼圣也可,以之赞经也可。

  (清)西湖钓叟《续金瓶梅序》,引自《中国历代小说论著选》,江西人民出版社本

  其辞善,则其声淡矣。盖截律侯气,以求声气之元,然后以六律正五声而合之歌曲,此求天地之和以合人声之和也。必政善而后人心和平,人心和平而后诗辞皆善,诗辞既善,然后审一定和,而声律之合亦无不淡且和。此尽人事之和以合天气之和也。二者阙一焉,无以兴乐也。虽在明圣之朝,不能必人志之尽中和而歌辞皆善。故在舜犹有庶顽谗说之虑。然惟在上者有以化之,故以政之善致人心之和,又即以人心之和合天地之和,而还即乐之淡且和者,以养人心之和而化其不和,则乐之所以移风易俗也,天人体用一也。

  (清)汪烜《乐经律吕通解》,《乐教第七》,引自《中国古代乐论选辑》,人民音乐出版社本

  盖乐中所通伦理便是礼,礼为无秩,人须是于天理上逐件看得分明仔细,然后声入心通,而得乐之所以和与所以慢之故。若于伦理上先察之未审,则如何可通之于乐,而审乐以知政哉?

  (清)汪烜《乐经律吕通解》卷一《乐记或问》,引自《中国古代乐论选辑》,人民音乐出版社本

  昔许文正公有言:"弓矢所以待盗也,使盗得之,亦将待人。"信哉斯言!自文字作为简策兴,圣贤遗训,藉以不坠,而惑世诬民之书,亦因是得传。有为书至陋,若嬉戏不足道,而亦能为害者,如小说是已。虞初、齐谐,其来已久,魏、晋至唐,作者侵广。宋以后尤多,其诡诞鄙亵亦日益甚。观者犹且废时失业,放荡心气,况于为之者哉?下至闾巷小人,转相慕效,更为传奇演义之类,蛊诞愚蒙,败坏风俗,流毒尤甚。夫

人幸而读书，能文辞，既不能立言，有补于世，汲汲焉思以著述取名，斯已陋矣。然亦何事不可为哉？何至降而为小说，敝神劳思，取媚流俗，甘为识者所耻笑，甚矣其不自重也！然亦学术之衰，无良师友教诲规益之助，故邪辟污下，至于此极而不自悟其非。呜呼，可哀也已！魏、晋以来小说，传世既久，余家亦间有之，其辞或稍雅驯，姑列于目；而论其失，以为戒焉。

（清）强汝询《求益斋文集》，引自孔另境编《中国小说史料》，上海古籍出版社本

《水浒》一书七十回，为一百八人作列传，或谓东都施耐庵所著，或谓越人罗贯中所作，皆不可知。要不过编辑绿林之劫杀，以示戒也。原其意，盖旧之百八人者，非宋朝之乱臣贼子耶？苟生尧舜之世，井田学校各有其方，皆可为耳目股肱奔走御侮之具，不幸生徽宗时，或迫饥寒，或逼功令，遂相率而为盗耳。作者之旨，不责下而责上，其词盖深绝而痛恶之，其心则悲悯而矜疑之，亦有关世道之书，与宣淫导欲诸稗史迥异也。

（清）桐庵老人《五才子水浒序》，《评论出像水浒传》卷首，引自《水浒传会评本》，北京大学出版社本

中国之小说，亦夥颐哉，大致不外二种：曰儿女，曰英雄。而英雄小说，辄不敌儿女小说之盛，此亦社会文弱之一证。民生既已文弱矣，而犹镂月裁云，风流旖旎，充其希望，不过才子佳人成了眷属而止，何有于家国之悲，种族之惨哉？国奢则示之以俭，国俭则示之以礼，国文弱而示之以文弱，不犹以水救水，以火救火耶？益多而已矣。所以《牡丹亭》、《西厢记》之小说愈出，而人心愈死，吾于是传施耐庵。

（清）佚名《中国小说大家施耐庵》，引自《中国近代文论选》，人民文学出版社本

戏曲至隋、唐始盛，在隋谓之康衢戏，唐谓之梨园乐，宋谓之华林戏，元谓之升平乐，其元人杂剧则有十二科名目，曰神仙道化，曰林泉丘壑，曰披袍秉笏，曰忠臣烈士，曰孝义廉节，曰叱奸骂谗，曰逐臣孤子，曰拨刀赶棒，曰风花雪月，曰悲欢离合，曰烟花粉黛，曰神头鬼面。今优人登场爨演所谓古戏今戏者，多法元人院本，不能出其范围于十二科之

外，若夫氍演逼肖处，能令观者色动神飞，乍惊乍喜，甚至有帘幕中泪渍巾袖者，盖彼浑忘其当场之假，而直认为现在之真已。埴尝谓洪昉思曰："古今善恶之报，笔之于书以训人，反不若演之于剧以感人为较易也。然则梨园一曲，原不徒为娱耳悦目而设，有志斯民者，诚欲移风易俗，则必自删正，传奇始矣。"

（清）金埴《不下带编》卷四，中华书局本

（3）救世警俗　劝善惩恶

故君子曰："《春秋》之称：微而显，志而晦，婉而成章，尽而不污，惩恶而劝善。非圣人谁能修之？"

（先秦）《左传·公成十四年》，《十三经注疏》本

扬子云作《法言》，蜀富（《初学记》十八、《御览》四百七十二引文富下有贾字）人赍钱千万，愿载于书，子云不听（《初学记》十八、《御览》四百七十二引文听下有曰字）。夫富无仁义之行（《御览》八百三十六引文之行下有犹字），圈中之鹿，栏中之牛也，安得妄载？班叔皮续《太史公书》，载乡里人以为恶戒。邪人枉道绳墨所弹，安得避讳？是故子云不为财劝，叔皮不为恩挠。文人之笔，独已公矣？贤圣定意于笔，笔集成文，文具情显，后人观之，见以（《集解》见以二字宜互倒）正邪，安宜妄记？足蹈于地，迹有好丑；文集于札（札，原作礼，依《集解》引吴承仕说校改），志有善恶。故夫占迹以睹足，观文以知情。《诗》三百，一言以蔽之，曰：思无邪。《论衡》篇以十数，亦一言也，曰：疾虚妄。

（汉）王充《论衡·佚文》，《论衡集解》本

图绘者，莫不明劝戒，著升沉；升载寂寥，披图可鉴。

（南朝·齐）谢赫《古画品录序》，《画品丛书》本

窃惟载籍之兴，其来尚矣。左史右史，记事记言，皆所以昭德塞违，劝善惩恶。故作而可纪，薰风扬乎百代；动而不法，炯戒垂乎千祀。

（唐）魏徵《群书治要序》，《全唐文》卷一百四十一，中华书局本

爰泊中叶，文体大变，树理者多以诡妄为本，饰辞者多以淫丽为宗。譬如女工之有绮縠，音乐之有郑、卫。盖语曰：不作无益害有益。至如史氏所书，固当以正为主。是以虞帝思理，夏后失御，《尚书》载其元首、禽荒之歌；郑庄至孝，晋献不明，《春秋》录其大豚、狐裘之什。其理说而切，其文简而要，足以惩恶劝善，观风察俗者矣。若马卿之《子虚》、《上林》，扬雄之《甘泉》、《羽猎》，班固《两都》，马融《广成》，喻过其体，词没其义，繁华而失实，流宕而忘返，无裨劝奖，有长奸诈，而前后《史》、《汉》，皆书诸列传，不其谬乎！

（唐）刘知幾《史通·载文》，《四部备要》本

乐也者，圣人之所乐，可以善人心焉。

古者，因乐以著教，其感人深，乃移风俗，将欲闲其邪、正其颓，惟乐而已。

（唐）杜佑《改定乐章论》，《全唐文》卷四百七十七，中华书局本

天宝十二年，漫叟以进士获荐，名在礼部，会有司考校旧文，作《文编》纳于有司。当时叟方年少，在显名迹，切耻时人谄邪以取进，奸乱以致身，径欲填陷阱于方正之路，推时人于礼让之庭，不能得之，故优游于林壑，怏恨于当世。是以所为之文，可戒可劝，可安可顺。侍郎杨公见《文编》，叹曰："以上第污元子耳，有司得元子是赖。"叟少师友仲行公，公闻之，谕叟曰："於戏！吾尝恐直道绝而不续，不虞杨公于子相续如缕。"明年，有司于都堂策问群士，叟竟在上第。

（唐）元结《文编序》，《元次山集》卷十，中华书局本

世俗夸太白赐床调羹为荣，力士脱靴为勇。愚观唐宗渠渠于白，岂真乐道下贤者哉，其意急得艳词媟语，以悦妇人耳。白之论撰，亦不过为玉楼、金殿、鸳鸯、翡翠等语，社稷苍生何赖？就使滑稽傲世，然东方生不忘纳谏，况黄屋既为之屈乎？说者以谋谟潜密，历考全集，爱国忧民之心如子美语，一何鲜也。力士闱闼腐庸，惟恐不当人主意，挟主势驱之，何所不可，脱靴乃其职也。自退之为"蚍蜉撼大木"之喻，遂使后学吞声。余窃谓如论其文章豪逸，真一代伟人，如论其心术事业，可施廊庙，李杜

齐名，真忝窃也。

（宋）黄彻《䂬溪诗话》卷二，《历代诗话续编》本

[小说引子] 小说者流，出于机戒之官，遂分百官记录之司，由是有说者纵横四海，驰骋百家；以上古隐奥之文章，为今日分明之议论。或名"演史"，或谓"合生"，或称"舌耕"，或作"挑闪"，皆有所据，不敢谬言。言其上世之贤者，可为师；排其近世之愚者，可为戒。言非无根，听之有益。

（宋）罗烨《醉翁谈录》"小说引子"，古典文学出版社本

吾闻古者左史记言，右史记事，职也。故国无小大皆有之。子职非史也，其蹴而僭之何？史官失职久矣。国乎史，曷若家乎史？国私而家公也。使天下之人，家得史之人，庶乎知法戒也。奚僭为？然则子所书皆善也，劝矣！如惩何？善恶备书，史也。舍恶录善，志也。善者劝，恶者惩矣。曷为而不可也！斯志也，其言或不能尽征者何？所见异辞，所闻异辞，所传闻异辞，信其信，疑其疑，可也。

（明）宋濂《续志林小引》，《宋学士全集》卷二十六，《丛书集成》本

吴为古名都，其山水人物之胜，见于刘、白、皮、陆诸公之所赋者，众矣。余为郡人，暇日搜奇访异于荒墟邃谷之中，虽行蹢殆遍，而纪咏之作则多所阙焉。及归自京师，屏居松江之渚，书籍散落，宾客不至。闭门默坐之余，无以自遣，偶得郡志阅之，观其所载山川台榭、园池、祠墓之处，余向尝得于烟云草莽之间，为之踌躇而瞻眺者，皆历历在目。因其地，想其人，求其盛衰废兴之故，不能无感焉。遂采其著者，名赋诗咏之辞，语芜陋不足传于此邦，然而登高望远之情，怀贤吊古之意，与夫抚事览物之作，喜慕哀悼，俯仰千载，有或足以存劝戒而考得失，犹愈于饱食终日而无所用心者也。

（明）高启《原序》，《高太史大全集》第一卷，《四部丛刊》本

余既编辑古今怪奇之事，以为《剪灯录》，凡四十卷矣……既成，又自以为涉于语怪，近乎诲淫，藏之书笥，不欲传出。客闻而求观者众，不

能尽却之，则又自解曰：《诗》、《书》、《易》、《春秋》，皆圣笔之所述作，以为万世大经大法者也，然而《易》言龙战于野，《书》载雉雊于鼎，《国风》取淫奔之诗，《春秋》纪乱贼之事，是又不可执一论也。今余此编，虽于世教民彝，莫之或补，而劝善惩恶，哀穷悼屈，其亦庶乎言者无罪、闻者足以戒之一义云尔。

（明）瞿佑《剪灯新话序》，《剪灯新话》卷首，古典文学出版社本

以时文为南曲，元末、国初未有也，其弊起于《香囊记》。《香囊》乃宜兴老生员邵文明作，习《诗经》，专学杜诗，遂以二书语句匀入曲中，宾白亦是文语，又好用故事作对子，最为害事。夫曲本取于感发人心，歌之使奴、童、妇、女皆喻，乃为得体；经、子之谈，以之为诗且不可，况此等耶？直以才情欠少，未免挦补成篇。吾意与其文而晦，曷若俗而鄙之易晓也。

（明）徐渭《南词叙录》，《中国古典戏曲论著集成》（三），中国戏剧出版社本

传始于左氏，论者犹谓其失之诬，况稗说乎！顾意主劝惩，虽诬而不为罪。今世小说家杂出，多离经叛道，不可为训。间有借题说法，以杀盗淫妄行警醒之意者，而钉拾而非全书，或捏饰而非习见，虽动喜新之目，实伤雅道之亡，何若此书之为正耶？昔贤比于班、马，余谓进于丘明，殆有《春秋》之遗意焉，故允宜称传。

（明）李贽《出像评点〈忠义水浒全书〉发凡》，《忠义水浒全传》卷首，引自《水浒会评本》本

昔陈鸿作《长恨歌传》并《东城老父传》，时人称其史才，咸推许之。及观牛僧孺之《幽怪录》，刘斧之《青琐集》，则又述奇纪异，其事之有无不必论，而其制作之体，则亦工矣。乡友瞿宗吉氏著《剪灯新话》，无乃类是乎？宗吉之志确而勤，故其学也博，其才充而敏，故其文也赡。是编虽稗官之流，而劝善惩恶，动存鉴戒，不可谓无补于世。矧夫造意之奇，措词之妙，粲然自成一家言，读之使人喜而手舞足蹈，悲而掩卷堕泪者，盖亦有之。自非好古博雅，工于文而审于事，曷能臻

此哉！

(明) 凌云翰《剪灯新话序》，《剪灯新话》卷首，古典文学出版社本

右《剪灯余话》一帙，乃大儒方伯李公之所撰也……是编之作，虽非本于经传之旨，然其善可法，恶可戒，表节义，砺风俗，敦尚人伦之事多有之，未必无补于世也。

四海相传《新话》工，若观《余话》迥难同。搜寻神异希奇事，敦尚人伦节又风。一火煅成金现色，几宵细剪烛摇红。笑余刻枣非狂僭，化俗宁无小补工！

(明) 张光启《剪灯余话序》，《剪灯余话》卷首，古典文学出版社本

《水浒》一编，倡市井萑苻之首；《会真》诸记，导闺房桑濮之尤，安得罄付祖龙，永塞愚民祸本。

(明) 郑瑄《昨非庵日纂》三集卷十二，引自《水浒传资料汇编》，百花文艺出版社本

若夫淫谭亵语，取快一时，贻秽百世，夫先自醉也，而又以狂药饮人，吾不知视此"三言"者得失何如也？

(明) 可一居士《醒世恒言序》，《醒世恒言》卷首，人民文学出版社本

观物者审名，论人者辨志。施耐庵传宋江，而题其书曰《水浒》，恶之至，迸之至，不与同中国也。而后世不知何等好乱之徒，乃谬加以忠义之目。呜呼！忠义而在水浒乎哉？忠者，事上之盛节也；义者，使下之大经也。忠以事其上，义以使其下，斯宰相之材也。忠者，与人之大道也；义者，处己之善物也。忠以与乎人，义以处乎己，则圣贤之徒也。若夫耐庵所云水浒也者，王土之滨则有"水"，又在水外则曰"浒"，远之也。远也者，天下之凶物，天下之所共击也；天下之恶物，天下之所共弃也。若使忠义而在水浒，忠义为天下之凶物、恶物乎哉！且水浒有忠义，国家无忠义耶？夫君则犹是君也，臣则犹是臣也，夫何至于国而无忠义？此虽恶其臣之辞，而已难乎为吾之君解也。父则犹是父也，子则犹是子也，夫

何至于家而无忠义？此虽恶其子之辞，而已难乎为吾之父解也。故夫以忠义予水浒者，斯人必有怼其君父之心，不可以不察也。且亦不思宋江等一百八人，则何为而至于水浒者乎？其幼，皆豺狼虎豹之姿也；其壮，皆杀人夺货之行也；其后，皆敲朴劓刖之余也；其卒，皆揭竿斩木之贼也。有王者作，比而诛之，则千人亦快，万人亦快者也。如之何而终亦幸免于宋朝之斧锧。彼一百八人而得幸免于宋朝者，恶知不将有若干百千万人，思得复试于后世者乎？耐庵有忧之，于是奋笔作传，题曰《水浒》。意若以为之一百八人，即得逃于及身之诛僇，而必不得逃于身后之放逐者，君子之志也。而又妄以忠义予之，是则将为戒者而反将为劝耶！豺狼虎豹而有祥麟威凤之目，杀人夺货而有伯夷颜渊之誉，劓刖之余而有上流清节之荣，揭竿斩木而有忠顺不失之称。既已名实牴牾，是非乖错，至于如此之极，然则几乎其不胥天下后世之人，而惟宋江等一百八人，以为高山景行，其心向往者哉。是故由耐庵之《水浒》言之，则如史氏之有《梼杌》是也。备书其外之权诈，备书其内之凶恶，所以诛前人既死之心者，所以防后人未然之心也。由今日之《忠义水浒》言之，则直与宋江之赚入伙、吴用之说撞筹，无以异也。无恶不归朝廷，无美不归绿林。已为盗者，读之而自豪；未为盗者，读之而为盗也。呜呼！名者，物之表也；志者，人之表也。名之不辨，吾以疑其书也；志之不端，吾以疑其人也。削忠义而仍水浒者，所以存耐庵之书其事小，所以存耐庵之志其事大。虽在稗官，有当世之忧焉，后世之恭慎君子，苟能明吾之志，庶几不易吾言矣哉！

      （清）金圣叹《第五才子书序》二，《贯华堂第五才子书水浒传》卷首，中华书局本

  卢员外本传中，忽然插出李固、燕青两篇小传。李传极叙恩数，燕传极叙风流。乃卒之受恩者不惟不报，又反噬焉，风流者笃其忠贞之死靡忒。而后知古人所叹：狼子野心，养之成害，实惟恩不易施。而以貌取人，失之子羽，实惟人不可忽也。稗官有戒、有劝，于斯篇为极矣。

      （清）金圣叹《贯华堂第五才子书水浒传》第六十回总批，中华书局本

  读至末幅，已成拖尾，忽然翻出何清报信一篇有哭有笑文字。遂使天

下无兄弟人读之心伤，有兄弟人读之又心伤，谁谓稗史无劝惩乎？

  （清）金圣叹《贯华堂第五才子书水浒传》第十六回总评，中华书局本

  窃怪传奇一书，昔人以代木铎。因愚夫愚妇识字知书者少，劝使为善，诫使勿恶，其道无由，故设此种文词，借优人说法，与大众齐听，谓善者如此收场，不善者如此结果，使人知所趋避，是药人寿世之方，救苦弭灾之具也。后世刻薄之流，以此意倒行逆施，借此文报仇泄怨，心之所喜者，处以生、旦之位；意之所怒者，变以净、丑之形，且举千百年未闻之丑行，幻设而加于一人之身，使梨园习而传之，几为定案，虽有孝子慈孙不能改也。噫！岂千古文章，止为杀人而设；一生诵读，徒备行凶造孽之需乎？苍颉造字而鬼夜哭，造物之心，未必非逆料至此也。凡作传奇者，先要涤去此种肺肠，务存忠厚之心，勿为残毒之事。以之报恩则可，以之报怨则不可。以之劝善、惩恶则可，以之欺善、作恶则不可。（余澹心云："文人笔舌，菩萨心肠，直欲以填词作《太上感应篇》矣。"）

  （清）李渔《闲情偶寄·词曲部·结构第一》，《中国古典戏曲论著集成》（七），中国戏剧出版社本

  "然则诗之为教也，得非创惩之意少，而诱劝之意深乎？"曰："其诱劝也，即所以为创惩也。颜子不云乎，夫子循循然善诱人。夫圣人之教，贤者尚必诱掖以至于道，况中才以下乎？夫诗者，先王诱引天下之人而归之于善也。礼者先王整一天下之人而纳之于轨也。夫人有血气、心知之性，好恶形焉，嗜欲纷焉，骤而束之礼法，则理不足以胜其欲，先王于是诱之以诗。故诗者咏歌其志也，所以使人沉潜于古谊，流连于物情也。所以感发其善良，而导掖其心思也。所以动人恻怛之怀，而深以爱慕之诚也。夫心既与善相入矣，既与善渐觉相安矣，尊君亲上之谊蔼然溢于寸衷，然后教以礼义，而示以礼节，别以等威，而饰以文章，动作有常，进退有度，夫是以视其宜然，而不至扞格也。且古庙堂燕享之地，其分秩然有辨，犹恐礼胜而离，必歌诗以通上下之情，以联君臣之谊，何况教诲庸众，导启后学，非藉诗以诱掖之，安能遽束其身于轨物哉！夫心感于善则不善自不足动其中。故诗之用，主于诱劝而惩创即寓其际也。"

  （清）刘开《读诗说中》，《刘孟涂集》卷一，清刊本

《乐记》言"声歌各有宜",归于"直己而陈德"。可知歌无今古,皆取以正声感人。故曲之无益风化,无关劝戒者,君子不为也。

(清)刘熙载《艺概·词曲概》,上海古籍出版社本

《诗》,自乐是一种,"衡门之下"是也;自励是一种,"坎坎伐檀兮"是也;自伤是一种,"出自北门"是也;自誉自嘲是一种,"简兮简兮"是也;自警是一种,"抑抑威仪"是也。

(清)刘熙载《艺概·诗概》,上海古籍出版社本

《颂》固以美盛德之形容,然必原其所以至之之由,以寓劝勉后人之意,则义亦通于《雅》矣。

(清)刘熙载《艺概·诗概》,上海古籍出版社本

乐府兴而古乐废,唐绝兴而乐府废,宋人歌词兴而唐之歌诗又废,元人曲调兴而宋人歌词之法又渐积于废。诗词空其声音,元曲则描写实事,其体例固别为一种,然《毛诗》"氓之蚩蚩"篇综一事之始末而具言之,《木兰诗》事迹首尾分明,皆已开曲伎之先声矣。作曲之始,不过止被之管弦,后且饰以优孟。元人院本,至今传者寥寥数种,其实杂剧为多。明以后则传奇盛行,下笔动至数十折,一人多至数本、十数本、数十本。其始大旨亦不过归于劝善、惩恶而已,及其末流,淫侈竞尚。盖自明中叶以后,作者按谱填字,各逞新词,此道遂变为文章之事,不复知为律吕之旧矣。推此以论,则虽谓"今曲盛而元曲之声韵废",亦无不可也。

(清)梁廷枬《曲话》卷四,《中国古典戏曲论著集成》(八),中国戏剧出版社本

刘念台先生《人谱类记》曰:"梨园唱剧,至今日而滥觞极矣。然而敬神宴客,世俗必不能废;但其中所演传奇,有邪正之不同。主持世道者,正宜从此设法立教。虽无益之事,未必非转移风俗之一端也。先辈陶石梁曰:'今之院本,即古之乐章也。每演戏时,见有孝子、悌弟、忠臣、义士,激烈悲苦,流离患难,虽妇人、牧竖,往往涕泗横流,不能自已。旁观左右,莫不皆然。此其动人最恳切、最神速,较之老生拥皋比讲

经义,老衲登上座说佛法,功效百倍。至于《渡蚁》、《还带》等剧,更能使人知因果报应,秋毫不爽。盗、杀、淫、妄,不觉自化;而好生乐善之念,油然生矣。此则虽戏而有益者也。'"

    (清)杨恩寿《词余丛话》,《中国古典戏曲论著集成》(九),中国戏剧出版社本

  天下之物最易动人耳目者,最易入人之心。是故老师巨儒,坐皋比而讲学,不如里巷歌谣之感人深也;官府教令,张布于通衢,不如院本平话之移人速也。君子观于此,可以得化民成俗之道矣。《管子》曰:"论卑易行。"此莲村余君所以有劝善杂剧之作也。

    (清)俞樾《余莲村劝善杂剧序》,《春在堂杂文》续编三,《春在堂全书》,清刊本

  余子既深恶此习,毅然以放淫辞自任,而又思因势利导,即戏剧之中,寓劝善之意。爰搜辑近事,被之新声,所著凡二十种,梓而行之,问序于余。余受而读之,曰:是可以代遒人之铎矣。《乐记》曰:"人不能无乐,乐不能无形,形而不为道,不能无乱。先王耻其乱,故制雅颂之声以道之,使足以感动人之善心,不使放心邪气得接焉,是先王立乐之方也。"夫制雅颂之声以道之诚善矣,而魏文侯曰:"吾听古乐则唯恐卧,听郑、卫之音,则不知倦。"是人情皆厌古乐而喜郑、卫也。今以郑、卫之音节,而寓古乐之意,《记》所谓"其感人深,其移风易俗易"者,必于此乎在矣。余愿世之君子,有世道之责者,广为传播,使之通行于天下,谁谓周郎顾曲之场,非即生公说法之地乎!

    (清)俞樾《余莲村劝善杂剧序》,《春在堂杂文》续编三,《春在堂全书》,清刊本

  纪文达公尝言:《聊斋志异》一书,才子之笔,非著书者之笔也。先君子亦云:"蒲留仙才人也。其所藻缋,未脱唐宋人小说窠臼。若纪文达《阅微草堂五种》,专为劝惩起见,叙事简,说理透,不屑屑于描头画角,非留仙所及。"余著《右台仙馆笔记》,以《阅微》为法,而不袭《聊斋》笔意,秉先君之训也。然《聊斋》藻缋不失为古艳,后之继《聊斋》而作者,则俗艳而已,甚或庸俗不堪入目,犹自诩为步武《聊斋》,何留

仙之不幸也。

(清)俞樾《春在堂随笔》八,《春在堂全书》,清刊本

昔陈承祚有良史才,所撰《魏蜀吴三国志》,凡六十五篇,已入正史。范頠称其词多劝戒,明乎得失,有益风化。裴松之亦谓铨叙可观,事多审正,而惜其先在于略。复上按旧闻,旁摭遗逸,凡志所不载,事宜存录者,毕取以为之注,而三国事迹略备。

演义之作,滥觞于元人,以供村老谈说故事。然悉本陈志裴注,绝不架空杜撰,意主忠义,而旨归劝惩。阅者参观正史,始知语皆有本,而不与一切小说等量而齐观矣。

咸丰三年孟夏勾吴清溪居士书。

(清)清溪居士《重刊三国志演义序》,《第一才子书》首卷,
引自《〈三国演义〉资料汇编》,百花文艺出版社本

小说感应社会之效果,殆莫过于《三国演义》一书矣。异姓联昆弟之好,辄曰桃园;帷幄侈运用之才,动言诸葛。此犹影响之小者也。太宗之去袁崇焕,即公瑾赚蒋干之故智。(太祖一生,用兵未尝败衄,惟攻广宁不下,颇挫精锐,故切齿于袁崇焕,遗命必去之。详见《啸亭杂录》等书。)海兰察目不知书,而所向无敌,动合兵法,自言得力于译本《三国演义》。左良玉之举兵南下,则柳麻子援衣带诏故事怂恿成之也。李定国与孙可望同为张献忠义子,其初脍肝越货,所过皆屠戮,与可望无殊焉。说书人金光以《三国演义》中诸葛、关、张之忠义相激动,遂幡然束身归明,尽忠永历,力与可望抗,又累建殊勋,使兴朝连殒名王,屡摧劲旅,日落虞渊,鲁戈独奋,为明代三百年忠臣功臣之殿,即与瞿、何二公鼎峙,亦无愧色,不可谓非《演义》之力焉。张献忠、李自成及近世张格尔、洪秀全等初起,众皆乌合,羌无纪律,其后攻城略地,伏险设防,渐有机智,遂成滔天巨寇。闻其皆以《三国演义》中战案为玉帐唯一之秘本,则此书不特为紫阳《纲目》张一帜,且有通俗伦理学、实验战术学之价值也。书中人物,最幸者莫如关壮缪,最不幸者莫如魏武帝。历稽史册,壮缪仅以"勇"称,亦不过贲、育、英、彭流亚耳;至于死敌手、通书史,古今名将,能此者正不乏人,非真可据以为"超群绝伦"也。魏武雄才大略,奄有众长,草创英雄中,亦当占上座,虽好用权谋,然从古英雄,岂有全不用权谋而成事

者？况其对待屠王，始终守臣节，较之萧道成、高欢之徒，尚不失其为忠厚，无论莽、卓矣。乃自此书一行，而壮缪之人格，互相推崇，极于无上，祀典方诸郊禘，荣名媲于尼山，虽由我国崇拜英雄宗教之积习……而《演义》亦一大主动力也。若魏武之名，则几与穷奇、梼杌、桀、纣、幽、厉同为恶德之代表；社会月旦，凡人之奸邪诈伪阴险凶残者，辄目之为曹操。今试比人以古帝王，虽傲者谦不敢居；若称以曹操，则屠沽厮养，必怫然不受，即语以魏王之尊贵，且多才，子具文武才，亦不能动之也。文人学士，虽心知其故，而亦徇世俗之曲说，不敢稍加辨正。嘻！小说之力，有什伯千万于《春秋》之所谓华衮斧钺者，岂不异哉！

（清）黄摩西《小说小话》，引自《中国小说史料》，中华书局本

小说何为而作也？曰以劝善也，以惩恶也。夫书之足以劝惩者，莫过于经史，而义理艰深，难令家喻而户晓，反不若稗官野乘福善祸淫之理悉备，忠佞贞邪之报昭然，能使人触目儆心，如听晨钟，如闻因果，其于世道人心不为无补也。但作者先须立定主见，有起有收，回环照应，一（疑衍）点清眼目，做得锦簇花团，方使阅者称奇，听者忘倦。切序事多直捷，意味索然，又忌人多混杂，眉目不楚，甚者说鬼谈神，怪奇悖理不堪。如《情梦柝》、《玉楼春》、《玉娇梨》、《平山冷燕》等小说脍炙人口，由来已久，谁知其中破绽甚多，难以枚举，试即一二言之。堂堂男子，乔扮女妆，卖人作婢，天下有是理乎？龆龄闺媛诗篇字法，压倒朝臣，天下又有是理乎？且当朝宰辅，方正名卿，为女择配，不由正道，将闺中诗词索人倡和，成何体统？此皆理之所必无，宁为情之所宜有。若夫鬼怪矜奇者，又不足论，无惟巧合。

（清）静恬主人《金石缘序》，引自《中国历代小说论著选》，江西人民出版社本

有人来说，《列国志》也不是全美之书，不可辄与子弟读。试问其故，则曰，其中夹有许多骄奢淫泆丧心蔑理之事，恐子弟看了，引他邪心。此真三家村中冬烘先生之见。否则，假道学及小儿强作解事者也。夫圣人之书，善恶并存，但取善足以为劝，恶足以为戒而已。他本小说，于善恶之际，往往不甚分明；其下者，则更铺张淫媒，夸美奸豪，此则金生

所谓其人可诛、其书可烧、断断不可使子弟得读者也。若《列国志》之善恶施报，皆一本于古经书，真所谓善足以为劝，恶足以为戒者，又何嫌于骄奢淫泆丧心蔑理也哉！

（清）蔡元放《东周列国志读法》，引自《中国历代小说论著选》，江西人民出版社本

余素喜披览，辄加批注，屡为友人攫去。近年原板已毁，或以活字排印，惜多错误。偶于故纸摊头得一旧帙，兼有增批；闲居无事，复为补辑，顿成新观，坊友请付手民。余惟是书善善恶恶不背圣训，先师不云乎："见贤思齐焉，见不贤而内自省也。"读者以此意求之《儒林外史》，庶几稗官小说亦如经籍之益人，而足以兴起观感，未始非世道人心之一助云尔。

（清）惺园退士《儒林外史序》，引自《中国历代小说论著选》，江西人民出版社本

一、本传凡懿行淑举，皆用本名，至于荡简败德之夫，名姓皆从捏造，昭戒而隐恶，存事而晦人。

（清）西周生《醒世姻缘传凡例》，引自《中国历代小说论著选》，江西人民出版社本

稗官为史之支流，善读稗官者，可进于史，故其为书，亦必善善恶恶，俾读者有所观感戒惧，而风俗人心，庶以维持不坏也。《西游》元虚荒渺，论者谓为谈道之书，所云意马心猿，金公木母，大抵心即是佛之旨，予弗敢知；《三国》不尽合正史，而就中魏晋代禅，依样葫芦，天道循环，可为篡弑者鉴，其他蜀与吴所以废兴存亡之故，亦具可发人深省，予何敢厚非？至《水浒》、《金瓶梅》，诲盗诲淫，久干例禁，乃言者津津夸其章法之奇，用笔之妙，且谓其摹写人物事故，即家常日用米盐琐屑，皆各穷神尽相，画工化工合为一手，从来稗官无有出其右者。呜呼！其未见《儒林外史》一书乎？

（清）闲斋老人《儒林外史序》，引自《中国历代小说论著选》，江西人民出版社本

夫曰"外史"，原不自居正史之列也；曰"儒林"，迥异元虚荒渺之

谈也。其书以功名富贵为一篇之骨，有心艳功名富贵而媚人下人者；有倚仗功名富贵而骄人傲人者，有假托无意功名富贵自以为高被人看破耻笑者，终乃以辞却功名富贵、品地最上一层，为中流砥柱。篇中所载之人不可枚举，而其人之性情心术，一一活现纸上。读之者，无论是何人品，无不可取以自镜。

    （清）闲斋老人《儒林外史序》，引自《中国历代小说论著选》，江西人民出版社本

  署清令阳湖张安溪曰：《聊斋》一书，善读之令人胆壮，不善读之令人入魔。予谓泥其事则魔，领其气则壮，识其文章之妙，窥其用意之微，得其性情之正，服其议论之公，此变化气质、淘成心术第一书也。多言鬼狐，款款多情；间及孝悌，俱见血性，较之《水浒》、《西厢》，体大思精，文奇义正，为当世不易之笔墨，深足宝贵。《聊斋》非独文笔之佳，独有千古，第一议论醇正，准理酌情，毫无可驳。如名儒讲学，如老僧谈禅，如乡曲长者读诵劝世文，观之实有益于身心，警戒愚顽。至说到忠孝节义，令人雪涕，令人猛省，更为有关世教之书。

    （清）冯镇峦《读聊斋杂说》，引自《中国历代小说论著选》，江西人民出版社本

  《西游》又名《释厄传》者何也？诚见夫世人，逐日奔波，徒事无益，竭尽心力，虚度浮生，甚至伤风败俗，灭理犯法，以致身陷罪孽，岂非大厄耶？作者悲悯于此，委曲开明，多方点化，必欲其尽归于正道，不使之复蹈于前愆，非"释厄"而何？

    （清）张书绅《西游记总论》，《新说西游记》卷首，清刊本

  草亭老人，家于玉山之阳，读书识道理，老不得志，著书自娱。凡目之所见，耳之所闻，心有感触，皆笔之于书，遂成卷帙，名其编曰《娱目醒心》。考必典核，语必醇正。其间可惊可愕，可敬可慕之事，千态万状，如蛟龙变化，不可测识。能使悲者流涕，喜者起舞，无一迂拘陈腐之辞，而无不处处引人于忠孝节义之途。既可娱目，即以醒心。而因果报应之理，隐寓于惊魂眩魄之内。俾阅者渐入于圣贤之域而不自知。于人心风俗，不无有补焉。余故急为梓之以问世。世之君子，幸勿以稗史而忽

之也。

  （清）自怡轩主人《娱目醒心编序》，引自《中国历代小说论著选》，江西人民出版社本

  一、编中点染世态人情，如澄水鉴形，丝毫无遁。不平者见之色怒，自愧者见之汗颜，岂独解颐起舞已哉。至于曼倩笑傲，东坡怒骂，则亦寓劝世深衷，知者自不草草略过。

  （清）天花才子《快心编凡例》，引自《中国历代小说论著选》，江西人民出版社本

  自科举之法行天下，人无不锐意求取科名。其实千百人求之，其得手者不过一二人，不得手者，不稂不莠，既不能力田，又不能商贾，坐食山空，不至于卖儿鬻女者几希矣。倪霜峰云：可恨当年误读了几句死书。死书二字，奇妙得未曾有。不但可为救时之良药，亦可为醒世之晨钟也。

  （清）无名氏《闲卧草堂儒林外史》第二十五回评，引自《中国历代小说论著选》，江西人民出版社本

  传奇至于今，亦盛矣。作者以不羁之才，写当场之景，惟欲新人耳目，不拘文理，不知格局，不按宫商，不循声韵，但能便于搬演，发人歌泣，启人艳慕，近情动俗，描写活现，逞奇争巧，即可演行，不一而足。其于前贤关风化劝惩之旨，悖焉相左；欲求合于今，亦已寥寥矣。

  （清）高奕《新传奇品序》，《中国古典戏曲论著集成》（六），中国戏剧出版社本

  金音铿，铿以立贞以劲武，故金音正，则人思武矣。石音硁，硁以致死，故石音正，则人思守节矣。丝音哀，哀以立廉，廉以立志，故丝音正，则人思立操矣。竹音滥，滥以立会，令以取聚，故竹音正，则人思和洽矣。土音浊，浊以立太，太以含育，故土音正，则人思宽厚矣。革音谨，谨而进众，故革音正，则人思毅勇矣。匏音啾，啾以音清，清以忠志，故匏音正，则人思爱恭矣。木音直，直以立正，正以寡欲，故木音正，则人思洁己矣。见《魏明帝纪》。

  （清）张培仁《妙香室丛话》卷二，引自《笔记小说大观》，江苏广陵古籍出版社本

2. 维是褊心　是以为刺——文艺的讽谏作用

墓门有梅，有鸮萃止。夫也不良，歌以讯之。讯予不顾，颠倒思予。
　　　　　　　　　　　　　　（先秦）《诗经·陈风·墓门》，《十三经注疏》本

纠纠葛屦，可以履霜。掺掺女手，可以缝裳。要之襋之，好人服之。好人提提，宛然左辟。……维是褊心，是以为刺。
　　　　　　　　　　　　　　（先秦）《诗经·魏风·葛屦》，《十三经注疏》本

岁二月，东巡守，至于岱宗，柴而望，祀山川。觐诸侯。问百年者就见之。命大师陈诗，以观民风……
　　　　　　　　　　　　　　（先秦）《礼记·王制》，《十三经注疏》本

国史明乎得失之迹，伤人伦之废，哀刑政之苛，吟咏情性，以风其上，达于事变而怀其旧俗者也。
　　　　　　　　　　　　　　（汉）郑玄笺、（唐）孔颖达疏《毛诗序》，《毛诗正义》卷一，《十三经注疏》本

太史公读《春秋历谱谍》，至周厉王，未尝不废书而叹也。曰：呜呼！师挚见之矣！纣为象箸而箕子唏。周道缺，诗人本之衽席，《关雎》作。仁义陵迟，《鹿鸣》刺焉。
　　　　　　　　　　　　　　（汉）司马迁《史记·十二诸侯年表序》，中华书局本

或问："吾子少而好赋？"曰："然。童子雕虫篆刻。"俄而曰："壮夫不为也。"或曰："赋可以讽乎？"曰："讽乎！讽则已；不已，吾恐不免于劝也。"或曰："雾縠之组丽。"曰："女工之蠹矣。"……或问："景差、唐勒、宋玉、枚乘之赋也，益乎？"曰："必也淫。""淫则奈何？"曰："诗人之赋丽以则，辞人之赋丽以淫。如孔氏之门用赋也，则贾谊升堂，相如入室矣；如其不用何？"
　　　　　　　　　　　　　　（汉）扬雄《扬子法言·吾子》，中华书局本

孝成帝时，羽猎，雄从。以为昔在二帝三王，宫馆台榭，沼池苑囿，林麓薮泽，财足以奉郊庙、御宾客、充庖厨而已。不夺百姓膏腴谷土桑柘之地，女有余布，男有余粟……昔者禹任益虞而上下和，草木茂；成汤好田，而天下用足。文王囿百里，民以为尚小；齐宣王囿四十里，民以为大；裕民之与夺民也。武帝广开上林，东南至宜春、鼎湖，御宿昆吾。旁南山，西至长杨、五柞。北绕黄山，滨渭而东，周袤数百里。穿昆明池，象滇河……渐台泰液，象海水周流方丈、瀛洲、蓬莱。游观侈靡，穷妙极丽，虽颇割其三垂，以赡齐民。

然至羽猎，甲车戎马，器械储偫，禁御所营，尚泰奢丽夸诩，非尧、舜、成汤、文王三驱之意也。又恐后世复修前好，不折中以泉台，故聊因校猎，赋以风之。

（汉）扬雄《羽猎赋序》，《文选》卷八，《四部备要》本

或曰："赋者，古诗之流也。"昔成康没而颂声寝，王泽竭而诗不作。大汉初定，日不暇给，至于武宣之世，乃崇礼官，考文章，内设金马、石渠之署，外兴乐府协律之事，以兴废继绝，润色鸿业。是以众庶悦豫，福应尤盛。《白麟》、《赤雁》、《芝房》、《宝鼎》之歌，荐于郊庙；神雀、五凤、甘露、黄龙之瑞，以为年纪。故言语侍从之臣，若司马相如、虞丘寿王、东方朔、枚皋、王褒、刘向之属，朝夕论思，日月献纳。而公卿大臣御史大夫倪宽、太常孔臧、大中大夫董仲舒、宗正刘德、太子太傅萧望之等，时时间作。或以抒下情而通讽谕，或以宣上德而尽忠孝，雍容揄扬，著于后嗣，抑亦雅颂之亚也。故孝成之世，论而录之，盖奏御者千有余篇，而后大汉之文章，炳焉，与三代同风。

（汉）班固《两都赋序》，《文选》卷一，《四部备要》本

相如使时，蜀长老多言通西南夷之不为用，大臣亦以为然。相如欲谏，业已建之，不敢，乃著书，藉蜀父老为辞，而已诘难之，以风天子，且因宣其使指，令百姓皆知天子意。

（汉）班固《汉书·司马相如传》，中华书局本

居久之，蜀人杨得意为狗监，侍上。上读《子虚赋》而善之，曰："朕独不得与此人同时哉！"得意曰："臣邑人司马相如自言为此赋。"上

惊，乃召问相如。相如曰："有是。然此乃诸侯之事，未足观，请为天子游猎之赋。"上召尚书给笔札，相如以"子虚"，虚言也，为楚称；"乌有先生"者，乌有此事也，为齐难；"亡是公"者，亡是人也，欲明天子之义。故虚藉此三人为辞，以推天下诸侯之苑囿。其卒章归之于节俭，因以风谏。奏之天子，天子大悦。

……

赋奏，天子以为郎，亡是公言上林广大，山谷水泉万物，及子虚言云梦所有甚众，侈靡多过其实，且非义理所止，故删取其要，归正道而论之。

（汉）班固《汉书·司马相如传》，中华书局本

周道始缺，怨刺之诗起。王泽既竭，而诗不能作。王官失业，《雅》《颂》相错，孔子论而定之，故曰："吾自卫反鲁，然后乐正，《雅》《颂》各得其所。"是时，周室大坏，诸侯恣行，设两观，乘大路。陪臣管仲、季氏之属，三归《雍》彻，八佾舞廷。制度遂坏，陵夷而不反，桑间、濮上，郑、卫、宋、赵之声并出，内则致疾损寿，外则乱政伤民。巧伪因而饰之，以营乱富贵之耳目。庶人以求利，列国以相间。故秦穆遗戎而由余去，齐人馈鲁而孔子行。至于六国，魏文侯最为好古，而谓子夏曰："寡人听古乐则欲寐，及闻郑、卫，余不知倦焉。"子夏辞而辨之，终不见纳，自此礼乐丧矣。

（汉）班固《汉书·礼乐志》，中华书局本

惜者，哀也；誓者，信也，约也。言哀惜怀王，与己信约而复背之也。古者君臣将共为治，必以信誓相约，然后言乃从，而身以亲也。盖刺怀王有始而无终也。

（汉）王逸《惜誓章句序》，《楚辞补注》卷十一，中华书局本

议郎马融以永兴中帝猎广城，融从。是时北州遭水潦蝗虫。融撰上林颂以讽。

（魏）曹丕《典论》卷一，《丛书集成》本

余以闲暇，驾言出游，过友人杨德祖之家，视其屋宇寥廓，庭中有

一柳树，聊戏刊其枝叶，故著斯文，表之遗翰，遂因辞势，以讥当世之士。

  （魏）曹植《柳颂序》，《全三国文》卷十七，《全上古三代秦汉三国六朝文》本

  夫街谈巷说，必有可采；击辕之歌，有应风雅。匹夫之思，未易轻弃也。

  （魏）曹植《与杨祖德书》，《曹植集校注》，人民文学出版社本

  《书》云："诗言志，歌永言。"言其志谓之诗。古有采诗之官，王者以知得失。古之诗有三言、四言、五言、六言、七言、九言。古诗率以四言为体，而时有一句二句杂在四言之间，后世演之遂以为篇。……夫诗虽以情志为本，而以成声为节。

  （晋）挚虞《文章流别论》，《全晋文》卷七十七，《全上古三代秦汉三国六朝文》本

  图绘者，莫不明劝戒，著升沉，千载寂寥，披图可鉴。

  （南朝·齐）谢赫《古画品录序》，《画品丛书》本

  夫民各有心，勿壅惟口；晋舆之称原田，鲁民之刺裘鞸，直言不咏，短辞以讽，丘明子高，并谓为颂，斯则野诵之变体，浸被乎人事矣。

  （南朝·梁）刘勰《文心雕龙·颂赞》，人民文学出版社本

  楚襄信谗，而三闾忠烈，依诗制骚，讽兼比兴。炎汉虽盛，而辞人夸毗，诗刺道丧，故兴义销亡。于是赋颂先鸣，故比体云构，纷纭杂遝，信旧章矣。

  （南朝·梁）刘勰《文心雕龙·比兴》，人民文学出版社本

晋中散嵇康
  颇似魏文。过为峻切，讦直露才，伤渊雅之致。然托谕清远，良有鉴裁，亦未失高流矣。

  （南朝·梁）钟嵘《诗品》卷中，人民文学出版社本

古之贤达者,与世竟何异,不能救时患,讽谕以全意。

(唐)元结《酬孟武昌苦雪》,《元次山集》卷二,中华书局本

吾欲探时谣,为公伏奏书,但恐抵忌讳,未知肯听无。

(唐)元结《别何员外》,《元次山集》卷三,中华书局本

何人采国风,吾欲献此辞。

(唐)元结《舂陵行》,《元次山集》卷三,中华书局本

谣颂若采之,此言当可取。

(唐)元结《农臣怨》,《元次山集》卷二,中华书局本

客有问元子曰:"子著二风诗何也?"曰:"吾欲极帝王理乱之道,系古人规讽之流。曰:如何也?夫至理之道,先之以仁明,故颂帝尧为仁帝;安之以慈顺,故颂帝舜为慈帝;成之以劳俭,故颂夏禹为劳王;修之以敬慎,故颂殷宗为正王;守之以清一,故颂周成为理王。此理风也。夫至乱之道,先之以逸惑,故闵太康为荒王;坏之以苛纵,故闵夏桀为乱王;覆之以淫暴,故闵殷纣为虐王;危之以用乱,故闵周幽为惑王;亡之于累积,故闵周赧为伤王。此乱风也。"

(唐)元结《二风诗论》,《元次山集》卷一,中华书局本

志士之作,介然以立诚,愤然有所述。言必有所讽,志必有所之。

(唐)尚衡《文道之龟》,《全唐文》卷三百九十四,中华书局本

文之用,辞令褒贬,导扬讽谕而已。虽其言鄙野,足以备于用。然而阙其文采,固不足以竦动时听,夸示后学。立言而朽,君子不由也。

(唐)柳宗元《杨评事文集后序》,《柳河东集》卷二十一,中华书局本

《易》曰"观乎人文,以化成天下",记曰"文王以文理",则文之用大矣哉!自三代以还,斯文不振,故天以将丧之弊,授我国家。国家以文德应天,以文教牧人,以文行选贤,以文学取士,二百余载,焕乎文章,故士无贤不肖,率注意于文矣。然臣闻大成不能无小弊,大美不能无

小疵。是以凡今秉笔之徒，率尔而言者有矣，斐然成章者有矣。故歌、咏、诗、赋、碑、碣、赞、咏之制，往往有虚美者矣，有愧辞者矣。若行于诗，则诬善恶而惑当代；若传于后，则混真伪而疑将来。臣伏思之，恐非先王文理化成之教也。且古之为文者，上以纽王教，系国风；下以存炯戒，通讽谕。故惩劝善恶之柄，执于文士褒贬之际焉；补察得失之端，操于诗人美刺之间焉。今褒贬之文无核实，则惩劝之道缺矣；美刺之诗不稽政，则补察之义废矣。虽雕章镂句，将焉用之？

（唐）白居易《策林六十八议文章碑碣词赋》，《白居易集》卷六十五，中华书局本

仆数月来，检讨囊袠中，得新旧诗，各以类分，分为卷首。自拾遗来，凡所适所感，关于美刺兴比者，又自武德讫元和因事立题，题为《新乐府》者，共一百五十首，谓之讽谕诗。又或退公独处，或移病闲居，知足保和，吟玩情性者一百首，谓之闲适诗。又有事物牵于外，情理动于内，随感遇而形于叹咏者一百首，谓之感伤诗。又有五言、七言、长句、绝句，自一百韵到两韵者四百余首，谓之杂律诗。凡为十五卷，约八百首。

（唐）白居易《与元九书》，《白居易集》卷四十五，中华书局本

家贫多故，二十七方从乡赋。既第之后，虽专于科试，亦不废诗。及授校书郎时，已盈三四百首。或出示交友如足下辈，见皆谓之工，其实未窥作者之域耳。自登朝来，年齿渐长，阅事渐多，每与人言，多询时务，每读书史，多求理道，始知文章合为时而著，歌诗合为事而作。是时皇帝初即位，宰府有正人，屡降玺书，访人急病。仆当此日，擢在翰林，身是谏官，手请谏纸，启奏之外，有可以救济人病，裨补时阙，而难于指言者，辄咏歌之，欲稍稍递进闻于上。上以广宸聪，副忧勤；次以酬恩奖，塞言责；下以复吾平生之志。岂图志未就而悔已生，言未闻而谤已成矣。

（唐）白居易《与元九书》，《白居易集》卷四十五，中华书局本

凡闻仆《贺雨诗》，而众口籍籍，已谓非宜矣。闻仆《哭孔戡诗》，众面脉脉，尽不悦矣。闻《秦中吟》，则权豪贵近者相目而变色矣。闻

《乐游园》寄足下诗,则执政柄者扼腕矣。闻《宿紫阁村》诗,则握军要者切齿矣。大率如此,不可遍举。不相与者号为沽名,号为诋讦,号为讪谤。苟相与者,则如牛僧孺之戒焉。乃至骨肉妻孥皆以我为非也。其不我非者,举世不过三两人。有邓鲂者,见仆诗而喜,无何而鲂死。有唐衢者,见仆诗而泣,未几而衢死。其余则足下,足下又十年来困踬若此。呜呼!岂六义四始之风,天将破坏不可支持耶?抑又不知天之意不欲使下人之病苦闻于上耶?不然,何有志于诗者不利若此之甚也。

(唐)白居易《与元九书》,《白居易集》卷四十五,中华书局本

夫贵耳贱目,荣古陋今,人之大情也。仆不能远征古旧,如近岁韦苏州歌行,才丽之外,颇近兴讽。其五言诗又高雅闲淡,自成一家之体。今之秉笔者谁能及之?然当苏州在时,人亦未甚爱重,必待身后,然后人贵之。今仆之诗,人所爱者,悉不过杂律诗与《长恨歌》已下耳。时之所重,仆之所轻。至于讽谕者,意激而言质,闲适者,思淡而词迂,以质合迂,宜人之不爱也。

(唐)白居易《与元九书》,《白居易集》卷四十五,中华书局本

臣闻:圣王酌人之言,补己之过,所以立理本,导化源也,将在乎选观风之使,建采诗之官,俾乎歌咏之声,讽刺之兴,日采于下,岁献于上者也。所谓言之者无罪,闻之者足以自诫。大凡人之感于事,则必动于情,然后兴于嗟叹,发于吟咏,而形于歌诗矣。故闻《蓼萧》之诗,则知泽及四海也。闻《禾黍》之咏,则知时和岁丰也。闻《北风》之言,则知威虐及人也。闻《硕鼠》之刺,则知重敛于下也。闻"广袖""高髻"之谣,则知风俗之奢荡也。闻"谁其获者妇与姑"之言,则知征役之废业也。故国风之盛衰,由斯而见也;王政之得失,由斯而闻也;人情之哀乐,由斯而知也。然后君臣亲览而斟酌焉。政之废者修之,阙者补之;人之忧者乐之,劳者逸之,所谓善防川者决之使导,善理人者宣之使言。故政有毫发之善,下必知也;教有锱铢之失,上必闻也。则上之诚明何忧乎不下达?下之利病何患乎不上知?上下交和,内外胥悦,若此而不臻至理,不致升平,自开辟以来,未之闻也。老子曰:"不出户,知天

下"，斯之谓欤？

(唐)白居易《策林六十九采诗以补察时政》，《白居易集》卷六十五，中华书局本

臣又闻：稂莠秕稗生于谷，反害谷者也；淫辞丽藻生于文，反伤文者也。故农者耘稂莠，簸秕稗，所以养谷也；王者删淫辞，削丽藻，所以养文也。伏惟陛下诏主文之司，谕养文之旨，俾辞赋合炯戒讽谕者，虽质虽野，采而奖之；碑诔有虚美愧辞者，虽华虽丽，禁而绝之。若然，则为文者必当尚质抑淫，著诚去伪，小疵小弊，荡然无遗矣，则何虑乎皇家之文章，不与三代同风者欤？

(唐)白居易《策林六十八议文章碑碣词赋》，《白居易集》卷六十五，中华书局本

古人云："穷则独善其身，达则兼济天下。"仆虽不肖，常师此语。大丈夫所守者道，所待者时。时之来也，为云龙，为风鹏，勃然突然陈力以出；时之不来也，为雾豹，为冥鸿，寂兮寥兮，奉身而退。进退出处，何往而不自得哉？故仆志在兼济，行在独善，奉而始终之则为道，言而发明之则为诗。谓之讽谕诗，兼济之志也；谓之闲适诗，独善之义也。故览仆诗，知仆之道焉。其余杂律诗，或诱于一时一物，发于一笑一吟，率然成章，非平生所尚者，但以亲朋合散之际，取其释恨佐欢。今铨次之间，未能删去，他时有为我编集斯文者，略之可也。

(唐)白居易《与元九书》，《白居易集》卷四十五，中华书局本

忆昨元和初，忝备谏官位。是时兵革后，生民正憔悴。但伤民病痛，不识时忌讳；遂作《秦中吟》，一吟悲一事。贵人皆怪怒，闲人亦非訾。天高未及闻，荆棘生满地。唯有唐衢见，知我平生志；一读兴叹嗟，再吟垂涕泗。因和三十韵，手题远缄寄。致吾陈杜间，赏爱非常意。此人无复见，此诗尤可贵。今日开箧看，蠹鱼损文字。不知何处葬，欲问先歔欷。终去哭坟前，还君一掬泪。

(唐)白居易《伤唐衢二首》之二，《白居易集》卷一，中华书局本

余读《汉书》列传，见佞顺媚婴，图身忘国，如张禹辈者。见惑上蛊下，交乱君亲，如江充辈者。见暴佷跋扈，壅君树党，如梁冀辈者。见色仁行违，先德后贼，如王莽辈者。又见外状恢弘，中无实用者。又见附离权势，随之覆亡者。其初皆有动人之才，足以惑众媚主，莫不合于始而败于终也。因引风人、骚人之兴，赋《有木》八章，不独讽前人，欲儆后代尔。

    （唐）白居易《有木诗八首序》，《白居易集》卷二，中华书局本

  五年春，微之从东台来……仆职役不得去，命季弟送行，且奉新诗一轴，致于执事，凡二十章，率有兴比，淫文艳韵无一字焉。意者：欲足下在途讽读，且以遣日时，销忧憁，又有以张直气而扶壮心也。及足下到江陵，寄在路所为诗十七章，凡五六千言，言有为，章有旨，迨于宫律体裁，皆得作者风。

    （唐）白居易《和答诗十首并序》，《白居易集》卷二，中华书局本

  愿以君子文，告彼大乐师；附于雅歌末，奏之白玉墀。天子闻此章，教化如法施；直谏从如流，佞臣恶如疵。宰相闻此章，政柄端正持；进贤不知倦，去邪无复疑。宪臣闻此章，不敢怀依违；谏官闻此章，不忍纵诡随。然后告史氏，旧史有前规；若作阳公传，欲令后世知。不劳叙世家，不用费文辞；但于国史上，全录元稹诗。

    （唐）白居易《和答诗十首》之二，《白居易集》卷二，中华书局本

  采诗官，采诗听歌导人言。言者无罪闻者诫，下流上通上下泰。周灭秦兴至隋氏，十代采诗官不置。郊庙登歌赞君美，乐府艳词悦君意。若求兴谕规刺言，万句千章无一字。不是章句无规刺，渐及朝廷绝讽议。净臣杜口为冗员，谏鼓高悬作虚器。一人负扆常端默，百辟入门两自媚。夕郎所贺皆德音，春官每奏唯祥瑞。君之堂兮千里远，君之门兮九重闷；君耳唯闻堂上言，君眼不见门前事。贪吏害民无所忌，奸卧蔽君无所畏。君不见：历王胡亥之末年，群臣有利君无利？君兮君兮愿听此：欲开壅蔽达人

情，先向歌诗求讽刺。

　　　　　　　　　（唐）白居易《采诗官》，《白居易集》卷四，中华书局本

　　凡直奏密启外，有合方便闻于上者，稍以歌诗导之。意者，欲其易入而深诫也。

　　　　　　　　　（唐）白居易《与杨虞卿书》，《白居易集》卷四十四，中华书局本

　　谢公才廓落，与世不相遇；壮志郁不用，须有所泄处。泄为山水诗，逸韵谐奇趣。大必笼天海，细不遗草树。岂唯玩景物？亦欲摅心素。往往即事中，未能忘兴谕。因知康乐作，不独在章句。

　　　　　　　　　（唐）白居易《读谢灵运诗》，《白居易集》卷七，中华书局本

　　贞元、元和之际，予在长安，闻见之间，有足悲者。因直歌其事，命为《秦中吟》。

　　　　　　　　　（唐）白居易《秦中吟十首序》，《白居易集》卷二，中华书局本

　　贾谊哭时事，阮籍哭路歧，唐生今亦哭，异代同其悲。唐生者何人？五十寒且饥。不悲口无食，不悲身无衣，所悲忠与义，悲甚则哭之。太尉击贼日，尚书叱盗时，大夫死凶寇，谏议谪蛮夷，每见如此事，声发涕辄随。往往闻其风，俗士犹或非；怜君头半白，其志竟不衰。我亦君之徒，郁郁何所为，不能发声哭，转作乐府诗。篇篇无空文，句句必尽规，功高虞人箴，痛甚骚人辞。非求宫律高，不务文字奇，惟歌生民病，愿得天子知。未得天子知，甘受时人嗤，药良气味苦，琴淡音声稀。不惧权豪怒，亦任亲朋讥，人竟无奈何，呼作狂男儿。每逢群盗息，或遇云雾披，但自高声歌，庶几天听卑。歌哭虽异名，所感则同归，寄君三十章，与君为哭词。

　　　　　　　　　（唐）白居易《寄唐生》，《白居易集》卷一，中华书局本

　　序曰：凡九千二百五十二言，断为五十篇。篇无定句，句无定字，系于意，不系于文。首句标其目，卒章显其志，《诗》三百之义也。其辞质

而径,欲见之者易谕也;其言直而切,欲闻之者深诫也;其事核而实,使采之者传信也;其体顺而肆,可以播于乐章歌曲也。总而言之,为君、为臣、为民、为物、为事而作,不为文而作也。

(唐)白居易《新乐府序》,《白居易集》卷三,中华书局本

一篇长恨有风情,十首秦吟近正声。每被老元偷格律,若教短李伏歌行。世间富贵应无分,身后文章合有名。莫怪气粗言语大,新排十五卷诗成。

(唐)白居易《编集拙诗,成一十五卷,因题卷末,戏赠元九、李二十》,《白居易集》卷十六,中华书局本

昔者三代陈诗以观民风。诈信淫义,躁静刚柔,于是乎取之;喜怒哀乐,吉凶存亡,于是乎观之。兆于此必应于彼,成乎终必见乎始。

(唐)吕温《裴氏海昏集序》,《全唐文》卷六百二十八,中华书局本

余友李公垂贶余乐府新题二十首,雅有所谓,不虚为文。余取其病时之尤急者,列而和之,盖十二而已。昔三代之盛也,士议而庶人谤。又曰:世理则词直,世忌则词隐。余遭理世而君盛圣。故直其词以示后,使夫后之人,谓今日为不忌之时焉。

(唐)元稹《和李校书新乐府十二首序》,《元稹集》卷二十四,中华书局本

又不幸,年三十二时。有罪遣弃,今三十七矣。五六年之间,是丈夫心力壮时,常在闭处,无所役用,性不近道,未能淡然忘怀,又复懒于他欲。全盛之气,注射语言,杂糅精粗,遂成多大,然亦未尝缮写。适值河东李明府景俭在江陵时,僻好仆诗章,谓为能解,欲得尽取观览,仆因撰成卷轴。其中有旨意可观,而词近古往者,为古讽;意亦可观,而流在乐府者,为乐讽;词虽近古,而止于吟写性情者,为古体;词实乐流,而止于模象物色者,为新题乐府;声势沿顺,属对稳切者,为律诗,仍以七言五言为两体;其中有稍存寄兴、与讽为流者为律讽。不幸少有伉俪之悲,抚存感往,成数十诗,取潘子《悼亡》为题。又有以干教化者。近世妇

人,晕淡眉目,绾约头鬟,衣服修广之度,及匹配色泽,尤剧怪艳,因为艳诗百余首,词有今古,又两体。自十六时,至是元和七年矣,有诗八百余首,色类相从,共成十体,凡二十卷。自笑冗乱,亦不复置之于行李。昨来京师,偶在筐箧。及通行,尽置足下。

(唐)元稹《叙诗寄乐天书》,《元稹集》卷三十,中华书局本

会宪宗皇帝册召天下士,乐天对诏称旨,又登甲科,未几,入翰林,掌制诰,比比上书言得失。因为《贺雨》、《秦中吟》等数十章,指言天下事,时人比之《风》、《骚》焉。予始与乐天同校秘书之名,多以诗章相赠答。会予遣掾江陵,乐天犹在翰林,寄予百韵律体及杂体,前后数十章。是后,各佐江、通,复相酬寄。巴、蜀、江、楚间洎长安中少年,递相仿效,竞作新辞,自谓为元和诗。而乐天《秦中吟》、《贺雨》讽谕闲适等篇,时人罕能知者。然而二十年间,禁省观寺,邮候墙壁之上无不书,王公妾妇,牛童马走之口无不道。其缮写模勒,衒卖于市井,或持之以交酒茗者,处处皆是。其甚者有至于盗窃名姓,苟求自售,杂乱间厕,竟可奈何。予尝平水市中,见村校诸童,竞习歌咏,召而向之,皆对曰:"先生教我乐天、微之诗。"固亦不知予之为微之也。又鸡林贾人求市颇切。自云:"本国宰相,每以百金换一篇,其甚伪者,宰相辄能辨别之。"自篇章已来,未有如是流传之广者。

(唐)元稹《白氏长庆集序》,《元稹集》卷五十一,中华书局本

……稹自御史府谪官于今十余年矣。闲诞无事,遂专力于诗章。日益月滋,有诗向千余首。其间感物寓意,可备矇瞽之讽者有之,词直气粗,罪尤是惧,固不敢陈露于人。惟杯酒光景间,屡为小碎篇章以自吟。畅然以为律体卑痹,格力不扬,苟无姿态,则陷流俗。常欲得思深语近,韵律调新,属对无差而风情宛然,而病未能也。江湖间多新进小生,不知天下文有宗主,妄相仿效,而又从而失之,遂至于支离褊浅之词,皆目为元和诗体……

(唐)元稹《上令狐相公诗启》,《元稹集》集外,中华书局本

余尝慕宋广平之为相,贞姿劲质,刚态毅状。疑其铁肠石心,不解吐

婉媚辞。然睹其文而有《梅花赋》，清便富艳，得南朝徐庾体，殊不类其为人也。后苏相公味道得而称之，广平之名遂振。呜呼！以广平之才，未为是赋，则苏公果暇知其人哉？将广平困于穷，厄于踬，然强为是文邪？日休于文，尚矣，状花卉，体风物，非有所讽，辄抑而不发。因感广平之所作，复为《桃花赋》。

（唐）皮日休《桃花赋序》，《皮子文薮》卷一，中华书局本

草茅臣日休，见南蛮不宾，天下征发，民力将弊，乃为赋以见其志。

（唐）皮日休《忧赋序》，《皮子文薮》卷一，中华书局本

祜元和中作宫体诗词曲，艳发当时轻薄之流重其才合噪得誉。及老大稍窥建安风格，诵乐府录，知作者本意，讲讽怨谲时与六义相左右，此为才子之最也。祜初得名，乃作乐府艳发之词，其不羁之状往往间见。

……余尝谓文章之难，在发源之难也。元、白之心，本乎立教，乃寓意于乐府雍容宛转之词，谓之讽谕，谓之闲适。既持是取大名，时士翕然从之，师其词，失其旨，凡言之浮靡艳丽者，谓之"元白体"。二子规规攘臂解辩，而习俗既深，牢不可破，非二子之心也。所以发源者非也，可不戒哉！

（唐）皮日休《论白居易荐徐凝屈张祜》，《全唐文》卷七百九十七，中华书局本

赋者，古诗之流也。伤前王太佚，作《忧赋》；虑民道难济，作《河桥赋》；念下情不达，作《霍山赋》；悯寒士道壅，作《桃花赋》。《离骚》者，文之菁英，伤于宏奥，今也不显《离骚》，作《九讽》。文贵穷理，理贵原情，作《十原》。太乐既亡，至音不嗣，作《补周礼九夏歌》。两汉庸儒，贱我《左氏》，作《春秋决疑》。其余碑、铭、赞、颂、论、议、书、序，皆上剥远非，下补近失，非空言也。较其道，可在古人之后矣。古风诗，编之文末，俾视之，粗俊于口也，亦由食鱼遇鲭，持肉偶胹。《皮子世录》，著之于后，亦《太史公自序》之意也。凡二百篇，为十卷，览者无诮矣！

（唐）皮日休《文薮序》，《皮子文薮》卷首，中华书局本

乐府，盖古圣王采天下之诗，欲以知国之利病，民之休戚者也。得之者，命司乐氏入之于埙篪，和之以管籥。诗之美也，闻之足以观乎功；诗之刺也，闻之足以戒乎政。故《周礼》太师之职，掌教六诗，小师之职，掌讽诵诗。由是观之，乐府之道大矣。今之所谓乐府者，唯以魏、晋之侈丽，陈、梁之浮艳，谓之乐府诗，真不然矣。故尝有可悲可惧者，时宣于咏歌，总十篇，故命曰《正乐府诗》。

（唐）皮日休《正乐府序》，《皮子文薮》卷十，中华书局本

吾生非不辰，吾志复不卑。致君望尧舜，学业根孔姬。自为志得行，功业如皋夔。既登俊秀科，又在清切司。谏纸无直言，纶诰多愧辞。黾勉为何事，亲老与妻儿。一旦命执法，嫉恶寄所施。丹笔方肆直，皇情已见疑。斥逐深山中，穷辱何羸羸。于张及不得，安用此生为。

（宋）王禹偁《吾志》，《小畜集》卷三，《四部丛刊》本

玉经炎火竹经霜，却把刚肠变酒肠。庾信悲哀休作赋，接舆歌曲且佯狂。更谙丧乱灾为福，蕴蓄才华有若亡。孤宦由来宜晚达，祝君霄汉路歧长。

（宋）王禹偁《和自咏》，《小畜集》卷九，《四部丛刊》本

臣遭遇大明，叨窃名器；更直多暇，闭门读书，见前代理乱之源。览昔贤谏诤之语，念空文之未泯，痛直道之难行，放逐以终。而词气不屈，布在方册，千古如生。苟举而行之，则其道未坠。因采掇古人章疏，可救今时弊病者凡三篇。其一，以搢绅浮竞、风俗浇漓，率多躁进之徒，鲜闻笃行之士，不移旧辙，渐紊彝伦。臣故献刘寔《崇让论》。其二，以齐民颇，耗象教弥兴，兰若过多，缁徒孔炽，蠹人害政，莫甚于斯。臣故献韩愈《论佛骨表》。其三，以选举因循，官常隳紊，署置不已，俸禄难充，但蠹疲民，罕闻良吏。臣故献杜佑《并省官吏疏》。斯皆事可遵行，言非迂阔，亦欲使昔贤遗恨，发自微臣，前代遗文，兴于圣主者也。每篇之末，臣别有起请条目，指陈时病，稽合前文。庶引古以证今，必朝行而暮复；又自立问难，缀于终篇，断在不疑，以绝浮议。

（宋）王禹偁《三谏书序》，《小畜集》卷十九，《四部丛刊》本

刘蕡不登科，众口诵其策，得者为之羞，闻者为之惜。摧藏一时屈，

论议千古白，至今简篇中，一字不敢易。其言究时病，舂刺若戈戟，引经见大法，非蹈春秋僻。我朝屡得人，无不升显赫，乃知所中否，实命系通厄。中则首公相，人情作冠帻，否则走仕涂，人情作履舄。秋风广陵城，千里夷门客，壮心虽暂失，美宝有时获。怊怅以送君，致尤翻点额。

    （宋）梅尧臣《送刘定贤良下第赴广陵令》，《梅尧臣集编年校注》卷二十九，上海古籍出版社本

  《书》曰："狂夫之言，圣人择焉"。又曰"询于刍荛，是小说之不可废也。"古者惧下情之壅于上闻，故每岁孟春，以木铎徇于路，采其风谣而观之，至于俚言巷语，亦足取也，今特列而存之。

    （宋）欧阳修《崇文总目叙释·小说类》，《欧阳文忠集》卷一百二十四，《四部备要》本

  昔吾先君适京师，与卿士大夫游，归以语轼曰：自今以往，文章其日工，而道将散矣。士慕远而忽近，贵华而贱实，吾已见其兆矣。以鲁人凫绎先生之诗文十余篇示轼曰：小子识之，后数十年，天下无复为斯文者也。先生之诗文，皆有为而作，精悍确苦，言必中当世之过。凿凿乎如五谷必可以疗饥，断断乎如药石必可以伐病。其游谈以为高，枝词以为观美者，先生无一言焉。其后二十余年，先君既没，而其言存。士之为文者，莫不超然出于形器之表，微言高论，既已鄙陋汉唐，而其反复论难，正言不讳，如先生之文者，世莫之贵矣。轼是以悲于孔子之言，而怀先君之遗训，盖求先生之文而得之于其子，复乃录而藏之⋯⋯

    （宋）苏轼《凫绎先生诗集叙》，《东坡七集》卷二十四，《四部备要》本

  徙知湖州，以表谢上。言事者摘其语以为谤，遣官逮赴御使狱。初公既补外，见事有不便于民者不敢言，亦不敢默视也，缘诗人之义，托事以讽，庶几有补于国。言者从而媒孽之，上初薄其过，而浸润不止，虽是不得已从其请，既付狱吏，必欲置之死，锻炼久之不决。上终怜之，促其狱，以黄州团练副使安置。

    （宋）苏辙《东坡先生墓志铭》，《东坡七集》卷首，《四部备要》本

仁宗之初公有声，一世懦者闻之惊。日行古义不顾俗，师事孙子传其经。扫堂捧杖供贱役，侍师之坐随师行。质疑问道无敢变，当世始知师与生。作为文章不徒发，讥切时事排公卿。俗儒毁誉无所出，乃取过行为讥评。过于仁义罪固小，矫弊自合违中行。人皆不及予独过，过者之罪谁为轻。开编偶诵子诗句，辞气磊落严以清。吟哦令我不能舍，想见眉宇寒峥嵘。高风一泯不可见，安得壮士能经营。惜哉朽骨不可作，徂徕废土知谁耕。

（宋）张耒《读守道诗》，《柯山集》卷十二，《丛书集成》本

老杜《北征》诗曰："唯昔艰难初，事与前世别。不闻夏商衰，终自诛褒妲。"意者明皇鉴夏、商之败，畏天悔过，赐妃子死也。而刘禹锡《马嵬》诗曰："官军诛佞幸，天子舍妖姬。群吏伏门屏，贵人牵帝衣。"白乐天《长恨词》曰："六军不发无奈何，宛转蛾眉马前死。"乃是官军迫使杀妃子……孰谓刘、白能诗哉！其去老杜何啻九牛一毛耶？《北征》诗识君臣之大体，忠义之气与秋色争高，可贵也。

（宋）惠洪《冷斋夜话》卷二，《丛书集成》本

岑参《寄杜拾遗》云："圣朝无阙事，自觉谏书稀。"退之《赠崔补阙》云："年少得途未要忙，时清谏疏尤宜罕。"皆谬承荀卿"有听从，无谏诤"之语，遂使阿谀奸佞用以藉口。以是知凡造意立言，不可不预为天下后世虑。

（宋）黄彻《䂬溪诗话》卷第一，《历代诗话续编》本

韦苏州《赠李儋》云："身多疾病思田里，邑有流亡愧俸钱。"《郡中燕集》云："自惭居处崇，未睹斯民康。"余谓有官君子，当切切作此语。彼有一意供租，专事土木，而视民如仇者，得无愧此诗乎！

（宋）黄彻《䂬溪诗话》卷第二，《历代诗话续编》本

文潜云："儿曹鞭笞学官府，翁怜儿痴傍笑侮。平明坐衙鞭复呵，贤于群儿能几何。儿曹鞭笞以为戏，翁怒鞭人血流地。一种戏剧谁后先，我笑谓公儿更贤。"余谓此诗，亦不可不令操权者知也。坡云："不辞脱袴溪水寒，水中照见催租瘢。"等闲戏语，亦有所补。

（宋）黄彻《䂬溪诗话》卷第八，《历代诗话续编》本

山谷云："诗者，人之性情也，非强谏争于庭，怨詈于道，怒邻骂坐之所为也。"余谓怒邻骂坐固非诗本指，若《小弁》亲亲，未尝无怨；《何人斯》（应是《巷伯》）"取彼谮人，投畀豺虎"，未尝不愤。谓不可谏争，则又甚矣。箴规刺诲，何为而作？古者帝王尚许百工各执艺事以谏，诗独不得与工技等哉！故谲谏而不斥者，惟《风》为然。如《雅》云："匪面命之，言提其耳"，"彼童而角，实讧小子"，"忧心惨惨，念国之为虐"，"乱匪降自天，生自妇人"，忠臣义士，欲正君定国，惟恐所陈不激切，岂尽优柔婉晦乎？故乐天《寄唐生》诗云："篇篇无空文，句句必尽规。"

（宋）黄彻《䂬溪诗话》卷十，《历代诗话续编》本

李石、柳公权俱与唐文宗论诗。李石云："'人生不满百，常怀千岁忧'，畏不逢也。'昼短苦夜长'，暗时多也。'何不秉烛游'，劝之照也。古人作诗之意未必尔，然人臣进言，要当如此。"及文宗有"人皆苦炎热，我爱夏日长"之句，公权但云"薰风自南来，殿阁生微凉"而已，殊不寓规谏之意何也？盖责文宗享殿阁之凉，而不知人间之苦，所以讥之深矣，晓人岂不当如是耶？

（宋）周紫芝《竹坡诗话》，《历代诗话》本

晁以道赠余诗曰："春去欣搜粟，秋来谩护军。"以余劝率乡人，捐赀助国，及募河东兵赴援也。又曰："迷楼赋就梦何处，双庙诗成泪不孤。"以余尝作是赋，陈古义以刺今，及作此诗，哀往事以伤时耳……

（宋）张表臣《珊瑚钩诗话》卷二，《历代诗话》本

《哀王孙》：观子美此诗，可谓心存社稷矣。乌朝飞而夜宿，今"夜飞延秋门上呼"、"又向人家啄大屋"者，长安城中兵乱也。鞭至于断折，马至于九死，"骨肉不待同驰驱"，则达官走避胡之急也。以龙种与常人殊，又嘱王孙使善保千金躯，则爱惜宗室子孙也。虽以在贼中之故，"不敢长语临交衢"，然"且为王孙立斯须"者，哀之不忍去也。朔方健儿非不好身手，而"昔何勇锐今何愚"，不能抗贼，使宗室子孙，狼狈至此极也。"窃闻太子已传位"，必云太子者，以言神器所归，吾君之子也。言"圣德北服南单于"，又言花门助顺，所以慰王孙也。其哀王孙如此，心

存社稷而已。而王深父序，反以为讥刺明皇，失子美诗意矣。

　　　　　　　　　　　　（宋）张戒《岁寒堂诗话》卷下，《历代诗话续编》本

　　《乾元中寓居同谷七歌》　杜子美李太白，才气虽不相上下，而子美独得圣人删诗之本旨，与《三百五篇》无异，此则太白所无也。元微之论李杜，以为太白"壮浪纵恣，摆去拘束，摹写物象，诚亦差肩于子美。至若铺陈终始，排比声韵，李尚未能历其藩翰，况堂奥乎"。鄙哉，微之之论也！铺陈排比，曷足以为李杜之优劣。子曰："不学《诗》，无以言。"又曰："《诗》可以兴，可以观，可以群，可以怨，迩之事父，远之事君。"《序》曰："先生以是经夫妇，成孝敬，厚人伦，美教化，移风俗。"又曰："上以风化下，下以风刺上，主文而谲谏，言之者无罪，闻之者足以戒。"子美诗是已。若《乾元中寓居同谷七歌》，真所谓主文而谲谏，可以群，可以怨，迩之事父，远之事君者也。"气劘屈贾垒，目短曹刘墙"，诚哉是言。"乾元元年春，万姓始安宅"，故子美有"长安卿相多少年"之羡，且曰："我生胡为在穷谷，中夜起坐万感集。"盖自伤也。读者遗其言而求其所以言，三复玩味，则子美之情见矣。

　　　　　　　　　　　　（宋）张戒《岁寒堂诗话》卷下，《历代诗话续编》本

　　刘叉诗酷似玉川子，而传于世者二十七篇而已。《冰柱》、《雪车》二诗虽作语奇怪，然议论亦皆出于正也。《冰柱》诗云："不为四时雨，徒于道路成泥阻。不为九江浪，徒能汩没天之涯。"《雪车》诗谓"官家不知民馁寒，尽驱牛车盈道载玉屑。载载欲何之，秘藏深宫，以御炎酷。"如此等句，亦有补于时，与玉川《月蚀》诗稍相类。

　　　　　　　　　　　　（宋）葛立方《韵语阳秋》卷第三，《历代诗话》本

　　楚客词章元是讽，纷纷余子空嘲弄。玉色頩颜不可干，人间错说高唐梦。

　　　　　　　　　　　　（宋）范成大《巫山高》，《范石湖集》卷十六，上海古籍出版社本

　　飘零忧国杜陵老，感寓伤时陈子昂。近日不闻秋鹤泪，乱蝉无数噪

斜阳。

  （宋）戴复古《论诗十绝》其六，《石屏诗集》卷七，《四部丛刊续编》本

  韩魏公初罢相，出镇长安，或献诗云："是非莫问门前客，得失须凭塞上翁。引取碧油红旆去，邺王台畔醉春风。"公以为然，即请守相州。苕溪渔隐曰："先君有言，近世士人与上官诗，无非谀词，未闻有规劝之语者。或者献诗于魏公，劝其辞分陕之重，而为昼锦之荣，可谓能规劝矣。"

  （宋）魏庆之《诗人玉屑》卷九，中华书局本

  古人图画，无非劝戒。今人撰明皇幸兴庆图，无非奢丽；吴王避暑图，重楼平阁，徒动人侈心。

  （宋）米芾《画史》，《画品丛书》本

  诗与乐皆所以宣天地之和者也，是故以美颂为贵，次则风刺焉，次则讥切焉，又次则怨怒焉。降是则风云显晦，草木英瘁而已耳，亡补也。与为亡补也，宁怨怒焉，宁讥切焉，然方之风刺则劣矣。若夫治世之音，既安且乐，使天下之口，皆鸣天地之和，则非诗人所能也，必有任其事者焉。

  （宋）程珌《鄱阳董仲先诗集序》，《洺水文集》，明刊本

  盖诗本以微言谏风，托兴由于山川草木，而劝谏于君臣、父子、夫妇、朋友之间，其旨甚幽，其词甚婉，而讥刺甚切。使善人君子闻之，固足以戒，使夫暴虐无道者闻之，不得执以为罪也。

  （宋）沈作喆《寓简》卷一，清刊本

  柳公权"殿阁生微凉"之句，东坡罪其有美而无箴，乃为续成之，其意固佳，然责人亦已甚矣。吕希哲曰："公权之诗，已含规讽。"盖谓文宗居广厦之下，而不知路有喝死也。洪驹父严有翼皆以为然。或又谓五弦之薰，所以解愠阜财，则是陈善闭邪责难之意。此亦强勉而无谓，以是为讽，其谁能悟。予谓其实无之，而亦不必有也。规讽虽臣之美事，然燕闲无事，从容谈笑之暂，容得顺适一时，何必尽以此而绳之哉。且事君

之法，有所宽乃能有所禁，略其细故于平素，乃能辨其大利害于一朝。若夫烦碎迫切，毫发不恕，使闻之者厌苦而不能堪，彼将以正人为仇矣，亦岂得为善谏邪？

（金）王若虚《滹南诗话》卷一，《历代诗话续编》本

王元之《待漏院记》文殊不典，人所以喜之者，特取其规讽之意耳。

（金）王若虚《文辩》四，《滹南遗老集》卷三十七，《丛书集成》本

乱后玄都失故基，看花诗在只堪悲。刘郎也是人间客，枉向春风怨兔葵。

（金）元好问《论诗三十首》第二十五，《元遗山诗注》卷十一，《四部备要》本

治六经，必自《诗》始。古之人十三诵《诗》，盖诗吟咏情性，感发志意，中和之音在焉。人之不明，血气蔽之耳，诗能导情性而开血气，使幼而常闻歌诵之声，长而不失刺美之意，虽有血气，焉得而蔽也。

（元）刘因《叙学》，《静修先生文集》卷一，《丛书集成》本

……其诗多伤贤人君子不得志，而不肖者合于世也。其乐府古风淫平易不迫，非有所记不著，至愤顽嫉恶慷慨激烈者，闻之足以戒，而言之无罪矣。《三百篇》以六义见讽刺，潇湘诗人不合于古风人者寡矣。

（元）杨维桢《潇湘集序》，《东维子文集》卷十一，《四部丛刊》本

予闻仲尼论谏之义有五，始曰谲谏，终曰讽谏，且曰吾从者讽乎。盖一讽之效，从容一言之中，而龙逢比干不获称良臣者之所不及也。观优之寓于讽者，如漆城瓦衣两税之类，皆一言之微，有回天倒日之力，而勿烦乎牵裾伏蒲之勃也。则优戏之伎虽在诛绝，而优谏之功岂可少乎？他如安金藏之刳肠，申渐高之饮鸩，敬新磨之勉戮，疲今杨花之飞易，乱主于治。君子之论，且有谓台官不如伶官。

（元）杨维桢《优戏录叙》，《东维子文集》卷十一，《四部丛刊》本

故曰"在心为志,发言为诗"。先王采而陈之以观民风,达下情,其所系者不小矣。故祭公谋父赋《祈招》以感穆王,穆王早悟焉;周室赖以不坏,诗之力也。是故家父之诵、《寺人》之章,仲尼咸取焉,纵不能救当时之失,而亦可以垂戒警于后世。

(明) 刘基《唱和集序》,《诚意伯文集》卷五,《四部丛刊》本

余观诗人之有作也,大抵主于风谕,盖欲使闻者有所感动而以兴其懿德,非徒为诵美也。

(明) 刘基《送张山长序》,《诚意伯文集》卷五,《四部丛刊》本

或语予曰:"诗贵自适,而好为论刺,无乃不可乎?"予应之曰:"诗何为而作邪?《虞书》曰:诗言志,卜子夏曰:诗者志之所之也。上以风化下,下以风刺上。主文而谲谏。言之者无罪,闻之者足以戒。诗果何为而作耶?周天子五年一巡,守命太师陈诗以观国风。使为诗者俱为清虚、浮靡,以吟莺花、咏月露,而无关于世事,王者,当何所取以观之哉!

(明) 刘基《王原章诗集序》,《诚意伯文集》卷五,《四部丛刊》本

曰:"圣人恶居下而讪上者。今王子在下位而挟其诗以弄是非之权,不几于讪乎?"曰:"吁!是何言哉!《诗》有三百篇,惟《颂》为宗庙乐章,故有美而无刺。二《雅》为公卿大夫之言。而《国风》多出于草茅、闾巷、贱夫、怨女之口,咸采录而不遗也。变《风》变《雅》,大抵多于论刺。至有直指其事,斥其人而明言之者,《节南山》、《十月之交》之类是也。使其有讪上之嫌,仲尼不当存之以为训后世之论。去取乃不以圣人为轨范,而自私以为恶,难可与言《诗》矣。"

(明) 刘基《王原章诗集序》,《诚意伯文集》卷五,《四部丛刊》本

范文正公守延安,作《渔家傲》词曰:"塞上秋来风景异,衡阳雁去无留意。四面边声连角起,千嶂里,寒烟落日孤城闭。浊酒一杯家万里,

燕然未勒归无计。羌管悠悠霜满地，人不寐，将军白发征夫泪。"予久羁关外，每诵此词，风景宛然在目，未尝不为之慨叹也。然句语虽工，而意殊衰飒，以总帅而所言若此，宜乎士气之不振，所以卒无成功也。欧阳文忠呼为"穷塞主"之词，信哉！及王尚书守平凉，文忠亦作《渔家傲》词送之，末云："战胜归来飞捷奏，倾贺酒，玉阶遥献南山寿。"谓王曰："此真元帅之事也。"岂记尝讥范词，故为是以矫之欤？

（明）瞿佑《归田诗话》卷上，《历代诗话续编》本

"昔余游大梁，登于黄华颠。应龙沉冀州，妖女不得眠。"按《赵国策》，赵武灵西至河，登黄华之上，梦处女鼓琴歌诗，因纳吴广女娃嬴孟姚。其先亡世而兆于简子之梦，及入宫而夺嫡乱国，岂非妖女乎？张平子《应问》曰："女魃北而应龙翔，而合观之，可见其微意。"盖当是时魏明帝郭后毛后妒宠相杀，正类武灵王事，故隐语怪说，亦《春秋》定哀多微辞意也。颜延年曰："阮公身事乱朝，常恐遇祸，因兹咏怀，虽志在讥刺，而文多隐避，百代之下，难以情恻，故粗明大意，略其幽旨也。"信哉！

（明）杨慎《升庵诗话》附录，《历代诗话续编》本

"锦城丝管日纷纷，半入江风半入云。此曲只应天上有，人间能得几回闻。"花卿名敬定，丹稜人，蜀之勇将也，恃功骄恣。杜公此诗讥其僭用天子礼乐也，而含蓄不露，有风人言之无罪，闻之者足以戒之旨。公之绝句百余首，此为之冠。唐世乐府，多取当时名人之诗唱之，而音调名题各异。杜公此诗，在乐府为入破第二叠。王维"秦川一半夕阳开"，在乐府名《相府莲》，讹为《想夫怜》；"秋风明月独离居"为《伊州歌》；岑参"西去轮台万里余"为《蔟拍六州》；盛小丛"雁门山上雁初飞"为《突厥三台》；王昌龄"秦时明月汉时关"为《盖罗缝》；张仲素"亭亭孤月照行舟"为《湖渭州》；王之涣"黄河远上白云间"为《梁州歌》；张祜"十指纤纤似笋红"为《氐州第一》；符载"月里嫦娥不画眉"为《甘州歌》；无名氏"十年一遇圣明朝"为《水调歌》；"雕弓白羽猎初回"为《水鼓子》，后转为《渔家傲》云。其余有诗而无名氏者尚多，不尽书焉。

（明）杨慎《升庵诗话》卷一，《历代诗话续编》本

杜子美诗："侧生野岸及江蒲，不熟丹宫满玉壶。云壑布衣鲐背死，劳生害马翠眉须。"杜公此诗，盖纪明皇为贵妃取荔枝事也。其用"侧生"字，盖为庾文隐语，以避时忌，《春秋》定哀多微辞之意，非如西昆用僻事也。末二句盖昌黎感二鸟之意，言布衣抱道，有老死云壑而不征者，乃劳生害马以给翠眉之须，何为者耶？其旨可谓隐而彰矣。山谷谓"云壑布衣"，指后汉临武长唐羌谏止荔枝贡者，此俗所谓厚皮馒头，夹纸灯笼矣。山谷尚如此，又何以责黄鹤蔡梦弼辈乎？

（明）杨慎《升庵诗话》卷五，《历代诗话续编》本

诗家虽刺讥中要带一分含蓄，庶不失忠厚之旨。杜甫《秋兴》："同学少年多不贱，五陵裘马自轻肥。"着一自字，以为怨之，可也；以为羡之，亦可也。何等不露！王维《喜祖三至留宿》："早岁同袍者，高车何处归？"似乎言同袍者之薄，然亦借之以明祖之过我者为厚，其意未尝不婉。若使他人为之，则露矣，直矣。虽取快唇吻，非所以自占地步也。

（明）胡震亨《唐音癸签·法微三》，古典文学出版社本

诗亡岂遂绝真诗，喜得其人一实之。怒骂笑嬉良有以，兴观群怨想如斯。禽鱼鸣跃丛渊下，草木勾萌雷雨时。巧力非天亦非我，后先机候可能思？

（明）钟惺《读元叹诗不觉有作》，《钟敬文合集》，明刊本

一人有盛名，余读其诗，谓之曰：君之诗甚善。然传之后世，不知君为何代人，奈何？夫作诗而不足以导扬盛美，刺讥当时，托物联类而见其志，则是《风》不必列十五国，而《雅》不必分大小也。虽工而余不好也。

（明）陈子龙《六子诗序》，《陈忠裕公全集》卷二十五，清刊本

其文以刺天下之奸人，其指以全天下之贤人，天下之变何可胜道，适其前必违其后，支其左必绌其右，君与民时相间者也，亲与义时相害者也，理与势时相背者也。或守信而失几，或由诚而终保，或行谦而获吉；或过让而堕业，或违大而沦国，或恃援而先丧，或专一而被讥，或反覆而

称善，或过小而罚重，或淫大而判略，或忠而不知义，或孝而不知术，或贞而不知节，或与暴国为邻，或与恶人共事，或同科而异情，或同情而异势，或同势而异德，或同德而异时，条例繁多，分途别轨，故曰文成数万，其指数千，经事常人之所由也，权事圣人之所知也。

（明）陈子龙《春秋论》，《陈忠裕公全集》卷二十一，清刊本

《白练裙》：豹先为孝廉时，游秦淮曲中，遂搆此记，备写当时诸名妓，而已仍作生，且以刺马姬湘兰，并讽及王山人百谷。俄为大司成所诃，仅半本而止。

（明）祁彪佳《远山堂曲品·逸品》，《中国古典戏曲论著集成》（六），中国戏剧出版社本

《耍梅香》南北四折：淫奔之状，摹拟入神，当令《西庙》拜下风，作者必有所刺。

（明）祁彪佳《远山堂剧品·逸品》，《中国古典戏曲论著集成》（六），中国戏剧出版社本

《钱神》：直刺时事，毫无忌讳，遂有以缙绅大老横罹粉墨者。词亦不俗，但俱是拗嗓。

（明）祁彪佳《远山堂曲品·能品》，《中国古典戏曲论著集成》（六），中国戏剧出版社本

《临春阁》杂剧，哀悱顽艳，不类《通大台》之悲惋。要其用意，有在于全篇结尾，从冯夫人口中特为点出，盖讽明末诸帅也。词云："俺二十年领外都知统，依旧把儿子征袍手自缝。毕竟妇人家难决雌雄，则愿你决雌雄的放出个男儿勇！"

（清）杨恩寿《词余丛话》，《中国古典戏曲论著集成》（九），中国戏剧出版社本

诗文风刺，须有为而发。若无端乱说，一味骂人，便不是人臣讽谏，做不得。家常说话，有时一发，则使人感动。程子之讲书，吾所不取，如此能使人主生厌，好于本文外生意尤不可。

（清）冯班《家戒下》，《钝吟杂录》卷二，《丛书集成》本

武人之刀，文士之笔，皆杀人之具也。刀能杀人，人善知之；笔能杀人，人则未尽知也。然笔能杀人，犹有或知之者，至笔之杀人，较刀之杀人，其快、其凶，更加百倍，则未有能知之而明言以戒世者。予请深言其故。何以知之？知之于刑人之际。杀之与剐，同是一死，而轻、重别焉者，以杀止一刀，为时不久，头落而事毕矣；剐必数十百刀，为时必经数刻，死而不死，痛而复痛，求为头落事毕而不可得者，只在久与暂之分耳。然则笔之杀人，其为痛也，岂止数刻而已哉！窃怪传奇一书，昔人以代木铎。因愚夫愚妇识字知书者少，劝使为善，诫使勿恶，其道无由，故设此种文词，借优人说法，与大众齐听，谓善者如此收场，不善者如此结果，使人知所趋避，是药人寿世之方，救苦弭灾之具也。后世刻薄之流，以此意倒行逆施，借此文报仇泄怨，心之所喜者，处以生、旦之位，意之所怒者，变以净、丑之形，且举千百年未闻之丑行，幻设而加于一人之身，使梨园习而传之，几为定案，虽有孝子慈孙不能改也。噫！岂千古文章，止为杀人而设；一生诵读，徒备行凶造孽之需乎？苍颉造字而鬼夜哭，造物之心，未必非逆料至此也。凡作传奇者，先要涤去此种肺肠，务存忠厚之心，勿为残毒之事。以之报恩则可，以之报怨则不可。以之劝善惩恶则可，以之欺善作恶则不可。人谓：《琵琶》一书，为讥王四而设，因其不孝于亲，故加以入赘豪门，致亲饿死之事。何以知之？因"琵琶"二字，有四"王"字冒于其上，则其寓意可知也。噫！此非君子之言，齐东野人之语也。凡作传世之文者，必先有可以传世之心，而后鬼神效灵，予以生花之笔，撰为倒峡之词，使人人赞美，百世流芳。传非文字之传，一念之正气使传也……予向梓传奇，尝埒誓词于首，其略云："加生、旦以美名，原非市恩于有托；抹净、丑以花面，亦属调笑于无心；凡以点缀词场，使不岑寂而已。但虑：七情以内，无境不生；六合之中，何所不有。幻设一事，即有一事之偶同；乔命一名，即有一名之巧合。焉知不以无基之楼阁，认为有祥之葫芦？是用沥血鸣神，剖心告世：倘有一毫所指，甘为三世之暗，即漏显诛，难逭阴罚。"

（清）李渔《闲情偶寄·词曲部·结构第一》，《中国古典戏曲论著集成》（七），中国戏剧出版社本

　　《巷伯》之卒章曰："寺人孟子，作为此诗"。《节南山》之卒章曰：

"家父作诵，以究王讻。"是刺人者不讳其名也。《崧高》之卒章曰："吉甫作诵，穆如清风。"《蒸民》之卒章曰："吉甫作诵，其诗孔硕。"是美人者不讳其名也。三代之民，直道而行，毁不避怒，誉不求喜，今则为匿名谣帖、连名德政碑矣。偶触褊心，则丑语丛生，惟恐其知；忽焉摇尾，则谀词泉涌，惟恐其不知也。至于赠答应酬，无非溢词；庆问通赘，皆陈颂语。人心如此，安得有诗乎？独唐人为之，尚能自占地步。如储光羲《张谷田舍》诗云："县官清且俭，深谷有人家。一径入寒竹，小桥穿野花。碓喧春硙满，梯倚绿桑斜。自说年来稔，前村酒可赊。"此德政诗也，颂处在"自说年来稔"句，以野人语为"县官清俭"之验，却从"深谷人家"内看出。野人、径行、桥花，幽雅恬熙，有花满雉驯景象。五句见茨梁之丰，六句见蚕丝之富。前村赊酒，居然襦袴兴歌，鸣琴在室矣。然其题是《张谷田舍》，其诗似一幅桃源图，无一语及县官，较李颀"寄书河上神明宰，羡尔城头姑射山"语，更为蕴含矣。又子美《遭田父泥饮美严中丞》诗，遭田父泥饮与严中丞何干，发题便妙。诗云："步屧随春风，村村自花柳。田翁逼社日，邀我赏春酒。酒酣夸新尹，畜眼未见有。回头指大男，渠是弓弩手。名在飞骑籍，长番岁时久。前日放营农，辛苦救衰朽。差科死则已，誓不举家走。今年大作社，拾遗能住否？叫妇开大瓶，盆中为吾取。感此气扬扬，须知风化首。语多虽杂乱，说尹终在口。朝来偶然出，自卯将及酉。久客惜人情，如何拒邻叟。高声索果栗，欲起时被肘。指挥过无礼，未觉村野丑。月出遮我留，仍嗔问升斗。"篇中政简俗庞，家给户饶景象，尽从田父口中写出，却将大男放营一事，点缀生动，前后形容，只一"真"字，别无奇特铺张，而颂声已溢如矣。既自占地步，又为中丞占地步，又为田父占地步。若在今人，不知如何丑态也。姑举二诗，以例其余。

（清）贺贻孙《诗筏》，《清诗话续编》本

恶、怒，不相为用者也。怒之，又从而恶之，是终无释也。苟恶之，又以怒加之，将不择其所可胜矣。

人之无威仪容止者，亦何至于死哉？刺无礼者恶也，诅其死者怒也。恶怒之情交发，则佻达之子视诸君父之仇而有不反戈之气，亦狂矣哉！

空言之褒刺，实事之赏罚也。褒而无度，溢为淫赏；刺而无余，滥为酷刑。淫赏、酷刑，礼之大禁。然则视人如鼠而诅其死，无礼之尤者也，而又何足以刺人？

　　赵壹之褊，息夫躬之忿，孟郊张（籍）之傲率，王廷陈丰坊之狂讦，学诗不择而取《相鼠》者乎！

（清）王夫之《诗广传·廊风五》，中华书局本

　　《小雅·鹤鸣》之诗，全用比体，不道破一句，《三百篇》中创调也。要以俯仰物理而咏叹之，用见理随物显，唯人所感，皆可类通；初非有所指斥，一人一事，不敢明言，而姑为隐语也。若他诗有所指斥，则皇父、尹氏、暴公，不惮直斥其名，历数其慝；而且自显其为家父，为寺人孟子，无所规避。诗教虽云温厚，然光昭之志，无畏于天，无恤于人，揭日月而行，岂女子小人半含不吐之态乎？《离骚》虽多引喻，而直言处亦无所讳。宋人骑两头马，欲博忠直之名，又畏祸及，多作影子语，巧相弹射，然以此受祸者不少，既示人以可疑之端，则虽无所诽诮，亦可加以罗织。观苏子瞻乌台诗案，其远谪穷荒，诚自取之矣；而抑不能昂首舒吭以一鸣，三木加身，则曰"圣主如天万物春"，可耻孰甚焉！近人多效此者，不知轻薄圆头恶习，君子所不屑久矣。

（清）王夫之《薑斋诗话》卷下，《清诗话》本

　　于頔为观察使，有酷虐声，李涉过襄阳上诗曰："方城汉水旧城池，陵谷依然世自移。歇马独来寻故事，逢人惟说《岘山碑》。"谢注曰："劝于公当以羊祜为法，词婉而妙。"此言诚然。余因思诗主于讽，无取于激，从谀者固非，亦何须开口便寻事作闹。欧阳永叔意非不忠，而晏元献为之怏怏，其辞直而少巽耳。若此诗，真所为主文谲谏者，闻之者不怒，而有以感发其善心。余谓此二十八字，尚胜昌黎赠许郢州、崔复州两篇大文。李绝句多佳，此篇尤为可法。

（清）贺裳《载酒园诗话又编》，《清诗话续编》本

　　新乐府皆自制题。大都言时事，而中含美刺。所谓言之者无罪，闻之者足以为戒。此诗家真实本领。近代名公，亡之久矣。亦宜全读，不必选也。其体同古乐府，少近体，读少陵所作自见。

（清）赵执信《声调谱论例》，《声调谱》卷首，《清诗话》本

诗之为道也，以微言通讽谕，大要援此譬彼，优游婉顺，无放情竭论而人徘徊自得于意言之余。《三百》以来，代有升降，旨归则一也，惟夫后之为诗者，哀必欲涕，喜必欲狂，豪则纵放，戚戚若有亡，粗厉之气胜而忠厚之道衰，其于诗教日以偭矣。

（清）沈德潜《施觉庵考功诗序》，《归愚文钞》卷六，清刊本

《匏有苦叶》，刺淫乱也。中惟"济盈不濡轨"二句，隐跃其词以讽之。其余皆说正理，使人得闻正言，其失自悟。

（清）沈德潜《说诗晬语》卷上，《清诗话》本

宣王，中兴主也，然其后或宴起，或料民，至废鲁嫡，杀杜伯，而君德荒矣。诗人于东都朝会时，终之以"允矣君子，展也大成"，何识之远而讽之婉也？汉人《长杨》、《羽猎》，那能有此？

（清）沈德潜《说诗晬语》卷上，《清诗话》本

白乐天诗，能道尽古今道理，人以率易少之。然《讽谕》一卷，使言者无罪，闻者足戒，亦风人之遗意也。惟张文昌、王仲初乐府，专以口齿利便胜人，雅非贵品。

（清）沈德潜《说诗晬语》卷上，《清诗话》本

讽刺之词，直诘易尽，婉道无穷。卫宣姜无复人理，而《君子偕老》一诗，止道其容饰衣服之盛，而首章末以"子之不淑，云如之何"二语逗露之。鲁庄公不能为父复仇，防闲其母，失人子之道，而《猗嗟》一诗，止道其威仪技艺之美，而章首以"猗嗟"二字讥叹之。苏子所谓不可以言语求而得，而必深观其意者也，诗人往往如此。

（清）沈德潜《说诗晬语》卷上，《清诗话》本

庄姜贤而不答，由公之惑于嬖妾也。乃《硕人》一诗，备形族类之贵，容貌之美，礼仪之盛，国俗之富，而无一言及庄公，使人言外思之，故曰主文谲谏。

（清）沈德潜《说诗晬语》卷上，《清诗话》本

《汉志》云："民性有刚柔缓急，系水土之风气，谓之风；好恶取舍，随君上之情欲，谓之俗。"《序》曰："上以风化下，下以风刺上。"又曰："一国之事系一人之本，谓之风。"此皆论诗者之权衡也。自邶、鄘以下，国俗之美恶，具于诗矣；而其政事之得失，君臣之贤否，因有可得而言者。

夫淫风流行，其原未有不自上起而后及下者也。故刺淫之篇，于卫多在宣公，于齐多在襄公。此二君者，国亡身弑。而陈之灵公，蹈厥覆辙。国风之中，以女戎祸其国者，盖莫甚于此矣。郑俗之不美，则由于昭、厉之间，兵革不息，男女失时，而非在上者有以倡之，故郑以淫声见绝于圣人，而与诗无涉，亦其徵也。以四国观之，岂非所谓一国之事系一人之本者与？

若夫诗之有刺，非苟而已也。盖先王之遗泽，尚存于人心，而贤人君子弗忍置君国于度外，故发为吟咏，动有所关。自邶、鄘以至曹、桧，无国无之，可谓盛矣。岂若后世之为诗者，于朝廷则功德祥瑞，于草野则月露风云，而甘出于无用者哉？汉儒茫然不能发明刺诗之由，紫阳出而拟诸谤讪。然则上以风化下，而下即以风刺上，古之人何相报之薄耶？且谤讪之事，汉、唐中主所不能容，刺诗之多，而诸国中不闻以诗获罪者，其故安在？

或曰：风雅中之有变也，非以有刺诗之故耶？曰：风雅有变，以民风君德而言，可也。民风君德变矣，而有刺诗，则变而不失其正。《葛屦》之诗曰："维是褊心，是以为刺。"然则诗人自不讳刺，而诗之本教，盖在于是矣。胡可以不察耶？王、魏、唐、秦四国无刺淫之篇，魏与唐皆始之以俭啬，其继也，魏亡于虐政，晋乱于争篡，是俭啬之无害于人国也。秦有岐西，获周之遗民遗俗，《驷驖》、《小戎》、《终南》诸篇，骎骎乎由风而升于颂矣。季子曰："此之谓夏声。"能夏则大。至其盛衰之本，则君子于《小戎》、《无衣》见秦之招八州而朝同列，于《黄鸟》、《北林》见秦之二世而亡。诗可以观，诚哉圣人之言与！

（清）程廷祚《诗论六·刺诗之由》，《清溪集》卷一，清刊本

"汉儒言诗，不过美刺二端。《国风》、《小雅》为刺者多，《大雅》则美多而刺少，岂其本原固有不同者与？夫先王之世，君臣上下有如一体。故君上有令德令誉，则臣下相与诗歌以美之。非贡谀也，实爱其君有是令德令誉而欣豫之情发于不容已也。或于颂美之中，时寓规谏，忠爱之

至也。其流风遗韵，结于士君子之心，而形为风俗，故遇昏主乱政，而欲救之，则一托之于诗。《序》曰："主父而谲谏，言之者无罪，闻之者足以戒。"然则刺诗之作，亦何往而非忠爱之所流播乎？是故非有爱君之心，则《天保》、《既醉》，祗为奉上之谀词。诚有爱君之心，则虽《国风》之刺奔刺乱，无所不刺，亦犹人子孰谏父母而涕泣随之也。

晦庵于刺诗尤恶《小序》之论《国风》，以为使人疑其轻躁险薄，害于温柔敦厚之教。此不揣其本而欲齐其末也。夫圣人以诗为教，必曰三百，则必惟二《雅》方可为温柔敦厚也。以今考之，晦庵所为嘻笑怨怼者，《小雅》已多有之。若《民劳》、《板》、《荡》之篇，《瞻卬》《召旻》之作，其在《大雅》者，有犯无隐，初未遑问其君之可受也。至列国风土，厚薄缓急不齐，其诗固不能无纯驳。然先王之泽未远，贤人君子莫不怀忠君爱国之心。《序》曰："国史明乎得失之迹，伤人伦之废，哀刑政之苛，吟咏性情，以风其上，达于事变而怀其旧俗者也。"其论不亦善乎！而何轻躁险薄之可疑。

（清）程廷祚《诗论十三·再论刺诗》，《青溪集》卷二，清刊本

以《风》诗之和雅，与民俗之谣谚，绝然不同，益知《国风》男女之辞，皆出诗人讽刺，而非蚩氓男女所能作也。

（清）章学诚《文史通义》内篇五，《妇学篇书后》，《四部备要》本

相传阮圆海作《燕子笺》，是刺倪鸿宝。

（清）焦循《剧说》卷三，《中国古典戏曲论著集成》（八），中国戏剧出版社本

魏泰谓张籍、白居易乐府，述情叙怨，委曲周详，言尽意尽，更无余味。嘻！何其大而无当也。文昌乐府，古质深挚，其才下于李、杜一等，此外更无人到。乐天乐府，则天发自解，独往独来，讽谕痛切，可以动百世之人心，虽孔子复出删诗，亦不能废。予尝谓其命意直以《三百篇》自居，为宇宙间必不可少文字。若《长恨歌》、《琵琶行》则不作可也。

（清）潘德舆《养一斋诗话》卷四，《清诗话续编》本

天下其一身欤？后元首，相股肱、诤臣喉舌。然则孰为其鼻息？夫非庶人欤！九窍百骸四支之存亡，视乎鼻息，口可以终日闭而鼻不可一息扼。古圣帝明王，惟恐庶民之不息息相通也，故其取于臣也略取于民也详。天子争臣七人而止，诸侯争臣五人而止。至于彻膳之宰，进善之旌，诽谤之木，敢谏之鼓，师箴、瞍赋，矇诵，百工谏，庶人传语，士传言，遒人木铎以循于路，登其歌谣，审其诅祝，察其谤议，于以明目达聪，而元首良焉，股肱康焉。士者庶民之首也，汉、宋太学之士皆得上书，明初耆老皆得召见，往往关系国家大计，公议无不上达，斯私议息，夫是之谓"天下有道，庶人不议"也。《诗》曰："出内王命，王之喉舌"，其争臣也夫！又曰"如彼溯风，亦孔之僾。民有肃心，荓云不逮"，其惟庶人也夫！

（清）魏源《默觚下·治篇十二》，《魏源集》，中华书局本

魏源曰：余读《后汉书·儒林传》，卫、杜、贾、马诸君子承刘歆之绪论，创立费、孔、毛、左古文之宗，士苴西京十四博士今文之学，谓之俗儒，废书而喟。夫西汉经师承七十子微言大义，《易》则施、梁丘、孟、京，皆能以占变知来；《书》则大小夏侯、欧阳、倪宽，皆能以《洪范》匡世主；《诗》则申公、辕固生、韩婴、王吉、韦孟、匡衡，皆以三百五篇当谏书；《春秋》则董仲舒、隽不疑之决狱，《礼》则鲁诸生、贾谊、韦元成之议制度，而萧望之等皆以《孝经》、《论语》保傅辅导；求之东京，未或有闻焉。其文章述作，则陆贾《新语》以《诗》、《书》说高祖，贾谊《新书》为汉定制作，《春秋繁露》、《尚书大传》、《韩诗外传》、刘向《五行》、扬雄《太玄》，皆以其自得之学，范阴阳，矩圣学，规皇极，斐然与三代同风，而东京亦未有闻焉。

（清）魏源《刘礼部遗书序》，《魏源集》，中华书局本

白香山《与元微之书》曰："仆志在兼济，行在独善，奉而始终之则为道，言而发明之则为诗。谓之讽谕诗，兼济之志也；谓之闲适诗，独善之义也。"余谓诗莫贵于知道，观香山之言，可见其或出或处，道无不在。

（清）刘熙载《艺概·诗概》，上海古籍出版社本

《史记·司马相如传赞》曰:"相如虽多虚辞滥说,然其要归引之节俭。"此与《诗》之风谏何异!《叙传》曰:"《子虚》之事,《大人》赋说,靡丽多夸,然其指风谏,归于无为。"扬雄《甘泉赋序》曰:"奏《甘泉赋》以风。"《羽猎赋序》曰:"聊因《校猎赋》以风之。"《长杨赋序》曰:"藉翰林以为主人,子墨为客卿以风。"赋之讽谏,可于斯取则矣。

(清)刘熙载《艺概·赋概》,上海古籍出版社本

"风雨如晦,鸡鸣不已",屈子言志之指;"无已太康,职思其居",马、扬讽谏之指。

(清)刘熙载《艺概·赋概》,上海古籍出版社本

屈兼言志、讽谏,马、扬则讽谏为多,至于班、张则揄扬之意胜,讽谏之义鲜矣。

(清)刘熙载《艺概·赋概》,上海古籍出版社本

太史公《屈原传赞》曰:"悲其志。"叙传曰:"作辞以讽谏。"志与讽谏,赋之体用具矣。

(清)刘熙载《艺概·赋概》,上海古籍出版社本

柳州系心民瘼,故所治能有惠政。读《捕蛇者说》、《送薛存义序》,颇可得其精神郁结处。

(清)刘熙载《艺概·文概》,上海古籍出版社本

3. 多识鸟兽草木之名——文艺的认识作用

鼓天下之动者存乎辞,化而裁之存乎变,推而行之存乎通,神而明之存乎其人。默而成之,不言而信,存乎德行。

(先秦)《周易·系辞上》卷七,《十三经注疏》本

钟声铿,铿以立号,号以立横,横以立武;君子听钟声,则思武臣。石声磬,磬以立辨,辨以致死;君子听磬声,则思死封疆之臣。丝声哀,

哀以立廉，廉以立志；君子听琴瑟之声，则思志义之臣。竹声滥，滥以立会，会以聚众；君子听竽笙箫管之声，则思畜聚之臣。鼓鼙之声欢，欢以立动，动以进众；君子听鼓鼙之声，则思将帅之臣。君子之听音，非听其铿锵而已也，彼亦有所合之也。

（先秦）《礼记·乐记》，《十三经注疏》本

凡音者，生人心者也。情动于中，故形于声；声成文，谓之音。是故治世之音，安以乐，其政和；乱世之音，怨以怒，其政乖；亡国之音，哀以思，其民困。声音之道，与政通矣。宫为君，商为臣，角为民，徵为事，羽为物。五者不乱，则无怗懘之音矣。宫乱则荒，其君骄；商乱则陂，其官坏；角乱则忧，其民怨；徵乱则哀，其事勤；羽乱则危，其财匮。五者皆乱，迭相陵，谓之慢。如此，则国之灭亡无日矣。郑卫之音，乱世之音也，比于慢矣。桑间濮上之音，亡国之音也，其政散，其民流，诬上行私而不可止也。

（先秦）《礼记·乐记》，《十三经注疏》本

岁二月，东巡守，至于岱宗……觐诸侯……命大师陈诗以观民风。

（先秦）《礼记·王制》，《十三经注疏》本

析言、破律、乱名、改作、执左道以乱政，杀；作淫声异服、奇技奇器以疑众，杀；行伪而坚、言伪而辩、学非而博、顺非而泽以疑众，杀；假于鬼神时日卜筮以疑众，杀；此四诛者，不以听。

（先秦）《礼记·王制》，《十三经注疏》本

吴公子札来聘……请观于周乐。使工为之歌《周南》、《召南》，曰："美哉！始基之矣，犹未也，然勤而不怨矣。"为之歌《邶》、《鄘》、《卫》，曰："美哉，渊乎！忧而不困者也。吾闻卫康叔、武公之德如是，是其《卫风》乎？"为之歌《王》，曰："美哉，思而不惧，其周之东乎？"为之歌《郑》，曰："美哉！其细已甚，民弗堪也，是其先亡乎？"为之歌《齐》，曰："美哉！泱泱乎，大风也哉！表东海者，其大公乎？国未可量也。"为之歌《豳》，曰："美哉，荡乎！乐而不淫，其周公之东乎？"为之歌《秦》，曰："此之谓夏声。夫能夏则大，大之至也，其周

旧乎？"为之歌《魏》，曰："美哉，沨沨乎！大而婉，险而易行，以德辅此，则明主也。"为之歌《唐》，曰："思深哉！其有陶唐氏之遗民乎？不然，何忧之远也。非令德之后，谁能若是？"为之歌《陈》，曰："国无主，其能久乎？"自《郐》以下无讥焉。为之歌《小雅》，曰："美哉！思而不贰，怨而不言，其周德之衰乎？犹有先王之遗民焉。"为之歌《大雅》，曰："广哉！熙熙乎！曲而有直体，其文王之德乎"？为之歌《颂》，曰："至矣哉！直而不倨，曲而不屈，迩而不逼，远而不携，迁而不淫，复而不厌，哀而不愁，乐而不荒，用而不匮，广而不宣，施而不弗，取而不贪，处而不底，行而不流，五声和，八风平，节有度，守有序，盛德之所同也。"见舞《象箾》、《南籥》者，曰："美哉！犹有憾。"见舞《大武》者，曰："美哉！周之盛也，其若此乎？"见舞《韶濩》者，曰："圣人之弘也，而犹有惭德，圣人之难也。"见舞《大夏》者，曰："美哉！勤而不德，非禹其谁能修之？"见舞《韶箾》者，曰："德至矣哉！大矣，如天之无不帱也，如地之无不载也，虽甚盛德，其蔑以加于此矣。观止矣！若有他乐，吾不敢请已。"

（先秦）《左传·襄公二十九年》，《十三经注疏》本

晋人闻有楚师，师旷曰："不害，吾骤歌北风，又歌南风。南风不竞，多死声，楚必无功。"

（先秦）《左传·襄公十八年》，《十三经注疏》本

郑伯享赵孟于垂陇，子展、伯有、子西、子产、子大叔、二子石从。赵孟曰："七子从君，以宠武也。请皆赋以卒君贶，武亦以观七子之志。"子展赋《草虫》，赵孟曰："善哉！民之主也。抑武也不足以当之。"伯有赋《鹑之贲贲》，赵孟曰："床笫之言不逾阈，况在野乎？非使人之所得闻也。"子西赋《黍苗》之四章，赵孟曰："寡君在，武何能焉！"子产赋《隰桑》，赵孟曰："武请受其卒章"。子大叔赋《野有蔓草》，赵孟曰："吾子之惠也。"印段赋《蟋蟀》，赵孟曰："善哉！保家之主也，吾有望矣。"公孙段赋《桑扈》，赵孟曰："匪交匪敖，福将焉往？若保是言也，欲辞福禄得乎？"卒享。文子告叔向曰："伯有将为戮矣！诗以言志，志诬其上，而公怨之，以为宾荣，其能久乎？幸而后亡。"叔向曰："然。已侈！所谓不及五稔者，夫子之谓矣。"文子曰："其余皆数世之主也。

子展其后亡者也,在上不忘降。印氏其次也,乐而不荒。乐以安民,不淫以使之,后亡,不亦可乎?"

(先秦)《左传·襄公二十七年》,《十三经注疏》本

子贡曰:"贫而无谄,富而无骄,何如?"子曰:"可也;未若贫而乐,富而好礼者也。"

子贡曰:"诗云:如切如磋,如琢如磨,其斯之谓与?"子曰:"赐也,始可与言诗已矣,告诸往而知来者。"

(先秦)《论语注疏·学而》,《十三经注疏》本

子曰:"诵《诗》三百,授之以政,不达;使于四方,不能专对;虽多,亦奚以为?"

(先秦)《论语注疏·子路》,《十三经注疏》本

故曰:"凡人君之所以内失百姓,外失诸侯,兵挫而地削,名卑而国亡,社稷灭覆,身体危殆,非生于谄淫者,未之尝闻也。何以知其然也?曰:淫声谄耳,淫观谄目,耳目之所好谄心,心之所好伤民,民伤而身不危者,未之尝闻也。"

(先秦)《管子·五辅第十》,《诸子集成》本

故听其雅颂之声,而志意得广焉;执其干戚,习其俯、仰、屈、伸,而容貌得庄焉;行其缀兆,要其节奏,而行列得正焉,进退得齐焉。故乐者,出所以征诛也,入所以揖让也。征诛揖让,其义一也:出所以征诛,则莫不听从;入所以揖让,则莫不从服。故乐者,天下之大齐也,中和之纪也,人情之所必不免也。是先王立乐之术也。

(先秦)《荀子·乐论篇》,《诸子集成》本

孔子读《诗》及《小雅》,喟然而叹曰:"吾于《周南》、《召南》,见周道之所以盛也;于《柏舟》,见匹夫执志之不可易也;于《淇澳》,见学之可以为君子也;于《考槃》,见遁世之士而不闷也;于《木瓜》,见苞苴之礼行也;于《缁衣》,见好贤之心至也;于《鸡鸣》,见古之君子不忘其敬也;于《伐檀》,见贤者之先事而后食也;于《蟋蟀》,见陶

唐俭德之大也；于《下泉》，见乱世之思明君也；于《七月》，见豳公之所以造周也；于《东山》，见周公之先公而后私也；于《狼跋》，见周公之远志所以为圣也；于《鹿鸣》，见君臣之有礼也；于《彤弓》，见有功之必报也；于《羔羊》，见善政之有应也；于《节南山》，见忠臣之忧世也；于《蓼莪》，见孝子之思养也；于《楚茨》，见孝子之恩祭也；于《裳裳者华》，见古之贤者世保其禄也；于《采菽》，见古之明王所以敬诸侯也。"

（先秦）《孔丛子·记义》，《丛书集成》本

　　夫荣启期一弹，而孔子三日乐感于和；邹忌一徽，而威王终夕悲感于忧；动诸琴瑟，形诸音声，而能使人为之哀乐……宁戚商歌车下，桓公喟然而寤，夫至精入人深矣。故曰：乐听其音，则知其俗；见其俗，则知其化。孔子学鼓琴于师襄，而谕文王之志，见微以知明矣。延陵季子听鲁乐，而知殷夏之风，论近以识远也。作之上古，施及千岁，而文不灭，况于并世化民乎？

（汉）刘安（高诱注）《淮南鸿烈解·主术训》，《丛书集成》本

　　太史公曰：夫上古明王举乐者，非以娱心自乐，快意恣欲，将欲为治也。正教者皆始于音，音正而行正。故音乐者，所以动荡血脉，通流精神而和正心也。故宫动脾而和正圣，商动肺而和正义，角动肝而和正仁，徵动心而和正礼，羽动肾而和正智。故乐所以内辅正心而外异贵贱也。上以事宗庙，下以变化黎庶也。

（汉）司马迁《史记·乐书》，中华书局本

　　琴七丝，足以通万物而考治乱也。

（汉）桓谭《新论·琴道篇》，《丛书集成》本

　　成帝时童谣曰："燕燕尾涏涏，张公子，时相见。木门仓琅根，燕飞来，啄皇孙，皇孙死，燕啄矢。"其后帝为微行出游，常与富平侯张放俱称富平侯家人，过阳阿主作乐，见舞者赵飞燕而幸之，故曰："燕燕尾涏涏"，美好貌也。张公子谓富平侯也。"木门仓琅根"，谓宫门铜锾，言将尊贵也。后遂立为皇后。弟昭仪贼害后宫皇子，卒皆伏辜，所谓"燕飞

来,啄皇孙,皇孙死,燕啄矢"者也。

(汉)班固《汉书·五行志》,中华书局本

《书》曰:"诗言志,歌咏言",故哀乐之心感,而歌咏之声发。诵其言谓之诗,咏其声谓之歌,故古有采诗之官,王者所以观风俗,知得失,自考正也。

(汉)班固《汉书·艺文志》,中华书局本

太史公执迁手而泣曰:"……夫天下称周公,言其能论歌文武之德,宣周召之风,达大王王季思虑,爰及公刘,以尊后稷也。幽厉之后,王道缺,礼乐衰,孔子修旧起废,论《诗》、《书》,作《春秋》,则学者至今则之……今汉兴,海内壹统,明主贤君,忠臣义士,予为太史而不论载,废天下之文,予甚惧焉,尔其念哉!"迁俯首流涕曰:"小子不敏,请悉论先人所次旧闻,不敢阙。"

(汉)班固《汉书·司马迁传》,中华书局本

罔罗天下放失旧闻,王迹所兴,原始察终,见盛观衰,论考之行事,略三代,录秦汉,上记轩辕,下至于兹,著十二本纪,既科条之矣。

(汉)班固《汉书·司马迁传》,中华书局本

太史公曰:"……余闻之先人曰:'虙戏至纯厚,作《易》八卦。尧舜之盛,《尚书》载之,礼乐作焉。汤武之隆,诗人歌之。《春秋》采善贬恶,推三代之德,褒周室,非独刺讥而已也。'汉兴已来,至明天子,获符瑞,封禅,改正朔,易服色,受命于穆清,泽流罔极,海外殊俗重译款塞,请来献见者,不可胜道,臣下百官力诵圣德,犹不能宣尽其意。且士贤能矣,而不用,有国者耻也。主上明圣,德不布闻,有司之过也。且余掌其官,废明圣盛德不载,灭功臣贤大夫之业不述,堕先人所言,罪莫大焉。余所谓述故事,整齐其世传,非所谓作也,而君比之《春秋》,谬矣。"

(汉)班固《汉书·司马迁传》,中华书局本

乐府者,声依永,律和声也。钧天九奏,既其上帝;葛天八阕,爰乃

皇时。自《咸英》以降，亦无得而论矣。至于涂山歌于候人，始为南音；有娀谣乎飞燕，始为北声；夏甲叹于东阳，东音以发；殷整思于西河，西音以兴；音声推移，亦不一概矣。匹夫庶妇，讴吟土风，诗官采言，乐胥被律，志感丝篁，气变金石。是以师旷觇风于盛衰，季札鉴微于兴废，精之至也。

（南朝·梁）刘勰《文心雕龙·乐府》，人民文学出版社本

若夫追述远代，代远多伪，公羊高云："传闻异辞。"荀况称："录远略近。"盖文疑则阙，贵信史也。然俗皆爱奇，莫顾实理。传闻而欲伟其事，录远而欲详其迹，于是弃同即异，穿凿傍说，旧史所无，我书则传，此讹滥之本源，而述远之巨蠹也。

（南朝·梁）刘勰《文心雕龙·史传》，人民文学出版社本

诗者，盖志之所之也，情动于中而形于言。《关雎》、《麟趾》，正始之道著，桑间、濮上，亡国之音表。故风雅之道，粲然可观。

（南朝·梁）萧统《文选序》，《文选》卷首，《四部备要》本

颂者，所以游扬德业，褒赞成功；吉甫有"穆若"之谈，季子有"至矣"之叹。舒布为诗，既言如彼；总成为颂，又亦若此。次则箴兴于补阙，戒出于弼匡，论则析理精微，铭则序事清润，美终则诔发，图象则赞兴……众制锋起，源流间出。譬陶匏异器，并为入耳之娱，黼黻不同，俱为悦目之玩。

（南朝·梁）萧统《文选序》，《文选》卷首，《四部备要》本

子谓续诗可以讽，可以达，可以荡，可以独处。出则悌，入则孝，多见治乱之情。

（隋）王通《文中子中说·天地篇》，《丛书集成》本

然自晋咸、洛不守，龟鼎南迁，江左为礼乐之乡，金陵实图书之府，故其俗犹能语存规检，言喜风流，颠沛造次，不忘经籍。而史臣修饰，无所费功。其于中国则不然：何者？于斯时也，先王桑梓，翦为蛮貊，被发左衽，充牣神州，其中辩若驹支，学如郯子，有时而遇，不可多得。而彦

鸾修伪国诸史，收、弘撰魏、周二书，必讳彼夷音，变成华语，等杨由之听雀，如介葛之闻牛，斯亦可矣。而于其间，则有妄益文彩，虚加风物，援引《诗》、《书》，宪章《史》、《汉》，遂使沮渠、乞伏，儒雅比于元封；拓跋、宇文，德音同于"正始"。华而失实，过莫大焉。唯王、宋著书，叙元高时事，抗词正笔，务存直道，方言世语，由此毕彰。而今之学者，皆尤二子，以言多滓秽，语伤浅俗。夫本质如此，而推过史臣，犹鉴者见嫫母多媸，而归罪于明镜也。

（唐）刘知幾《史通·言语》，《四部备要》本

夫观乎人文，以化成天下；观乎国风，以察兴亡。是知文之为用，远矣大矣。若乃宣、僖善政，其美载于周诗，怀、襄不道，其恶存于楚赋；读者不以吉甫、奚斯为谄，屈平、宋玉为谤者，何也？盖不虚美不隐恶故也。是则文之将史，其流一焉，固可以方驾南、董，俱称良直者矣。

（唐）刘知幾《史通·载文》，《四部备要》本

夫国有否泰，世有污隆，作者形言，本无定准。故观猗与之颂，而验有殷方兴；睹《鱼藻》之刺，而知宗周将殒。

（唐）刘知幾《史通·载文》，《四部备要》本

夫三传之说，既不习于《尚书》，两汉之词，又多违于《战策》，足以验氓俗之递改，知岁时之不同。而后来作者，通无远识，记其当世口语，罕能从实而书，方复追效昔人，示其稽古。是以好丘明者，则偏模《左传》，爱子长者，则全学《史公》。用使周、秦言辞，见于魏、晋之代，楚、汉应对，行乎宋、齐之日，而伪修混沌，失彼天然，今古以之不纯，真伪由其相乱。故裴少期讥孙盛录曹公平素之语，而全作夫差亡灭之词，虽言似《春秋》，而事殊乖越者矣。

（唐）刘知幾《史通·言语》，《四部备要》本

闻夫歌以咏言，庭坚有歌虞之曲；颂以纪德，奚斯有颂鲁之篇。四始六义，存亡播矣；八音九阕，哀乐生焉。是以叔誉闻诗，验同盟之成败；延陵听乐，知列国之典彝。

（唐）卢照邻《乐府杂诗序》，《卢照邻集》卷六，中华书局本

贞观初，太宗谓监修国史房玄龄曰："比见前、后《汉史》载扬雄《甘泉》、《羽猎》，司马相如《子虚》、《上林》，班固《两都》等赋，此既文体浮华，无益劝诫，何假书之史策？其有上书论事，词理切直，可裨于政理者，朕从与不从皆须备载。"
　　　　（唐）吴兢《贞观政要·文史第二十八》，中华书局本

　　斯道始兴，其于忠臣孝子，贤愚美恶，莫不图之屋壁，以训将来。或想功烈于千年，聆英威于百代。乃心存慧迹，默匠仪形。其余风化幽微，感而遂至；飞游腾窜，验之目前，皆可图画。
　　　　（唐）裴孝源《贞观公私画史序》，《全唐文》卷一百五十九，中华书局本

　　昔延陵听乐，知诸侯之兴亡；览数代述作，固足验夫理乱之源也。
　　　　（唐）贾至《工部侍郎李公集序》，《全唐文》卷三百六十八，中华书局本

　　为天子大臣，明王道，断国论，不通乎文学者，则陋矣。士君子立于世，升于朝，而不繇乎文行者，则僻矣。
　　　　（唐）崔之翰《与常州独孤使君书》，《全唐文》卷五百二十三，中华书局本

　　夫文生于情，情生于哀乐，哀乐生于治乱，故君子感哀乐而为文章，以知治乱之本。
　　　　（唐）柳冕《与滑州卢大夫论文书》，《全唐文》卷五百二十七，中华书局本

　　古者陈诗以观人风。君子之风，仁义是也；小人之风，邪佞是也。风生于文，文生于质，天地之性也。止于经，圣人之道也。感于心，哀乐之音也。故观乎志而知国风。逮德下衰，风雅不作，形似艳丽之文兴，而雅颂比兴之义废。
　　　　（唐）柳冕《答杨中丞论文书》，《全唐文》卷五百二十七，中华书局本

歌诗之所以为发瘖，其旨甚远……故勤人之君，欲以闻其下，忠主之佑，使以达其上。夫往代之诗乐，皆能沿声谐韵，今征其文以观之，而其代兴衰可见也。

（唐）沈亚之《送李胶秀才诗序》，《全唐文》卷七百三十五，中华书局本

仲尼以《三百篇》为六经之首，以其本子人情，而基于王化故也。然而删其义，次其章，系乎《国风》、《雅》、《颂》而已，不显乎人之氏族也。洎卜商作序，篇之首始或著焉。若《鸱鸮》之什，直云周公救乱也，成王未知周公之志，公乃作诗以遗之；《荡》之什，又云"召穆公伤周室大坏"；《云汉》之什，亦云"仍叔美宣王"之类是也。其余或称"国人怨而作是诗"也，或称"大夫刺某王某公"也，故诗人名氏，阙者多矣。逮乎《离骚》，则自云"帝高阳之苗裔，朕皇考曰伯庸"，后之人故知其屈平也。且夫删诗无圣人，序诗无子夏，采诗无古官，则作诗者得不以家集自见乎！盖存其诗，人可知矣；察其诗，国可知矣。诗之集也，岂徒然哉。亦《国风》、《雅》、《颂》之遗制耳。

（宋）王禹偁《冯氏家集前序》，《小畜集》卷二十，《四部丛刊》本

自周道消，孔子无位而死，而秦嬴以烈火劫之。汉由武定，晚知儒术。至今越千载，其间文教一盛一衰。大抵天下治则文教盛而贤人达，天下乱则文教衰而贤人穷。欲观国者，观文而可矣。

（宋）李觏《上李舍人书》，《直讲李先生文集》卷二十七，《四部丛刊》本

诗成半醉正陶陶，更用如椽大笔抄。尽得意时仍放手，到凝情处略濡毫。鲁阳却日功犹浅，宗悫乘风志未高。写出太平难状意，任他天下颂功劳。

（宋）邵雍《大字吟》，《伊川击壤集》卷十一，《四部丛刊》本

诗者人之志，言者心之声。志因言以发，声因律而成。多识于鸟兽，岂止毛与翎？多识于草木，岂止枝与茎？不有风雅颂，何由知功名？不有

赋比兴，何由知废兴？观朝廷盛事，壮社稷感灵。有汤武缔构，无幽厉歆倾。知得之艰难，肯失之骄矜？去巨蠹奸邪，进不世贤能。择阴阳粹美，索天下精英。借江山清润，揭日月光荣。收之为民极，著之为国经。播之于金石，奏之于大庭。威之以人心，告之以神明。

  （宋）邵雍《诗画吟》，《伊川击壤集》卷十八，《四部丛刊》本

  千载诗亡不复删，少陵谈笑即追还。常憎晚辈言诗史，《清庙》《生民》伯仲间。

  （宋）陆游《读杜诗》，《剑南诗稿》卷三十四，上海古籍出版社本

  短发萧萧老日侵，遗篇未敢废研寻。薰莸理欲迷通义，衮斧忠邪害怒心。笃信圣贤常事左，稍知治乱每忧深。人生有腹当盛酒，谁遣吾侪著古文。

  （宋）刘克庄《遗编》，《后村先生大全集》卷九，《四部丛刊》本

  讲史书，讲说前代书史文传、兴废争战之事，最畏小说人。盖小说能以一朝一代故事，顷刻间提破。

  （宋）灌园耐得翁《都城记胜》"瓦舍众伎"条，中国商业出版社本

  夫欲观于国家声文之盛，莫善于诗矣。类而求焉，是为得之。昔者延陵季子见诗与乐于中国，心会意识，如身在其时而亲见其人，盖以此耳。梁昭明著《文选》，其诗不必出于一时之作，一人之手，徒以文辞之善惟意所取而已。然数百年间，篇籍散佚，幸有此可观焉。

  （元）虞集《国朝风雅序》，《道园学古录》卷三十二，《四部备要》本

  今之诗犹古之诗也，苟为无补，则圣人何取焉。由是可以观民风，可以观世道，可以知人，可以多识草木鸟兽之名，其博如此。

  （元）赵孟𫖯《薛昂夫诗集序》，《赵孟𫖯集》卷六，浙江古籍出版社本

古诗《三百篇》，皆可弦歌以为乐，除施于朝廷宗庙者不可，其余固上下得通用也。洪武间：予参临安教职，宰县王谦，北方老儒也。岁终行乡饮酒礼，选诸生少俊者十人，习歌《鹿鸣》等篇。吹笙抚琴，以调其音节。至日，就讲堂设宴，席地而歌之。器用罍爵，执事择吏卒巾服洁净者。宾主欢醉，父老叹息称颂，俨然有古风。后遂以为常，凡宴饮则用之。如会友则歌《伐木》，劳农则歌《南山》，号新居则歌《斯干》，送从役则歌《无衣》，待使役则歌《皇华》之类，一不用世俗伎乐，识者是之。

（明）瞿佑《归田诗话》卷上，《历代诗话续编》本

诗虽能致祸，然亦能解患。王维陷贼中，受伪命。禄山于凝碧池置宴作乐，维有诗云："万户伤心生野烟，千官何日再朝天？秋槐叶落空宫里，凝碧池边奏管弦。"及唐收复两京，凡污于贼者，以五等定罪，肃宗见此诗，得免。太白坐永王璘事，系浔阳狱。朝命崔园鞫问于狱中，上诗曰："邯郸四十万，同日陷长平。能回造化笔，或冀一人生。"得减死流夜郎。东坡为舒亶李定等所论，自湖州逮系御史台狱，时宰欲致之死。于狱中作诗寄子由曰："圣主如天万物春，小臣愚暗自亡身。百年未满先偿债，十口无归更累人。是处青山可埋骨，他年夜雨独伤神。与君世世为兄弟，更结来生未了因。""柏台霜气夜凄凄，风动琅珰月向低。梦绕云山心似鹿，魂飞汤火命如鸡。眼中犀角真吾子，身后牛衣愧老妻。百岁神游定何处，桐乡知葬浙江西。"神宗见而怜之，遂得出狱，谪授黄州团练副使。后作《中秋月》词云："惟恐琼楼玉宇，高处不胜寒。"神宗览之曰："苏轼终是爱君，得改汝州听便。"

（明）瞿佑《归田诗话》卷上，《历代诗话续编》本

四言之赡，极于韦孟。五言之赡，极于《焦仲卿》。杂言之赡，极于《木兰》。歌行之赡，极于《畴昔》、《帝京》。排律之赡，极于《岳州》、《夔府》诸篇。虽境有神妙，体有古今，然皆叙事工绝。诗中之史，后人但知老杜，何哉！

（明）胡应麟《诗薮·内编》卷一，上海古籍出版社本

李于麟之评少陵，犹以为篇什虽富，颓然自放，况大历而降元、白诸人者哉，夫诗之不可为史，犹史之不可为诗，世顾以此称少陵大家，此予所未解也。
　　　　　　（明）臧懋循《冒伯麟诗引》，《负苞堂集》卷三，中华书局本

　　汉家四百余年天下，其间主之圣愚，臣之贤奸，载在正史，及杂见于稗官小说者详矣。兹《演义》一书，胡为而刻？又胡为而评？中郎氏曰：是未明于通俗之义者也。里中有好读书者，缄默十年，忽一日拍案狂叫曰："异哉！卓吾老子吾师乎？"客惊问其故，曰："人言《水浒传》奇，果奇。予每捡《十三经》或《二十一史》，一展卷，即忽忽欲睡去，未有若《水浒》之明白晓畅，语语家常，使我捧玩不能释手者也。若无卓老揭出一段精神，则作者与读者，千古俱成梦境。"
　　　　　　（明）袁宏道《东西汉通俗演义序》，《袁宏道集笺校》附录一，上海古籍出版社本

　　以王文成公道德事功，谱之声歌，令瞋笑皆若识公之面，可佐传史所不及。曲白之丽，情境宛转。
　　　　　　（明）祁彪佳《远山堂曲品》，《中国古典戏曲论著集成》（六），中国戏剧出版社本

　　此记综核详明，事皆实录。妖姆、逆珰之罪状，有十部梨园歌舞不能尽者，约之于寸毫片楮中，以此作一代爱书可也，岂止在音调内生活乎！
　　　　　　（明）祁彪佳《远山堂曲品》，《中国古典戏曲论著集成》（六），中国戏剧出版社本

　　先儒谓尽心之谓忠，心制事宜之谓义。愚因曰：尽心于为国之谓忠，事宜在济民之谓义。若宋江等其诸忠者乎？其诸义者乎？当是时，宋德衰微，乾纲不揽，官箴失措，下民咨咨，山谷嗷嗷，英雄豪杰，愤国治之不平，悯民庶之失所，乃崛起山东，乌合云从，据水浒之险以为依，涣汗大号，其声吞天浴日，奔鲸骇鸳，可谓涣奔其机，涣有丘矣。不知者曰：此民之贼也，国之蠹也。噫！不然也，彼盖强者锄之，弱者扶之，富者削之，贫者周之，冤屈者起而伸之，囚困者斧而出之，原其心虽未必为仁者

博施济众,按其行事之迹,可谓桓文仗义,并轨君子。

(明)余象斗《题水浒传叙》,《水浒志传评林》卷首,人民文学出版社本

……《三国志通俗演义》,文不甚深,言不甚俗,事纪其实,亦庶几乎史。盖欲读诵者,人人得而知之,若诗所谓里巷歌谣之义也。书成,士君子之好事者,争相誊录,以便观览。则三国之盛衰治乱,人物之出处臧否,一开卷,千百载之事,豁然于心胸矣。

(明)蒋大器《三国志通俗演义序》,《三国志通俗演义》卷首,人民文学出版社本

一部大书七十回,将写一百八人也,乃开书未写一百八人,而先写高俅者,盖不写高俅,便写一百八人,则是乱自下生也;不写一百八人,先写高俅,则是乱自上作也。乱自下生,不可训也,作者之所必避也。乱自上作,不可长也,作者之所深惧也。一部大书七十回而开书先写高俅,有以也。

(清)金圣叹《水浒传》第一回评语,《第五才子书施耐庵水浒传》,中华书局本

族兄方训公,崇祯末为南部曹;予舅翁秦光仪先生,其姻娅也。避乱依之,羁栖三载,得弘光遗事甚悉;旋里后数数为予言之。证以诸家稗记,无弗同者,盖实录也。独香姬面血溅扇,杨龙友以画笔点之,此则龙友小史言于方训公者。虽不见诸别籍,其事则新奇可传,《桃花扇》一剧感此而作也。南朝兴亡,遂系之桃花扇底。

(清)孔尚任《桃花扇本末》,《桃花扇》,人民文学出版社本

《桃花扇》一剧,皆南朝新事,父老犹有存者。场上歌舞,局外指点,知三百年之基业,隳于何人?败于何事?消于何年?歇于何地?不独令观者感慨涕零,亦可惩创人心,为末世之一救矣。

(清)孔尚任《桃花扇小引》,《桃花扇》,人民文学出版社本

依古以来,世道之污隆、政事之得失,皆于诗之正变辨之。在昔成周之世,上自郊庙宴飨,下至委巷讴歌,采风肆雅,无不隶于乐官。王泽既

竭，矇史失职，列国之大夫称诗聘问，乃仅有存者，季札适鲁观六代之乐。君子曰："此周之衰也。"

（清）吴伟业《观始诗集序》，《梅村家藏稿》卷二十七（文集五），《四部丛刊》本

余谓先生之诗，不可不急行也，今之称杜诗者以为诗史，亦信然矣。然注杜者，但见以史证诗，未闻以诗补史之阙，虽曰诗史，史固无藉乎诗也。逮夫流极之运，东观兰台但记事功，而天地之所以不毁，名教之所以仅存者，多在亡国之人物。血心流注，朝露同晞，史于是而亡矣，犹幸野制遥传，苦语难销。此耿耿者明灭于烂纸昏墨之余，九原可作，地起泥香，庸讵知史亡而后诗作乎？是故景炎、祥兴，宋史且不为之立本纪。非指南、集杜，何由知闽广之兴废？非水云之诗，何由知亡国之惨？非白石、晞发，何由知竺国之双经？陈宜中之契阔，心史亮其苦心；黄东发之野死，宝幢志其处所。可不谓之诗史乎？元之亡也，渡海乞援之事，见于九灵之诗。而铁崖之乐府，鹤年、席帽之痛哭，犹然金版之出地也。皆非史之所能尽矣！明室之亡，分国鲛人，纪年鬼窟。较之前代干戈，久无条序。其从亡之士，章皇草泽之民，不无危苦之词。以余所见者，石斋、次野、介子、霞舟、希声、苍水、密之十余家，无关受命之笔。然故国之铿尔，不可不谓之史也。先生固十余家之一也，生平未尝作诗。今续骚堂、寒松斋、粤草，皆遭乱以来之作也。避地幽忧，访死问生，惊离吊往，所至之地，必拾其遗事，表其逸民。而先生之诗，亦遂凄楚蕴结而不可解矣。夫蔓草零露，仍归天壤，亦复何限，先生独不能以余力留之乎？故先生之诗，真诗史也。孔子之所不删者也。

（清）黄宗羲《万履安先生诗序》，《黄梨洲文集》，中华书局本

昔以诗讦筹国步者，称杜少陵，然不过寄讽焉耳，实足经济当时，则太冲最，谓少陵以诗作史，太冲以诗作经可也。

（清）周亮工《阮太冲集序》，《赖古堂集》卷十三，上海古籍出版社本

夫少陵一集，而古今天下之治乱兴亡，离合存没，莫不毕具，岂仅仅

一咏一吟,足以尽风雅也!

（清）侯方域《陈其年诗序》,《壮悔堂文集》卷二,《四部备要》本

征妇闺中之怨,怨之私者也。盛世之音无怨,而录征妇之怨,被管弦以奏之庙廷,何取乎?曰:斯以为盛世之音也。盛世之怨,舍此而无怨焉耳。故《南》之有《卷耳》、《殷雷》也,《雅》之有《出车》《杕杜》也;《鸿雁》作,求为此诗而不得矣。

是故忠臣之忧乱,孝子之忧离,信友之忧谗,愿民之忧死,均理之贞者也,而不敢思妇房闼之情。下直者,其上必枉。议论多者,其国必倾;非议论之倾之也,致其议论者之失道,而君子亦相为悁急,则国家之舒气尽矣。怨者阴事也。阴之事:与情相当,不与性相得;与欲相用,不与理相成;与女相宜,不与男相称。遂情之动于性,遂欲之几于理,遂妇人之怀于君子,则阳为阴用,而国恶得不倾乎?

故天地之间,幽昵之情未有属,而早已充矣;触罅而发,发乎此而竭乎彼矣。先王知其然,顺以开其罅于男女之际,而重塞之君臣父子朋友之间,乃以保舒气之和平。舒气之和平保,则刚气之庄栗亦遂矣。先王调燮之功,微矣哉!故知阴阳、性情、男女、悲愉、治乱之理者,而后可与之言诗也。

（清）王夫之《诗广传·小雅九》,中华书局本

由此言之:先生以裕民之衣食,必以廉耻之心裕之;以调国之财用,必以礼乐之情调之;其异于管商之末说,亦辨矣。故舜之歌曰:"南风之时兮,可以阜吾民之财兮。"暄豫春容而节之以其候,人相天以动而不自知,斯《南风》之所以阜也。故《鱼丽》之多也、嘉焉耳,其旨也、偕焉耳,其有也、时焉耳。呜呼!此先王之以廉耻礼乐之情、为生物理财之本也。奚待物之盛多,而后有备礼之心哉?

（清）王夫之《诗广传·小雅十》,中华书局本

杜诗是非不谬于圣人,故曰:"诗史",非直指纪事之谓也。纪事如"清渭东流剑阁深",与不纪事之"花娇迎杂佩",皆诗史也。诗可经,何不可史,同其"无邪"而已。用修不喜宋人之说,并"诗史"非之,误也。

（清）吴乔《围炉诗话》卷四,《清诗话续编》本

大块灵秀之气，融结而为山川，夫人灵秀之气，舒而为文章，为书画，是造物者可以泄其奇也。书画力可千年，文章之力无穷，顾皆不能如山川与天地相终始，然而山川幽丽瑰怪可喜可愕之奇，不能自名，乃反待人而名，而人之名之，往往托之文章，与夫图经金石刻，传之于世，而奇乃大著，则信乎人之灵也。顾人于是三者，往往不兼能，苟能其一，必其性所有也；岂惟能之，苟知而好之，必其性所有也；不性不能，不性亦不好。

（清）邵长蘅《书鱼说赠宗稚佳》，《青门剩稿》卷八，清刊本

唐人最重座主门生之谊，今皆见香山集中。有《贺杨仆射致仕后杨侍郎门生合宴席上作》，则门生宴座主之父也。又有《与诸同年贺座主新拜太常同宴萧尚书亭子》，自注："座主于萧昕尚书下及第。"则座主之座主也。按香山于贞元十六年在中书舍人高郢下第四人及第，试《性习相远近赋》，《玉水记方流》诗，则座主郢也。而郢在礼部侍郎萧昕下第九人登第，实宝应二年癸卯，迨郢拜太常时，几四十年矣。昕自癸卯放进士之后，二十四年，丁卯，以礼部尚书再知贡举，今又十三年，见门生之下又有门生，可谓耆宿盛事。《全唐诗话》记杨於陵仆射入觐，其子嗣复率两榜门生迎于潼关，归宴于新昌里第，元、白俱在座，杨汝士诗最后成，中有"文章旧价留鸾掖，桃李新阴在鲤庭"之句，自夸压倒元、白，即此会也。惟白诗谓杨仆射致仕有此宴，而诗话谓入觐有此宴，稍不同，自当以香山诗为正。香山又有《送牛相公出镇淮南》诗云："何须身自得，将相是门生。"牛相即僧孺也。自注："元和初，牛相公应制策登第，余为翰林考核官"云。后僧孺以宰相留守洛中，香山方居履道里，过从甚密。牛尝宴香山于府第，香山诗云："政事堂中老丞相，制科场里旧将军。"此又座主门生故事。今香山集皆有之，亦可以备科第典故。

（清）赵翼《瓯北诗话》卷四，人民文学出版社本

香山历官所得，俸入多少，往往见于诗。为校书郎云："俸钱万六千，月给亦有余。"盩厔尉云："吏禄三百石，岁晏有余粮。"京兆户曹参军云："俸钱四五万，月可奉晨昏。廪禄二百石，岁可盈仓囷。"江州司马云："官品至第五，俸钱四五万。"太子宾客分司云："俸钱七八万，给

受无虚月。"刑部侍郎云："秋官月俸八九万。"太子少傅云："月俸百千官二品，朝廷雇我作闲人。"刑部尚书致仕云："半俸资身亦有余。"又云："俸随日计钱盈贯，禄逐年支岁满囷。"又有诗云："寿及七十五，俸沾五十千。"此可当职官、食货二志也。

（清）赵翼《瓯北诗话》卷四，人民文学出版社本

"太上立德，其次立功，其次立言。"立言与功德相准，盖必有所需而后从而给之，有所郁而后从而宣之，有所弊而后从而救之，而非徒夸声音采色，以为一己之名也。《易》曰："神以知来，智以藏往。"知来，阳也；藏往，阴也。一阴一阳，道也。文章之用，或以述事，或以明理。事溯以往，阴也；理阐方来，阳也。其至焉者，则述事而理以昭焉，言理而事以范焉，则主适不偏，而文乃衷于道矣。迁、固之史，董、韩之文，庶几哉有所不得已于言者乎？不知其故而但溺文辞，其人不足道已。即为高论者，以谓文贵明道，何取声情色采以为愉悦！亦非知道之言也。夫无为之治而奏熏风，灵台之功而乐钟鼓，以及弹琴遇文，风雩言志，则帝王致治，贤圣功修，未尝无悦目娱心之适，而谓文章之用，必无咏叹抑扬之致哉！

（清）章学诚《文史通义》内篇二《原道下》，《四部备要》本

纪伯紫见周树所作《冯骥市义》杂剧，攫之行，曰："合肥龚宗伯病渴甚，余戒其读书，屏一切图籍；然所以祛宗伯疾者，其在此书矣。"宗伯得而读之，果霍然已，以谓孔璋之檄，能愈头风，不是过也。周延儒被召，阮大铖以家优来演自所作《赐恩环》传奇，跪泣求昭雪。延儒以"逆案难翻，而君意中人为谁？"大铖以马士英对，遂于成籍荐起为凤阳总督。

（清）焦循《剧说》卷五，《中国古典戏曲论著集成》（八），中国戏剧出版社本

不研乎经，不知经术之为本源也；不讨乎史，不知史事之为鉴也。不通乎当世之务，不知经、史施于今日之孰缓、孰亟、孰可行、孰不可行也。

（清）龚自珍《对策》，《龚自珍全集》第一辑，上海人民出版社本

三代以上之天下，礼乐而已矣；三代以下之天下，赋役而已矣。然变《风》变《雅》，多哀行役之苦，刺征役之烦，而刺重敛者唯一《硕鼠》，则知井田什一尚存，履亩未税，民惟困役，不困赋焉。

（清）魏源《默觚下·治篇三》，《魏源集》，中华书局本

黄叔琳云："董君恒岩，工文章，具卓识。为政之余，以高才博学，著作自娱。近著《芝龛记》院本，括明季万历、天启、崇祯三朝史事，杂采群书、野乘、墓志、文词联贯补缀为之，翕辟张弛，褒贬予夺，词严义正。惨澹经营，洵乎以曲为史矣。"

蒋士铨云："读董恒岩大守所为《芝龛记》，月昏灯灺，按节歌咏之，于《昙援》、《救父》、《题阁》、《江还》等篇，感触唏嘘，尤堪击节。"

（清）姚燮《今乐考证》著录十，《中国古典戏曲论著集成》（十），中国戏剧出版社本

感慨所寄，不过盛衰：或绸缪未雨，或太息厝薪，或己溺己饥，或独清独醒，随其人之性情学问境地，莫不有由衷之言。见事多，识理透，可为后人论世之资。诗有史，词亦有史，庶乎自树一帜矣。若乃离别怀思，感士不遇，陈陈相因，唾沈互拾，便思高揖温韦，不亦耻乎！

（清）周济《介存斋论词杂著》，人民文学出版社本

他（杜甫）集中对于时事痛哭流涕的作品，差不多占四分之一……内中价值最大的，在能确实描写出社会状况及能确实讴吟出时代心理。

（清）梁启超《情圣杜甫》，《饮冰室文集》卷七十，中华书局本

元剧自文章上言之，优足以当一代之文学。又以其自然故，故能写当时政治及社会之情状，足以供史家论世之资者不少。又曲中多用俗语，故宋、金、元三朝遗语，所存甚多，辑而存之，理而董之，自足为一专书。

（清）王国维《宋元戏曲考》十二，《王国维戏曲论文集》本

书不详言者，鉴史也；书悉详而言者，传奇也。史乃千百年眼目之书，历纪帝王事业文墨辈籍，以稽考运会之兴衰，绪君相则以扶植纲常准

法者，至重至要之书也。然柄笔难详，大题小作，一言而包尽良相之大功，一笔而挥全英雄之伟绩，述史不得不简而约乎！自上古以来，数千秋以下，千百数帝王，万机政事，纸短情长，乌能尽博？至传奇则不然也。揭一朝一段之事，详一将一相之功，则何患乎纸短情长哉！

（清）李雨裳《万花楼杨包狄演义叙》，引自《中国历代小说论著选》，江西人民出版社本

张献忠之狡也，日使人说《水浒》、《三国》诸书，凡埋伏攻袭皆效之。其老本营筅队杨兴吾语孔尚大如此。

（清）刘銮《玉石瓠》，引自《〈三国演义〉资料汇编》，百花文艺出版社本

李定国初与孙可望同为贼，有蜀人金公趾者，在定国军中，屡为说《三国演义》，斥可望为曹操而期定国为诸葛，定国大为感动，曰："诸葛所不敢望，关、张、姜伯约，敢不自勉！"自是遂与可望左。其后，努力报国，殉身缅甸，为有明三百年来忠臣义士之殿。固由定国有杰士风，然非金公趾有以感动之，安能若此？

（清）徐鼒《小腆纪年附考》，中华书局本

《外史》用笔，实不离《水浒》、《金瓶梅》，魄力则远不及。然描写世事，实情实理，不必确指其人，而遗貌取神，皆酬接中所频见，可以镜人，可以自镜……

是书特为名士针砭，即其写官场、僧道、隶役、娼优及王太太辈，皆是烘云托月，旁敲侧击。读者宜处处回光返照，有则改之，无则加勉，勿负著书者一肚皮眼泪，则批书者之所望也。

（清）天目山樵《儒林外史新评》，清光绪刊本

吾国近代小说（指评话类），自以《石头记》、《水浒》二书为最佳。两书皆社会小说，《水浒》写英雄，《石头记》写儿女，均能描摹尽致，工力悉敌，然互相持较，亦各有优劣可言。

（清）眷秋《小说杂评》，引自《晚清文学丛钞·小说戏曲研究卷》，中华书局本

4. 题诗本是闲中趣——文艺的娱乐作用

云久绝音于文章，由前日见教之后，而作文解愁，聊复作数篇，为复欲有所为以忘忧。

    （晋）陆云《与兄平原书》，《全晋文》卷一百零二，《全上古三代秦汉三国六朝文》本

良朋贻新诗，示我以游娱。穆如洒清风，焕若春华敷。

    （晋）张华《答何劭》，逯钦立编《晋诗》卷三，中华书局本

吾少好斯文，迄兹无倦。谭经之暇，断务之余，陟龙楼而静拱，掩鹤关而高卧，与其饱食终日，宁游思于文林。

或日因春阳，其物韶丽，树花发，莺鸣和，春泉生，暄风至。陶嘉月而嬉游，藉芳草而眺瞩。

或朱炎受谢，白藏纪时，玉露夕流，金风多扇，悟秋山之心，登高而远托。

或夏条可结，倦於邑而属词，冬云千里，睹纷霏而兴咏。密亲离则手为心使，昆弟晏则墨以亲露。

    （南朝·梁）萧统《答湘东王求文集及诗苑英华书》，《全梁文》卷二十，《全上古三代秦汉三国六朝文》本

唯谈笑可以遣平生，唯文词可以陈心赏。

    （唐）杨炯《李舍人山亭诗序》，《杨炯集》卷三，中华书局本

安乐窝中诗一编，自歌自咏自怡然。陶熔水石闲勋业，铨择风花静事权。意去乍乘千里马，兴来初上九重天。欢时更改三两字，醉后吟哦五七篇。直恐心通云外月，又疑身是洞中仙。银河汹涌翻晴浪，玉树查牙生紫烟。万物有情皆可状，百骸无病不能蠲。命题滥被神相助，得句谬为人所传。肯让贵家常奏乐，宁惭富室剩收钱。若条此过知何限，因甚台官独未言。

    （宋）邵雍《安乐窝中诗一编》，《伊川击壤集》卷九，《四部丛刊》本

题诗本是闲中趣,却为吟哦占却闲。我欲从今焚笔砚,兴来随分看青山。

(宋)陆游《村居闲甚戏作》其二,《剑南诗稿》卷六十九,上海古籍出版社本

近时诗人竭心思搜索,极笔力雕镂,不离唐律,少者二韵,或四十字,增至五十六字而止。前一辈以此擅名,后生歆羡,人人有集,皆轻清华艳,如露蝉之鸣木杪,翡翠之戏苕上,非不娱耳而悦目也。

(宋)刘克庄《晚觉翁稿序》,《后村先生大全集》卷九十七,《四部丛刊》本

艺之于人,有好之而不厌者,以其乐也。苟所乐之在此,他虽有可乐者,不好之矣。千金之家,终日吹弹棋踘;而穷阎篓夫,皇然摩铜、洒削、雕锻,利赢余以给妻子。此二途,所为乐不同,而乐于所自养者同。故当其疲精神、穷昏昼、忘饥渴而为之,虽使师襄放叟歌《周南》,诵《离骚》于其侧,有不能暇听。何者?所乐不存焉故也。浮屠氏之枯空、淡泊,草衣而木食,梵居而野游,无富贵繁华之美于其心,无贫贱急迫之劳于其体,其于人世一切之累,举不可以相及。而诗之为艺,出于人之精能虚觉,劳不挠形,清不胶物,又非若吹弹棋踘之鄙亵而难成,摩铜、洒削、雕锻之喧烦而为美也,则乐而好之,是固其职。

(元)戴表元《魁师诗序》,《剡源集》卷第九,《丛书集成》本

是图,唐宋金源诸画谱,皆有评。识者谓惟李伯时山庄,可以比之,盖维平生得意画也。癸酉之春,予得观之,唐史暨维集之所谓竹馆、柳浪等,皆可考。其一人与之对谈或泛舟者,疑裴迪也。江山雄胜,草木润秀,使人徘徊抚卷而忘倦,浩然有结庐终焉之想,而不知秦之非吾土也。物之移人观者如是,而彼方以是自嬉者,固宜疲精极思,而不知其劳也。呜呼,古人之于艺也,适意玩情而已矣。若画,则非如书计乐舞之可为修己治人之资,则又所不暇而不屑为者。魏晋以来,虽或为之,然而如阎立本者,已知所以自耻矣。维以清才位通显,而天下复以高人目之,彼方偃然其前身画师自居,其人品已不足道,然使其移绘一水一石一草一木之精致,而思所以文其身,则亦不至于陷贼而不死,苟免而不耻,其紊乱错逆

如是之甚也，岂其自负者固止于此，而不知世有大节，将处己于名臣乎。斯亦不足议者，予特以当时朝廷之所以享盛名，而豪贵之所以虚左而迎，亲王之所以师友而待者，则能诗能画，背主事贼之维辈也。如颜太师之守孤城，倡大义，忠诚盖一世，遗烈振万古，则不知其作何状，其时事可知矣。后世论者，喜言文章以气为主，又喜言境因人胜，故朱子谓维诗虽清雅，亦萎弱少气骨；程子谓绿野堂，宜为后人所存，若王维庄，虽取而有之可也。呜呼，人之大节一亏，百事涂地，况可以为百世之甘棠者，而人皆得以刍狗之。彼将以文艺高逸自名者，亦当以此自反也。予以他日之经行，或有可以按之，以考夫俯仰间已有古今之异者，欲如韩文公画记，以谱其次第之大概而未暇，姑书此于后，庶几士大夫不以此自负，而亦不复重此，而向之所谓豪贵王公，或亦有所感而知所趋向焉。三月望日记。

（元）刘因《辋川图记》，《静修先生文集》卷二，《丛书集成》本

千里来龙穴从此结，万种相思尽从此处撒，真令看《西厢》者，热肠冷气一时快活杀。

（明）陈继儒《陈眉公先生批评西厢记》第十三出《月下佳期》总批，《六合同青》，清刊本

夫山水之在天下，大率以文胜。彼固有奇瑰丽绝无待于品题者，而文章之士又每每假是以发其中之所有，卒亦莫能废焉。柳子厚记永、柳诸山，本以摅其抑郁不平之气，而千载之下知有黄溪、钴鉧者，徒以柳子诸记耳。

（明）文徵明《宜兴善权寺古今文录叙》，《甫田集》卷十七，清刊本

画之道：所谓宇宙在乎手者，眼前无非生机。故其人往往多寿。至如刻画细谨，为造物役者，乃能损寿。盖无生机也。黄子久、沈石田、文征仲，皆大耋。仇英短命。赵吴兴止六十余。仇与赵品格虽不同，皆习者之流。非以画为寄，以画为乐者也。寄乐于画，自黄公望始开此门庭耳。

（明）董其昌《画禅室随笔》，《历代论画名著汇编》本

兹编《春灯谜》也，山樵所以娱亲而戏为之也。

（明）阮大铖《春灯谜自序》，咏怀堂本

吾友王澹翁，好为传奇。余尝谓澹翁：若毋更诗为，第月染指一传奇，便足持自愉快，无异南面王乐。澹翁曰：何谓？余谓：即若诗而青莲、少陵，能令艳冠裳而丽粉黛者日日作《渭城》唱乎？澹翁大笑，鼓掌以为良然。一时戏语，然亦不失为千古快谈也。

（明）王德骥《曲律》卷第四，《中国古典戏曲论著集成》（四），中国戏剧出版社本

《水浒传》却不然，施耐庵本无一肚皮宿怨要发挥出来，只是饱暖无事，又值心闲，不免伸纸弄笔，寻个题目，写出自家许多锦心绣口，故其是非皆不谬于圣人。后来人不知，却于《水浒》上加"忠义"字，遂并比于史公发愤著书一例，正是使不得。

（清）金圣叹《读第五才子书法》，《第五才子书施耐庵水浒传》卷首，中华书局本

设科之嬉笑怒骂，如白描人物，须眉毕现，引人入胜者，全借乎此。今俱细为界出，其面目精神，跳跃纸上，勃勃欲生，况加以优孟摹拟乎？

（清）云亭山人《桃花扇凡例》，《桃花扇》卷首，人民文学出版社本

插科打诨，填词之末技也。然欲雅俗同欢，智愚共赏，则当全在此处留神。文字佳、情节佳，而科诨不佳，非特俗人怕看，即雅人韵士，亦有瞌睡之时。作传奇者，全要善驱睡魔。睡魔一至，则后乎此者，虽有《钧天》之乐，《霓裳羽衣》之舞，皆付之不见、不闻，如对泥人作揖、土佛谈经矣。予尝以此告优人，谓：戏文好处，全在下半本。只消两三个瞌睡，便隔断一部神情。瞌睡醒时，上文下文已不接续，即使抖起精神再看，只好断章取义作零出观。若是，则科诨非科诨，乃看戏之人参汤也。养精益神，使人不倦，全在于此，可作小道观乎？

（清）李渔《闲情偶寄·词曲部·科诨第五》，《中国古典戏曲论著集成》（七），中国戏剧出版社本

诗能令人笑者必佳。云松《咏眼镜》云："长绳双目系，横桥一鼻跨。"……

香亭和余《咏帐》云："垂处便宜人语细"，余乍读便笑。香亭问故，余曰："纵粗豪客，断无在帐中喊叫之理。"又，《咏杖》曰："隔户声先步履来"，皆真得妙。

（清）袁枚《随园诗话》卷十五，人民文学出版社本

花部原本于元剧……其词直质，虽妇孺亦能解；其音慷慨，血气为之动荡。郭外各村，于二、八月间，递相演唱。农叟、渔父，聚以为欢，由来久矣……余特喜之，每携老妇、幼孙，乘驾小舟，沿湖观阅。天既炎暑，田事余闲，群坐柳阴豆棚之下，侈谭故事，多不出花部所演，余因略为解说，莫不鼓掌解颐。

（清）焦循《花部农谭》，《中国古典戏曲论著集成》（八），中国戏剧出版社本

《尧山堂外纪》云：杨邃翁寿日，嘉定沈练塘作《还带记》以侑觞，曲中有"昔掌天曹，今为地主"等语，邃翁喜，圈此八字。

（清）焦循《剧说》，《中国古典戏曲论著集成》（八），中国戏剧出版社本

故以结构论，《水浒》较《石头记》严整有法；以描摹人情及社会状态论，则《水浒》逊《石头记》远甚。《水浒》仅以一事见长，《石头记》则如百川汇海，人间万事莫不具备，自宫闱阀阅至闾阎蓬荜，以及医巫星相，花木农佃，博徒蒉片之流，皆跃然纸上。作者生平所观察之社会，多能言之有故，非可勉强为之，后之学《红楼》者，往往竞述琐屑之事，自矜博雅，而按之事实，相差殊远，真可谓不量力矣。

（清）眷秋《小说杂评》，引自《晚清文学丛钞·小说戏曲研究卷》，中华书局本

三

诗　教

1. 温柔敦厚

安土敦乎仁，故能爱。

（先秦）《周易注疏》卷七，《十三经注疏》本

孔子曰："入其国，其教可知也；其为人也，温柔敦厚，《诗》教也；疏通知远，《书》教也；广博易良，《乐》教也；洁静精微，《易》教也；恭俭庄敬，《礼》教也；属辞比事，《春秋》教也。故《诗》之失愚，《书》之失诬，《乐》之失奢，《易》之失贼，礼之失烦，《春秋》之失乱。其为人也，温柔敦厚而不愚，则深于《诗》者也；疏通知远而不诬，则深于《书》者也；广博易良而不奢，则深于《乐》者也；洁静精微而不贼，则深于《易》者也；恭俭庄敬而不烦，则深于《礼》者也；属辞比事而不乱，则深于《春秋》者也。"

（先秦）《礼记·经解》，《十三经注疏》本

言谈者，仁之文也；歌乐者，仁之和也。

（先秦）《礼记·儒行》，《十三经注疏》本

陈亢问于伯鱼曰："子亦有异闻乎？"

对曰："未也，尝独立，鲤趋而过庭。曰：'学诗乎？'对曰：'未也。''不学诗，无以言。'鲤退而学诗。他日又独立，鲤趋而过庭。曰：'学礼乎？'对曰：'未也。''不学礼，无以立。'鲤退而学礼。闻

斯二者。"

陈亢退而喜曰："问一得三，闻诗，闻礼，又闻君子之远其子也。"
（先秦）《论语·季氏》，《十三经注疏》本

大舜云："诗言志，歌永言。"圣谟所析，义已明矣。是以在心为志，发言为诗，舒文载实，其在兹乎！诗者，持也，持人情性；三百之蔽，义归无邪，持之为训，有符焉尔。

……

赞曰：民生而志，咏歌所含。兴发皇世，风流《二南》，神理共契，政序相参。英华弥缛，万代永耽。
（南朝·梁）刘勰《文心雕龙·明诗》，人民文学出版社本

昔之采诗，以观风俗。咏《卷耳》则忠臣善，诵《蓼莪》而孝子悲。温良敦厚，诗教也。岂主于淫文哉！
（唐）刘岇《取士先德行而后才艺疏》，《全唐文》卷四百三十三，中华书局本

《春秋》之义，痛之益至，则其辞益深，"子般卒"是也。诗人之意，责之愈切，则其言愈缓，《君子偕老》是也。不必号天叫屈，然后为师鲁称冤也，故于其铭文，但云："藏之深，固之密，石可朽，铭不灭。"意谓举世无可告语，但深藏牢埋此铭，使其不朽，则后世必有知师鲁者。其语愈缓，其意愈切，诗人之义也。而世之无识者，乃云铭文不合不讲德，不辩师鲁以非罪。盖为前言其穷达祸福，无愧古人，则必不犯法，况是仇人所告，故不必区区曲辩也。今止直言所坐，自然知非罪矣，添之无害，故勉徇议者添之。
（宋）欧阳修《论尹师鲁墓志》，《欧阳文忠集》卷七十三，《四部备要》本

钦之谓我曰："诗似多吟不如少吟，诗欲少吟不如不吟。"我谓钦之曰："亦不多吟亦不少吟，亦不少吟亦不必吟。芝兰在室不能无臭，金石振地不能无声。恶则哀之，哀而不伤；善则乐之，乐而不淫。"
（宋）邵雍《答傅钦之》，《伊川击壤集》卷十二，《四部丛刊》本

有问诗三百非一人之作，难以一法推之。伯淳曰：不然。三百三千中，所择不特合于雅颂之音，亦是择其合乎教化者取之，篇中亦有次第浅深者，亦有元无次序者。

（宋）程颢　程颐《二程语录》卷二，《丛书集成》本

《诗》上通乎道德，下止于礼义。考其言之文，君子以兴焉。循其道之序，圣人以成焉。然以孔子之门人，赐也、商也，有得于一言，则孔子说而进之，盖其说之难明如此，则周衰以迄于今，泯泯纷纷，岂不宜哉……

（宋）王安石《诗义序》，《王文公文集》卷三十六，上海人民出版社本

为文要有温柔敦厚之气，对人主语言及章疏文字，温柔敦厚，尤不可无。如子瞻诗，多于讥玩，殊无恻怛爱君之意；荆公在朝论事，多不循理，惟是争气而已，何以事君？君子之所养，要令暴慢哀僻之气，不没于身体。

（宋）杨时《语录·荆州所闻》，《杨龟山集》卷二，《丛书集成》本

刘攽诗话载杜子美诗云："萧条六合内，人少豺虎多。少人慎勿投，多虎信所过。饥有易子食，兽犹畏虞罗。"言乱世人恶甚于豺虎也。予观老杜潭州诗云："岸花飞送客，樯燕语留人。"与前篇同。意丧乱之际，人无乐善喜士之心，至于一将一迎，曾不若岸花樯燕也。诗主优柔感讽，不在逞豪放而致怒张也。老杜最善评诗，观其爱李白深矣，至称白则曰："李侯有佳句，往往似阴铿。"又曰："清新庾开府，俊逸鲍参军。"信斯言也，而观阴铿鲍照之诗，则知予所谓主优柔而不在豪放者为不虚矣。

（宋）魏泰《临汉隐居诗话》，《历代诗话》本

山谷云："诗者，人之性情也，非强谏争于庭，怨詈于道，怒邻骂坐之所为也。"余谓怒邻骂坐固非诗本指，若《小弁》亲亲，未尝无怨；《何人斯》："取彼谮人，投畀豺虎"，未尝不愤。谓不可谏争，则又甚矣。箴规刺诲，何为而作？古者帝王尚许百工各执艺事以谏，诗独不得与工技

等哉！故谲谏而不斥者，惟《风》为然。如《雅》云："匪面命之，言提其耳"，"彼童而角，实讧小子"，"忧心惨惨，念国之为虐"，"乱匪降自天，生自妇人"。忠臣义士，欲正君定国，惟恐所陈不激切，岂尽优柔婉晦乎？故乐天《寄唐生诗》云："篇篇无空文，句句必尽规。"

（宋）黄彻《䂮溪诗话》卷十，《历代诗话续编》本

诗者，人之情性也。非强谏争于廷，怨忿诟于道，怒邻骂坐之为也。其人忠信笃敬，抱道而居，与时乖逢，遇物悲喜，同床而不察，并世而不闻，情之所不能堪，因发于呻吟调笑之声，胸次释然。而闻者亦有所劝勉。比律吕而可歌，列干羽而可舞，是诗之美也。其发为讪谤侵陵，引颈以承戈，披襟而受矢，以快一朝之忿者，人皆以为诗之过。是失诗之旨，非诗之过也。

（宋）胡仔《苕溪渔隐丛话》前集卷四十八，人民文学出版社本

《龟山语录》："作诗不知《风》、《雅》之意，不可以作诗。诗尚讽谏，唯言之者无罪，闻之者足以戒，乃为有补；若谏而涉于毁谤，闻者怒之，何补之有。观东坡诗，只是讥诮朝廷，殊无温柔敦厚之气，以此，人故得而罪之，若是伯淳诗，则闻者自然感动矣。因举伯淳《和温公诸人禊饮》云：'未须愁日暮，天际乍轻阴。'又《泛舟》云：'只恐风花一片飞。'何其温厚也。"

（宋）胡仔《苕溪渔隐丛话》后集卷三十，人民文学出版社本

论曰：天下之善不善，圣人视之甚徐而甚迫。甚徐而甚迫者，导其善者以之于道，矫其不善者以复于道也。宜徐而迫，天下之善始惑；宜迫而徐，天下之不善始遹。盖遹因于莫之矫，而惑起于莫之导。善而莫之导，是谓窒善；不善而莫之矫，是谓开不善。圣人反是；徐其所不宜迫，而迫其所不宜徐。经之自《易》而《书》非不备也，然皆所以徐天下者也。启其肩，听其入，坦其轨，纵其驰，入也，驰也——否也，圣人油然不之责也。天下皆善乎？天下不能皆善，则不善亦可导乎？圣人之徐，于是变而为迫，非乐于迫也，欲不变而不得也。迫之者，矫之也。是故有《诗》焉。《诗》也者，矫天下之具也。而或者曰：圣人之道，《礼》严而《诗》宽。嗟呼，孰知《礼》之严为严之宽，《诗》之宽为宽之严也欤？

盖圣人将有以矫天下，必先有以钩天下之至情，得其至情而随以矫，夫安得不从。盖天下之至情，矫生于愧，愧生于众，愧非议则安，议非众则私，安则不愧其愧，私则反议其议。圣人不使天下不愧其愧，反议其议也，于是举众以议之，举议以愧之，则天下之不善者不得不愧。愧斯矫，矫斯复，复斯善矣，此《诗》之教也，诗果宽乎？耸乎其必讥，而断乎其必不恕也，诗果不严乎……

    （宋）杨万里《诗论》，《诚斋集》卷八十四，《四部丛刊》本

  自有生人，而能言之类，诗其首矣。古今之体不同，其诗一也。孔子诲人，诗无庸自作，必取中于古，畏其志之流，不矩于教也。后人诗必自作，作必奇妙殊众，使忧其材之鄙，不矩于教也。水为沅湘，不专以清，必达于海，玉为珪璋，不专以好，必荐于郊庙。二君知此，则诗虽极工，而教自行，上规父祖，下率诸季，德艺兼成，而家益大矣。

    （宋）叶适《跋刘克逊诗》，《叶适集》卷二十九，中华书局本

  自文字以来，诗最先立教。

    （宋）叶适《黄文叔诗说序》，《叶适集》卷十二，中华书局本

  圣贤之于诗，将以变化其气质，涵养其德性，优游厌饫，咏叹淫泆，使有得焉，则所谓"温柔敦厚"之教，习与性成，庶几学诗之道也。

    （元）虞集《郑氏毛诗序》，《道园学古录》卷三十一，《四部备要》本

  ……孔子论诗可以兴，可以观，可以群，可以怨，迩之事父，远之事君，多识于鸟兽草木之名。夫以浮屠之教弃伦理而宗空无，其为书又务为宏阔胜大之言，无有兴观群怨之事，鸟兽草木之情而何有于诗。然有吴兴沙门昼以来，不以空无为师，而以诗文命世者代不乏绝，错以成章，非徒移乎风云月露而尤致君亲之慕其与吾魁人硕士，往来唱和，因时以悲喜，随事以比兴者风雅亦焉是。其人虽墨也文则吾儒，非墨而空无，世之士大夫招而归诸同文之代不为异也……

    （元）杨维桢《高僧诗集序》，《东维子文集》卷十，《四部丛刊》本

夫诗之为教，务欲得其性情之正。善学之者，危不易节，贫不改行，用舍以时，夷险一致，始可以无愧于兹。如君者，盖近之矣。世之人不循其本而竞其末，往往拈花摘艳以为工，而谓诗之道在是，惜哉！铭曰：诗之为教，著于礼经。温柔敦厚，本诸性情，君子读之，岂惟多识。玩其指归，感善惩逸。

（明）宋濂《故朱府君文昌墓志铭》，《宋学士全集》卷十九，《丛书集成》本

予闻《国风》、《雅》、《颂》，诗之体也；而美刺、风戒，则为作诗者之意。故怨而为《硕鼠》、《北风》，思而为《黍苗》、《甘棠》，美而为《淇澳》、《缁衣》，油油然感生于中而形为言。其谤也不可禁，其歌也不待劝。故嘤嘤之音，生于春；而恻恻之音，生于秋。政之感人，犹气之感物也。是故先王陈列国之诗，以验风俗，察治忽。公卿大夫之耳可聩，而匹夫匹妇之口不可杜。天下之公论于是乎在。吁，可畏哉！

（明）刘基《书绍兴府达鲁花赤九十子阳德政诗后》，《诚意伯文集》卷七，《四部丛刊》本

道之不明，学经者皆失古人之意，而诗为尤甚。古之诗，其为用虽不同，然本于伦理之正，发于性情之真，而归乎仁义之极。三百篇鲜有违乎此者。故其化能使人改德厉行，其效至于格神祇、和邦国，岂特辞语之工、音节之比而已哉！

（明）方孝孺《刘氏诗序》，《逊志斋集》卷十二，《四部备要》本

诗在六经中，别是一教，盖六艺中之乐也。乐始于诗，终于律。人声和则乐声和，又取其声之和者，以陶写情性，感发志意，动荡血脉，流通精神，有至于手舞足蹈而不自觉者。后世诗与乐判而为二，虽有格律，而无音韵，是不过为排偶之文而已。使徒以文而已也，则古之教，何必以诗律为哉？

（明）李东阳《怀麓堂诗话》，《李东阳集》第二卷，岳麓书社本

夫词士轻偷，诗人忠厚。上访汉魏，古意犹存。故苏子之戒爱景光，少卿之厉崇明德，规善之辞也。魏武之悲东山，王粲之感鸣鹤，子恤之辞

也。甄后致颂于延年，刘妻取譬于唾井，缱绻之辞也。子建言恩，何必衾枕，文君怨嫁，愿得白头，劝讽之辞也。究其微旨，何殊经术？作者蹈古辙之嘉粹，刊佻靡之非轻，岂直精诗，亦可以养德也。《鹿鸣》、《頍弁》之宴好，《黍离》、《有蓷》之哀伤，《氓蚩》、《晨风》之悔叹，《蟋蟀》、《山枢》之感慨，《柏舟》、《终风》之愤懑，《杕杜》、《葛藟》之悯恤，《葛屦》、《祈父》之讥讪，《黄鸟》、《二子》之痛悼，《小弁》、《何人斯》之怨诽，《小宛》、《鸡鸣》之戒惕，《大东》、《何草不黄》之困疲，《巷伯》、《鹑奔》之恶恶，《绸缪》、《车辇》之欢庆，《木瓜》、《采葛》之情念，《雄雉》、《伯兮》之思怀，《北山》、《陟岵》之行役，《伐檀》、《七月》之勤敏，《棠棣》、《蓼莪》之大义，皆曲尽情思，婉娈气辞。哲匠纵横，毕由斯阈也。

（明）徐祯卿《谈艺录》，《历代诗话》本

夫诗之为教，主于诵美刺非导善禁邪，其义与春秋之褒贬不异，惟其发于情性，本于伦常，永言嗟叹，而下因以寓见乎风俗，上因以指陈乎政理，感动兴起，意味有余而劝戒已著。

（明）王慎中《张义僖公咏史诗序》，《王遵岩集》卷一，清刊本

夫诗多至三百篇，孔子约其旨，乃曰兴而已矣，曰思无邪而已矣，此则未尝解之也。而其所以寓劝戒，使人感善端而惩逸志者，自蔼然溢于言外，至于所解见于鲁论、邹书者，有若《淇澳》、《烝民》裁数语耳。他若《棠棣》志怀也，而以警遗；巧笑美质也，而以订礼；《雄雉》思君子也，而以激《门人》之进善，是皆非正解者矣。

（明）徐渭《诗说序代》，《徐渭集》卷二十，中华书局本

杨用修驳宋人诗史之说，而讥少陵云："诗刺淫乱，则曰'雝雝鸣雁，旭日始旦'，不必曰'慎莫近前丞相嗔'也；悯流民，则曰'鸿雁于飞，哀鸣嗷嗷'，不必曰'千家今有百家存'也；伤暴敛，则曰'维南有箕，载翕其舌'，不必曰'哀哀寡妇诛求尽'也；叙饥荒，则曰'牂羊羵首，三星在罶'，不必曰'但有牙齿存，所堪骨髓干'也。"其言甚辩而核。然不知向所称皆兴比耳。诗固有赋，以述情切事为快，不尽含蓄也。

语荒而曰："周余黎民，靡有孑遗"，劝乐而曰"宛其死矣，它人入室"，讥失仪而曰"人而无礼，胡不遄死"，怨谗而曰"豺虎不受，投畀有昊"，若使出少陵口，不知用修何如贬剥也。且"慎莫近前丞相嗔"，乐府雅语，用修乌足知之！

（明）王世贞《艺苑卮言》卷四，《历代诗话续编》本

此记关目好、曲好、白好、事好，乐昌破镜重合，红拂智眼无双，虬髯弃家入海，越公并遣双妓，皆可师可法，可敬可羡。孰谓传奇不可以兴，不可以观，不可以群，不可以怨乎？饮食宴乐之间，起义动慨多矣。

（明）李贽《杂述·红拂》，《续焚书》卷四，中华书局本

古诗多在兴趣，微辞隐义，有足感人。而宋人多好以诗议论，夫以诗议论，即奚不为文而为诗哉？《诗》三百篇多出于忠臣孝子之什，及闾阎匹妇童子之歌谣，大意主吟咏，抒性情，以风也，固非传综诠次以为篇章者也，是诗之教也。

（明）屠隆《文论》，《由拳集》卷二十三，明刊本

夫居今之世，为颂则伤其行，为讥则杀其身，岂能复如古之诗人哉？虽然颂可已也。事有所不获于心，何能终郁郁耶。我观于诗，虽颂皆刺也。时衰而思古之盛王，《崧高》之美申，《生民》之誉甫，皆宣王之衰也。至于寄之离人思妇，必有甚深之思，而过情之怨，甚于后世者。故曰皆贤圣发愤之所为作也。后之儒者，则曰忠厚，又曰居下位不言上之非，以自文其缩。然自儒者之言出，而小人以文章杀人也日益甚。

（明）陈子龙《诗论》，《陈忠裕公全集》卷二十一，清刊本

诗本三千篇，圣人删之，十去其九，则其存者必合圣人之度，皆吟咏情性，涵畅道德者也。故圣人之言曰：兴于诗。教其子则曰：不学诗，无以言。与门弟子语曰：诗可以兴，可以观，可以群，可以怨。至于平居雅言，亦未尝忘之。诗之为用，矇瞽之人习而诵之，咏之闺门，被之管弦，荐之郊庙之宾客，使所往而非诗耶？后世置之博士，以谨其传，为用固亦大矣。则其温厚和平之气，皆能感发人之善心者可知矣。

（明）王直《诗辨》，《皇明文衡》卷十四，《四部丛刊》本

昔者先王以诗教天下，自祭祀、聘飨、乡饮大射无不用诗为登歌，故以立之学官，肄习子弟。汉遂置博士等官。而唐因之，设科取士。虽先王温柔敦厚之旨渐已散亡，于其教亦可谓之盛矣。

（清）吴伟业《毛卓人诗序》，《梅村家藏稿》卷二十七，《四部丛刊》本

今之论诗者，谁不言本于性情，顾非烹炼使银铜铅铁之尽去，则性情不出。彼以为温柔敦厚之诗教，必委蛇颓堕，有怀而不吐，将相趋于厌厌无气而后已。若是则四时之发敛寒暑，必发敛乃为温柔敦厚，寒暑则非矣；人之喜怒哀乐，必喜乐乃为温柔敦厚，怒哀则非矣。其人之为诗者，亦必闲散放荡，岩居川观，无所事事而后可，亦必茗碗薰炉，法书名画，位置雅洁，入其室者，萧然如睹云林、海岳之风而后可。然吾观夫子所删，非无考槃、丘中之什厕乎其间，而讽之令人低徊而不能去者，必于变风变雅归焉，盖其疾恶思古，指事陈情，不异薰风之南来，履冰之中骨，怒则掣电流虹，哀则凄楚蕴结，激扬以抵和平，方可谓之温柔敦厚也……

（清）黄宗羲《万贞一诗序》，《黄梨洲文集》，中华书局本

诗之为教虽主于温柔敦厚，然亦有直斥其人而不讳者，如曰：赫赫师尹，不平谓何。如曰：赫赫宗周，褒姒灭之。如曰：皇父卿士，番维司徒，家伯维宰，仲允膳夫，棸子内史，蹶维趣马，楀维师氏，艳妻煽方处。如曰：伊谁云从，维暴之云。则皆直斥其官族名字，古人不以为嫌也。《楚辞·离骚》：“余以兰为可恃兮，羌无实而容长。”王逸《章句》谓怀王少弟司马子兰。"椒专佞以慢慆兮"，《章句》谓楚大夫子椒。洪兴祖《补注古今人表》有令尹子椒。如杜甫《丽人行》："赐名大国虢与秦"，"慎莫近前丞相嗔"。近于《十月之交》诗人之义矣。

（清）顾炎武《直言》，《日知录》卷十九，《四部备要》本

古诗中"君亮执高节，贱妾亦何为"，是能以厚与人者。"一心抱区区，惧君不识察"，是能以厚自处者。以厚与人者，妙在不忍疑人，以厚自处者，妙在求人不疑。然以高节望男子，尚属妇人拗语。若夫既抱区区，又惧不察，宛转无聊，缠绵莫语，以厚自处，终不能不以厚望人。此种苦情，较"思公子兮未敢言"、"心悦君兮君不知"二语，更为笃挚，

非深于夫妇、君臣、朋友之间，阅尽变态者，不知其妙，此所以为古诗也。

（清）贺贻孙《诗筏》，《清诗话续编》本

摘一段便从此引伸，情事尽见，闻之者足悟，言之者无罪，此真诗教也。唐以后诗亡，亡此而已。

（清）王夫之《古诗评选》卷五，江淹《效阮公诗》评语，《船山遗书》，清刊本

……君子故曰："遁非君子所得已也。"此说可以论诗。诗之为道，主于温厚和平，此不恶之谓也；止于礼义，此严之谓也。不恶者宽以全天下之小人，严者重以夷遁之君子。

（清）魏禧《诗遁序》，《魏叔子文集》卷九，清刊本

予读施愚山侍读五言诗，爱其温柔敦厚，一唱三叹，有风人之旨；其章法之妙，如天衣无缝，如园客独茧……

（清）王士禛《带经堂诗话》卷十二，人民文学出版社本

问曰："杜诗亦有率直者，何以独咎宋人？"答曰："子美七律之一气直下者，乃是以古风之体为律诗，于唐体为别调，宋人不察，谓为诗道当然。然杜诗婉转曲折者居多，不可屈古人以饰己非也。唐人率直之句，不独子美，皆是少分如是。《三百篇》岂尽《相鼠》、'投畀'乎？终以优柔敦厚为本旨。优柔敦厚，必不快心，快心必落宋调；做急做多，亦落宋调。"

（清）吴乔《围炉诗话》卷之五，《清诗话续编》本

诗以优柔敦厚为教，非可豪举者也。李、杜诗人称其豪，自未尝作豪想。豪则直，直则违于诗教。牧之自许诗豪，故《题乌江亭》诗失之于直。石曼卿、苏子美欲豪，更虚夸可厌。

（清）吴乔《围炉诗话》卷之五，《清诗话续编》本

成周之时，诗之用最广，上自王公，下逮田夫红女，皆诗人也，钜自郊庙燕享军旅，细至草野赠答，皆称诗地也。夫诗之为教，导情托讽，多

比兴焉等，故其称指也微，其感人心也异，正者副其诚，邪者闲其失，其用与礼乐相通，先王尚之，故汉以上无诗人，夫人而能为诗也。苏、李、枚乘始以诗名家，以诗名家，是诗之亡也。然婉而厚，有风人遗焉。建安、黄初犹稍近古，自是一变而潘、陆之丽也，再变而颜、谢之俳也，三变而梁、陈、隋之绮也，益靡矣，然皆有可取焉……

（清）邵长蘅《古诗钞序》，《青门剩稿》卷七，清刊本

诗之教温柔敦厚，盖必人之天性近之，而后沐俗风雅，扬扢比兴，咀其精英而挹其芳润，庶几有得，非苟然也。

（清）赵执信《沈东田诗集序》，《饴山文集》卷二，清刊本

诗之为道也，非徒以风流相尚而已，《记》曰："温柔敦厚，诗教也。"冯先生恒以规人。《小序》曰："发乎情，止乎礼义。"余谓斯言也，真今日之针砭矣夫。

（清）赵执信《谈龙录》，《清诗话》本

或曰："礼义之说，近乎方严，是与温柔敦厚相妨也。"余曰："诗固自有其礼义也。今夫喜者不可为泣涕，悲者不可为欢笑，此礼义也。富贵者不可语寒陋，贫贱者不可语侈大，推而论之，无非礼义也。其细焉者，文字必相从顺，意兴必相附属，亦礼义也。是乌能以不止耶！"

（清）赵执信《谈龙录》，《清诗话》本

《巷伯》恶恶，至欲"投畀豺虎"、"投畀有北"，何尝留一余地？然想其用意，正欲激发其羞恶之本心，使之同归于善，则仍是温厚和平之旨也。《墙茨》、《相鼠》诸诗，亦须本斯意读。

（清）沈德潜《说诗晬语》卷上，《清诗话》本

《诗》本六籍之一，王者以之观民风，考得失，非为艳情发也。虽四始以后，《离骚》兴美人之思，平子有定情之咏；然词则托之男女，义实关乎君父友朋。自梁、陈篇什，半属艳情，而唐末香奁，益近亵嫚，失好色不淫之旨矣。此旨一差，日远名教。

（清）沈德潜《说诗晬语》卷下，《清诗话》本

古体各种，有曰歌者，如古《五子歌》、《五噫歌》、《长恨歌》。曰歌行者，如《趋车行》。曰咏者，如《文选》中《五君咏》、储光羲《群鸦咏》。曰操者，如辛德《水仙操》、商陵牧子《别鹤操》。曰唱者，如魏武帝《气出唱》。曰弄者，如《江南弄》。曰哀者，如仲宣《七哀》、少陵《八哀》。曰愁者，如《寒夜愁》、《玉阶愁》。曰思者，如太白《静夜思》、《长相思》、韦应物《暮相思》。曰乐者，如齐武帝《估客乐》、宋臧质《石城乐》。曰别者，如杜甫《新婚别》、《垂老别》。曰集者，谓聚集古人诗句为一篇也。曰口号者，或四句，或八句，草成速就，达意宣情而已也。他如《文选》《名都篇》、《白马篇》，本其命篇之意曰篇。如汉武帝《秋风辞》，《木兰辞》，因其立辞之意曰辞。如《蜀道难》，即古歌辞之类，以其错综用句，曰长短句。如《兵车行》，体以行书曰行。如古《霹雳引》、《走马引》、《飞龙引》，述事本末曰引。如古《陇头吟》、孔明《梁甫吟》、卓文君《白头吟》，悲如蛩螀曰吟。如古《大堤曲》、梁简文《乌栖曲》，委曲尽情曰曲。如沈炯《独酌谣》、王昌龄《箜篌谣》，词通俚俗曰谣。如古《楚妃叹》、《明妃叹》，感而发言曰叹。如《文选》《四怨》、乐府《独步怨》，愤而不怒曰怨。诸凡此类，皆依琴韵立造，此即乐中丝竹腔调，虽其立名有不同，然皆六义之余也。

（清）冒春荣《葚原诗说》卷四，《清诗话续编》本

虞帝谓"诗言志"。又曰："劝之以九歌。"至孔子存录，正则歌咏盛德，变则讽谕末流，立教盖如此其大也。杜子美云："陶冶性灵存底物？新诗改罢复长吟。"是就言志中专指一端为言。须知古人诵诗以冶性情，将致诸实用，原非欲能自作诗。今既藉风雅一道，自附立言，则美刺二端，断不得轻易著手。大致陶冶性灵为先，果得性灵和粹，即间有美刺，定能敦厚温柔，不谬古人宗指，否则于己既导欲增悲，于世必指斥招尤，或谀人求悦，取戾自不小也。

（清）李重华《贞一斋诗说》，《清诗话》本

凡诗之难，难于锻炼情景，而尤难于近理。

（清）厉鹗《盘西记游集序》，《樊榭山房文集》卷三，《四部备要》本

（汪积山）间出其得意者以示余，余极嗜其诗清恬粹雅吐自胸臆，而群籍之精华经纬其中，昔人所云以无累之神合有道之器者，庶几似之。

（清）厉鹗《汪积山先生遗集序》，《樊榭山房文集》卷三，《四部备要》本

诗者忠孝而已矣，温柔敦厚而已矣，性情之事也。秋谷之论诗，其与渔洋孰正孰畸，姑无辨：第其意在于龁齕渔洋而已，使学人由此长傲而启矜焉。性情之谓何？温柔敦厚之谓何？愚所以不敢不辨也。客曰："渔洋自言与海内论诗得髓者，惟一吴天章耳。所谓诗髓者，非太白耶？"予应之曰："果如是，是以目论矣。莲洋之诗，正在兴象超诣，此亦三昧之真境也，岂必执以为学李哉？渔洋平生于后起之秀，特取二人，曰莲洋，曰丹壑。皆举其兴象言之，而深处抑更有在也。"客曰："子言诗于齐、鲁，则沧溟、华泉，其诗髓所系欤？"曰："是有辨也。华泉专以绝句与信阳、北地争胜毫厘；而沧溟学杜，虽接何、李，然五言诗初不钞及之，而特以徐、高并录者，此渔洋之深意也。"

（清）翁方纲《渔洋诗髓论》，《七言诗三昧举隅》附录，《清诗话》本

予辑《曲话》甫成，客有谓予曰："词，诗之余，曲，词之余，大抵皆深闺、永巷，春伤、秋怨之语，岂须眉学士所宜有！况夫雕肾琢肝，纤新淫荡，亦非鼓吹之盛事也，子何为刺刺不休也？"予应之曰："唯，然。然独不见夫尼山删《诗》，不废《郑》、《卫》；輶轩采风，必及下里乎？夫曲之为道也，达乎情而止乎礼义者也。凡人心之坏，必由于无情，而惨刻不衷之祸，因之而作。若夫忠臣、孝子、义夫、节妇，触物兴怀，如怨如慕，而曲生焉，出于绵渺，则入人心脾；出于激切，则发人猛省。故情长、情短，莫不于曲寓之。人而有情，则士爱其缘，女守其介，知其则而止乎礼义，而风醇俗美；人而无情，则士不爱其缘，女不守其介，不知其则而放乎礼义，而风不淳，俗不美。故夫曲者，正鼓吹之盛事也。彼瑶台、玉砌，不过雪月之套辞；芳草、轻烟，亦只郊原之泛句，岂足以语于情之正乎？此予之所以不能已于话也。而何诮之深也？"

（清）李调元《雨村曲话序》，《中国古典戏曲论著集成》（八），中国戏剧出版社本

昔归愚宗伯订《别裁集》，谓王新城执严沧浪之意，选《唐贤三昧集》，而于少陵鲸鱼碧海，或未之及。此宗伯独亲风雅之旨，其实新城但于《三昧集》持此论耳，其裁伪体，与宗伯固无岐趣也。近今诗家辈出，选录亦繁，终以宗伯去淫滥以归雅正为正宗，与其出奇标异于古人之外，无宁守此近雅者，为不悖于《三百篇》之旨也。

（清）阮元《群雅集序》，《揅经室三集》卷五，《丛书集成》本

吾尝谓诗之为道本于四始六艺，而人之性各有所近，其才亦各有所长，故其于《三百篇》也，或有得于《风》，或有得于《雅》。其得于《风》者，太白是也；其得于《雅》者，少陵是也。太白体物二妙，托讽深微，而每取喻男女，故比兴之体为多；少陵激发忠愤，哀怨顿挫，而每直抒时事，铺陈终始，故赋体为多，要以合于温厚之旨则俱无以易矣……

（清）刘开《惺渊斋诗草堂》，《刘孟涂文集》卷七，清刊本

魏泰依倚曾布之势，乡井患苦。推荆公为孟子后一人，数称章惇之长，撰《东轩笔录》、《碧云骃》诬蔑正人，士类不齿。然能知刘梦得"官军诛佞幸，天子舍妖姬"，为"不晓文章体裁，失臣下事君之体"。且谓郑畋"终是圣明天子事，景阳宫井又何人"，"命意稍似，而词句凡下，比说无状，亦不足道"。非其诗学之深，有此识力，盖数诗本非人心所安也。诗教自有正大门庭，不入其门，虽词语新巧，万口流传，不足当小人之一哂，况有识者乎！董宗伯《画禅室随笔》，乃取"终是圣明"二语，为文家善翻公案法。夫不问情理之正，徒恃翻字诀为行文秘要，则文之魔障已矣。

（清）潘德舆《养一斋诗话》卷四，《清诗话续编》本

夫文无所谓古今也，就其雅驯高洁根柢深厚关世道而不害人心者为之，可观可诵则古矣。非是而急求华言，以悦世人好誉为之，虽工斯不免俗耳。唐以前论文之言如曹子桓《典论》、陆士衡《文赋》、挚虞《文章流别》、刘彦和《文心雕龙》，非不精美，然取韩昌黎、柳子厚、李习之诸人论文之言观之，则彼犹俗谛。此未易为浅人道也，大抵才学识三者，先立其本，然后讲求于格律声色神理气味八者以为其用，而尤以绝嗜欲澹荣利荡涤其心志无一毫世俗之见干乎其中，多读书而久久为之，自有独

得,非岁月旦夕所可几也。仆之所闻如是而已。近代方望溪最善此事,其言以义法为主,虽非文章之极诣,然涂轨莫正于此。

(清)姚莹《复陆次山论文书》,《中复堂全集·东溟文集后集》卷八,清刊本

"《诗》三百,一言以蔽之,曰:思无邪。"曷可以能令思无邪?说之者曰:"发乎情,止乎礼义。"呜呼!情与礼义,果一而二,二而一耶?何以能发能收,自制其枢耶?吾读《国风》始《二南》终《豳》,而知圣人治情之政焉;读大、小《雅》文王、周公之诗,而知圣人反情于性之学焉;读大、小《雅》文王、周公之诗,而知圣人尽性至命之学焉。

(清)魏源《默觚上·学篇四》,《魏源集》,中华书局本

自《昭明文选》专取藻翰,李善《选注》专诂名象,不问诗人所言何志,而诗教一敝;自钟嵘、司空图、严沧浪有《诗品》、《诗话》之学,专揣于音节风调,不问诗人所言何志,而诗教再敝;而欲其兴会萧瑟嵯峨,有古诗之意,其可得哉!

(清)魏源《诗比兴笺序》,《魏源集》,中华书局本

词原于诗,即小小咏物,亦贵得风人比兴之旨。唐、五代、北宋人词,不甚咏物,南渡诸公有之,皆有寄托。

(清)蒋敦复《芬陀利室词话》,《词话丛编》,人民文学出版社本

白香山与元微之书曰:"仆志在兼济,行在独善,奉而始终之则为道,言而发明之则为诗。谓之讽谕诗,兼济之志也;谓之闲适诗,独善之义也。"余谓诗莫贵于知道,观香山之言,可见其或出或处,道无不在。

(清)刘熙载《艺概·诗概》,上海古籍出版社本

诗要超乎空、欲二界。空则入禅,欲则入俗。超之之道无他,曰:"发乎情止乎礼义"而已。

(清)刘熙载《艺概·诗概》,上海古籍出版社本

词导源于古诗,故亦兼具六义。六义之取,各有所当,不得以一时一

境尽之。

（清）刘熙载《艺概·词曲概》，上海古籍出版社本

《诗序》："《风》，风也。风以动之。"可知风之义至微至远矣。观《二南》咏歌文王之化，辞意之微远何如？

（清）刘熙载《艺概·诗概》，上海古籍出版社本

诗，持也，此义通之于赋。如陶渊明之《感士不遇》，持己也；李习之之《幽怀》，持世也。

（清）刘熙载《艺概·赋概》，上海古籍出版社本

夏侯湛作《周诗》成，示潘安仁，安仁曰："此非徒温雅，乃别见孝弟之性。"余谓孝弟之性，乃其所以温雅也。二而言之，安仁于是为不知诗矣。

（清）刘熙载《艺概·诗概》，上海古籍出版社本

陈子亦峰，予戊子江南所校士也。闱中得生卷，议论英伟，而真意恳挚，决其为宅心纯正之士。亟荐于主司，果膺魁选。谒予于桃源署斋，温文尔雅。与谈经史，悉能根究义理，贯串本原。诗古文辞，皆取法乎上，必思登峰造极而后止。间论时事，因及古忠臣孝子，辄义动于色。予窃喜鉴衡不爽，而生之素所蓄积可知矣。桃源剧邑，不易治，予欲维絷之，俾资赞画。以亲老辞。讵意年甫强仕而殁，尊公犹健在也。其门弟子集其《词话》并所著诗词，先以付梓。予得而阅之，推本风骚，一归于温柔敦厚之旨。非所谓宅心纯正，蕲至于登峰造极者欤？予既幸能得一士，又甚惜得一士而未获见诸行事，第以空言传世，不能无慨于中，爰书数言，以弁简端。

（清）汪懋琨《白雨斋词话序》，《白雨斋词话》附录，人民文学出版社本

诗之为道曰"思无邪"，为教曰"温柔敦厚"，后世虽有不迨，乌可舍是而学？舍是而学，不将陋而诞欤？至于蹈常习故，櫽括揣摩，固不可谓之学。《记》不云乎："无剿说，无雷同。"

（清）佚名《静居绪言》，《清诗话续编》本

2. 兴 观 群 怨

　　小子何莫学夫诗。诗可以兴，可以观，可以群，可以怨。迩之事父，远之事君，多识于鸟兽草木之名。

　　　　　　　　　（先秦）《论语·阳货》，《十三经注疏》本

　　照烛三才，晖丽万有，灵祇待之以致飨，幽微藉之以昭告。动天地，感鬼神，莫近于诗……
　　故曰："诗可以群，可以怨。"使贫贱易安，幽居靡闷，莫尚于诗矣。

　　　　　　　（南朝·梁）钟嵘《诗品序》，《诗品注》，人民文学出版社本

　　士有抱青云之器，而陆沉林皋之下，与麋鹿同群，与草木共尽。独托于无用之空言，以为千岁不朽之计。谓其怨邪？则其言仁义之泽也；谓其不怨邪，则又伤己不见其人。然则其言不怨之怨也。夫寒暑相推，草木与荣衰焉，庆荣而吊衰，其兴托高远，则附于《国风》；其忿世疾邪，则附于《楚辞》。后之观宗元诗者，亦以是求之。

　　　　　　　（宋）黄庭坚《胡宗元诗集序》，《豫章黄先生文集》卷十六，
　　　　　　　《四部丛刊》本

　　子曰："兴于诗"，"诗可以兴，可以观，可以群，可以怨。迩之事父，远之事君，多识于鸟兽草木之名"。今之为诗者，读之果可使人兴起其为善之心乎，果可使人兴、观、群、怨乎，果可使人知事父、事君而能识鸟兽草木之名之理乎？为之而不能使人如是，则如勿作。

　　　　　　　（宋）吕本中《夏均父集序》，刘克庄《后村先生大全集》卷九
　　　　　　　十五《江西诗派》引，《四部丛刊》本

　　子曰，诗可兴可怨。今之诗虽不得方《三百篇》，可考以知《国风》与王政之小大，要亦由于吟咏性情、有关美恶风刺而发，非徒作也。矧其善为形容，所遇如函夏蛮裔之山川习尚，讽之如人身履其地。史氏断章取之，亦奚异于观之风。其有咈吾耳、感吾心而出吾口者，直至而激烈，不自知其言之不可为诛奸之属镂也。

　　　　　　　（元）姚燧《郭野斋诗集序》，《牧庵集》卷三，《丛书集成》本

先生曰：夫子删诗，列于六经，谓其可以兴，可以观，可以群，可以怨。迩之事父，远之事君，多识于鸟兽草木之名。推之从政专对而无不可也。其所关亦大哉！若作者能以"思无邪"而不堕于奇怪淫靡之失，则固圣人所不弃也。

（元）傅与砺《诗法正论》，《诗学指南》卷一，清刊本

……诗可以怨，一有嗟叹即有永歌，言危则性情峻洁，语深则意气激烈。能使人有孤臣孽子，摈弃而不容之感，遁世绝俗之悲，泥而不滓，蝉蜕滋垢之外者，诗也……

（明）李攀龙《送宗子相序》，《沧溟集》卷十六，明刊本

公之选诗，可谓一归于正，复得其大矣。此事更无他端，即公所谓可兴、可观、可群、可怨，一诀尽之矣。试取所选者读之，果能如冷水浇背，陡然一惊，便是兴观群怨之品。如其不然，便不是矣。然有一种直展横铺，粗而似豪，质而似雅，可动俗眼，如顽块大窊，入嘉筵则斥，在屠手则取者，不可不慎之也。鄙本盲于诗，偶去取，无甚异同于公，然有异同，亦恃公之知，不敢诡随也。不妨更尔。惟子安《采莲》、《长安》等篇涉艳者，愚意在所必选，比之真西山《文章正宗》，附李斯《逐客书》可也。如何如何？

（明）徐渭《答许口北》，《徐渭集》卷十六，中华书局本

此记关目好，曲好，白好，事好。乐昌破镜重合，红拂智眼无双，虬髯弃家入海，越公并遣双妓，皆可师可法，可敬可羡。孰谓传奇不可以兴，不可以观，不可以群，不可以怨乎？饮食宴乐之间，起义动慨多矣。今之乐犹古之乐，幸无差别视之其可！

（明）李贽《杂述·红拂》，《续焚书》卷四，中华书局本

夫诗由性情生者也。诗自《三百篇》而降，作者多矣，乃世人往往好称唐人，何也？则其所托兴者深也。非独其所托兴者深也，谓其犹有风人之遗也。非独谓其犹有风人之遗也，则其生乎性情者也。

（明）屠隆《唐诗品汇选释新序》，《由拳集》卷十二，明刊本

夫诗者，人之性情也。唐之律诗，其音响节族，虽与古异，然其本于性情而有作，则一而已。读者因其词、索其理而反之身心焉，则可兴、可观、可群、可怨，而有裨于风化者，岂异于风雅骚选哉？

（明）何乔新《唐律群玉序》，《文肃公文集》卷九，清刊本

宁海钟君舜举，名其居曰"学诗"。其言曰：昔者吾尝闻诸夫子矣，不学诗，无以言；唯学诗也，可以兴观群怨，迩之事父，远之事君，而又多识于鸟兽草木之名。故吾早岁授经于父师而诗是学，亦既用其章句之说以取科第矣。既而思之，诗非徒事乎章句而已也。诗以理情性，是故圣人有优柔敦厚之教焉。求止乎礼义之中而不失其所感之正，情性之道，斯得矣。若至者，吾将终身从事焉而不敢以或怠，如吾斋之所为名也。

（明）王祎《学诗斋诗记》，《王忠文公文集》卷十一，清刊本

写鲁达为人处，一片热血直喷出来，令人读之深愧虚生世上，不曾为人出力。孔子云"诗可以兴"，吾于稗官亦云矣。

（清）金圣叹《水浒传》第二回评语，《第五才子书施耐庵水浒传》，中华书局本

昔吾夫子以兴、观、群、怨论诗。孔安国曰："兴，引譬连类。"凡景物相感，以彼言此，皆谓之兴。后世咏怀、游览、咏物之类是也。郑康成曰："观风俗之盛衰。"凡论世采风，皆谓之观。后世吊古、咏史、行旅、祖德、郊庙之类是也。孔曰："群居相切磋。"群是人之相聚，后世公宴、赠答、送别之类皆是也。孔曰："怨刺上政。"怨亦不必专指上政。后世哀伤、挽歌、遣谪、讽谕皆是也。盖古今事物之变虽纷若，而以此四者为统宗。

自毛公之六义，以风、雅、颂为经，以赋、比、兴为纬，后儒因之。比、兴强分，赋有专属。及其说之不通也，则又相兼。是使性情之所融结，有鸿沟南北之分裂矣。

古之以诗名者，未有能离此四者，然其情各有至处。其意句就境中宣出者，可以兴也，言在耳目，赠寄八荒者，可以观也；善于风人答赠者，可以群也；凄戾为骚之苗裔者，可以怨也。

（清）黄宗羲《汪扶晨诗序》，《南雷文定》四集卷一，《梨洲遗著汇刊》本

可以群者非狎笑也，可以怨者非诅咒也。不知此者直不可以语诗。上下四旁、古今人物饶有动情之处，鄙躁者非笑不欢，非哭不戚耳。自梁陈隋唐宋元以来，所以亡诗者在此，齐以前固未刊落。

（清）王夫之《古诗评选》卷一，陆厥《中山孺子妾歌》评语，《船山遗书》，清刊本

惟此盲盲摇摇之中有一切真情在内，可兴、可观、可群、可怨，足以有取于诗。然因此而诗则又往往缘景、缘事、缘己、缘已往、缘未来。终年苦吟而不能自道，以追光蹑景之笔，写通天尽人之怀，是诗家正法眼藏。钟嵘源出《小雅》之评，真鉴别也。

（清）王夫之《古诗评选》卷四，阮籍《咏怀》"开秋"评语，《船山遗书》，清刊本

字字欲飞。不以情，不以景，严华有西镜相入义，唯供奉不离不堕。五六即一切可群可怨也。

（清）王夫之《唐诗评选》卷二，李白《春思》评语，《船山遗书》，清刊本

全从古诗来，唐人唯李太白能之，直坐断千年来谈艺者舌头。说格说法说开阖说情景，都是得甚恶梦。

一片心理就空明中纵横熳烂。除取粗人酸人糯板人，无不于此得兴观群怨以去。

（清）王夫之《明诗评选》卷五，蔡羽《暮春》评语，《船山遗书》，清刊本

平情说出，群怨皆宜。

（清）王夫之《明诗评选》卷二，陈秀民《采茶词》评语，《船山遗书》，清刊本

四诗平写中丽气妖气臊气皆见，故曰：可以观。

（清）王夫之《明诗评选》卷八，周宪王《元宫词》四首评语，《船山遗书》，清刊本

丁亥与亡友夏叔直避购索于上湘，借书遣日，益知异制同心，摇荡声情而檃栝于兴、观、群、怨。然尚未即捐故习。寻遘鞠凶，又辗转戎马间，耿耿不忘此事，以致于穷年。

（清）王夫之《述病枕忆得》卷首，《薑斋诗集》，《王船山诗文集》本

"诗可以兴，可以观，可以群，可以怨。"尽矣。辨汉、魏、唐、宋之雅俗得失以此，读《三百篇》者必此也。"可以"云者，随所以而皆可也。于所兴而可观，其兴也深；于所观而可兴，其观也审。以其群者而怨，怨愈不忘；以其怨者而群，群乃益挚。出于四情之外，以生起四情；游于四情之中，情无所窒。作者用一致之思，读者各以其情而自得。故《关雎》，兴也；康王晏朝，而即为冰鉴。"讦谟定命，远猷辰告。"观也；谢安欣赏，而增其遐心。人情之游也无涯，而各以其情遇，斯所贵于有诗。是故延年小如康乐，而宋、唐之所繇升降也。谢叠山、虞道园之说诗，井画而根掘之，恶足知此？

（清）王夫之《薑斋诗话》卷一，人民文学出版社本

立门庭者必饾饤，非饾饤不可以立门庭。盖心灵人所自有，而不相贷，无从开方便法门，任陋人支借也……如刘彦昺诗："山围晓气蟠龙虎，台枕东风忆凤皇。"贝廷琚诗："我别语儿溪上宅，月当二十四回新。如何万国尚戎马，只恐四邻无故人。"用事不用事，总以曲写心灵，动人兴观群怨，却使陋人无从支借。唯其不可支借，故无有推建门庭者；而独起四百年之衰。

（清）王夫之《薑斋诗话》卷二，人民文学出版社本

兴、观、群、怨，诗尽于是矣。经生家析《鹿鸣》、《嘉鱼》为群，《柏舟》、《小弁》为怨，小人一往之喜怒耳，何足以言诗？"可以"云者，随所以而皆可也。《诗》三百篇而下，唯《十九首》能然。李、杜亦仿佛遇之，然其能俾人随触而皆可，亦不数数也。又下或一可焉，或无一可者。故许浑允为恶诗，王僧孺、庾肩吾及宋人皆尔。

（清）王夫之《夕堂永日绪论内编》《薑斋诗话》卷二，人民文学出版社本

诗之为教，其义风赋比兴雅颂，其旨兴观群怨，其辞嘉美规诲戒刺，其事经夫妇、成孝敬、厚人伦、美教化、移风俗，其效至于动天地、感鬼神，惟蕴诸心也，正斯百物荡于外而不迁，发为歌咏无趋数敖辟燕滥之音，故诵诗者必先论其人。《记》曰：宽而静、柔而正者宜歌《颂》，广大而静、疏达而信者宜歌《大雅》，恭俭而好礼者宜歌《小雅》，正直而静廉而谦者宜歌《风》，凡可受诗人之目者类皆温柔敦厚而不愚者也。诗三千篇，孔子存其三百，匪仅取其辞之工而已，盖必审论其人……其存者若是，则所删者非以其辞之未工去之，殆考其人而去其诗者多也……

　　　　　　（清）朱彝尊《高舍人诗序》，《曝书亭全集》卷三十八，《四部备要》本

　　予最爱汤义仍先生绝句："清远楼中一觉眠，雨鸠风燕乍晴天。年来爱作团栾语，不得中男在眼前。"昔丁卯、戊辰间予家居，而第三男启汸官文登广文，尝写此诗寄之，以代家书，真不减子由彭城逍遥堂绝句也。兴观群怨，学诗者当于此等求之。（《香祖笔记》）

　　　　　　（清）王士禛《带经堂诗话》卷二十八，人民文学出版社本

　　王元美论词云："宁为大雅罪人。"予以为不然。文人之才何所不寓，大抵比物流连，寄托居多，《国风》、《雅》、《颂》，同扶名教。即宋玉赋美人，亦犹主文谲谏之义。良以端之不得，故长言咏叹，随指以托兴焉。必欲如柳屯田之兰心蕙性，枕前言下等言语，不几风雅扫地乎？

　　　　　　（清）田同之《西圃词说》，《词话丛编》本

　　至所云诗贵温柔，不可说尽，又必关系人伦日用。此数语有褒衣大袑气象，仆口不敢非先生，而心不敢是先生。何也？孔子之言，戴经不足据也，惟《论语》为足据。子曰："可以兴，可以群"，此指含蓄者言之，如《柏舟》、《中谷》是也。曰"可以观，可以怨"，此指说尽者言之，如"艳妻煽方处"、"投畀豺虎"之类是也。曰"迩之事父，远之事君"，此诗之有关系者也。曰"多识于鸟兽草木之名"，此诗之无关系者也。仆读诗常折衷于孔子，故持论不得不小异于先生，计必不以为僣。

　　　　　　（清）袁枚《答沈大宗伯论诗书》，《小仓山房文集》卷十七，《四部备要》本

《寻亲记》词虽稍俚，然读之可以风世。又有《后寻亲》，尽收拾前记所未结诸色末。余曾见演者，亦复可观焉。
　　　　　　　　　（清）李调元《雨村曲话》卷下，《中国古典戏曲论著集成》
　　　　　　　　　（八），中国戏剧出版社本

　　孔子曰："诗可以兴，可以观，可以群，可以怨。"今举贤奸忠佞，理乱兴亡，搬演于笙歌鼓吹之场，男男妇妇，善善恶恶，使人触目而惩戒生焉，岂不亦可兴、可观、可群、可怨乎？
　　　　　　　　　（清）李调元《剧话序》，《剧话》卷首，《中国古典戏曲论著集成》（八），中国戏剧出版社本

　　夫论诗之教，以兴、观、群、怨为用。言中有物，故闻之足感，味之弥旨，传之愈久而常新。臣子之于君父、夫妇、兄弟、朋友、天时、物理、人事之感，无古今一也。故曰：诗之为学，性情而已。
　　　　　　　　　（清）方东树《昭昧詹言》卷一，人民文学出版社本

　　古人文字渊奥，非精思冥会，不能遽通。思之既通，则见其情文并合，辞理扼要，变化曲折，甘苦难易之分齐，惬心满志。直是可歌可泣，可兴可观，可群可怨，可以事父与君，可以励志风世，味之弥旨而不可厌。
　　　　　　　　　（清）方东树《昭昧詹言》卷一，人民文学出版社本

　　古人立言，以能感人为贵，而诗之入人尤深，故圣人言诗可以兴、观、群、怨。而今人作诗，但以应酬世故为能，则不如不作。试观《三百篇》中，如《何人斯》云："作此好歌，以极反侧。"《节南山》云："家父作诵，以究王讻。"《正月》云："维号斯言，有伦有脊。"而《四月》云："君子作歌，维以告哀。"则自称为君子。《崧高》、《烝民》一则云："吉甫作诵，其诗孔硕"，一则云："吉甫作诵，穆如清风"，则并不嫌于自誉。盖欲人知其言之善而听之，非必若后人作诗多自谦之辞也。故《巷伯》直云："寺人孟子，作为此诗，凡百君子，敬而听之。"
　　　　　　　　　（清）梁章钜《退庵随笔·学诗一》，《清诗话续编》本

诗人之指，有瞽献曲之义，本群史之支流。又诗者，讽刺诙怪，连犿杂揉。旁寄高吟，未可为典正。

（清）龚自珍《乙丙之际塾议第十七》，《龚自珍全集》第一辑，
上海人民出版社本

登高使人欲望，临深使人欲窥，处使然也；射使人端，钓使人恭，琴使人和，棋使人竞，事使然也；出林不得直趋，行险不得履绳，势使然也；函矢巫匠，殊欲人之生死，蓄谷蓄帛，分冀岁之饥丰，择术使然也。故诗书礼乐皆外益之事，而性情心术赖焉，无外之非内也。晋人歧而二之，高者索诸冥冥，荡者曰"礼岂为我辈设"，岂知先王所以为教乎？左规右矩，前准后绳，而中权衡焉。《诗》曰："抑抑威仪，为德之隅。"

（清）魏源《默觚上·学篇六》，《魏源集》，中华书局本

若复见文、武之身焉。性与天道，贯幽明礼乐于一原，此岂可求之乡党士庶人哉？古之学者，"歌诗三百，弦诗三百，舞诗三百"未有离礼乐以为诗者。礼乐而崩丧矣，诵其词，通其诂训，论其世，逆其志，果遂能反情复性，同功于古之诗教乎？善哉，管子之言学也！曰："止怒莫若诗，去忧莫若乐，节乐莫若礼，守礼莫若敬，守敬莫若静。外敬内静，能反其性，性将大定。"后世之学诗理性情者，舍是曷以焉！《诗》曰"萧萧马鸣，悠悠旆旌"，动中有静也；"风雨萧萧，鸡鸣胶胶"，幽暗不忘其敬也。

（清）魏源《默觚上·学篇四》，《魏源集》，中华书局本

虽然，《诗》教止于斯而已乎？《韩诗外传》言昔者子夏"弹琴以咏先王之风，有人亦乐之，无人亦乐之"，至于发愤忘食。然夫子犹造然变容曰："子已见其表，未见其里，窥其门，不入（其）中，安知其奥藏之所在乎？丘尝冥（悉）心（尽志）以入其中，前有高岸，后有深谷，（泠泠然如此既）立而已。"此所谓深微者也。深微者何？无声之礼乐志气塞乎天地，此所谓兴、观、群、怨可以起之《诗》，而非徒章句之《诗》也。故夫溯流颓则涵泳少矣，鼓弦急则适志微矣。《诗》之道可尽于是乎？乌呼！以俟假年，以待来哲。

（清）魏源《诗古微序》，《魏源集》，中华书局本

词莫要于有关系。张元幹仲宗因胡邦衡谪新州，作《贺新郎》送之，坐是除名，然身虽黜而义不可没也。张孝祥安国于建康留守席上赋《六州歌头》，致感重臣罢席。然则词之兴观群怨，岂下于诗哉！

（清）刘熙载《艺概·词曲概》，上海古籍出版社本

愚尝谓：曲之体无他，不过八字尽之，曰"少引圣籍，多发天然"而已。制曲之诀无他，不过四字尽之，曰"雅俗共赏"而已。论曲之妙无他，不过三字尽之，曰"能感人"而已。感人者，喜则欲歌、欲舞，悲则欲泣、欲诉，怒则欲杀、欲割：生趣勃勃、生气凛凛之谓也。噫，兴观群怨，尽在于斯，岂独词曲为然耶！

（清）黄周星《制曲枝语》，《中国古典戏曲论著集成》（七），中国戏剧出版社本

3. 思无邪

子曰："《诗》三百，一言以蔽之，曰：'思无邪。'"

（先秦）《论语·阳货》，《十三经注疏》本

尝闻之夫子曰："《诗》三百，一言以蔽之，曰：思无邪。"嗟夫，圣人之意，其可思而知也。夫王者正心诚意于一堂之上，而四海之远，以教则化，以绥则来，以讨则服。与夫僖公牧于鲁野，而其马皆有可用之姿，盖本一道。而《诗》三百之意，圣人取一言以尽之，乃在于此。后之学者，不深惟古人述作之旨，而欲以区区者自名曰诗，诚可悯笑。

（宋）朱松《上赵漕书》，《韦斋集》卷九，清刊本

诗体不同，固有铺陈其事，不加一词，而意自见者，然必其事之犹可言者，若《清人》之诗是也。至于《桑中》、《溱洧》之篇，雅人庄士，有难言之者矣。孔子之称"思无邪"也，以为诗《三百篇》，劝善惩恶，虽其要归无不出于正，然未有若此言之约而尽者耳，非以作诗之人所思皆无邪也。今必曰："彼以无邪之思，铺陈淫乱之事，而闵惜惩创之意自见于言外。"曷若曰："彼虽以有邪之思作之，而我以无邪之思读之，则彼之自状其丑者，乃所以为吾惧惩创之资耶？"而况曲为训说而求其无邪于

彼，不若反而得之于我之易也；巧为辨数而归其无邪于彼，不若反责之于我之切也。

    （宋）朱熹《读吕氏诗记桑中篇》，《晦庵先生朱文公文集》卷七十，《朱子大全》本

  "思无邪"，"思"字中境界无尽，惟所归则一耳。《严沧浪诗话》谓"信手拈来，头头是道"，似有得于此意。

    （清）刘熙载《艺概·诗概》，上海古籍出版社本

四

文 以 载 道

言天下之至赜而不可恶也,言天下之至动而不可乱也。

（先秦）《周易注疏》卷七,《十三经注疏》本

以道观言而天下之君正,以道观分而君臣之义明,以道观能而天下之官治,以道泛观而万物之应备。故通于天者,道也；顺于地者,德也；行于万物者,义也；上治人者,事也；能有所艺者,技也。技兼于事,事兼于义,义兼于德,德兼于道,道兼于天。

（先秦）《庄子·天地》,《诸子集成》本

圣人也者,道之管也。天下之道管是矣,百王之道一是矣。故诗书礼乐之归是矣。

（先秦）《荀子·儒效》,《诸子集成》本

是以君子居乱世则合道德,采微善,绝纤恶,修父子之礼,以及君臣之序。乃天地之通道,圣人之所不失也。故隐之则为道,布之则为文。诗在心为志,出口为辞,矫以雅僻,砥砺钝才,雕琢文彩,抑定狐疑,通塞理顺,分别然否,而情得以利,而性得以治,绵绵漠漠,以道制之。察之无兆,遁之恢恢,不见其行,不睹其仁,湛然未悟,久之乃殊,论思天地,动应枢机,俯仰进退,与道为俱,藏之于身,优游待时,故道无废而不兴,器无毁而不治。孔子曰:有至德要道以顺天下。言德行而其下顺之矣。

（汉）陆贾《陆子（新语）·慎微》,《丛书集成》本

辞令就得谓之雅，反雅为陋；论物明辨谓之辩，反辩为讷；纤微皆审谓之察，反察为旄；诚动可畏谓之威，反威为圂；临制不犯谓之严，反严为辄；仁义修立谓之任，反任为欺；伏义诚必谓之节，反节为罢；持节不恐谓之勇，反勇为怯；信理遂惔谓之敢，反敢为掩；志操精果谓之诚，反诚为殆；克行遂节谓之必，反必为怛。凡此品也，善之体也，所谓道也。故守道者谓之士，乐道者谓之君子。知道者谓之明，行道者谓之贤。且明且贤，此谓圣人。

（汉）贾谊《新书·道术》，《丛书集成》本

且夫道有夷隆，学有粗密，因时而建德者，不以远近易则，故皋陶歌虞，奚斯颂鲁，同见采于孔氏，列于诗书，其义一也。稽之上古则如彼，考之汉室又如此。斯事虽细，然先臣之旧式，国家之遗美，不可阙也。

（汉）班固《两都赋序》，《文选》卷一，《四部备要》本

先君孔子，生于周末，睹史籍之烦文，惧览之者不一，遂乃定礼乐，明旧章，删《诗》为三百篇，约史记而修《春秋》，赞《易》道以黜《八索》，述职方以除《九丘》，讨论《坟典》，断自唐虞以下，讫于周。芟夷烦乱，翦截浮辞，举其宏纲，撮其机要，足以垂世立教，典谟训诰誓命之文，凡百篇，所以恢弘至道，示人主以轨范也。帝王之制，坦然明白，可举而行。三千之徒，并受其义。

（汉）孔安国《尚书序》，《文选》卷四十五，《四部备要》本

《七谏》者，东方朔之所作也。谏者，正也，谓陈法度以谏正君也。古者，人臣三谏不从，退而待放。屈原与楚同姓，无相去之义，故加为《七谏》，殷勤之意，忠厚之节也。或曰：《七谏》者，法天子有争臣七人也。东方朔追悯屈原，故作此辞以述其志，所以昭忠信矫曲朝也。

（汉）王逸《七谏章句序》，《楚辞补注》卷十三，中华书局本

于是遂与苏飞、李尚、左吴、田由、雷被、毛被、伍被、晋昌等八人及诸儒大山、小山之徒，共讲论道德，总统仁义，而著此书。其旨近老子淡泊无为，蹈虚守静，出入经道，言其大也，则焘天载地；说其细也，则沦于无垠。及古今治乱，存亡祸福，世间诡异瑰奇之事，其义也著，其文

也富，物事其类，无所不载，然其大较，归之于道，号曰鸿烈。鸿、大也，烈、明也，以为大明道之言也。故夫学者不论淮南，则不知大道之深也。是以先贤通儒述作之士，莫不援采，以验经传。以父讳长，故其所著诸长字皆曰修。光禄大夫刘向校定撰具，名之《淮南》。

（汉）高诱《淮南子叙》，《全后汉文》卷八十七，《全上古三代秦汉三国六朝文》本

夫著作书论者，乃欲阐弘大道，述明圣教，推演事义，尽极情类，记是贬非，以为法式，当时可行，后世可修。且古者富贵而名贱，废灭不可胜记，唯篇论俶傥之人为不朽耳。夫奋名于百代之前，而流誉于千载之后，以其览之者（有）益，闻之者有觉故也。岂徒转相放效，名作书论，浮辞谈说，而无损益哉？而世俗之人，不解作体，而务泛溢之言，不存有益之义，非也。故作者不尚其辞丽，而贵其存道也；不好其巧慧，而恶其伤义也。故夫小辩破道，狂简之徒，斐然成文，皆圣人之所疾矣。

（魏）桓范《世要论·序作》，《全三国文》卷三十七，《全上古三代秦汉三国六朝文》本

文之为德也大矣，与天地并生者何哉？夫玄黄色杂，方园体分，日月叠璧，以垂丽天之象；山川焕绮，以铺理地之形，此盖道之文也。仰观吐曜，俯察含章，高卑定位，故两仪既生矣。惟人参之，性灵所钟，是谓三才。为五行之秀，实天地之心。心生而言立，言立而文明，自然之道也……爰自风姓，暨于孔氏，元圣创典，素王述训，莫不原道心以敷章，研神理而设教，取象乎《河》、《洛》，问数乎蓍龟，观天文以极变，察人文以成化；然后能经纬区宇，弥纶彝宪，发挥事业，彪炳辞义。故知道沿圣以垂文，圣因文而明道，旁通而无滞，日用而不匮。《易》曰："鼓天下之动者存乎辞。"辞之所以能鼓天下者，乃道之文也。

赞曰：道心惟微，神理设教。光采玄圣，炳耀仁孝，龙图献体，龟书呈貌。天文斯观，民胥以效。

（南朝·梁）刘勰《文心雕龙·原道》，人民文学出版社本

子在长安，杨素、苏夔、李德林皆请见。子与之言，归而有忧色。门人问子，子曰：素与吾言终日，言政而不及化；夔与吾言终日，言声而不

及雅；德林与吾言终日，言文而不及理。门人曰：然则何忧？子曰：非尔所知也，二三子皆朝之预议者也，今言政而不及化，是天下无礼也；言声而不及雅，是天下无乐也；言文而不及理，是天下无文也。王道从何而兴乎？吾所以忧也……

（隋）王通《中说·王道篇》，《丛书集成》本

李伯药见子而论诗，子不答……薛收曰：吾尝闻夫子之论诗矣，上明三纲，下达五常。于是征存亡，辩得失，故小人歌之以贡其俗，君子赋之以见其志，圣人采之以观其变。今子营营驰骋乎末流，是夫子之所痛也，不答则有由矣。

子曰：学者博诵云乎哉！必也贯乎道；文者苟作云乎哉！必也济乎义。

（隋）王通《中说·天地篇》，《丛书集成》本

夫玄象著明，以察时变，天文也；圣达立言，化成天下，人文也。达幽显之情，明天人之际，其在文乎！逖听三古，弥纶百代，制礼作乐，腾实飞声，若或言之不文，岂能行之远也？

（唐）李百药《北齐书·文苑传序》，中华书局本

方今鸿都富学，麟阁多英。非游夏不可以升堂，非夔牙不可以击节。倘若片言失德，事暴区中；匹夫窃议，语流天下……陶铸尧舜之典谟，宪章文武之道德。上以究三才之能事，下以通万物之幽情。勿使将词翰为行己内篇，文章是立身歧路耳，又何足道哉？

（唐）骆宾王《与程将军书》，《骆临海集笺注》卷八，中华书局本

文章本乎作者而哀乐系乎时。本乎作者，六经之志也。系乎时者，乐文武而哀幽厉也。立身扬言，有国有家，化人成俗，安危存亡，于是乎观之……夫子之文章，偃商传焉。偃商殁而孔伋孟轲作，盖六经之遗也。屈平宋玉哀而伤，靡而不返，六经之道遁矣。

（唐）李华《赠礼部尚书清河孝公崔沔集序》，《全唐文》卷三百一十五，中华书局本

夫仁以安物，公其懋焉；义以济难，公其志焉；识以辩理，公其博焉；文以宣志，公其懿焉。宜其上为王师，下为伯友，年六十有二不偶。赋临终歌而卒。悲夫，圣以立德，贤以立言。道以恒世，言以经俗。虽曰死矣，吾不谓其亡之也……铭曰：
立德谓圣，立言谓贤。嗟君之道，奇于人而侔于天，哀哉！

    （唐）李华《故翰林学士李君墓志铭》，《全唐文》卷三百二十一，中华书局本

  足志者言，足言者文，情动于中而形于声，文之微也。粲于歌颂，畅于事业，文之著也。君子修其词，立其诚，生以比兴宏道，殁以述作垂裕，此之谓不朽。

    （唐）独孤及《唐故殿中侍御史赠考功郎中萧府君文章集录序》，《全唐文》卷三八八，中华书局本

  文之作，上所以发扬道德，正性命之纪；次所以财成典礼，厚人伦之义；又其次所以昭显义类，立天下之中。

    （唐）梁肃《补阙李君前集序》，《全唐文》卷五百一八，中华书局本

  文章可以假道，道德可以长保，华而不实，君子所丑。

    （唐）梁肃《祭独孤常州文》，《全唐文》卷五百二十二，中华书局本

  为学在勤，为文在经；勤则能深，经则可行。

    （唐）梁肃《祭独孤常州文》，《全唐文》卷五百二十二，中华书局本

  门人云："夫子之文章，可得而闻也；夫子之言性与天道，不可得而闻也。"即圣人道可企而及之者文也，不可企而及之者性也。盖言教化发乎性情，系乎国风者谓之道。故君子之文，必有其道。道有深浅，故文有崇替；时有好尚，故俗有雅郑；雅之与郑，出乎心而成风。昔游、夏之文，日月之丽也，然而列于四科之末，艺成而下也。苟文不足，则人无取焉。故言而不能文，非君子之儒也；文而不知道，亦非君子之儒也。逮德

下衰，其文渐替。惜乎王公大人之言，而溺于淫丽怪诞之说，非文之罪也，为文者之过也。

（唐）柳冕《答衢州郑使君论文书》，《全唐文》卷五百二十七，中华书局本

尧舜殁，雅颂作，雅颂寝，夫子作，未有不因于教化，为文章以成国风。是以君子之儒，学而为道，言而为经，行而为教，声而为律，和而为音。如日月丽乎天无不照也，如草木丽乎地无不章也，如圣人丽乎文无不明也……儒之用，文之谓也。言而不能文，君子耻之。及王泽竭而诗不作，骚人起而淫丽兴，文与教分而为二，以扬、马之才则不知教化，从荀、陈之道则不知文章。以孔门之教评之，非君子之儒也。夫君子之儒必有其道，有其道必有其文。道不及文则德胜，文不知道则气衰。文多道寡，斯为艺矣。语曰："文质彬彬，然后君子。"兼之者，斯为美矣。

（唐）柳冕《答荆南裴尚书论文书》，《全唐文》卷五百二十七，中华书局本

猥辱来问，旷然独见，以为齿发渐衰，人情所惜也；亲爱远道，人情不忘也。大哉，君子之言，有以见天地之心。夫天生人，人生情，圣与贤在有情之内久矣。苟忘情于仁义，是殆于学也；忘情于骨肉，是殆于恩也；忘情于朋友，是殆于义也。此圣人尽知于斯，立教于斯。今之儒者苟持异论，以为圣人无情，误也。故无情者，圣人见天地之心，知性命之本，守穷达之分，故得以忘情。明仁义之道，斯须忘之，斯为过矣；骨肉之恩，斯须忘之，斯为乱矣；朋友之义，斯须忘之，斯为薄矣。此三者，发于情而为礼，由于礼而为教。故夫礼者，教人之情而已。丈人志于道，故来书尽于道，是合于情，尽于礼，至矣。

（唐）柳冕《答荆南裴尚书论文书》，《全唐文》卷五百二十七，中华局书本

夫文章者，本于教化，发于情性。本于教化，尧舜之道也；发于情性，圣人之言也。自成康殁，颂声寝，骚人作，淫丽兴，文与教分为二。不足者，强为文则不知君子之道，知君子之道者则耻为文。文而知道，二者兼难。兼之者，大君子之事，上之尧舜周孔也，次之游夏荀孟也，下之

贾生董仲舒也。夫日月之丽,仰之愈明;金石之音,听之弥清;故圣人感之而文章生焉,教化成焉,哀乐形焉。逮德下衰,文章教化扫地尽矣。噫!圣人之道犹圣人之文也,学其道不知其文,君子耻之;学其文不知其教,君子亦耻之。

(唐)柳冕《答徐州张尚书论文武书》,《全唐文》卷五百二十七,中华书局本

夫子没五百年而子长修《史记》,迁虽不得圣人之道,而继圣人之志,不得圣人之才而得圣人之旨,自以为命世而生,亦信然也。且迁之没已千载矣,迁之史未有继之者,谓之命世,不亦宜乎!噫,迁承灭学之后,修废起滞,以论天下之际,以通古今之变。而微迁叙事广其所闻,是轩辕之道几灭矣。推而广之,亦非罪也。且迁之过,在不本于儒教以一王法,使杨朱墨子得非圣人,此迁之罪也。不在于叙远古,示将来也。足下岂不谓然乎!

(唐)柳冕《答孟判官论宇文生评史官书》,《全唐文》卷五百二十七,中华书局本

逮德下衰,风雅不作,形似艳丽之文兴而雅颂比兴之义废;艳丽而工,君子耻之。此文之病也。嗟乎,天下之才少久矣。文章之气衰甚矣。风俗之不养才病矣。才少而气衰使然也。

故当世君子学其道,习其弊,不知其病也。所以其才日尽,其气益衰,其教不兴,故其人日野,如病者之气,从壮得衰,从衰得老,从老得死,沉绵而去,终身不悟,非良医孰能知之。夫君子之学文所以行道。

(唐)柳冕《答杨中丞论文书》,《全唐文》卷五百二十七,中华书局本

文章本于教化,形于治乱,系于国风。故在君子之心为志,形君子之言为文,论君子之道为教。

(唐)柳冕《与徐给事论文书》,《全唐文》卷五百二十七,中华书局本

夫所谓先王之教者何也,博爱之谓仁,行而宜之之谓义,由是而之焉之谓道,足乎已无待于外之谓德。其文《诗》、《书》、《易》、《春秋》,

其法礼乐刑政，其民士农工贾，其位君臣父子师友宾主昆弟夫妇，其服麻丝，其居宫室，其食粟米果蔬鱼肉，其为道易明，而其为教易行也。是故以之为己，则顺而祥；以之为人，则爱而公；以之为心，则和而平；以之为天下国家，无所处而不当。是故生则得其情，死则尽其常，郊焉而天神假，庙焉而人鬼飨。曰：斯道也，何道也？曰：斯吾所谓道也，非向所谓老与佛之道也。尧以是传之舜，舜以是传之禹，禹以是传之汤，汤以是传之文、武、周公，文、武、周公传之孔子，孔子传之孟轲，轲之死不得其传焉。

（唐）韩愈《原道》，《韩昌黎全集》卷十一，《四部备要》本

自孔子没，群弟子莫不有书，独孟轲氏之传得其宗……故求观圣人之道，必自孟子始。

（唐）韩愈《送王秀才（埙）序》，《韩昌黎全集》卷二十，《四部备要》本

愈曰：君子居其位，则思死其官；未得位，则思修其辞，以明其道。我将以明道也，非以为直而加人也。

（唐）韩愈《争臣论》，《韩昌黎全集》卷十四，《四部备要》本

读书以为学，缵言以为文，非以夸多而斗靡也。盖学所以为道，文所以为理耳。苟行事得其宜，出言适其要，虽不吾面，吾将信其富于文学也。

（唐）韩愈《送陈秀才彤序》，《韩昌黎全集》卷二十，《四部备要》本

前书谓吾与人商论不能下气，若好胜者然。虽诚有之，抑非好己胜也，好己之道胜也；非好己之道胜也，己之道乃夫子孟轲扬雄所传之道也。

（唐）韩愈《重答张籍书》，《韩昌黎全集》卷十四，《四部备要》本

崔生足下：辱书及文章，辞意良高，所响慕不凡近，诚有意乎圣人之言。然圣人之言，期以明道，学者务求诸道而遗其辞。辞之传于世者，必

由于书。道假辞而明，辞假书而传，要之之道而已耳。道之及，及乎物而已耳。斯取道之内者也。今世因贵辞而矜书，粉泽以为工，遒密以为能，不亦外乎？吾子之所言道，匪辞而书，其所望于仆，亦匪辞而书，是不亦去及物之道愈以远乎？

仆尝学圣人之道，身虽穷，志求之不已，庶几可以语于古，恨与吾子不同州部，闭口无所发明……

凡人好辞工书者，皆病癖也。吾不幸蚤得二病。学道以来，日思砭针攻熨，卒不能去，缠结心腑牢甚，愿斯须忘之而不克，窃尝自毒。今吾子乃始钦钦思易吾病，不亦惑乎？

（唐）柳宗元《报崔黯秀才论为文书》，《柳河东集》卷三十四，中华书局本

览所见文章，词高理直，欢悦无量，有足发予者。自别足下来，仆口不曾言文，非不好也，言无所益，众亦未信，只足以招谤忤物，于道无明，故不言也。

（唐）李翱《答皇甫湜书》，《李文公集》卷六，《四部丛刊》本

先生七岁好学，言出成文。及冠，恣为书，以传圣人之道。

（唐）皇甫湜《韩文公墓铭》，《皇甫持正文集》卷六，《四部丛刊》本

《易》曰："观乎人文，以化成天下。"能讽其言，盖有之矣，未有明其义者也。尝试论之，夫一二相生，大钧造物，百化交错，六气节宣，或阴阖而阳开，或天经而地纪，有圣作则，实为人文。若乃夫以刚克，妻以柔立，父慈而教，子孝而箴，此室家之文也。君以仁使臣，臣以义事君，予违汝弼，献可替否，此朝廷之文也。三公论道，六卿分职，九流异趣，百揆同归，此则官司之文也。宽则人慢，纠之以猛；猛则人残，施之以宽；宽以济猛，猛以济宽，此刑政之文也。乐胜则流，遏之以礼；礼胜则离，和之以乐；与时消息，因俗变通，此教化之文也。文者盖言错综庶绩，藻绘人情，如成文焉，以致其理。然则人文化成之义，其在兹乎。而近代谄谀之臣，特以时君不能则象乾坤，祖述尧舜，作化成天下之文，乃以旂裳冕服，章句翰墨，为人文也。遂使人君者，浩然忘本，沛然自得，

盛威仪以求至理，坐吟咏而待升平，流荡因循，败而未悟，不其痛欤！必以旂裳冕服为文，则秦汉魏晋，声明文物，礼缛五帝，仪繁三王，可曰焕乎其有文章矣；何衰乱之多也？必以章句翰墨为人文，则陈后主隋炀帝雍容绮靡，洋溢编简，可曰文思安安矣；何灭亡之速也？核之以名义，研之以情实，既如彼；较之以古今，质之以成败，又如此。传不云乎，"经纬天地曰文"；礼不云乎，"文王以文理"，则文之时义其大矣哉，焉可以名数末流，雕虫小技，厕杂其间乎！

  （唐）吕温《人文化成论》，《吕衡州文集》卷十，《丛书集成》本

  文者，贯道之器也。不深于斯道，有至焉者，不也。

  （唐）李汉《唐吏部侍郎昌黎先生讳韩愈文集序》，《全唐文》卷七百四十四，中华书局本

  夫大仙利物，名教为基，君子济时，文章是本也。故能空中尘中，开本有之字，龟上龙上，演自然之文。至如观时变于三曜，察化成于九州，金玉笙簧，烂其文而抚黔首，郁乎焕乎，灿其章以驭苍生。然则一为名始，文则教源，以名教为宗，则文章为纪纲之要也。世间出世，谁能遗此乎！故经说阿毗跋致菩萨，必须先解文章。孔宣有言："小子何莫学夫《诗》，《诗》可以兴，可以观。迩之事父，远之事君。""人而不为《周南》、《召南》，其犹正墙面而立也。"是知文章之义，大哉远哉。

  （唐）［日］空海《文镜秘府论·天卷序》，人民文学出版社本

  圣人不以好广于辞而为事也，在乎化天下、传来世、用道德而已。若以辞广而为事也，则百子之纷然竞起异说，皆可先于夫子矣。虽孟子之为书能尊于夫子者，当在乱世也；扬子云作《太玄》、《法言》，亦当王莽之时也；其要在于发圣人之道矣。

  （宋）柳开《昌黎集后序》，《河东先生集》卷十一，《四部丛刊》本

  天生德于人，圣贤异代而同出。其出之也，岂以汲汲于富贵，私丰于己之身也，将以区区于仁义，公行于古之道也。己身之不足，道之足，何

患乎不足；道之不足，身之足，则孰与足？今之世与古之世同矣，今之人与古之人亦同矣。古之教民，以道德仁义；今之教民，亦以道德仁义。是今与古，胡有异哉？古之教民者，得其位，则以言化之，是得其言也，众从之矣；不得其位，则以书于后，传授其人，俾知圣人之道易行，尊君敬长，孝乎父，慈乎子。大哉斯道也，非吾一人之私者也，天下之至公者也。是吾行之，岂有过哉？且吾今恓恓草野，位不及身，将以言化于人，胡从于吾矣。故吾著书自广，亦将以传授于人也。

子责我以好古文。子之言，何谓为古文？古文者，非在辞涩言苦，使人难读诵之；在于古其理，高其意，随言短长，应变作制，同古人之行事，是谓古文也。子不能味吾书，取吾意，今而视之，今而诵之；不以古道观吾心，不以古道观吾志，吾文无过矣。吾若从世之文也，安可垂教于民哉？亦自愧于心矣。欲行古人之道，反类今人之文，譬乎游于海者，乘之以骥，可乎哉？苟不可，则吾从于古文。吾以此道化于民，若鸣金石于宫中，众岂曰丝竹之音也，则以金石而听之矣。

……纵吾穷饿而死，死即死矣，吾之道岂能穷饿而死之哉？吾之道，孔子、孟轲、扬雄、韩愈之道，吾之文，孔子、孟轲、扬雄、韩愈之文也。子不思其言，而妄责于我。责于我也即可矣；责于吾之文、吾之道也，即子为我罪人乎！

（宋）柳开《应责》，《河东先生集》卷一，《四部丛刊》本

由是今之举进士者，以文相售，岁不下数百人。朝请之余，历览忘怠，然有视其命题而罢者，有读数句而倦者，有终一篇而止者。或诗可采，其赋则无有也；或赋可称，其文则无有也。能全之者，百不四五，况宗经树教、著书立言之士乎？

（宋）王禹偁《送丁谓序》，《小畜集》卷十九，《四部丛刊》本

古君子之为学也，不在乎禄位，而在乎道义而已。用之则从政而惠民，舍之则修身而垂教，死而后已，弗知其他。科试已来，此道其替，先文学而后政事故也。然而文学本乎六经者，其为政也，必仁且义，议理之有体也。文学杂乎百氏者，其为政也，非贪则察，涉道之未深也。是以取士众而得人鲜矣，官谤多而政声寝矣。

（宋）王禹偁《送谭尧叟序》，《小畜集》卷十九，《四部丛刊》本

天之文日月五星，地之文百谷草木，人之文六籍五常，舍是而称文者，吾未知其可也。咸通以来，斯文不竞，革弊复古，宜其有闻。国家乘五代之末，接千岁之统，创业守文，垂三十载，圣人之化成矣，君子之儒兴矣。然而服勤古道，钻仰经旨，造次颠沛，不违仁义，拳拳然以立言为己任，盖亦鲜矣。

（宋）王禹偁《送孙何序》，《小畜集》卷十九，《四部丛刊》本

余去年出内庭，临滁上。境与合肥接，闻其郡大狱烦，号为难治。而使车游客，往往道从事徐宗孟者，能佽助长吏，咸得其中。未几，以书遗我，见其文好奇而尚气者。今年果被召赴阙，路出吾郡。与之言，又见其孜孜不忘于仁义也，宜乎慕孟轲而名焉。且从余乞言，因书以为送。

（宋）王禹偁《送徐宗孟序》，《小畜集》集二十，《四部丛刊》本

夫文，传道而明心也。古圣人不得已而为之也。且人能一乎（原作平，误）心至乎道，修身则无咎，事君则有立。及其无位也，惧乎心之所有，不得明乎外，道之所畜，不得传乎后，于是乎有言焉；又惧乎言之易泯也，于是乎有文焉。信哉不得已而为之也！既不得已而为之，又欲乎句之难道邪？又欲乎义之难晓邪？……今为文而舍六经，又何法焉？若第取其《书》之所谓"吊由灵"，《易》之所谓"朋盍簪"者，模其语而谓之古，亦文之弊也。

（宋）王禹偁《答张扶书》，《小畜集》卷十八，《四部丛刊》本

夫人之有文，经纬大道。得其道，则持政于教化；失其道，则忘返于靡漫。孟轲、荀卿，得大道者也，其文雅正，其礼渊奥。厥后扬雄秉笔，乃撰《法言》，马卿同时，徒有丽藻。迩来文士颂美箴阙，铭功赞图，皆文之常态也。若豪气抑扬，逸词飞动，声律不能拘于步骤，鬼神不能秘其幽深，放为狂歌，目为古风，此所谓文之变也。

（宋）田锡《贻陈季和书》，《咸平集》卷二，清抄本

夫所谓古文者，宗古道而立言，言必明乎古道也。古道者何，圣师仲

尼所行之道也。昔者仲尼祖述尧、舜，宪章文、武，六经大备，要其所归，无越仁义五常也。仁义五常谓之古道也。若将有志于斯文也，必也研几乎五常之道，不失于中而达乎变，变而通，通则久，久而合。道既得之于心矣，然后吐之为文章，敷之为教化，俾为君者如勋华，为臣者如元恺，天下之民如尧、舜之民，救时之弊，明政之失，不顺非，不多爱。苟与世龃龉，言不见用，亦冀垂空言于百世之下，阐明四代之训，览之者，有以知帝王之道可贵，霸战之道可贱，仁义敦，礼乐作，俾淳风之不坠，而名扬于青史，盖为文之志也。

（宋）智圆《送庶几序》，《闲居编》卷二十九，《续藏经》本

夫文者，道之用也，道者，教之本也。故文之作也，必得之于心而成之于言。得之于心者，明诸内者也，成之于言者，见诸外者也；明诸内者，故可以适其用，见诸外者，故可以张其教。是故《诗》、《书》、《礼》、《乐》、《易》、《春秋》皆文也，总而谓之经者也，以其终于孔子之手，尊而异之尔。斯圣人之文也。后人力薄不克以嗣，但当佐佑名教，夹辅圣人而已。或则列圣人之微旨，或则名诸子之异端，或则发千古之未寤，或则正一时之所失，或则陈仁义之大经，或则斥功利之末术，或则扬贤人之声烈，或则写下民之愤叹，或则陈天人之去就，或则述国家之安危；必皆临事摭实，有感而作，为论、为议、为书疏、歌、诗、赞、颂、箴、解、铭、说之类；虽其名甚多，同归于道，皆谓之文也。

（宋）孙复《答张洞书》，《孙明复小集》卷二，清刊本

吾之所谓道者，尧、舜、禹、汤、文、武、周公、孔子之道也，孟轲、荀卿、扬雄、王通、韩愈之道也。吾学尧、舜、禹、汤、文、武、周公、孔子、孟轲、荀卿、扬雄、王通、韩愈之道三十年，处非今之世，故不知进之所以为进也，退之所以为退也，喜之所以为喜也，誉之所以为誉也。其进也，以吾尧、舜、禹、汤、文、武、周公、孔子、孟轲、荀卿、扬雄、王通、韩愈之道进也，于吾躬何所进哉！其退也，以吾尧、舜、禹、汤、文、武、周公、孔子、孟轲、荀卿、扬雄、王通、韩愈之道退也，于吾躬何所退哉！其见毁也，以吾尧、舜、禹、汤、文、武、周公、孔子、孟轲、荀卿、扬雄、王通、韩愈之道见毁也，于吾躬何所毁哉！其获誉也，以吾尧、舜、禹、汤、文武、周公、孔子、孟轲、荀卿、扬雄、

王通、韩愈之道获誉也。于吾躬何所誉哉！故曰：圣贤之迹，无进也，无退也，无毁也，无誉也，唯道所存而已。

（宋）孙复《信道堂记》，《孙明复小集》，清抄本

介近得姚铉《唐文粹》及《昌黎集》。观其述作，有三代制度、两汉遗风，殊不类今之文。曰诗赋者，曰碑颂者，曰铭赞者，或序记，或书箴，必本于教化仁义，根于礼乐刑政，而后为之辞。大者驱引帝皇王之道，施于国家，教于人民，以佐神灵，以浸虫鱼；次者正百度，叙百官，和阴阳，平四时，以舒畅元化，缉安四方。

今之为文，其主者不过句读妍巧，对偶的当而已；极美者不过事实繁多，声律调谐而已。雕镂篆刻伤其本，浮华缘饰丧其真，于教化仁义礼乐刑政，则缺然无仿佛者。

（宋）石介《上赵先生书》，《石徂徕集》卷上，《丛书集成》本

曰：奚其为怪也？曰：昔杨翰林欲以文章为宗于天下，忧天下未尽信己之道，于是盲天下人目，聋天下人耳。使天下人目盲，不见有周公、孔子、孟轲、扬雄、文中子、吏部之道；使天下人耳聋，不闻有周公、孔子、孟轲、扬雄、文中子、韩吏部之道。俟周公、孔子、孟轲、扬雄、文中子、吏部之道灭，乃发其盲，开其聋，使天下惟见己之道，惟闻己之道，莫知其他。

今天下有杨亿之道四十年矣。今人欲反盲天下人目，聋天下人耳。使天下人目盲，不见有杨亿之道；使天下人耳聋，不闻有杨亿之道，俟杨亿道灭，乃发其盲，开其聋，使目惟见周公、孔子、孟轲、扬雄、文中子、吏部之道，耳惟闻周公、孔子、孟轲、扬雄、文中子、吏部之道。周公、孔子、孟轲、扬雄、文中子、吏部之道，尧、舜、禹、汤、文、武之道也，三才、九畴、五常之道也。反厥常，则为怪矣。

（宋）石介《怪说中》，《石徂徕集》卷下，《丛书集成》本

道始于伏羲氏，而成终于孔子。道已成终矣，不生圣人可也。故自孔子来二千余年矣，不生圣人。若孟轲氏、扬雄氏、王通氏、韩愈氏，祖述孔子而师尊之，其智足以为贤。孔子后，道屡废塞，辟于孟子，而大明于吏部。道已大明矣，不生贤人可也。故自吏部来三百有余年矣，不生贤

人。若柳仲涂、孙汉公、张晦之、贾公竦（一作疏），祖述吏部而师尊之，其志实降。

（宋）石介《尊韩》，《石徂徕集》卷下，《丛书集成》本

传曰："五百年一贤人生。"孔子至孟子，孟子至扬子，扬子至文中子，文中子至吏部，吏部至先生，其验欤？孔子、孟子、扬子、文中子、吏部、皆不虚生也。存厥道于亿万世，迄于今而道益明也，名不朽也。今淫文害雅，世教堕坏，扶颠持危，当在有道。先生岂得不危乎？

（宋）石介《上赵先生书》，《石徂徕集》卷上，《丛书集成》本

文之时义大矣哉！故《春秋》传曰："经纬天地曰文。"《易》曰："文明刚健。"《语》曰："远人不服，则修文德以来之。"三王之政曰"救质莫若文"。尧之德曰"焕乎其有文章"。舜则曰"浚哲文明"。禹则曰"文命敷于四海"。周则曰"郁郁乎文哉"。汉则曰"与三代同风"。故两仪，文之体也；三纲，文之象也；五常，文之质也；九畴，文之数也；道德，文之本也；礼乐，文之饰也；孝悌，文之美也；功业，文之容也；教化，文之明也；刑政，文之纲也；号令，文之声也。圣人职文者也，君子章之，庶人由之。具两仪之体，布三纲之象，全五常之质，叙九畴之数。道德以本之，礼乐以饰之，孝悌以美之，功业以容之，教化以明之，刑政以纲之，号令以声之。灿然其君臣之道也，昭然其父子之义也，和然其夫妇之顺也。尊卑有法，上下有纪，贵贱不乱，内外不渎，风俗归厚，人伦既正，而王道成矣。

（宋）石介《上蔡副枢密书》，《石徂徕集》卷上，《丛书集成》本

贤人之业莫先乎文，文者岂徒笔札章句而已，诚治物之器焉。其大则核礼之序，宣乐之和，缮政典，饰刑书。上之为史，则怙乱者惧，下之为诗，则失德者戒，发之为铭诰，则国体明而官守备，列而为奏议，则阙政修而民隐露，周还委曲，非文昌济。

（宋）李觏《上李舍人书》，《直讲李先生文集》卷二十七，《四部丛刊》本

夫善国者，莫先育材。育材之方，莫先劝学。劝学之道，莫尚宗经。

宗经则道大。道大则才大，才大则功大。盖圣人法度之言存乎《书》，安危之几存乎《易》，得失之鉴存乎《诗》，是非之辩存乎《春秋》，天下之制存乎《礼》，万物之情存乎《乐》。故俊哲之人，入乎六经，则能服法度之言，察安危之几，陈得失之鉴，析是非之辩，明天下之制，尽万物之情。使斯人之徒，辅成王道，复何求哉！

　　　　　　（宋）范仲淹《上时相议制举书》，《范文正公文集》卷四，《丛书集成》本

　　予观尧典舜歌而下，文章之作，醇醨迭变，代无穷乎。惟抑末扬本，去郑复雅，左右圣人之道者难之。近则唐贞元元和之间，韩退之主盟于文而古道最盛。懿僖以降，寝及五代，其体薄溺。皇朝柳仲涂起而麾之，髦俊率从焉，仲涂门人能师经探道，有文于天下者多矣。洎杨大年以应用之才，独步当世，学者刻辞镂意，有希仿佛，未暇及古也。其间甚者专事藻饰，破碎大雅，反谓古道不适于用，废而弗学者久之。

　　　　　　（宋）范仲淹《尹师鲁河南集序》，《范文正公集》卷六，《四部丛刊》本

　　自孔子没百有余年而孟子生，孟生之后数十年而至荀卿子，荀卿子后乃稍阔远，二百余年而扬雄称于世，扬雄之死不得甚继千有余年，而后属之韩愈氏。韩愈氏没三百年矣，不知天下之将谁与也？

　　　　　　（宋）苏洵《上欧阳内翰第二书》，《嘉祐集》卷十一，《四部丛刊》本

　　文所以载道也，轮辕饰而人弗庸，徒饰也。况虚车乎？文辞，艺也；道德，实也。笃其实而艺者书之；美则爱，爱则传焉，贤者得以学而至之，是为教。故曰："言之无文，行而不远。"然不贤者，虽父兄临之，师保勉之，不学也；强之，不从也。不知务道德而第以文辞为能者，艺焉而已。噫！弊也久矣。

　　　　　　（宋）周敦颐《通书·文辞》，《濂洛关闽书》卷一，《丛书集成》本

　　足下书所称引古今传道者，自孔子及孟、荀、扬、王、韩、孙、柳、张、贾才十人耳。若语其文，则荀、扬以上不专为文；若语其道，则恐

王、韩以下，未得与孔子并称也。若论学古之人，则又不尽于此十人者也。孔子自称"述而不作"，然则孔子之道，非取诸己也，盖述三皇、五帝、三王之道也。三皇、五帝、三王，亦非取诸己也，钩探天地之道，以教人也。故学者苟志于道，则莫若本之于天地，考之于先王，质之于孔子，验之于当今，四者皆冥合无间，然后勉而进之，则其智之所及，力之所胜，虽或近或远，或小或大，要为不失其正焉。舍是而求之，有害无益矣。彼数君子者，诚大贤也，然于道殆不能无驳而不粹者焉。足下必欲求道之真，则莫若以孔子为的而已。

（宋）司马光《答陈充秘校书》，《温国文正司马公文集》卷五十九，《四部丛刊》本

或谓迂叟："子于道则得其一二矣，惜乎无文以发之！"迂叟曰："然，君子有文以明道，小人有文以发身。夫变白以为黑，转南以为北，非小人有文者孰能之？"

（宋）司马光《迂书·文害》，《温国文正司马公集》卷七十四，《四部丛刊》本

某尝谓世之急者教也，教之久则困弊而不流，柄天下者必相宜以救之；救失其宜，则衰削溃败而莫得收。昔者道之消，德生焉；德之薄，文生焉；文之弊，词生焉；词之削，诡辩生焉。辩之生也害词，词之生也害文，文之生也害道德。夫道也者性也，三皇之治也；德也者复性者也，二帝之迹也；文者表而已矣，三代之采物也；辞者所以熏役，秦汉之训诏也；辩者华言丽口，贼蠹正真，而眩人视听，若卫之音，鲁之缟，所谓晋唐俗儒之赋颂也。

（宋）苏舜钦《上孙冲谏议书》，《苏舜钦集》卷九，上海古籍出版社本

前书所示，大抵不出《先志》。若子经欲以文辞高世，则世之名能文辞者，已无过矣。若欲以明道，则离圣人之经，皆不足以有明也。自秦汉以来，儒者唯扬雄为知言，然尚恨有所未尽。今学士大夫，往往不足以知雄，则其于圣人之经，宜其有所未尽。子经诚欲以文辞高世，则无为见问矣。诚欲以明道，则所欲为子经道者，非可以一言而尽也。子经所谓斜凿

以矫失，背板以矫舟，此天下所同，而舟矢已来，未之改也。《先志》所论，有非天下之所同，而特出子经之新意者，则与矫舟矢之意为不类。又子经以为《诗》、《礼》不可以相解，乃如某之学，则惟《诗》、《礼》足以相解，以其理同故也。

（宋）王安石《答吴子经书》，《王文公文集》卷七，上海人民出版社本

问：作文害道否？

曰：害也。凡为文不专意则不工，若专意则志局于此，又安能与天地同其大也。《书》云："玩物丧志"，为文亦玩物也，吕与叔有诗云："学如元凯方成癖，文似相如始类俳，独立孔门无一事，只输颜氏得心斋。"此诗甚好。古之学者，惟务养情性，其他则不学。今为文者，专务章句，悦人耳目；既务悦人，非俳优而何？曰：古者学为文否？曰：人见六经，便以为圣人亦作文，不知圣人亦摅发胸中所蕴，自成文耳。所谓有德者必有言也。曰：游、夏称文学，何也？曰：游、夏亦何尝秉笔学为词章也。且如"观乎天文以察时变，观乎人文以化成天下"，此岂词章之文也。

（宋）程颢　程颐《二程语录》卷十一，《丛书集成》本

愈之后二百余年而后得欧阳子。其学推韩愈、孟子，以达于孔氏，著礼乐仁义之实，以合于大道。其言简而明，信而通，引物连类，折之于至理，以服人心，故天下翕然师尊之。自欧阳子之存，世之不说者，哗而攻之，能折困其身，而不能屈其言。士无贤不肖不谋而同曰：欧阳子，今之韩愈也，宋兴七十余年，民不知兵，富而教之，至天圣、景祐极矣，而斯文终有愧于古。士亦因陋守旧，论卑而气弱。自欧阳子出，天下争自濯磨，以通经学古为高，以救时行道为贤，以犯颜纳谏为忠。长育成就，至嘉祐末，号称多士。欧阳子之功为多。

（宋）苏轼《六一居士集叙》，《东坡七集·东坡集》卷二十四，《四部备要》本

盖性命之理虽微，然就博文约礼实事上看，亦甚明白，正不须向无形象处，东捞西摸，如捕风系影，用意愈深，而去道愈远也。

（宋）朱熹《答廖子晦》，《朱子文集》卷二，《丛书集成》本

圣贤所言为学之序例如此，须先自外面分明有形象处把捉扶竖起来，不如今人动便说正心诚意，却打入无形影无稽考处去也。

（宋）朱熹《答吕子约》，《晦庵先生朱文公文集》卷四十七，《四部备要》本

圣人之言，坦因易白，因言以明道，正欲使天下后世由此求之；使圣人之言，要教人难晓，圣人之经定不作矣。若其义理精奥处，人所未晓，自是其所见未到耳。学者须玩味深思，久之自可见。何尝如今人欲说又不敢分晓说，不知是甚所见，毕竟是其自家所见不明，所以不敢深言，且鹘实说在里。

（宋）朱熹《朱子语类》卷一百三十九，中华书局本

梭山一日对学者言，曰："文所以明道，辞达足矣。"意有所属也。先生正色而言曰："道有变动，故曰爻；爻有等，故曰物；物相杂，故曰文；文不当，故吉凶生焉。昔者圣人之作《易》也，幽赞于神明而生蓍，参天两地而倚数，观变于阴阳而立卦，发挥于刚柔而生爻，和顺于道德而理于义，穷理尽性以至于命，这方是文。文不到这里，说甚文？"

（宋）陆九渊《语录上》，《陆九渊集》卷三十四，中华书局本

棋所以长吾之精神，瑟所以养吾之德性。艺即是道，道即是艺。岂惟二物，于此可见矣。

（宋）陆九渊《语录下》，《陆九渊集》卷三十五，中华书局本

主于道则欲消而艺亦可进，主于艺则欲炽而道亡，艺亦不进。

（宋）陆九渊《杂说》，《陆九渊集》卷二十二，中华书局本

动静互根而阴阳生，阳变阴合而五行具，天下之至文实始诸此。仰观俯察，而日月之代明，星辰之罗布，山川之流峙，草木之生息，凡物之相错而粲然不可紊者，皆文也。近取诸身，而君臣之仁敬，父子之慈孝，兄弟之友恭，夫妇之好合，朋友之信睦，凡天理之自然，而非人所得为者，皆文也。尧之荡荡，不可得而名而反可名者，文章也。夫子之言性与天道不可得而闻而所可闻者，文章也。然则，尧之文章乃荡荡之所发见，而夫

子之文章亦性与天道之流行。谓文云者必如此而后为至……圣人所谓斯文，亦曰斯道云耳，而非文人之所以玩物肆情，进士之所以哗众取宠者也。

  （宋）魏了翁《大邑县学振文堂记》，《鹤山先生大全文集》卷四十，《四部丛刊》本

  古之为文者皆以德盛仁孰流于既溢之余，故虽肆笔脱口而动中音节，非特歌诗为然也。礼辞易象亦莫不然。自《离骚》作而文辞之士与世之以声律为文者，传会牵合，始与事不相俪，文人才士习焉而不之察也。

  （宋）魏了翁《跋胡复半野诗稿》，《鹤山先生大全文集》卷六十二，《四部丛刊》本

  任斯道之托，以统天下之异，则不可无以尊其权。天下惟一王之法，最足以一天下之趋向。彼其庆赏刑威之用于天下，而天下莫与之抗者，以其法之所存故也。君子任斯道于一身，以正天下之不正，裁节矫揉，而不使之差跌于吾规矩准绳之所不能制，则一王之法岂独有天下者司之，而斯文独无之哉？圣人不作，学者无归往之地，重之以八代之衰，而道丧文敝。后生曲学之于文，仅如偏方小伯，各主一隅，而不睹王者之大全，或主于王、杨，或主于燕、许，非无其主也，然特宗于伯尔。有韩子者作，大开其门以受天下之归，反刓铲伪，堂堂然特立一王之法则，虽天下之小不正者，不于王，将谁归？史臣以唐文为一王法而归之。韩愈之倡是法也，惟韩愈足以当之。天下莫不有所主：江海能为百谷主也，而后百川归之；太山能为群岳主也，而后群目仰之。天下之分，自敌已以上，毫发不可忘逾，而况于道之所统，其去取予夺可无王法以裁正之乎？

  （宋）魏了翁《唐文为一王法论》，《鹤山先生大全文集》卷一百〇一，《四部丛刊》本

  汉西都文章最盛，至有唐为尤盛。然其发挥理义，有补世教者，董仲舒氏、韩愈氏而止耳。国朝文治猥兴，欧、王、曾、苏，以大手笔追还古作，高处不减二子。至濂、洛诸先生出，虽非有意为文，而片言只辞，贯综至理，若《太极》、《西铭》等作，直与六经相出入，又非董、韩之可匹矣。然则文章在汉、唐未足言盛，至我朝乃为盛尔。忠肃彭公以濂、洛

为师者也，故见诸著述，大抵鸣道之文，而非复文人之文。

（宋）真德秀《跋彭忠肃公集》，《西山先生真文忠公文集》卷三十六，《四部丛刊》本

"文以气为主"，古有是言也。"文以理为主"，近世儒者尝言之。李汉曰："文者，贯道之器。"以一句蔽三百年唐文之宗，而体用倒置不知也。必如周子曰："文者，所以载道也。"而后精确不可易。

（宋）王柏《题碧霞山人王公文集后》，《鲁斋集》卷五，金华丛书本

窃尝谓道一而已，而物有万古圣贤之学，不专在言语文字，而亦不离言语文字。日月星辰，与天为体，运而不已；山川草木，与地为体，生而不穷。言语文字，与圣贤为体，传而不朽。体，物也，所以用之者，道也。道不离物，《易》究咎休，《书》纪治乱，《诗》美刺，《春秋》褒贬，《三礼》辨上下，《论》专言仁，《孟》兼言义，皆以言语文字与道为体，其妙用所在，一而已。一者何？道是也。然则何道也？天地之心耳。此之谓道而以其道用乎日月星辰、山川草木之物，故曰道不离物。圣贤之心，欲使千万世之人，为善不为恶，以复其有善无恶之性，则不容不著之书，此言语文字所以为斯道有形之体，而无形之道所以用乎有形之体而寓于言语文字之中也。

（元）方回《应子翱经传蒙求序》，《桐江续集》卷三十一，《四库全书珍本》初集本

噫！孟子而下，知尊孔子者曰荀、扬，扬本黄、老，荀杂申、商，唯通为近正，读者未可以此而轻訾之。

（明）宋濂《诸子辩并序》，《宋学士全集》卷二十七，《丛书集成》本

世之为士者贵于立言。然言不可以徒立也，必依乎经史而为之。辨证虽或未遑，竭其终始而具释全书，所以发越其光晶。而疏通其晦塞者，其为来学窾疑辨惑之助，而功不能多矣乎。汉魏以来，艺文之流，伸其独见而成一家言者，亡虑数百，原其所志，亦未必不由于斯道也。奈何俗学纷纭，而莫之有定。骛高远者，宗恍惚而谈玄虚，尚靡丽者，骋浮辞而矜绰

制。譬诸金贝、珊瑚、木难、火齐可珍之物，出橐而纷葩，升槃而回萦，非不烨烨可观也，然而寒焉不足为之衣，饥焉弗能为之食。求其若菽、粟、布帛之济于用者，曾何如哉？呜呼！弊也久矣！

（明）宋濂《笔记序》，《宋学士全集》卷九，《丛书集成》本

后之立言者，必期无背于经，始可以言文。不然，不足以与此也。是故扬沙走石，飘忽奔放者，非文也；牛鬼蛇神，佹诞不经而弗能宣通者，非文也；桑间濮上，危弦促管，徒使五音繁会而淫靡过度者，非文也；情缘愤怒，辞专讥讪，怨尤勃兴和顺不足者，非文也；纵横捭阖，饰非助邪而务以欺人者，非文也；枯瘠苦涩，棘喉滞吻，读之不复可句者，非文也；廋辞隐语，杂以诙谐者，非文也；事类失伦，序例弗谨，黄钟与瓦釜并陈，春秾与秋枯并出，杂乱无章，刺昧人目者，非文也；臭腐塌茸，厌厌不振，如下俚衣装不中程度者，非文也。如斯之类，不能遍举也。必也旋转如乾坤，辉映如日月，阖辟如阴阳，变化如风霆，妙用同乎鬼神，大之用天下国家，小而为天下国家用，始可以言文。不然，不足以与此也。

（明）宋濂《徐教授文集序》，《宋学士全集》卷七，《丛书集成》本

君子之言贵乎有本，非特诗之谓也。本乎仁义者，斯足贵也。周之盛时，凡远国遐壤，穷闾陋巷之民，皆能为诗，其诗皆由祖仁义可以为世法，岂若后世学者资于口授指画之浅哉！先王道德之泽，礼乐之教，渐于心志，而见于四体，发于言语，而形于文章，不自知其臻于盛美耳！王泽既衰，天下睹古昔作者之盛，始意其文皆由学而后成，于是穷日夜之力而窃拟之，言愈工，而理愈失；力愈劳，而意愈违。体调杂出，而古诗亡矣。非才之不若古人也，化之者不若，而无其本也。

（明）宋濂《林氏诗序》，《宋学士全集》卷六，《丛书集成》本

自有生民以来，涉世非不远也，历年非不久也，能言之士非不夥且众也。以今观之，照耀如日月，流行如风霆，卷舒如云霞，唯群圣人之文则然；列峙如山岳，流布如江河，发越如草木，亦惟群圣人之文则然。而诸子百家之文固无与焉，故濂谓立言不能正民极、经国制、树彝伦、建大义者，皆不足谓之文也。士无志于古则已，有志于古，舍群圣人之文，何以

法焉？

　　　　（明）宋濂《华川书舍记》《宋学士全集》卷二，《丛书集成》本

　　文非学者之所急，昔之圣贤初不暇于学文。体之于身心，见之于事业，秩然而不紊，粲然而可观者，即所谓文也。其文之明，由其德之立，其德之立，宏深而正大，则其见于言自然光明而俊伟。此上焉者之事也。优柔于艺文之场，餍饫于今古之家，搴英而咀华，溯本而探源，其近道者则而效之，其害教者辟而绝之，俟心与理涵，行与心一，然后笔之于书，无非以明道为务。此中焉者之事也。其阅书也，搜文而摘句，其执笔也，厌常而务新，昼夜孜孜，日以学文为事；且曰，古之文淡乎其无味，我不可不加秾艳焉；古之文纯乎其敛藏也，我不可不加驰骋焉。由是好胜之心生，夸多之习炽，务以悦人，惟目不足，纵如张锦绣于庭，列珠贝于道，佳则诚佳，其去道益远矣。此下焉者之事也。呜呼！上焉者吾不得而见之，得见中焉者斯可矣。奈何中焉者，亦十百之中不三四见焉。而沦于下焉者，又奚其纷纷而藉藉也？此无他，为人之念宏，为己之功不切也……虽然，天地之间有全文焉，具之于五经。人能于此留神焉，不作则已，作则为天下之文，非一家之文也，其视迁、固，几若大鹏之于鷃鹩耳。建中尚勉之哉！建中尚勉之哉！

　　　　（明）宋濂《赠梁建中序》，《宋学士全集》卷九，《丛书集成》本

　　奈何世教陵夷，学者昧其本原，乃专以辞章为文，抽媲青白，组织华巧，徒以供一时之美观。譬如春卉之芳秾，非不嫣然可悦也；比之水火之致，夫用者盖寡矣。呜呼！文之衰也，一至此极乎！

　　　　（明）宋濂《讷斋集序》，《宋学士全集》卷六，《丛书集成》本

　　然则何为而后可为文也？盖有方焉。圣贤不可见矣，圣贤之为人，其道德仁义之说存乎书，取而学焉，不徒师其文而师其行，不徒识诸心而征诸身。小则文一家，化一乡，大则文被乎四方，渐渍生民，贲及草木，使人人改德而易行，亲亲而尊尊，宣之于简册，著之于无穷，亦庶几明道而立教，辅俗而化民者乎？呜呼！吾何由而见斯人于斯世也，吾何为而不思

夫圣贤之盛也！

  （明）宋濂《文说赠王生黼》，《宋学士全集》卷二十六，《丛书集成》本

  呜呼！吾之所谓文者，天生之，地载之，圣人宣之，本建则其末治，体著则其用章，斯所谓乘阴阳之大化，正三纲而齐六纪者也；亘宇宙之始终，类万物而周八极者也。呜呼！非知经天纬地之文者，恶足以语此！

  （明）宋濂《文原》，《宋学士全集》卷二十五，《丛书集成》本

  抑尝闻儒先君子之论文者，务合于道，非徒以其词高一世为工也。

  （明）贝琼《唐宋六家文衡序》，《清江贝先生文集》卷二十八，《四部丛刊》本

  文所以载道，仆岂谓能之。仆所病者，秦汉以下，斯道不明，为士者以文为业，能操笔书尺纸鸣一时，辄自负，以为圣人之学止此。今汉以来至五代，其文具在，吾兄试观之，可以明道者，果谁之文乎？谓其文为道，可乎？

  （明）方孝孺《与郑叔度书》，《逊志斋集》卷十，《四部备要》本

  文所以明道也，文不足以明道，犹不文也。

  （明）方孝孺《送牟元亮赵士贤归省序》，《逊志斋集》卷十四，《四部备要》本

  文之用有二：载道、纪事而已。载道者上也，纪事者其次也。然道与事，非判然二涂也。孔子入太庙，每事问，学诗而多识鸟兽草木之名，岂不以事物为道之所寓耶？舍是二者，文虽丽，无补于世，终不能传远；苟有补，虽俚谈野语，亦不得而弃之。

  （明）方孝孺《读崔豹古今注》，《逊志斋集》卷四，《四部备要》本

  夫诗所以列于五经者，岂章句之云哉！盖有增乎纲常之重，关乎治乱之教者存也。非知道者，孰能识之？非知道者，孰能为之？人孰不为诗

也，而不知道，岂吾所谓诗哉！

　　　　　（明）方孝孺《读朱子感兴诗》，《逊志斋集》卷四，《四部备要》本

　　发挥道德乃成文，枝叶何曾离本根。末俗竞工繁缛体，千秋精意与谁论？

　　　　　（明）方孝孺《谈诗五首》之三，《逊志斋集》卷二十四，《四部备要》本

　　艺者，义也，理之所宜者也。如诵诗、读书、弹琴、习射之类，皆所以调习此心，使之熟于道也。苟不志道而游艺，却如无状小子，不先去置造区宅，只管要去买画挂，做门面，不知将挂在何处。

　　　　　（明）王守仁《语录·传习录下》，《王文成公全书》卷三，《四部丛刊》本

　　文以载道。道也者，伏羲氏以来不易之旨也。孔孟没而圣学微，于是六艺之旨，散逸不传。

　　　　　（明）茅坤《与王敬所少司寇书》，《茅鹿门集》卷四，清刊本

　　太史公以屈平"正直忠智以事其君，信而见疑，忠而被谤，能无怨乎？《离骚》之作，盖自怨生也。《国风》好色而不淫，《小雅》怨诽而不乱，若《离骚》者，可谓兼之矣。"嗟夫，此有道者之言也。天下英豪奇魂之士，苟有意乎世容，非好色者乎。君父不见知，而有不怨其君父者乎，彼夫好色而至于淫，怨其君父而至于乱者，则有意乎世之极，而不得夫道者也。

　　　　　（明）汤显祖《骚苑笙簧序》，《汤显祖诗文集》卷二十九，上海古籍出版社本

　　乐也者，存乎道者也。抑扬节奏之妙，存乎聪明而为之也；安静和畅之体，存乎实德而象之也。两阶之千羽，前徒之倒戈，揖逊之雍容，驷伐之猛厉，不俟观乎《韶》、《武》而知之矣。故道之所由行，而乐之所由成也。

　　　　　（明）王廷相《慎言·文王篇》，引自《王廷相哲学选集》，中华书局本

经非圣人不能作,而圣人不世作也。后世作者,岂遂不足以言文乎?曰:非然也。道在天地间,万古一日,无或敝也。世有作者,舍圣人则无所为学。其为文也,苟以载夫道,虽未至于圣人之文,其必不谬乎圣人者矣。

(明)王祎《文原》,《王忠文公集》卷二十,清刊本

天地之间,物之至著而至久者,其文乎?盖其著也,与天地同其化;其久也,与天地同其远。故文者天地焉,相为用者也,是何也?曰:道之所由托。道与文不相离,妙而不可见其谓道,形而可见者之谓文。道非文,道无自而明;文非道,文不足以行也。是故文与道非二物也。道与天地并,文其有不同于天地者乎?载籍以来,六经之文至矣,凡其为文,皆所以载天道也。

(明)王祎《文原》,《王忠文公集》卷二十,清刊本

文不载道,不足以为文。凡世之以雕章绘句为务,竞华藻而逞妍巧者,曾不翅淫声冶色之悦人,其不眩耳目而蛊心志者,几稀。此则文之为敝,而有志乎学圣人者之所不屑道也。

(明)王祎《文原》,《王忠文公集》卷二十,清刊本

至于今轻材小儒,敢于嗤点六经,訾毁三传,非圣无法,先王所必诛,不以听者。而流俗以为固然,生心而害政,作政而害事,学术蛊坏,世道偏颇,而夷狄寇盗之祸亦相挺而起。孟子曰:"我亦欲正人心,君子反经而已矣。"诚欲正人心必自反经始。诚欲反经,必自正经学始。

(清)钱谦益《新刻十三经注疏序》,《牧斋初学集》卷二十八,
上海古籍出版社本

或曰:"儒者不喜文章。"亦不是圣人之道也。近似墨子之《非乐》。彼云:"文章无用。"若如所言,则金石丝竹,饥不可饱,寒不能温,先王以之立教,何耶?文章经世之大业,不朽之盛事。儒者未之学耳。

(清)冯班《遗言》,《钝吟杂录》卷八,《丛书集成》本

孔子之删述六经，即伊尹、太公救民于水火之心，而今之注虫鱼命草木者，皆不足以语此也。故曰："载之空言，不如见诸行事。"夫《春秋》之作，言焉而已，而谓之行事者，天下后世用以治人之书，将欲谓之空言而不可也。愚不揣，有见于此，故凡文之不关于六经之指、当世之务者，一切不为。而既以明道救人，则于当今之所通患，而未尝专指其人者，亦遂不敢以辟也。

（清）顾炎武《与人书三》，《顾亭林诗文集》卷四，中华书局本

惟文章以明理适事，无当于理与事，则无所用文。故曰：文者，载道之器。言事莫尚汉，言理莫尚宋。核事者每谬于理，宗理者迂阔不切事。其实相乖离，其文亦终无有能合者。

（清）魏禧《恽逊庵先生文集序》，《魏叔子文集》卷八，易堂刻本

夫文之为用，实以载道。要先辨其源流本末，而徐以察其异轨殊途，固不可执一而论。然又不可以二三其旨也，是在正其源而反求其本已矣。今有文于此，必先证其美与不美，其美者则人共誉之曰美。彼文而美，固可誉也。夫固有其文之美者矣，然而未可即谓之通也。固有其文之通者矣，然而未可即谓之适于道也。今试举其大者言之，以例其余。彼美而未尝通者，六朝之文类是也。通而未尝是者，庄周、列御寇之文类是也。是而未尝适于道者，司马迁等之文类是也。夫由文之美，而层累进之，以至适于道而止。道者，何也？六经之道也。为文必本于六经，人人能言之矣。人能言之，而实未有能知之，能知之而实未有能变而通之者也。夫能言之，更能进而变通之，要能识夫道之所由来，与推夫道之所由极，非能明天下之理，达古今之事，穷万物之情者，未易语乎此也。仆尝有《原诗》一编，以为盈天地间，万有不齐之物之数，总不出乎理事情三者。故圣人之道自格物始，盖格夫凡物之无不有理事情也。为文者，亦格之文之为物而已矣。夫备万物者，莫大于天地，而天地备于六经。六经者，理事情之权舆也。合而言之，则凡经之一句一义，皆各备此三者，而互相发明。分而言之，则《易》似专言乎理，《书》、《春秋》、《礼》似专言乎事，《诗》似专言乎情。此经之本原也。而推其流之所至，因《易》之流

而为言，则议论辨说等作是也。因《书》、《春秋》、《礼》之流而为言，则史传记述典制等作是也。因《诗》之流而为言，则辞赋诗歌等作是也。数者条理各不同，分见于经，虽各有专属，其适乎道则一也。而理者与道为体，事与情总贯乎其中。惟明其理，乃能出之而成文。六经之后，其德其意者，则庶乎唐宋以来诸大家之文，为不悖乎道矣。

（清）叶燮《与友人论文书》，《己畦集》卷十一，清刊本

载道之谓也，孔子曰："辞达而已矣。"《礼》曰："辞苟足以达义之至也。"《诗》曰："人之好我，示我周行。"夫适万里者，必于周行始之。有人焉，以为周行人所共由，不若转而之层崖峻岭，虽极于嵩华恒岱之巅，我未见其能达也已。文之不能载道，何以异此？仆之深契夫韩、欧阳、曾氏之文者，以其折衷六艺，多近道之言，非谓其文之过于秦汉也。

（清）朱彝尊《报李天生书》，《曝书亭全集》卷三十一，《四部备要》本

三代后圣人不生，文之与道离也久矣。然文人学士必有所挟持以占地步，故一则曰明道，再则曰明道，直是文章家习气如此。而推究作者之心，都是道其所道，未必果文王、周公、孔子之道也。夫道若大路然，亦非待文章而后明者也。仁义之人，其言蔼如，则又不求合而合者。若矜矜然认门面语为真谛，而时时作学究塾师之状，则持论必庸；而下笔多滞，将终其身得人之得，而不自得其得矣。窃为足下忧之。

（清）袁枚《答友人论文第二书》，《小仓山房诗文集》文集卷十九，《四部备要》本

夫古文之体，奇正浓淡详略，本无定法，要其为文之旨有四：曰明道，曰经世，曰阐幽，曰正俗。有是四者，而后以法律约之，夫然后可以羽翼经史，而传之天下后世。

（清）钱大昕《与友人书》，《潜研堂文集》卷三十三，清刊本

文以贯道，言以匡时，雕虫绣帨，虽多奚为。博而屡守，然而湛思，非法不服，先哲是师。窃人之言，以为己词，欺世啖名，为识者嗤。文依

于行,茗木有枝,本实先拨,枝其萎而。

(清)钱大昕《文箴》,《潜研堂文集》卷十七,清刊本

有唐曲江,诚明忠正,求之后代,孰能逮之?迹其初学,乃多词赋耳,文辞亦圣教也,曷可忽诸?

(清)阮元《学海堂集序》,《揅经室续集》卷四,《丛书集成》本

夫文字之兴,肇始易绳。迹其本用,原以治百官,察万民,岂有空言无因而为一文者乎?特三代以上,无有文名,执简记事者,皆圣贤之徒,赓歌谟明者,皆性命之旨,文与道俱,言为民则。洎孔氏之门,始以文为教;四科之选,聿有专能。自是以来,文章之家,杰然自为一宗而不可没,固为其能载道以适于用也。

(清)方东树《切问斋文钞书后》,《仪卫轩文集》卷六,清刊本

六经者海也,观于六经,斯才大矣。诗文者艺也,所以为之善者道也。道与义合,斯气盛矣。文与六经无二道也,诗之与文尤无二道也。凡此皆有得于天而又得于人者是也。

(清)姚莹《复杨君记诗文书》,《中复堂全集·东溟文集外集》卷二,清刊本

民之制于上,犹草木之制于四时也,在所以煦之,煦之道莫尚乎崇诗书、兴文学。故君子读《郑风》,不叹其淫荡而叹《子衿》学校之久废;读《卫风》,不伤其流泆而伤《淇澳(奥)》礼教之久衰;读《陈风》,不叹其淫奔而叹其巫觋歌舞之不革。

(清)魏源《默觚下·治篇四十》,《魏源集》,中华书局本

有凤凰之德,而后其羽可用为仪,未有燕雀其质,而鸾皇其章者。飘风不可以调宫商,巧妇不可以主中馈,文章之士不可以治国家。将文章之罪欤?文之用,源于道德而委于政事,百官万民,非此不丑;君臣上下,非此不孺;师弟友朋,守先待后,非此不寿。夫是以内覃其性情而外纲其皇极,(其)缊之也有原,其出之也有伦,其究极之也动天地而感鬼神,

文之外无道，文之外无治也；经天纬地之文，由勤学好问之文而入，文之外无学，文之外无教也。执是以求今日售世哗世之文，文哉，文哉！《诗》曰："巧言如簧，颜之厚矣！"

（清）魏源《默觚上·学篇二》，《魏源集》，中华书局本

五

真善美

礼有以多为贵者。天子七庙，诸侯五，大夫三，士一……此以多为贵也。有以少为贵者。天子无介，祭天特牲；天子适诸侯，诸侯膳以犊；诸侯相朝，灌用郁鬯，无笾豆之荐；大夫聘礼以脯醢；天子一食，诸侯再，大夫士三，食力无数……此以少为贵也。有以大为贵者。宫室之量，器皿之度，棺椁之厚，丘封之大，此以大为贵也。有以小为贵者。宗庙之祭，贵者献以爵，贱者献以散，尊者举觯，卑者举角；五献之尊，门外缶，门内壶，君尊瓦甒，此以小为贵也。有以高为贵者。天子之堂九尺，诸侯七尺，大夫五尺，士三尺；天子、诸侯台门，此以高为贵也。有以下为贵者。至敬不坛，埽地而祭；天子、诸侯之尊废禁，大夫、士棜禁，此以下为贵也。礼有以文为贵者。天子龙衮，诸侯黼，大夫黻，士玄衣纁裳；天子之冕，朱绿藻，十有二旒，诸侯九，上大夫七，下大夫五，士三，此以文为贵也。有以素为贵者。至敬无文，父党无容，大圭不琢，大羹不和，大路素而越席，牺尊疏布幂，樿杓，此以素为贵也。孔子曰："礼不可不省也，礼不同，不丰，不杀。"此之谓也。盖言称也。礼之以多为贵者，以其外心者也。德发扬，诩万物，大理物博，如此则得不以多为贵乎？故君子乐其发也！礼之以少为贵者，以其内心者也。德产之致也精微，观天下之物，无可以称其德者，如此则得不以少为贵乎？是故君子慎其独也！古之圣人，内之为尊，外之为乐，少之为贵，多之为美。是故先王之制礼也，不可多也，不可寡也，唯其称也。是故君子大牢而祭谓之礼，匹士大牢而祭谓之攘。管仲镂簋朱纮，山节藻棁，君子以为滥矣。

（先秦）《礼记·礼器》，《十三经注疏》本

辟踊，哀之至也。有算，为文节文也。袒括发，变也。愠，哀之变

也。去饰，去美也。袒括发，去饰之甚也。有所袒，有所袭，哀之节也。弁绖葛而丧，与神交之道也，有敬心焉。

(先秦)《礼记·檀弓》，《十三经注疏》本

君衣狐白裘，锦衣以裼之……士不衣狐白……锦衣狐裘，诸侯之服也。犬羊之裘不裼，不文饰也不裼。裘之裼也，见美也。吊则袭，不尽饰也。君在则裼，尽饰也。服之袭也，充美也。

(先秦)《礼记·玉藻》，《十三经注疏》本

吴公子札来聘……请观于周乐。使工为之歌《周南》、《召南》。曰："美哉！始基之矣，犹未也，然勤而不怨矣。"为之歌《邶》、《鄘》、《卫》。曰："美哉！渊乎，忧而不困者也。吾闻卫康叔、武公之德如是，是其《卫风》乎？"为之歌《王》。曰："美哉！思而不惧，其周之东乎？"为之歌《郑》。曰："美哉！其细已甚，民弗堪也，是其先亡乎？"为之歌《齐》。曰："美哉！泱泱乎大风也哉！表东海者，其大公乎？国未可量也。"为之歌《豳》。曰："美哉！荡乎！乐而不淫，其周公之东乎？"为之歌《秦》。曰："此之谓夏声，夫能夏则大，大之至也，其周之旧乎？"为之歌《魏》。曰："美哉！沨沨乎！大而婉，险而易行，以德辅此，则明主也。"为之歌《唐》。曰："思深哉！其有陶唐氏之遗民乎？不然，何其忧之远也。非令德之后，谁能若是？"为之歌《陈》。曰："国无主，其能久乎？"自《郐》以下，无讥焉。为之歌《小雅》。曰："美哉！思而不贰，怨而不言，其周德之衰乎？犹有先王之遗民焉。"为之歌《大雅》。曰："广哉！熙熙乎！曲而有直体，其文王之德乎？"为之歌《颂》。曰："至矣哉！直而不倨，曲而不屈，迩而不逼，远而不携，迁而不淫，复而不厌，哀而不愁，乐而不荒，用而不匮，广而不宣，施而不费，取而不贪，处而不底，行而不流，五声和，八风平，节有度，守有序，盛德之所同也。"见舞《象箾》、《南籥》者。曰："美哉！犹有憾！"见舞《大武》者。曰："美哉！周之盛也，其若此乎？"见舞《韶濩》者。曰："圣人之弘也，而犹有惭德，圣人之难也。"见舞《大夏》者。曰："美哉！勤而不德，非禹，其谁能修之。"见舞《韶箾》者。曰："德至矣哉！大矣，如天之无不帱也，如地之无不载也。虽甚盛德，其蔑以加于此矣，观止矣。若有他乐，吾不敢请已。"

(先秦)《左传·襄公二十九年》，《十三经注疏》本

信言不美，美言不信。善者不辩，辩者不善。

(先秦)老子《道德经》八十一章，《诸子集成》本

子谓《韶》，尽美矣，又尽善也。谓《武》，尽美矣，未尽善也。

(先秦)《论语·八佾》，《十三经注疏》本

墨子曰："……今当凶年，有欲予子随侯之珠者，不得卖也，珍宝而以为饰。又欲予子一钟粟者，得珠者不得粟，得粟者不得珠，子将何择？"禽滑厘曰："吾取粟耳，可以救穷。"墨子曰："诚然，则恶在事夫奢也。长无用，好末淫，非圣人之所急也，故食必常饱，然后求美；衣必常暖，然后求丽；居必常安，然后求乐。为可长，行可久，先质而后文，此圣人之务。"禽滑厘曰："善"。

(先秦)《墨子》佚文，《墨子间诂》附录，《诸子集成》本

甘瓜苦蒂，天下物无全美。

(先秦)《墨子》佚文，《墨子间诂》附录，《诸子集成》本

有文实也，而后谓之；无文实也，则无谓也。不若敷与美，谓是，则是固美也；谓也（他），则是非美，无谓则报也。

(先秦)《墨子·经说下》，《墨子间诂》卷十，《诸子集成》本

充实之谓美。充实而有光辉之谓大，大而化之之谓圣。

(先秦)《孟子·尽心下》，《十三经注疏》本

岂以仁义为不美也？其心曰，是何足与言仁义也云尔。

(先秦)《孟子·公孙丑下》，《十三经注疏》本

口之于味也，有同耆焉；耳之于声也，有同听焉；目之于色也，有同美焉。至于心，独无所同然乎。心之所同然者，何也？谓理也，义也。

(先秦)《孟子·告子上》，《十三经注疏》本

阳子之宋，宿于逆旅。逆旅人有妾二人，其一人美，其一人恶，恶者

贵而美者贱。阳子问其故，逆旅小子对曰："其美者自美，吾不知其美也；其恶者自恶，吾不知其恶也。"阳子曰："弟子记之！行贤而去自贤之行，安往而不爱哉！"

（先秦）《庄子·山木》，《诸子集成》本

　　天地有大美而不言，四时有明法而不议，万物有成理而不说。圣人者，原天地之美而达万物之理，是故至人无为，大圣不作，观于天地之谓也。

（先秦）《庄子·知北游》，《诸子集成》本

　　昔者舜问于尧曰："天王之用心何如？"尧曰："吾不敖无告，不废穷民，苦死者，嘉孺子而哀妇人，此吾所以用心已。"舜曰："美则美矣，而未大也！"尧曰："然则何如？"舜曰："天德而出宁，日月照而四时行，若昼夜之有经，云行而雨施矣。"尧曰："胶胶扰扰乎！子，天之合也；我，人之合也。"夫天地者，古之所大也，而黄帝、尧、舜之所共美也。故古之王天下者，奚为哉？天地而已矣。

（先秦）《庄子·天道》，《诸子集成》本

　　秋水时至，百川灌河，泾流之大，两涘渚崖之间，不辩牛马。于是焉河伯欣然自喜，以天下之美为尽在己。顺流而东行，至于北海，东面而视，不见水端，于是焉河伯始旋其面目，望洋向若而叹曰："野语有之曰，'闻道百以为莫己若者'，我之谓也。且夫我尝闻少仲尼之闻而轻伯夷之义者，始吾弗信；今我睹子之难穷也，吾非至于子之门则殆矣，吾长见笑于大方之家。"北海若曰："井蛙不可以语于海者，拘于虚也；夏虫不可以语于冰者，笃于时也；曲士不可以语于道者，束于教也。今尔出于崖涘，观于大海，乃知尔丑。尔将可与语大理矣。"

（先秦）《庄子·秋水》，《诸子集成》本

　　孔子愀然曰："请问何谓真？"客曰："真者，精诚之至也。不精不诚，不能动人。故强哭者虽悲不哀；强怒者虽严不威；强亲者虽笑不和。真悲无声而哀，真怒未发而威，真亲未笑而和。真在内者，神动于外，是所以贵真也。其用于人理也，事亲则慈孝，事君则忠贞，饮酒则欢乐，处

丧则悲哀。忠贞以功为主，饮酒以乐为主，处丧以哀为主，事亲以适为主，功成之美，无一其迹矣。事亲以适，不论所以矣；饮酒以乐，不选其具矣；处丧以哀，无问其礼矣。礼者，世俗之所为也；真者，所以受于天也，自然不可易也。始圣人法天贵真，不拘于俗。愚者反此。不能法天而恤于人，不知贵真，禄禄而受变于俗，故不足。惜哉，子之早湛于人伪而晚闻大道也！"

（先秦）《庄子·渔父》，《诸子集成》本

君子知夫不全不粹之不足以为美也，故诵数以贯之。

（先秦）《荀子·劝学》，《诸子集成》本

天之所覆，地之所载，莫不尽其美。致其用。上以饰贤良，下以养百姓而安乐之。

（先秦）《荀子·王制》，《诸子集成》本

鲁有恶者，其父出而见商咄，反而告其邻曰："商咄不若吾子矣！"且其子至恶也，商咄至美也。彼以至美不如至恶，尤乎爱也！故知美之恶，知恶之美，然后能知美恶矣。

（先秦）《吕氏春秋·有始览·去尤》，《诸子集成》本

礼为情貌者也，文为质饰者也。夫君子取情而去貌，好质而恶饰。夫恃貌而论情者，其情恶也；须饰而论质者，其质衰也。何以论之？和氏之璧不饰以五采，隋侯之珠不饰以银黄，其质至美，物不足以饰之，夫物之待饰而后行者，其质不美也。

（先秦）《韩非子·解老》，《诸子集成》本

求美则不得美，不求美则美矣。求丑则不得丑，求不丑则有丑矣。不求美又不求丑，则无美无丑矣，是谓玄同。

……

琬琰之玉，在汙泥之中，虽廉者弗释，弊箄甑瓾，在袇茵之上，虽贪者不搏。美之所在，虽污辱，世不能贱，恶之所在，虽高隆，世不能贵。

（汉）刘安《淮南子·说山训》，《诸子集成》本

且夫身正性善，发愤而成仁，帽凭而为义，性命可说，不待学问而合于道者，尧舜文王也。沉醢耽荒，不可教以道，不可喻以德，严父弗能正，贤师不能化者，丹朱、商均也。曼颊皓齿，形夸骨佳，不待脂粉芳泽而性可说者，西施、阳文也。嗜朕哆吻，籧篨戚施，虽粉白黛黑，弗能为美者，嫫母、仳倠也。夫上不及尧舜，下不及商均，美不及西施，恶不若嫫母：此教训之所谕也，而芳泽之所施。

……

今夫毛嫱西施，天下之美人。若使之衔腐鼠，蒙猬皮，衣豹裘，带死蛇，则布衣韦带之人过者，莫不左右睥睨而掩鼻。尝试使之施芳泽，正娥眉，设笄珥，衣阿锡，曳齐纨，粉白黛黑，佩玉环揄步，杂芝若笼，蒙目视，冶由笑，目流眺，口曾挠，奇牙出，靥辅摇，则虽王公大人有严志颉颃之行者，无不惮悇痒心而悦其色矣。

（汉）刘安《淮南子·修务训》，《诸子集成》本

清醴之美，始于耒耜，黼黻之美，在于杼轴。布之新，不如纻。纻之弊，不如布。或善为新，或恶为故。靥辅在颊则好，在颡则丑。绣以为裳则宜，以为冠则讥。

（汉）刘安《淮南子·说林训》，《诸子集成》本

夫夏后氏之璜，不能无考；明月之珠，不能无颣。然而天下宝之者何也？其小恶不足妨大美也。

（汉）刘安《淮南子·氾论训》，《诸子集成》本

美善不空，才高知深之验也。《易》曰："圣人之情见于辞。"文辞美恶，足以观才。

（汉）王充《论衡·佚文》，中华书局本

故"论衡"者，所以铨轻重之言，立真伪之平乎，非苟调文饰辞，为奇伟之观也。

（汉）王充《论衡·对作》，中华书局本

抱朴子曰：能言莫不褒尧，而尧政不必皆得也；举世莫不贬桀，而桀事

不必尽失也。故一条之枯，不损繁林之蓊蔼，蒿麦冬生，无解毕发之肃杀；西施有所恶而不能减其美者，美多也；嫫母有所善而不能救其丑者，丑笃也。

（晋）葛洪《抱朴子·博喻》，《诸子集成》本

傍及万品，动植皆文；龙凤以藻绘呈瑞，虎豹以炳蔚凝姿。云霞雕色，有逾画工之妙，草木贲华，无待锦匠之奇。夫岂外饰，盖自然耳。

（梁）刘勰《文心雕龙·原道》，人民文学出版社本

白以为赋者古诗之流，辞欲壮丽，义归博达。不然，何以光赞盛美，感天动神？

（唐）李白《大猎赋并序》，《全唐文》卷三四七，中华书局本

事广而文局，词质而理畅，斯亦尽美矣。

（唐）司马贞《补史记序》，《全唐文》卷四百〇二，中华书局本

……四十余年，天下太平。礼乐化于戎夷，慈惠及于草木。虽奴隶齿类，亦能诵周公孔父之书，说陶唐虞夏之道。至于歌颂讴吟，妇人童子，皆抒性情，美辞韵，指咏时物，与丝竹谐会，绮罗当称。况世贵之士，博学君子，其文学声望，安得不显闻于时也哉？

（唐）元结《述时》，《元次山集》卷五，中华书局本

本夫诗人之志有四焉：美其德，美其位，美其政，美其邻。

（唐）梁肃《贺苏常二孙使君邻郡诗序》，《全唐文》卷五百一十八，中华书局本

柳子厚诗，在陶渊明下，韦苏州上；退之豪放奇险则过之，而温丽靖深不及也。所贵乎枯淡者，谓其外枯而中膏。似淡而实美，渊明、子厚之流是也。

（宋）苏轼《评韩柳诗》，《东坡题跋》卷二，《丛书集成》本

真伪未知，而先论高下，亦自欺而已矣。

（金）王若虚《滹南诗话》中，《滹南遗老集》卷三十九，《丛书集成》本

慎少时，先太师与瑞虹、龙崖二叔父看画。因问二叔父曰："景之美者，人曰似画，画之佳者，人曰似真，孰为正？"慎对曰："元微之有诗云：'颠倒世人心，纷纷乏公是。真赏画不成，画赏真相似。丹青各所尚，工拙何足恃。求此妄中情，哀哉子华子。'"龙崖曰："诗亦未见佳，慎，尔可试作之。"遂呈稿曰："会心山水真如画，巧手丹青画似真；梦觉难分列御寇，影形相赠晋诗人。"

(明) 杨慎《画似真，真似画》，《总纂升庵合集》卷二百〇六，清刊本

阮小二道："如今该管官司没甚分晓，一片糊突，千万犯了迷天大罪的倒都没事。"

［眉批］真。

(明) 李贽《李卓吾先生批评忠义水浒传》第十五回批语，上海人民出版社影印明容与堂本

梁中书大喜道："我也不枉了抬举你，真个有见识。"

［旁批］真。

(明) 李贽《李卓吾先生批评忠义水浒传》第十六回批语，上海人民出版社影印明容与堂本

何涛陪着笑脸说道："兄弟，你既知此贼去向，如何不救我？"何道："我不知什么来历，我自和嫂嫂说要，兄弟如何救的哥哥。"

［眉批］描写何涛处咄咄逼真。

(明) 李贽《李卓吾先生批评忠义水浒传》第十七回批语，上海人民出版社影印明容与堂本

宋江……不觉欢喜，自狂荡起来，手舞足踏，又拿起笔来，去那《西江月》后再写下四句诗，道是："心在山东身在吴，飘蓬江海漫嗟吁。他时若遂凌云志，敢笑黄巢不丈夫！"

［眉批］光景欲真。

(明) 李贽《李卓吾先生批评忠义水浒传》第三十九回批语，上海人民出版社影印明容与堂本

诗乎，机与禅言通，趣与游道合。禅在根尘之外，游在伶党之中。要皆以若有若无为美。通乎此者，风雅之事可得而言。

  （明）汤显祖《如兰一集序》，《汤显祖诗文集》卷三十一，上海古籍出版社本

我朝文字，宋学士而止。方逊志已弱，李梦阳而下，至琅琊，气力强弱巨细不同，等赝文尔。弟何人，能为其真？不真不足行，二也。

  （明）汤显祖《答张梦泽》，《汤显祖诗文集》卷四十七，上海古籍出版社本

诗贵真。诗之真趣，又在意似之间，认真，则又死矣……《三百篇》赋物陈情，皆其然而不必然之词，所以意广象圆，机灵而感捷也。

  （明）陆时雍《诗镜总论》，《历代诗话续编》本

……亦真。以上二篇毫无奇思，然婉如口语，却是天地间自然之文，何必胭脂涂牡丹也。

  （明）冯梦龙《挂枝儿》卷一《调情》评语，中华书局本

最浅最俚，亦最真。

  （明）冯梦龙《挂枝儿》卷四《送别》评语，中华书局本

黍离之大夫，始而摇摇，中而如噎，既而如醉，无可奈何，而付之苍天者，真也。汨罗之宗臣，言之重，辞之复，心烦意乱，而其辞不能以次者，真也。栗里之征士，淡然若忘于世，而感愤之怀，有时不能自止，而微见其情者，真也。其汲汲于自表暴而言者，伪也。《易》曰："将叛者其辞惭，中心疑者其辞枝，失其守者其辞屈。"《诗》曰："盗言孔甘，乱是用餤。"夫镜情伪，屏盗言，君子之道，兴王之事，莫先乎此。

  （清）顾炎武《日知录》卷十九"文辞欺人"条，《四部备要》本

凡物之美者，盈天地间皆是也，必待人之神明才慧而见。而神明才慧本天地间之所共有，非一人所独受而能自异也。故分之即美散，集之则美

合，事物无不然者。

（清）叶燮《集唐诗序》，《己畦集·己畦文集》卷九，清刊本

王阳明《传习录》："古乐不作久矣。今之戏本，尚与古乐意思相近。韶之九成，便是舜一本戏学，九变，便是武王一本戏学。所以有德者闻之，知其尽善尽美。后世作乐，只是做词调，于风化绝无干涉，何以返朴也？"

（清）李调元《剧话》，《中国古典戏曲论著集成》（八），中国戏剧出版社本

文章之道，惟志正而体赡，学博而思切，辞约而义精。气足举词，光不掩质，是之为美。至于繁简宏纤，曲直微显，则审时发情，各得其当，无有定也。愿与深于此事者商之。

（清）姚莹《康輶纪行》卷十四，引自《笔记小说大观》第十三册，江苏广陵古籍出版社本

庄子寓真于诞，寓实于玄，于此见寓言之妙。

（清）刘熙载《艺概·文概》，上海古籍出版社本

昌黎论文曰："惟其是尔。"余谓"是"字注脚有二，曰"正"，曰"真"。

（清）刘熙载《艺概·文概》，上海古籍出版社本

赋当以真伪论，不当以正变论，正而伪，不如变而真。屈子之赋，所由尚已。

（清）刘熙载《艺概·赋概》，上海古籍出版社本

何谓真？曰：自来言情之真者，无如靖节；写景之真者，无如康乐、玄晖；纪事之真者，无如潘安仁、左太冲、颜延年。少陵皆兼而有之，故往往有生字拙句，人皆不解其故，不知乃直书所见，初不假乎雕饰者，但嫌其发泄太尽耳。如言情，陶但云："衔戢知何谢，冥报以相贻。"杜则曰："誓将与夫子，永结为弟昆。"又曰："过门更相呼，有酒斟酌之。"杜则云："高声索果栗，欲起还被肘。"又曰："脱有经过便，念来存故

人。"杜则云:"何时一尊酒,重与细论文?"写景,康乐但云:"昏旦变气候,山水含清晖。"杜则曰:"岱宗夫如何?齐鲁青未了。"玄晖但云:"天际识归舟,云中辨江树。"杜乃曰:"吴楚东南坼,乾坤日夜浮。"又云:"白日丽飞甍,参差皆可见。"杜则曰:"俯视但一气,焉能辨皇州?"又云:"余霞散成绮,澄江净如练。"杜则曰:"锦江春色来天地,玉垒浮云变古今。"其气韵非不超越前人,而格则变矣。独其《彭衙》、《北征》诸作,叙事抒情,曲折如绘,诚有非潘、颜诸子所能者,谓之"诗史",岂不信然。此外如李君虞(益)之"问姓惊初见,称名忆旧容",卢郎中之"少孤为客早,多难识君迟",司空文明(曙)之"乍见翻疑梦,相悲各问年";又如太白之"秋色无远近,出门尽寒山",摩诘之"远树带行客,孤城当落晖",岑嘉州之"秋色从西来,苍然满关中。五陵北原上,万古青濛濛",钱员外之"返照乱流明,寒空千嶂净";又如韩吏部之《元和圣德诗》,柳柳州之《平淮夷雅》,李义山之《韩碑》、《西郊百韵》等作,皆切实缔当之至者。

(清)王寿昌《小清华园诗说》卷上,《清诗话续编》本

  诗是歌的笑的好呀?还是哭的叫的好?换一句话说,诗的任务是赞美自然之美呀?抑在呼诉人生之苦?再换一句话说,我们应该为做诗而做诗呀,抑或应该为人生问题中某项目而做诗?这两种主张,各有极强的理由,我们不能作极端的左右袒,也不愿作极端的左右袒。依我所见,人生目的不是单调的,美也不是单调的,为爱美而爱美也可以说为的是人生目的,因为爱美本来是人生目的的一部分。诉人生苦痛,写人生黑暗也不能不说是美,因为美的作用不外令自己或别人起快感,痛楚的刺激也是快感之一。例如,肤痒的人用手抓出血,越抓越畅快。像情感怎么热烈的杜工部,他的作品自然是刺激性极强,近于哭叫人生目的那一路,主张人生艺术观的人,固然要读他,但还要知道他的哭声是三板一眼的哭出来,节节合着真美,主张唯美艺术观的人,也非读他不可。

(清)梁启超《情圣杜甫》,《饮冰室文集》卷七十,中华书局本

  情感的作用固然是神圣,但他的本质不能说他都是善的,都是美的。他也有很恶的方面,他也有很丑的方面。他是盲目的,到处乱碰乱迸,好起来好得可爱,坏起来也坏得可怕。所以古来大宗教家、大教育家都最注

意情感的陶养。老实说，是把情感教育放在第一位。情感教育的目的，不外将情感善的、美的方面尽量发挥，把那恶的丑的方面渐渐压伏淘汰下去，这种工夫做得一分，便是人类一分的进步。

（清）梁启超《中国韵文里头所表现的情感》，《饮冰室文集》卷七十一，中华书局本

稍为读过西洋史的人，都知道现代西洋文化，是从文艺复兴时代演进而来。现代文化根柢在那里，不用我说，大家当然都知道是科学，然而文艺复兴主要的任务和最大的贡献，却是在美术。从表面看来，美术是情感的产物，科学是理性的产物，两件事很像不相容。为什么这位暖和和的阿特先生，会养出一位冷冰冰的赛因士儿子？其间因果关系，研究起来很有兴味。

美术所以能产生科学，全从"真美合一"的观念发生出来。他们觉得真即是美，又觉得真才是美，所以求美先从求真入手。文艺复兴的太祖高皇帝雷安那德达温奇——就是画最有名的耶稣晚餐图那个人。……诸君以为达温奇光是一位美术家吗？不，不，他还是一位大科学家。近代的生物学，是他"筚路蓝缕"的开辟出来，倘若生物学家有道统图，要推他当先圣周公，达尔文不过先师孔子罢了。他又会造飞机，又会造铁甲车船，现有他自己给米兰公爵的书信为证。诸君啊，你想当美术家吗？你想知道惊天动地的美术品怎样出来吗？请看达温奇！

我说了半天，还没有说到美术科学相沟通的本题，现在请亮开来说罢！密斯忒阿特、密斯忒赛因士，他们哥儿俩有一位共同的娘。娘什么名字？叫做密斯士奈渣。翻成中国话，叫做"自然夫人"。问美术的关键在那里？限我只准拿一句话回答，我便毫不踌躇的答道："观察自然。"问科学的关键在那里？限我只准拿一句话回答，我也毫不踌躇的答道："观察自然。"向来我们人类，虽然和"自然"耳鬓厮磨，但总是"鱼相忘于江湖"的样子，一直到文艺复兴以后，才算把这位积年老伙计认识了。认识过后，便一口咬住，不肯放松，硬要在他身上还出我们下半世的荣华快乐。哈哈，果然他老人家葫芦里法宝，被我们搜出来了！一件是美术，一件是科学。

认识自然，不是容易的事，第一件要你肯观察，第二件还要你会观察。粗心固然观察不出，不能说仔细便观察得出；笨伯固然观察不出，弄

聪明有时越发观察不出。观察的条件，头一桩，是要对于所观察的对象有十二分兴味，用全副精神注在他上头，像庄子讲的承蜩大人"虽天地之大，万物之多。而惟吾蜩翼之知"；第二桩要取纯客观的态度，不许有丝毫主观的僻见搀在里头，若有一点，所观察的便会走了样子了。达温奇还有一幅名画叫做莫那利沙。莫那利沙，就是达温奇爱恋的美人，相传画那一点微笑，画了四年。他自己说，虽然恋爱极热，始终却是拿极冷酷的客观态度去画她。要而言之，热心和冷脑相结合是创造第一流艺术品的主要条件，换个方面看来，岂不又是科学成立的主要条件吗？

真正的艺术作品，最要紧的是描写出事物的特征。然而特性各各不同，非经一番分析的观察工夫不可。莫泊三的先生教他作文，叫他看十个车夫，做十篇文来写他，每篇限一百字。晚餐图里头的基督，何以确是基督，不是基督的门徒；十二门徒中，何以彼得确是彼得，不是约翰，约翰确是约翰，不是犹大；犹大确是犹大，不是非卖主的余人。这种本领，全在同中观异，从寻常人不会注意的地方，找出各人情感的特色。这种分析精神，不又是科学成立的主要成分吗？

美术家的观察，不但以周遍精密的能事，最重要的是深刻。苏东坡述文与可论画竹的方法，说道："画竹必先得成竹于胸中，执笔熟视，乃见其所欲画者，急起从之，振笔直遂，以追其所见，如兔起鹘落，少纵则逝矣。"这几句话，实能说出美术的秘钥。美术家雕画一种事物，总要在未动工以前，先把那件事物的整个实在完全摄取，一攫攫住他的生命，霎时间和我的生命并合为一。这种境界，很含有神秘性，虽然可以说是在理性范围以外，然而非用锐入的观察法一直透入深处，也断断不能得这种境界。这种锐入观察法，也是促进科学的一种助力。

美术的任务，自然是在表情，但表情技能的应用，须有规律的组织，令各部分互相照应。相传五代时蜀主孟昶藏一幅吴道子画钟馗，左手捉一个鬼，用右手第二个指挖那鬼的眼睛。孟昶拿来给当时大画家黄筌看，说道：若用拇指，似更有力。请黄筌改正他。黄筌把画带回家去，废寝忘餐的看了几日，到底另画一本进呈。孟昶问他为什么不改？黄筌答道："道子所画，一身气力色貌，都在第二指，不在拇指，若把他改，便不成一件东西了，我这别本，一身气力，却都在拇指。"吴黄两幅画，可惜现在都失传，不能拿来比勘，但黄筌这番话，真是精到之极。我们看欧洲之名画名雕，也常常领略到一二。试想，画一个人，何以能全身气力，都赶到一个指头上？何以内行的人，一看便看得出来？那别部分的配置照应，当然有很严正的理法藏在里头。非有极明晰极致密的科学头脑，恐怕画也画不成，看也看不到，这又是美术和科学不能分离的证据。

……科学根本精神，全在养成观察力。养成观察力的法门，虽然很多，我想，没有比美术再直捷了。因为美术家所以成功，全在观察自然之美。怎样才能看得出自然之美，最要紧是观察自然之真。能观察自然之真，不惟美术出来，连科学也出来了。所以美术可以算得科学的金锁匙。

（清）梁启超《美术与科学》，《饮冰室文集》卷三十八，中华书局本

六

文艺的感染力

圣人感人心,而天下和平。观其所感,而天地万物之情可见矣。

(先秦)《周易》卷四,《十三经注疏》本

四牡骙骙,八鸾喈喈。仲山甫徂齐,式遄其归。吉甫作诵,穆如清风。仲山甫永怀,以慰其心。

(先秦)《诗经·大雅·烝民》,《十三经注疏》本

乐也者,圣人之所乐也,而可以善民心。其感人深,其移风易俗,故先王著其教焉。

(先秦)《礼记·乐记》,《十三经注疏》本

乐也者,情之不可变者也;礼也者,理之不可易者也。乐统同,礼辨异。礼乐之说,管乎人情矣!

(先秦)《礼记·乐记》,《十三经注疏》本

夫乐者,乐也,人情之所不能免也。乐必发于声音,形于动静,人之道也。声音动静,性术之变尽于此矣。故人不耐无乐,乐不耐无形,形而不为道,不耐无乱。先王耻其乱,故制雅颂之声以道之。使其声足乐而不流,使其文足论而不息,使其曲直繁瘠廉肉节奏,足以感动人之善心而已矣,不使放心邪气得接焉:是先王立乐之方也。

(先秦)《礼记·乐记》,《十三经注疏》本

是故,乐在宗庙之中,君臣上下同听之,则莫不和敬;在族长乡里之

中，长幼同听之，则莫不和顺；在闺门之内，父子兄弟同听之，则莫不和亲，故乐者，审一以定和，比物以饰节，节奏合以成文，所以合和父子君臣，附亲万民也：是先王立乐之方也。

（先秦）《礼记·乐记》，《十三经注疏》本

今夫新乐：进俯退俯，奸声以滥，溺而不止；及优侏儒，獶杂子女，不知父子。乐终，不可以语，不可以道古。此新乐之发也。

今君之所问者乐也，所好者音也。夫乐者与音，相近而不同。

（先秦）《礼记·乐记》，《十三经注疏》本

魏文侯问于子夏曰："吾端冕而听古乐，则唯恐卧；听郑卫之音，则不知倦。敢问古乐之如彼，何也？新乐之如此，何也？"

（先秦）《礼记·乐记》，《十三经注疏》本

……先王之乐，所以节百事也。故有五节。迟速、本末以相及，中声以降，五降之后，不容弹矣。于是有烦手淫声，慆堙心耳，乃忘平和，君子弗听也。物亦如之，至于烦，乃舍也已，无以生疾。君子之近琴瑟，以仪节也，非以慆心也。天有六气，降生五味，发为五色，征为五声，淫生六疾。

（先秦）《左传·昭公元年》，《十三经注疏》本

师挚之始，《关雎》之乱，洋洋乎盈耳哉。

（先秦）《论语·秦伯》，《十三经注疏》本

颜渊问为邦，子曰：行夏之时，乘殷之辂，服周之冕，乐则韶舞，放郑声，远佞人。郑声淫，佞人殆。

（先秦）《论语·卫灵公》，《十三经注疏》本

孟子曰："仁言不如仁声之入人深也……"

（先秦）《孟子·尽心上》，《十三经注疏》本

师旷之聪，不以六律，不能正五音……

孟子曰:"仁之实,事亲是也;义之实,从兄是也;智之实。知斯二者弗去是也;礼之实,节文斯二者是也;乐之实,乐斯二者,乐则生矣;生则恶可已也,恶可已,则不知足之蹈之手之舞之。"

(先秦)《孟子·离娄上》,《十三经注疏》本

夫声乐之入人也深,其化人也速,故先王谨为之文。乐中平,则民和而不流;乐肃庄,则民齐而不乱。民和齐则兵劲城固,敌国不敢婴也。如是,则百姓莫不安其处,乐其乡,以至足其上矣。然后名声于是白,光辉于是大,四海之民,莫不愿得以为师,是王者之始也。

(先秦)《荀子·乐论》,《诸子集成》本

且乐也者,和之不可变者也;礼也者,理之不可易者也。乐合同,礼别异,礼乐之统,管乎人心矣。穷本极变,乐之情也;著诚去伪,礼之经也。

(先秦)《荀子·乐论》,《诸子集成》本

钟、鼓、管、磬、琴、瑟、竽、笙,所以养耳也。

(先秦)《荀子·礼论》,《诸子集成》本

乐在宗庙之中,君臣上下同听之,则莫不和敬;闺门之内,父子兄弟同听之,则莫不和亲;乡里族长之中,长少同听之,则莫不和顺。故乐者,审一以定和者也,比物以饰节者也,合奏以成文者也;足以率一道,足以治万变。

(先秦)《荀子·乐论》,《诸子集成》本

世之学者,有非乐者矣,安由出哉?大乐君臣父子长少之所欢欣而说也。

(先秦)《吕氏春秋·仲夏纪第五·大乐》,《诸子集成》本

是月也,命工师,令百工,审五库之量,金铁、皮革筋、角齿、羽箭干、脂胶丹漆,无或不良,百工咸理,监工日号,无悖于时,无或作为淫巧,以荡上心。

(先秦)《吕氏春秋·季春纪第三》,《诸子集成》本

管子得于鲁，鲁束缚而槛之。使役人载而送之齐，其讴歌而引。管子恐鲁之止而杀己也，欲速至齐，因谓役人曰："我为汝唱，汝为我和。"其所唱，适宜走，役人不倦而取道甚速。管子可谓能因矣，役人得其所欲，己亦得其所欲，以此术也。

（先秦）《吕氏春秋·慎大览·顺说》，《诸子集成》本

……老母行歌而动申喜，精之至也。瓠巴鼓瑟而淫鱼出听。伯牙鼓琴，驷马仰秣。介子歌"龙蛇"而文君垂泣……圣人终身言治，所用者非其言也，用所以言也。歌者有诗，然使人善之者，非其诗也……钟之与磬也，近之则钟音充，远之则磬音章。物固有近不若远，远不若近者……欲学歌讴者，必先徵羽乐风。欲美和者，必先始于《阳阿》、《采菱》。此皆学其所不学，而欲至其所欲学者。

（汉）刘安《淮南子·说山训》，《诸子集成》本

……故慎所以感之也，夫荣启期一弹，而孔子三日乐，感于和。邹忌一徽，而威王终夕悲，感于忧。动诸琴瑟，形诸音声，而能使人为之哀乐；县法设赏，而不能移风易俗者，其诚心弗施也。宁戚商歌车下，桓公喟然而寤，至精入人深矣。故曰乐听其音，则知其俗；见其俗，则知其化。孔子学鼓琴于师襄，而谕文王之志，见微以知明矣。延陵季子听鲁乐，而知殷夏之风。论近以识远也。作之上古，施及千岁，而文不灭，况于并世化民乎……

（汉）刘安《淮南子·主术训》，《诸子集成》本

夫载哀者闻歌声而泣，载乐者见哭者而笑。哀可乐者，笑可哀者，载使然也。是故贵虚……故强哭者虽病不哀，强亲者虽笑不和，情发于中而声应于外。

（汉）刘安《淮南子·齐俗训》，《诸子集成》本

乐者，圣人之所乐也。而可以善民心，其感人深，其移风易俗，故先王著其教焉。夫民有血气心知之性，而无哀乐喜怒之常，应感起物而动，然后心术形焉。是故感激憔悴之音作，而民思忧；啴谐慢易繁文简节之音作，而民康乐；粗厉猛奋广贲之音作，而民刚毅；廉直劲正庄诚之音作，

而民肃敬；宽裕肉好顺成和动之音作，而民慈爱；流僻邪散狄成涤滥之音作，而民淫乱。是故先王本之情性，稽之度数，制之礼义，含生气之和，道五常之行，使阳而不散，阴而不密。刚气不怒，柔气不慑，四畅交于中，而发作于外，皆安其位不相夺也……诗言其志，歌咏其声，舞动其容。三者本于心，然后乐器从之。是故情深而文明，气盛而化神，和顺积中，而英华发外，惟乐不可以为伪。乐者，心之动也；声者，乐之象也；文章节奏，声之饰也……是故情见而义立，乐终而德尊，君子以好善，小人以饬过。故曰：生民之道，乐为大焉。

（汉）刘向《说苑·修文》，《丛书集成》本

凡从外入者，莫深于声音，变人最极，故圣人因而成之以德，曰"乐"。乐者，德之风。《诗》曰："威仪抑抑，德音秩秩。"谓礼乐也。故君子以礼正外，以乐正内。内须臾离乐，则邪气生矣；外须臾离礼，则慢行起矣。故古者天子诸侯听钟声未尝离于庭，卿大夫听琴瑟未尝离于前，所以养正心而灭淫气也。乐之动于内，使人易道而好良，乐之动于外，使人温恭而文雅。雅颂之声动人，而正气应之；和成容好之声动人，而和气应之；粗厉猛贲之声动人，而怒气应之；郑卫之声动人，而淫气应之。是故君子慎其所以动人也。

（汉）刘向《说苑·修文》，《丛书集成》本

雍门周以琴见孟尝君，孟尝君曰："先生鼓琴，亦能令文悲乎？"对曰："臣之所能令悲者，先贵而后贱，昔富而今贫。摈压穷巷，不交四邻，不若身材高妙，怀质抱真，逢逸罹谤，怨结而不得信；不若交欢而结爱，无怨而生离，远赴绝国，无相见期；不若幼无父母，壮无妻儿，出以野泽为邻，入用堀穴为家，困于朝夕，无所假贷。若此人者，但闻飞鸟之号，秋风鸣条，则伤心矣，臣一为之援琴而长太息，未有不凄恻而涕泣者也。今若足下，居则广厦高堂，连闼洞房，下罗帷，来清风，倡优在前，诡谀侍侧，扬激楚，舞郑妾，流声以娱耳，练色以淫目。水戏则舫龙舟，建羽旗，鼓吹乎不测之渊。野游则登平原，驰广囿，强弩下高鸟，勇士格猛兽，置酒娱乐，沉醉忘归。方此之时，视天地曾不若一指，虽有善鼓琴，未能动足下也。"孟尝君曰："固然。"雍门周曰："然臣窃为足下有所常悲。夫龠帝而困秦者，君也；连五国而伐楚者，又君也。天下未尝无

事，不从即衡，从成则楚王，衡成则秦帝。夫以秦楚之强而报弱薛，譬犹磨萧斧而伐朝菌也。有识之士，莫不为足下寒心酸鼻。天道不常盛，寒暑更进退，千秋万岁之后，宗庙必不血食。高台既已倾，曲池有已平，坟墓生荆棘，狐兔穴其中。游儿牧竖，踯躅其足而歌其上，行人见之凄怆，曰：'孟尝君之尊贵，亦犹若是乎！'"于是孟尝君喟然太息，涕泪承睫而未下。雍门周引琴而鼓之，徐动宫徵，叩角羽，初终而成曲。孟尝君遂欷歔而就之，曰："先生鼓琴，令文立若亡国之人也。"

（汉）桓谭《新论·琴道》，《四部备要》本

是故可以通灵感物，写神喻意，致诚效志，率作兴事，溉盥污滢，澡雪垢滓矣。

（汉）马融《长笛赋》，《文选》卷十八，《四部备要》本

何则？实事不能快意，而华虚惊耳动心也。是故才能之士，好谈论者，增益实事，为美盛之语；用笔墨者，造生空文，为虚妄之传。听者以为真然，说而不舍；览者以为实事，传而不绝。不绝，则文载竹帛之上；不舍，则误入贤者之耳。至或南面称师，赋奸伪之说；典城佩紫，读虚妄之书。明辨然否，疾心伤之，安能不论？孟子伤杨、墨之议大夺儒家之论，引平直之说，褒是抑非，世人以为好辩。孟子曰："予岂好辩哉？予不得已！"今吾不得已也！虚妄显于真，实诚乱于伪，世人不悟，是非不定，紫朱杂厕，瓦玉集糅，以情言之，岂吾心所能忍哉！卫骖乘者越职而呼车，恻怛发心，恐上之危也。夫论说者，闵世忧俗，与卫骖乘者同一心矣。愁精神而幽魂魄，动胸中之静气，贼年损寿，无益于性，祸重于颜回，违负黄老之教，非人所贪，不得已。故为《论衡》，文露而旨直，辞奸而情实。

（汉）王充《论衡·对作篇》，中华书局本

观画者，见三皇五帝，莫不仰戴；见三季暴主，莫不悲惋；见篡臣贼嗣，莫不切齿；见高节妙士，莫不忘食；见忠节死难，莫不抗首；见忠臣孝子，莫不叹息；见淫夫妒妇，莫不侧目；见令妃顺后，莫不嘉贵。是知存乎鉴者何如也。

（魏）曹植《画说》，《曹集铨评》卷九，文学古籍刊行社本

余少好音声,长而玩之,以为物有盛衰,而此无变;滋味有厌,而此不倦。可以导养神气,宣和情志,处穷独而不闷者,莫近于音声也。是故复之而不足,则吟咏以肆志;咏咏之不足,则寄言以广意。

（晋）嵇康《琴赋·序》,《文选》卷十八,《四部备要》本

是故怀戚者闻之,莫不憯懔惨凄,愀怆伤心,含哀懊咿,不能自禁。其康乐者闻之,则欤愉欢释,抃舞踊溢,留连澜漫,嗢噱终日。若和平者听之,则怡养悦愉,淑穆玄真,恬虚乐古,弃事遗身。

（晋）嵇康《琴赋》,《文选》卷十八,《四部备要》本

爰有龙凤之象,古人之形,伯牙挥手,钟期听声,华容灼爚,发采扬明,何其丽也！伶伦比律,田连操张,进御君子,新声憀亮,何其伟也。

及其初调,则角羽俱起,宫徵相证,参发并趣,上下累应,踸踔磥硌,美声将兴,固以和昶而足耽矣。

（晋）嵇康《琴赋》,《文选》卷十八,《四部备要》本

然声音和比,感人之最深者也。劳者歌其事,乐者舞其功。夫内有悲痛之心,则激切哀言。言比成诗,声比成音。杂而咏之,聚而听之。心动于和声,情感于苦言。嗟叹未绝,而泣涕流涟矣。夫哀心藏于苦心内,遇和声而后发;和声无象,而哀心有主。夫以有主之哀心,因乎无象之和声,其所觉悟,唯哀而已。岂复知吹万不同,而使其自已哉。风俗之流,遂成其政。是故国史明政教之得失,审国风之盛衰,吟咏情性,以讽其上。故曰:亡国之音哀以思也。

（晋）嵇康《声无哀乐论》,《全三国文》卷四十九,《全上古三代秦汉三国六朝文》本

夫音声和比,人情所不能已者也。是以古人知情之不可放,故抑其所遁;知欲之不可绝,故因其所自。为可奉之礼,制可导之乐。口不尽味,乐不极音;揆终始之宜,度贤愚之中;为之检则,使远近同风,用而不竭,亦所以结忠信,著不迁也。故乡校庠塾亦随之变。使丝竹与俎豆并存,羽毛与揖让俱用,正言与和声同发。使将听是声也,必闻此言;将观

是容也，必崇此礼。礼犹宾主升降，然后酬酢行焉。于是言语之节，声音之度，揖让之仪，动止之数，进退相须，共为一体。君臣用之于朝，庶士用之于家。少而习之，长而不息，心安志固，从善日迁，然后临之以敬，持之以久而不变，然后化成。此又先王用乐之意也。故朝宴聘享，嘉乐必存；是以国史采风俗之盛衰，寄之乐工，宣之管弦，使言之者无罪，闻之者足以诫。此又先王用乐之意也。若夫郑声，是音声之至妙。妙音感人，犹美色惑志，耽槃荒酒，易以丧业。自非至人。孰能御之？先王恐天下流而不反，故具其八音，不渎其声，绝其大和，不穷其变。捐窈窕之声，使乐而不淫，犹大羹不和，不极勺药之味也。若流俗浅近，则声不足悦，又非所欢也。若上失其道，国丧其纪，男女奔随，淫荒无度；则风以此变，俗以好成。尚其所志，则群能肆之；乐其所习，则何以诛之？托于和声，配而长之，诚动于言，心感于和，风俗壹成，因而名之。然所名之声，无中于淫邪也。淫之与正同乎心，雅郑之体，亦足以观矣。

（晋）嵇康《声无哀乐论》，《全三国文》卷四十九，《全上古三代秦汉三国六朝文》本

且夫《咸池》、《六茎》、《大章》、《韶夏》，此先王之至乐，所以动天地，感鬼神。

（晋）嵇康《声无哀乐论》，《全三国文》卷四十九，《全上古三代秦汉三国六朝文》本

夫乐本心术，故响浃肌髓，先王慎焉，务塞淫滥。敷训胄子，必歌九德。故能情感七始，化动八风。

（南朝·梁）刘勰《文心雕龙·乐府》，人民文学出版社本

照烛三才，晖丽万有，灵祇待之以致飨，幽微藉之以昭告。动天地，感鬼神，莫近于诗。

（南朝·梁）钟嵘《诗品序》，人民文学出版社本

人在年少，神情未定，所与款狎，熏渍陶染，言笑举动，无心于学，潜移暗化，自然似之；何况操履艺能，较明易习者也？是以与善人居，如入芝兰之室，久而自芳也；与恶人居，如入鲍鱼之肆，久而自臭也。墨子

悲于染丝,是之谓矣。

　　　　　　(北齐)颜之推《颜氏家训·慕贤》,《颜氏家训集解》卷二,
　　　　　　上海古籍出版社本

　　至于陶冶性灵,从容讽谏,入其滋味,亦乐事也,行有余力,则可习之。

　　　　　　(北齐)颜之推《颜氏家训·文章》,《颜氏家训集解》卷四,
　　　　　　上海古籍出版社本

　　赋彩鲜丽,观者悦情。

　　　　　　(陈)姚最《续画品》"嵇宝钧、聂松"条,《画品丛书》本

　　夫文尚矣,三才各有文,天之文,三光首之;地之文,五材首之;人之文,六经首之。就六经言,《诗》又首之。何者?圣人感人心而天下和平。感人心者,莫先乎情,莫始乎言,莫切乎声,莫深乎义。诗者:根情,苗言,华声,实义。上自圣贤,下至愚骏,微及豚鱼,幽及鬼神,群分而气同,形异而情一,未有声入而不应,情交而不感者。

　　　　　　(唐)白居易《与元九书》,《白居易集》卷四十五,中华书局本

　　……博陵崔晦叔与琴,韵甚清,蜀客姜发授《秋思》,声甚淡……每至池风春,池月秋,水香莲开之旦,露清鹤唳之夕,拂杨石,举陈酒,援崔琴,弹姜《秋思》,颓然自适,不知其他。酒酣琴罢,又命乐童登中岛亭,合奏《霓裳散序》,声随风飘,或凝或散,悠扬于竹烟波月之际者久之。曲未竟,而乐天陶然已醉,睡于石上矣。

　　　　　　(唐)白居易《池上篇序》,《白居易集》卷六十九,中华书局本

　　遍观众画,惟顾生画古贤得其妙理。对之令人终日不倦。凝神遐想,妙悟自然,物我两忘,离形去智。身固可使如槁木,心固可使如死灰。不亦臻于妙理哉?所谓画之道也。

　　　　　　(唐)张彦远《历代名画记·论画工用拓写》,《历代论画名著汇编》本

　　琴之为乐,可以观风教,可以摄心魂,可以辨喜怒,可以悦情思,可以静神虑,可以壮胆勇,可以绝尘俗,可以格鬼神,此琴之善者也。鼓琴

之士，志静气正，则听者易分；心乱神浊，则听者难辨矣。常人但见用指轻利，取声温润，音韵不绝，句度流美，但赏为能。殊不知志士弹之，声韵皆有所主也。夫正直勇毅者听之则壮气益增，孝行节操者听之则中情感伤，贫乏孤苦者听之则流涕纵横，幸佞浮嚣者听之则敛容庄谨。是以动人心，感神明者，无以加于琴。盖其声正而不乱，足以禁邪止淫也。今人多以杂音悦乐为贵，而琴见轻矣。夫琴士不易得，而知音亦难也。

（唐）薛易简《琴诀》，载宋朱长文《琴史》卷四，引自《中国古代乐论选辑》，人民音乐出版社本

君子之所以爱夫山水者，其旨安在？丘园养素，所常处也。泉石啸傲，所常乐也。渔樵隐逸，所常适也。猿鹤飞鸣，所常亲也。尘嚣缰锁，此人情所常厌也。烟霞仙圣，此人情所常愿而不得见也。直以太平盛日，君亲之心两隆。苟洁一身出处，节义斯系，岂仁人高蹈远引，为离世绝俗之行，而必与箕颖埒素黄绮同芳哉？白驹之诗，紫芝之咏，皆不得已而长往者也，然则林泉之志，烟霞之侣，梦寐在焉。耳目断绝，今得妙手，郁然出之，不下堂筵，坐穷泉壑。猿声鸟啼，依约在耳。山光水色，滉漾夺目。此岂不快人意，实获我心哉？此世之所以贵夫画山水之本意也。

（五代）郭熙《林泉高致·山水训》，《历代论画名著汇编》本

登临多物色，陶冶赖诗篇。

（宋）王禹偁《秋日夔府咏怀奉寄郑监审李宾客之芳一百韵》，《小畜外集》卷六，《四部丛刊》本

古之为钟其用大矣。《乐记》称"黄钟大吕"，又《春秋传》称有钟鼓曰"伐"。则是钟为礼乐之备，又为征伐之具。其用之大乐可以调阴阳、感人神，导天地之和，用之军旅可以詟不轨、惧不庭，振邦国之和。考是二者则钟为礼乐征伐之器矣。三代之际以及秦汉皆不变其用。今是钟也，专为释氏之器，亦人人可知也。

（宋）穆修《亳州法相禅院钟记》，《河南穆公集》卷三，《四部丛刊》本

据释氏言，钟之声和之可以上极天界，下洞幽泉；导死者冥昧之魂，

出地狱沉沦之苦,故死者之家当赂锦衣服求击其响。若如其说,则非独用之节昏晓,戒食寝而已,又复能售极苦之资,助释氏之贾焉。钟不可阙于佛宫亦字一本有明矣。

    (宋)穆修《亳州法相禅院钟记》,《河南穆公集》卷三,《四部丛刊》本

  余观今乐,爱乎清越出金石之间,所谓击瓯者,本埏埴,异琳球,入伶伦兮间齐优。其可尚者,鸣非瓦釜律度合,鼓非土缶音韵周,和非埙篪上下应,作非钟磬节奏侔,而又冰质莹然,水声修然,度曲泠然,入耳浏然。犹有非之者曰:善则善矣,未若艳女之歌喉。何则,是谓丝不如竹,竹不如肉,以其近自然之气,况此曾何参于乐录之目乎!余辨之曰:融结合于造化,坚白播于陶钧,发和于器,导和于人,可以乐嘉宾,可以畅百神,安得丝竹讴吟之匪伦也哉。

    (宋)梅尧臣《击瓯赋》,《梅尧臣集编年校注》拾遗,上海古籍出版社本

  凡乐达天地之和,而与人之气相接,故其疾徐奋动可以感于心,欢欣恻怆可以察于声。五声单出于金石,不能自和也,而工者和之。然抱其器,知其声,节其廉肉而调其律吕,如此者工之善也。今指其器以问于工曰:彼簨者、簴者,堵而编,执而列者,何也?彼必曰:鼗、鼓、钟、磬、丝、管、干、戚也。又语其声以问之曰:彼清者、浊者,刚而奋,柔而曼衍者,或在郊、或在庙堂之下而罗者,何也?彼必曰:八音五声,六代之曲,上者歌而下者舞也。其声器名物,皆可以数而对也,然至乎动荡血脉,流通精神,使人可以喜,可以悲,或歌或泣,不知手足鼓舞之所然,问其何以感之者,则虽有善工,犹不知其所以然焉。盖不可得而言也。

    (宋)欧阳修《书梅圣俞稿后》,《欧阳文忠集》外集卷二十三,《四部备要》本

  汉之苏、李,魏之曹、刘,得其正始。宋、齐而下,得其浮淫流佚。唐之时,子昂、李、杜、沈、宋、王维之徒,或得其淳古淡泊之声,或得其舒和高畅之节;而孟郊、贾岛之徒,又得其悲愁郁堙之气。由是而下,

得者时有而不纯焉。

今圣俞亦得之。然其体长于本人情，状风物，英华雅正，变态百出。哆兮其似春，凄兮其似秋，使人读之可以喜，可以悲，陶畅酣适，不知手足之将鼓舞也。斯固得深者耶！其感人之至，所谓与乐同其苗裔者邪！

（宋）欧阳修《书梅圣俞稿后》，《欧阳文忠集》外集卷二十三，《四部备要》本

夫琴之为技，小矣。及其至也，大者为宫，细者为羽，操弦骤作，忽然变之。急者凄然以促，缓者舒然以和，如崩崖裂石、高山出泉而风雨夜至也；如怨夫寡妇之叹息，雌雄雍雍之相鸣也。其忧深思远，则舜与文王孔子之遗音也；悲愁感愤，则伯奇、孤子、屈原忠臣之所叹也。喜怒哀乐，动人心深而纯古淡泊，与夫尧舜三代之言语、孔子之文章、《易》之忧患、《诗》之怨刺无以异。其能听之以耳，应之以手；取其和者，道其堙郁。写其忧思，则感人之际，亦有至者也。

（宋）欧阳修《送杨寘序》，《欧阳文忠集》卷四十二，《四部备要》本

盖闻圣人之作琴也，鼓天地之和，而和天下，琴之道大乎哉！秦作之后，礼乐失驭。于嗟乎！琴散久矣。后之传者，妙指美声，巧以相尚，丧其大，矜其细，人以艺观焉。

（宋）范仲淹《与唐处士书》，《范文正公文集》卷四，《丛书集成》本

岁又连熟，州已无事，故得与其士大夫及四方之宾客，以其暇日，时游后园。或长轩绕榭，登览之观，属思千里；或芙蕖芰荷，湖波渺然，纵舟上下。虽病不饮酒，而间为小诗，以娱情写物，亦拙者之适也。

（宋）曾巩《齐州杂诗序》，《曾巩集》卷十三，中华书局本

斫琴要须以张雷为准，非得妙材不加斧斤，故传百世耳，阅百世而不惭者，固钝而后利。都下有杜瓜刘栗，皆为名家，不以干没易其素志，虽微物亦传，况此嘉器，能得古人之风声气习者乎？

（宋）黄庭坚《答张益老求琴铭书》，《山谷全书·正集·书》卷十九，清刊本

听廉者语,不若听夸者语,夸易好也;听狡者语,不若听婉音语,婉易从也。故赋之类,常欲人博闻而微解。见人言九州山川、城郭道路、太行吕梁、舟车万里之勤,则使人思投辖弭节;见人言州闾大会、宾主酬酢、匏竹啾咽、晡夕厌满、酷酸有眸,则使人思弛带而卧。

（宋）晁补之《汴都赋序》,《鸡肋集》卷三十四,《四部丛刊》本

夫诗之兴,出于人之情。喜怒哀乐之际,皆一人之私意,而至大之天地,极幽之鬼神,而诗乃能感动之者,何也?盖天地虽大,鬼神虽幽,而惟至诚能动之。彼诗者,虽一人之私意,而要之必发于诚而后作。故人之于诗,不感于物,不动于情而作者,盖寡矣……夫情动于中而无伪,诗其导情而不苟,则其能动天地,感鬼神者,是至诚之悦也。

（宋）张耒《上文潞公献所著诗书》,《柯山集》拾遗卷十二,《丛书集成》本

《后庭花》,陈后主之所作也。主与幸臣各制歌词,极于轻荡。男女倡和,其音甚哀,故杜牧之诗曰:"烟笼寒水月笼沙,夜泊秦淮近酒家。商女不知亡国恨,隔江犹唱《后庭花》。"《阿滥堆》,唐明皇之所作也。骊山有禽名阿滥堆,明皇御玉笛,将其声翻为曲,左右皆能传唱,故张祜诗云:"红叶萧萧阁半开,玉皇曾幸此宫来。至今风俗骊山下,村笛犹吹《阿滥堆》。"二君骄淫侈靡,耽嗜歌曲,以至于亡乱。世代虽异,声音犹存,故诗人怀古,皆有"犹唱""犹吹"之句。呜呼,声音之入人深矣!

（宋）葛立方《韵话阳秋》卷十五,《历代诗话》本

杜甫读苏涣诗,则曰:"余发喜却变,白间生黑丝。"高适观陈十六史碑,则曰:"我来观雅制,慷慨变毛发。"

（宋）葛立方《韵语阳秋》卷二,《历代诗话》本

予平生不能诗,亦莫能识其浅深高下。然尝闻韩退之论文曰:"纡余为妍,卓荦为杰。"黄鲁直论长短句,以为"抑扬顿挫,能摇动人心"。合是二者,于诗其庶几乎!至于立意精稳,造语平熟,始不刺人眼目,自余皆不足以言诗也。桑泽卿为诗百篇,无一句一字刺人眼,可谓用功于斯

术者矣。

> （宋）陈亮《桑泽卿诗集序》，《龙川文集》卷十四，《丛书集成》本

晚识李兼孟达于金陵，出唐人诗一编，乃其八世祖推官公《披沙集》也。如"见后却无语，别来长独愁"，如"危城三面水，古树一边春"，如"月明千峤雪，滩急五更风"，如"烟残偏有焰，雪甚却无声"，如"春雨有五色，洒来花旋成"，如"云藏山色晴还媚，风约溪声静又回"，如"未醉已知醒后忆，欲开先为落时愁"，盖征人凄苦之情，孤愁窈眇之声，骚客婉约之灵，风物荣悴之英，所谓周礼尽在鲁矣！读之使人发融冶之欢于荒寒无聊之中，动惨戚之感于笑谈方怿之初。《国风》之遗音，江左之异曲，其果弦绝而不可煎胶欤？

> （宋）杨万里《唐李推官披沙集序》，《诚斋集》卷八十一，《四部丛刊》本

文章犹不可泛。如《离骚》忠洁之志，固亦可尚，然只正经一篇，已自多了。此须更子细抉择。叙古《蒙求》亦太多，兼奥涩难读，恐非启蒙之具。却是古乐府及杜子美诗，意思好，可取者多，令其喜讽咏，易人心，最为有益也。

> （宋）朱熹《答刘子澄书》，《晦庵先生朱文公文集》卷三十五，《四部备要》本

陶写心情为我事，留连光景等儿嬉。锦囊言语虽奇绝，不是人间有用诗。

> （宋）戴复古《论诗十绝》其五，《石屏诗集》卷七，《四部丛刊续编》本

说国贼怀奸从（纵）佞，遣愚夫等辈生嗔；说忠臣负屈衔冤，铁心肠也须下泪。讲鬼怪令羽士心寒胆战；论闺怨遣佳人绿惨红愁。说人头厮挺，令羽士快心；言两阵对圆，使雄夫壮志。

> （宋）罗烨《醉翁谈录·小说开辟》，古典文学出版社本

妙理宜人入肺肝，麻姑搔痒岂胜鞭。世问笔墨成何事，此老胸中具

一天。

     （金）王若虚《评王子端四绝》,《滹南遗老集》卷四十五,《丛书集成》本

  南渡后李长源七言律诗,清壮顿挫,能动摇人心,高处往不减唐人麻知几七言长韵,天随子所谓陵轹波涛,穿穴险固,囚锁怪异,破碎陈敌者,皆略有之。

     （金）元好问《逃空丝竹集引》,《遗山先生文集》卷三十六,《四部丛刊》本

  诗之极致,可以动天地,感鬼神。故传之师,本之经,真积之力久而有不能复古者。

     （金）元好问《陶然集诗序》,《遗山先生文集》卷三十七,《四部丛刊》本

  余少时请益乡先生,问记礼家:"言春诵,何也?"曰"诵诗也。"曰:"诵诗何为也?"曰:"将以为乐也。"曰:"夏又弦何也?"曰:"古之学官,惟礼与乐。其春夏皆乐,其冬读书。亦将以为礼也,不特此也。其学曰辟雍,辟以明经,雍以和乐。其官有祭酒、司业。酒者行礼之物,而业乐板也。"余于时颇领悟,顾琴瑟亦不易为,惟诗为近乐,差可自力。由是日为之,荣辱四十年,人情世故,何所不有,而不至于放心动性,而出于绳检之外者,诗之力也!

     （金）戴表元《礼部韵语序》,《剡源集》卷第七,《丛书集成》本

  夫诗者,所以自乐吾之性情也,而岂观美自鬻之技哉?欣悲感发,得之油然者有浅深,而写之适然者有浓淡。志尚高则必不可凡,世味薄则必不可俗。故渊明之冲寂,苏州之简素,昌黎之奇畅,欧之清远,苏、黄之神变,彼其养于气者,落落相望,皆如嵇廷祖之轩轩于鸡群,宜其超然尘埃混浊之外,非复喧啾之所可匹侪。凡学诗者,必不可以无此意也。

     （元）刘将孙《九皋诗集序》,《养吾斋集》卷十,《四库全书珍本》初集本

冷君间抱琴为余鼓数曲，余瞑目而听之。凄焉而秋清，盎焉而春煦；寥寥乎悲鸿吟，而鹲鹤鸾凤追而和之也。砯砯乎水合万壑，瀑布直泻其上，而松桂之风互答而交冲也。恳恳乎如虞夏君臣，上规下讽，而不伤不怒也。熙熙乎如汉文之时，天下富贵，而田野耆耄，乘车曳屐，嬉游笑语，弗知日之夕也。余倦为之忘寝，不自知心气之平、神情之适，阅旬日而余音绎绎在耳。

（明）宋濂《太古正音序》，《宋学士全集》卷五，《丛书集成》本

古之人教子多发为声诗，何哉？盖诗缘性情，优柔讽咏，而入人也最深。

（明）宋濂《题危云林训子诗后》，《宋学士全集》卷十二，《丛书集成》本

杜工部七歌，乾元庚子岁由华州司功弃官自秦州如同谷所作，当艰难险阻之时，发激烈悲慨之语，读者犹为感愤，而况于亲履之乎？文信公六歌，实继工部而作。信公为宋丞相，既灭而身已俘，遂秉大节以死其所履者，又非工部之比。六歌作于至元戊寅五月渡淮而后，伤家痛国，悲慨激烈之甚，比之七歌，尤人所不忍读，百世之下，读其辞而有不为之感愤者，尚为有人心哉？

（明）王祎《跋七歌、六歌后》，《王忠文公集》卷十七，清刊本

夫诗之感人者，非感之者之为难，乃不能不为之感者为难也。是故发于情而形于言。故曰：诗，情之所发，诚则至焉。诚之所至，其言无不足以感人者。惟夫能知其可感而有感奋发惩创而不能自已焉，斯又不易能矣。

（明）王祎《书殷吉甫先生示甥诗后》，《王忠文公集》卷十七，清刊本

诗之为闻，其托物连类，足以寓人不能宣之意，其引义止礼，足以感人不可遏之情。故自从《三百篇》以后，历世能言之士，比比有作，各自成家，而又不可废者矣。庐陵胡山立先生善为诗，其诗于五言尤工。其

意之所寓，皆人言所不能宣者，而言之能曲尽其情状，至其感人之情，或惩或劝，有不可遏者，油然而生，莫知其所以然者焉。嗟乎！诗至于此，夫岂易及也哉？

（明）王祎《书胡山立先生诗稿后》，《王忠文公集》卷十七，清刊本

琴本出于怨，而怨者听之亦乐。谓其能雪其心之所谓也。

（明）程敏政《汪水云诗叙》，《宋遗民录》卷十一，引自《笔记小说大观》第六册，江苏广陵古籍刻印社本

诗在六经中，别是一教，盖六艺中之乐也。乐始于诗，终于律。人声和则乐声和。又取其声之和者，以陶写情性，感发志意，动荡血脉，流通精神，有至于手舞足蹈而不自觉者。

（明）李东阳《麓堂诗话》，《历代诗话续编》本

夫天下百虑而一致，故人不必同，同于心；言不必同，同于情。故心者，所为欢者也；情者，所为言者也。是故科有文武，位有崇卑，时有钝利，运有通塞；后先长少，人之序也；行藏显晦，天之界也。是故其为言也，直宛区，忧乐殊，同境而异途，均感而各应之矣。至其情则无不同也，何也？出诸心者一也，故曰："诗可以观。"

（明）李梦阳《叙九日宴集》，《空同集》卷五十八，明刊本

夫诗比兴错杂，假物以神变者也。难言不测之妙，感触突发，流动情思，故其气柔厚，其声悠扬，其言切而不迫。故歌之心畅，而闻之者动也。

（明）李梦阳《缶音序》，《空同集》卷五十一，明刊本

夫情能动物，故诗足以感人。荆轲变徵，壮士瞋目，延年婉歌，汉武慕叹。凡厥含生，情本一贯，所以同忧相瘁，同乐相倾者也。故诗者风也，风之所至，草必偃焉。圣人定经，列国为风，固有以也。若乃欷歔无涕，行路必不为之兴哀；恝难不肤，闻者必不为之变色。故夫直戆之词，譬之无音之弦耳，何所取闻于人哉？至于陈采以眩目，裁虚以荡心，抑又

末矣。

（明）徐祯卿《谈艺录》，《历代诗话》本

大明王世贞曰："词者，乐府之变也，一语之艳，令人魂绝，一字之工，令人色飞，乃为贵耳。至于慷慨磊落，纵横豪爽，抑亦其次。不作可耳，作则宁为大雅罪人，勿儒冠而胡服也。"

（明）徐师曾《文体明辨序说·文章纲领·论诗余》，人民文学出版社本

然则学古者奈何？曰：发乎情，止乎礼义。其赋古也，则于古有怀；其赋今也，则于今有感；其赋事也，则于事有触；其赋物也，则于物有况。以乐而赋，则读者跃然而喜；以怨而赋，则读者愀然以吁；以怒而赋，则令人欲按剑而起；以哀而赋，则令人欲掩袂而泣。动荡乎天机，感发乎人心，而兼出于六义，然后得赋之正体，合赋之本义。苟为不然，则虽能脱乎俳律，而不知其又入于文矣，学者宜细求之。

（明）徐师曾《文体明辨序说·赋》，人民文学出版社本

余少而喜为诗，以为文之穷情极变，引物连类，指近而寓远，陈显而寄微，足以感人动物。咏其所志也，莫善于诗。

（明）王慎中《陈少华诗集序》，《王遵岩集》卷二，清刊本

今人读游侠传，即欲舍生；读屈原贾谊传，即欲流涕；读庄周鲁仲连传，即欲遗世；读李广传，即欲力斗；读石建传，即欲俯躬；读信陵平原君传，即欲好士。若此者何哉？各得其物之情而肆于心故也。

（明）茅坤《与蔡白石太守论文书》，《茅鹿门集》卷三，清刊本

诗可以怨。一有嗟叹，即有永歌。言危则性情峻洁，语深则意气激烈。能使人有孤臣孽子摒弃而不容之感，遁世绝俗之悲。泥而不滓，蝉蜕滋垢之外者，诗也。

（明）李攀龙《送宗子相序》，《沧溟先生集》卷十六，明刊本

听北曲使人神气鹰扬，毛发洒淅，足以作人勇往之志，信胡人之善于

鼓怒也，所谓"其声噍杀以立怨"是已。南曲则纡徐绵眇，流丽婉转，使人飘飘然丧其所守而不自觉，信南方之柔媚也，所谓"亡国之音哀以思"是已。夫二音鄙俚之极，尚足感人如此，不知正音之感（人）何如也？

（明）徐渭《南词叙录》，《中国古典戏曲论著集成》（三），中国戏剧出版社本

《琵琶记》之下，《拜月亭》是元人施君美撰，亦佳。元朗谓胜《琵琶》，则大谬也。中间虽有一二佳曲，然无词家大学问，一短也；既无风情，又无裨风教，二短也；歌演终场，不能使人堕泪，三短也。

（明）王世贞《曲藻》，《中国古典戏曲论著集成》（四），中国戏剧出版社本

夫性情有悲有喜，要之乎可喜矣。五音有哀有乐，和声能使人欢然而忘愁，哀声能使人凄怆恻恻而不宁。然人不独好和声，亦好哀声，哀声至于今不废也，其所不废者可喜也。唐人之言，繁华绮丽，优游清旷，盛矣。其言边塞征戍离别穷愁，率感慨沉抑，顿挫深长，足动人者，即悲壮可喜也。

（明）屠隆《唐诗品汇选释断序》，《由拳集》卷十二，明刊本

《虞初》一书，罗唐人传记百十家，中略引梁沈约十数则，以奇僻荒诞，若灭若没，可喜可愕之事，读之使人心开神释，骨飞眉舞。虽雄高不如《史》、《汉》，简澹不如《世说》，而婉缛流丽，洵小说家之珍珠船也。

（明）汤显祖《点校虞初志序》，《汤显祖诗文集》卷五十，上海古籍出版社本

文章之道，有尽所托。旷世可以研心，异壤犹乎交臂。存来感往，咸效于斯。或为风神形似之言，或以情理气质为体。惬一而止，得全实难。

（明）汤显祖《答钱受之太史》，《汤显祖诗文集》卷四十九，上海古籍出版社本

总之，曲有名家，有行家。名家者，出入乐府，文彩烂然，在淹通宏博之士，皆优为之。行家者，随所妆演，无不摹拟曲尽，宛若身当其处，而几忘其事之乌有；能使人快者掀髯，愤者扼腕，悲者掩泣，羡者色飞，是惟优孟衣冠，然后可与于此。

（明）臧懋循《元曲选序二》，《元人百种曲》卷首，博古堂刊本

临川汤义仍为《牡丹亭》四记。论者曰："此案头之书，非筵上之曲。"夫既谓之曲矣，而不可奏于筵上，则又安取彼哉！且以临川之才何必减元人，而犹有不足于曲者，何也？当元时，所工此剧耳。独施君美《幽闺》、高则诚《琵琶》二记，声调近南，后人遂奉为榘䂮。而不知《幽闺》半杂赝本，已失真多矣。即"天不念"、"拜新月"等曲，吴人以供清唱，而调亦不纯。其余曲名，莫可考正。故魏良辅止点《琵琶》版而不及《幽闺》，有以也。《琵琶》诸曲颇为合调，而铺叙无当。如《登程》折、《赐宴》折，用末、净、丑诸色，皆涉无谓。陈留、洛阳相距不三舍，而动称万里关山；中郎寄书高堂，直为拐儿给误，何缪戾之甚也。至曲每失韵，白多冗词，又其细矣。今临川生不踏吴门，学未窥音律，艳往哲之声名，逞汗漫之词藻，局故乡之闻见，按亡节之弦歌，几何不为元人所笑乎？予病后，一切图史悉已谢弃，闻取四记，为之反复删订。事必丽情，音必谐曲，使闻者快心，而观者忘倦。即与王实甫《西厢》诸剧并传乐府可矣。虽然，南曲之盛，无如今日，而讹而沿讹，舛以袭舛，无论作者，第求一赏音人不可得。此伯牙所以辍弦于子期，而匠石废斤于郢人也。刻既成，抚之三叹。

（明）臧懋循《玉茗堂传奇引》，《汤显祖诗文集》附录，上海古籍出版社本

大司徒邵二泉宝，乞归终养，上疏不允。其诗云："乞归未许奈亲何，帝里风光梦里过。三月春寒青草短，五湖天远白云多。客囊衣在缝犹密，驿路书来字欲磨。圣主恩深臣分浅，百年心事两蹉跎。"读之令人感动激发，最为海内传诵。

（明）顾元庆《夷白斋诗话》，《历代诗话》本

大概情至之语，自能感人。

（明）袁宏道《叙小修诗》，《袁宏道集笺校》卷四，上海古籍出版社本

杏　花

为士子传一段感愤不平之概，遂有疑鬼疑神，不可方物之极思，真堪搔首青天，俯视一世。乃其词一遵词隐功令，又何其婉而切也！

（明）祁彪佳《远山堂曲品·逸品》，《中国古典戏曲论著集成》（六），中国戏剧出版社本

人，情种也。人而无情，不至于人矣，曷望其至人乎？情之为物也，役耳目，易神理，忘晦明，废饥寒，穷九州，越八荒，穿金石，动天地，率百物，生可以生，死可以死，死可以生，生可以死，死又可以不死，生又可以忘生，远远近近，悠悠漾漾，杳弗知其所之。而处此者之无聊也，借诗书以闲摄之，笔墨磬泻之，歌咏条畅之，按拍纡迟之，律吕镇定之。俾飘飘者返其居，郁沉者达其志，渐而浓郁者几于淡，岂非宅神育性之术欤！

（明）张琦《衡曲麈谭》，《中国古典戏曲论著集成》（四），中国戏剧出版社本

尼山说《诗》，不废《郑》、《卫》；圣世采风，必及下里。古之乱天下者，必起于情种先坏，而惨刻不衷之祸兴。使人而有情，则士爱其缘，女守其介，而天下治矣。

（明）张琦《衡曲麈谭》，《中国古典戏曲论著集成》（四），中国戏剧出版社本

又须烟波渺漫，姿态横逸，揽之不得，挹之不尽。摹欢则令人神荡，写怨则令人断肠，不在快人，而在动人。此所谓"风神"，所谓"标韵"，所谓"动吾天机"。不知所以然而然，方是神品，方是绝技。即求之古人，亦不易得。

（明）王骥德《曲律》卷三，《中国古典戏曲论著集成》（四），中国戏剧出版社本

唐诗偏近风，故动人易；宋诗偏近雅颂，故入人难。唐人之风也，即雅颂体，亦以风焉，所以偏也。宋人之于雅颂也，即风体，亦以雅颂焉，所以偏也。

    （明）张蔚然《西园诗麈》，《说郛》续集卷三十四，宛委山堂本

魏晋以来诗多矣，独称陶诗。陶辞过淡，不及曹、刘之雄，谢、江之丽。然多寓怀之作，故诵者慨然有尘外之思。唐以诗取士，诗盛矣，独称杜诗。杜调太重，不及陈、李之逸，王、骆之华。然多述怀之作，故诵者恻然有由中之感。二子见道率性，言之诚能动物也。

    （明）王文禄《文脉》卷二，《丛书集成》本

诗以温柔敦厚而垂教者也。其为言也，既平易而易知，及讽咏之也，又足以感人心而易入。

    （明）梁寅《诗演义原序》，《诗演义》卷首，《四库全书珍本》初集本

大抵唐人选言，入于文心；宋人通俗，谐于里耳。天下之文心少而里耳多，则小说之资于选言者少，而资于通俗者多。试令说话人当场描写，可喜可愕，可悲可涕，可歌可舞；再欲捉刀，再欲下拜，再欲决胫，再欲捐金；怯者勇，淫者贞，薄者敦，顽钝者汗下。虽小诵《孝经》、《论语》，其感人未必如是之捷且深也。

    （明）绿天馆主人《古今小说序》，《古今小说》，人民文学出版社本

诗至唐人七言绝句，尽善尽美。自帝王公卿名流方外以及妇人女子，佳作累累；取而讽之，往往令人情移，回环含咀，不能自已；此真《风》、《骚》之遗响也。

    （清）宋荦《漫堂说诗》，《清诗话》本

《周礼》大司乐以乐德、乐语教国子，成童而习之，迨圣德已成，而学《韶》者三月。上以迪士，君子以自成，一惟于此。盖涵泳淫泆，引性情以入微，而超事功之烦黩，其用神矣。

世教沦夷，乐崩而降于优俳。乃天机不可式遏，旁出而生学士之心，乐语孤传为诗。诗抑不足以尽乐德之形容，又旁出而为经义。经义虽无音律，而比次成章，才以舒，情以导，亦所谓言之不足而长言之，则固乐语之流也。二者一以心之元声为至；舍固有之心，受陈人之束，则其卑陋不灵，病相若也。韵以之谐，度以之雅，微以之发，远以之致。有宣昭而无罨霭，有淡宕而无犷戾。明于乐者，可以论诗，可以论经义矣。

（清）王夫之《夕堂永日绪论·序》，《薑斋诗话》卷二，人民文学出版社本

王仲淹氏之续经，见废于先儒，旧矣。续而僭者，《七制》之诏策也，仲淹不任删，《七制》之主臣，尤不足述也。《春秋》者，衰世之事，圣人之刑书也。平、桓之天子，齐、晋之诸侯，荆、吴、徐、越之僭伪，其视六代、十六国相去无几，事不必废也，而诗亦如之。卫宣、陈灵，下逮乎《溱洧》之士女，《葛屦》之公子，亦奚必贤于曹、刘、沈、谢乎？仲淹之删，非圣人之删也，而何损于采风之旨邪？故汉、魏以还之比兴，可上通于《风》、《雅》；桧、曹而上之条理，可近泽以三唐。元韵之机，兆在人心，流连泆宕，一出一入，均此情之哀乐，必永于言者也。故艺苑之士，不原本于《三百篇》之律度，则为刻木之桃李；释经之儒，不证合于汉、魏、唐、宋之正变，抑为株守之兔罝。陶冶性情，别有风旨，不可以典册、简牍、训诂之学与焉也。随举两端，可通三隅。

（清）王夫之《薑斋诗话》卷一，人民文学出版社本

郑之诗能使人思，齐之诗能使人作。能使人思，是故其淫也，犹相保而弗相弃也。能使人作，是故其夸也，一往有余而意不倦也。思而不能使人思，作而不能使人作，虽以正而国，罔与图功。故"还"之"儇好"，无异于《清人》之翱翔，而哀乐异音，衰王异气，安危异效；齐之足以霸也久矣，桓公乘之，不劳而搂诸侯如拾也。郑无岁不受兵而不亡，抑有以夫！

（清）王夫之《诗广传·齐风二》，中华书局本

故为国者，勿俾其民有相恤之心，而乱与淫交戢矣。人之有情也，变则通，通则放，犹天之有气也。喜与乐通，怒则哀放。秋凛而冬栗，金肃

而水凄。始于怒者成乎哀，犹之乎始于喜者成乎乐也。喜则见得，见得则宁，宁则戢，戢必以礼，故乐配夏而神礼。怒则见不得，见不得则激，激则悲，悲则寒，寒承秋而行水，水者，相比而流者也。寒而求燠，欹于禽比以自温，非固温也，私相温者也。私相温，是以成乎淫也，而贫与危之相恤当之。

是以先王审情之变，以夙防之，欲啬其情，必丰其生，乐足不淫而礼行焉，恶在乎戢淫者之靳予以安富邪？故善治心者，广居以自息；善治民者，广生以息民。民有所息，勿相恤而志凝焉。进冶容、奏曼音于其耳目之前，视之若已餍之余肉，而又奚淫？

（清）王夫之《诗广传·郑风七》，中华书局本

《柏舟》者，二《南》之报也。《六月》者，《菁莪》之报也。《民劳》者，《卷阿》之报也。风起于微而报必大反，非其大反，天下亦恶从而乱哉？《风》者，民之相为咏叹者也。民用莫若情，情之得失莫若厚薄。《柏舟》，薄之反厚者也，而《关雎》、《鹊巢》之遗民不可理矣。《小雅》，上之以劝下者也。劝之也必以功，功之盛衰，莫若生杀。为功于生，不期而盛矣。为功于杀，虽功而衰矣。《六月》以武事劝其下，授之乱萌，而不可辑矣。《大雅》者，下之陈于上者也。下陈于上而谏之，道之恒也。两下自相为陈，而覆陈上意以谏下，道之反也。下需上之谏、而无望其谏上，则美无与成，恶无与弭。《卷阿》之道丧，而上下无纪矣。

呜呼！《六月》之无君也，文不足而求功于武也。《民劳》之无臣也，无能为益、而待益于上也。《柏舟》之无民也，薄其所厚，则虽欲弗淫荡而不得也。故观乎《民劳》而国无不亡之势，观乎《柏舟》而民无不散之情。兆其乱者，其《六月》乎！《六月》[未]有乱，而正与《菁莪》相反，则其为乱可知已。一治一乱之际，如掌反覆，故曰："道二，仁与不仁而已矣。"生杀之几，无渐迤之势，无疑似之嫌也。

（清）王夫之《诗广传·大雅二六》，中华书局本

夏尚忠，忠以用性；殷尚质，质以用才；周尚文，文以用情。质文者忠之用，情才者性之撰也。夫无忠而以起文，犹夫无文而以将忠，圣人之所不用也。是故文者白也，圣人之以自白而白天下也。匿天下之情，则将

劝天下以匿情矣。

忠有实，情有止，文有函，然而非其匿之谓也。"悠哉悠哉，辗转反侧"，不匿其哀也。"琴瑟友之"，"钟鼓乐之"，不匿其乐也。非其情之不止而文之不函也。匿其哀，哀隐而结；匿其乐，乐幽而耽。耽乐结哀，势不能久而必于旁流。旁流之哀，恻栗惨澹以终乎怨；怨之不恤，以旁流为乐，迁心移性而不自知。

……

性无不通，情无不顺，文无不章。白情以其文，而质之鬼神，告之宾客，诏之乡人，无吝无惭，而节文固已具矣。故曰《关雎》者王化之基。圣人之为天下基，未有不以忠基者也。

（清）王夫之《诗广传·周南一》，中华书局本

道生于余心，心生于余力，力生于余情。故于道而求有余，不如其有余情也。古之知道也。涵天下而余于己，乃以乐天下而不匮于道；奚事一束其心力，画于所事之中，敲敲以昕夕哉？画焉则无余情矣，无余者恎滞之情也。恎滞之情，生夫愁苦；愁苦之情，生夫劫倦；劫倦者不自理者也，生夫愒佚；乍愒佚而甘之，生夫傲侈。力趋以供傲侈之为，心注之，力营之，弗恤道矣。故安而行焉之谓圣，非必圣也，天下未有不安而能行者也。安于所事之中，则余于所事之外；余于所事之外，则益安于所事之中。见其有余，知其能安。人不必有圣人之才，而有圣人之情。恎滞以无余者，莫之能得焉耳。

《葛覃》，劳事也。黄鸟之飞鸣集止，初终寓目而不遗，俯仰以乐天物，无恎滞焉，则刈濩绤绤之劳，亦天物也，无殊乎黄鸟之寓目也。以绤以绤而有余力，"害澣害否"而有余心，"归宁父母"而有余道。故诗者所以荡涤恎滞而安天下于有余者也。"正墙面而立"者，其无余之谓乎！

（清）王夫之《诗广传·周南三》，中华书局本

传奇无冷、热、只怕不合人情。如其离、合、悲、欢，皆为人情所必至，能使人哭，能使人笑，能使人怒发冲冠，能使人惊魂欲绝，即使鼓板不动，场上寂然，而观者叫绝之声，反能震天动地。是以人口代鼓乐，赞叹为战争，较之满场杀伐，钲鼓雷鸣，而人心不动，反欲掩耳避喧者为何

如？岂非冷中之热，胜于热中之冷；俗中之雅，逊于雅中之俗乎哉？

（清）李渔《闲情偶寄·演习部·选剧第一》，《中国古典戏曲论著集成》（七），中国戏剧出版社本

窃尝论诗也者，发乎声，成文而被之乐者也，乐之为方其歌也，必有继其音也，必有比其倡也，必有叹其为用也……

（清）朱彝尊《叶李二使君合刻诗序》，《曝书亭全集》卷三十八，《四部备要》本

止怒莫如诗，歌之可怡情。多文以为富，拥之胜百城。既省丝竹费，兼招风月听。上鸣国家盛，下使群贤赓。纵死见玉皇，犹能献韶英。

（清）袁枚《改诗》，《小仓山房诗集》卷十五，《四部备要》本

《三百五篇》散见于《周官》、《仪礼》、《戴记》、《左氏内外传》、《孝经》、《论语》、《孟子》及百家子史之书，百倍于他经，以是知诗歌之感人无穷，故为教广。

（清）乔亿《剑溪说诗》卷上，《清诗话续编》本

梨园共尚吴音。"花部"者，其曲文俚质，共称为"乱弹"者也，乃余独好之。盖吴音繁缛，其曲虽极谐于律，而听者使未睹本文，无不茫然不知所谓。其《琵琶》、《杀狗》、《邯郸梦》、《一捧雪》十数本外，多男女猥亵，如《西楼》、《红梨》之类，殊无足观。花部原本于元剧，其事多忠孝节义，足以动人；其词直质，虽妇孺亦能解；其音慷慨，血气为之动荡。郭外各村，于二、八月间，递相演唱，农叟渔父，聚以为欢，由来久矣。

（清）焦循《花部农谭序》，《中国古典戏曲论著集成》（八），中国戏剧出版社本

花部中有剧名《赛琵琶》，余最喜之。为陈世美弃妻事。陈有父、母、儿、女。入京赴试，登第，赘为郡马，遂弃其故妻，并不顾其父母。于是父母死。妻生事、死葬，一如《琵琶记》之赵氏；已而挈其儿女入都，陈不以为妻，并不以为儿女。皆一时艳羡郡马之贵所致。盖既为郡马，则断不容有妻，有儿女也。妻在都，弹琵琶乞食，即唱其为夫弃之

事。为王丞相所知。适陈生日，王往祝，曰："有女子善弹琵琶，当呼来为君寿。"至，则故妻也。陈彷徨，强斥去之，乃与王相诉。王尽退其礼物，令从人送旅店与夫人、公子，阴谓其故妻曰："尔夫不便于广众中认尔，余当于昏夜送尔去，当纳也。"果以王相命，其阍人不敢拒。陈亦念故，乃终以郡主故，仍强不纳。妻跪曰："妾当他去，死生唯命；儿女则君所生，乞收养之耳。"陈意亦怆然动。再三思之，竟大詈，使门者拗之出。念妻在非便，即夜遣客往旅店刺杀妻及儿女。幸先知之，店主人纵之去，匿于三官堂神庙中。妻乃解衣裙覆其儿女，自缢求死。三官神救之，且授兵法焉。时西夏用兵，以军功，妻及儿女皆得显秩。王丞相廉知陈遣客杀妻事，甚不平，竟以陈有前妻欺君事劾之，下诸狱。适妻帅儿女以功归，上以狱事若干件令决之，陈世美在焉。妻乃据皋比高坐堂上。陈囚服缧绁至。匍匐堂下，见是其故妻，惭作无所容。妻乃数其罪，责让之，洋洋千余言。说者谓：《西厢·拷红》一出，红责老夫人为大快，然未有快于《赛琵琶·女审》一出者也。盖《西厢》男女猥亵，为大雅所不欲观；此剧自三官堂以上，不啻坐凄风苦雨中，咀茶啮蘗，郁抑而气不得申，忽聆此快，真久病顿苏，奇痒得搔，心融意畅，莫可名言，《琵琶记》无此也。然观此剧者，须于其极可恶处，看他原有悔心。名优演此，不难摹其薄情，全在摹其追悔。当面诟王相、昏夜谋杀子女，未尝不自恨失足。计无可出，一时之错，遂为终身之咎，真是古寺晨钟，发人深省。高氏《琵琶》，未能及也。

（明）焦循《花部农谭》，《中国古典戏曲论著集成》（八），中国戏剧出版社本

唐荆川半醉作文，先高唱《西厢》惠明"不念法华经"一出，手舞足蹈，纵笔伸纸，文乃成。（见《操觚十六观》。）

（清）焦循《剧说》卷六，《中国古典戏曲论著集成》（八），中国戏剧出版社本

古人立言，以能感人为贵，而诗之入人尤深，故圣人言诗可以兴、观、群、怨。而今人作诗，但以应酬世故为能，则不如不作。试观《三百篇》中，如《何人斯》云："作此好歌，以极反侧。"《节南山》云："家父作诵，以究王讻。"《正月》云："维号斯言，有伦有脊。"而《四月》云："君子作歌，维以告哀。"则自称为君子。《崧高》、《烝民》，一

则云"吉甫作诵,其诗孔硕",一则云"吉甫作颂,穆如清风",则并不嫌于自誉。盖欲人知其言之善而听之,非必若后人作诗多自谦之辞也。故《巷伯》直云:"寺人孟子,作为此诗。凡百君子,敬而听之。"

(清)梁章钜《退庵随笔》,《清诗话续编》本

归馆,郡之士皆知余至,则大欢,有以经义请质难者,有发史事见问者,有就询京师近事者,有呈所业若文、若诗、若笔、若长短言、若杂著、若丛书乞为序、为题辞者,有状其先世事行乞为铭者,有求书册子、书扇者,填委塞户牖,居然嘉庆中故态。谁得曰今非承平时耶?惟窗外船过,夜无笙琶声,即有之,声不能彻旦。然而女子有以栀子华发为贽求书者,爰以书画环瑱亘通问,凡三人,凄馨哀艳之气,缭绕于桥亭舸舫间,虽澹定,是夕魂摇摇不自持。

(清)龚自珍《乙亥六月重过扬州记》,《龚自珍全集》第三辑,
上海人民出版社

钱唐洪昉思昇撰《长生殿》,为千百年来曲中巨擘,以绝好题目,作绝大文章,学人、才人一齐俯首。自有此曲,毋论《惊鸿》、《彩毫》空惭形秽,即白仁甫《秋夜梧桐雨》亦不能稳占元人词坛一席矣。如《定情》、《絮阁》、《窥浴》、《密誓》数折,俱能细针密线,触绪生情,然以细意熨贴为之,犹可勉强学步;读至《弹词》第六、七、八、九转,铁拨铜琶,悲惊慷慨,字字倾珠落玉而出,虽铁石人能不为之断肠、为之下泪!笔墨之妙,其感人一至于此,真观止矣!

(清)梁廷柟《曲话》卷三,《中国古典戏曲论著集成》(八),
中国戏剧出版社本

近日高伯阳作《续琵琶记》,空虚结撰,出奇无穷,一雪中郎之冤。吴毅人先生为之序云:"伯阳借一家之衣钵,拓千古之心胸,姱饰胜缘,掞张废事,如织女之酬郭令,如青洪之赠欧明,遂使银鹿坐儿,金龟得婿,科名草长,旌节花开,但争春梦之长,不厌夏云之幻。"数语,曲中大致,包括无遗矣。

(清)梁廷柟《曲话》卷四,《中国古典戏曲论著集成》(八),
中国戏剧出版社本

盖文之至者，倾肺腑而出，其词明白坦易，虽妇人孺子莫不通晓，故闻忠、孝、节、义之事，或轩轾而舞，或垂涕泣而道；而南北曲者，复以妙伶登场，服古冠巾，与其声音笑貌而毕绘之，则其感人尤易入也。

    （清）李黼平《梁廷枏〈曲话〉序》，《中国古典戏曲论著集成》
    （八），中国戏剧出版社本

  《诗》，自乐是一种，"衡门之下"是也；自励是一种，"坎坎伐檀兮"是也；自伤是一种，"出自北门"是也；自誉自嘲是一种，"简兮简兮"是也；自警是一种，"抑抑威仪"是也。

    （清）刘熙载《艺概·诗概》，上海古籍出版社本

  乐府易不得，难不得。深于此事者，能使豪杰起舞，愚夫愚妇解颐，其神妙不可思议。

    （清）刘熙载《艺概·诗概》，上海古籍出版社本

  《乐记》曰："凡音之起，由人心生也。必唱者先设身处地，摹仿其人之性情气象，宛若其人之自述其语，然后其形容逼真，使听者心会神怡，若亲对其人，而忘其为度曲矣。故必先明曲中之意义曲折，则启口之时，自不求似而自合。若世之止能寻腔依调者，虽极工亦不过乐工之末技，而不足语以感人动神之微义也。

    （清）徐大椿《乐府传声·曲情》，《中国古典戏曲论著集成》
    （七），中国戏剧出版社本

    庐山杏溪吴唐英琴，弦指相忘，声徽相化，
      其若无弦者，作诗以美之。

                宋白玉蟾

  十指生秋水，数声弹夕阳。不知君此曲，曾断几人肠？心造虚无外，弦鸣指甲间。夜来宫调罢，明月满空山。声出五音表，弹超十指中。鸟啼花落处，曲罢对春风。

    （清）蒋文勋《琴学粹言·听琴弹琴诗录》，引自《中国古代乐论选辑》，人民音乐出版社本

  夫乐以音传其神，只此五音，赞助以成，无穷尽，无方体，可发各

情，乐之为义大矣哉！

（清）祝凤喈《与古斋琴谱补义·琴曲音节美善论》，引自《中国古代乐论选辑》，人民音乐出版社本

乐曲以音传神，犹以诗文以字明其意义也。然字义之繁，累之万千。乐音则止此五二（五正二变之音）而已，该乎人事万物，而无所不备。其为音也，出于天籁，生于人心。凡人之情，和平、爱慕、悲怨、忧愤，悉触于心，发于声，而即此五二之音也。因音以成乐，因乐以感情，凡如政事之兴废，人身之祸福，雷风之震飒，云雨之施行，山水之巍峨洋溢，草木之幽芳荣谢，以及鸟兽昆虫之飞鸣翔舞，一切情状，皆可宣之于乐，以传其神而会其意者焉。是以听风听水，可作霓裳；鸡唱莺啼，都成曲调。琴具十二音律之全，三准备清浊之应，抑扬高下，尤足传其事物之微妙。故奏其曲，更能感人心而动物情也。

（清）祝凤喈《与古斋琴谱·制琴曲要略》，引自《中国古代乐论选辑》，人民音乐出版社本

乐和人情，匪唯发之以钟鼓之云。八音推琴为最，古圣所作，君子常御，无故不撤，藉以养吾德性，恬然自怡，非为取悦于人，处穷独而不闷者，其惟琴矣。凡妙于琴之士，其必和平诚朴，淳厚端方。

（清）祝凤喈《与古斋琴谱补义·授受琴约》，引自《中国古代乐论选辑》，人民音乐出版社本

或问《乐记》一篇之旨。曰：《乐记》大旨不外"慎所感"三字之意。盖人心体用不外感寂二端。方其寂也，一理涵于太虚，无善恶邪正之可言。及物之所感，顺逆互投，而心之感于物也，亦因以百虑殊途而不可胜纪。感应之交有相得不相得，而七情以分，应物之情有理义形气之分，而邪正是非异矣。然感寂非二端，体用不相离。由乎中而应乎外，制于外则所以养其中，则感之不可不慎也。人性不能无动于感，此由中应外之理也。慎所感以养于正焉，则制外养中之道也。曰：慎所感之必于乐，何也？曰：人心之用也，不外视听言动矣。目之于色也，耳之于声也，口之咏歌也，身之舞蹈也，皆天性也。然天理之心，微而难见，而声色之感，动则易流。得其天理之正，则视色听声，咏歌舞蹈，何莫非天理之存？一

动于形气之私而不知自反焉，则声色之流乃或至诬上行私而不可止。精之发于声色者，既有邪正之殊，而声色之感人也，又相与屈伸往来于无穷。淡则欲心平，和则躁心释，以正感人，而人胥化于正也。妖淫以导欲，愁怨以增悲，以邪感人，而人亦胥化于邪矣。先王知声色之迭感为无穷也，于是定为淡和中正之声容，以养人之耳目而感其心，使咏歌舞蹈之，以与之俱化；而妖淫愁怨之音，则放之使不得接焉：是先王慎感之道也。

　　　　（清）汪烜《乐经律吕通解》卷一，《乐记或问》，《丛书集成》本

　　民心无常，随感而应，故音之所感有异，而民之应之者心术顿殊。乐之感人深者如此。故先王作乐，必本之以性情之正，又合之和气常行，而后发为声容，以用之而感民，则民皆可以感于正而不流于邪，是先王之乐教也。

　　　　（清）汪烜《乐经律吕通解》卷一，《乐记或问》，《丛书集成》本

　　韩娥东之齐，过雍门，鬻歌假食，既去，而余音绕梁，三日不绝，左右以其人弗去。过逆旅，逆旅人辱之，韩娥因曼声哀哭，一里老幼悲愁垂涕，相对三日不食。遽而追之，娥还，更为曼声长歌，一里老幼喜跃忭舞，弗能自禁，忘向之悲也。操觚当作如是观。

　　　　（清）张培仁《妙香室丛话》卷六，引自《笔记小说大观》，江苏广陵古籍出版社本

　　《水浒传》得自由意境，《西厢记》脱果报范围，此书在中国集部，可谓别开生面，不徒占小说界优胜地位也。西欧学说，尝称小说家文字实倾于美的方面，有同符焉。龚定庵诗云："诸师自有真，未肯附儒术。"可以移赠此两书之秉笔者。

　　　　（清）丘炜萲《客云庐小说话》，引自《晚清文学丛钞·小说戏曲研究卷》本

　　夫小说，一茶余酒后之消闲品耳。小说之有评论，一文人学士之舞弄文墨，故作狡狯伎俩耳。两无价值之可言也。然清初有圣叹金氏者，以善评小说著闻，《三国》也，《水浒》也，《西厢》也，《金瓶梅》也，目之

为才子，尊之为奇书，出其滑稽之眼光之心理，演而为玩世不恭之评论，能令阅者笑，能令阅者愧，能令阅者怒，能令阅者哀，至今犹脍炙人口不置。予于少日，亦曾好读其评论矣。初读之，似讶为得未曾有，迨读之再四，觉彼之理想要不出乎书中之理想耳，而于书外之理想无有也；彼之评论，仍不离乎书中之评论耳，而于书外之评论无有也。……

（清）弁山樵子《红楼梦发微》，载 1916 年《香艳杂志》，引自一粟《红楼梦卷》

予则谓小说者，当以怡神悦魄为主，使人之碌碌此世者，咸弃其焦思繁虑，而暂迁其心于恬适之境者也；又令人之闻义侠之风，则激其慷慨之气；闻忧愁之事，则动其凄惋之情；闻恶则深恶，闻善则深善，斯则又古人启发良心惩创逸志之微旨，且又为明于庶物，察于人伦之大助也。

且夫圣经贤传诸子百家之书，国史古鉴之记载，其为训于后世，固深切著明矣。而中材则闻之而辄思卧，或并不欲闻；无他，其文笔简当，无繁缛之观也；其词意严重，无谈谑之趣也。

若夫小说，则妆点雕饰，遂成奇观；嘻笑怒骂，无非至文；使人注目视之，倾耳听之，而不觉其津津甚有味，孳孳然而不厌也，则其感人也必易，而其入人也必深矣。谁谓小说为小道哉？

（清）蠡勺居士《昕夕闲谈小序》，引自《中国历代小说论著选》，江西人民出版社本

天下最神圣的莫过于情感。用理解来引导人，顶多能叫人知道那件事应该做，那件事怎样做法，却是被引导的人到底去做不去做，没有什么关系，有时所知的越发多，所做的到越发少。用情感来激发人，好像磁力吸铁一般，有多大分量的磁，便引多大分量的铁，丝毫容不得躲闪。所以情感这样东西，可以说是一种催眠术，是人类一切动作的原动力。

情感的性质是本能的，但他的力量，能引人到超本能的境界；情感的性质是现在的，但他的力量，能引人到超现在的境界。我们想人到生命之奥，把我的思想行为和我的生命迸合为一，把我的生命和宇宙和众生迸合为一，除却通过情感这一个关门，别无他路。所以情感是宇宙间一种大秘密。

情感的作用固然是神圣，但他的本质不能说他都是善的都是美的。他

也有很恶的方面,他也有很丑的方面。他是盲目的,到处乱碰乱进,好起来好得可爱,坏起来也坏得可怕,所以古来大宗教家大教育家,都最注意情感的陶养。老实说,是把情感教育放在第一位。情感教育的目的,不外将情感善的美的方面,尽量发挥,把那恶的丑的方面渐渐压伏淘汰下去。这种工夫做得一分,便是人类一分的进步。

情感教育最大的利器,就是艺术。音乐、美术、文学这三件法宝,把"情感秘密"的钥匙都掌住了。艺术的权威,是把那霎时间便过去的情感捉住他,令他随时可以再现,是把艺术家自己个性的情感,打开别人们的情阈里头,在若干期间内占领了他心的位置。因为他有恁么大的权威,所以艺术家的责任很重,为功为罪,间不容发。艺术家认清楚自己的地位,就该知道,最要紧的工夫,是要修养自己的情感,极力往高洁纯挚的方面,向上提挈,向里体验。自己腔子里那一团优美的情感养足了,再用美妙的技术把他表现出来,这才不辱没了艺术的价值。

(清)梁启超《中国韵文里头所表现的情感》,《饮冰室文集》卷三十七,中华书局本

中国人无尚武精神,其原因甚多,而音乐靡曼亦其一端,此近世识者所同道也。昔斯巴达人被围,乞援于雅典,雅典人以一眇目跛足之学校教师应之,斯巴达人惑焉。及临阵,此教师为作军歌,斯巴达人诵之,勇气百倍,遂以获胜。甚矣声音之道感人深矣。吾中国向无军歌,其有一二,若杜工部之前后《出塞》,盖不多见,然于发扬蹈厉之气尤缺。此非徒祖国文学之缺点,抑亦国运升沉所关也。往见黄公度《出军歌》四章,读之狂喜,大有"含笑看吴钩"之乐,尝以录入《小说报》第一号。倾复见其全文,乃知共二十四首,凡出军、军中、还军各八章。其章末一字,义取相属,以"鼓勇同行,敢战必胜,死战向前,纵横莫抗,旋师定约,张我国权"二十四字殿焉。其精神之雄壮活泼沉浑深远不必论,即文藻亦二千年所未有也,诗界革命之能事至斯而极矣。吾为一言以蔽之曰:读此诗而不起舞者必非男子。

(清)梁启超《饮冰室诗话》,人民文学出版社本

《桃花扇》沉痛之调,以《哭主》、《沉江》两出为最。《哭主》叙北朝之亡,《沉江》叙南朝之亡也。《哭主》中《胜如花》两腔云:"高皇

帝在九京，不管亡家破鼎，那知他圣子神孙，反不如飘蓬断梗。十七年忧国如病，呼不应天灵祖灵，调不来亲兵救兵。白练无情，送君王一命。伤心煞煤山私幸，独殉了社稷苍生，独殉了社稷苍生。"其二云："宫车出，庙社倾，破碎中原费整。养文臣帷幄无谋，豢武夫疆场不猛；到今日山残水剩，对大江月明浪明，满楼头呼声哭声，这恨怎平。有皇天作证，从今后戮力拼命，报国仇早复神京，报国仇早复神京。"《沉江》之《普天乐》云："撇下俺断篷船，丢下俺无家犬；叫天呼地千百遍，归无路进又难前。那滚滚雪浪拍天，流不尽湘累怨。胜黄土，一丈江鱼腹宽展。摘脱下袍靴冠冕。累死英雄，到此日看江山换主，无可留恋。"其《古轮台》云："走江边，满腔愤恨向谁言。挥老泪寒风吹面，孤城一片，望救目穿。使尽残兵血战，跳出重围，故国苦恋，谁知歌罢剩空筵。长江一线，吴头楚尾路三十，尽归别姓。雨翻云变，寒涛东卷，万事付空烟。精魂显，大招声逐海天远。"此数折者，余每一读之，辄觉酸泪盈盈承睫而欲下，文章之感人一至此耶！

（清）梁启超《论桃花扇》，《新曲苑·曲海扬波》，中华书局本

抑小说之支配人道也，复有四种力：一曰熏。熏也者，如入云烟中而为其所烘，如近墨朱处而为其所染；《楞伽经》所谓"迷智为识，转识成智"者，皆恃此力。人之读一小说也，不知不觉之间，而眼识为之迷漾，而脑筋为之摇扬，而神经为之营注；今日变一二焉，明日变一二焉；刹那刹那，相断相续；久之而此小说之境界，遂入其灵台而据之，成为一特别之原质之种子。有此种子故，他日又更有所触所受者，旦旦而熏之，种子愈盛，而又以之熏他人。故此种子遂可以遍世界，一切器世间有情世间之所以成所以住，皆此为因缘也。而小说则巍巍焉具此威德以操纵众生者也。二曰浸。熏以空间言，故其力之大小，存其界之广狭；浸以时间言，故其力之大小，存其界之长短。浸也者，入而与之俱化者也。人之读一小说也，往往既终卷后数日或数旬而终不能释然，读《红楼》竟者，必有余恋有余悲，读《水浒》竟者，必有余快有余怒，何也？浸之力使然也。等是佳作也，而其卷帙愈繁事实愈多者，则其浸人也亦愈甚；如酒焉，作十日饮，则作百日醉。我佛从菩提树下起，便说偌大一部《华严》，正以此也。三曰刺。刺也者，刺激之义也。熏浸之力利用渐，刺之力利用顿。熏浸之力，在使感受者不觉；刺之力，在使感受者骤觉。刺也者，能入于

一刹那顷，忽起异感而不能自制者也。我本蔼然和也，乃读林冲雪天三限，武松飞云浦一厄，何以忽然发指？我本愉然乐也，乃读晴雯出大观园，黛玉死潇湘馆，何以忽然泪流？我本肃然庄也，乃读实甫之《琴心》、《酬简》，东塘之《眠香》、《访翠》，何以忽然情动？若是者，皆所谓刺激也。大抵脑筋愈敏之人，则其受刺激力也愈速且剧。而要之必以其书所含刺激力之大小为比例。禅宗之一棒一喝，皆利用此刺激力以度人者也。此力之为用也，文字不如语言。然语言力所被，不能广不能久也，于是不得不乞灵于文字。在文字中，则文言不如其俗语，庄论不如其寓言。故具此力最大者，非小说未由。四曰提。前三者之力，自外而灌之使入；提之力，自内而脱之使出，实佛法之最上乘也。凡读小说者，必常若自化其身焉，入于书中，而为其书之主人翁。读《野叟曝言》者，必自拟文素臣。读《石头记》者，必自拟贾宝玉。读《花月痕》者，必自拟韩荷生若韦痴珠。读"梁山泊"者，必自拟黑旋风若花和尚。虽读者自辩其无是心焉，吾不信也。夫既化其身以入书中矣，则当其读此书时，此身已非我有，截然去此界以入于彼界，所谓华严楼阁，帝网重重，一毛孔中，万亿莲花，一弹指顷，百千浩劫，文字移人，至此而极。然则吾书中主人翁而华盛顿，则读者将化身为华盛顿，主人翁而拿破仑，则读者将化身为拿破仑，主人翁而释迦、孔子，则读者将化身为释迦、孔子，有断然也。度世之不二法门，岂有过此？此四方者，可以卢牟一世，亭毒群伦；教主之所以能立教门，政治家所以能组织政党，莫不赖是。文家能得其一，则为文豪，能兼其四，则为文圣。有此四力而用之于善，则可以福亿兆人；有此四力而用之于恶，则可以毒万千载。而此四力所以最易寄者，惟小说，可爱哉小说！可畏哉小说！

（清）梁启超《论小说与群治之关系》，《饮冰室文集》卷十，中华书局本

欧、美学校，常有于休业时学生会演杂剧者。盖戏曲为优美文学之一种，上流社会喜为之，不以为贱也。今岁横滨大同学校年假时，各生徒开一音乐演艺会，除合歌新乐府外，更会串一戏，曰《易水饯荆卿》。其第一幕《饯别》内有歌四章，以《史记》所记原歌作尾声，近于唐突西施，点窜《尧典》；然文情斐茂，音节激昂，亦致可诵也。今录之："等闲谭笑见心肝，壮别宁为儿女颜？地老天荒孤剑在，风萧萧兮易水寒。呜！

鸣！风萧萧兮易水寒，壮士一去兮不复还。啼鴂声声行路难，夕阳虽好近黄昏；不啼清泪长啼血，风萧萧兮易水寒。鸣！鸣！风萧萧兮易水寒，壮士一去兮不复还。天地无情岁又阑，恩仇稠迭泪阑干。男儿死耳安足道，风萧萧兮易水寒。鸣！鸣！风萧萧兮易水寒，壮士一去兮不复还。别时容易见时难。我欲从之路阻艰。既悲逝者行自念，风萧萧兮易水寒。鸣！鸣！风萧萧兮易水寒，壮士一去不复还。"右歌于席间酒酣唱之，前后皆唱俗乐，独此四章拍以新谱，用风琴节之。每章前四句以扮高渐离者独唱，其"鸣！鸣！"以下，则举座合唱，声情激越，闻者皆有躬与社会之感。

（清）梁启超《饮冰室诗话》，人民文学出版社本

……于是叔氏更由形而上学进而说美学。夫吾人之本质，既为意志矣。而意志之所以为意志，有一大特质焉：曰生活之欲。何则？生活者非他，不过自吾人之知识中所观之意志也。吾人之本质，既为生活之欲矣。故保存生活之事，为人生之唯一大事业。且百年者，寿之大齐；过此以往，吾人所不能暨也。于是向之图个人之生活者，更进而图种姓之生活；一切事业，皆起于此。吾人之意志，志此而已；吾人之知识，知此而已。既志此矣，既知此矣，于是满足与空乏，希望与恐怖，数者如环无端，而不知其所终；目之所观，耳之所闻，手足所触，心之所思，无往而不与吾人之利害相关，终身仆仆而不知所税驾者，天下皆是也。然则，此利害之念，竟无时或息欤？吾人于此桎梏之世界中，竟不获一时救济欤？曰：有。唯美之为物，不与吾人之利害相关系；而吾人观美时，亦不知有一己之利害。何则？美之对象，非特别之物，而此物之种类之形式；又观之之我，非特别之我，而纯粹无欲之我也。夫空间时间，既为吾人直观之形式；物之现于空间皆并立，现于时间者皆相续，故现于空间时间者，皆特别之物也。既视为特别之物矣，则此物与我利害之关系，欲其不生于心，不可得也。若不视此物为与我有利害之关系，而但观其物，则此物已非特别之物，而代表其物之全种；叔氏谓之曰"实念"。故美之知识，实念之知识也。而美之中，又有优美与壮美之别。今有一物，令人忘利害之关系，而玩之而不厌者，谓之曰优美之感情。若其物直接不利于吾人之意志，而意志为之破裂，唯由知识冥想其理念者，谓之曰壮美之感情。然此二者之感吾人也，因人而不同，其知力弥高，其感之也弥深。独天才者，

由其知力之伟大，而全离意志之关系，故其观物也，视他人为深，而其创作之也，与自然为一。故美者，实可谓天才之特许物也。若夫终身局于利害之桎梏中，而不知美之为何物者，则滔滔皆是。且美之对吾人也，仅一时之救济，而非永远之救济，此其伦理学上之拒绝意志之说，所以不得已也。

（清）王国维《叔本华之哲学及其其教育学说》，《静庵文集》，《海宁王静安先生遗书》本

生活之本质何？"欲"而已矣。欲之为性无厌，而其原生于不足。不足之状态，苦痛是也。既偿一欲，则此欲以终。然欲之被偿者一，而不偿者什百。一欲既终，他欲随之。故究竟之慰藉，终不可得也。即使吾人之欲悉偿，而更无所欲之对象，倦厌之情，即起而乘之。于是吾人自己之生活，若负之而不胜其重。故人生者，如钟表之摆，实往复于苦痛与倦厌之间者也，夫倦厌固可视为苦痛之一种。有能除去此二者，吾人谓之曰快乐。然当其求快乐也，吾人于固有之苦痛外，又不得不加以努力，而努力亦苦痛之一也。且快乐之后，其感苦痛也弥深。故苦痛而无回复之快乐者有之矣，未有快乐而不先之或继之以苦痛者也。又此苦痛与世界之文化俱增，而不由之而减。何则？文化愈进，其知识弥广，其所欲弥多，又其感苦痛亦弥甚故也。然则人生之所欲，既无以逾于生活，而生活之性质，又不外乎苦痛，故欲与生活与苦痛，三者一而已矣。

……

由是观之，吾人之知识与实践之二方面，无往而不与生活之欲相关系，即与苦痛相关系。兹有一物焉，使吾人超然于利害之外，而忘物与我之关系。此时也，吾人之心无希望，无恐怖，非复欲之我，而但知之我也。此犹积阴弥月，而旭日杲杲也；犹覆舟大海之中，浮沉上下，而飘著于故乡之海岸也；犹阵云惨淡，而插翅之天使，赍平和之福音而来者也；犹鱼之脱于罾网，鸟之自樊笼出，而游于山林江海也。然物之能使吾人超然于利害之外者，必其物之于吾人，无利害之关系而后可；易言以明之，必其物非实物而后可。然则，非美术何足以当之乎？

……

呜呼！宇宙一生活之欲而已。而此生活之欲之罪过，即以生活之苦痛罚之：此即宇宙之永远的正义也。自犯罪，自加罚，自忏悔，自解脱。美

术之务，在描写人生之苦痛与其解脱之道，而使吾侪冯生之徒，于此桎梏之世界中离此生活之欲之争斗，而得其暂时之平和，此一切美术之目的也。

    （清）王国维《红楼梦评论》，《静庵文集》，《海宁王静安先生遗书》本

  《石头记》笔墨深微，初读忽之，而多阅一回，便多一种情味，迨目想神游，遂觉甘为情死矣。然此书之淫，妙在有意无意，非粗浅人所得而知。苏州金姓，吾友纪友梅之戚也，喜读此记，设林黛玉木主，日夕祭之，读至绝粒焚稿数回，则呜咽失声。中夜常为隐泣，遂得痴疾。一日，炷香长跽，良久拔炉中香出门，家人问："何之？"曰："往警幻天见潇湘妃子耳。"家人虽禁之，而或迷或悟，哭笑无常，卒于夜深逸去，寻数月始获云。

    （清）邹弢《三借庐笔谈》，引自孔另境编《中国小说史料》，上海古籍出版社本

意境编

陈谦豫 编选

一
境

1."境"

（在"乐者，音之所由生也。其本在人心之感于物也。"下疏）物，外境也，言乐初所起，在于人心之感外境也。

    （唐）孔颖达《礼记正义》卷三十七《乐记正义》，中华书局影印《十三经注疏》本

（在"凡音之起，由人心生也。人心之动，物使之然也。"下注）物者，外境也。外有善恶来触于心，则应触而动，故云"物使之然也"。

    （唐）张守节《史记·乐书正义》，《史记》卷二十四，中华书局本

思与境偕，乃诗家之所尚者。

    （唐）司空图《与王驾评诗书》，郭绍虞《诗品集解》附录《表圣杂文》，人民文学出版社本

思若不来，即须放情却宽之，令境生。然后以境照之，思则使来，来则作文，其境思不来，不可作也。

    （唐）[日]弘法大师《文镜秘府论·南卷·论文意》，《文镜秘府论校注》，中国社会科学出版社本

"采菊东篱下，悠然见南山"，因采菊而见山，境与意会，此句最有妙处。近岁俗本皆作"望南山"，则此一篇神气都索然矣。古人用意深微

而俗士率然妄以意改，此最可疾。

(宋)苏轼《题渊明饮酒诗后》，《东坡题跋》卷二，《丛书集成》本

诗人以一字为工，世固知之。惟老杜变化开阖，出奇无穷，殆不可以形迹捕。如"江山有巴蜀，栋宇自齐梁"，远近数千里，上下数百年，只在"有"与"自"两字间，而吞纳山川之气，俯仰古今之怀，皆见于言外。《滕王亭子》："粉墙犹竹色，虚阁自松声。"若不用"犹"与"自"两字，则余八言凡亭子皆可用，不必滕王也。此皆工妙至到，人力不可及。而此老独雍容闲肆，出于自然，略不见其用力处。今人多取其已用字模放用之，偃蹇狭陋，尽成死法，不知意与境会，出言中节，凡字皆可用也。

(宋)叶梦得《石林诗话》卷中，《历代诗话》本

阮公《咏怀》，远近之间，遇境即际，兴穷即止，坐不着论宗佳耳。人乃谓陈子昂胜之，何必子昂，宁无感兴乎哉？

(明)王世贞《艺苑卮言》卷三，《历代诗话续编》本

乐府之所贵者，事与情而已。张籍善言情，王建善征事，而境皆不佳。

(明)王世贞《艺苑卮言》卷四，《历代诗话续编》本

诗境最宽，有学士大夫读破万卷，穷老尽气，而不能得其阃奥者；有妇人女子，村氓浅学，偶有一二句，虽李、杜复生，必为低首者。此诗之所以为大也。作诗者必知此二义，而后能求诗于书中，得诗于书外。

(清)袁枚《随园诗话》卷三，人民文学出版社本

盖诗境甚宽，诗情甚活，总在乎好学深思，心知其意，以不失孔、孟论诗之旨而已。必欲繁其例，狭其径，苛其条规，桎梏其性灵，使无生人之乐，不已慎乎！唐齐己有《风骚旨格》，宋吴潜溪有《诗眼》：皆非大家真知诗者。

(清)袁枚《随园诗话补遗》卷三，人民文学出版社本

夫古人文章之体非一类，其瑰玮奇丽之振发，亦不可谓尽出于无意也。

然要是才力气势驱使之所必至,非勉力而为之也。后人勉学觉有累积纸上,有如赘疣。故文章之境,莫佳于平淡,措语遣意,有若自然生成者。

(清)姚鼐《与王铁夫书》,《惜抱轩全集·文后集》卷三,世界书局本

古人诗格诗境,无不备矣。若不能自开一境,便与古人全似,亦只是床上安床,屋上架屋耳,空同是也。

(清)方东树《昭昧詹言》卷一,人民文学出版社本

阿谀诽谤,戏谑淫荡,夸诈邪诞之诗作而诗教熄,故理语不必入诗中,诗境不可出理外。谓"诗有别趣,非关理也",此禅宗之余唾,非风雅之正传。

(清)潘德舆《养一斋诗话》卷一,《清诗话续编》本

诗境贵幽,意贵闲冷,辞贵刻削。

(清)吴雷发《说诗菅蒯》,《清诗话》本

谢客诗刻画微眇,其造语似子处,不用力而功益奇,在诗家为独辟之境。

(清)刘熙载《艺概·诗概》,上海古籍出版社本

"有时白云起,天际自舒卷","却顾所来径,苍苍横翠微",即此四语,想见太白诗境。

(清)刘熙载《艺概·诗概》,上海古籍出版社本

常语易,奇语难,此诗之初关也;奇语易,常语难,此诗之重关也。香山用常得奇,此境良非易到。

(清)刘熙载《艺概·诗概》,上海古籍出版社本

诗人之优柔,骚人之清深,后来难并矣,惟奇倔一境,虽亦诗骚之变,而尚有可广。此淮南《招隐士》所以作与?

(清)刘熙载《艺概·赋概》,上海古籍出版社本

司空表圣云："梅止于酸，盐止于咸，而美在酸咸之外。"严沧浪云："妙处透彻玲珑，不可凑泊，如水中之月，镜中之象。"此皆论诗也，词亦以得此境为超诣。

（清）刘熙载《艺概·词曲概》，上海古籍出版社本

花鸟缠绵，云雷奋发，弦泉幽咽，雪月空明：诗不出此四境。

（清）刘熙载《艺概·诗概》，上海古籍出版社本

宋玉《招魂》，在《楚辞》为尤多异采。约之亦只两境：一可喜，一可怖而已。

（清）刘熙载《艺概·赋概》，上海古籍出版社本

柳子厚《永州龙兴寺东邱记》云："游之适大率有二：旷如也，奥如也。如斯而已。"《袁家渴记》云："舟行若穷，忽又无际。"《愚溪诗序》云："漱涤万物，牢笼百态。"此等语皆若自喻文境。

（清）刘熙载《艺概·文概》，上海古籍出版社本

文学之事，其内足以摅己，而外足以感人者，意与境二者而已。上焉者意与境浑，其次或以境胜，或以意胜。苟缺其一，不足以言文学。

（清）王国维《人间词话》，人民文学出版社本

有造境，有写境，此理想与写实二派之所由分。然二者颇难分别。因大诗人所造之境，必合乎自然，所写之境，亦必邻于理想故也。

（清）王国维《人间词话》，人民文学出版社本

2．"物境""情境""心境"

诗有三境。一曰物境：欲为山水诗，则张泉石云峰之境，极丽绝秀者，神之于心，处身于境，视境于心，莹然掌中，然后用思，了然境象，故得形似。二曰情境：娱乐愁怨，皆张于意而处于身，然后驰思，深得其情。三曰意境：亦张之于意而思之于心，则得其真矣。

（唐）王昌龄《诗格》，《诗学指南》卷三，乾隆敦本堂刊本

世人之喜新而恶常，厌夫埃坌卑湫之为吾累，而慕夫空妙超旷以自为高，则山经海图崖梯波航之所传闻，足以幻世而骇众……是以幽人逸客之有志于斯者。或欲弃捐世事，赢粮而从之。惟晋陶渊明则不然。其诗曰："结庐在人境，而无车马喧。"有问其所以然者，则答之曰："心远地自偏。"吾尝即其诗而味之：东篱之下，南山之前，采菊徜徉，真意悠然，玩山气之将夕，与飞鸟以俱还，人何以异于我，而我何以异于人哉？"盥濯息檐下，斗酒散襟颜。"人有是我亦有是也。"相见无杂言，但道桑麻长。"我有是人亦有是也。其寻壑而舟也，其经丘而车也。其日涉成趣而园内，岂亦抉天地而出，而表能飞翔于人世之外耶？顾我之境与人同，而我之所以为境，则存乎方寸之间，与人有不同焉者耳。昔圣门之言志也，子路则率而对矣，求尔何如，则亦各言之矣，然后点也铿尔舍瑟而作曰："异乎三子者之撰。"然则此渊明之所谓心也。心即境也，治其境而不于其心，则迹与人境远，而心未尝不近；治其心而不于其境，则迹与人境近，而心未尝不远。

　　　　　　　　　（宋）方回《心境记》，《桐江集》卷二，商务印书馆影抄本

　　诗到咏物，虽唐人犹难之。大家哲匠，篇章寥寥，岂非以写情境者易妙，体物理者难工也。

　　　　　　　　　（明）屠隆《观灯百咏序》，《白榆集》卷一，明万历刊本

　　境者，心造也。一切物境皆虚幻，惟心所造之境为真实。同一月夜也。琼筵羽觞，清歌妙舞，绣帘半开，素手相携，则有余乐；劳人思妇，对影独坐，促织鸣壁，枫叶绕船，则有余悲。同一风雨也；三两知己，围炉茅屋，谈今道故，饮酒击剑，则有余兴；独客远行，马头郎当，峭寒侵肌，流潦妨毂。"月上柳梢头，人约黄昏后"，与"杜宇声声不忍闻，欲黄昏，雨打梨花深闭门"，同一黄昏也，而一为欢憨，一为愁惨，其景绝异。"桃花流水杳然去，别有天地非人间"与"人面不知何处去，桃花依旧笑春风"同一桃花也，而一为清净，一为爱恋，其境绝异。"舳舻千里，旌旗蔽空，酾酒临江，横槊赋诗"与"浔阳江头夜送客，枫叶荻花秋瑟瑟，主人下马客在船，举酒欲饮无管弦"同一江也，同一舟也，同一酒也，而一为雄壮，一为冷落，其境绝异。然则天下岂有物境哉！但有心境而已。戴绿眼镜者，所见物一切皆绿；带黄眼镜者，所见物一切皆

黄。口含黄连者，所食物一切皆苦；口含蜜饴者，所食物一切皆甜。一切物果绿耶？果黄耶？果苦耶？果甜耶？一切物非绿非黄非苦非甜，一切物亦绿亦黄亦苦亦甜，一切物即绿即黄即苦即甜。然则绿也、黄也、苦也、甜也，其分别不在物而在我，故曰：三界惟心。

在二僧因风扬刹幡，相与对论，一僧曰风动，一僧曰幡动。往复辨难无所决。六祖大师曰：非风动，非幡动，仁者心自动。任公曰：三界惟心之真理，此一语道破矣。天地间之物，一而万，万而一者也。山自山，川自川，春自春，秋自秋，风自风，月自月，花自花，鸟自鸟，万古不变，天地不同。然有百人于此，同受此山、此川、此春、此秋、此风、此月、此花、此鸟之感触，而其心境所现者百焉；千人同受此感触，而其心境所现者千焉；亿万人乃至无量数人同受此感触，而其心境所现者亿万焉，乃至无量数焉。然则欲言物境之果为何状，将谁氏之从乎？仁者见之谓之仁，智者见之谓之智，忧者见之谓之忧，乐者见之谓之乐，吾之所见者，即吾所受之境之真实相也。故曰：惟心所造之境为真实。

然则欲讲养心之学者，可以知所从事矣。三家村学究，得一第，则惊喜失度，自世胄子弟视之何有焉；乞儿获百金于路，则挟持以骄人，自富豪家视之何有焉；飞弹掠面而过，常人变色，自百战老将视之何有焉；一箪食，一瓢饮，在陋巷，人不堪其忧，自有道之士视之何有焉。天下之境，无一非可乐、可忧、可惊、可喜者，实无一可乐、可忧、可惊、可喜者。乐之、忧之、惊之、喜之，全在人心。所谓天下本无事，庸人自扰之。境则一也，而我忽然而乐，忽然而忧，无端而惊，无端而喜，果胡为者！如蝇见纸窗而竞钻，如猫捕树影而跳掷，如犬闻风声而狂吠，扰扰焉送一生于惊、喜、忧、乐之中，果胡为者！若是者，谓之知有物而不知有我；知有物而不知有我，谓之我为物役，亦名曰：心中之奴隶。

是以豪杰之士无大惊，无大喜，无大苦，无大乐，无大忧，无大惧。其所以能如是者，岂有他术哉！亦明三界唯心之真理而已，除心中之奴隶而已。苟知此义，则人人皆可以为豪杰。

（清）梁启超《自由书·惟心》，《饮冰室专集》卷二，中华书局本

3. "圣境" "神境" "化境"

心之所至，手亦至焉；心之所不至，手亦至焉；心之所不至，手亦不至

焉。心之所至手亦至焉者，文章之圣境也；心之所不至手亦至焉者，文章之神境也；心之所不至手亦不至焉者，文章之化境也。夫文章至于心手皆不至，则是其纸上无字、无句、无局、无思者也，而独能令千万世下人之读吾文者，其心头眼底，乃霅霅有思，乃摇摇有局，乃铿铿有句，而烨烨有字，则是其提笔临纸之时，才以绕其前，才以绕其后，而非徒然卒然之事也。

      （清）金圣叹《水浒传序一》，《贯华堂第五才子书水浒传》上，江苏古籍出版社本

  诗有画境焉，有化境焉，兼之为难。

      （清）贺贻孙《诗筏》，《清诗话续编》本

  龙湖高妙处，只在藏情于景，间一点入情，但就本色上露出，不分涯际，真五言之圣境也。

      （清）王夫之《明诗评选》卷五，张治《秋郭小寺》评语，《船山遗书》，太平洋书店重校刊本

  风水沦涟，波折天然，此文章之化境，吾闻之于老泉。

      （清）纪昀《水波砚铭》，《纪文达公遗集》卷十三，清嘉庆刊本

  自然而出，无关造作，此化境也。化境多从无心得之。诗道本源，必深造以臻其神，穷神以达其化，则化境乃不落空。若未能尽神，而遽欲达化，未有不背而驰者。

      （清）徐熊飞《诗问四种·修竹庐谈诗问答》，齐鲁书社本

  《醉后赠从甥高镇》"江东风光不借人，枉杀落花空自春"二句，不问能知为太白之诗。通体俱从醉后着笔，而豪俊英爽之气，轩轩人世。须玩其跌宕承转处，几无笔墨痕迹可寻，此化境也。

  《江夏赠韦南陵冰》是初从夜郎放归，忽与故人相遇，一路酸辛凄楚，闲闲著笔。末幅"头陀云月多僧气，山水何曾称人意"二句，忽然掷笔空际。此下以必不可行之事，摅必当放浪之怀，气吞云梦，笔扫虹霓。中材人读之，亦能渐发聪明，增其豪俊之气。

      （清）延君寿《老生常谈》，《清诗话续编》本

《檀弓》语少意密，显言直言所难尽者，但以句中之眼、文外之致含藏之，已使人自得其实。是何神境？

（清）刘熙载《艺概·文概》，上海古籍出版社本

4. "常境" "异境"

维诗词秀调雅，意新理惬，在泉为珠，着壁成绘。一句一字，皆出常境。

（唐）殷璠《河岳英灵集》卷上评王维，《唐人选唐诗》（十种），上海古籍出版社本

上人心冥空无，而迹寄文字，故语甚夷易，如不出常境，而诸生思虑，终不可至。

（唐）权德舆《送灵澈上人庐山回归沃洲序》，《全唐文》卷四百九十三，中华书局本

文工画妙各臻极，异境恍惚移于斯。

（唐）韩愈《桃源图》，《昌黎先生集》卷三，《四部备要》本

一转一深，一深一妙，此骚人三昧。倚声家得之，便自超出常境。

（清）刘熙载《艺概·词曲概》，上海古籍出版社本

5. "佳境" "妙境"

如"远水浮仙棹，寒星伴使车"，盖五言之佳境也。

（唐）高仲武《中兴间气集》卷下评李季兰，《唐人选唐诗》（十种），上海古籍出版社本

文之与诗，固异象……曹溪汗下后，信手拈来，无非妙境。

（明）王世贞《艺苑卮言》卷一，《历代诗话续编》本

"明月照积雪"是佳境，非佳语。"池塘生春草"，是佳语，非佳境。

（明）王世贞《艺苑卮言》卷三，《历代诗话续编》本

"明月照积雪"、"大江流日夜"、"客心悲未央"、"澄江净如练"、"玉绳低建章"、"池塘生春草"、"秋菊有佳色",俱千古奇语,不宜有所附丽。文章妙境,即此了然。文隋以还,神气都尽矣。

(明)陈继儒《佘山诗话》卷下,《学海类编》本

"欲罢不能,既竭吾材,如有所立卓尔",本颜回见道语,然实诗家妙境,神动天随,寝食咸废,精凝思极,耳目都融,奇语玄言,恍惚呈露,如游龙惊电,掎角稍迟,便欲飞去。须身诣其境知之。

(明)胡应麟《诗薮·外篇》卷一,上海古籍出版社本

意调若一览易尽,而构局之妙,令人且惊且疑,渐入佳境,所谓深味之而无穷者。

(明)祁彪佳《远山堂曲品》评王㻞《轩辕记》,《中国古典戏曲论著集成》(六),中国戏剧出版社本

表圣论诗,有二十四品,予最喜"不著一字,尽得风流"八字。又云:"采采流水,蓬蓬远春。"二语形容诗境,亦绝妙,正与戴容州"蓝田日暖,良玉生烟"八字同旨。

(清)王士禛《带经堂诗话》卷三,人民文学出版社本

有以可解不可解为诗中妙境者,此皆影响惑人之谈。夫诗言情不言理者,情惬则理在其中,乃正藏体于用耳。故诗至入妙,有言下未尝毕露,其情则已跃然者。使善说者代为指点,无不娓娓动人,即匡鼎解颐是已。如果一味模糊,有何妙境?抑亦何取于诗?

(清)李重华《贞一斋诗说》,《清诗话》本

余爱司空表圣《诗品》,而惜其祇标妙境,未写苦心,为若干首续之。陆士龙云:"虽随手之妙,良难以词谕。"要所能言者,尽于是耳。

(清)袁枚《续诗品》,人民文学出版社本

唐诗妙境在虚处,宋诗妙境在实处。

(清)翁方纲《石洲诗话》卷四,人民文学出版社本

"枯藤老树昏鸦。小桥流水平沙。古道西风瘦马。夕阳西下。断肠人在天涯。"此元人马东篱《天净沙》小令也。寥寥数语,深得唐人绝句妙境。有元一代词家,皆不能办此也。

(清)王国维《人间词话》,人民文学出版社本

6. "幻境" "妄境"

横浦张子韶《心传录》曰:"陶渊明辞云:'云无心而出岫,鸟倦飞而知还。'杜子美云:'水流心不竞,云在意俱迟。'若渊明与子美相易其语,则识者往往以谓子美不及渊明矣。观其云'云无心'、'鸟倦飞',则可知其本意。至于水流而'心不竞',云在而'意俱迟',则与物初无间断,气更混沦,难轻议也。"丹阳洪景庐《容斋随笔》曰:"江山登临之美,泉石赏玩之胜,世间佳境也,观者必曰'如画'。至于丹青之妙,好事君子嗟叹之不足者,则又以'逼真'目之。如老杜'人间又见真乘黄'、'时危安得真致此'、'悄然坐我天姥下'、'斯须九重真龙出'、'凭轩忽若无丹青'、'高堂见生鹘'、'直讶松杉冷'、'兼疑菱荇香'之句是也。以真为假,以假为真,均之为妄境耳。人生万事如是,何特此耶!"

(宋)蔡梦弼《杜工部草堂诗话》卷二,《历代诗话续编》本

未有真境之为所欲为,能出幻境纵横之上者——我欲做官,则顷刻之间便臻荣贵;我欲致仕,则转盼之际又入山林;我欲作人间才子,即为杜甫、李白之后身;我欲娶绝代佳人,即作王嫱、西施之元配;我欲成仙作佛,则西天、蓬岛即在砚池笔架之前……

(清)李渔《闲情偶寄·词曲部·宾白第四》,《中国古典戏曲论著集成》(七),中国戏剧出版社本

7. "实境"与"虚境"

夫境象非一,虚实难明。有可睹而不可取,景也;可闻而不可见,风也。虽系乎我形,而妙用无体,心也;义贯众象,而无定质,色也。凡此等,可以偶虚,亦可以偶实。

(唐)皎然《诗议》,《诗学指南》卷三,乾隆敦本堂本

欲令诗语妙，无厌空且静。静故了群动，空故纳万境。

（宋）苏轼《送参寥师》，《集注分类东坡先生诗》卷二十一，《四部丛刊》本

贯休曰："庭花濛濛水泠泠，小儿啼索树上莺。"景实而无趣。太白曰："燕山雪花大如席，片片吹落轩辕台。"景虚而有味。

（明）谢榛《四溟诗话》卷一，人民文学出版社本

又《摩诃池泛舟作》"高城秋自落"句，夫"秋"何物，若何而"落"乎？时序有代谢，未闻云"落"也；即秋能"落"，何系之以"高城"乎？而曰"高城落"，则"秋"实自"高城"而"落"，理与事俱不可易也。以上偶举杜集四语，若以俗儒之眼观之，以言乎理，理于何通？以言乎事，事于何有？所谓言语道断，思维路绝。然其中之理，至虚而实，至渺而近，灼然心目之间，殆如鸢飞鱼跃之昭著也。理既昭矣，尚得无其事乎？

（清）叶燮《原诗·内篇下》，人民文学出版社本

诗景有虚有实，若虚实之间，不必常有此，却自应有此，惟高手自然写出，新颖可喜，钱虞山"春风蕴藉养花天"，田山薑"衣上新泥燕子来"，李武曾"故人船到月当门"，施愚山"寒禽日暖作春啼"，皆臻妙境，可为初学举隅。

（清）杨际昌《国朝诗话》卷之一，《清诗话续编》本

景有神遇，有目接。神遇者，虚拟以成辞，屈、宋已下皆然，所谓五城十二楼，缥缈俱在空际也。目接则语贵征实，如靖节田园，谢公山水，皆可以识曲听真也。

（清）乔亿《剑溪说诗》卷下，《清诗话续编》本

自然中之物，互相关系，互相限制。然其写之于文学及美术中也，心遗其关系，限制之处。故虽写实家，亦理想家也。又虽如何虚构之境，其材料必求之于自然，而其构造，亦必从自然之法则。故虽理想家，亦写实家也。

（清）王国维《人间词话》，人民文学出版社本

8. "有我之境"与"无我之境"

有有我之境,有无我之境。"泪眼问花花不语,乱红飞过秋千去。""可堪孤馆闭春寒,杜鹃声里斜阳暮。"有我之境也。"采菊东篱下,悠然见南山。""寒波澹澹起,白鸟悠悠下。"无我之境也。有我之境,以我观物,故物皆著我之色彩。无我之境,以物观物,故不知何者为我,何者为物。古人为词,写有我之境者为多,然未始不能写无我之境,此在豪杰之士能自树立耳。

(清)王国维《人间词话》,人民文学出版社本

无我之境,人惟于静中得之。有我之境,于由动之静时得之。故一优美,一宏壮也。

(清)王国维《人间词话》,人民文学出版社本

9. "境生于象外"

片言可以明百意,坐驰可以役万里,工于诗者能之。风雅体变而兴同,古今调殊而理异,达于诗者能之。工生于才,达生于明,二者还相为用,而后诗道备矣。……生名侹,字庶中,幼嗜属诗,晚而不衰。心源为炉,笔端为炭,锻炼元本,雕砻群形。纠纷舛错,逐意奔走,因故沿浊,协为新声。……余不得让而著于篇,因系之曰:诗者其文章之蕴邪!义得而言丧,故微而难能;境生于象外,故精而寡和。

(唐)刘禹锡《董氏武陵集纪》,《刘禹锡集》卷十九,上海人民出版社本

永叔论诗云:"状难写之景,如在目前;含不尽之意,见于言外,然后为工。"王元美讥为全不解诗,似过。陈大樽评李于鳞绝句云:"语甚炼而若出自然,意必浑而每多可思。"两语真作家话,不特绝句也。味二公之言,诗虽不易工,然要不外是。

(清)叶矫然《龙性堂诗话初集》,《清诗话续编》本

海上三山，方以为近，忽又是远。太白诗言在口头。想出天外，殆亦如是。

(清)刘熙载《艺概·诗概》，上海古籍出版社本

10. "取境之时　须至难至险"

诗不假修饰，任其丑朴。但风韵正，天真全，即名上等。予曰不然。无盐阙容而有德，曷若文王太姒有容而有德乎？又云不要苦思，苦思则丧自然之质。此亦不然。夫不入虎穴，焉得虎子？取境之时，须至难至险，始见奇句。成篇之后，观其气貌，有似等闲，不思而得，此高手也。有时意静神王，佳句纵横，若不可遏，宛若神助。不然。盖由先积精思，因神王而得乎！

(唐)皎然《诗式》，《历代诗话》本

夫诗人之思，初发取境偏高，则一首举体便高，取境偏逸，则一首举体便逸……偏高偏逸之例，直于诗体、篇目、风貌不妨。

(唐)皎然《诗式》，《历代诗话》本

大都诗以山川为境，山川亦以诗为境。名山遇赋客，何异士遇知己。一入品题，情貌都尽，后之游者，不待按诸图经，询诸樵牧，望而可举其名矣。嗟嗟："澄江净如练"，"齐鲁青未了"，寥寥片言，遂关千古登临之口。岂独勿作常语哉？以其取境真也。

(明)董其昌《画禅室随笔》卷三《评诗》，康熙裕文堂本

《青丘子歌》一首，自言其作诗之憔悴专一，有云："朝吟忘其饥，暮吟散不平。头发不暇栉，家事不及营，儿啼不知怜，客至不果迎。向水际独坐，林间独行。斫元气，搜元精，冥茫八极游心兵。微如悬破虱，壮若屠长鲸。高攀天根探月窟，犀照牛渚万怪呈。"是其功力之精至，可谓极矣。然集中惟《登西城门》云："并吞何时休，白骨易寸土。"《题画鹰》云："秋筋束老骨，天寒势逾矫。"《太湖》云："声吹地将浮，势击山欲坏。"此数句最为警策，其他亦少有惊心动魄者。盖其用力全在使事典切，琢句浑成，而神韵又极高朗，此正是细腻风光，看是平易，实则洗

炼功深。观唐以来诗家，有力厚而太过者，有气弱而不及者；惟青丘适得诗境中恰好地步，固不必石破天惊，以奇杰取胜也。

（清）赵翼《瓯北诗话》卷八，《清诗话续编》本

称诗何必苦争新，无意为诗境乃真。水月镜花言外意，雪来柳往景中人。江东杜甫云垂暮，枕上欧阳夜向晨。莫食地肥烟火气，仙人掌有露华新。

（清）赵翼《称诗》，《瓯北集》卷五十二，寿考堂嘉庆刊本

二
境　界

1. "境界"

第一义者，圣智自觉所得，非言说妄想觉境界。
（南朝·宋）求那跋陀罗译《楞伽经》，《大正藏》十六卷

色等五境，为境性，是境界故；眼等五根，各有境性，有境界故。
（唐）圆晖《阿毗达摩俱舍论本颂疏》卷一，《大正藏》四十一卷

功能所托，名为境界，如眼能见色，识能了色，唤色为境。
（唐）圆晖《阿毗达摩俱舍论本颂疏》卷一，《大正藏》四十一卷

如是六根种种境界，各各自求所乐境界，不乐余境界。眼常求可爱之色，不可意即生其厌。耳、鼻、舌、身、意，亦复如是。此六种根种种行处，各各不求异根境界，其有力者，堪能自在随觉境界。
（唐）道世《法苑珠林·摄念篇》，《大正藏》五十三卷

作世外文字，须换过境界。庄子《寓言》之类，是空境界文字。
（宋）李涂《文章精义》，人民文学出版社本

横浦张子韶《心传录》曰："读子美'野色更无山隔断，山光直与水

相通',已而叹曰:'子美此诗,非特为山光野色,凡悟一道理透彻处,往往境界皆如此也。'"

(宋)蔡梦弼《杜工部草堂诗话》卷二,《历代诗话续编》本

(王世贞)又曰:"诗旨有极含蓄者,隐恻者,紧切者;法有极婉曲者,清畅者,峻洁者,奇诡者,玄妙者。骚赋古选乐府歌行,千变万化,不能出其境者。"

(明)徐师曾《文体明辨序志·文章纲领·论诗》,人民文学出版社本

才生思,思生调,调生格,思即才之用,调即思之境,格即调之界。

(明)王世贞《艺苑卮言》卷一,《历代诗话续编》本

公所为文,在翰林应酬之作为多,较之宋文宪、方希古、苏平仲辈,虽篇幅谨严,稍逊前人之宽博,至其冥思入微,命词遣意,境界一新,其师摹得力,自柳子愚溪诸记而来。即起方、宋于九原,未敢多让。

(明)艾南英《重刻罗文肃公集序》,《明文在》卷四十四,江苏书局光绪刊本

张正见《赋得秋河曙耿耿》:"天路横秋水,星河转夜流。"唐人无此境界。

(明)陆时雍《诗镜总论》,《历代诗话续编》本

刘晖吉奇情幻想,欲补从来梨园之缺陷。如唐明皇游月宫,叶法善作,场上一时黑魆地暗,手起剑落,霹雷一声,黑幔忽收,露出一月,其圆如规,四下以羊角染五色云气,中坐常仪,桂树吴刚,白兔捣药,轻纱幔之内,燃赛月明数株,老焰青藜,色如初曙,撒布成梁,遂蹑月窟,境界神奇,忘其为戏也。

(明)张岱《陶庵梦忆·刘晖吉女戏》,上海古籍出版社本

度脱蓝采和,境界平常。词于淡中着色,有不衫不履之趣。

(明)祁彪佳《远山堂剧品·蓝采和》,《中国古典戏曲论著集成》(六),中国戏剧出版社本

境界妙，意致妙，词曲更妙。正恨元人不见此曲耳。

    （明）祁彪佳《远山堂剧品·真傀儡》，《中国古典戏曲论著集成》（六），中国戏剧出版社本

  本寻常境界，而能宛然逼真，敷以恰好之词，则虽寻常中亦自超异矣。

    （明）祁彪佳《远山堂剧品·乔断鬼》，《中国古典戏曲论著集成》（六），中国戏剧出版社本

  夫诗之为道，格调欲雄放，意思欲含蓄，神韵欲闲远，骨采欲苍坚，波澜欲顿挫，境界欲如深山大泽，章法欲清空一气。杜少陵云："读书破万卷，下笔如有神。"不读万卷，岂易言清，不破万卷，岂易言空哉！

    （清）侯方域《陈其年诗序》，《壮悔堂文集》卷二，《四部备要》本

  如苏轼之诗，其境界皆开辟古今之所未有，天地万物，嬉笑怒骂，无不鼓舞于笔端，而适如其意之所欲出。此韩愈后之一大变也。

    （清）叶燮《原诗·内篇上》，人民文学出版社本

  又《夔州雨湿不得上岸》作"晨钟云外湿"句，以晨钟为物而湿乎？云外之物，何啻以万万计，且钟必于寺观，即寺观中，钟之外，物亦无算，何独湿钟乎？然为此语者，因闻钟声有触而云然也。声无形，安能湿，钟声入耳而有闻，闻在耳，止能辨其声，安能辨其湿？曰云外，是又以目始见云，不见钟，故云云外。然此诗为雨湿而作，有云然后有雨，钟为雨湿，则钟在云内，不应云外也。斯语也，吾不知其为耳闻耶？为目见耶？为意揣耶？俗儒于此，必曰"晨钟云外度"又必曰"晨钟云外发"，决无下"湿"字者。不知其于隔云见钟，声中闻湿，妙悟天开，从至理实事中领悟，乃得此境界也。

    （清）叶燮《原诗·内篇下》，人民文学出版社本

  严沧浪借禅喻诗，所谓"羚羊挂角"，"香象渡河，有神韵可味，无迹象可寻"。此说甚是。然不过诗中一格耳。阮亭奉为至论，冯钝吟笑为

谬谈：皆非知诗者。诗不必首首如是，亦不可不知此种境界。如作近体短章，不是半吞半吐，超超无箸，断不能得弦外之音，甘余之味：沧浪之言，如何可诋？

（清）袁枚《随园诗话》卷八，人民文学出版社本

自格律严而境界狭矣，议论多而性情漓矣。

（清）袁枚《随园诗话》卷十六，人民文学出版社本

咏物诗最难见长，处处描写物色，便是晚唐小家门径，纵刻划极工，形容极肖，终非上乘，以其不能超脱也。处处用意，又入论宗，仍是南宋人习气，非微妙境界。则宛转相关，寄托无迹，不黏滞于景物，不著力于论断，遗形取神，超相入理，固别有道在矣。少陵《画鹰》、《宛马》之篇，《孤雁》、《萤火》之什，《蕃剑》、《捣衣》之作，皆小题咏物诗也。而不废议论，不废体贴，形容仍超超玄著，刻划亦落落大方，神理俱足，情韵遥深，视晚唐、南宋诗人体物，迥如草根虫吟耳。是以知具大手笔，并小诗亦妙绝时人，学者可知所取法矣。

（清）朱庭珍《筱园诗话》卷四，《清诗话续编》本

词以境界为最上。有境界则自成高格，自有名句。五代北宋之词所以独绝者在此。

（清）王国维《人间词话》，人民文学出版社本

境非独谓景物也，喜、怒、哀、乐，亦人心中之一境界。故能写真景物，真感情者，谓之有境界。否则谓之无境界。

（清）王国维《人间词话》，人民文学出版社本

"西（当作"秋"）风吹渭水，落日（当作"叶"）满长安。"美成以之入词，白仁甫以之入曲，此借古人之境界为我之境界者也。然非自有境界，古人亦不为我用。

（清）王国维《人间词话》，人民文学出版社本

山谷云："天下清景，不择贤愚而与之，然吾特疑端为我辈设。"诚

哉是言！抑岂独清景而已，一切境界，无不为诗人设。世无诗人，即无此种境界。夫境界之呈于吾心而见于外物者，皆须臾之物。惟诗人能以此须臾之物，镌诸不朽之文字。使读者自得之。遂觉诗人之言，字字为我心中所欲言，而又非我之所能自言，此大诗人之秘妙也。境界有二：有诗人之境界，有常人之境界。诗人之境界，惟诗人能感之而能写之，故读其诗者，亦高举远慕，有遗世之意。而亦有得有不得，且得之者亦各有深浅焉。若夫悲欢离合，羁旅行役之感，常人皆能感之，而惟诗人能写之。故其入于人者至深，而行于世也尤广。

（清）王国维《人间词话》，人民文学出版社本

严沧浪《诗话》谓："盛唐诸公（《诗话》"公"作"人"），唯在兴趣。羚羊挂角，无迹可求。故其妙处，透澈（"澈"作"彻"）玲珑，不可凑拍（"拍"作"泊"）。如空中之音，相中之色，水中之影（"影"作"月"），镜中之象，言有尽而意无穷。"余谓：北宋以前之词，亦复如是。然沧浪所谓兴趣，阮亭所谓神韵，犹不过道其面目，不若鄙人拈出"境界"二字，为探其本也。

（清）王国维《人间词话》，人民文学出版社本

言气质，言神韵，不如言境界。有境界，本也。气质、神韵，末也。有境界而二者随之矣。

（清）王国维《人间词话》，人民文学出版社本

"红杏枝头春意闹"，著一"闹"字，而境界全出。"云破月来花弄影"，著一"弄"字，而境界全出矣。

（清）王国维《人间词话》，人民文学出版社本

境界有大小，不以是而分优劣。"细雨鱼儿出，微风燕子斜"，何遽不若"落日照大旗，马鸣风萧萧"。"宝帘闲挂小银钩"，何遽不若"雾失楼台，月迷津渡"也。

（清）王国维《人间词话》，人民文学出版社本

"明月照积雪"、"大江流日夜"、"中天悬明月"、"黄（当作"长"）

河落日圆"，此种境界，可谓千古壮观。求之于词，唯纳兰容若塞上之作，如《长相思》之"夜深千帐灯"，《如梦令》之"万帐穹庐人醉，星影摇摇欲坠"差近之。

（清）王国维《人间词话》，人民文学出版社本

2. "境界"与"气象"

高手述作，如登荆巫，觌三湘、鄢、郢之盛，萦回盘礴，千变万态（文体开阖作用之势）。或极天高峙，崒焉不群，气胜势飞，合沓相属（奇势在工）；或修江耿耿，万里无波，欻出高深重复之状（奇势雅发）。古今逸格，皆造其极矣。

（唐）皎然《诗式》，《历代诗话》本

气象氤氲，由深于体势，意度盘礴，由深于作用；用律不滞，由深于声对；用事不直，由深于义类。

（唐）皎然《诗式》，《历代诗话》本

七言难于气象雄浑，句中有力，而纡徐不失言外之意。自老杜"锦江春色来天地，玉垒浮云变古今"，与"五更鼓角声悲壮，三峡星河影动摇"等句之后，尝恨无复继者。韩退之笔力最为杰出，然每苦意与语俱尽。《和裴晋公破蔡州回》诗所谓"将军旧压三司贵，相国新兼五等崇"，非不壮也，然意亦尽于此矣。不若刘禹锡《贺晋公留守东都》云"天子旌旗分一半，八方风雨会中州"，语远而体大也。

（宋）叶梦得《石林诗话》卷下，《历代诗话》本

郑谷《雪诗》，如"江上晚来堪画处，渔人披得一蓑归"之句，人皆以为奇绝，而不知其气象之浅俗也。东坡以谓此小学中教童蒙诗，可谓知言矣。然谷亦不可谓无好语，如"春阴妨柳絮，月黑见梨花"，风味固似不浅，惜乎其不见赏于苏公，遂不为人所称耳。

（宋）周紫芝《竹坡诗话》，《历代诗话》本

《漫叟诗话》云："江为有诗：'吟登萧寺旃檀阁，醉倚王家玳瑁筵。'

或谓作此诗者,决非贵族。或人评'轴装曲谱金书字,树记花名玉篆牌',乃乞儿口中语。"苕溪渔隐曰:"《青箱杂记》亦载此事,乃元献云此诗乃乞儿相,未尝识富贵者。故公每言富贵,不及金玉锦绣,惟说气象,若'楼台侧畔杨花过,帘幕中间燕子飞','梨花院落溶溶月,柳絮池塘淡淡风'之类是也。公自以此句语人曰:'穷人家有此景否?'《云斋广录》载近时人诗一联云:'珠帘绣户迟迟日,柳絮梨花寂寂春',虽用珠绣,其气象岂不富贵,不害其为佳句也。"

(宋)胡仔《苕溪渔隐丛话》前集卷第二十六,人民文学出版社本

予初喜杜紫微"南山与秋色,气势两相高"语,已乃知出于老杜"千崖秋气高",盖一语领略尽秋色也。然二家言岩崖间秋气耳,犹未及江天水国气象宏阔处。一日雨后过太湖,泊舟洞庭山下,乃得句云:"木落洞庭秋",或云此蹈袭"枫落吴江冷"语,第变冷为秋则气象自不同。彼记诗耳,是安知秋色之高尽在洞庭里许乎?此渊源自《楚辞》中来。《九歌》云:"洞庭波兮木叶下",其陶写物象,宏放如此,诗可以易言哉!

(宋)陈知柔《休斋诗话》,《宋诗话辑佚》本

唐人与本朝人诗,未论工拙,直是气象不同。

(宋)严羽《沧浪诗话·诗评》,《沧浪诗话校释》,人民文学出版社本

坡、谷诸公之诗,如米元章之字,虽笔力劲健,终有子路未事夫子时气象。盛唐诸公之诗,如颜鲁公书,既笔力雄壮,又气象浑厚,其不同如此。

(宋)严羽《答出继叔临安吴景仙书》,《沧浪诗话校释》附录,人民文学出版社本

汉魏古诗,气象混沌,难以句摘。晋以还方有佳句,如渊明"采菊东篱下,悠然见南山",谢灵运"池塘生春草"之类。谢所以不及陶者,康乐之诗精工,渊明之诗质而自然耳。

(宋)严羽《沧浪诗话·诗评》,《沧浪诗话校释》,人民文学出版社本

建安之作，全在气象，不可寻枝摘叶。灵运之诗，已是彻首尾成对句矣，是以不及建安也。

(宋) 严羽《沧浪诗话·诗评》，《沧浪诗话校释》，人民文学出版社本

裴郎虽属多情，却有一种落魄不羁气象，即此可以想见作者胸襟矣。境界纡回宛转，绝处逢生，极尽剧场之变。大都曲中光景，依稀《西厢》、《牡丹亭》之季孟间。而所嫌者，略于细笋斗梅处，如撞入卢家及一进相府更不提起卢氏婚姻，便就西席，何先生之自轻乃尔！此等皆作者所略而不置问也。

(明) 汤显祖《红梅记总评》，《汤显祖诗文集》下，上海古籍出版社本

严谓建安以前，气象浑沦，难以句摘，此但可论汉古诗。若"高台多悲风"，"明月照高楼"，"思君如流水"，皆建安语也。子建、子桓工语甚多，如"丹霞夹明月，华星出云间"，"秋兰被长坂，朱华冒绿池"之类，句法字法，稍稍透露。仲宣、公幹以下寂寥，自是其才不及，非以浑沦难摘故也。

(明) 胡应麟《诗薮·内编》卷二，上海古籍出版社本

昔人谓：凡诗言富贵者，不必规规然语夫金玉锦绮，惟言气象而富贵自见，乃真知富贵者。予谓瞿山阳一曲有之。《巫山一段云》云："扇上乘鸾女，屏间跨鹤仙。博山香袅水沉烟。飞燕蹴筝弦。　水篁波痕细，风车月晕圆。银瓶引绠汲新泉。培养并头莲。"

(明) 陈霆《渚山堂词话》卷一，人民文学出版社本

"采采苯苢"，意在言先，亦在言后，从容涵泳，自然生其气象。即五言中，《十九首》犹有得此意者。陶令差能彷佛，下此绝矣。"采菊东篱下，悠然见南山"，"众鸟欣有托，吾亦爱吾庐"，非韦应物"兵卫森画戟，燕寝凝清香"所得而问津也。

(清) 王夫之《薑斋诗话》卷上，《清诗话》本

"黄河落天走东海，万里泻入胸怀间"，太白具此襟抱，故下笔有延颈八荒气象。

太白诗"一夜飞渡镜湖月"，又诗"一溪初入千花明，万壑度尽松风声"，皆天仙语也。太白诗境正如此。

（清）乔亿《剑溪说诗》卷上，《清诗话续编》本

山之精神写不出，以烟霞写之；春之精神写不出，以草树写之。故诗无气象，则精神亦无所寓矣。

（清）刘熙载《艺概》卷二，上海古籍出版社本

3. "境界"与"景象"

宋人谓"老觉金腰重，慵更玉枕凉"为乞儿语，而以"楼台侧畔杨花过，帘幕中间燕子飞"为富贵诗。至今无道破者。不知此特诗余声口，景象略存，意味何在！杜集得一联云："落花游丝白日静，鸣鸠乳燕青春深。"秾丽隽永，顿自不侔。至"香飘合殿"十四字，天然富贵。杨花燕子，又不免作乞儿矣。

（明）胡应麟《诗薮·内编》卷五，上海古籍出版社本

又《宿左省作》"月傍九霄多"句，从来言月者，只有言圆缺，言明暗，言升沉，言高下，未有言多少者。若俗儒不曰"月傍九霄明"，则曰"月傍九霄高"，以为景象真而使字切矣。今曰"多"不知月本来多乎？抑"傍九霄"而始"多"乎？不知月"多"乎？月所照之境"多"乎？有不可名言者。试想当时之情景，非言"明"、言"高"、言"升"可得，而惟此"多"字可以尽括此夜宫殿当前之景象。他人共见之，而不能知，不能言；惟甫见而知之，而能言之。其事如此，其理不能不如是也。

（清）叶燮《原诗·内篇下》，《清诗话》本

4. "境界"与"意象"

是以陶钧文思，贵在虚静，疏瀹五藏，澡雪精神，积学以储宝，酌理以富才，研阅以穷照，驯致以怿辞，然后使玄解之宰，寻声律而定墨；独

照之匠，窥意象而运斤：此盖驭文之首术，谋篇之大端。

（南朝·梁）刘勰《文心雕龙·神思》，人民文学出版社本

是有真迹，如不可知，意象欲生，造化已奇。

（唐）司空图《二十四诗品·缜密》，《历代诗话》本

"鸡声茅店月，人迹板桥霜"，人但知其能道羁愁野况于言意之表，不知二句中，不用一二闲字，止提掇出紧关物色字样，而音韵铿锵，意象具足，始为难得。若强排硬叠，不论字面之清浊，音韵之谐舛，而云我能写景用事，岂可哉。

（明）李东阳《麓堂诗话》，《历代诗话续编》本

"乐意相关禽对语，生香不断树交花。"论者以为至妙。予不能辩，但恨其意象太著耳。

（明）李东阳《麓堂诗话》，《历代诗话续编》本

夫意象应曰合，意象乖曰离，是故乾坤之卦，体天地之撰，意象尽矣。

（明）何景明《与李空同论诗书》，《中国历代文论选》，上海古籍出版社本

古人善于言情，转意象于虚圆之中，故觉其味之长而言之美也，后人得此则死做矣。

（明）陆时雍《诗镜总论》，《历代诗话续编》本

子所以称诗者，深有得乎诗之旨者也。然子但知可言、可执之理之为理，而抑知名言所绝之理之为至理乎？子但知有是事之为事，而抑知无是事之为凡事之所出乎？可言之理，人人能言之，又安在诗人之言之？可征之事，人人能述之，又安在诗人之述之？必有不可言之理，不可述之事，遇之于默会意象之表，而理与事无不灿然于前者也。

（清）叶燮《原诗·内篇下》，《清诗话》本

画之意象变化，不可胜穷。

（清）刘熙载《艺概·书概》，上海古籍出版社本

5. "境界"与"兴象"

历代词人,诗笔双美者鲜矣,今陶生实谓兼之:既多兴象,复备风骨。
    (唐)殷璠《河岳英灵集》卷上评陶翰,《唐人选唐诗(十种)》,上海古籍出版社本

盛唐绝句,兴象玲珑,句意深婉,无工可见,无迹可寻。
    (明)胡应麟《诗薮·内篇》卷六,上海古籍出版社本

又或知肤庸不可为诗,但求新于事实词句间,兴象都绝,尚何诗之可贵?
    (清)乔亿《剑溪说诗》卷下,《清诗话续编》本

谢公每一篇,经营章法,措注虚实,高下浅深,其文法至深,颇不易识。其造句天然浑成,兴象不可思议执著,均非他家所及。此所以能成一大宗硕师,百世不祧也。今学谢诗,且当求观此等处。然余之阅之也,恒昔昭而今昧,故今一一记之。
    (清)方东树《昭昧詹言》卷五,人民文学出版社本

6. "境界是逐节敷衍而成"

境界是逐节敷衍而成,但仙人各自有口角,从口角中各自现精神,以此见词气之融透,字字发光明藏矣。
    (明)祁彪佳《远山堂剧品·八仙庆寿》,《中国古典戏曲论著集成》(六),中国戏剧出版社本

以俊仆狎小鬟,生出许多情致。写至刻露之极,无乃伤雅?然境不刻不现,词不刻不爽,难与俗笔道也。
    (明)祁彪佳《远山堂剧品·缠夜帐》,《中国古典戏曲论著集成》(六),中国戏剧出版社本

三
情　景

1. "情景者　境界也"

　　今试举杜甫集中一二名句，为子晰而剖之，以见其概，可乎？如《玄元皇帝庙》作"碧瓦初寒外"句，逐字论之。言乎外，与内为界也。初寒何物，可以内外界乎？将碧瓦之外，无初寒乎？寒者，天地之气也。是气也，尽宇宙之内，无处不充塞，而碧瓦独居其外，寒气独盘踞于碧瓦之内乎？寒而曰初，将严寒或不如是乎？初寒无象无形，碧瓦有物有质，合虚实而分内外，吾不知其写碧瓦乎？写初寒乎？写近乎？写远乎？使必以理而实诸事以解之，虽稷下谈天之辨，恐至此亦穷矣。然设身而处当时之境会，觉此五字之情景，恍如天造地设，呈于象，感于目，会于心。意中之言，而口不能言；口能言之，而意又不可解。划然示我以默会相象之表，竟若有内有外，有寒有初寒，特借碧瓦一实相发之。有中间，有边际，虚实相成，有无互立，取之当前而自得，其理昭然，其事了然也。

（清）叶燮《原诗·内篇下》，人民文学出版社本

　　山水础笔墨情景。情景者，境界也。古云：境能夺人。又云：笔能夺境。终不如笔境兼夺为上。盖笔既精工，墨既焕形，而境界无情，何以畅观者之怀？境界入情，而笔墨痛弱，何以供高雅之赏鉴？吾故谓笔墨情景，缺一不可，何分先后。

（清）布颜图《画学心法问答》，《画论丛刊》上卷，人民美术出版社本

2. "情"与"景"

赞曰：神用象通，情变所孕。物以貌求，心以理应。刻镂声律，萌芽比兴。结虑司契，垂帷制胜。

（南朝·梁）刘勰《文心雕龙·神思》，人民文学出版社本

景入理势者，诗一向言意，则不清及无味；一向言景，亦无味；事须景与意相兼始好。

（唐）王昌龄《诗格》，《诗学指南》卷三，乾隆敦本堂刊本

夫文章，天下之公器，安敢私焉？曩者尝与诸公论康乐为文，直于情性，尚于作用，不顾词采，而风流自然。彼清景当中，天地秋色，诗之量也；庆云从风，舒卷万状，诗之变也。不然，何以得其格高，其气正，其体贞，其貌古，其词深，其才婉，其德宏，其调逸，其声谐哉！

（唐）皎然《诗式》，《历代诗话》本

两重意已上，皆文外之旨。若遇高手，如康乐公，览而察之，但见情性，不睹文字，盖诣（《诗学指南》本作"诗"）道之极也。

（唐）皎然《诗式》，《历代诗话》本

圣俞尝语余曰："诗家虽率意，而造语亦难，若意新语工，得前人所未道者，斯为善也。必能状难写之景，如在目前，含不尽之意，见于言外，然后为至矣。贾岛云：'竹笼拾山果，瓦瓶担石泉。'姚合云：'马随山鹿放，鸡逐野禽栖'等，是山邑荒僻，官况萧条，不如'县古槐根出，官清马骨高'为工也。"余曰："语之工者固如是，状难写之景，含不尽之意，何诗为然？"圣俞曰："作者得于心，览者会以意，殆难指陈以言也。虽然，亦可略道其仿佛。若严维'柳塘春水漫，花坞夕阳迟'，则天容时态，融和骀荡，岂不如在目前乎？又若温庭筠'鸡声茅店月，人迹板桥霜'，贾岛'怪禽啼旷野，落日恐行人'，则道路辛苦，羁愁旅思，岂不见于言外乎？"

（宋）欧阳修《六一诗话》，《历代诗话》本

《诗序》云:"情动于中,而形于言,言之不足,故嗟叹之。"子建、李、杜皆情意有余,汹涌而后发者也。刘勰云:"因情造文,不为文造情。"若他人之诗,皆为文造情耳。沈约云:"相如工为形似之言,二班长于情理之说。"刘勰云:"情在词外曰隐,状溢目前曰秀。"梅圣俞云:含不尽之意,见于言外,状难写之景,如在目前。三人之论,其实一也。

(宋)张戒《岁寒堂诗话》卷上,《历代诗话续编》本

梅圣俞云:"作诗须要状难写之景于目前,含不尽之意于言外",真名言也。观其《送苏祠部通判洪州》诗云:"沙鸟看来没,云山爱后移。"《送张子野赴郑州》云:"秋雨生陂水,高风落庙梧"之类,状难写之景也。《送马殿丞赴密州》云:"危帆淮上去,古木海边秋",《和陈秘校》云:"江水几经岁,鉴中无壮颜"之类,含不尽之意也。

(元)王构《写物》,《修辞鉴衡》卷一,《丛书集成》本

咏物
咏物之诗,要托物以伸意。……

哭挽
哭挽之诗,要情真事实。……

(元)杨载《诗法家数》,《历代诗话》本

情真,景真,事真,意真。澄至清,发至情。

(元)陈绎曾《诗谱》,《历代诗话续编》本

唐人评韩翃诗,谓"比兴深于刘长卿,筋节减于皇甫冉"。比兴,景也;筋节,情也。

(明)杨慎《升庵诗话》卷十四,《历代诗话续编》本

景多则堆垛,情多则暗弱;大家无此失矣。八句皆景者,子美"棘树寒云色"是也;八句皆情者,子美"死去凭谁报"是也。

(明)谢榛《四溟诗话》卷一,人民文学出版社本

韦苏州曰："窗里人将老,门前树已秋。"白乐天曰："树初黄叶日,人欲白头时。"司空曙曰："雨中黄叶树,灯下白头人。"三诗同一机杼,司空为优,善状目前之景,无限凄感,见乎言表。

(明)谢榛《四溟诗话》卷一,人民文学出版社本

刘贡父评严维曰："'柳塘春水漫,花坞夕阳迟。'夕阳迟则系花,春水漫何须柳也。"此联妙于状景,华而不靡,精而不刻,贡父之说凿矣。

(明)谢榛《四溟诗话》卷二,人民文学出版社本

子美五言绝句皆平韵,律体景多而情少;太白五言绝句平韵,律体兼仄韵,古体景少而情多:二公各尽其妙。

(明)谢榛《四溟诗话》卷二,人民文学出版社本

杜约夫问曰:"点景写情孰难?"予曰:"诗中比兴固多,情景各有难易。若江湖游宦羁旅,会晤舟中,其飞扬辗轲,老少悲欢,感时话旧,靡不慨然言情,近于议论,把握住则不失唐体,否则流于宋调,此写情难于景也。中唐人渐有之。冬夜园亭具樽俎,延社中词流,时庭雪皓目,梅月向人,清景可爱,模写似易,如各赋一联,拟摩诘有声之画,其不雷同而超绝者,谅不多见,此点景难于情也,惟盛唐人得之。"约夫曰:"子能发情景之蕴,以至极致,沧浪辈未尝道也。"

(明)谢榛《四溟诗话》卷二,人民文学出版社本

凡作诗要情景俱工,虽名家亦不易得。联必相配,健弱不单力,燥润无两色。能用此法,则不堕歧路矣。少陵状景极妙,巨细入玄,无可指摘者。写情失之疏漏,若"读书难字过,对酒满壶频",上句真率自然,下句为韵所拘尔。昌黎写情亦有佳者,若"饮中相顾色,别后独归情",辞淡意浓,读者靡不慨然。每拙于写景,若"露排四岸草,风约半池萍"下句清新有格,上句声调龃龉,使无完篇,则血脉不周,病在一譬故尔。

(明)谢榛《四溟诗话》卷四,人民文学出版社本

诗乃模写情景之具,情融乎内而深且长,景耀乎外而远且大。当知神

龙变化之妙：小则入乎微罅，大则腾乎天宇。此惟李杜二老知之。

（明）谢榛《四溟诗话》卷四，人民文学出版社本

孔子不云乎：知者乐水，仁者乐山。智者动，仁者静。仁则所见无非山者，然非待山而后为乐也。知则所见无非水者，然非待水而后为乐也。非待山水而后为乐者，非遇境而情生。非遇境而情生，则亦非违境而情歇矣。故境有来去，而其乐未尝不在也。苟其乐未尝不在，则虽仁者之于水，知者之于山，亦是乐也。

（明）唐顺之《石屋山志序》，《荆川先生文集》卷十一，《四部丛刊》本

子建"谒帝承明庐"、"明月照高楼"，子桓"西北有浮云"、"秋风萧瑟"，非邺下诸子可及。仲宣公幹远在下风。吾每至"谒帝"一章，便数十过不可了。悲婉宏壮，情事理境，无所不有。

（明）王世贞《艺苑卮言》卷三，《历代诗话续编》本

此曲景色都真。如此等曲都似画矣。

（明）李贽《李卓吾批评幽闺记》，第二十一出《子母途穷》眉批，《古本戏曲丛刊》初集本

汉古《八变歌》，文繁于质，景富于情，恐是曹氏弟兄作，汉人语亦有甚丽者，然文蕴质中，情溢景外，非后世所及也。

（明）胡应麟《诗薮·内编》卷一，上海古籍出版社本

《铙歌》如《上之回》、《巫山高》、《战城南》三篇，皆首尾一意，文义了然，间有数字艰诘耳。《君马黄》一篇，章法尤为整比，断非讹脱也。而《有所思》一篇，题意语词最为明了，大类乐府《东门行》等，《上邪》言情，《临高台》言景，并短篇中神品，无一字难通者。"妃呼豨"、"收中吾"二句，或是其音，当直为衍文，不害全篇美也。《上陵》一篇，尤奇丽，微觉断续，后半类《郊祀歌》，前半类东京乐府，盖《羽林郎》、《陌上桑》之祖也。

（明）胡应麟《诗薮·内编》卷一，上海古籍出版社本

"嫋嫋兮秋风，洞庭波兮木叶下"，形容秋景入画；"悲哉秋之为气也，憭慄兮若远行，登山临水兮送将归"，模写秋意入神，皆千古言秋之祖。六代、唐人诗赋，靡不自此出者。

（明）胡应麟《诗薮·内编》卷一，上海古籍出版社本

"东城高且长，逶迤自相属。回风动地起，秋草萋已绿"，"回车驾言迈，悠悠涉长道。回顾何茫茫，东风摇百草"，"文彩双鸳鸯，裁为合欢被。著以长相思，缘以结不解"，"朱火然其中，青烟颺其间。从风入君怀，四坐莫不欢"，"明月皎夜光，促织鸣东壁。玉衡指孟冬，众星何历历"，"穆穆清风至，吹我罗衣裾。青袍似春草，长条随风舒"，"冉冉孤生竹，结根泰山阿。与君为新婚，兔丝附女萝"，"燕赵多佳人，美者颜如玉。被服罗裳衣，当户理清曲"等句，皆千古言景叙事之祖，而深情远意，隐见交错其中，且结构天然，绝无痕迹，非大冶熔铸，何能至此？

（明）胡应麟《诗薮·内编》卷二，上海古籍出版社本

太白《长门怨》："天回北斗挂西楼，金屋无人萤火流。月光欲到长门殿，别作深宫一段愁。"江宁《西宫曲》："西宫夜静百花香，欲卷珠帘春恨长。斜抱云和深见月，朦胧树色隐昭阳。"李则意尽语中，王则意在言外。然二诗各有至处，不可执泥一端。大概李写景入神，王言情造极。王宫词乐府，李不能为；李览胜纪行，王不能作。

（明）胡应麟《诗薮·内编》卷六，上海古籍出版社本

夫情无所不写，而亦有不必写之情；景无所不收，而亦有不必收之景，知此乃可以言诗矣。

（明）袁中道《蔡不瑕诗序》，《珂雪斋近集》卷三，上海书店本

山水之乐，能濯俗肠；飞仙之语，能损尘机；厌苦之情，能动离想；盛衰之感，能陈幻理；鬼神之状，能兴冥惧。有一于此，皆可存之，触目沃心，渐除热恼。

（明）袁中道《助道品序》，《珂雪斋文集》卷二，中国文学珍本丛书本

天地间之景，与慧人才士之情，历千百年来，互竭其心力之所至，以呈工角巧意，其余无蕴矣。然景虽写，而其未写者如故也，情虽泄，而其未汇者如故也。有苞含，即有开敷，有开敷，又有苞含。前之人以为新矣，而今视之即故。今之人以为新矣，而后视之又故……以前视今，故者复新，以后视今，新春又故。

    （明）袁中道《牡丹史序》，《珂雪斋文集》卷二，中国文学珍本丛书本

夫诗者，言其志之所之也。志之所之，盈于情，奋于气，而击发于境。风识浪奔，昏交凑之时世，于是乎朝庙亦诗，房中亦诗，吉人亦诗，棘人亦诗，燕好亦诗，穷苦亦诗，春哀亦诗，秋悲亦诗，吴咏亦诗，越吟亦诗，劳歌亦诗，相春亦诗，穷尽其短长、高下、抑抗、清浊、吐含、曲直、乐淫、怨诽之极致，终不偭背乎五声、六律、七音、八风、九歌之伦次，诗之教如是而止。

    （清）钱谦益《爱琴馆评选诗慰序》，《牧斋有学集》卷十五，《四部丛刊》本

只写云，只写月，只写红，只写阶，并不写双文，两双文已现。有时写人是人，有时写景是景，有时写人却是景，有时写景却是人。如此节，四句十六字，字字写景，字字是人。

    （清）金圣叹《贯华堂第六才子书西厢记》卷五，《琴心》批语，江苏古籍出版社本

含情而能达，会景而生心，体物而得神，则自有灵通之句，参化工之妙。若但于句求巧，则性情先为外荡，生意索然矣。

    （清）王夫之《薑斋诗话》卷下，《清诗话》本

有大景，有小景，有大景中小景。"柳叶开时任好风"，"花复千官淑景移"，及"风正一帆悬"，"青霭入看无"，皆以小景传大景之神。若"江流天地外，山色有无中"，"江山如有待，花柳更无私"，张皇使大，反令落拓不亲。

    （清）王夫之《薑斋诗话》卷下，《清诗话》本

"池塘生春草"、"蝴蝶飞南国"、"明月照积雪"，皆心中目中与相融浃，一出语时，即得珠圆玉润；要亦各视其所怀来，而与景相迎者也。"日暮天无云，春风散微和"，想见陶令当时胸次，岂夹杂铅汞人能作此语？程子谓见濂溪一月，坐春风中。非程子不能知濂溪如此，非陶令不能自知如此也。

（清）王夫之《薑斋诗话》卷下，《清诗话》本

"僧敲月下门"，只是妄想揣摩，如说他人梦，纵令形容酷似，何尝毫发关心？知然者，以其沈吟"推敲"二字，就他作想也。若即景会心，则或"推"或"敲"，必居其一，因景因情，自然灵妙，何劳拟议哉？"长河落日圆"初无定景；"隔水问樵夫"，初非想得。则禅家所谓"现量"也。

（清）王夫之《薑斋诗话》卷下，《清诗话》本

景中生情，情中含景，故曰，景者情之景，情者景之情也。高达夫则不然，如山家村筵席，一荤一素。

（清）王夫之《唐诗评选》卷四，岑参《首春渭西郊行呈蓝田张二主簿》评语，《船山遗书》，太平洋书店重校刊本

一味从情上写，更不入事，此谓实其所虚。苏武、李陵不期被祝生夺却项下珠也。

（清）王夫之《明诗评选》卷四，祝允明《别唐寅》评语，《船山遗书》，太平洋书店重校刊本

由景入情，亦无沟分之段落。

（清）王夫之《明诗评选》卷五，梅鼎祚《秋夕过盛仲交》评语，《船山遗书》，太平洋书店重校刊本

情景一合，自得妙语，撑开说景者，必无景也。

（清）王夫之《明诗评选》卷五，沈明臣《渡峡江》评语，《船山遗书》，太平洋书店重校刊本

古今人能作景语者，百不一二，景语难，情语尤难也。"世人皆欲杀，吾意独怜才"，非情语。"不才明主弃，多病故人疏"，尤非情语。俍

傑讼理，唐人不免，况何大复一流，冲喉直撞，如里役应县令者哉。先生尤工于言情，萦纡曲尽，《谷风》、《蟋蟀》之后，不愧古人矣。

    （清）王夫之《明诗评选》卷五，曹学佺《寄钱受之》评语，《船山遗书》，太平洋书店重校刊本

  只在适然处写结语，亦景也，所谓人中景也。公子嘉作公行略云，或有以格律气骨论公诗者，公不为动，应谓此耳。以一情一景为格律，以颓色言情为气骨，雅人之不屑久矣。

    （清）王夫之《明诗评选》卷五，文徵明《四月》评语，《船山遗书》，太平洋书店重校刊本

  杂用景物入情，总不使所思者一见端绪，故知其思深也。

    （清）王夫之《古诗评选》卷一，《伤歌行》评语，《船山遗书》，太平洋书店重校刊本

  于景得景易，于事得景难，于情得景尤难。"游马后来，辕车解轮"，事之景也；"今日同堂，出门异乡"，情之景也。子建而长如此，即许之天才流丽可矣。

    （清）王夫之《古诗评选》卷一，曹植《当来日大难》评语，《船山遗书》，太平洋书店重校刊本

  诗以道情，道之为言路也。诗之所至，情无不至，情之所至，诗以之至，一遵路委蛇，一拔木通道也，然适越者至越尔，今日适越而昔来。古今通哂，东渐闽西涉蜀，以资越之眷属，则令人日交错于舟车而无已时，无他，不足于情中故也。古人于此，乍一寻之，如蝶无定宿，亦无定飞，乃往复百歧，总为情止，卷舒独立，情依以生，空杳之迹微，大忍之力定，视彼充然者岂不能，然薄天子而不为耳。

    （清）王夫之《古诗评选》卷四，李陵《与苏武诗》评语，《船山遗书》，太平洋书店重校刊本

  语有全不及情，而情自无限者，心目为政，不恃外物故也。"天际识归舟，云间辨江树"，隐然一含凝眺之人呼之欲出，从此写景，乃为活景。故人心中无丘壑，眼底无性情，虽读尽天下书，不能道一句。司马长

卿谓读千首赋便能作赋，自是英雄欺人。

  （清）王夫之《古诗评选》卷五，谢朓《之宣城郡出新林浦向板桥》评语，《船山遗书》，太平洋书店重校刊本

  从闻捣衣者想象即雅，代捣衣者言情，即易入俗稚。其妙尤在平浑无痕。结语可谓丽以则，丽可学，则不可至也。

  （清）王夫之《古诗评选》卷一，温子升《捣衣篇》评语，《船山遗书》，太平洋书店重校刊本

  游览诗固有适然未有情者，俗笔必强人以情，无病呻吟，徒令江山短气。写景至处，但会与心目不相睽离，则无穷之情，正从此而生。一虚一实、一景一情之说生，而诗遂为阱为梏为行尸。噫！可畏也哉！

  （清）王夫之《古诗评选》卷五，孝武帝《济曲阿后湖》评语，《船山遗书》，太平洋书店重校刊本

  所思为何者，终篇求之不得，可性可情，乃《三百篇》之妙用，盖唯抒情在己，弗待于物发思，则虽在淫情，亦如正志，物自分而己自合也。呜呼！哭死而哀，非为生者，圣化之通于凡心不在斯乎！

  （清）王夫之《古诗评选》卷一，曹丕《燕歌行》评语，《船山遗书》，太平洋书店重校刊本

  句句叙事，句句用兴用比，比中生兴，兴外得比，宛转相生，逢原皆给，故人患无心耳。苟有血性有真情如子山者，当无忧其不淋漓酣畅也。

  （清）王夫之《古诗评选》卷一，庾信《燕歌行》评语，《船山遗书》，太平洋书店重校刊本

  取景从人取之，自然生动。许浑唯不知此，是以费尽巧心，终得恶诗之誉。

  （清）王夫之《古诗评选》卷六，庾信《咏画屏风》评语，《船山遗书》，太平洋书店重校刊本

  卸开一步，取情为景，诗人至此，只存一片神光，更无形迹矣。

  （清）王夫之《唐诗评选》卷一，李白《采莲曲》评语，《船山遗书》，太平洋书店重校刊本

一结乎好蕴藉，遂已迥异。盖用景写意，景显意微，作者之极致也。
    （清）王夫之《唐诗评选》卷三，王维《使至塞上》评语，《船山遗书》，太平洋书店重校刊本

  《诗·国风》如《燕燕》、《蒹葭》，《豳风》《东山》、《七月》诸篇，述情赋景，如化工之肖物。即如《小雅·无羊之什》云："或降于阿，或饮于池，或寝或讹，尔牧来思。何蓑何笠，或负其餱……麾之以肱，毕来既升。"即使史道硕、戴嵩画手擅场，未能至此，后人如何着笔。
    （清）王士禛《池北偶谈》，《带经堂诗话》卷一，人民文学出版社本

  凡诗对境当情，即堪压卷。予于长途驴背困顿无聊中，偶吟韩琮诗云："秦川如画渭如丝，去国还乡一望时。公子王孙莫来好，岭花多是断肠枝。"对景当情，真足压卷。
    （清）吴乔《诗问四种·答万季野诗问补遗》，齐鲁书社本

  问曰："言情叙景若何？"答曰："诗以道性情，无所谓景也。《三百篇》中之兴'关关雎鸠'等，有似乎景，后人因以成烟云月露之词，景遂与情并言，而兴义以微。然唐诗犹自有兴，宋诗鲜焉。明之瞎盛唐，景尚不成，何况于兴？"
    （清）吴乔《围炉诗话》卷之一，《清诗话续编》本

  词与诗，体格不同，其为摅写性情，标举景物一也。若夫性情不露，景物不真，而徒然缀枯树以新花，被偶人以衮服，饰淫靡为周、柳，假豪放为苏、辛，号曰："诗余"，生趣尽矣。亦何异诗家之活剥工部、生吞义山也哉！
    （清）田同之《西圃词说》，《词话丛编》本

  尝闻之昔人所称广大教化主者，于长庆得一人曰白乐天，于元丰得一人曰苏子瞻，于南渡得一人曰陆务观，为其情事景物之悉备也。然王凤洲列之于诗家正宗之外，亦千古卓识哉！
    （清）田同之《西圃诗说》，《清诗话续编》本

诗家写有景之景不难，所难在写无景之景，此惟老杜能之。如"河汉不改色，关山空自寒"，写初月易落之景，"日长惟鸟雀，春远独柴荆"，写花事既罢之景，偏从无月无花处著笔。

（清）冒春荣《葚原诗说》卷之一，《清诗话续编》本

贾岛"怪禽啼旷野，落日恐行人"，夕阳驴背上，真有此景，想之心怦怦然动。

（清）叶矫然《龙性堂诗话续集》，《清诗话续编》本

昨有人传老兄息辞数语，不知的否？细味之，真非大笔不能也。冒滥领赈，当途所最忌。乃云：写赈时原有七口，后一女出嫁，一仆在逃，只剩五口；在首者既非无因，而领者原非虚冒。宜州尊见之而赏心。板桥闻之而击节也。此等辞令，固非庸手所能，亦非狠手所办，真是解连环妙手。夫妙则何可方物乎？千古好文章，只是即景即情，得事得理，固不必引经断律，称为辣手也。吾安能求之天下如老长兄者，日与之谈文章秘妙，经史神髓乎？真可以消长夏度寒宵矣。

（清）郑燮《与丹翁书》，《郑板桥集·补遗》，上海古籍出版社本

理不可以直指也，故即物以明理；情不可以显出也，故即事以寓情。

（清）刘大櫆《论文偶记》，人民文学出版社本

陆鲁望《过张承吉丹阳故居》言："祐善题目佳境，言不可刊置别处，此为才子之最也。"余深爱此言。自古文章所以流传至今者，皆即情即景，如化工肖物，著手成春，故能取不尽而用不竭。不然，一切语古人都已说尽，何以唐、宋、元、明才子辈出，能各自成家而光景常新耶？即如一客之招，一夕之宴，开口便有一定分寸，贴切此人、此事，丝毫不容假借，方是题目佳境，若今日所咏，明日亦可咏之，此人可赠，他人亦可赠之；便是空腔虚套，陈腐不堪矣。

（清）袁枚《随园诗话》卷一，人民文学出版社本

凡作诗，写景易，言情难。何也？景从外来，目之所触，留心便得；

情从心出，非有一种芬芳悱恻之怀，便不能哀感顽艳。然亦各人性之所近：杜甫长于言情，太白不能也；永叔长于言情，子瞻不能也。王介甫、曾子固偶作小歌词，读者笑倒，亦天性少情之故。

（清）袁枚《随园诗话》卷六，人民文学出版社本

混元运物，流而不注，迎之未来，揽之已去。诗如化工，即景成趣，逝者如斯，有新无故。因物赋形，随影换步，彼胶柱者，将朝认暮。

（清）袁枚《续诗品》，人民文学出版社本

宜田册子中，又有其别后自记者云："诗有不必言悲而自悲者，如'天清木叶闻'，'秋砧醒更闻'之类，觉填注之为赘。有不必言景而景自呈者，如'江山有巴蜀'，'花下复清晨'之类，觉刻画之为劳。"

（清）方世举《兰丛诗话》，《清诗话续编》本

余最喜观时雨既降，山川出云气象，以为实足以窥化工之蕴，古今诗人，虽善状情景者，不能到也。陶靖节之"平畴交远风，良苗亦怀新"，庶几近之。次则韦苏州之"微雨夜来过，不知春草生"，亦是。此陶、韦诗之足贵，他人描摹景色者，百思不能到也。

（清）洪亮吉《北江诗话》卷一，人民文学出版社本

"问君能有几多愁，却似一江春水向东流。"李后主词，写愁可谓至矣。余最爱白门凌秀才霄《秦淮春涨》诗云："春情从此如春水，傍著栏干日夜生。"写情亦可云独到。二君皆借春水以喻，然一觉伤心欲绝，一觉逸兴遄飞，则二君之所遇然也。

（清）洪亮吉《北江诗话》卷二，人民文学出版社本

寓言诗如海市蜃楼，空中结撰，凡点缀景物，不妨侈言之。招提、道馆、园林、斋舍等作，须即景抒情，景或不真，情焉得实，虽词句清美，气味恬雅，可以充高品，不可为真诗。

（清）乔亿《剑溪说诗又编》，《清诗话续编》本

李氏梦阳曰："叠景者意必二，阔大者半必细，此最律诗三昧。如

'浮云连海岱，平野入青徐。孤嶂秦碑在，荒城鲁殿余'，前景寓目，后景感怀也。如'诏从三殿去，碑到百蛮开。野馆浓花发，春帆细雨来'，前半阔大，后半工细也。唐法律甚严惟杜，变化莫测亦惟杜。"

（清）潘德舆《养一斋李杜诗话》卷二，《清诗话续编》本

于鳞于嘉州"到来函谷愁中月，归去磻溪梦里山"，注云："是三昧语，最要顿悟。"是即渔洋《三昧集》之开山也。愚按嘉州此联，宛转入情，虚实相副，妙处正在目前，诠以"三昧"，转觉凿之使深，令人难喻。渔洋祖袭此论，亦好高之弊也。

（清）潘德舆《养一斋诗话》卷九，《清诗话续编》本

景有大小，情有久暂。诗中言景，既患大小相混，又患大小相隔。言情亦如之。

（清）刘熙载《艺概·诗概》，上海古籍出版社本

江文通诗，有凄凉日暮，不可如何之意，此诗之多情而人之不济也。虽长于杂拟，于古人苍壮之作亦能肖吻，究非其本色耳。

（清）刘熙载《艺概·诗概》，上海古籍出版社本

荀卿之赋直指，屈子之赋旁通。景以寄情，文以代质，旁通之妙用也。

（清）刘熙载《艺概·赋概》，上海古籍出版社本

"生年不满百，常怀千岁忧，昼短苦夜长，何不秉烛游？""服食求神仙，多为药所误。不如饮美酒，被服纨与素。"写情如此，方为不隔。"采菊东篱下，悠然见南山。山气日夕佳，飞鸟相与还。""天似穹庐，笼盖四野。天苍苍，野茫茫。风吹草低见牛羊。"写景如此，方为不隔。

（清）王国维《人间词话》，人民文学出版社本

3. "景中之情"与"情中之景"

意中有景，景中有意。

（宋）姜夔《白石道人诗说》，《历代诗话》本

簸弄风月，陶写情性，词婉于诗；盖声出莺吭燕舌间，稍可近乎情也。若邻乎郑、卫，与缠令何异也！如陆雪溪《瑞鹤仙》云："脸霞红印枕，睡觉来冠儿还是不整，屏间麝煤冷。但眉山压翠，泪珠弹粉。堂深昼永，燕交飞风帘露井。恨无人说与相思，近日带围宽尽！　重省，残灯朱幌，淡月纱窗，那时风景。阳台路远，云雨梦，便无准。待归来先指花梢教看，却把心期细问：问因循过了青春，怎生意稳？"辛稼轩《祝英台近》云："宝钗分，桃叶渡，烟柳暗南浦。怕上层楼，十日九风雨。断肠片片飞红，都无人管，凭谁劝啼莺声住！　鬓边觑，试把花卜归期，才簪又重数。罗帐灯昏，哽咽梦中语。是他春带愁来，春归何处，却不解带将愁去！"皆景中带情，而有骚雅。故其燕酣之乐，别离之愁，回文、题叶之思，岘首、西州之泪，一寓于词。若能屏去浮艳，乐而不淫，是亦汉、魏乐府之遗意。

（宋）张炎《词源·赋情》，《词源注》，人民文学出版社本

　　山谷题《阳关图》云："渭城柳色关何事，自是行人作许悲。"夫人有意而物无情，固是矣。然《夜发分宁》云："我自只如常日醉，满川风月替人愁。"此复何理也？

（金）王若虚《滹南诗话》卷二，《历代诗话续编》本

写景
　　景中含意，事中瞰景，要细密清淡，忌庸腐雕巧。
写意
　　要意中带景，议论发明。

（元）杨载《诗法家数》，《历代诗话》本

　　韦苏州曰："窗里人将老，门前树已秋。"白乐天曰："树初黄叶日，人欲白头时。"司空曙曰："雨中黄叶树，灯下白头人。"三诗同一机杼，司空为优：善状目前之景，无限凄感，见乎言表。

（明）谢榛《四溟诗话》卷一，人民文学出版社本

　　"三面青山，一湖绿水"，直是临安一幅丹青；宁止"十里荷香，三秋桂子"，可牵动长江万里愁哉！其词云："日斜归去奈何春"，又足尽景

中情矣。

> （明）李贽《出像评点忠义水浒全传》第一一四回批语（袁刻本），《水浒传会评本》下，北京大学出版社本

少陵七言律，蕴藉最深，有余地，有余情。情中有景，景外含情，一咏三讽，味之不尽。

> （明）陆时雍《诗镜总论》，《历代诗话续编》本

……江上桃花，风雨飘堕，或落水，或吹去，或傍舟楫，或入怀袖，或入沙中草中，人所习见，本无情致。出于舟中闲看，却于无情中看出有情……

> （明）王嗣奭《杜臆》卷十《风雨看舟前落花戏为新句》评语，上海古籍出版社本

作闺情曲，而多及景语，吾知其窘矣。此在高手，持一"情"字，摸索洗发，方抱之不尽，写之不穷，淋漓渺漫，自有余力，何暇及眼前与我相二之花鸟烟云，俾掩我真性，混我寸管哉。世之曲，咏情者强半，持此律之，品力可立见矣。

> （明）王骥德《曲律·杂论》，《中国古典戏曲论著集成》（四），中国戏剧出版社本

落花之咏，昔称二宋，至成、弘之际，沈石田先生有落花诗三十首，同时吕太常、文待诏、徐迪功、唐解元皆有和作，率以十计；其后申相国、林山人辈唱和动数十篇，亦已穷态极致，竞美争奇，后有作者，殆难措手。然诸公皆生盛时，推激风雅，鼓吹休明，落花虽复衰残之景，题咏多作秾丽之辞，即有感叹，不过风尘之况，憔悴之色而已。我生不辰，遭值多故，客非荆土，常动华实蔽野之思；身在江南，仍有大树飘零之感。以至风木痛绝，华萼悲深，阶下芝兰，亦无遗种。一片初飞，有时溅泪；千林如扫，无限伤怀！是以摹写风情，刻画容态，前人诣极，嗣响为难；至于情感所寄，亦非诸公所有。无心学步，敢曰齐驱；借最抒情，情尽则

止。得十二章，用贻同志。

（清）归庄《落花诗序》，《归庄集》卷一，上海古籍出版社本

词虽不出情景二字，然二字亦分主客。情为主，景是客，说景即是说情，非借物遣怀，即将人喻物。有全篇不露秋毫情意而实句句是情字字关情者。切勿泥定即景承物之说，为题字所误，认真做向外面去。

（清）李渔《窥词管见·第九则》，《词话丛编》本

"昔我往矣，杨柳依依；今我来思，雨雪霏霏。"以乐景写哀，以哀景写乐，一倍增其哀乐。知此，则"影静千官里，心苏七校前"，与"唯有终南山色在，晴明依旧满长安"，情之深浅宏隘见矣。况孟郊之乍笑而心迷，乍啼而魂丧者乎？

（清）王夫之《薑斋诗话》卷上，《清诗话》本

不能作景语，又何能作情语耶？古人绝唱句多景语，如"高台多悲风"、"蝴蝶飞南园"、"池塘生春草"、"亭皋木叶下"、"芙蓉露下落"，皆是也，而情寓其中矣。以写景之心理言情，则身心中独喻之微，轻安拈出。谢太傅于《毛诗》取"讦谟定命，远猷辰告"，以此八句如一串珠，将大臣经营国事之心曲，写出次第，故与"昔我往矣，杨柳依依；今我来思，雨雪霏霏"同一达情之妙。

（清）王夫之《薑斋诗话》卷下，《清诗话》本

情、景名为二，而实不可离。神于诗者，妙合无垠。巧者则有情中景，景中情。景中情者，如"长安一片月"，自然是孤栖忆远之情；"影静千官里"，自然是喜达行在之情。情中景尤难曲写，如"诗成珠玉在挥毫"，写出才人翰墨淋漓，自心欣赏之景。凡此类，知者遇之；非然，亦鹘突看过，作等闲语耳。

……

"欲投人处宿，隔水问樵夫。"则山之辽廓荒远可知，与上六句初无异致，且得宾主分明，非独头意识悬相描摹也。"亲朋无一字，老病有孤舟。"自然是登岳阳楼诗。尝试设身作杜陵，凭轩远望观，则心目中二语居然出现，此亦情中景也。孟浩然以"舟楫"、"垂钓"钩锁合题，却自

全无干涉。

近体中二联，一情一景，一法也。"云霞出海曙，梅柳渡江春，淑气催黄鸟，晴光转绿蘋。""云飞北阙轻阴散，雨歇南山积翠来。御柳已争梅信发，林花不待晓风开。"皆景也，何者为情？若四句俱情而无景语者，尤不可胜数，其得谓之非法乎？夫景以情合，情以景生，初不相离，唯意所适。截分两橛，则情不足兴，而景非其景。且如"九月寒砧催木叶"，二句之中，情景作对；"片石孤云窥色相"四句，情景双收：更从何处分析？陋人标陋格，乃谓"吴楚东南坼"四句，上景下情，为律诗宪典，不顾杜陵九原大笑。愚不可瘳，亦孰与疗之？

（清）王夫之《薑斋诗话》卷下，《清诗话》本

从空实写，情在景中。

（清）王夫之《明诗评选》卷八，詹同《入峡》评语，《船山遗书》，太平洋书店重校刊本

结语从他人写，所谓人中景，亦即含景中情在内。达人但宽一步，无不妙合，初非有意为之。嘉则于五言大有入处，而不逮作古诗，岂天留一席以待临川邪？

（清）王夫之《明诗评选》卷五，沈明臣《过高邮作》评语，《船山遗书》，太平洋书店重校刊本

全写人中之景，遂含灵气。

（清）王夫之《古诗评选》卷五，任昉《济浙江》评语，《船山遗书》，太平洋书店重校刊本

自然感慨，尽从景得，斯谓景中藏情……

（清）王夫之《唐诗评选》卷四，刘禹锡《松滋渡望峡中》评语，《船山遗书》，太平洋书店重校刊本

杂用景物入情，总不使所思者一见端绪，故知其思深也。

（清）王夫之《古诗评选》卷一，杂曲《伤歌行》评语，《船山遗书》，太平洋书店重校刊本

从情事起，从情事终，夹景点染关生，非两折也。
　　　　　　（清）王夫之《明诗评选》卷四，高叔嗣《晓出前林》评语，
　　　　　　《船山遗书》，太平洋书店重校刊本

　　首句一"望"字，统下三句，结"更闻"二字，引上边音"朔吹"，是此诗针线，作者非有意必然，而气脉相比自有如此者。唯然，故八句无一语入情，乃莫非情者，更不可作景语会。诗之为道，必当立主御宾，顺写现景。若一情一景，彼疆此界，则宾主杂遝，皆不知作者为谁。意外设景，景外起意，抑如赘疣上生眼鼻，怪而不恒矣。五言之余气始有近体，更从而立之绳墨，割生为死，则苏李陶谢剧遭剸割……
　　　　　　（清）王夫之《唐诗评选》卷三，丁仙芝《渡扬子江》评语，
　　　　　　《船山遗书》，太平洋书店重校刊本

　　龙湖高妙处只在藏情于景，间一点入情，但就本色上露出，不分涯际，真五言之圣境也。"远树入孤烟"，即孤烟藏远树也。此法创自盛唐，偶一妙耳，必触目警心时如此，方可云云，乃是情中景著意刻画之，财经生钝斧劈题目思路矣。
　　　　　　（清）王夫之《明诗评选》卷五，张治《秋郭小寺》评语，《船
　　　　　　山遗书》，太平洋书店重校刊本

　　景中生情，情中含景，故曰景者情之景，情者景之情也。
　　　　　　（清）王夫之《唐诗评选》卷四，岑参《首春渭西郊行呈兰田
　　　　　　张二主簿》评语，《船山遗书》，太平洋书店重校刊本

　　前四句近疏漫，却以"凄凄留子言"四句浑远语相承受，何等蕴藉。"回塘隐舻栧"，即景含情，古今妙语。唐人"孤帆远影碧空尽，惟见长江天际流"，亦此意致，而乔野之气扑人。
　　　　　　（清）王夫之《古诗评选》卷五，谢惠连《西陵遇风献康乐五
　　　　　　章》评语，《船山遗书》，太平洋书店重校刊本

　　夫诗以情为主，景为宾。景物无自生，惟情所化。情哀则景哀，情乐则景乐。唐诗能融景入情，寄情于景……弘、嘉人依盛唐皮毛以造句者，本自无意，不能融景；况其叙景，惟欲阔大高远，于情全不相关，如寒夜

以板为被，赤身而挂铁甲。
　　　　　　　　　　　　　　（清）吴乔《围炉诗话》卷之一，《清诗话续编》本

　　诗有情有景，且以律诗浅言之：四句两联，必须情景互换，方不复沓；更要识景中情，情中景，二者循环相生，即变化不穷。
　　写景是诗家大半工夫，非直即眼生心，诗中有画，实比兴不逾乎此。
　　　　　　　　　　　　　　（清）李重华《贞一斋诗说》，《清诗话》本

　　"意中有景，景中有意"，姜白石语也。余谓意中有景固妙，无景亦不害为好诗。若景中断须有意，无意便是死景。
　　　　　　　　　　　　　　（清）乔亿《剑溪说诗》卷下，《清诗话续编》本

　　诗有通首写景，而实句句言情者。杜公《东屯月夜》写飘泊景况，妙在先安"抱病漂萍老"五字为起句，以后句句写景，实句句写情矣（以下二句，据抄本为方自注）。愚谓此意须解，不止此一首足法也。
　　　　　　　　　　　　　　（清）方东树《昭昧詹言》卷二一，人民文学出版社本

　　其《鹊踏枝》一曲云："怎肯道负花期，惜芳菲，粉悴胭憔也绿暗红稀。九十春光如过隙，怕春归又早春归。"如此，则情在意中，意在言外，含蓄不尽，斯为妙谛。惜其全篇不称也。
　　　　　　　　　　　　　　（清）梁廷柟《曲话》卷二，《中国古典戏曲论著集成》（八），
　　　　　　　　　　　　　　中国戏剧出版社本

　　陶诗"吾亦爱吾庐"，我亦具物之情也；"良苗亦怀新"，物亦具我之情也。
　　　　　　　　　　　　　　（清）刘熙载《艺概·诗概》，上海古籍出版社本

　　"昔我往矣，杨柳依依；今我来思，雨雪霏霏。"雅人深致，正在借景言情。若舍景不言，不过曰春往冬来耳，有何意味？
　　　　　　　　　　　　　　（清）刘熙载《艺概·诗概》，上海古籍出版社本

　　咏物之作，在借物以寓性情，凡身世之感，君国之忧，隐然蕴于其内，斯寄托遥深，非沾沾焉咏一物矣。如王碧山咏新月之《眉妩》，咏梅

之《高阳台》，咏榴之《庆清朝》，皆别有所指，故其词郁伊善感。

（清）沈祥龙《论词随笔》，《词话丛编》本

感时之作，必借景以形之，如稼轩云："算只有殷勤，画檐蛛网，尽日惹飞絮。"同甫云："恨芳菲世界，游人未赏，都付与莺和燕。"不言正意，而言外有无穷感慨。

（清）沈祥龙《论词随笔》，《词话丛编》本

老、庄告退，山水方滋。康乐善游，精于独造，其写山水诸作，千秋绝调。归愚谓谢公能于山水闲适之中，时时惬洽理趣，故诗品高不可攀。又谓永嘉山水奇丽，康乐诗境肖之；西蜀水川雄险，工部诗境肖之；永、柳山川幽峭，柳州文笔诗境肖之，略一转移，失却山川真面，所以山水诗，以大谢、老杜为宗，参以柳州，可尽其变矣。此论虽正，是知其当然，而未悉其所以然之妙也。夫诗贵相题，尤贵切题，人人知之。作山水诗，何独不然。相山水雄险，则诗亦出以雄险；山水奇丽，则诗亦还以奇丽；山水幽峭，则诗亦与为幽峭；山水清远，则诗亦肖其清远。凡诗家莫不能之，犹是外面工夫，非内心也。即于写山水中，由景生情立意，以求造语合符理境，又由情起一波澜，以求语有风趣，亦非难事。诗家有工候才力者，皆所优为，系由外达里，上阶工夫，尚未登堂，遑问入室，亦非内心也。夫文贵有内心，诗家亦然，而于山水诗尤要。盖有内心，则不惟写山水之形胜，并传山水之性情，兼得山水之精神，探天根而入月窟，冥契真诠，立跻圣域矣。夫山容水色，丘壑林泉，天下山水同有之景也。琳宫梵宇，月榭风亭，人工点缀，以助名胜，亦天下山水同有之景也。而或雄奇，或深险，或高厚，或平远，或浓秀，或淡雅，气象各殊，得失不一，则同之中又有异焉。况山者天地之筋骨，水者天地之血脉，而结搆山水，则天地之灵心秀气，造物之智慧神巧也。山水秉五行之精，合两仪之撰以成形。其山情水意，天所以结搆之理，与山水所得于天，以独成其奇胜者，则绝无相同重复之处。历一山水，见一山水之妙，矧阴晴朝暮，春秋寒暑，变态百出。游者领悟当前，会心不远，或心旷神怡而志为之超，或心静神肃而气为之敛，或探奇选胜而神契物外，或目击道存而心与天游。是游山水之情，与心所得于山水者，又各不同矣。作山水诗者，以人所心得，与山水所得于天者互证，而潜会默悟，凝神于无朕之宇，研虑

于非想之天，以心体天地之心，以变穷造化之变。扬其异而表其奇，略其同而取其独，造其奥以泄其秘，披其根以证其理，深入显出以尽其神，肖阴相阳以全其天。必使山情水性，因绘声绘色而曲得其真，务期天巧地灵，借人工人籁而毕传其妙，则以人之性情通山水之性情，以人之精神合山水之精神，并与天地之性情、精神相通相合矣。以其灵思，结为纯意，撰为名理，发为精词，自然异香缤纷，奇彩光艳，虽写景而情生于文，理溢成趣也，使读者因吾诗而如接山水之精神，恍得山水之情性，不惟胜画真形之图，直可移情卧游，若目睹焉。造诣至此，是为人与天合，技也进于道矣。此之谓诗有内心也。康乐、工部二公以后，《广陵散》绝已久，柳州望门而未深入，不足嗣音，归愚翁所论，只能模范山水，未能为作表章，以附山水知己也。

（清）朱庭珍《筱园诗话》卷一，《清诗话续编》本

词家多以景寓情。其专作情语而绝妙者，如牛峤之"甘（当作"须"）作一生拚，尽君今日欢"，顾敻之"换我心为你心，始知相忆深"，欧阳修之"衣带渐宽终不悔，为伊消得人憔悴"，美成之"许多烦恼，只为当时，一饷留情"。此等词求之古今人词中，曾不多见。

（清）王国维《人间词话》，人民文学出版社本

4. "景无情不发　情无景不生"

老杜寄身于兵戈骚屑之中，感时对物，则悲伤系之，如"感时花溅泪"是也。故作诗多用一"自"字。《田父泥饮》诗云："步屧随春风，村村自花柳。"《遣怀》诗云："愁眼看霜露，寒城菊自花。"《忆弟》诗云："故园花自发，春日鸟还飞。"《日暮》诗云："风月自清夜，江山非故园。"《滕王亭子》云："古墙犹竹色，虚阁自松声。"言人情对境，自有悲喜，而初不能累无情之物也。

（宋）葛立方《韵语阳秋》卷第一，《历代诗话》本

老杜诗："天高云去尽，江迥月来迟。衰谢多扶病，招邀屡有期。"上联景，下联情。"身无却少壮，迹有但羁栖。江水流城郭，春风入鼓鼙。"上联情，下联景。"水流心不竞，云在意俱迟。"景中之情也。"卷

帘唯白水，隐几亦青山。"情中之景也。"感时花溅泪，恨别鸟惊心。"情景相触而莫分也。"白首多年疾，秋天昨夜凉。""高风下木叶，永夜揽貂裘。"一句情一句景也。固知景无情不发，情无景不生，或者便谓首首当如此作，则失之甚矣。如"淅淅风生砌，团团月隐墙。遥空秋雁灭，半岭暮云长。病叶多先坠，寒花只暂香。巴城添泪眼，今夕复清光"，前六句皆景也。"清秋望不尽，迢递起层阴。远水兼天净，孤城隐雾深。叶稀风更落，山迥日初沉。独鹤归何晚，昏鸦已满林"，后六句皆景也。何患乎情少？

（宋）范晞文《对床夜语》卷二，《历代诗话续编》本

作诗者情景相发，不可放过；情景相乖，不必强做，强做必不佳。

（明）王嗣奭《文学》，《管天笔记外编》卷下，《四明丛书》本

善咏物者，妙在即景生情。如前所云《琵琶·赏月》四曲，同一月也，牛氏有牛氏之月，伯喈有伯喈之月。所言者月，所寓者心。牛氏所说之月可移一句于伯喈，伯喈所说之月可挪一字于牛氏乎？夫妻二人之语，犹不可挪移、混用，况他人乎？人谓：此等妙曲，工者有几？强人以所不能，是塞填词之路也。予曰："不然。作文之事，贵于专一。专则生巧，散乃入愚。专则易于奏工，散者难于责效。百工居肆，欲其专也。众楚群咻，喻其散也。舍情言景，不过图其省力，殊不知眼前景物繁多，当从何处说起？咏花既愁遗鸟，赋月又想兼风。若使逐件铺张，则虑事多曲少；欲以数言包括，又防事短情长。展转推敲，已费心思几许。何如只就本人生发，自有欲为之事，自有待说之情，念不旁分，妙理自出，如发科发甲之人，窗下作文，每日止能一篇、二篇，场中遂至七篇。窗下之一篇二篇，未必尽好，而场中之七篇，反能尽发所长而夺千人之帜者，以其念不旁分，舍本题之外，并无别题可做，只得走此一条路也。吾欲填词家舍景言情，非责人以难，正欲其舍难就易耳。"

（清）李渔《闲情偶寄·词曲部·词采第二》，《中国古典戏曲论著集成》（七），中国戏剧出版社本

兴在有意无意之间，比亦不容雕刻，关情者景，自与情相为珀芥也。情景虽有在心在物之分，而景生情，情生景，哀乐之触，荣悴之迎，互藏

其宅，天情物理，可哀而可乐，用之无穷，流而不滞，穷且滞者不知尔。"吴楚东南坼，乾坤日夜浮。"乍读之若雄豪，然而适与"亲朋无一字，老病有孤舟"相为融浃。当知"倬彼云汉"，颂作人者增其辉光，爰旱甚者益其炎赫，无适而无不适也。唐末人不能及此，为"玉合底盖"之说，孟郊、温庭筠分为二垒。天与物其能为尔阄分乎？

（清）王夫之《薑斋诗话》卷上，《清诗话》本

  自周氏论诗，有四实四虚之法，后人多拘守其说，谓律诗法度，不外情景虚实。或以情对情，以景对景，虚者对虚，实者对实，法之正也。或以景对情，以情对景，虚者对实，实者对虚，法之变也。于是立种种法，为诗之式。以一虚一实相承，为中二联法。或前虚后实，或前景后情，此为定法。以应虚而实，应实而虚，应景而情，应情而景，或前实后虚，前情后景，及通首言情，通首写景，为变格、变法，不列于定式。援据唐人诗以证其说，胪列甚详。予谓以此为初学说法，使知虚实情景之别，则其说甚善，若名家则断不屑拘拘于是。诗中妙谛，周氏未曾梦见，故泥于迹相，仅从字句末节著力，遂以皮毛为神骨，浅且陋矣。夫律诗千态百变，诚不外情景虚实二端。然在大作手，则一以贯之，无情景虚实之可执也。写景，或情在景中，或情在言外。写情，或情中有景，或景从情生。断未有无情之景，无景之情也。又或不必言情而情更深，不必写景而景毕现，相生相融，化成一片。情即是景，景即是情，如镜花水月，空明掩映，活泼玲珑。其兴象精微之妙，在人神契，何可执形迹分乎？至虚实尤无一定。实者运之以神，破空飞行，则死者活，而举重若轻，笔笔超灵，自无实之非虚矣。虚者树之以骨，炼气熔滓，则薄者厚，而积虚为浑，笔笔沉著，亦无虚之非实矣。又何庸固执乎？总之诗家妙悟，不应著迹，别有最上乘功用，使情景虚实各得其真可也，使各逞其变可也，使互相为用可也，使失其本意而反从吾意所用，亦可也。此固不在某联宜实，某联宜虚，何处写景，何处言情，虚实情景，各自为对之常格恒法。亦不在当情而景，当景而情，当虚而实，当实而虚，及全不言情，全不言景，虚实情景，互相易对之新式变法。别有妙法活法，在吾方寸，不可方物。六祖语曰："人转《法华》，勿为《法华》所转。"此中消息，亦如是矣。

（清）朱庭珍《筱园诗话》卷一，《清诗话续编》本

情生于景，景生于情；情景相生，自成声律。

（清）黄图珌《看山阁集闲笔·文学部·词情》，《中国古典戏曲论著集成》（七），中国戏剧出版社本

心静力雄，意浅言深，景随情至，情由景生，吐人所不能吐之情，描人所不能描之景，华而不浮，丽而不淫，诚为化工之笔也。

（清）黄图珌《看山阁集闲笔·文学部·有情有景》，《中国古典戏曲论著集成》（七），中国戏剧出版社本

5. "景乃诗之媒 情乃诗之胚"

加以静居廓处，顾影莫酬，秋风四起，园林易色，凉野寂寞，寒虫吟叫，怀抱不可直置，情虑不能无托，时因吟咏，动辄盈篇。

（梁）伏挺《与徐勉书》，《梁书》卷五十《伏挺传》，中华书局本

仆初入庐山，山谷奇秀，平日所未见，殆应接不暇，遂发意不欲作诗。已而见山中僧俗皆云苏子瞻来矣，不觉作一绝云："芒鞋青竹杖，自挂百钱游。可怪深山里，人人识故侯。"既而哂前言之谬，复作两绝句云："青山若无素，偃蹇不相亲。要识庐山面，他年是故人。"又云："自昔怀清赏，神游杳霭间。如今不是梦，真个在庐山。"是日有以陈令举庐山记见寄者，且行且读，见其中云徐凝李白之诗，不觉失笑。开元寺主求诗，为作一绝云："帝遣银河一派垂，古来唯有谪仙词。飞流溅沫知多少，不与徐凝洗恶诗。"往来山南北十余日，以为胜绝，不可胜谈，择其尤者莫如漱玉亭、三峡桥，故作二诗。最后与总老同游西林，又作一绝云："横看成岭侧成峰，到处看山了不同。不识庐山真面目，只缘身在此山中。"仆庐山之诗尽于此矣。

（宋）苏轼《东坡题跋》卷三《自记庐山诗》，《丛书集成》本

"池塘生春草，园柳变鸣禽。"世多不解此语为工，盖欲以奇求之耳。此语之工，正在无所用意，猝然与景相遇，借以成章，不假绳削，故非常情所能到。诗家妙处，当须以此为根本，而思苦言难者，往往不悟。

（宋）叶梦得《石林诗话》卷中，《历代诗话》本

谢灵运梦见惠连而得"池塘生春草"之句，以为神助。《石林诗话》云："世多不解此语为工，盖欲以奇求之耳。此语之工，正在无所用意。猝然与景相遇，借以成章，故非常情之所能到。"《冷斋》云："古人意有所至，则见于情，诗句盖寓也。谢公平生喜见惠连，而梦中得之，此当论意，不当泥句。"张九成云："灵运平日好雕镂，此句得之自然，故以为奇。"田承君云："盖是病起，忽然见此为可喜，而能道之，所以为贵。"予谓天生好语，不待主张，苟为不然，虽百说何益？李元膺以为"反复求之，终不见此句之佳"，正与鄙意暗同。盖谢氏之夸诞，犹存两晋之遗风，后世惑于其言而不敢非，则宜其委曲之至是也。

（金）王若虚《滹南诗话》卷上，人民文学出版社本

作诗本乎情景，孤不自成，两不相背。凡登高致思，则神交古人，穷乎遐迩，系乎忧乐，此相因偶然，著形于绝迹，振响于无声也。夫情景有异同，模写有难易，诗有二要，莫切于斯者。观则同于外，感则异于内，当自用其力，使内外如一，出入此心而无间也。景乃诗之媒，情乃诗之胚，合而为诗，以数言而统万形，元气浑成，其浩无涯矣。同而不流于俗，异而不失其正，岂徒丽藻炫人而已。然才亦有异同，同者得其貌，异者得其骨。人但能同其同，而莫能异其异。吾见异其同者，代不数人尔。

（明）谢榛《四溟诗话》卷三，人民文学出版社本

余生平不喜作应酬诗，如庆贺送行之类铺张诗，如新柳落花等题赋至数十首之类摹拟诗，如四言古乐府之类以情景不凑合而撰胸中所未有之语也。盖诗所自来，不外情景，或触景生情，或缘情写景，弢写隐衷孤抱之情，何必投人之好；描画眼前自有之景，何取冥搜之奇，此余自谓得诗之趣者也。得其趣斯得其益，岑寂非是不娱，厄穷非是不遣，宛结非是不豁，冤愤非是不平。杜诗云："陶冶赖诗篇"，又云："陶冶性灵须底物"，此皆实历语也。钟嵘有言"穷贱易安，幽居靡闷，莫尚于诗"，已先道之矣。

（明）王嗣奭《文学》，《管天笔记外编》卷下，《四明丛书》本

老杜诗妙在气象，此于退食时写出委蛇气象。"楼雪融城湿"，非触

目写不出,而亦人所不及着眼,公每用此取胜。

    (明)王嗣奭《杜臆》卷二《晚出左掖》评语,上海古籍出版社本

  情与景合而有诗。廊庙有廊庙之情景,江湖有江湖之情景,缁衣黄冠有缁衣黄冠之情景。情真景真,从而形之咏歌,其词必工;如舍现在之情景,而别取目之所未尝接,意之所不相关者,以为能脱本色,是相率而为伪也。

    (清)归庄《眉照上人诗序》,《归庄集》卷三,上海古籍出版社本

  作诗本乎情景,情景有异同,摹写有难易。诗有二要,莫切于斯。观则同于外,感则异于内。当力使内外如一,出入此心而无间也。景乃诗之媒,情乃诗之胚,合而为诗,以数言而统万形,元气浑成。愚谓情景有深浅,摹写有工拙,措语有雅俗。

    (清)方东树《昭昧詹言》卷二一,人民文学出版社本

  余尝暮游湖上,水色山光,深浅一碧,红霞如火,岸桃俱作白色,欲写之,苦无好句。偶读孙子潇太史诗云:"水含山色难为翠,花近霞光不敢红。"适与景合,真诗中画也。又尝夜登吴山,风月清皎,烟雾空濛,颇惬游骋。今读屠修伯大使秉《吴山夜眺》句云:"江湖两面共明月,楼阁半空横断烟。"亦恍如置身其间。

    (清)梁绍壬《两般秋雨庵随笔》卷五,上海古籍出版社本

6. "情景齐到　相间相融"

  "春草碧色,春水绿波,送君南浦,伤如之何?"矧情至于离,则哀怨必至;苟能调感怆于融会中,斯为得矣。白石《琵琶仙》云:"双桨来时,有人似旧曲,桃根桃叶。歌扇轻约飞花,蛾眉正愁绝。春渐远,汀洲自绿,更添了几声啼鴂。十里扬州,三生杜牧,前事休说!　又还是宫烛分烟,奈愁里匆匆换时节!都把一襟芳思,与空阶榆荚。千万缕藏鸦细柳,为玉尊起舞回雪,想见西出阳关,故人初别。"秦少游《八六子》云:"倚危亭,恨如芳草,萋萋刬尽还生。念柳外青骢别后,水边红袂分

时，怆然暗惊！　　无端天与娉婷！夜月一帘幽梦，春风十里柔情。怎奈何、欢娱渐随流水？素弦声断，翠绡香减，那堪片片飞花弄晚，濛濛残雨笼晴。正销凝，黄鹂又啼数声！"离情当如此作，全在情景交炼，得言外意。有如"劝君更尽一杯酒，西出阳关无故人"，乃为绝唱。

(宋) 张炎《词源·离情》，《词源注》，人民文学出版社本

夫情景相触而成诗，此作家之常也。或有时不拘形胜，面西言东，但假山川以发豪兴耳。譬若倚太行而咏峨眉，见衡漳而赋沧海，即近以彻远，犹夫兵法之出奇也。予客晋阳，《对西山诗》云："好山俱在目，楼上坐移时。碧树亦佳侣，白云非远期。心闲聊对景，兴转别成诗。操笔有常变，兵家韩信知。"冯少洲评曰："老子每每自负。"

(明) 谢榛《四溟诗话》卷四，人民文学出版社本

诗乃模写情景之具，情融乎内而深且长，景耀乎外而远且大。当知神龙变化之妙，小则入乎微罅，大则腾乎天宇。此惟李杜二老知之。古人论诗，举其大要，未尝喋喋以泄真机，但恐人小其道尔。诗固有定体，人各有悟性。夫有一字之悟，一篇之悟，或由小以扩乎大，因著以入乎微，虽小大不同，至于浑化则一也。或学力未全，而骤欲大之，若登高台而摘星，则廓然无着手处。若能用小而大之之法，当如行深洞中，扣壁尽处，豁然见天，则心有所主，而夺盛唐律髓，追建安古调，殊不难矣。予著诗说犹如孙武子作《兵法》，虽不自用神奇，以平列国，能使习之者戡乱策勋，不无补于世也。

(明) 谢榛《四溟诗话》卷四，人民文学出版社本

凡作诗要情景俱工，虽名家亦不易得。联必相配，健弱不单力，燥润无两色。能用此法，则不堕歧路矣。少陵状景极妙，巨细入玄，无可指摘者，写情失之疏漏，若"读书难字过，对酒满壶频"，上句真率自然，下句为韵所拘尔。昌黎写情亦有佳者，若"饮中相顾色，别后独归情"，辞淡意浓，读者靡不慨然。每拙于写景，若"露排四岸草，风约半池萍"，下句清新有格，上句声调龃龉，使无完篇，则血脉不周，病在一臂故尔。

(明) 谢榛《四溟诗话》卷四，人民文学出版社本

作诗不过情景二端。如五言律体，前起后结，中四句，二言景，二言情，此通例也。唐初多于首二句言景对起，止结二句言情，虽丰硕，往往失之繁杂。唐晚则第三四句多作一串，虽流动，往往失之轻狷，俱非正体。惟沈、宋、李、王诸子，格调庄严，气象闳丽，最为可法。第中四句大率言景，不善学者，凑砌堆叠，多无足观。老杜诸篇，虽中联言景不少，大率以情间之。故习杜者，句语或有枯燥之嫌，而体裁绝无靡冗之病。此初学入门第一义，不可不知。若老手大笔，则情景混融，错综惟意，又不可专泥此论。

（明）胡应麟《诗薮·内编》卷四，上海古籍出版社本

只是淡淡说去，自然情与景会，意与法合。盖情至之语，气贯其中，神行其际。肤浅者不能，镂刻者亦不能。

（明）祁彪佳《远山堂剧品·团圆梦》，《中国古典戏曲论著集成》（六），中国戏剧出版社本

赵子常云："此诗中四句以情景混合言之：云天夜月，落日秋风，物也，景也；与天共远，与月同孤，心视落日而犹壮，病对秋风而欲苏者，我也、情也。他诗多以景对景、情对情，人亦能效之；或以情对景，则效之者已鲜，若此之虚实一贯，不可分别，能效之者尤鲜，近岁唯汪古逸有句云：'年争飞鸟疾，云共此生浮'近之。"此论亦细，虽不必拘，却须识得。

（明）王嗣奭《杜臆》卷九《江汉》评语，上海古籍出版社本

作诗须一意浑融，前后互映，如李颀《送王昌龄》诗云："漕水东去远，送君多暮情。淹留野寺出，向背孤山明。前望数十里，中无蒲稗生。夕阳满舟楫，但爱微波清。举酒林月上，解衣沙鸟鸣。夜来莲花界，梦里金陵城。叹息此离别，悠悠江海行。"因第二句有"暮情"二字，自此后，不独夕阳微波，月上鸟鸣，夜来花界，梦里金陵，种种暮景，而满篇幽淡悲凉，字字皆暮情也。暮景易写，暮情难描，此为独绝。

（清）贺贻孙《诗筏》，《清诗话续编》本

作诗有情有景，情与景会，便是佳诗。若情景相睽，勿作可也。

（清）贺贻孙《诗筏》，《清诗话续编》本

诗文俱有主宾。无主之宾，谓之乌合，俗论以比为宾，以赋为主，以反为宾，以正为主，皆塾师赚童子死法耳。立一主以待宾，宾无非主之宾者，乃俱有情而相浃洽。若夫"秋风吹渭水，落叶满长安"，于贾岛何与？"湘潭云尽暮烟出，巴蜀雪消春水来"，于许浑奚涉？皆乌合也。"影静千官里，心苏七校前"，得主矣，尚有痕迹。"花迎剑佩星初落"，则宾主历然，熔合一片。

（清）王夫之《薑斋诗话》卷下，《清诗话》本

入情处如轻云拂水，于此稍滞累，则情景成两橛矣。

（清）王夫之《古诗评选》卷四，左思《杂诗》评语，《船山遗书》，太平洋书店重校刊本

宾主历然，情景合一。升庵欲截去后四句，非也。

（清）王夫之《古诗评选》卷四，帛道猷《陵峰采药能兴为诗》评语，《船山遗书》，太平洋书店重校刊本

情景相入，涯际不分。振往古，尽来今，唯康乐能之。

（清）王夫之《古诗评选》卷五，谢灵运《邻里相送至方山》评语，《船山遗书》，太平洋书店重校刊本

情、景、事合成一片，无不奇丽绝世。嘉州于此体中，即供奉亦当让一席地。供奉不无仗气，嘉州炼气归神矣。

（清）王夫之《唐诗评选》卷一，岑参《青门歌送东台张判官》评语，《船山遗书》，太平洋书店重校刊本

情景互出，更不分疆界。

（清）王夫之《明诗评选》卷四，张宇初《旅怀》评语，《船山遗书》，太平洋书店重校刊本

结一点即活，愈知两分情景者之求活得死也。

（清）王夫之《明诗评选》卷五，石沆《无题》评语，《船山遗书》，太平洋书店重校刊本

三四天时人事一大段落，总以微言收尽，景中有事，事中有情，那容俗汉分析。

（清）王夫之《明诗评选》卷六，杨维桢《寄小蓬莱主者闻梅硐并柬沈元方宇文仲美贤主宾》评语，《船山遗书》，太平洋书店重校刊本

声律拘忌摆脱殆尽，才是诗人举止。"暮山欲尽离尊歇"，真好景语，能化情为景也。

（清）王夫之《明诗评选》卷六，程嘉燧《十六夜登瓜州城看月怀旧寄所亲》评语，《船山遗书》，太平洋书店重校刊本

问："诗唯情景，其用处何如？"答曰："《十九首》言情者十之八，叙景者十之二。建安之诗，叙景已多，日甚一日。至晚唐有清空如话之说，而少陵如'暂往北乡去'等，却又全不叙景。在今卑之无甚高论，但能融景入情，如少陵之'近泪无干土，低空有断云'；寄情于景，如严维之'柳塘春水漫，花坞夕阳迟'，哀乐之意宛然，斯尽善矣，明人于此，大不留心，所以无味。"

（清）吴乔《答万季野诗问》，《清诗话》本

明诗之为异物，于叙景最为显著。诗以身经目见者为景，故情得融之为一，若叙景过于远大，即与情不关，惟登临形胜不同耳。献吉《桂殿》诗曰："桑乾斜映千门月。"桑乾水自大同而来，相去甚远，何以映宫门之月？又云："碣石长吹万里风"，并无"千门"字面，可用之川、广、云、贵矣。其《乔太师宅饮别》云："燕地雪霜连海峤，汉家箫鼓动长安。"大且远矣，与当时情事何涉？虽有哀乐之情，融化不得，岂非如牛头阿旁异物耶？

（清）吴乔《围炉诗话》卷之六，《清诗话续编》本

情景脱化，亦俱从字句锻炼中出，古人到后来，只更无锻炼之迹耳。而《宋诗钞》则惟取其苍直之气，其于词场祖述之源流，概不之讲，后人何自而含英咀华？势必日袭成调，陈陈相因耳，此乃所谓腐也。何足以服嘉、隆诸公哉？

（清）翁方纲《石洲诗话》卷三，《清诗话续编》本

诗乃摹写情景之具。情融乎内而深且长，景耀乎外而真且实。或则情多，或则景多，皆有偏而不融之病，即造化不完。范德机曰："善诗者，就景中写意。不善诗者，去意中寻景。惟杜公情景匀称。"江盈科论杜夔诗："象境传神，使人读之，山川奇崛挺峙，居然在眼。"

（清）方东树《昭昧詹言》卷二一，人民文学出版社本

"昔我往矣，杨柳依依。今我来思，雨雪霏霏。"雅人深致，正在借景言情。若舍景不言，不过曰春往冬来耳，有何意味？然"黍稷方华"，"雨雪载涂"，与此又似同而异，须索解人。

（清）刘熙载《艺概·诗概》，上海古籍出版社本

词或前景后情，或前情后景，或情景齐到，相间相融，各有其妙。

（清）刘熙载《艺概·词曲概》，上海古籍出版社本

律诗炼句，以情景交融为上，情景相对次之，一联皆情、一联皆景又次之。然一联皆写情，则两句须有变幻，不可一律，致犯合掌之病。一联皆写景亦然，或上句写远，下句写近，或上句写所闻，下句写所见。总写一句自有一句之意境，两句迥然不同，却又呼吸相应，此为至要。情景交融者，景中有情，情中有景，打成一片，不可分拆。如工部"感时花溅泪，恨别鸟惊心"，"卷帘残月影，高枕远江声"，"村春雨外急，邻火夜深明"，"风月自清夜，江山非故园"，"露从今夜白，月是故乡明"，"山鬼吹灯灭，厨人语夜阑"，"落日心犹壮，秋风病欲苏"；右丞"白云回望合，青霭入看无"，"松风吹解带，山月照弹琴"，"行到水穷处，坐看云起时"，"时倚檐前树，远看原上村"，"大壑随阶转，群峰入户登"；常建"山光悦鸟性，潭影空人心"；嘉州"白发悲花落，青云羡鸟飞"等句，皆是句中有人，情景兼到者也。情景相对者，如工部"白首多年病，秋天一味凉"，"几年逢熟食，万里逼清明"；宋之问"老至居人下，春归在客先"；顾况"一家千里外，百舌五更头"等句，一句情对一句景也。至一联皆情、一联皆景佳句，诗家更多，不可胜数。其两句写成一例，意境合掌，不可为训者，如"蝉噪林逾静，鸟鸣山更幽"一联。王介甫以写景略无变幻，两句一律少之，上句改为"风定花犹落"，而以"鸟鸣山更

幽"作对,谓如此则上句静中有动,下句动中有静,不致合掌,便成写景名句。所论入微,初学详之。

(清)朱庭珍《筱园诗话》卷四,《清诗话续编》本

律诗中二联,不宜一味写景。有景无情,固非好手所为;景多于情,亦非佳处。盖诗要文质协中,情景交化,始可深造入微。若南宋、晚唐之诗,竟有八句皆景者,是最下乘禅,当以为戒。剑南、石湖平调时,尤多误犯此病。不止一律中只炼一联佳句,而首尾多未完善,令后人疑先得句而后足成篇,故多率笔,群为口实也。近代诗家,工五律者,莫如屈翁山、施愚山二君;工七律者,自剑南、遗山后,明则青丘、牧斋,我朝则陈元孝为第一,时人则闽中张亨甫际亮亦工此体,二君皆一代天才也。

(清)朱庭珍《筱园诗话》卷四,《清诗话续编》本

禅者云:"打成一片。"诗有宾有主,有景有情,须如四肢百骸,连合具体。若泛填滥写,牛头马身,参错支离,成得甚物?亦须"打成一片"乃得。

(清)庞垲《诗义固说》下,《清诗话续编》本

昔人论诗词,有景语、情语之别。不知一切景语,皆情语也(按:原稿此则已删去)。

(清)王国维《人间词话》,人民文学出版社本

7. "象外之象　景外之景"

戴容州云:"诗家之景,如兰田日暖,良玉生烟,可望而不可置于眉睫之前也。"象外之象,景外之景,岂容易可谭哉?然题纪之作,目击可图,体势自别,不可废也。

(唐)司空图《与极浦书》,《司空表圣文集》卷三,《四部丛刊》本

超以象外,得其环中,持之非强,来之无穷。

(唐)司空图《诗品·雄浑》,《历代诗话》本

诗有可解、不可解、不必解，若水月镜花，勿泥其迹可也。
（明）谢榛《四溟诗话》卷一，人民文学出版社本

亦理亦情亦趣，逶迤而下，多取象外，不失圜中。
（清）王夫之《古诗评选》卷五，谢灵运《田南树园激流植援》评语，《船山遗书》，太平洋书店重校刊本

以"莺不畏人"写蔷薇，可谓色外取色。
（清）王夫之《唐诗评选》卷一，储光羲《蔷薇篇》评语，《船山遗书》，太平洋书店重校刊本

五六得景意外，质事生文，收以平胜。
（清）王夫之《明诗评选》卷五，高启《天界寺》评语，《船山遗书》，太平洋书店重校刊本

知"池塘生春草"、"蝴蝶飞南园"之妙，则知"杨柳依依"、"零雨其濛"之圣于诗；司空表圣所谓"规以象外，得之圜中"者也。
（清）王夫之《薑斋诗话》卷上，《清诗话》本

七言绝句，以语近情遥，含吐不露为主。只眼前景口头语，而有弦外音味外味，使人神远，太白有焉。
（清）沈德潜《说诗晬语》卷上，《清诗话》本

李义山七律工丽瑰玮，人所知也。其五律佳句，半山称其老杜无以过，指"池光不受月，野气欲沉山"，"江海三年客，乾坤百战场"而已。然实有不止此者，约举之，如《寄谢先辈》云："星势寒垂地，河声晓上天。"《题人隐居》云："石梁高泻月，樵路细侵云。"《拟杜》云："虹收青嶂雨，鸟没夕阳天。"《崇让宅》云："密竹沉虚籁，孤莲泊晚香。"《淮阳路》云："断雁高应急，寒潭晓更清。"《晚归》云："虎道官道斗，猿上驿楼啼。"《夜出》云："月澄新涨水，星见欲销云。"《春宵》云："晚晴风过竹，深夜月当花。"诸如此类，皆神骨高秀，不用典实为工。至其咏物入微，写照妙语，则如咏云云："潭暮随龙起，河秋压雁声"，咏雨云："气凉先动竹，点细未开萍"，咏晴云："并添高阁迥，微注小窗

明"，咏月云："流处水纹急，吐时云叶鲜"，是皆得象外之趣，尤不可及。

（清）叶矫然《龙性堂诗话初集》，《清诗话续编》本

镜中花，水中月，云中豹，林中之鸟，穴中之鼠，无数可考，无人可指，有迹可追，有形可据，九曲八折，远响近影，迷离烟灼，纵横隐现，千奇百怪，眩目移神，现千手千眼大游戏法也。

（清）《脂砚斋重评石头记》"庚辰本"第四十六回夹批，人民文学出版社本

能在闲句上、淡句上见力量，能于无字外、无象外摹神味，此真不愧好手。

（清）厉志《白华山人诗说》卷二，《清诗话续编》本

司空表圣云："梅止于酸，盐业于咸，而美在酸咸之外。"严沧浪云："妙处透彻玲珑，不可凑泊，如水中之月，镜中之象。"此皆论诗也。词亦有得此境为超诣。

（清）刘熙载《艺概·词曲概》，上海古籍出版社本

《说文》解"词"字曰："意内而言外也。"徐锴《通论》曰："音内而言外，在音之内，在言之外也。"故知词也者，言有尽而音意无穷也。

（清）刘熙载《艺概·词曲概》，上海古籍出版社本

人画山水亭屋，未画山水主人，然知亭屋中之必有主人也。是谓"超以象外，得其环中"。

（清）孙联奎《诗品臆说》，人民文学出版社本

四

意　境

1. "意境"

诗有三境。一曰物境：欲为山水诗，则张泉石云峰之境，极丽绝秀者，神之于心，处身于境，视境于心，莹然掌中，然后用思，了然境象，故得形似。二曰情境：娱乐愁怨，皆张于意而处于身，然后驰思，深得其情。三曰意境：亦张之于意而思之于心，则得其真矣。

（唐）王昌龄《诗格》，《诗学指南》卷三，清乾隆敦本堂刊本

或先境而后入意，或入意而后境。古诗："路远喜行尽，家贫愁到时。""家贫"是境，"愁到"是意。又诗："残月生秋水，悲风惨古台。""月""台"是境，"生""惨"是意。

（唐）白居易《文苑诗格》，《诗学指南》卷三，清乾隆敦本堂刊本

叔考匠心创词，能就寻常意境，层层掀翻，如一波未平，一波复起。词以淡为真，境以幻为实，《唾红》其一也。

（明）祁彪佳《远山堂曲品·唾红》，《中国古典戏曲论著集成》（六），中国戏剧出版社本

作诗之妙，全在意境融彻，出音声之外，乃得真味。如曰："孙康映雪寒窗下，车胤收萤败帙边。"事非不核，对非不工，恶，是何言哉？

（明）朱承爵《存余堂诗话》，《历代诗话》本

吾乡顾茂伦先生有《英华选本》，名噪当时，闻其教人作诗云：凡意境平淡，须用奇险字样；命意奇杰，须用平近语言。余幼即怀疑久之，及后遍阅古人诗，知断无是理，想其徒妄托师说。夫诗以运意为先，意定而征声选色，相附成章；必其章、其声、其色，融洽各从其类，方得神采飞动，所谓"言语通眷属"是也。今必意词相背，譬犹偠长风写作静水；烘淡月绘作颓云，无怪守其言者，终身不得佳作也。

（清）李重华《贞一斋诗说》，《清诗话》本

画大幅竹，人以为难，吾以为易。每日只画一竿，至完至足，须五七日画五七竿，皆离立完好。然后以淡竹、小竹、碎竹经纬其间。或疏或密，或浓或淡，或长或短，或肥或瘦，随意缓急，便构成大局矣。昔萧相国何造未央宫，先立东阙、北阙、前殿、武库、太仓，然后以别殿、内殿、寝殿、宫室、左右廊庑、东西永巷经纬之，便尔千门万户。总是先立其大，则其小者易易耳。一丘一壑之经营，小草小花之渲染，亦有难处；大起造、大挥写，亦有易处，要在人之意境何如耳。

（清）郑燮《题画竹》，《郑板桥集·补遗》，上海古籍出版社本

尝侍茶江彭先生于东园，中秋对月，先生举许丁卯七律示余曰："子谓何如？"余逡巡不敢妄对。先生曰："此诗意境似平，格律实细。首云'待月东林月正圆'，月从东出，待在未出之时，既出则月正圆也。次云'广庭无树草无烟'，写月之明，一句尽矣。三云'中秋云净出沧海'，此特补点中秋，以别于他月之望。四云'午夜露凉当碧天'，半夜月正当头也。五云'轮影渐移金殿外'，月昃而西移矣。六云'镜光犹挂玉楼前'，将落而犹未落也。结云'不辞达旦殷勤望，一堕西岩又隔年'。隔年又以醒中秋之意。八句次第写尽达旦之景，此唐律所以胜于后人。不然，轮影镜光，玉楼金殿，抑何尘容俗状欤？"

（清）汪师韩《诗学纂闻》，《清诗话》本

章八元《慈恩塔》诗，有如"穿洞似出笼"句，深为阮亭王氏所诮。又崔峒"流水声中视公事，寒山影里见人家"，意境直同山鬼游魂，真下劣诗魔也。

（清）何文焕《历代诗话考索》，《历代诗话》本

《三百篇》之体制音节，不必学，不能学。《三百篇》之神理意境，不可不学也。神理意境者何？有关系寄托，一也；直抒己见，二也；纯任天机，三也；言有尽而意无穷，四也。不学《三百篇》，则虽赫然成家，要之纤琐摹拟、饾饤浅近而已。今人之所喜，古人之所笑也。汉、唐人不尽学《三百篇》，然其至高之作，必与《三百篇》之神理意境暗合，而后可以感人而传诵至今。

（清）潘德舆《养一斋诗话》卷一，《清诗话续编》本

　　乐府声律居最要，而意境即次之；尤须意境与声律相称，乃为当行。

（清）刘熙载《艺概·诗概》，上海古籍出版社本

　　容若《饮水词》，在国初亦推作手，较《东白堂词》（佟世南撰），似更闲雅。然意境不深厚，措词亦浅显。余所赏者，惟《临江仙》（"寒柳"）第一阕及《天仙子》（"渌水亭秋夜"）、《酒泉子》（"谢却荼蘼"一篇）三篇耳。余俱平衍。又《菩萨蛮》云："杨柳乍如丝，故园春尽时。"亦凄惋，亦闲丽，颇似飞卿语，惜通篇不称。又《太常引》云："梦也不分明，又何必催教梦醒。"亦颇凄警，然意境已落第二乘。

（清）陈廷焯《白雨斋词话》卷三，人民文学出版社本

　　原夫文学之所以有意境者，以其能观也。出于观我者，意余于境。而出于观物者，境多于意。然非物无以见我，而观我之时，又自有我在。故二者常互相错综，能有所偏重，而不能有所偏废也。文学之工不工，亦视其意境之有无，与其深浅而已。

（清）王国维《人间词话》，人民文学出版社本

2. "意境"与"意味" "滋味" "味"

　　夫四言，文约意广，取效《风》《骚》，便可多得，每苦文繁而意少，故世罕习焉。五言居文词之要，是众作之有滋味者也。故云会于流俗。岂不以指事造形，穷情写物，最为详切者邪？

（南朝·梁）钟嵘《诗品序》，《历代诗话》本

文之难，而诗之难尤难。古今之喻多矣，而愚以为辨于味，而后可以言诗也。江岭之南，凡足资于适口者，若醯，非不酸也，止于酸而已；若鹾，非不咸也，止于咸而已。华之人以充饥而遽辍者，知其咸酸之外，醇美者有所乏耳。彼江岭之人，习之而不辨也，宜哉。诗贯六义，则讽谕、抑扬、渟蓄、温雅，皆在其间矣。然直致所得，以格自奇。前辈诸集，亦不专工于此，矧其下者耶！王右丞、韦苏州澄淡精致，格在其中，岂妨于遒举哉？贾浪仙诚有警句，视其全篇，意思殊馁，大抵附于蹇涩，方可致才，亦为体之不备也，矧其下者哉！噫！近而不浮，远而不尽，然后可以言韵外之致耳……

盖绝句之作，本于诣极，此外千变万状，不知所以神而自神也，岂容易哉？今足下之诗，时辈固有难色，倘复以全美为工，即知味外之旨矣。

（唐）司空图《与李生论诗书》，《中国历代文论选》，上海古籍出版社本

退之论草书，万事未尝屏，忧愁不平气，一寓笔所骋。颇怪浮屠人，视身如丘井，颓然寄淡泊，谁与发豪猛？细思乃不然，真巧非幻影……阅世走人间，观身卧云岭，咸酸杂众好，中有至味永。

（宋）苏轼《送参寥师》，《苏轼诗集》卷十七，中华书局本

（韩）愈《寄孟刑部联句》云："美君知道腴，逸步谢天械。"或问道果有味乎？余曰："如介甫'午鸡声不到禅林，柏子烟中静拥衾。竹鸡呼我出华胥，起灭篝灯拥燎炉。各据稿梧同不寐，偶然闻雨落阶除'，皆淡中意味，非造此景不能形容也。"

（宋）陈辅《陈辅之诗话》，《宋诗话辑佚》本

东坡云：苏李之天成，曹刘之自得，陶谢之超迈，盖亦至矣。而杜子美李太白以英伟绝世之姿，凌跨百家，古之诗人尽废，然魏晋以来，高风绝尘，亦少衰矣。李杜之后，诗人继出，虽间有远韵，而才不逮意，独韦应物柳子厚，发纤秾于奇古，寄至味于淡泊，非余子所及也。唐末，司空图岖崎岳乱之间，而诗文高雅，犹有承平之遗风。其论诗曰："梅止于酸，盐止于咸，饮食不可无盐梅，而其美常在酸咸之外。"盖自列其诗之有得于文字之表者二十有四韵，恨当时不识其妙。予三复

其言而悲之。

(宋）李颀《古今诗话》，《宋诗话辑佚》本

欧公云：圣俞子美，齐名一时，而二家诗体特异。子美笔力豪俊，以超迈横绝为奇；圣俞覃思精微，以深远闲淡为意。各极其长，虽善论者不能优劣也，予尝于《水谷夜行诗》略道其一二，云："子美气尤雄，万窍号一噫。有时肆颠狂，醉墨洒滂沛。譬如千里马，已发不可杀，盈前尽珠玑，一一难拣汰。梅翁事清切，石齿漱寒濑。作诗三十年，视我犹后辈。文词愈精新，心意虽老大。有如妖韶女，老自有余态。近诗尤古硬，咀嚼苦难嘬。又如食橄榄，真味久犹在。苏豪以气轹，举世徒惊骇。梅穷独我知，古货今难卖。"语虽非工，谓粗得其仿佛，然不能优劣之也。

(宋）李颀《古今诗话》，《宋诗话辑佚》本

大抵句中若无意味，譬之山无烟云，春无草树，岂复可观？……

(宋）张戒《岁寒堂诗话》卷上，《历代诗话续编》本

韵有不可及者，曹子建是也；味有不可及者，渊明是也；才力有不可及者，李太白、韩退之是也；意气有不可及者，杜子美是也。文章古今迥然不同，钟嵘《诗品》，以《古诗》第一，子建次之，此论诚然。

(宋）张戒《岁寒堂诗话》卷上，《历代诗话续编》本

渊明"狗吠深巷中，鸡鸣桑树颠"，"采菊东篱下，悠然见南山"，此景物虽在目前，而非至闲至静之中，则不能到，此味不可及也。

(宋）张戒《岁寒堂诗话》卷上，《历代诗话续编》本

韦苏州诗，韵高而气清。王右丞诗，格老而味长。虽皆五言之宗匠，然互有得失，不无优劣。以标韵观之，右丞远不逮苏州；至于词不迫切，而味甚长，虽苏州亦所不及也。

(宋）张戒《岁寒堂诗话》卷上，《历代诗话续编》本

东坡云："司空表圣自论其诗，以为得味外味，'绿树连村暗，黄花入麦稀'，此句最善。又云：'棋声花院闭，幡影石坛高。'吾尝独游五老

峰，入白鹤观，松阴满地，不见一人，惟闻棋声，然后知此句之工也。但恨其寒俭有僧态。若杜子美云：'暗飞萤自照，水宿鸟相呼。''四更山吐月，残夜水明楼。'则才力富健，去表圣之流远矣。"

（宋）胡仔《苕溪渔隐丛话》前集卷第六，人民文学出版社本

白乐天《长恨歌》、《上阳人》歌，元微之《连昌宫词》，道开元间宫禁事，最为深切矣。然微之有《行宫》一绝句云："寥落古行宫，宫花寂寞红。白头宫女在，闲坐说玄宗。"语少意足，有无穷之味。

（宋）洪迈《容斋随笔》卷二，上海古籍出版社本

《金针法》云："八句律诗，落句要如高山转石，一去无回。"予以为不然。诗已尽而味方永，乃善之善也。子美《重阳》诗云："明年此会知谁健，醉把茱萸仔细看。"《夏日李尚书期不赴》云："不是尚书期不顾，山阴野雪兴难乘。"唐人诗："葛溪浸淬干将剑，却是猿声断客肠。"又《钓台》："如今亦有垂纶者，自是江鱼卖得钱。"唐人《长门怨》："错把黄金买词赋，相如自是薄情人。"崔道融云："如今却羡相如富，犹有人间四壁居。"

（宋）杨万里《诚斋诗话》，《历代诗话续编》本

余自幼好吟诗。壬寅秋，始识静翁于泽滨。癸卯，识梦窗。暇日相与唱酬，率多填词。因讲论作词之法，然后知词之作难于诗。盖音律欲其协，不协成长短之诗；下字欲其雅，不雅则近乎缠令之体；用字不可太露，露则直突而无深长之味；发意不可太高，高则狂怪而失柔婉之意。思此，则知其所以难。

（宋）沈义父《乐府指迷·论词四标准》，《乐府指迷笺释》，人民文学出版社本

贯休曰："庭花濛濛水泠泠，小儿啼索树上莺。"景实而无趣。太白曰："燕山雪花大如席，片片吹落轩辕台。"景虚而有味。

（明）谢榛《四溟诗话》卷一，人民文学出版社本

皇甫湜曰："陶诗切以事情，但不文尔。"湜非知渊明者。渊明最有

性情，使加藻饰，无异鲍谢，何以发真趣于偶尔，寄至味于淡然？陈后山亦有是评，盖本于湜。

（明）谢榛《四溟诗话》卷二，人民文学出版社本

裴迪"舣舟一长啸，四面来清风"，语亦轩爽，而会孟鄙为不佳。子厚"日午睡觉无余声，山童隔竹敲茶臼"，意亦幽闲，而华玉短其无味。二语皆当领略。

（明）胡应麟《诗薮·内编》卷六，上海古籍出版社本

赵昌父《唐绝》，大半皆中、晚作，谢注尤为迂谬。如许浑"海燕西飞白日斜，天门遥望五侯家。楼台深锁无人到，落尽春风第一花"。若但咏园亭之类，未见其工。今题云："客有卜居不遂，薄游汧陇者，因赠。"夫以逆旅无家之客，望五侯第宅深锁落花之内，一段寂寥情况，更不忍言。罗隐《下第》诗："帘卷残阳鸣鸟鹊，花飞何处好楼台"，意正此同。而许作全不道破，尤为超妙，第失之太巧，故不免晚唐。谢乃谓五侯虽有第宅，而不得安享，亦犹逆旅无家者。此语一出，许诗风味索然。又少伯"闺中少妇不曾愁"，本自目前口语，谢复引入理路。此类甚多。晋人云："非惟善作者不可得，善解者亦不可得。"信哉！

（明）胡应麟《诗薮·内编》卷六，上海古籍出版社本

苏李赠言，何温而戚也。多唏涕语，而无蹶蹙声，知古人之气厚矣。古人善于言情，转意象于虚圆之中，故觉其味之长而言之美也。后人得此则死做矣。

（明）陆时雍《诗镜总论》，《历代诗话续编》本

五言古诗，苏、李而下，潘、陆而上，意存温厚，辞本婉淡，声调上口，便欲揣摹，然集彼常谈，侈为新制，宛然成章，实见少味。至于宗六季者，多组已谢之华；法盛唐者，每溢格外之语，此一难也。

（明）陈子龙《六子诗序》，《陈忠裕全集》卷二十五，箨山草堂本

豫章城双渐赶苏卿，妙绝处正在只标题目，便使后人读之，如水中花

影，帘里美人，意中早已分明，眼底正自分明不出。若使当时真尽说出，亦复何味耶？

（清）金圣叹《贯华堂第五才子书水浒传》第五十回总批，江苏古籍出版社本

唯孟浩然"气蒸云梦泽"，不知"云土梦作乂"，"梦"本音蒙。"青阳逼岁除"不知"日月其除"，"除"本音住。浩然山人之雄长，时有秀句；而轻飘短味，不得与高、岑、王、储齿。近世文徵仲轻秀与相颉颃，而思之密赡，骎骎欲度其前。

（清）王夫之《薑斋诗话》卷下，《清诗话》本

香山讽谕诗乃乐府之变，《上阳白发人》等篇，读之心目豁朗，悠然有余味。后李西涯乐府，又变于白。

（清）田雯《古欢堂集杂著》卷二，《清诗话续编》本

五七绝句，古诗乐府之遗也，意旨微茫，无余法而有余味。而世俗竟以截律句为言，是但见龙门、大伾，而岂知昆仑、岷山之有所自耶！

（清）田同之《西圃诗说》，《清诗话续编》本

熊蹯鸡跖，筋骨有余，而肉味绝少，好奇者不能舍之，而不足以厌饫天下。山谷诗大抵如此，细咀嚼之自见。

（清）田同之《西圃诗说》，《清诗话续编》本

王龙标、高达夫、王并州偕饮旗亭，伎歌三人绝句，至"黄河远上"篇，并州自赞，二公亦皆帖服。若今人则各不相下矣。何者？音外之音，味外之味，正自索解人不得也。

（清）田同之《西圃诗说》，《清诗话续编》本

司空表圣云："味在酸咸之外。"盖概而言之，岂有无味之诗乎哉？观其所第二十四品，设格甚宽。后人得以各从其所近，非第以"不著一字，尽得风流"为极则也。

（清）赵执信《谈龙录》，《清诗话》本

诗有不用浅深，不用变换，略易一二字而其味油然自出者，妙于反复咏叹也。《芣苢》、《殷其靁》后，张平子《四愁》得之。

（清）沈德潜《说诗晬语》卷上，《清诗话》本

云卿《独不见》一章，骨高气高，色泽情韵俱高；视中唐"莺啼燕语报新年"诗，味薄语纤，床分上下。

（清）沈德潜《说诗晬语》卷上，《清诗话》本

主之以骨格，运之以风神，调之以音节，和之以气味，四者备而诗道无余蕴矣。绝句尤宜永遵。

（清）冒春荣《葚原诗说》卷之三，《清诗话续编》本

绝句字无多，意纵佳而读之易索，当从《三百篇》中化出，便有韵味。龙标、供奉，擅场一时，美则美矣，微嫌有窠臼。其余亦互有甲乙。总之：未能脱调，往往至第三句意欲取新，作一势喝起，末或顺流泻下，或回波倒卷。初诵时殊觉醒目，三遍后便同嚼蜡。浣花深悉此弊，一扫而新之；既不以句胜，并不以意胜，直以风韵动人，洋洋乎愈歌愈妙。如寻花也，有曰："诗酒尚堪驱使在，未须料理白头人。"又曰："桃花一簇开无主，可爱深红更浅红。"

（清）黄子云《野鸿诗的》，《清诗话》本

《息夫人》："莫以今时宠，能忘旧日恩？看花满眼泪，不共楚王言。"体贴出怨妇本情，真得《三百篇》法。止二十字，却有味外味，诗之最高者。

（清）张谦宜《𬳶斋诗谈》卷五，《清诗话续编》本

《寒夜枕上》结句云："吾诗欲写还慵起，卧看残灯翳复明。"只是情真，便有余味，凡无味者，浅俗薄弱而已。

（清）张谦宜《𬳶斋诗谈》卷五，《清诗话续编》本

司空表圣论诗，贵得味外味。余谓今之作诗者，味内味尚不能得，况味外味乎？要之，以出新意、去陈言为第一着。《乡党》云：祭肉不出三

日；出三日，则不食之矣。能诗者，其勿为三日后之祭肉乎！

          （清）袁枚《随园诗话》卷六，人民文学出版社本

  不料升平两相公，挥毫冰雪满心胸。金盘玉露高华级，转觉尝来味不浓。

      （清）袁枚《仿元遗山论诗·张文和公、鄂文端公》，《小仓山房诗集》卷二十七，《四部备要》本

  云林得味外味，故着笔不多，意思愈远。
  笔墨在境象之外，气韵又在笔墨之外。然则境象笔墨之外，当别有画在。

      （清）戴熙《赐砚斋题画偶录》，《历代论画名著汇编》，文物出版社本

  古诗之作，徐行以达其意，疾赴以合其节，窾之以发其机，纵之以趁其势，勒之以致其力，扬之以取其态，抑之以蓄其气，涵之以完其神，虚之以生其韵，实之以固其理，转之以出其论，反之以足其趣。兴会情遥，语阑意在，则不尽之味得矣。

           （清）佚名《静居绪言》，《清诗话续编》本

3. "意境"与"意趣""情趣""兴趣""趣"

  历观古名士画金童玉女及神仙星官中有妇人形相者，貌虽端严，神必清古，自有威重俨然之色，使人见则肃恭，有归仰之心。今之画者，但贵其姱丽之容，是取悦于众目，不达画之理趣也。

        （宋）郭若虚《图画见闻志·叙论》，人民美术出版社本

  王摩诘山中小诗曰："荆溪白石出，天寒红叶稀。山路原无雨，空翠湿人衣。"舒王诗："相看不忍发，惨淡暮潮平。欲别更携手，月明洲渚生。"此得天趣。

          （宋）王直方《王直方诗话》，《宋诗话辑佚》本

  蒙仲诗趣味清深，态度高雅，以圣贤自准的，不谐媚于世俗也；以名

意境编

教自熏沐，不流连于光景也。……前辈喜称王令邢居实。以余观之，居实词胜令理胜，品在秦、晁之上，无论居实，使蒙仲及见半山，是有两逢原也。

（宋）刘克庄《跋方蒙仲诗》，《后村题跋》卷二，《丛书集成》本

东坡曰：渊明诗初看若散缓，熟读有奇趣。如曰："日莫巾柴车，路暗光已夕。归人望烟火，稚子候檐隙。"又曰"采菊东篱下，悠然见南山。"又曰："暧暧远人村，依依墟里烟。犬吠深巷中，鸡鸣桑树颠。"才意高远，造语精到如此，如大匠远斤，无斧凿痕；不知者疲精力至死不悟。东坡则曰："山中老宿依然在，案上楞严已不看。"细味之无龃龉态，对甚的而字不露，得渊明遗意耳。

（宋）魏庆之《诗人玉屑》卷十，上海古籍出版社本

盛唐诸人惟在兴趣，羚羊挂角，无迹可求。故其妙处透彻玲珑，不可凑泊，如空中之音，相中之色，水中之月，镜中之象，言有尽而意无穷。

（宋）严羽《沧浪诗话·诗辨》，《沧浪诗话校释》，人民文学出版社本

卢延让有"栗爆烧毡破，猫跳触鼎翻"之句，杨文公深爱，而或者疑之。予谓此语固无甚佳，然读之可以想见明窗温炉间闲坐之适。杨公所爱，盖其境趣也邪？

（金）王若虚《滹南诗话》卷二，《历代诗话续编》本

（"鲁智深看着两个公人道：'你两个撮鸟的头硬似这松树么？'二人答道：'小人头是父母皮肉包着些骨头……'智深抡起禅杖，把松树只一下，打得树有二寸深痕，齐齐折了，喝一声道：'你两个撮鸟，但有歹心，教你头也似这树一般。'摆着手，拖了禅杖，叫声：'兄弟保重！'自回去了。"夹批）妙，趣，妙绝，快绝！

（明）李贽《李卓吾先生批评忠义水浒传》第八回批语，明容与堂本

（"阮小七……喝道：'这里一直去便有寻路处，别的众人都杀了，难道只恁地好好放了你去，也吃你那州尹贼驴笑，且请下你两个耳朵来做表

证。'阮小七身边拔起尖刀,把何观察两个耳朵割下来,鲜血淋漓,插了刀,解下胳膊,放上岸去。"夹批)趣,趣!

〔眉批〕恶则恶矣,趣实趣也。

(明)李贽《李卓吾先生批评忠义水浒传》第十九回批语,明容与堂本

李和尚曰:有一村学究道,李逵太凶狠,不该杀罗真人。罗真人亦无道气,不该磨难李逵。此言真如放屁,不知《水浒传》文字当以此回为第一。试看种种摩写处,那一事不趣,那一言不趣?天下文章,当以趣为第一。既是趣了,何必实有是事并实有是人?若一一推究如何如何,岂不令人笑杀?又曰:罗真人处固妙绝千古,戴院长处亦令人绝倒,每读至此,喷饭满案。

(明)李贽《李卓吾先生批评忠义水浒传》第五十三回总批,明容与堂本

晚唐诗,萎苶无足言。独七言绝句,脍炙人口,其妙至欲胜盛唐。愚谓绝句觉妙,正是晚唐未妙处。其胜盛唐,乃其所以不及盛唐也。绝句之源,出于乐府,贵有风人之致。其声可歌,其趣在有意无意之间,使人莫可捉着。盛唐惟青莲龙标二家诣极,李更自然,故居王上。晚唐快心露骨,便非本色。议论高处,逗宋诗之径;声调卑处,开大石之门。

(明)王世懋《艺圃撷余》,《历代诗话》本

寄吴中曲论良是。"唱曲当知,作曲不尽当知也",此语大可轩渠。凡文以意趣神色为主。四者到时,或有丽词俊音可用。尔时能一一顾九宫四声否?如必按字摸声,即有窒滞迸拽之苦,恐不能成句矣。

(明)汤显祖《玉茗堂尺牍之四·答吕姜山》,《汤显祖诗文集》下,上海古籍出版社本

东野之古,浪仙之律,长吉乐府,玉川歌行,其才具工力,故皆过人。如危峰绝壑,深硐流泉,并自成趣,不相沿袭。必薛逢、胡曾,方堪覆瓿瓯。

(明)胡应麟《诗薮·外编》卷四,上海古籍出版社本

仆尝谓六朝无诗。陶公有诗趣，谢公有诗料，余子碌碌，无足观者。

（明）袁宏道《与李龙湖》，《袁宏道集笺校》卷二十一，上海古籍出版社本

世人所难得者唯趣，趣如山上之色，水中之味，花中之光，女中之态，虽善说者不能下一语，唯会心者知之……夫趣得之自然者深，得之学问者浅……入理愈深，然其去趣愈远矣。

（明）袁宏道《序陈正甫会心集》，《袁宏道集笺校》卷十，上海古籍出版社本

有一时，即有一时名士，以为眼目，若凤麟芝菌，为世祥瑞。无其人，则国家之气运，亦觉暗然而无色。夫名士者，固皆有过人之才，能以文章不朽者也，然使其骨不劲，而趣不深，则虽才不足取。昔子瞻兄弟，出焉名士，领袖其中，若秦黄陈晁辈，皆有才有骨有趣者，而秦之趣尤深。吾观子瞻所与书牍，娓娓千百言，直披肝胆，庄语谑言，无所不备，其敬而爱之若是，想其人必风流蕴藉，如春温，如玉润，不独高才奇气，为子瞻所推服已也。

（明）袁中道《南北游诗序》，《珂雪斋近集》卷三，上海书店本

凡慧则流，流极而趣生焉。天下之趣，未有不自慧生也。山之玲珑而多态，水之涟漪而多姿，花之生动而多致，此皆天地间一种慧黠之气所钟，故倍为人所珍玩。

（明）袁中道《刘玄度集句诗叙》，《珂雪斋近集》卷三，上海书店本

其性情玄逸，趣在言外，故能诗也。昔人读"空翠湿衣，月明生渚"之句，辄云得天趣，问何以识其天趣？曰能知，萧何所以奇韩信，则天趣可解。如此，可以味雪香庵之诗矣。

（明）王思任《雪香庵诗集序》，《王季重十种·杂序》，中国文学珍本丛书本

五经皆言性情，而诗独以趣胜，其所言在水月镜花之间，常使人可思

而不可解。吾尝谓太白终在少陵之上，即其寄托游仙咏女，一再读之，飘淫恍惚，而别离短促之景具是矣。

    （明）王思任《方澹斋诗序》，《王季重十种·杂序》，中国文学珍本丛书本

  董玄宰先辈与予论画、有生动之趣者便好，不必人鸟，一水口山头，不生不动，便不须着眼。予谓此说，可以论诗，盖生动者，自然之妙也。孩儿出壳，声笑宛怡，若塑罗汉，穷工极巧，究竟土坯木梗耳。唐人之诗，韵流趣盎，亦只开口自然，莫强于今日之诗，玄深白浅，法度文章，何如捏作，要不恶墨汁之图傅也。

    （明）王思任《王太苏先生诗草序》，《王季重十种·杂序》，中国文学珍本丛书本

  诗贵真。诗之真趣，又在意似之间；认真，则又死矣。柳子厚过于真，所以多直而寡委也。《三百篇》赋物陈情，皆其然而不必然之词，所以意广象圆，机灵而感捷也。

    （明）陆时雍《诗镜总论》、《历代诗话续编》本

  深情浅趣。深则情，浅则趣矣。杜子美云："桃花一簇开无主，不爱深红爱浅红。"余以为深浅俱佳，惟是天然者可爱。

    （明）陆时雍《诗镜总论》、《历代诗话续编》本

  永儿、王则之乱，记之井然有绪。然终是神头鬼脸，景促而趣短。

    （明）祁彪佳《远山堂曲品·平妖》，《中国古典戏曲论著集成》（六），中国戏剧出版社本

  一涉仙人荒诞之事，便无好境趣；第以笔下设色亦浓，故勉收之。

    （明）祁彪佳《远山堂曲品·玉掌》，《中国古典戏曲论著集成》（六），中国戏剧出版社本

  问："昔人论诗之格曰：'所以条达神气，吹嘘兴趣，非音非响，能诵而得之。清气徘徊于幽林，遇之可爱；微径纡回于遥翠，求之逾深。'是何物也？"

答："数语是论诗之趣耳，无关于格。格以高下论。如坡公咏梅：'竹外一枝斜更好'，高于和靖之'暗香''疏影'，林又高于季迪之'雪满山中''月明林下'：……"

（清）王士禛《师友诗传续录》，《清诗话》本

子瞻云："诗以奇趣为宗，反常合道为趣。"此语最善。无奇趣何以为诗，反常而不合道，是谓乱谈；不反常而合道，则文章也。山谷云："双鬟女娣如桃李，早年归我第二雏。"乱谈也。尧夫《三皇》等吟，文章也。

（清）吴乔《围炉诗话》卷之一，《清诗话续编》本

制曲必有旨趣，一首成一首之文章，一句成一句之文章。列之案头，歌之场上，可感可兴，令人击节叹赏，所谓歌而善也，若勉强敷衍，全无意味，则唱者听者，皆苦事矣。

（清）孔尚任《桃花扇凡例》，《桃花扇》，人民文学出版社本

唐人兴趣天然之句，如常侍"池空菡萏死，月出梧桐高"，"孤灯闻楚角，残月下章台"；嘉州"雷声傍太白，雨在八九峰"，"饮酒溪雨过，弹棋山月低"；左司"秋山起暮钟，楚雨连沧海"，"归棹洛阳人，残钟广陵树"；文房"众岭猿啸重，空江人语响"；员外"清钟扬虚谷，微月深重峦"。此等落句，每一讽诵，真有成连移情之叹。

（清）叶矫然《龙性堂诗话续集》，《清诗话续编》本

《江亭》："水流心不竞，云在意俱迟。"无心入妙，化工之笔。说是理学不得，说是禅学又不得，于两境外别有天然之趣。

（清）张谦宜《𪩘斋诗谈》卷四，《清诗话续编》本

汤扩祖《春雨》云："一夜声喧客梦摇，春风送雨夜潇潇。不知新水添多少，渔艇都撑进板桥。"庄廷延《听雨》云："梅花风里雨霏霏，人卧空堂静掩扉。一夜沧浪亭畔水，料应陡没钓鱼矶。"二诗相似，均有天趣。

（清）袁枚《随园诗话》卷十四，人民文学出版社本

老友何献葵刺史，喜谈诗，而不轻作。常云："诗无生趣，如木马泥龙，徒增人厌。"尝住随园，得"梅子肥时落地轻"七字，卒亦懒于成章也。

（清）袁枚《随园诗话补遗》卷三，人民文学出版社本

咏物如画家写意，要得生动有趣，方为逸品。金匮杨蓉裳先生《芦花》云："正半钩微月，淡如烟，空江冷。"荔裳先生《燕子》云："软踏帘钩，细语诉愁回，一片落红看不得，飞去也，又衔来。"一以神韵胜，一以姿致胜，俱从前传神所未到。

（清）吴衡照《莲子居词话》卷四，《词话丛编》本

蒲江小令，时有佳趣，长篇则枯寂无味，此才小也。

（清）周济《介存斋论词杂著》，人民文学出版社本

子亦见夫修竹乎？娟娟烟痕，萧萧雨影，湿翠生香，高青贮冷，非诗之境乎？春雷昨夜，暝雾四围，箨舒颖脱，薜进鞭肥，非诗之机乎？柯亭之笛，汶阳之笙，晨露时滴，幽禽载鸣，非诗之声乎？屐驻篁交，襟披粉污，醉魄初醒，虚心独悟，非诗之趣乎？至于湛渌斟樽，清琴引调，石碧围棋，云寒坐啸，诗所取材，胥领其要，诗不在远，当前已足。子问诗于予，盍亦问诗于竹乎？

（清）陈仪《竹林答问·自序》，《清诗话续编》本

李诗凿空而道，归趣难穷，由风多于雅，兴多于赋也。

（清）刘熙载《艺概·诗概》，上海古籍出版社本

制曲之诀，虽尽于"雅俗共赏"四字，仍可以一字括之，曰："趣"。古云："诗有别趣。"曲为诗之流派，且被之弦歌，自当专以趣胜。今人遇情况之可喜者，辄曰"有趣！有趣！"则一切语言文字，未有无趣而可以感人者。趣非独于诗酒花月中见之，凡属有情，如圣贤、豪杰之人，无非趣人；忠、孝、廉、节之事，无非趣事。知此者，可与论曲。

（清）黄周星《制曲枝语》，《中国古典戏曲论著集成》（七），中国戏剧出版社本

4. "意境"与"含蓄"

夫心术之动远矣,文情之变深矣,源奥而派生,根盛而颖峻,是以文之英蕤,有秀有隐。隐也者,文外之重旨者也;秀也者,篇中之独拔者也。隐以复意为工,秀以卓绝为巧,斯乃旧章之懿绩,才情之嘉会也。夫隐之为体,义主文外,秘响傍通,伏采潜发,譬爻象之变互体,川渎之韫珠玉也。故互体变爻,而化成四象;珠玉潜水,而澜表方圆。

朔风动秋草,边马有归心,气寒而事伤,此羁旅之怨曲也。凡文集胜篇,不盈十一;篇章秀句,裁可百二;并思合而自逢,非研虑之所果也。或有晦塞为深,虽奥非隐,雕削取巧,虽美非秀矣。故自然会妙;譬卉木之耀英华;润色取美,譬缯帛之染朱绿。朱绿染缯,深而繁鲜;英华曜树,浅而炜烨;秀句所以照文苑,盖以此也。

赞曰:深文隐蔚,余味曲包。辞生互体,有似变爻。言之秀矣,万虑一交。动心惊耳,逸响笙匏。

(南朝·梁)刘勰《文心雕龙·隐秀》,人民文学出版社本

司空张华见(左思《三都赋》)而叹曰:"班、张之流也,使读之者尽而有余,久而更新。"

(唐)房玄龄《晋书》卷九十二《文苑传》,中华书局本

夫缘情蓄意,诗之要旨也。高不言高,意中含其高。远不言远,意中含其远。闲不言闲,意中含其闲。静不言静,意中含其静。

(五代)僧景淳《诗评》,《诗学指南》卷四,乾隆敦本堂刊本

圣俞尝语余曰:"诗家虽率意,而造语亦难。若意新语工,得前人所未道者,斯为善也。必能状难写之景,如在目前,含不尽之意,见于言外,然后为至矣……"余曰:"语之工者固如是。状难写之景,含不尽之意,何诗为然?"圣俞曰:"作者得于心,览者会以意,殆难指陈以言也。虽然,亦可略道其仿佛:若严维'柳塘春水漫,花坞夕阳迟',则天容时态,融和骀荡,岂不如在目前乎?又若温庭筠'鸡声茅店月,人迹板桥霜',贾岛'怪禽啼旷野,落日恐行人',则道路辛苦,羁愁旅思,岂不

见于言外乎?"

(宋)欧阳修《六一诗话》,《历代诗话》本

　　古人为诗,贵于意在言外,使人思而得之,故言之者无罪,闻之者足以戒也。近世诗人,惟杜子美最得诗人之体,如"国破山河在,城春草木深。感时花溅泪,恨别鸟惊心"。山河在,明无余物矣;草木深,明无人矣;花鸟,平时可娱之物,见之而泣,闻之而悲,则时可知矣。他皆类此,不可遍举。

(宋)司马光《温公续诗话》,《历代诗话》本

　　诗者,人之情性也。非强谏争于廷,怨忿诟于道,怒邻骂坐之为也。其人忠信笃敬,抱道而居,与时乖逢,遇物悲喜,同床而不察,并世而不闻,情之所不能堪,因发于呻吟调笑之声,胸次释然。而闻者亦有所劝勉,比律吕而可歌,列干羽而可舞,是诗之美也。其发为讪谤侵陵,引颈以承戈,披襟而受矢,以快一朝之忿者,人皆以为诗之祸;是失诗之旨,非诗之过也。故世相后而千岁,地相去或万里,诵其诗而想见其人所居所养,如旦暮与之期,邻里与之游也。

(宋)黄庭坚《书王知载朐山杂咏后》,《豫章黄先生文集》卷二十六,《四部丛刊》本

　　古今论诗者多矣,吾独爱汤惠休称谢灵云为"初日芙渠",沈约称王筠为"弹丸脱手",两语最当人意。"初日芙渠",非人力所能为,而精彩华妙之意,自然见于造化之妙,灵运诸诗可以当此者亦无几。"弹丸脱手",虽是输写便利,动无留碍,然其精圆快速,发之在手,筠亦未能尽也。然作诗审到此地,岂复更有余事!韩退之《赠张籍》云:"君诗多态度,蔼蔼春空云",司空图记戴叔伦语云:"诗人之词,如蓝田日暖,良玉生烟",亦是形似之微妙者,但学者不能味其言耳。

(宋)叶梦得《石林诗话》卷下,《历代诗话》本

　　王建《宫词》,荆公独爱其"树头树底觅残红,一片西飞一片东。自是桃花贪结子,错教人恨五更风。"(谓其意味深婉而悠长也。)

(宋)陈辅《陈辅之诗话》,《宋诗话辑佚》本

"北邙不种田,唯种松与柏。松柏未生处,留待市朝客。"又《贫女》诗:"照水欲梳妆,摇摇波不定;不敢怨春风,自无台上镜。"二诗格高,而又含不尽之意,见于言外。

(宋)吴可《藏海诗话》,《历代诗话续编》本

余题王晋卿画《春江图》,累十数句,事穷意尽,辄续以一对云"寒烟㶆白鹭,暖风摇青蘋",便觉意有余。

(宋)吴可《藏海诗话》,《历代诗话续编》本

诗者述事以寄情,事贵详,情贵隐,及乎感会于心,则情见于词,此所以入人深也。如将盛气直述,更无余味,则感人也浅,乌能使其不知手舞足蹈;又况厚人伦,美教化,动天地,感鬼神乎?

(宋)魏泰《临汉隐居诗话》,《历代诗话》本

梅圣俞爱严维诗,有"柳塘春水慢,花坞夕阳迟",善矣;夕阳迟则系花,而春水慢不系柳也。如杜诗"北山催短景,乔木易高风",此了无瑕颣。又曰,"萧条九州内,人少虎狼多,人少慎莫投,多信虎所过。饥有易子食,兽犹畏虞罗",如此等句,含蓄深矣,殆不可模仿。

案:此则出《中山诗话》

(宋)李颀《古今诗话》,《宋诗话辑佚》本

读《古诗十九首》及曹子建诗,如"明月入我牖,流光正徘徊"之类,诗皆思深远〔而有余意〕,言有尽而意无穷也。学者当以此等诗常自涵养,自然下笔不同。

(宋)吕本中《童蒙诗训》,《宋诗话辑佚》本

诗人造语用字,有著意道处,往往颇露风骨。如滕元发《月波楼》诗:"野色更无山隔断,天光直与水相连"是也。只一"直"字,便是著力道处,不惟语稍峥嵘,兼亦近俗。何不云:"野色更无山隔断,天光自与水相连"为微有蕴藉,然非知之者不足以语此。

(宋)周紫芝《竹坡诗话》,《历代诗话》本

篇章以含蓄天成为上，破碎雕镂为下。如杨大年西昆体，非不佳也，而弄斤操斧太甚，所谓七日而混沌死也。以平夷恬淡为上，怪险蹶趋为下。如李长吉锦囊句，非不奇地，而牛鬼蛇神太甚，所谓施诸廊庙则骇矣。

（宋）张表臣《珊瑚钩诗话》卷一，《历代诗话》本

《国风》云："爱而不见，搔首踟蹰。""瞻望弗及，伫立以泣。"其词婉，其意微，不迫不露，此其所以可贵也。《古诗》云："馨香盈怀袖，路远莫致之。"李太白云："皓齿终不发，芳心空自持。"皆无愧于《国风》矣。杜牧之云："多情却是总无情，惟觉尊前笑不成。"意非不佳，然而词意浅露，略无余蕴。元、白、张籍，其病正在此，只知道得人心中事，而不知道尽则又浅露也。后来诗人能道得人心中事者少尔，尚何无余蕴之责哉。

（宋）张戒《岁寒堂诗话》卷上，《历代诗话续编》本

世言白少傅诗格卑，虽诚有之，然亦不可不察也。元、白、张籍诗，皆自陶、阮中出，专以道得人心中事为工，本不应格卑，但其词伤于太烦，其意伤于太尽，遂成冗长卑陋尔。比之吴融、韩偓俳优之词，号为格卑，则有间矣。若收敛其词，而少加含蓄，其意味岂复可及也。

（宋）张戒《岁寒堂诗话》卷上，《历代诗话续编》本

古诗："白杨多悲风，萧萧愁杀人。""萧萧"两字，处处可用，然惟坟墓之间，白杨悲风，尤为至切，所以为奇。乐天云："说喜，不得言喜；说怨，不得言怨。"乐天特得其粗尔。此句用"悲"、"愁"字，乃愈见其亲切处，何可少耶？诗人之工，特在一时情味，固不可预设法式也。

（宋）张戒《岁寒堂诗话》卷上，《历代诗话续编》本

梅圣俞云："状难写之景，如在目前。"元微之云："道得人心中事。"此固白乐天长处，然情意失于太详，景物失于太露，遂成浅近，略无余蕴，此其所短处。

（宋）张戒《岁寒堂诗话》卷上，《历代诗话续编》本

《冷斋夜话》云："诗句有含蓄者，如老杜'勋业频看镜，行藏独倚楼'，郑云叟曰：'相看临远水，独自上孤舟'是也。有意含蓄者，如《宫词》曰：'银烛秋光冷画屏，轻罗小扇扑流萤。天街夜色凉如水，卧看牵牛织女星。'又《嘲人诗》曰：'怪来妆阁闭，朝下不相迎。总向春园里，花间语笑声。'是也。有句意俱含蓄者，如《九日》诗：'明年此会知谁健，醉把茱萸子细看。'《宫怨》诗曰：'玉容不及寒鸦色，犹带昭阳日影来。'是也。"

（宋）胡仔《苕溪渔隐丛话》前集卷第十二，人民文学出版社本

　　《冷斋夜话》云："鲁直使予对句曰：'呵镜云遮月。'对曰：'啼妆露着花。'鲁直罪予，于诗深刻见骨，不务含蓄，予竟不晓此论。"

（宋）胡仔《苕溪渔隐丛话》前集卷第五十六，人民文学出版社本

　　语贵含蓄。东坡云："言有尽而意无穷者，天下之至言也。"山谷尤谨于此。清庙之瑟，一唱三叹，远矣哉！后之学诗者，可不务乎？若句中无余字，篇中无长语，非善之善者也；句中有余味，篇中有余意，善之善者也。

（宋）姜夔《白石道人诗说》，《历代诗话》本

　　一篇全在尾句，如截奔马。词意俱尽，如临水送将归是已；意尽词不尽，如抟扶摇是已；词尽意不尽，剡溪归棹是已；词意俱不尽，温伯雪子是已。所谓词意俱尽者，急流中截后语，非谓词穷理尽也。所谓意尽词不尽者，意尽于未当尽处，则词可以不尽矣，非以长语益之者也。至如词尽意不尽者，非遗意也，辞中已仿佛可见矣。词意俱不尽者，不尽之中，固已深尽之矣。

（宋）姜夔《白石道人诗说》，《历代诗话》本

　　《湘灵鼓瑟》落句："曲终人不见，江上数峰青。"含蓄不尽意。或谓钱起得之梦，未必然也。韩昌黎《精卫衔石填海篇》，有"人皆讥造次，我独赏专精。"则语意超诣，不可以加矣。

（宋）魏庆之《诗人玉屑》卷三，上海古籍出版社本

王维《书事》云:"轻阴阁小雨,深院昼慵开。坐看苍苔色,欲上人衣来。"《舒王》云:"若耶溪上踏莓苔,兴尽张帆载酒回,汀草岸花浑不见,青山无数逐人来。"两诗皆含不尽之意,子由谓之不带声色。

(宋)魏庆之《诗人玉屑》卷六,上海古籍出版社本

梅圣俞有《续金针诗格》,张天觉有《律诗格》,洪觉范有《禁脔》,此三书,皆论诗也。圣俞《金针诗格》云:诗有内外意,内意欲尽其理,外意欲尽其象,内外意含蓄,方入诗格。

(宋)魏庆之《诗人玉屑》卷九,上海古籍出版社本

《长恨歌》、《上阳人歌》、《连昌宫词》,道开元、天宝宫禁事最为深切。然微之有《行宫》绝句,云:"寥落古行宫,宫花寂寞红。白头宫女在,闲坐说玄宗。"语少意足,有无穷之味。

(宋)魏庆之《诗人玉屑》卷十,上海古籍出版社本

诗在意远,固不以词语丰约为拘。然开元以后,五言未始不自古诗中流出,虽无穷之意,严有限之字,而视大篇长什,其实一也。如"旧里多青草,新知尽白头",又"两行灯下泪,一纸岭南书",则久别乍归之感,思远怀旧之悲,隐然无穷。他如咏闲适,则曰:"坐歇青松晚,行吟白日长。"状景物,则曰:"云霞出海曙,梅柳渡江春。"似此之类,词贵多乎哉?刘后村有云:"言意深浅,存人胸怀,不系体格。若气象广大,虽唐律不害为黄钟大吕。否则手操云和,而惊飚骇电,犹隐隐弦拨间也。"

(宋)范晞文《对床夜语》卷二,《历代诗话续编》本

辛稼轩、刘改之作豪气词,非雅词也。于文章余暇,戏弄笔墨为长短句之诗耳。元遗山极称稼轩词。及观遗山词,深于用事,精于炼句,有风流蕴藉处,不减周、秦。如《双莲》、《雁邱》等作,妙在模写情态,立意高远,初无稼轩豪迈之气。岂遗山欲表而出之,故云尔。

(宋)张炎《词源·杂论》,《词源注》,人民文学出版社本

东坡《题阳关图》云:"龙眠独识殷勤处,画出阳关意外声。"予谓

可言声外意，不可言意外声也。

（金）王若虚《滹南诗话》卷二，《历代诗话续编》本

曲学虚荒小说欺，俳谐怒骂岂诗宜？今人合笑古人拙，除却雅言都不知。

（金）元好问《论诗三十首》，《遗山先生文集》卷十一，《四部丛刊》本

辞简意味长，言语不可明白说尽，含糊则有余味。如："步出城东门，怅望江南路。前日风雪中，故人从此去。""床前明月光，疑是地上霜。举头望明月，低头思故乡。""开帘见新月，便即下阶拜。细语人不闻，北风吹裙带。"

（元）范德机《木天禁语·五言短古篇法》，《历代诗话》本

语贵含蓄。言有尽而意无穷者，天下之至言也。如《清庙》之瑟，一倡三叹，而有遗音者也。

诗有内外意，内意欲尽其理，外意欲尽其象。内外意含蓄，方妙。

（元）杨载《诗法家数》，《历代诗话》本

五言古诗，或兴起，或比起，或赋起。须要寓意深远，托词温厚，反复优游，雍容不迫。或感古怀今，或怀人伤己，或潇洒闲适。写景要雅淡，推人心之至情，写感慨之微意，悲欢含蓄而不伤，美刺婉曲而不露，要有《三百篇》之遗意方是。

（元）杨载《诗法家数》，《历代诗话》本

《金针诗格》曰："内意欲尽其理，外意欲尽其象。内外涵蓄，方入诗格。若子美'旌旗日暖龙蛇动，宫殿风微燕雀高'是也。"此固上乘之论，殆非盛唐之法。且如贾至、王维、岑参诸联，皆非内意，谓之不入诗格，可乎？然格高气畅，自是盛唐家数。太白曰："划却君山好，平铺湘水流。巴陵无限酒，醉杀洞庭秋。"迄今脍炙人口。谓有含蓄，则凿矣。

（明）谢榛《四溟诗话》卷一，人民文学出版社本

凡作诗不宜逼真，如朝行远望，青山佳色，隐然可爱，其烟霞变幻，难于名状，及登临非复奇观，惟片石数树而已。远近所见不同，妙在含糊，方见作手。

（明）谢榛《四溟诗话》卷三，人民文学出版社本

世称"诗头曲尾"，又称"豹尾"，必须急并响亮，含有余不尽之意。作词者安得豹尾，满目皆狗尾耳！况所续者又非貂耶？古之诗人无算，而起句高者，可屈指数也。六朝人称谢朓工于发端，如"大江流日夜，客心悲未央"，杨升庵称其"雄压千古"。

（明）李开先《词谑·词尾》，《中国古典戏曲论著集成》（三），中国戏剧出版社本

大明王鏊曰："余读《诗》至《绿衣》、《燕燕》、《硕人》、《黍离》等篇，有言外无穷之感。后世惟唐人诗，或有此意。如'薛王沉醉寿王醒'，不涉讥刺，而讽刺之意溢于言外；'君向潇湘我向秦'，不言怅别，而怅别之意溢于言外；'凝碧池边奏管弦'，不言亡国，而亡国之痛溢于言外；'溪水悠悠春自来'，不言怀友，而怀友之言溢于言外；'潮打空城寂寞回'，不言兴亡，而兴亡之感溢于言外；得风人之旨矣。"

（明）徐师曾《文体明辨序说·文章纲领论诗》，人民文学出版社本

"可怜无定河边骨，犹是春闺梦里人。"用意工妙至此，可谓绝唱矣。惜为前二句所累，筋骨毕露，令人厌憎。"葡萄美酒"一绝，便是无瑕之璧，盛唐地位不凡乃尔。

（明）王世贞《艺苑卮言》卷四，《历代诗话续编》本

少陵故多变态，其诗有深句，有雄句，有老句，有秀句，有丽句，有险句，有拙句，有累句。后世别为大家，特高于盛唐者，以其有深句、雄句、老句也；而终不失为盛唐者，以其有秀句、丽句也。轻浅子弟，往往有薄之者，则以其有险句、拙句、累句也，不知其愈险愈老，正是此老独得处，故不足难之。独拙、累之句，我不能为掩瑕。虽然，更千百世，无能胜之者何？要曰无露句耳。其意何尝不自高自任？然其诗曰："文章千

古事，得失寸心知。"曰："新诗句句好，应任老夫传。"温然其辞，而隐然言外，何尝有所谓吾道主盟代兴哉？自少陵逗漏此趣，而大智大力者，发挥毕尽，至使吠声之徒，群肆捬剥，遏哉唐音，永不可复，噫嘻慎之！

（明）王世懋《艺圃撷余》，《历代诗话》本

晚唐诗，萎苶无足言。独七言绝句，脍炙人口，其妙至欲胜盛唐。愚谓绝句觉妙，正是晚唐未妙处。其胜盛唐，乃其所以不及盛唐也。绝句之源，出于乐府，贵有风人之致，其声可歌，其趣在有意无意之间，使人莫可捉着，盛唐惟青莲、龙标二家诣极，李更自然，故居王上。晚唐快心露骨，便非本色，议论高处，逗宋诗之径；声调卑处，开大石之门。

（明）王世懋《艺圃撷余》，《历代诗话》本

乐天诗世谓浅近，以意与语合也。若语浅意深，语近意远，则最上一乘，何得以此为嫌！《明妃曲》云："汉使却回频寄语，黄金何日赎蛾眉？君王若问妾颜色，莫道不如宫里时！"《三百篇》、《十九首》不远过也。

（明）胡应麟《诗薮·内编》卷六，上海古籍出版社本

绝句最贵含蓄。青莲"相看两不厌，惟有敬亭山"，亦太分晓。钱起"始怜幽竹山窗下，不改青阴待我归"，面目尤觉可憎。宋人以为高作，何也？

（明）胡应麟《诗薮·内编》卷六，上海古籍出版社本

"青青河畔草"，相传蔡中郎作。中郎文远逊西京，而此诗之妙，独绝千古。语断而意属，曲折有余而寄兴无尽，即苏、李不多见。

（明）胡应麟《诗薮·内编》卷二，上海古籍出版社本

唐人秦韬玉有诗云："地衣镇角香狮子，帘额侵钩绣辟邪。"后山有"坏墙得雨蜗成字，古屋无人燕作家。"韬玉可谓状富贵之象于目前，后山可谓含寂寞之景于言外也。

（明）顾元庆《夷白斋诗话》，《历代诗话》本

天下之文，莫妙于言有尽而意无穷。其次则能言其意之所欲言。《左

传》、《檀弓》、《史记》之文，一唱三叹，言外之旨蔼如也……诗亦然，《三百篇》及苏李河梁古诗十九首，何其沉郁也。陈思王、谢康乐辈出，而英华始渐泄矣。杜工部、李青莲之才，实胜王维、李颀，而不及王维、李颀者，亦以发泄太尽故也。

    （明）袁中道《淡成集序》，《珂雪斋文集》卷二，《中国文学珍本丛书》本

  王逐客送鲍浩然游浙东，作长短句云："水是眼横波，山是眉峰聚。欲问行人去那边？眉眼盈盈处。　　才始送春归，又送君归去。若到江东赶上春，千万和春住。"有余不尽之意，蔼然于言外。

    （明）俞弁《逸老堂诗话》卷下，《历代诗话续编》本

  善言情者，吞吐深浅，欲露还藏，便觉此衷无限。善道景者，绝去形容，略加点缀，即真相显然，生韵亦流动矣。此事经不得着做，做则外相胜而天真隐矣，直是不落思议法门。

    （明）陆时雍《诗镜总论》，《历代诗话续编》本

  传情者，须在想像间，故别离之境，每多于合欢。实甫之以《惊梦》终《西厢》，不欲境之尽也。至汉卿补五曲，已虞其尽矣。田叔再补《出阁》、《催妆》、《迎奁》、《归宁》四曲，俱是合欢之境，故曲虽逼元人之神，而情致终逊于谱离别者。

    （明）祁彪佳《远山堂剧品·崔氏春秋补传》，《中国古典戏曲论著集成》（六），中国戏剧出版社本

  今人之诗，皆传注乎古诗者也。古人之诗，含以蓄，而常得言外之趣。今人之诗，务欲言其胸中之所欲言，而惟恐其有所不尽。故古诗之所不能尽者，而今人务必于尽之也。则谓其传注乎古诗也亦宜。

    （明）曹学佺《吴汤日诗序》，《明文在》卷四十五，江苏书局光绪刊本

  所谓蕴藉风流者，惟风流乃见蕴藉耳。诗文不能风流，毕竟蕴藉不深。

    （清）贺贻孙《诗筏》，《清诗话续编》本

情语能以转折为含蓄者，惟杜陵居胜，"清渭无情极，愁时独向东"、"柔橹轻鸥外，含凄觉汝贤"之类是也。此又与"忽闻歌古调，归思欲沾巾"更进一格，益使风力遒上。

（清）王夫之《薑斋诗话》卷下，《清诗话》本

不言所悲，而充塞八极无非愁者。孟德于乐府殆欲跻第一位，惟此不易步耳，不知者但谓之霸心。

（清）王夫之《古诗评选》卷一，曹操《碣石篇》评语，《船山遗书》，太平洋书店重校刊本

中间许多情事平叙初终一如白乐天歌行然者，乃从始至末但人口述语耳。于《琵琶行》才占得一段，而言者之平生，闻者之感触，无穷无方，皆所含蓄。故言者已尽而意正未发，自非唐宋人力所及，心所谋也。諠，忘也，只此一字，含情不浅。

（清）王夫之《古诗评选》卷一，鲍照《代东武吟》评语，《船山遗书》，太平洋书店重校刊本

"春燕参差风散梅"，丽矣。初不因刻削而成，且七字内外有无限好风光，与"开帏对景弄春爵"，恰尔相称。此亦唐人玉合子之说，特不可以形迹求耳。

（清）王夫之《古诗评选》卷一，鲍照《拟行路难》评语，《船山遗书》，太平洋书店重校刊本

"人踪信可疑"，竟不直说，翻似别有旨者。此虞诩添灶之术也。步兵心髓至此为文通掐尽。其尤深妙处在即此句便止。

（清）王夫之《古诗评选》卷五，江淹《效阮公诗》评语，《船山遗书》，太平洋书店重校刊本

先儒云："天下之物，莫不有理。"若夫诗似未可以物物也。诗之至处，妙在含蓄无垠，思致微渺，其寄托在可言不可言之间，其指归在可解不可解之会；言在此而意在彼，泯端倪而离形象，绝议论而穷思维，引人于冥漠恍惚之境，所以为至也。若一切以理概之，理者，一定之衡，则能

实而不能虚，为执而不为化，非板则腐，如学究之说书，间师之读律；又如禅家之参死句，不参活句，窃恐有乖于风人之旨。

（清）叶燮《原诗·内篇下》，《清诗话》本

最喜王摩诘"看花满眼泪，不共楚王言"，李太白"但见泪痕湿，不知心恨谁"，及张祜"一声《河满子》，双泪落君前"，又李峤"山川满目泪沾衣"，得言外之旨，诸人用"泪"字，莫及也。义山"湘江竹上痕无限，岘首碑前洒几多"，反无深意。鱼元机"殷勤不得语，红泪一双流"，亦工。

李益诗："早雁忽为双，惊秋风水凉。夜长人自起。星月满空江。"所谓"不着一字，尽得风流"者耶？

（清）马位《秋窗随笔》，《清诗话》本

罗邺"惟有春风不世情"句，与许浑"公道世间惟白发"意同，然道破则无含蓄也。

（清）马位《秋窗随笔》，《清诗话》本

问："五言六句古作法，五言亦有五句古否？"

阮亭答："五言短古诗，昔人谓贵词简味长，不可明白说尽。杨仲宏曰：'五言短古，只是选诗首尾四句，所以含蓄无限。'"

历友答："五言六句，古齐、梁间多用之。唐人刘文房《龙门八咏》，亦善此体，然几于半律矣。特以其参用仄韵，故亦仍为古体。大约中联用对句，前后作起结，平韵仄韵，皆可用也。五言古五句体，惟刘宋《前溪歌》为然。其词曰：'黄葛结蒙笼，生在洛溪边。花落逐水去，何当顺流还。还亦不复鲜。'此诗颇为创格，妙有余韵。或以为车骑将军沈充所作舞曲也。"

萧亭答："五言长篇宜富而赡；短篇宜清婉而意有余。五句乐府间有，似无定体，兴会所至，无不可也。"

（清）王士禛等《师友诗传录》，《清诗话》本

问："宋诗不如唐诗者，或以气厚薄分耶？"

答："唐诗主情，故多蕴藉；宋诗主气，故多径露。此其所以不及，

非关厚薄。"

（清）王士禛《师友诗传续录》，《清诗话》本

唐诗固有惊人好句，而其至善处在乎淡远含蓄，宋失含蓄，明失淡远。唐如李拯诗云："紫宸朝罢缀鹓鸾，丹凤楼前驻马看。惟有终南山色在，晴明依旧满长安。"兵火后之荒凉，不言自见。但此法唐人用之已多，今不可用也。

（清）吴乔《围炉诗话》卷之一，《清诗话续编》本

问曰："定远好句如何？"答曰："好句何足以论定远？弘嘉人岂无好句耶？唐人妙处，在于不着议论而含蓄无穷，定远有之。其诗曰：'禾黍离离天阙高，空城寂寞见回潮。当年最忆姚斯道，曾对青山咏六朝。'金陵、北平事尽在其中。又有云：'隔岸吹唇日沸天，羽书惟道欲投鞭。八公山色还苍翠，虚对围棋忆谢玄。'马、阮、四镇事尽在其中。又有云：'席卷中原更向吴，小朝廷又作降俘。不为宰相真闲事。留得丹青《夜宴图》。'以韩熙载寓讥刺时相也。又有云：'王气消沉三百年，难将人事尽凭天。石头形胜分明在，不遇英雄自枉然。'以孙仲谋寓亡国之感也。所谓不着议论声色而含蓄无穷者也。论定远诗甚难，若直言六百年无是诗，闻者必以为妄，若谓六百年中有是诗，则诗集具在，有好句之佳作有之，未有无好句之佳作如定远者也。"

（清）吴乔《围炉诗话》卷之二，《清诗话续编》本

又曰："诗忌意随言尽。钱起《登覆釜山遇道人》第二篇、《南溪春耕》诗，其结处转笔，可谓水穷云起。"

（清）吴乔《围炉诗话》卷之三，《清诗话续编》本

无好句不动人，而好句实非至极处。唐人至极处，乃在不著议论声色，含蓄深远耳。以此求明诗，合者十不得一，惟求好句，则丛然矣。

（清）吴乔《围炉诗话》卷之六，《清诗话续编》本

杨大年"风来玉宇乌先觉"，有作"转"字者，便意味索然；"转"字意已具于"觉"字内也。诗贵含蓄，忌浅露，虽一字实分径庭。

（清）贺裳《载酒园诗话》卷一，《清诗话续编》本

小词须风流蕴藉，作者当知三忌：一不可入渔鼓中语言；二不可涉演义家腔调；三不可像优伶开场时叙述。偶类一端，即成俗劣。顾时贤犯此极多。其作俑者，白石山樵也。

（清）贺裳《皱水轩词筌·词忌》，《词话丛编》本

"韦苏州曰：'窗里人将老，门前树已秋。'白乐天曰：'树初黄叶日，人欲白头时。'司空曙曰：'雨中黄叶树，灯下白头人。'三诗同一机杼，司空为优，善状目前之景，无限凄感，见于言表。"余所见与茂秦不同，司空意尽，不如乐天有余。味"初"字"欲"字，妙有含蓄，老泪暗流，情景难堪，更深一层。

（清）田雯《古欢堂杂著》卷三，《清诗话续编》本

风人之旨，往往含蓄不露，意在言外，读《硕人》篇，大概可睹矣。首章言族类之贵，二章言容貌之美，三章言始来亲厚之意，皆未说出。卒章似可以露矣，"河水洋洋"五句，只极状嫁来时所历之境，却以"庶姜"二语终之。婉挚多风，蕴藉有味，非善读诗者不知也。杜甫之诗，无以复加，其去《三百篇》远甚。如"千家今有百家存，哀哀寡妇诛求尽"，"独使至尊忧社稷，诸君何以答升平"，俱少含蓄，亦大失《三百篇》之遗意矣。

（清）田雯《古欢堂杂著》卷三，《清诗话续编》本

诗有句含蓄者，如老杜句"勋业频看镜，行藏独倚楼"，郑云叟句"相看临远水，独自上孤舟"是也。有意含蓄者，如杜牧之宫词云："银烛秋光冷画屏，轻罗小扇扑流萤。天阶夜色凉如水，坐看牵牛织女星。"有句意俱含蓄者，如老杜《九日》云："明年此会知谁健？醉把茱萸仔细看。"王龙标宫怨诗云："玉颜不及寒鸦色，犹带昭阳日影来。"是也。

（清）田同之《西圃诗说》，《清诗话续编》本

李太白《子夜吴歌》："长安一片月，万户捣衣声。秋风吹不尽，总是玉关情。何日平胡虏，良人罢远征？"余窃谓删去末二句作绝句，更觉浑含无尽。

杜荀鹤"承恩不在貌，教妾若为容"一律，王元美以为去后四句作绝句乃妙，其言当矣。至谓柳宗元《渔翁》一首，东坡不合欲去末二句，愚窃惑之。此首至"欸乃一声山水绿"一句，恰好调歇，删去末二句，言尽意不尽，何等悠妙？何等含蓄？岂元美于斯未尝三复耶！

（清）田同之《西圃诗话》，《清诗话续编》本

诗贵庄而词不嫌佻，诗贵厚而词不嫌薄，诗贵含蓄而词不嫌流露。之三者，不可不知。

（清）田同之《西圃词说》，《词话丛编》本

竹垞先生谓："国初有无名氏《九日题雨花台》诗：'风雨萧萧户未开，忽闻邻叟负薪回。自言今岁登高便，曾上钟山绝顶来。'无限感慨，却含蓄不露。"

（清）顾嗣立《寒厅诗话》，《清诗话》本

事难显陈，理难言罄，每托物连类以形之；郁情欲舒，天机随触，每借物引怀以抒之；比兴互陈，反复唱叹，而中藏之欢愉惨戚，隐跃欲传，其言浅，其情深也。倘质直敷陈，绝无蕴蓄，以无情之语而欲动人之情，难矣。

（清）沈德潜《说诗晬语》卷上，《清诗话》本

七言绝句，以语近情遥，含吐不露为主。只眼前景口头语，而有弦外音味外味，使人神远，太白有焉。

王龙标绝句，深情幽怨，意旨微茫。"昨夜风开露井桃"一章，只说他人之承宠，而己之失宠，悠然可思，此求响于弦指外也。"玉颜不及寒鸦色"两言，亦复优柔婉约。

（清）沈德潜《说诗晬语》卷上，《清诗话》本

文贵远，远必含蓄。或句上有句，或句下有句，或句中有句，或句外有句。说出者少，不说出者多，乃可谓之远。昔人论画曰："远山无皴，远水无波，远树无枝，远人无目。"此之谓也，远则味永。文至味永，则无以加。昔人谓子长文字，微情妙旨，寄之笔墨蹊径之外。又谓如郭忠恕

画天外数峰，略有笔墨，而无笔墨之迹。故太史公文，并非孟坚所知。意尽而言止者，天下之至言也，然言止而意不尽者尤佳。意到处言不到，言尽处意不尽，自太史公后惟韩、欧得其一二。

（清）刘大櫆《论文偶记》，人民文学出版社本

含蓄二字。诗文第一妙处。如少陵前、后《出塞》、《三吏》、《三别》，不直刺主者，便是含蓄，机到神流，乃造斯境。

（清）张谦宜《㧑斋诗谈》卷一，《清诗话续编》本

《闺人赠远》："远戍功名薄，幽闺年貌伤。妆成对春树，不语泪千行。"不用多说，心事已明，所谓蕴藉也。

（清）张谦宜《㧑斋诗谈》卷五，《清诗话续编》本

《倚栏》："故山未敢说归期，十口相随又别离。小雨初收残照晚，阑干西角立多时。"不说愁思，言下可想，正是唐人家法。

（清）张谦宜《㧑斋诗谈》卷五，《清诗话续编》本

诗重蕴藉，然要有气魄。无气魄，决非真蕴藉。诗重清真，尤要有寄托。无寄托，便是假清真。有寄托者，必有气魄。无气魄者，漫言寄托。犹之有性情不可无学问，有学问乃能见性情，二者原不单行。"诗有别才"之说，乃是"别裁"二字之误，不可错认。

（清）薛雪《一瓢诗话》，《清诗话》本

凡作人贵直，而作诗文贵曲。孔子曰："情欲信，词欲巧。"孟子曰："智譬则巧，圣譬则力。"巧，即曲之谓也。崔念陵诗云："有磨皆好事，无曲不文星。"洵知言哉！

（清）袁枚《随园诗话》卷四，人民文学出版社本

刘梦得《金陵怀古》诗，当时白香山谓其已探骊珠，所余鳞角何用。以今观之，"王濬楼船"所咏才一事耳，而多至四句，前则疑于偏枯；山城水国，芦荻之乡，触目尽尔，后则嫌其空衍也……余窃有说焉：金陵之盛，至吴而始著，至孙皓而西藩既摧，北军飞渡，兴亡之感始甚。假使感

古者取三国、六代事，衍为长律；便使一句一事，包举无遗，岂成体制？梦得之专咏晋事也，尊题也。下接云："人世几回伤往事。"若有上下千年，纵横万里在其笔底者。山形枕水之情景，不涉其境，不悉其妙。至于芦荻萧萧，履清时而依故垒，含蓄正靡穷矣。所谓骊珠之得，或在于斯者欤？

（清）汪师韩《诗学纂闻》，《清诗话》本

李青莲诗，从未有能学之者，惟青邱与之相上下，不惟形似，而且神似。青莲乐府及五古，多主叙事，不著议论，盖用古人意在言外之法。此古诗正体也。青邱乐府及《拟古》十二首、《寓感》二十首、《秋怀》十首、《咏隐逸》十六首，亦只叙题面，不复于题面内推究意义，发挥议论。如《咏向长》，则但说长之毕婚嫁，游名山。《咏周党》，则但说党之辞征聘，乐田里。而一种迈往高逸之致，自见于楮墨之外。

（清）赵翼《瓯北诗话》卷八《高青邱诗》，人民文学出版社本

李阳冰序谓：唐初诗体，尚有梁、陈宫掖之风，至青莲而大变，扫尽无余。然细观之，宫掖之风，究未扫尽也。盖古乐府本多托于闺情女思，青莲深于乐府，故亦多征夫怨妇、惜别伤离之作，然皆含蓄有古意，如《黄葛篇》之"苍梧大火流，暑服莫轻掷。此物虽过时，是妾手中迹"，《劳劳亭》之"春风知别苦，不遣柳条青"，《春思》之"春风不相识，何事入罗帏"，皆酝藉吞吐，言短意长，直接《国风》之遗。少陵已无此风味矣。

（清）赵翼《瓯北诗话》卷一，人民文学出版社本

元相《望云骓歌》，赋而比也；玉川《月蚀》诗点逗恒州事，则亦赋而比也，而元则更切本事矣。诗至元、白，针线钩贯，无乎不到，所以不及前人者，太露太尽耳。

（清）翁方纲《石洲诗话》卷二，《清诗话续编》本

汪师韩解刘梦得《西塞山怀古》诗云："金陵之盛，至吴始著，至孙皓而西藩既摧，北军飞渡，兴亡之感始盛。假使怀古者取三国、六代事，衍为长律，便一句一事，包举无遗，岂成体制？梦得之专咏晋事，盖尊题

也。'人世几回伤往事'，若有上下千年、纵横万里在其笔底者。山形枕水之情景，不涉其地，不悉其妙。至于芦荻萧萧，履清时而依故垒，含蕴正靡穷矣。白香山谓其已探骊珠，其在斯乎？按纪文达师评此诗云："第四句'一片降幡出石头'，但说得吴。第五句'人世几回伤往事'，括过六朝，是谓简练。第六句'山形依旧枕寒流'，折到西塞山，是为圆熟。"似较汪评更为显豁。

（清）梁章钜《退庵随笔》，《清诗话续编》本

高氏棅曰："开元后五言绝句，李白、王维尤胜诸人。"宋氏荦曰："李白、崔国辅五绝，号为擅场。"按二说高氏为近之。右丞五绝，冲淡自然，洵有唐至高之境也。但右丞五绝佳处，太白有之，太白五绝佳处，右丞未尝有之，并论终嫌不敌。若崔国辅，特齐、梁之余，谓不失五绝源于乐府之遗意则可耳。太白五绝，虽亦从六朝清商小乐府而来，而天机浩荡，二十字如千言万言，前人所谓回飚掣电，令人缥缈天际者，国辅能之乎？徐而庵谓"唐人五绝，惟太白擅场"，此言独见得到。然徐氏以太白五绝为似阴铿，阴工此体，故子美诗云"李侯有佳句，往往似阴铿"也。此又不免泥解杜诗，且不省太白五绝佳处之原委耳。

（清）潘德舆《养一斋李杜诗话》卷一，《清诗话续编》本

诗宜含蓄，唐人不露论锋，所以可贵。庾子山本梁臣，后入东、西魏，又事后周，历四朝十主，唐人卢中《读子山集》云："四朝十帝尽风流，建业长安两醉游。惟有一篇《杨柳曲》，江南江北为君愁。"按庾信《杨柳曲》："君言丈夫无意气，试问燕山那得碑？"盖欲自比孟坚从窦宪立功塞外，究亦书生大言耳。卢诗隶事精切，风刺之意，都在言外。

（清）陆鋆《问花楼诗话》卷一，《清诗话续编》本

言情之作，贵在含蓄不露，意到即止。其立言，尤贵雅而忌俗，然所谓雅者，固非浮词取厌之谓。

（清）梁廷枏《曲话》卷二，《中国古典戏曲论著集成》（八），中国戏剧出版社本

情在意中，意在言外，含蓄不尽，斯为妙谛。

（清）梁廷枏《曲话》卷二，《中国古典戏曲论著集成》（八），
中国戏剧出版社本

《桃花扇》以《余韵》折作结，曲终人杳，江上峰青，留有余不尽之意于烟波缥缈间，脱尽团圆俗套。

（清）梁廷枏《曲话》卷三，《中国古典戏曲论著集成》（八），
中国戏剧出版社本

律与绝句，行间字里须有暧暧之致。古体较可发挥尽意，然亦须有不尽者存。

（清）刘熙载《艺概·诗概》，上海古籍出版社本

绝句取径贵深曲，盖意不可尽，以不尽尽之。正面不写写反面，本面不写写对面、旁面，须如睹影知竿乃妙。

（清）刘熙载《艺概·诗概》，上海古籍出版社本

后汉赵元叔《穷鱼赋》及《刺世嫉邪赋》，读之知为抗脏之士，惟径直露骨，未能如屈、贾之味余文外耳。

（清）刘熙载《艺概·赋概》，上海古籍出版社本

描头画角，是词之低品。盖词有全体，宜无失其全；词有内蕴，宜无失其蕴。

（清）刘熙载《艺概·词曲概》，上海古籍出版社本

词以不犯本位为高。东坡《满庭芳》"老去君恩未报，空回首弹铗悲歌"，语诚慷慨，然不若《水调歌头》"我欲乘风归去，又恐琼楼玉宇，高处不胜寒"，尤觉空灵蕴藉。

（清）刘熙载《艺概·词曲概》，上海古籍出版社本

司空表圣云："梅止于酸，盐止于咸，而美在酸咸之外。"严沧浪云："妙处透彻玲珑，不可凑泊，如水中之月，镜中之象。"此皆论诗也，词

亦以得此境为超诣。

（清）刘熙载《艺概·词曲概》，上海古籍出版社本

刘叉《冰柱》、《雪车》诗，人谓其出卢、孟右，才气甚健。然径行直遂，毫无含蓄，非温柔敦厚之旨，少讽谕比兴之情。其《自问》诗云："酒肠宽似海，诗胆大如天。"信乎诗胆之大也。

（清）余成教《石园诗话》卷二，《清诗话续编》本

情不断者，尾声之别名也。又曰"余音"、曰"余文"，似文字之大结束也。须包括全套，有广大清明之气象，出其渊衷静旨，欲吞而又吐者。诚所谓言有尽而意无穷也。

（清）黄图珌《看山阁集闲笔·文学部·情不断》，《中国古典戏曲论著集成》（七），中国戏剧出版社本

咏史诗今人皆杂议论，前人多有案无断之作，其讽刺劝意在言外，读者自得之耳。桐乡沈愚夫梧堂氏《读汉书绝句》，作法似之。其诗云："鸡鸣佩玉复登朝，战马嘶声入紫霄。草昧英雄诛已尽，独留非种乱良苗。"

（清）方薰《山静居诗话》，《清诗话》本

典 型 编

陈谦豫　编选

一

形象塑造

1. "人有其性情　人有其气质　人有其形状　人有其声口"

郭令公婿赵纵侍郎尝令韩幹写真，众称其善；后又请周昉长史写之。二人皆有能名，令公尝列二真置于坐侧，未能定其优劣。因赵夫人归省，令公问云："此画何人？"对曰："赵郎也。"又云："何者最似？"对曰："两画皆似，后画尤佳。"又云："何以言之？"云："前画者空得赵郎状貌；后画者兼移其神气，得赵郎情性笑言之姿。"

（唐）朱景玄《唐朝名画录·周昉》，《画品丛书》，上海人民美术出版社本

寺观之中，图画墙壁，凡三百余间。变相人物，奇纵异状，无有同者。

（唐）朱景玄《唐朝名画录·吴道子》，《画品丛书》，上海人民美术出版社本

描画鲁智深，千古若活，真是传神写照妙手。且《水浒传》文字妙绝千古，全在同而不同处有辨。如鲁智深、李逵、武松、阮小七、石秀、呼延灼、刘唐等众人，都是急性的，渠形容刻画来，各有派头，各有光景，各有家数，各有身分，一毫不差，半些不混，读去自有分辨，不必见其姓名，一睹事实，就知某人某人也。读者亦以为然乎？

（明）李贽《李卓吾先生批评忠义水浒传》第三回评语，明容与堂本

李卓吾曰：施耐庵、罗贯中真神手也。摩写鲁智深处，便是个烈丈夫模样；摩写洪教头处，便是忌嫉小人底身分；至差拨处，一怒一喜，倏忽转移，咄咄逼真，令人绝倒，异哉！

<blockquote>（明）李贽《李卓吾先生批评忠义水浒传》第九回总批，明容与堂本</blockquote>

卓老曰：刻画三阮处各各不同，请自着眼。又曰：刘唐固奇，公孙胜尤奇，却又都来寻晁保正，大奇，大奇！即此便可知保正已。

<blockquote>（明）李贽《李卓吾先生批评忠义水浒传》第十五回总批，明容与堂本</blockquote>

李生曰：说淫妇便象个淫妇，说烈汉便象个烈汉，说呆子便象个呆子，说马泊六便象个马泊六，说小猴子便象个小猴子，但觉读一过，分明淫妇、烈汉、呆子、马泊六、小猴子光景在眼，淫妇、烈汉、呆子、马泊六、小猴子声音在耳，不知有所谓语言文字也。何物文人，有此肺肠，有此手眼！若令天地间无此等文字，天地亦寂寞了也。不知太史公堪作此衙官否？

<blockquote>（明）李贽《李卓吾先生批评忠义水浒传》第二十四回总批，明容与堂本</blockquote>

（"李逵跳将起来道：'……放着我们有许多军马便造反怕怎地！晁盖哥哥便做了大皇帝，宋江哥哥便做了小皇帝，吴先生做个丞相，公孙道士做个国师，我们都做将军，杀去东京，夺了鸟位，在那里快活。'"）

〔眉批〕：天上的言语。大皇帝、小皇帝，都是不经人道语。正使晋人捉麈尾，十年也道不出。李大哥当是不食烟火人。

<blockquote>（明）李贽《李卓吾先生批评忠义水浒传》第四十一回批语，明容与堂本</blockquote>

李生曰：我家阿逵只是直性，别无回头转脑心肠，也无口是心非说话，如殷天锡横行，一拳打死便了，何必誓书铁券？柴大官人到底有些贵介气，不济，不济！

<blockquote>（明）李贽《李卓吾先生批评忠义水浒传》第五十二回总批，明容与堂本</blockquote>

李卓老曰：燕青相扑已属趣事，然犹有所为而为也。何如李大哥做知县、闹学堂，都是逢场作戏。真个神通自在，未至不迎，既去不恋。活佛，活佛。

（明）李贽《李卓吾先生批评忠义水浒传》第七十四回总批，明容与堂本

《金瓶梅》一书，不著作者名代。……其中朝野之政务，官私之晋接，闺闼之媟语，市里之猥谈，与夫势交利合之态，心输背笑之局，桑中濮上之期，尊罍枕席之语，驵驵之机械意智，粉黛之自媚争妍，狎客之从臾逢迎，奴伢之稽唇淬语，穷极境象，骇意快心。譬之范工抟泥，妍媸老少，人鬼万殊，不徒肖其貌，且并其神传之。

（明）谢肇淛《金瓶梅跋》，引自《金瓶梅资料汇编》，北京大学出版社本

《水浒》所叙，叙一百八人，人有其性情，人有其气质，人有其形状，人有其声口。

（清）金圣叹《水浒传序三》，《贯华堂第五才子书水浒传》，江苏古籍出版社本

《水浒传》写一百八个人性格，真是一百八样。若别一部书，任他写一千个人，也只是一样，便只写得两个人，也只是一样。

（清）金圣叹《读第五才子书法》，《贯华堂第五才子书水浒传》，江苏古籍出版社本

别一部书，看过一遍即休，独有《水浒传》，只是看不厌，无非为他把一百八个人性格，都写出来。

（清）金圣叹《读第五才子书法》，《贯华堂第五才子书水浒传》，江苏古籍出版社本

或问：施耐庵寻题目写出自家锦心绣口，题目尽有，何苦定要写此一事？答曰：只是贪他三十六个人，便有三十六样出身。三十六样面孔，三十六样性格，中间便结撰得来。

（清）金圣叹《读第五才子书法》，《贯华堂第五才子书水浒传》，江苏古籍出版社本

《水浒传》一个人出来，分明便是一篇列传，至于中间事迹，又逐段逐段自成文字，亦有两三卷成一篇者，亦有五六句成一篇者。

（清）金圣叹《读第五才子书法》，《贯华堂第五才子书水浒传》，江苏古籍出版社本

《水浒传》只是写人粗卤处，便有许多写法：如鲁达粗卤是性急，史进粗卤是少年任气，李逵粗卤是蛮，武松粗卤是豪杰不受羁靮，阮小七粗卤是悲愤无说处，焦挺粗卤是气质不好。

（清）金圣叹《读第五才子书法》，《贯华堂第五才子书水浒传》，江苏古籍出版社本

李逵是上上人物，写得真是一片天真烂熳到底。看他意思，便是山泊中一百七人，无一个入得他眼。孟子"富贵不能淫，贫贱不能移，威武不能屈"，正是他好批语。

（清）金圣叹《读第五才子书法》，《贯华堂第五才子书水浒传》，江苏古籍出版社本

此回方写过史进英雄，接手便写鲁达英雄；方写过史进粗糙，接手便写鲁达粗糙；方写过史进爽利，接手便写鲁达爽利；方写过史进刿直，接手便写鲁达刿直。作者盖特地走此险路，以显自家笔力，读者亦当处处看他所以定是两个人，定不是一个人处，毋负良史苦心也。

（清）金圣叹《贯华堂第五才子书水浒传》第二回评语，江苏古籍出版社本

不写索、杨，却去写李成、闻达。要看他凡四段，每段还他一个位置。如梁中书，则在月台上。众军官，则在月台上梁中书两边。军士们，则在阵面上。李成、闻达，则在将台上。又要看他每一等人，有一等人身分。如梁中书只是呆了，是个文官身分。众军官便喝彩，是个众官身分。军士们便说出许多话，是众人身分。李成、闻达叫好斗，是两个大将身分。真是如花似火之文。

（清）金圣叹《贯华堂第五才子书水浒传》第十二回夹批，江苏古籍出版社本

林冲差拨、管营处都有书信、银两，武松两处都无，宋江牢手有、节级无。写出他一个自爱，一个神威，一个机械，各各不同。

（清）金圣叹《贯华堂第五才子书水浒传》第二十七回批语，江苏古籍出版社本

此书处处以宋江、李逵相形对写，意在显暴宋江之恶，固无诒矣。独奈何轻以"忠恕"二字，下许李逵。殊不知忠恕天性，八十翁翁道不得，周岁哇哇却行得。以"忠恕"二字下许李逵，正深表忠恕之易能，非叹李逵之难能也。

（清）金圣叹《贯华堂第五才子书水浒传》第四十二回批语，江苏古籍出版社本

（"杨志起身再拜道。"下批）写杨志，便有旧家子弟礼，便有官体，一发衬出鲁达直遂阔大来。

（清）金圣叹《贯华堂第五才子书水浒传》第五十七回夹批，江苏古籍出版社本

红娘请之睡，则不可睡。及至无可奈何，则仍睡。只一"睡"字，中间乃有如许嬝娜、如许跌宕。写情种真是情种，写小姐亦真是小姐。

（清）金圣叹《贯华堂第六才子书西厢记》卷五《寺警》批语，江苏古籍出版社本

吾以为《三国》有三奇，可称三绝：诸葛孔明一绝也；关云长一绝也；曹操一绝也。

（清）毛宗岗《读三国志法》，《全图绣像三国演义》，内蒙古人民出版社本

（"玄德乃取印绶，挂于督邮之颈，责之曰：'据汝害民，本当杀却。今姑饶汝命。'"下批）翼德竟将打死之，关公乃欲杀之，而玄德则姑饶之。写三人各自一样，无不酷肖。

（清）毛宗岗《全图绣像三国演义》第二回批语，内蒙古人民出版社本

自车胄为云长所杀，而曹操之兵端起矣。玄德之不欲杀胄者，以此时衣带诏未泄，董承谋未露，尚欲与操羁縻勿绝，阳和而阴图之耳。英雄作事，需要审势量力，性急不得。玄德深心人，故有此等算计；云长直心人，别无此等肚肠。两人同是豪杰，却各自一样性格。云长之不及玄德者在此，玄德之不及云长者亦在此。

　　　　（清）毛宗岗《全图绣像三国演义》第二十一回批语，内蒙古人民出版社本

　　赵云在襄阳城外，檀溪水边，接连几个转身不见玄德，可谓急矣。若使翼德处此，必杀蔡瑁。若使云长处此，纵不杀蔡瑁，必拿住蔡瑁，要在他身上寻还我兄，安肯将蔡瑁轻轻放过，却自寻到新野，又寻到南漳乎？三人忠勇一般，而子龙为人又极精细、极安顿。一人有一人性格，各各不同，写来真是好看。

　　　　（清）毛宗岗《全图绣像三国演义》第三十五回批语，内蒙古人民出版社本

　　《金瓶梅》妙在善用犯笔而不犯也。如写一伯爵，更写一希大；然毕竟伯爵是伯爵，希大是希大，各自的身分，各人的谈吐，一丝不紊。写一金莲，更写一瓶儿，可谓犯矣，然又始终聚散，其言语举动，又各各不乱一丝。写一王六儿，偏又写一贲四嫂；写一李桂姐，又写一吴银姐、郑月儿；写一王婆，偏又写一薛媒婆、一冯妈妈、一文嫂儿、一陶媒婆。写一薛姑子，偏又写一王姑子、刘姑子，诸如此类，皆妙在特特犯手，去又各各一款，绝不相同也。

　　　　（清）张竹坡《第一奇书金瓶梅读法》四十五，引自《金瓶梅资料汇编》，北京大学出版社本

　　《水浒》本施耐庵所著，一百八人，人各一传，性情面貌，装束举止，俨有一人跳跃纸上。天下再难写者英雄，而各传则各色英雄也；天下更难写者英雄美人，而其中二三传，则别样英雄别样美人也。串插连贯，各具机杼，真是写生妙手。金圣叹加以句读字断，分评总批，觉成异样花团锦簇文字，以梁山泊一梦结局，不添蛇足，深得剪裁之妙。虽才大如

海，然所尊尚者贼盗，未免与史迁《游侠列传》之意相同。

（清）刘廷玑《在园杂志》卷二，清康熙序刻本

唐人艳诗，妙于如或见之。如崔颢"闲来斗百草，度日不成妆"，俨然一闺秀。王维"散黛恨犹轻，插钗嫌未正。同心勿遽游，幸待春妆竟"，俨然一宫嫔。韩致尧"隔帘窥绿齿，映柱送微波"，直画出一手语之红绡矣。（黄白山评："绿齿，屐也。"）

（清）贺裳《载酒园诗话》卷一，《清诗话续编》本

（"宝玉道：'连他的岁属也不问问，别的自然越发不知了。可见他自认得你了，可怜！可怜！'"下批）按此书中写一宝玉，其宝玉之为人，是我辈于书中见而知有此人，实未目曾亲睹者。又写宝玉之发言，每每令人不解；宝玉之生性，件件令人可笑；不独于世上亲见这样的人不曾，即阅今古所有之小说传奇中，亦未见这样的文字。于颦儿处更为甚，其囫囵不解之中实可解，可解之中又说不出理路。合目思之，却如真见一宝玉，真闻此言者，移至第二人万不可，亦不成文字矣。余阅《石头记》中至奇至妙之文，全在宝玉、颦儿至痴至呆、囫囵不解之语中。其诗词、雅迷、酒令、奇衣、奇食、奇玩等类，固他书中未能，然在此书中评之，犹为二著。

（清）《脂砚斋重评石头记》第十九回夹批，人民文学出版社本

（宝玉）……今古未有之一人耳。听其囫囵不解之言，察其幽微感触之心，审其痴妄委婉之意，皆今古未见之人，亦是未见之文字；说不得贤，说不得愚，说不得不肖，说不得善，说不得恶，说不得正大光明，说不得混账恶赖，说不得聪明才俊，说不得庸俗平（凡），说不得好色好淫，说不得情痴情种，恰恰只有一颦儿可对，令他人徒加评论，总未摸着他二人是何等脱胎，何等骨肉。余阅此书亦爱其文字耳，实不能评出二人终是何等人物。后观《情榜》评曰："宝玉情不情，黛玉情情。"此二评自在评痴之上，亦属囫囵不解。

（清）《脂砚斋重评石头记》第十九回夹批，人民文学出版社本

（《咏白海棠》："珍重芳姿昼掩门。"下批）宝钗诗全是自写身分，

讽刺时事，只以品行为先，才技为末。纤巧流荡之词，绮靡秾艳之语，一洗皆尽，非不能也，屑而不为也。最恨近日小说中，一百美人诗词语气，只得一个艳稿。

  （清）《脂砚斋重评石头记》第三十七回夹批，人民文学出版社本

  （"娇羞默默同谁诉，倦倚西风夜已昏。"下批）看他终结到自己。一人是一人口气。逸才仙品固让颦儿，温雅沉着终是宝钗。今日之作，宝玉自应居末。

  （清）《脂砚斋重评石头记》第三十七回夹批，人民文学出版社本

  余问（谓）送花一回，薛姨妈云，宝丫头不喜这些花儿粉儿的，则谓是宝钗正传；又主（至）阿凤惜春一段，则又知是阿凤正传；今又到颦儿一段，却又将颦儿之天性从骨中一写，方知亦系颦儿正传。小说中一笔作两三笔者有之，一事启两事者有之，未有如此恒河沙数之笔也。

  （清）《脂砚斋重评石头记》"甲戌本"第七回眉批，上海人民出版社本

  吾读《红楼梦》，第一爱看凤姐儿。人畏其险，我赏其辣；人畏其荡，我赏其骚。读之开拓无限心胸，增长无数阅历。至若芦雪联句，居然提携风雅，固知贤者多能，信不可测。

  （清）野鹤《读红楼札记》，引自《古典文学研究资料汇编·红楼梦卷》，中华书局本

  杨执中是一个活呆子。今欲写其呆状呆声，使俗笔为之，将从何处写起？看此文只用摩弄香炉一段，叙说误认姓柳的一段，闯进醉汉一段，便活现出一个老阿呆的声音笑貌。此所谓颊上三毫，非绝世文心，未易办此。

  （清）无名氏《卧闲草堂本儒林外史》第十一回评，引自《中国历代小说论著选》，江西人民出版社本

  看书要知作者苦心，或添一事，或添一人，俱不得不然。如前回撰出

一严先生，此又添出一呆公子。一是为表妹婚姻，一是为表兄寓所。但既已添出，不与之一写，便不如勾添。看他写严先生，便真是个老道学。写郑秀才，便活象个呆公子。不意小说中有此神化之笔。

　　　　　　（清）月岩《孝义雪月梅传》第二十九回评，引自《中国历代小说论著选》，江西人民出版社本

　　近世演义者，如《红楼梦》实出《金瓶梅》，其陷溺人心则有过之。《荡寇志》意在救《水浒传》之失，仍仿其笔意，其出色写陈丽卿刘慧娘，使人倾听而心知其为万无是事；"九阳钟"、"元黄吊挂"诸回，则蹈入《封神传》甲里，后半部更外强中干矣。《外史》用笔实不离《水浒传》、《金瓶梅》范围，魄力则不及远甚，然描写世事，实情实理，不必确指其人，而遗貌取神，皆酬接中所频见，可以镜人，可以自镜。中材之士喜读之；其有不屑读者，——高出于《外史》之人；有不欲读者，——不以《外史》中下材为非者也。

　　是书特为名士下针砭，即其写官场、僧道、隶役、娼优及王太太辈，皆是烘云托月、旁敲侧击。读者宜处处回光返照，有则改之，无则加勉，勿负著书者一肚皮眼泪，则批书者之所望也。

　　　　　　（清）天目山樵《儒林外史新评》，引自《中国历代小说论著选》，江西人民出版社本

　　笑中必有兴，哭中自有悲。此书令人爱死处就是，本来写一人悲泣就已很难，更不必说两人哭泣之哀了。书中写的由两人到三人，由三人到四人，且四人虽为一事而哭，但各怀心事，便绝妙无比了。黛玉哭的是有口难言心中话。宝玉哭的是有话说不到心坎上。袭人哭的是宝玉如此倾心黛玉，自己终将如何？如果落在黛玉之下，便权势全休。紫鹃哭的是黛玉若为宝玉这般劳心，病怎能好？要是病得不可收拾，自己又将靠谁？所以黛玉的哭是苦的，宝玉的哭是涩的，袭人的哭是酸的，紫鹃的哭是辣的。

　　　　　　（清）哈斯宝《〈新译红楼梦〉回批》第十二回批语，内蒙古人民出版社本

　　早就写出了一个性情怪僻的宝玉，已是怪僻之极。接着又写出了一个

性情怪僻的黛玉，更是怪僻之极。这两玉心情不同，性情也不同。写了一个性情怪僻的宝玉，又写了一个性情怪僻的黛玉，已经是奇，却又慢慢研墨蘸笔，还写出了一个性情怪绝的妙玉，这一玉的心情、性情却又与那两玉不同。因为那两玉一个是"宝"，一个是"带"，宝玉虽贵，若粗陋不堪，又何堪赏鉴？故今又写出一个妙玉，使那条宝带生辉。

（清）哈斯宝《〈新译红楼梦〉回批》第十七回批语，内蒙古人民出版社本

袭人的奸狡，既可憎又可爱，宝钗的奸狡，既可爱又可憎。袭人可憎，看她不用四方茶盘，定要用连环茶盘可式放茶钟端来；可爱处则是在钗黛两人中间只端一钟茶，说"哪位喝时哪位先接了"。宝钗的可爱处就在毫不让分，先拿过来就喝，可憎处则是把漱口剩下的半钟茶递给了黛玉，仅只这几行文字，便可用"许田射鹿"一章比美。

（清）哈斯宝《〈新译红楼梦〉回批》第二十一回批语，内蒙古人民出版社本

作者真是精于格物致知。他写紫鹃，活是一个智人志士；写黛玉，更象一派宗师；写赵姨娘，真象一个游荡的鬼魅；写凤姐好象一个奸佞之徒。呵，真可惊叹！俗语说，非有学之士不知有学之士。如此则非智人志士就不知智人志士，书中写智人志士，全是一个智人志士，可见作者无疑是一位智人志士。又写一派宗师，活似宗师，可见作者无疑是一派宗师。智人志士即一派宗师，一派宗师即是智人志士。作者必定不是游荡之鬼、奸佞之徒，为何写游鬼、奸徒又椎妙椎肖呢？呵，我明白了。非游鬼不解游鬼，非奸人不知奸人，所以，非鬼非奸，是作书前的作者。写这文章之前，不仅作者不是游鬼奸人，连游鬼奸人本身也不是游鬼奸人。据说，未见爱缘之前人心原不动。世上人性本善，只因心动，成为游鬼，只因心动，才变奸佞。该是本书作者以半尺之笔在掌大的纸上，忽而心动，变成游荡的鬼魅，忽而心动，变成奸佞之徒了。自古游鬼并无一定的鬼性，奸佞也无一定的狡计，才子写书也无一成不变的章法，只是因缘相结，便无所不成了。如此说来，作者是深通因缘之道的了。既深通因缘之道，就不必定是游鬼、奸佞，不仅如此，也不必定是智人志士、一派宗师了。因为写志士、宗师，文章也可随因缘之道写出，

而与作者本人无涉。

> （清）哈斯宝《〈新译红楼梦〉回批》第三十回批语，内蒙古人民出版社本

元人施耐庵，卖弄才情，希名后世，与他人穷愁抑塞、发愤著书者不同，金圣叹尝言之矣。耐庵何题不可著书，何必取群盗而铺张之？盖因史有宋江三十六人一句，以三十六人之多，然后足供挥洒也。此亦圣叹之言也。相传耐庵撰《水浒传》时，凭空画三十六人于壁，老少男女，不一其状，每日对之吮毫，务求刻画尽致，故能一人有一人之精神，脉络贯通，形神俱化。惟小说家言，信笔挥洒，不无失检。圣叹从而润色，托之耐庵古本，遂觉洋洋大观。何物罗贯中强起干预，妄行续貂，七十回以前被其窜乱者亦复不少，实《水浒》一大厄也。至毅然以忠义之名褒群盗，更为耐庵所不及料。后人不讥贯中而讥耐庵，曷不取圣叹所批之本而观之？此虽事之小者，然实关系于人心风俗之大，余故不能已于言。又罗贯中后人三世皆哑，俗指为耐庵事，亦误。

> （清）邱炜菱《客云庐小说话》卷一，引自《晚清文学丛钞·小说戏曲研究卷》，中华书局本

2. "写出其人之骨髓" "一样人　便还他一样说话" "任凭提起一个　都似旧时熟识"

妒妻欲杀妾子，须写出一段毒肠，令人可以切齿，乃足警世之为悍妇者。此记差能敷衍，不及《清风亭》远矣。

> （明）祁彪佳《远山堂曲品·曾怀德〈藏珠〉》，《中国古典戏曲论著集成》（六），中国戏剧出版社本

《水浒传》并无之乎者也等字，一样人，便还他一样说话，真是绝奇本事。

> （清）金圣叹《读第五才子书法》，《贯华堂第五才子书水浒传》上，江苏古籍出版社本

《宣和遗事》，具载三十六人姓名，可见三十六人是实有。只是七十回中许多事迹，须知都是作书人凭空造谎出来，如今却因读此七十回，反把三十

六个人物都认识了，任凭提起一个，都似旧时熟识，文字有气力如此。

（清）金圣叹《读第五才子书法》，《贯华堂第五才子书水浒传》上，江苏古籍出版社本

阮小七是上上人物，写得另是一样气色，一百八人中，真要算做第一个快人，心快口快，使人对之，龌龊都销尽。

（清）金圣叹《读第五才子书法》，《贯华堂第五才子书水浒传》上，江苏古籍出版社本

写杨忘，另是扬志。不是史进，不是鲁达，不是林冲。

（清）金圣叹《贯华堂第五才子书水浒传》第十一回夹批，江苏古籍出版社本

写淫妇，便写尽淫妇。写虔婆，便写尽虔婆。妙绝！

（清）金圣叹《贯华堂第五才子书水浒传》第二十回总批，江苏古籍出版社本

前书写鲁达……又写出林冲……又写出杨志，又极丈夫之致也。是三丈夫也者，各自有其胸襟，各自有其心地，各自有其形状，各自有其装束……写鲁、林、杨三丈夫以来，技至此，技已止，观至此，观已止。乃忽然磐控，忽然纵送，便又腾笔涌墨，凭空撰出武都头一个人来。我得而读其文，想见其为人。其胸襟则又非如鲁、如林、如杨者之胸襟也，其心事则又非如鲁、如林、如杨者之心事也，其形状结束，则又非如鲁、如林、如杨者之形状与如鲁、如林、如杨者之结束也……呜呼！是其一篇一节一句一字，实杳非儒生心之所构，目之所遇，手之所抡，笔之所触矣。是真所谓云质龙章，日姿月彩，分外之绝笔矣。如是而尚欲量才子之才为斗为石，呜呼，多见其为不知量者也！

（清）金圣叹《贯华堂第五才子书水浒传》第二十五回总批，江苏古籍出版社本

（"李逵问道：'那老仙先生说什么？'"下批）妙笔妙笔。设无此一曲，则竟当时发作耳，又安肯待到半夜耶？才子作文，真乃心到手到，非他人之所知也。"老仙先生"四字，是铁牛胸中忽然杜撰出来之文，字字

出人意外，又字字在人眼前。妙绝，妙绝，令我绝倒。

（清）金圣叹《贯华堂第五才子书水浒传》第五十二回夹批，江苏古籍出版社本

看他写相府小姐，便断然不是小家儿女。笔墨之事，至于此极，真神化无方。

（清）金圣叹《贯华堂第六才子书西厢记》卷四《惊艳》批语，江苏古籍出版社本

曹操有时而仁，时而暴。免百姓秋租，仁矣；而使百姓敲冰拽船，何其暴也！不杀逃民而纵之，仁矣；又戒令勿为军士所获，仍不禁军之杀民，何其暴也！其暴处多是真，其仁处多是假。盖曹操待冀州之民，与其待袁绍无以异耳！杀其子，夺其妇，取其地，而乃哭其墓。然则其哭也，为真慈悲乎？为假慈悲乎？奸雄之奸，非复常人意量所及。

（清）毛宗岗《全图绣像三国演义》第三十三回批语，内蒙古人民出版社本

务使心曲隐微，随口唾出，说一人肖一人，勿使雷同，弗使浮泛，若《水浒传》之叙事，吴道子之写生，斯称此道中之绝技。

（清）李渔《闲情偶寄·词曲部·宾白第四》，《中国古典戏曲论著集成》（七），中国戏剧出版社本

词贵显浅之说，前已道之详矣。然一味显浅，而不知分别，则将日流粗俗，求为文人之笔而不可得矣。元曲多犯此病，乃矫艰深隐晦之弊而过焉者也。极粗极俗之语，未尝不入填词，但宜从脚色起见。如在花面口中，则惟恐不粗不俗；一涉生、旦之曲，便宜斟酌其词。无论生为衣冠、仕宦，旦为小姐、夫人，出言吐词，当有隽雅春容之度；即使生为仆从，旦作梅香，亦须择言而发，不与净、丑同声：以生、旦有生、旦之体，净、丑有净、丑之腔故也。

（清）李渔《闲情偶寄·词曲部·词采第二》，《中国古典戏曲论著集成》（七），中国戏剧出版社本

深切人情世务，无如《金瓶梅》，真称奇书。欲要止淫，以淫说法；

欲要破迷，引迷入悟，其中家常日用，应酬世务，奸诈贪狡，诸恶皆作，果报昭然。而文心细如牛毛茧丝，凡写一人，始终口吻酷肖到底，掩卷读之，但道数语，便能默会为何人。结构铺张，针线缜密，一字不漏，又岂寻常笔墨可到者哉！

    （清）刘廷玑《在园杂志》，引自《金瓶梅资料汇编》，北京大学出版社本

  写晴雯是晴雯走下来，断断不是袭人、平儿、莺儿等语气。

    （清）《脂砚斋重评石头记》"甲戌本"第八回夹批，上海人民出版社本

  叠二语，活见从纸上走一宝玉下来，如闻其呼，见其笑。

    （清）《脂砚斋重评石头记》第十九回夹批，人民文学出版社本

  （"黛玉道：'我不依，你们是一气的，都戏弄我不成。'"下批）话是颦儿口吻，虽属尖利，真实堪爱堪怜。

    （清）《脂砚斋重评石头记》第二十一回夹批，人民文学出版社本

  陈和甫请仙为第二段。写山人便活画出山人的口声气息，荒荒唐唐，似真似假，称谓离奇，满口嚼舌，最可笑是关帝亦能作《西江月》词，略有识见者，必不肯信，而王荀二公乃至悚然，毛发皆竖，写无识见的人，便能写出其人之骨髓也。

    （清）无名氏《卧闲草堂本儒林外史回评》，引自《中国历代小说论著选》，江西人民出版社本

3．"描写人物　当如镜中取影　妍媸好丑　令观者自知"

  写贾政，活龙活现写出一个气急败坏的父亲。写王夫人，逼真勾画出一个疼子心切的母亲。尤其老夫人，写得同老婆子毫无二致。写众人，也各具特色。写气急，令人毛发悚立，写哭号，使人心肠随动。依次看去，种种情景跃然纸上，真是作丹青也画不出。作者的笔，已经到了如此妙境，若写会稽起兵，乌江自刎，不知要使多少英雄豪气横发，若写白帝城

托孤，五丈原祭星，又不知要使多少忠臣热泪满襟。

（清）哈斯宝《〈新译红楼梦〉回批》第十二回批语，内蒙古人民出版社本

全书那许多人写起来都容易，唯独宝钗写起来最难。因而读此书，看那许多人的故事都容易，唯独看宝钗的故事最难。大体上，写那许多人都用直笔，好的真好，坏的真坏。只有宝钗，不是那样写的。乍看全好，再看就好坏参半，又再看好处不及坏处多，反复看去，全是坏，压根儿没有什么好。一再反复，看出她全坏，一无好处，这不容易。但我又说，看出全好的宝钗全坏还容易，把全坏的宝钗写得全好便最难。读她的话语，看她行径，真是句句、步步都像个极明智极贤淑的人，却终究逃不脱被人指为最奸最诈的人，这又因什么？《纲目》臧否全在笔墨之外，便是如此。

（清）哈斯宝《〈新译红楼梦〉回批》第三十八回批语，引自《中国历代小说论著选》，江西人民出版社本

《儒林外史》一书，摹绘世故人情，真如铸鼎象物，魑魅魍魉，毕现尺幅，而复以数贤人砥柱中流，振兴世教。其写君子也，如睹道貌，如闻格言；其写小人也，窥其肺肝，描其声态，画图所不能到者，笔乃足以达之。评语尤为曲尽情伪，一归于正。其云："慎勿读《儒林外史》，读之乃觉身世酬应之间，无往而非《儒林外史》。"斯语可谓是书的评矣。

（清）惺园退士《儒林外史序》，引自《中国历代小说论著选》，江西人民出版社本

小说之描写人物当如镜中取影，妍媸好丑，令观者自知。最忌搀入作者论断，或如戏剧中一脚色出场，横加一段定场白，预言某某若何之善，某某若何之劣，而其人之实事，未必尽肖其言。即先后绝不矛盾，已觉叠床架屋，毫无余味。故小说虽小道，亦不容着一我之见，如《水浒》之写侠，《金瓶梅》之写淫，《红楼梦》之写艳，《儒林外史》之写社会种种人物，并不下一前提语，而其人之性质、身份，若优若劣，虽妇孺亦能辨之，真如对镜者之无遁形也。夫镜，无我者也。

（清）黄人《小说小话》，引自《晚清文学丛钞·小说戏曲研究卷》，中华书局本

4. 刻画人物　描写世事　要合乎"情理"

李和尚曰：武二郎杀此奸夫淫妇，妙在从容次第、有条有理。若是一意杀了二人，有何难事？若武二郎者，正所谓动容周旋中礼者也。圣人，圣人！

（明）李贽《李卓吾先生批评忠义水浒传》第二十六回总批，明容与堂本

若以针线论，元曲之最疏者，莫过于《琵琶》，无论大关节目，背谬甚多——如子中状元三载，而家人不知；身赘相府，享尽荣华，不能自遣一仆，而附家报于路人；赵五娘千里寻夫，只身无伴，未审果能全节与否，其谁证之：诸如此类，皆背理妨伦之甚者。再取小节论之。如五娘之剪发，乃作者自为之，当日必无其事。以有疏财仗义之张大公在，受人之托，必能忠人之事，未有坐视不顾，而致其剪发者也。然不剪发不足以见五娘之孝，以我作《琵琶》，《剪发》一折亦必不能少，但须回护张大公，使之自留地步。吾读《剪发》之曲，并无一字照管大公，且若有心讥刺者。据五娘云："前日婆婆没了，亏大公周济。如今公公又死，无钱资送，不好再去求他，只得剪发"云云，若是，则剪发一事，乃自愿为之，非时势迫之使然也，奈何曲中云"非奴苦要孝名传，只为上山擒虎易，开口告人难"。此二语虽属恒言，人人可道，独不宜出五娘之口。彼自不肯告人，何以言其难也？观此二语，不似怼怨大公之词乎？然此犹属背后私言，或可免于照顾；迨其哭倒在地，大公见之，许送钱米相资，以备衣衾棺椁，则感之、颂之，当有不啻口出者矣，奈何曲中又云："只恐奴身死也兀自没人埋，谁还你恩债？"试问：公死而埋者何人？姑死而埋者何人？对埋殁公、姑之人而自言暴露，将置大公于何地乎？且大公之相资，尚义也，非图利也，"谁还恩债"一语，不几抹倒大公，将一片热肠付之冷水乎？（余澹心云："余向读《琵琶》，曾作此论，不意被笠翁拈出，真堪折服则诚。"）（一经点破，便觉拂情。则诚复生，何词以辩？）此等词曲，幸而出自元人；若出我辈，则群口讪之，不识置身何地矣。

（清）李渔《闲情偶寄·词曲部·结构第一》，《中国古典戏曲论著集成》（七），中国戏剧出版社本

做文章不过情理二字。今做此一篇百回长文，亦只是情理二字。于一个人心中，讨出一个人的情理，则一个人的传得矣。虽前后夹杂众人的话，而此一人开口，是此一人的情理。非其开口便得情理，由于讨出这一人的情理，方开口耳。是故写十百千人，皆如写一人，而遂洋洋乎有此一百回大书也。

（清）张竹坡《第一奇书金瓶梅读法》四十三，引自《金瓶梅资料汇编》，北京大学出版社本

《金瓶梅》于西门庆不作一文笔，于月娘不作一显笔，于玉楼则纯用俏笔，于金莲不作一钝笔，于瓶儿不作一深笔，于春梅纯用傲笔，于敬济不作一韵笔，于大姐不作一秀笔，于伯爵不作一呆笔，于玳安儿不着一蠢笔，此所以各各皆到也。

（清）张竹坡《第一奇书金瓶梅读法》四十六，引自《金瓶梅资料汇编》，北京大学出版社本

最可笑世之小说中，凡写奸人则用鼠耳鹰腮等语。

（清）《脂砚斋重评石头记》"甲戌本"第一回眉批，上海人民出版社本

更好。这便是真正情理之文。可笑近之小说中满纸羞花闭月等字。

（清）《脂砚斋重评石头记》"甲戌本"第一回眉批，上海人民出版社本

事则实事，然亦叙得有开架，有曲折，有顺逆，有映带，有隐有见，有正有闰，以至草蛇灰线，空谷传声，一击两鸣，明修栈道，暗度陈仓，云龙雾雨，两山对峙，烘云托月，背面傅粉，千皴万染，诸奇书中之秘法，亦不复少。余亦于逐回搜剔刳剖明白，以待高明再批示误谬。开卷一篇，立意真，打破历来小说窠臼，阅其笔则是《庄子》、《离骚》之亚。

（清）《脂砚斋重评石头记》"甲戌本"第一回眉批，上海人民出版社本

如此叙法方是至情至理之妙文。最可笑者，近小说中，满纸班昭、蔡

琰、文君、道韫。

     （清）《脂砚斋重评石头记》"甲戌本"第二回眉批，上海人民出版社本

  浑写一笔，更妙。必个个写去则板矣。可笑近之小说中有一百个女子，皆是如花似玉一副脸面。

     （清）《脂砚斋重评石头记》"甲戌本"第三回眉批，上海人民出版社本

  （"尤氏道：'你们可怜见的，那里有这些闲钱。凤丫头便知道了有我应着呢！'二人听说，千恩万谢的方收了。"下批）尤氏亦可谓有才矣，论有德比阿凤高十倍。惜乎不能谏夫治家，所谓人各有当也，此方是至理至情。最恨近之野史中，恶则无往不恶，美则无一不美，何不近情理之如是耶？

     （清）《脂砚斋重评石头记》第四十三回夹批，人民文学出版社本

  一段神奇鬼讶文字，不知从何想来。王夫人从来未理家务，岂不一木偶哉？且前文隐隐约约已有无限口舌浸润之谮，原非一日矣，若无此一番更变，不独终无散场之局，且亦大不近乎情理。况此亦此（是）余旧日目睹亲闻，作者身历之现成文字，非搜造而成者，故迥不与小说之离合悲欢窠臼相对。

     （清）《脂砚斋重评石头记》第七十七回夹批，人民文学出版社本

  文章之妙在于事先料不到它的变化反复，事出突然而又合理。现在王熙凤趁戏谑之间送茶，说了那几句话，使读者觉得宝黛之盟已定不可移，以为作者构思就是如此。书中诸人也该这样作想。后来突然折转，无意中生变，而且变得端端在理，这是何等之奇。

     （清）哈斯宝《〈新译红楼梦〉回批》第十回批语，引自《中国历代小说论著选》，江西人民出版社本

  读诸才子书，见其每回之末定要故作惊人之语，以图读者必欲续读下

去。此法屡用，千篇一律，便朽俗无味了，怎及本书务求实事实理，生奇处果真有奇，惊人处确属可惊。

　　　　　　（清）哈斯宝《〈新译红楼梦〉回批》第二十六回批语，引自
　　　　　　《中国历代小说论著选》，江西人民出版社本

　　此篇是放笔写严老大官之可恶，然行文有次第，有先后，如原泉盈科，放乎四海，虽支分派别，而脉络分明，非犹俗笔稗官，凡写一可恶之人，便欲打欲骂欲杀欲割，惟恐人不恶之，而究竟所记之事皆在情理之外，并不能行之于当世者，此古人所谓"画鬼怪易，画人物难"，世间惟最平实而为万目所共见者，为最难得其神似也。

　　　　　　（清）无名氏《卧闲草堂本儒林外史》第六回回评，引自《中
　　　　　　国历代小说论著选》，江西人民出版社本

　　古来无真正完全之人格，小说虽属理想，亦自有分际，若过求完善，便属拙笔。《水浒传》之宋江、《石头记》之贾宝玉，人格虽不纯，自能生观者崇拜之心。若《野叟曝言》之文素臣，几于全知全能，正令观者味同嚼蜡，尚不如神怪小说之杨戬、孙悟空腾挐变化，虽无理而尚有趣焉。

　　　　　　（清）黄人《小说小话》，引自《晚清文学丛钞·小说戏曲研究
　　　　　　卷》，中华书局本

二

集中　概括

1. "天下无粹白之狐　而有粹白之裘　取之众白也"

天下无粹白之狐，而有粹白之裘，取之众白也。夫取于众，此三皇五帝之所以大立功名也。

（先秦）《吕氏春秋·用众》，《诸子集成》本

然却是异样神变之笔，便将张生一夜中，车轮肠肚总撰出来。使低手为之，当云：来此借房，敬求你个法聪和尚，你与我用心儿做个周方云云。亦谁云不是《粉蝶儿》，然只是今朝张生，不复有昨夜张生。圣叹每云：不会用笔者，一笔只作一笔用；会用笔者，一笔作百十来笔用，正谓此也。

（清）金圣叹《贯华堂第六才子书西厢记》卷四《借厢》批语，江苏古籍出版社本

作《金瓶梅》者，必曾于患难穷愁，人情世故，一一经历过，入世最深，方能为众脚色摹神也。

（清）张竹坡《第一奇书金瓶梅读法》五十九，引自《金瓶梅资料汇编》，北京大学出版社本

余常谓著书至于小说，最为难事。必先十年读书，继之以遍游通都大邑、名山胜水，以扩展胸襟，观察风俗，然后闭户潜心，酌定宗旨，从事撰述，不责程功之期，随兴所至，偶然下笔，虽至数岁始得杀青，亦无不

可，然后其书成，乃有可观。

　　　　　　　（清）眷秋《小说杂评》，引自《晚清文学丛钞·小说戏曲研究
　　　　　　　卷》，中华书局本

2. "著书之难"，须"胸罗数百辈之人谱，身历数十年之世故"，但也不必"色色历遍"

　　作《金瓶梅》，若果必待色色历遍，才有此书，则《金瓶梅》又必做不成也。何则？即如诸淫妇偷汉，种种不同，若必待身亲历而后知之，将何以经历哉！故知才子无所不通，专在一心也。

　　　　　　　（清）张竹坡《第一奇书金瓶梅读法》第六十，引自《金瓶梅
　　　　　　　资料汇编》，北京大学出版社本

　　余始读《红楼梦》而泣，继而疑，终而叹。夫谓《红楼梦》之恃铺写盛衰兴替以感人，并或爱其诗歌词采者，皆浅者也。吾谓作是书者，殆实有奇苦极郁在于文字之外者，而假是书以明之，故吾读其书之所以言情者，必泪涔涔下，而心怦怦三日不定也。

　　　　　　　（清）潘德舆《读红楼梦题后》，引自《古典文学研究资料汇
　　　　　　　编·红楼梦卷》，中华书局本

　　老阿呆才进相府，便荐出一位高人，阅者此时已深知老阿呆之为人，料想老阿呆所荐之人平常可知，然而不知其可笑又加此老一等。譬如吴道子画鬼，画牛头已极牛头之丑恶矣，及画马面又有马面之丑恶，吾不知作者之胸中能容得多少怪物耶？

　　　　　　　（清）无名氏《卧闲草堂本儒林外史》第十一回回评，引自
　　　　　　　《中国历代小说论著选》，江西人民出版社本

　　小说家多好以自身所经过之历史，为著述之资料，如《儒林外史》中之杜少卿，即著者吴敬梓征君之自寓也，《儿女英雄传》著者文铁仙，曾简驻藏大臣，以事不果往，故书中安龙媒将有乌里雅苏台之役，而卒不成行。殆亦以泄笔之时，感触身世，因而自为描写耳。

　　　　　　　（清）徐珂《清稗类钞》，引自《中国小说史料·批评与杂记》，
　　　　　　　上海古籍出版社本

人至于死，无不一矣。如可卿之死也使人思，金钏之死也使人惜，晴雯之死也使人惨，尤三姐之死也使人愤，二姐之死也使人恨，司棋之死也使人骇，黛玉之死也使人伤，金桂之死也使人爽，迎春之死也使人恼，贾母之死也使人羡，鸳鸯之死也使人敬，赵姨娘之死也使人快，凤姐之死也使人叹，妙玉之死也使人疑，竟无一同者。非死者之不同，乃生者之笔不同也。

　　　　（清）诸联《红楼评梦》，引自《中国历代小说论著选》，江西人民出版社本

《红楼梦》，小说也，正人君子所弗屑道。或以为好色不淫，得《国风》之旨，言情者宗之。明镜主人曰：《红楼梦》，悟书也。其所遇之人皆阅历之人，其所叙之事皆阅历之事，其所写之情与景皆阅历之情与景，正如白发宫人涕泣而谈天宝，不知者徒艳其粉华靡丽，有心人视之皆缕缕血痕也。

　　　　（清）江顺怡《读红楼梦杂记》，引自《古典文学研究资料汇编·红楼梦卷》，中华书局本

呜呼，小说岂易言者哉！其为文也俚，一话也如其人初脱诸口，摹绘以得其神；其为事也琐，一境也必如吾身亲历其中，曲折以达其见。夫天下之人不同也，则天下之事不同也。以一人之笔写一人之事易，以一人之笔写众人之事难；以一人之笔写一人之事之不同者易，以一人之笔写众人之事之不同者难。况乎以事之不可同者而从同写之，以人之本可同者而不同写之，则是书之为难能而可贵也。试观是书所论时文三弊不可同也，自作者写之而不可同者竟同矣。所演之康林二人本可同也，自作者写之而可同者竟不同矣。吾益知著书之难，非胸罗数百辈之人谱，身历数十年之世故，则嬉笑怒骂一事有一事之情形，贞淫正邪一人有一人之体段，安能荟萃于一人之书一人之笔而惟妙惟肖邪！

　　　　（清）西泠散人《熙朝快史序》，引自《中国历代小说论著选》，江西人民出版社本

3. "胸中具有炉锤　不是金银铜铁强令混合"

《西厢记》止写得三个人：一个是双文，一个是张生，一个是红娘。其余如夫人，如法本，如白马将军，如欢郎，如法聪，如孙飞虎，如琴童，如店小二，他俱不曾著一笔、半笔写，俱是写三个人时所忽然应用之家伙耳！

（清）金圣叹《读第六才子书西厢记法》，《贯华堂第六才子书西厢记》，江苏古籍出版社本

余尝铸香炉，合金银铜三品而火化焉。炉成后金与银化，银与铜化，两物可合为一，惟金与铜则各自凝结，如君子小人不相入也。因之，有悟于诗文之理。八家之文，三唐之诗，金银也。不搀和铜锡，所以品贵。宋元以后之诗文，则金银铜锡无所不搀，字面欠雅驯，遂为耳食者所摈，并其本质之金银而薄之，可惜也。余《哭鄂文端公》云："魂依大祫归天庙。"程梦湘争云："祫字入礼不入诗。"余虽一时不能易，而心颇折服。夫六经之字，尚且不可搀入诗中，况他书乎！刘禹锡不敢题"糕"字，此刘之所以为唐诗也。东坡笑刘不题"糕"字为不豪，此苏之所以为宋诗也。人不能在此处分唐宋，而徒在浑含刻露处分唐宋，则不知《三百篇》中浑含固多，刻露者亦复不少。此作伪唐诗者之所以陷入平庸也。

（清）袁枚《随园诗话》卷七，人民文学出版社本

无一意一事不可入诗者，唐则子美，宋则苏、黄。要其胸中具有炉锤，不是金银铜铁强令混合也。

（清）刘熙载《艺概·诗概》，上海古籍出版社本

4. "眼中之竹" "胸中之竹"与"手中之竹"

江馆清秋，晨起看竹，烟光日影露气，皆浮动于疏枝密叶之间。胸中勃勃，遂有画意。其实胸中之竹，并不是眼中之竹也。因而磨墨展纸，落笔倏作变相，手中之竹又不是胸中之竹也。总之，意在笔先者，定则也；

趣在法外者，化机也。独画云乎哉！

(清)郑燮《板桥题画·竹》，《郑板桥集》，上海古籍出版社本

从来大家之文，无意求工而机趣环生，总由成竹在胸，故能挥洒如意，所谓风行水上，自成文章也。

(清)刘权之《纪文达公遗集序》，《纪文达公遗集》卷首，清嘉庆刊本

5. "直于一尺素 写尽千里景"

夫画道之中，水墨最为上。肇自然之性，成造化之功。或咫尺之图，写百千里之景。东西南北，宛尔目前；春夏秋冬，生于笔底。

(唐)王维《山水诀》，《历代论画名著汇编》，文物出版社本

……壮哉昆仑方壶图，挂君高堂之素壁。巴陵洞庭日本东，赤岸水与银河通，中有云气随飞龙。舟人渔子入浦溆，山木尽亚洪涛风。尤工远势古莫比，咫尺应须论万里。焉得并州快剪刀，剪取吴松半江水。

(唐)杜甫《戏题王宰画山水图歌》，《杜诗详注》卷九，中华书局本

直于一丈素，写尽千里景。云山杳杳已成秋，烟水漻漻方入暝。君应无心得此画，我岂有言能尔咏。

(宋)文与可《画厨杂咏·晚秋烟波》，《丹渊集》卷十九，《四部丛刊》本

……平居此乐忽入眼，孙家古图才可辨。奈何一幅一尺余，欲夺天地之奇变。……

(宋)张耒《孙彦古画风雨山水诗》，《柯山集》卷三，《丛书集成》本

前身阮始平，今代王摩诘，偃屈盖代气，万里入方尺，朽老诗作妙，险绝天与力；君不见杜陵老翁语，湘娥增悲真宰泣。

(宋)陈师道《晁无咎画山水扇》，《后山居士文集》卷五，上海古籍出版社本

窗间光影晚来新，半幅溪藤万里春。从此不贪江路好，剩拚心力唤真真。
    （宋）陈与义《次韵何文缜题颜持约画水墨梅花二首》之一，《陈与义集》卷十二，中华书局本

满眼长江水，苍然何郡山？向来万里意，今在一窗间。众木俱含晚，孤云遂不还，此中有佳句，吟断不相关。
    （宋）陈与义《题许道宁画》，《陈与义集》卷四，中华书局本

画者通四时朝暮阴晴之景于一卷，而山川脉络，近者可寻。于是消息盈虚见于俄顷，倏忽变幻备于寻尺。
    （元）虞集《欧阳元公侍制潇湘八景图跋》，《道园学古录》卷十一，《四部丛刊》本

论画者曰："咫尺有万里之势。"一"势"字宜着眼。若不论势，则缩万里于咫尺，直是《广舆记》前一天下图耳。五言绝句，以此为落想时第一义，唯盛唐人能得其妙。如"君家住何处？妾住在横塘。停船暂借问，或恐是同乡。"墨气四射，四表无穷。无字处皆其意也。
    （清）王夫之《薑斋诗话》卷下，《清诗话》本

画有在纸中者，有在纸外者。此番竹竿多于竹叶，其摇风弄雨，含露吐雾者，皆隐跃于纸外乎！然纸中如抽碧玉，如削青琅玕，风来戛击之声，铿然而文，锵然而亮，亦足以散怀而破寂。纸中之画，正复清于纸外也。
    （清）郑燮《题画竹六十九则》，《郑板桥集·补遗》，上海古籍出版社本

不过数片叶，满纸浑是节。万物要见根，非徒观半截。风雨不能摇，雪霜颇能涉。纸外更相寻，干云上天阙。
    （清）郑燮《题画竹六十九则》，《郑板桥集·补遗》，上海古籍出版社本

演口技者，能于一时并作人畜、水火、男妇、老稚千万声态；非真一

口能作千万态也。千万声态，齐于人耳，势必有所止也。取其齐于耳者以为止，故操约而致声多也。工绘事者，能于尺幅并见远近、浅深、正侧、回互千万形状；非真尺幅可具千万状也。千万形状齐于人目，势亦有所止也。取其齐于目者以为止，故笔简而著形众也。夫声色齐于耳目，义理齐于人心，等也；诚得义理之所齐，而文辞以是为止焉，可以与言著作矣。

（清）章学诚《说林》，《文史通义·内篇四》，中华书局本

问短篇所尚，曰："咫尺应须论万里。"问长篇所尚，曰："万斛之舟行若风。"二句皆杜诗，而杜之长短篇即如之。杜诗又云："大城铁不如，小城万丈余。"其意亦可相通相足。

（清）刘熙载《艺概·诗概》，上海古籍出版社本

6．"以少总多" "以一含万"

是以诗人感物，联类不穷，流连万象之际，沉吟视听之区。写气图貌，既随物以宛转；属采附声，亦与心而徘徊。故"灼灼"状桃花之鲜，"依依"尽杨柳之貌，"杲杲"为出日之容，"瀌瀌"拟雨雪之状，"喈喈"逐黄鸟之声，"喓喓"学草虫之韵；"皎日""彗星"，一言穷理；"参差""沃若"，两字穷形：并以少总多，情貌无遗矣。

（南朝·梁）刘勰《文心雕龙·物色》，人民文学出版社本

片言可以明百意，坐驰可以役万里，工于诗者能之。

（唐）刘禹锡《董氏武陵集纪》，《刘禹锡集》卷十九，上海人民出版社本

诗有意阔心远，以小纳大之体。如"振衣千仞冈，濯足万里流"，古诗真言其事，不相映带，此实高也。相映带，诗云："响如鬼必附物而来"，"天籁万物性，地籁万物声"。

（唐）[日]遍照金刚《文镜秘府论·南卷·论文意》，《文镜秘府论校注》，中国社会科学出版社本

东坡号思聪诗为《水镜集》，又作序赠之，云："聪能如水镜以一含

万,则书与诗当益奇,吾将观焉,以为聪得道深之候。"及聪来京师,种种不进,有人戏之云:"水镜年来亦太昏。"

(宋)王直方《王直方诗话》,《宋诗话辑佚》本

浓淡娟娟凉月,低昂浅浅春云;胸次何须千亩,笔端咫尺平分。

(元)袁桷《顺宗墨竹》,《清客居士集》卷四十五,《丛书集成》本

诗之用,片言可以明百义;诗之体,坐驰可以役万象。所以杜浣花集古今大成于开、宝间,上薄《风》、《骚》,下凌屈、宋,无有议者。

(清)薛雪《一瓢诗话》,《清诗话》本

艺者,道之形也。学者兼通六艺,尚矣!次则文章名类,各举一端,莫不为艺,即莫不当根极于道。顾或谓艺之条绪綦繁,言艺者非至详不足以备道。虽然,欲极其详,详有极乎?若举此以概乎彼,举少以概乎多,亦何必殚竭无余,始足以明指要乎!是故余平昔言艺,好言其概,今复于存者辑之,以名其名也。庄子取"概乎皆尝有闻",太史公叹"文辞不少概见"。"闻""见"皆以"概"为言,非限于一曲也。盖得其大意,则小缺为无伤,且触类引申,安知显缺者非即隐备者哉!抑闻之《大戴记》曰:"通道必简。"概之云者,知为简而已矣。至果为通道与否,则存乎人之所见,余初不敢意必于其间焉。

(清)刘熙载《艺概·叙》,上海古籍出版社本

刘知幾《史通》谓《左传》"其言简而要,其事详而博"。余谓百世史家,类不出乎此法。《后汉书》称荀悦《汉纪》"辞约事详",《新唐书》以"文省事增"为尚,其知之矣。

(清)刘熙载《艺概·文概》,上海古籍出版社本

人多事多难遍论,借一论之,一索引千钧,是何关系?

(清)刘熙载《艺概·文概》,上海古籍出版社本

司马长卿论赋云:"一经一纬。"或疑经可言一,纬不可言一,不知

乃举一例百，合百为一耳。

（清）刘熙载《艺概·赋概》，上海古籍出版社本

　　太史公纪三十世家，曹雪芹只纪一世家。太史公之书高文典册，曹雪芹之书假语村言，不逮古人远矣。然雪芹纪一世家，能包括百千世家，假语村言不啻晨钟暮鼓，虽稗官者流，宁无裨于名教乎？况马、曹同一穷愁著书，雪芹未受宫刑，此又差胜牛马走者。

（清）二知道人《红楼梦说梦》，引自《古典文学研究资料汇编·红楼梦卷》，中华书局本

　　夫美术之所写者，非个人之性质，而人类全体之性质也。惟美术之特质，贵具体而不贵抽象，于是举人类全体之性质置诸个人之名字之下。譬诸副墨之子，洛诵之孙，亦随吾人之所好，名之而已。善于观物者，能就个人之事实，而发见人类全体之性质。今对人类之全体，而必规规焉求个人以实之，人之知力相越，岂不远哉！故《红楼梦》之主人公，谓之贾宝玉可，谓之子虚乌有先生可，即谓之纳兰容若，谓之曹雪芹，亦无不可也。

（清）王国维《红楼梦评论》，引自《晚清文学丛钞·小说戏曲研究卷》，中华书局本

7. "拓小以大　居多以少"

　　子桓振建安之藻，昭明总著作之英。体有古今，理无用舍。夫机神肇于天性，感发由于自然。被之管弦，故音韵不可不和；形于蹈厉，故章句不可不节。取譬小而其指大，故禽鱼草木无所遗；连类近而及物远，故容貌俯仰无所隐。怨恻可戒，赞美不诬，斯实仁者之爱人，智士之博物，王室光启，人文化成。

（五代）徐铉《文献太子诗集序》，《全唐文》卷八八一，中华书局本

　　绝句固自难，五言尤甚。离首即尾，离尾即首，而腰腹亦自不可少，妙在愈小而大，愈促而缓。吾尝读《维摩经》得此法。一丈室中，置恒河

沙诸天宝座，丈室不增，诸天不减，又一刹那定作六十小劫，须如是乃得。

（明）王世贞《艺苑卮言》卷一，《历代诗话续编》本

饶有往复而无一溢词，点染已至而抑无一浮字。所谓拓小以大，居多以少者也，何得不推为天才。

（清）王夫之《明诗评选》卷一，刘基《蜀国弦》评语，《船山遗书》，太平洋书店重校刊本

咏物诗原于盘盂户席诸古铭辞，而渐失其旨，由过于粘着也。

咏物诗，齐、梁及唐初为一格，众唐人为一格，老杜自为一格，宋、元又各自一格。宋诗粗而大，元诗细而小，当分别观之以尽其变，而奉老杜为宗。大率老杜着题诗并感物兴怀，即小喻大，何尝刻意肖题，却自然移他处不得。

（清）乔亿《剑溪说诗》卷下，《清诗话续编》本

8．"称名也小　取类也大"与"小中见大"

夫《易》，彰往而察来，而显微阐幽，开而当名，辨物正言，断辞则备矣。其称名也小，其取类也大；其旨远，其辞文；其言曲而中，其事肆而隐；因贰以济民行，以明失得之报。

（先秦）《周易·系辞下》，《四部丛刊》本

其文约，其辞微，其志洁，其行廉，其称文小而其指极大，举类迩而见义远。其志洁，故其称物芳；其行廉，故死而不容自疏。

（汉）司马迁《史记·屈原贾生列传》，中华书局本

赞誉志者，谓心珍见物，言贵者不如意重，今人先贤之莫及。词褒笔味，玄欺丰岁之珠，语赞文峰，剧胜饥年之粟。小中出大，短内生长，技滞生微，方云赞誉，即拟作善人诗，诗曰："宋猎何须说，虞姬未足谈。颊态花翻愧，眉成月倒惭。"

旧题魏文帝《诗格》，《诗学指南》卷三，乾隆敦本堂刊本

观夫兴之托谕，婉而成章，称名也小，取类也大。

（南朝·梁）刘勰《文心雕龙·比兴》，人民文学出版社本

赋物诗，贵在小中见大，前人咏檐马诗，五律下半云："当世正多事，吾曹方苦兵。那堪檐漏下，又作战场声！"余近游天台，自嵊县陆行，坐竹兜，甚适，亦有一律，下半云："半世皋比座，前尘使者轺。老夫双茧足，曾走万程遥。"亦或庶几耳。

（清）洪亮吉《北江诗话》卷二，人民文学出版社本

9."博而能一"与"言近而指远"

孟子曰："言近而指远者，善言也；守约而施博者，善道也。君子之言也，不下带而道存焉；君子之守，修其身而天下平。人病舍其田而芸人之田，所求于人者重，而所以自任者轻。"

（先秦）《孟子·尽心下》，《诸子集成》本

晚世学者，不知道之所一体，德之所总要，取成之迹，相与危坐而说之，鼓歌而舞之，故博学多闻而不免于惑。

（汉）刘安《淮南子·本经训》，《诸子集成》本

臣闻通于变者，用约而利博；明其要者，器浅而应玄。是以天地之赜，该于六位；万殊之曲，穷于五弦。

（晋）陆机《演连珠》，《陆机集》，中华书局本

是以临篇缀虑，必有二患：理郁者苦贫，辞溺者伤乱，然则博见为馈贫之粮，贯一为拯乱之药，博而能一，亦有助乎心力矣。

（南朝·梁）刘勰《文心雕龙·神思》，人民文学出版社本

词曲虽小道哉，然非多读书，以博其见闻，发其旨趣，终非大雅。须自《国风》、《离骚》、古乐府及汉、魏、六朝三唐诸诗，下迨《花间》、《草堂》诸词，金、元杂剧诸曲，又至古今诸部类书，俱博蒐精采，蓄之胸中，于抽毫时，掇取其神情标韵，写之律吕，令声乐自肥肠满脑中流

出，自然纵横该洽，与剿袭口耳者不同。胜国诸贤，及实甫、则诚辈，皆读书人，其下笔者有许多典故，许多好语衬副，所以其制作千古不磨；至卖弄学问，堆垛陈腐，以吓三家村人，又是种种恶道！古云："作诗原是读书人，不用书中一个字。"吾于词曲亦云。

（明）王骥德《曲律·论须读书》，《中国古典戏曲论著集成》（四），中国戏剧出版社本

孟子不云乎：君子深造之以道，欲其自得之也；又曰博学而详说之，将以反说约也。余以为此学诗之法也。抒山之言曰："取由我衷，得若神表，文外之旨，但见情性，不睹文字。"严羽卿以禅喻诗，归之"妙悟"，此非所谓自得者乎？说约者乎？深造也，详说也，则登山之蹻，渡水之筏也。"读书破万卷，下笔如有神。""别裁伪体亲风雅，转益多师是汝师。"得之者妙无二门，失之者邈若千里，此下学之径术，妙悟之指归也。

（清）钱谦益《冯己苍诗集序》，《牧斋初学集》卷四十，上海古籍出版社本

命意博，立言约，约固不可及也。

（清）王夫之《古诗评选》卷五，江淹《效阮公诗》（四）评语，《船山遗书》，太平洋书店重校刊本

老年之诗多简练者，皆由博反约之功，如陈年之酒，风霜之木，药淬之匕首，非枯槁闲寂之谓。然必须力学苦思，衰年不倦，如南齐之沈麟士，年过八旬，手写三千纸，然后可以压倒少年。

（清）袁枚《随园诗话》卷五，人民文学出版社本

学贵博而能约，未有不博而能约者也。以言陋儒荒俚，学一先生之言以自封域，不得谓专家也。然亦未有不约而能博者也。以言俗儒记诵漫漶，至于无极，妄求遍物，而不知尧舜之知所不能也。

（清）章学诚《博约中》，《文史通义·内篇二》，中华书局本

仙才者：纳须弥于芥子，藏日月于壶中。

（清）吴雷发《说诗菅蒯》，《清诗话》本

赋欲纵横自在，系乎知类。太史公《屈原传》曰："举类迩而见义远。"《叙传》又曰："连类以争义。"司马相如《封禅书》曰："依类托寓。"枚乘《七发》曰："离辞连类。"皇甫士安叙《三都赋》曰："触类而长之。"

（清）刘熙载《艺概·赋概》，上海古籍出版社本

蒿庵曾语余云："唐以后诗，元以后词，必不可入目，方有独造处。"此论甚精。然余谓：作诗词时，须置身于汉魏（指诗言）唐宋（指词言）之间，不宜自卑其志；若平时观览，则唐以后诗，元以后词，益我神智，增我才思者，正复不少，博物约取，亦视善学者何如耳。

（清）陈廷焯《白雨斋词话》卷八，人民文学出版社本

10."小景传大景之神"与"实事传神""虚事传神"

"柳叶开时任好风"、"花覆千官淑景移"及"风正一帆悬"、"青霭入看无"，皆以小景传大景之神。若"江流天地外，山色有无中"、"江山如有待，花柳更无私"，张皇使大，反令落拓不亲，宋人所喜，偏在此而不在彼。近唯文徵仲《斋宿》等诗，能解此妙。

（清）王夫之《薑斋诗话》卷下，《清诗话》本

盲左、班马之书，实事传神也；雪芹之书，虚事传神也。然其意中，自有实事，罪花业果，欲言难言，不得已而托诸空中楼阁耳。

（清）二知道人《红楼梦说梦》，引自《古典文学研究资料汇编·红楼梦卷》，中华书局本

三

本事与典型化

1. 本事与虚构

龚圣与作宋江三十六赞并序曰:"宋江事见于街谈巷语,不足采著。虽有高如李嵩辈传写,士大夫亦不见黜。余年少时壮其人,欲存之画赞,以未见信书载事实,不敢轻为,及异时见《东部事略》中载侍郎《侯蒙传》,有书一篇,陈制贼之计云:'宋江以三十六人横行河朔、京东,官军数万,无敢抗者。其材必有过人,不若赦过招降,使讨方腊,以此自赎,或可平东南之乱。'余然后知江辈真有闻于时者。于是即三十六人,人为一赞,而箴体在焉。盖其本拨矣,将使一归于正,义勇不相戾,此诗人忠厚之心也。余尝以江之所为,虽不得自齿,然其识性超卓,有过人者。立号既不僭侈,名称俨然,犹循轨辙,虽托之记载可也。古称柳盗跖为盗贼之圣,以其守壹至于极处,能出类而拔萃。若江者,其殆庶几乎!虽然,彼跖与江,与之盗名而不辞,躬履盗迹而无讳者也。岂若世之乱臣贼子,畏影而自走,所为近在一身,而其祸未尝不流四海?呜呼!与其逢圣公之徒,孰若跖与江也!"

"呼保义宋江:不假称王,而呼保义,岂若狂卓,专犯忌讳!
智多星吴学究:古人用智,义国安民。惜哉所予!酒色牿人。
玉麒麟卢俊义:白玉麒麟,见之可爱,风尘大行,皮毛终坏。
大刀关胜:大刀关胜,岂云长孙?云长义勇,汝其后昆!
活阎罗阮小七:地下阎罗,追魂摄魄,今其'活'矣!名喝太伯。
尺八腿刘唐:将军下短,贵称侯王。汝岂非夫,腿尺八长?
没羽箭张清:箭以羽行,破敌无颜,七札难穿,如游斜何。

浪子燕青：平康巷陌，岂知汝名？大行春色，有一丈青。
病尉迟孙立：尉迟壮士，以病自名，端能去病，国功可成。
浪里白跳张顺：雪浪如山，汝能白跳，愿随忠魂，来驾怒潮。
船火儿张横：大行好汉，三十有六，无此火儿，其数不足。
短命二郎阮小二：灌口少年，短命何益？曷不监之，清源庙食。
花和尚鲁智深：有飞飞儿，出家尤好，与尔同袍，佛也被恼。
行者武松：汝优婆塞，五戒在身，酒色财气，更要杀人。
铁鞭呼延绰：尉迟彦章，去来一身。长鞭铁铸，汝岂其人？
混江龙李俊：乖龙混江，射之即济，武皇雄争，自惜神臂。
九文龙史进：龙数肖九，汝有九纹，盍从东皇，驾五色云。
小李广花荣：中心慕汉，夺马而归，汝能慕广，何忧数奇。
霹雳火秦明：霹雳有火，摧山破岳，天心无妄，汝孽自作。
黑旋风李逵：风有大小，不辨雌雄，山谷之中，遇尔亦凶。
小旋风柴进：风有大小，黑恶则惧，一噫之微，香满太虚。
插翅虎雷横：飞而食肉，有此雄奇，生入玉关，岂伤令姿。
神行太保戴宗：不疾而速，故神无方，汝行何之，敢离大行。
急先锋索超：行军出师，其锋必先，汝勿锐进，天兵在前。
立地太岁阮小五：东家之西，即西家东，汝虽特立，何有吾宫？
青面兽杨志：圣人治世，四灵在郊，汝兽何名，走旷劳劳。
赛关索杨雄：关索之雄，超之亦贤，能持义勇，自命何全。
一直撞董平：昔樊将军，鸿门直撞，斗酒肉肩，其言甚壮。
两头蛇解珍：左啮右噬，其毒可畏，逢阴德人，杖之亦毙。
美髯公朱仝：长髯郁然，美哉丰姿，忍使尺宅，而见赤眉。
没遮拦穆横：出没太行，茫无畔岸，虽没遮拦，难离火伴。
拼命三郎石秀：石秀拼命，志在金宝，大似河鲀，腹果一饱。
双尾蝎解宝：医师用蝎，其体贵全，反其常性，雷公汝嫌。
铁天王晁盖：毗沙天人，证紫金躯，顽铁铸汝，亦出洪炉。
金枪班徐宁：金不可辱，亦忌在秽，盍铸长殳，羽林是卫。
扑天雕李应：鸷禽雄长，惟雕最狡，毋扑天飞，封狐在草！"

此皆群盗之靡耳。圣与既各为之赞，又从而序论之，何哉？太史公序游侠而进奸雄，不免异世之讥；然其首著胜、广于世家，且为项籍作本纪，其意亦深矣！识者当自能辨之云。华不注山人戏书。

(宋）周密《癸辛杂识续集》，引自《中国小说史料·水浒传》，
上海古籍出版社本

　　高俅者，本东坡先生小史，笔札颇工。东坡自翰苑出帅中山，留以予曾文肃，文肃以使令已多辞之，东坡以属王晋卿。元符末，晋卿为枢密都承旨。时祐陵为端王，在潜邸日，已自好文，故与晋卿善。在殿庐待班解后，王云："今日偶忘记带篦刀子来，欲假以掠鬓，可乎？"晋卿从腰间取之。王云："此样甚新可爱。"晋卿言："近创造二副，一犹未用，少刻当以驰内。"至晚，遣俅赍往。值王在园中蹴鞠，俅候报之际，睥睨不已。王呼来前，询曰："汝亦解此技邪？"曰："能之。"漫令对蹴，遂惬王意，大喜，呼隶辈云："可往传语都尉，既谢篦刀之贶，并所送人皆辍留矣。"由是日见亲信。逾月，王登宝位。上优宠之，眷渥甚厚，不次迁拜，其侪类援以祈恩，上云："汝曹争如彼好脚迹邪？"数年间，建节，循至使相，遍历三衙者二十年，领殿前司职事，自俅始也。父敦复复为节度使。兄伸自言业进士，直赴殿试，后登八坐，子侄皆为郎潜延阁，恩幸无比，极其富贵。然不忘苏氏，每其子弟入都，则给养问恤甚勤。靖康初，祐陵南下，俅从驾至临淮，以疾为解，辞归京师。当时侍行如童贯、梁师成辈，皆坐诛，而俅独死于牖下。胡元功云。

(宋）王明清《挥麈后录》，引自《中国小说史料·水浒传》，
上海古籍出版社本

　　杜诗称李白云："天子呼来不上船"，吴虎臣《漫录》以为范传正《太白墓碑》云："明皇泛白莲池，召公作引，时公已被酒于翰苑中，乃命高将军扶以登舟。"杜诗盖用此事。而夏彦刚谓蜀人以襟领为船，不知何所据？《苕溪丛话》亦两存之。予谓襟领之说，定是谬妄，正使有据，亦岂词人通用之语？此特以"船"字生疑，故尔委曲。然范氏所记，白被酒于翰苑，而少陵之称，乃市上酒家，则又不同矣。大抵一时之事，不尽可考。不知太白凡几醉，明皇凡几召，而千载之后，必于传记求其证邪？且此等不知，亦何害也。

(金）王若虚《滹南诗话》卷一，《历代诗话续编》本

至于小说与本传互有同异者，两存之以备参考。或谓小说不可紊之以正史，余深服其论。然而稗官野史实记正史之未备，若使旳以事迹显然不泯者得录，则是书竟难以成野史之余意矣……质是而论之，则史书小说有不同者，无足怪矣。

     （明）熊大木《新刊大宋演义中兴英烈传序》，引自《中国历代小说论著选》，江西人民出版社本

  古今传闻讹谬，率不足欺有识，惟关壮缪明烛一端，则大可笑。乃读书之士，亦什九信之，何也？盖由胜国末村学究编魏、吴、蜀演义，因《传》有"羽守下邳，见执曹氏"之文，撰为斯说，而俚儒潘氏又不考而赞其大节，遂致谈者纷纷。案：《三国志》羽传及裴松之注及《通鉴纲目》，并无此文，《演义》何所据哉？

     （明）胡应麟《少室山房笔丛》，引自《中国小说史料·三国志演义》，上海古籍出版社本

  赤壁破曹，玄德功最大。考《昭列传》："与曹公战于赤壁，大破之。"操传："公至赤壁，与备战不利。"而不言周瑜及鲁肃。传俱言与备并力；陈寿书《诸葛传》后亦言："权遣兵三万助备，备得用与曹公交战，大破其军。"则当日战功可见。今率归重周瑜，与陈志不甚合。

     （明）胡应麟《少室山房笔丛》，引自《中国小说史料·三国志演义》，上海古籍出版社本

  杨用修《词品》云："《瓮天胜语》载：宋江潜至李师师家，题一词于壁云：'天南地北，问乾坤何处，可容狂客？借得山东烟水寨，来买凤城春色。翠袖围香，鲛绡笼玉，一笑千金值。神仙体态，薄幸如何销得！回想芦叶滩头，蓼花汀畔，皓月空凝碧。六六雁行连八九，只待金鸡消息。义胆包天，忠肝盖地，四海无人识。闲愁万种，醉乡一夜头白。'小辞盛于宋，而剧贼亦工如此。"案：此即《水浒词》，杨谓《瓮天》，或有别据；第以江尝入洛，则太愦愦也。

     （明）胡应麟《少室山房笔丛》，引自《中国小说史料·水浒传》，上海古籍出版社本

  宋徽宗时，山东贼宋江等三十六人，聚众横行，官军莫敢撄其锋。元

顺帝时，花山贼毕四等亦三十六人，聚集茅山，出没无忌，官军不能收捕。二贼相类，而皆三十六人。宋江中有一丈青、花和尚，而毕四中亦有一妇人一僧，最强健，岂皆天罡之数耶！

      （明）谢肇淛《文海披沙》，引自《中国小说史料·水浒传》，
      上海古籍出版社本

  永乐十八年，山东鱼台县妖妇唐赛儿，本县民林三妻，少诵佛经，自号佛母，诡言能知前后成败事。又能剪纸为人马相斗；往来益都、诸城、安邱、莒州、即墨、寿光诸州县，拥众先据益都。指挥高凤等讨之，俱陷殁。上命使驰驿抬抚之，不报。乃遣总兵安远侯柳升等讨之，贼众败去；余党渐俘至京师，而贼首不得。上以赛儿久稽大刑，虑削发为尼，或遁女道士中，命北京山东境内尼及女道士悉逮至京师面讯；既又命在外有司，凡军民妇女出家为尼及道姑者，悉送之京师，而赛儿终不获。一云"赛儿至故夫林三墓所，发土得一石匣，中有兵书宝剑。赛儿秘之，因以叛，后终逸去，盖神人所佑助"云。

      （明）沈德符《野获编》，引自《中国小说史料·女仙外史》，
      上海古籍出版社本

  元微之当元和长庆间，以诗著名。传入禁中，宫人能歌咏之，呼为"元才子"，风流酝藉可知也。其作《莺莺传》，盖托名张生。复制《会真诗》三十韵，微露其意，而世不悟，乃谓诚有是人者，殆痴人前说梦也。唐人叙述奇遇，如《后土传》托名韦郎，《无双传》托名仙客，往往皆然。惟沈亚之《橐泉梦记》，牛僧孺《周秦行记》乃自引归其身，不复隐讳。然《周秦行记》与僧孺所著《幽怪录》，文体绝不相类，或谓乃李德裕门下士所作，以暴僧孺之犯上无礼，有僭逆意，盖嫁祸云尔。理或然也。

      （明）瞿佑《归田诗话》卷上，《历代诗话续编》本

  词话每本头上，有请客一段，权做过得胜利市头回，此政是宋朝人借彼形此，无中生有妙处。游情泛韵，脍炙人口，非深于词家者，不足与道也。微独杂说为然，即《水浒传》一部，逐回有之，全学《史记》体，文待诏诸公，暇日喜听人说宋江，先讲摊头半日，功父犹及与闻。今坊间

刻本，是郭武定删后书矣。郭故跗注大僚，其于词家风马，故奇文悉被划薙，真施氏之罪人也。而世眼迷离，漫云"搜求武定善本"，殊可绝倒。胡元瑞云："二十年前所见《水浒传》本，尚极足寻味；今为闽中坊贾刊落，遂几不堪复瓿；更数十年，无原本印证，此书将永废矣。"然则元瑞犹及见之，征余所闻，罪似不在闽贾。《点鬼簿》中，具有宋江三十六人事迹，是元人钟继先所编。《宣和遗事》亦载宋江并花石纲事，施氏《水浒》，盖有所本耳。一云，施氏得宋张叔夜擒贼招语，因润饰以成篇者也。

（明）钱希言《戏瑕》，引自《中国小说史料·水浒传》，上海古籍出版社本

予阅《文山传》，如刘岳申、胡广所撰，皆萎苶不足动人。淮阴有龚开者；字圣予，尝传宋瑞事，或以为类司马迁，惜无从索览。又《癸辛杂识》载圣予有呼保义宋江等三十六赞，序云："宋江事见于街谈巷语，不足采著，虽有高人如李嵩辈传写，士大夫亦不见黜。余年少时壮其人，欲存之画赞，以未见信书载事实，不敢轻为。及异时见《东都事略》中载侍郎《侯蒙传》，有书一篇，陈制贼之计云：'宋江以三十六人横行河朔、京东，官军数万，无敢抗者，其材必有过人，不若赦过招降，使讨方腊，以此自赎，或可平东南之乱。'予然后知江辈真有闻于时者，于是即三十六人，人为一赞，而箴体在焉。盖其本拨矣，将使一归于正，义勇不相戾，此诗人忠厚之心也。余尝以江之所为，虽不得自齿，然其识性超卓，有过人者，立号既不僭侈，名称俨然，犹循轨辙，虽托之纪载可也。古称柳盗跖为盗贼之圣，以其守壹至于极处，能出类而拔萃。若江者，其殆庶几乎！虽然，彼跖与江，与之盗名而不辞，躬履盗迹而无讳者也。岂若世之乱臣贼子，畏影而自走，所为近在一身，而其祸未尝不流四海。呜呼！与其逢圣公之徒，孰若跖与江也"云云。赞语文多，兹不备录。按：圣予乃宋末遗老，忠谊激烈，大类谢皋羽、郑所南，其文章可见者止此。近《稗海》所刻《癸辛杂识》，此文悉遭删去，遂使残珪断璧，荡然无存，亦搜奇之一恨也。

（明）陈宏绪《寒夜录》，引自《中国小说史料·水浒传》，上海古籍出版社本

《水浒》余尝戏以拟《琵琶》，谓皆不事文饰，而曲尽人情耳。然《琵琶》自本色外，"长空万里"等篇，即词人中不妨翘举。而《水浒》所撰语，稍涉声偶者，辄呕哕不足观，信其伎俩易尽；第述情叙事，针工密致，亦滑稽之雄也。世所传《宣和遗事》，极鄙俚，然亦是胜国时间阎俗说，中有"南儒"及"省元"等字面。又所记宋江三十六人，卢俊义作李俊义，杨雄作王雄，关胜作关必胜，自余俱小不同，并花石纲等事，皆似是《水浒》事本，倘出《水浒》后，必不更创新名。又郎瑛《类稿》，记《点鬼簿》中，亦具有诸人事迹，是元人钟继先所编。然则施氏此书，所谓"三十六人"者，大概各本前人，独此外则附会耳。郎谓："此书及《三国》，并罗贯中撰。"大谬。二书浅深工拙，若霄壤之悬，讵有出一手理？世传施号耐庵，名字竟不可考。友人王承父，尝戏谓是编《南华》、《太史》合成；余以非猾胥之魁，则剧盗之魔耳。

（明）惠康野叟《识余》，引自《中国小说史料·水浒传》，上海古籍出版社本

《水浒传》有"郓哥不忿闹茶肆"，初谓是俗语耳。乃唐人李端《闺情》云："月落星稀天欲明，孤灯未灭梦难成；披衣更向门前望，不忿朝来鹊喜声。"始知施耐庵之有所本。

（明）徐树丕《识小录》，引自《中国小说史料·水浒传》，上海古籍出版社本

云南孟密安抚司，即汉孟获之地。朝廷每岁取办宝石于此。其地夷俗鬼术甚骇：有名"地羊鬼"者，擅能以土木易人肢脏。当其易时，中术者不知也。凭其术数，几时而发，发则腹中痛矣，痛至死而五脏尽乃土木。或恶人不深，但易其一手一足，其人遂为残疾；又有名"扑死鬼"者，惟欲食人尸骸。人死，亲朋锣鼓防之，少或不严，则鬼变为禽兽飞虫，突入而食之矣。皆不可以理喻者。尝读演义《三国》诸葛亮七擒孟获，蛮夷多有怪术，于今验之，果然。今孟获子孙尚繁。

（明）郎瑛《七修类稿》，引自《中国小说史料·三国志演义》，上海古籍出版社本

史称宋江三十六人横行齐、魏，官军莫抗，而侯蒙举讨方腊；周公谨

（密）载其名，赞于《癸辛杂志》；罗贯中演为小说，有"替天行道"之言；今扬子、济宁之地，皆为立庙。据是，逆料当时非礼之礼，非义之义，江必有之，自亦异于他贼也。但贯中欲成其书，以三十六为天罡，添地煞七十二人之名，又易尺八腿为赤发鬼，一直撞为双枪将，以至淫辞诡行，饰诈眩巧，耸动人之耳目，是虽足以溺人，而传久失其实也多矣。今特书其当时之名三十六于左：

宋江、晁盖、吴用、卢俊义、关胜、史进、柴进、阮小二、阮小五、阮小七、刘唐、张青、燕青、孙立、张顺、张横、呼延绰、李俊、花荣、秦明、李逵、雷横、戴宗、索超、杨志、杨雄、董平、解珍、解宝、朱仝、穆横、石秀、徐宁、李英、花和尚、武松。

（明）郎瑛《七修类稿》，引自《中国小说史料·水浒传》，上海古籍出版社本

宋徽、钦北掳事迹，刊本则有《宣和遗事》，抄本则有《窃愤录》。二书较之，大事皆同，惟虏人侮慢之辞，丑污之事，则《窃愤》有之也。至于彼地之险，彼国之事，风俗之异，时序之乖，则《宣和》较《录》为少矣。二书皆无著书人名。且《遗事》虽以宣和为名，而上集乃北宋之事，下集则被掳之事，首起如小说、院本之流，是盖当时之人著者也。《录》则窃《遗事》之下集，造饰其所多之事，必宣、政间遭辱之徒，以发其胸中不逞之气而为之，是不足观也。观其年月、地方、死生大事俱同，惟多造饰之言可知矣。故《齐东野语》辨《南烬纪闻》之事为无有。予意《窃愤》或即《纪闻》，后人读之而愤之，故易此名也。观周草窗历辨之言，阿计替之事，似与相同。故予特揭宋家大事，录于左方，使人瞬目可知其概，余不必观也。靖康元年丙午二月初二日，金人围汴城。三月初三日，金人北去。十一月十九日，粘罕元帅再围京城。二十五日，京城陷，金人入城。二十六日，粘罕遣使入城求两宫幸彼营，议和割地事。二年正月十一日，粘罕遣使入城，请帝车驾诣军前议事。二月十一日，车驾出城，幸彼营。十七日，帝还宫。三月初三日，再幸彼营；次早，帝见太上皇亦至彼。初四日至十五，皇族后妃诸王陆续到营。十六日，粘罕令以青袍易帝服，以常人女服易二后服；侍卫番奴以男女呼帝。十七日，金以张邦昌为帝，国号大楚。十八日，上皇及帝二后乘马北行。二十一日，次黄河岸。二十二日，入卫州。二十三日，入怀州。二十四日，至信安县。

二十六日，至徐州。二十七日，至泉镇。四月一日，过真定府。五月二十一日，到燕京，见金主。六月二日，朱后死（方二十六岁）。十三日，至安肃听候。六月末，移居云州。绍兴二年，郑后崩（年四十七岁）；二帝移居五国城。绍兴四年，金主死，孙完颜亶即位。五年，移居西均从州，六年，上皇崩于均州（年五十六岁）；又移少帝往源昌州。八年，金人伪齐刘豫召少帝于源昌；本年十月九日，少帝复至燕京，与契丹耶律延禧同拘管鸿翼府。十三年。赐帝居燕京之寺。十八年，岐王完颜亮杀金主亶并后，自即位。绍兴十五年，徙少帝出城东田玉观。二十年，复徙少帝入城，囚于左院。二十二年春，帝崩，乃为彼奴射死马足之下（年六十岁）。

（明）郎瑛《七修类稿》，引自《中国小说史料·大宋宣和遗事》，上海古籍出版社本

《桑榆漫志》关侯听天师召使受戒护法，乃陈妖僧智𫖮，宋佞臣王钦若附会私言；至于降神助兵诸怪诞事，又为腐儒收册，疑以传疑。予以既为神将，听法使矣；解州显异，有录据矣；诸所怪诞，或黠鬼假焉，亦难必其无也……玉泉显圣，罗贯中欲伸公冤，既援作普净之事，复辏合《传灯录》中六祖以公为伽蓝之说，故僧家即妄以公与颜良为普安侍者。殊不知普净公之乡人，曾相遇以礼，而普安元僧，江西人（见《佛祖通载》）。隔绝甚远，何相干涉？是因伽蓝为监从之神，普安因人姓之同，遂认为监坛门神侍者之流也。此特亵公之甚。

（明）郎瑛《七修续稿》，引自《中国小说史料·三国志演义》，上海古籍出版社本

《宣和遗事》，具载三十六人姓名，可见三十六人是实有。只是七十回中许多事迹，须知都是作书人凭空造谎出来。

（清）金圣叹《读第五才子书法》，《贯华堂第五才子书水浒传》（上），江苏古籍出版社本

稗官小说，不尽凿空，必有所本。如施耐庵《水浒传》，微独三十六人姓名见于龚圣予赞，而首篇叙高俅出身与《挥麈后录》所载一一吻合。俅本东坡先生小史，工笔札，坡出帅中山，留以予曾子宣，辞之，以属王

晋卿。晋卿一日遣俅送篦刀子于端王邸，值王在园中蹴鞠，俅睥睨之。王呼来前，询曰："汝亦解此耶？"曰："能之。"令对蹴。大喜，呼隶云："往传语都尉，谢篦刀之贶，并送人皆辍留矣。"逾月，王登大宝，眷渥日厚，不次千拜，数年间持节至使相。父敦复，后为节度使，兄伸，亦登八座，子侄皆为郎。传所云"小苏学士"，即东坡而稍变其文耳；都尉，即诜也。俅富贵不忘苏氏，每子弟入都，问恤甚厚，亦有可取。时梁师成自诡东坡之子。二人皆嬖幸，擅权势；而叔党卒终于小官，可以知其贤矣。或谓二苏党禁方严，李公麟遇苏氏子弟，至以扇障面而过之。坡族孙元老上时相启，乃至云："念与党人，偶同高祖"，此辈愧俅、师成不亦多乎！（邹浩《道乡集》有《高俅转官制》。）

（清）王士禛《居易录》，引自《中国小说史料·水浒传》，上海古籍出版社本

今小说演义记贝州王则事，其中人亦多有依据，如马遂击贼被杀是也。其云成都神医严三点者，江西人，能以三指间知六脉之受病，以是得名。见《癸辛杂识》。

（清）王士禛《居易录》，引自《中国小说史料·平妖传》，上海古籍出版社本

宋张忠文公叔夜招安梁山泺榜文云："有赤身为国，不避凶锋，拿获宋江者，赏钱万万贯，双执花红。拿获李进义者，赏钱百万贯，双花红。拿获关胜、呼延绰、柴进、武松、张青等者，赏钱十万贯，花红。拿获董平、李进者，赏钱五万贯有差。"今斗叶子戏有万万贯、千万贯、百万贯、花红递降等彩，用叔夜榜文中语也。又传中方腊贼党吕师囊，台州仙居人，亦非杜撰。但贼所陷乃杭、睦、歙、处、衢、婺六州耳，详《泊宅编》。又《七修类稿》言《录鬼簿》元汴梁钟继先作，载宋、元传记之名，而于此传之事尤多。

（清）王士禛《居易录》，引自《中国小说史料·水浒传》，上海古籍出版社本

徐神翁谓蔡京曰："天上方遣许多魔君下生人间，作坏世界。"蔡曰："安得识其人？"徐笑曰："太师亦是。"按：《水浒传》传奇首述误

走妖魔，意亦本此。然不识蔡京为是天罡，为是地煞耳？神翁语，见钱氏私志。

（清）王士禛《香祖笔记》，引自《中国小说史料·水浒传》，上海古籍出版社本

元至正间，有范益者，京师名医也。一日，有妪携二女求诊。曰："此非人脉，必异类也。当实告我！"妪泣拜曰："我西山老狐也。"与之药而去。今小说《平妖传》实借用其事。而所谓严三点，则南昌神医也。予已别记于《居易录》。又传中杜七圣与蜑子和尚斗法斩葫芦事，见《五杂俎》，乃明嘉、隆间事，非杜撰也。

（清）王士禛《古夫于亭杂录》，引自《中国小说史料·平妖传》，上海古籍出版社本

《平妖传》载蜑子和尚三盗猿公法，亦有所本。广州有大溪，山有一洞；每岁五月始见。土人预备墨沈纸刷入其中，以手扪石壁上有若镌刻者，急拓出，洞亦随闭。持印纸视之，或咒语，或药方，无不神验者。见焦尊生《说楛》。不仅严三点、杜七圣、马遂之有所本也。

（清）王士禛《古夫于亭杂录》，引自《中国小说史料·平妖传》，上海古籍出版社本

《平妖传》多目神，借用吕文靖事。指使马遂，乃北寺留守贾魏公所遣，借作潞公耳。郑毅夫有《马遂传》。严三点已详予《居易录》。

（清）王士禛《香祖笔记》，引自《中国小说史料·平妖传》，上海古籍出版社本

《游览志余》："钱唐罗贯中，南宋时人，编撰小说数十种。而《水浒传》叙宋江等事，机巧甚详。坏人心术，其子孙三代俱哑。"《七修类稿》："《宋江》乃施耐庵编。昨见《点鬼簿》载宋江传记之名，则亦有本，因而编成，故曰编。"《庄岳委谈》："《水浒传》所称三十六天罡，见《宋史·张叔夜传》：'宋江起河朔，转略十郡，官军莫敢撄其锋。'"《癸辛杂志》载龚圣予《宋江三十六人赞》，备列名号，曰："呼保义宋江、智多星吴学究、玉麒麟卢俊义、大刀关胜、活阎罗阮小七、尺八腿刘唐、没羽箭张清、浪子燕青、病尉迟孙立、浪里白跳张顺、船火儿张横、

短命二郎阮小二、花和尚鲁智深、行者武松、铁鞭呼延绰、混江龙李俊、九文龙史进、小李广花荣、霹雳火秦明、黑旋风李逵、小旋风柴进、插翅虎雷横、神行太保戴宗、先锋索超、立地太岁阮小五、青面兽杨志、赛关索杨雄、一直撞董平、两头蛇解珍、美髯公朱仝、没遮拦穆横、拚命三郎石秀、双尾蝎解宝、铁天王晁盖、金枪班徐宁、扑天雕李应。"转小说多孙立、晁盖，无公孙胜、林冲。其吴学究不著名，尺八腿、一直撞绰号大异，铁鞭、先锋、赛关索、金枪班小异，先后次第尤多不同。《宣和遗事》：卢俊义作李俊义、杨雄作王雄，关胜作关必胜，并载花石纲等事，皆似是《水浒》事本，而"呼保义"等号无之。《宋鉴》刘豫所害关胜，或即大刀也。其燕青赞云："平康巷陌，岂知汝名？大行春色，有一丈青。"然则，时固有一丈青者，而不在数中，果复有所谓七十二地煞乎？又高俅事，见《居易录》。乃东坡小史，以属王晋卿诡，诡遣俅送篦刀子于端王邸。（王）令对蹴，大喜，并送人皆留。逾月，王登大宝，眷渥日厚。数年间，持节至使相。传所云：小苏学士，即东坡而稍变其文耳。都尉即诡也。至"误走妖魔"事，见钱氏私志："河北贼方定，蔡京谓徐神翁曰：'且喜天下太平。'徐曰：'天上方遣许多魔君下生人间，作坏世界。'蔡曰：'如何得识其人？'徐笑曰：'太师亦是。'"按此段即是《水浒楔子》所由演。

（清）翟灏《通俗编》，引自《中国小说史料·水浒传》，上海古籍出版社本

《瓮天脞语》载宋江潜至李师师家，题词于壁。钟嗣成《点鬼簿》康进之乐府有《梁山泊黑旋风负荆》、《黑旋风老收心》。按：此等事今俱见《续传》中。又陆友仁题《宋江三十六人画赞》云："睦州盗起尘连北，谁挽长江洗兵革，京东宋江三十六，悬赏招之使擒贼，后来报国收战功，捷书夜奏甘泉宫。"则江降后自有攻讨方腊等事，《续传》所演，皆不为无因。或谓："《宋鉴》：刘豫所害关胜，即大刀关胜。"想亦有之。

（清）翟灏《通俗编》，引自《中国小说史料·水浒传》，上海古籍出版社本

《平妖传》见《居易录》。今小说演义，记贝州王则事，其中人多有依据，如：马遂击贼被杀，见《宋史》。使马遂乃贾魏公，借作潞公耳。

所云"成都神医严三点"者，江西人，见《癸辛杂识》。其多目神，借用李文靖。

（清）翟灏《通俗编》，引自《中国小说史料·平妖传》，上海古籍出版社本

据《宋史》，包拯尝除龙图阁直学士。立朝刚毅，贵戚宦官，为之敛手。京师语曰："关节不到，有阎罗包老。"凡讼诉径开正门，使得至前陈曲直，吏不敢欺。按：今童妇辈，凡言平反冤狱，辄称包龙图或称包待制。且言死作阎罗。因包老一言也。

（清）翟灏《通俗编》，引自《中国小说史料·龙图公案》，上海古籍出版社本

《明史·成祖纪》："永乐十八年二月，蒲台妖妇唐赛儿作乱，安远侯柳升帅师讨之。三月辛巳，败贼于卸石，赛儿逸去。甲申，山东都指挥佥事卫青败贼于安邱，指挥王真败贼于诸城，献俘京师。"按《杂说》："唐赛儿夫死，祭墓经山麓，见罅露出石匣，发视得妖书，取以究习，遂得通诸术。削发为尼，以其教施于村里，凡衣食财物，随须以术运至。细民翕然从之，渐至数万。官军不能获；朝命集数路击之，屡战，杀伤甚众。既而捕得，将伏法，刃不能入。不得已，复下狱，三木被体，铁垣系足，俄皆自解脱，竟遁去，不知所终。"好事者演其事，谓之《女仙外史》。

（清）翟灏《通俗编》，引自《中国小说史料·女仙外史》，上海古籍出版社本

演义传奇，其不足信一也，而文士亦有承讹袭用者：王文简《雍益集》有《落凤坡吊庞士元》诗，士元死于落凤坡，自演义外更无确据。元人撰汉寿庙碑，其铭云："乘赤兔兮随周仓。"亦祖袭演义。

（清）严元照《蕙榜杂记》，引自《中国小说史料·三国演义》，上海古籍出版社本

高力士为李太白脱靴，论者多以为荒诞，而不知事本正史。引《旧唐书·李白传》云："日与酒徒醉于酒肆。玄宗欲造乐府新词，亟召白，白已卧酒肆矣。召入，以水洒面，即令秉笔。顷之，成十余章，帝颇佳

之。尝沉醉殿上，引足令高力士脱靴，由是斥去。"

（清）梁章钜《浪迹续谈》，引自《中国小说史料·三言》，上海古籍出版社本

《水浒传》之作，亦依傍正史，而事迹不能相符。《宋史·徽宗本纪》："宣和三年二月，淮南盗宋江等犯淮阳军；又犯京东、江北，入楚海州界，命知州张叔夜招降之。"《侯蒙传》："宋江寇京东，蒙上书言：宋江以三十六人横行齐、魏，官军数万，无敢抗者，其才必过人，今青溪盗起，不若赦江，使讨方腊以自赎。"《张叔夜传》："叔夜再知海州。宋江起河朔，转略十郡，官军莫敢撄其锋。声言将至，叔夜使间者觇所向，贼径趋海滨，劫巨舟十余载卤获，于是募死士得千人，设伏近城，而出轻兵距海诱之战，先匿壮卒海旁，伺兵合，举火焚其舟，贼闻之，皆无斗志，伏兵乘之，擒其副贼，江乃降。"按《侯蒙传》虽有"使讨方腊"之语，事无可考。宋江以二月降，方腊以四月擒，或藉其力。但其时擒腊者，据《徽宗本纪》以为忠州防御使辛兴宗；据《童贯传》以为宣抚制使童贯；据《韩世忠传》则世忠以偏将穷追至青溪峒，问野妇得径，渡险数里，捣其穴，辛兴宗掠其俘以为己功，皆与宋江无涉也。陆次云《湖壖杂记》谓："六和塔下旧有鲁智深像；又言江浒人掘地得石碣，题曰武松之墓。当时进征青溪，或用兵于此，裨乘所传不尽诬。"惟汪韩门以为杭人附会为之，恐不足信。

（清）梁章钜《浪迹丛谈》，引自《中国小说史料·水浒传》，上海古籍出版社本

余于剧筵喜演《封神传》，谓尚是三代故事也。忆吾乡林樾亭先生，尝与余谈，《封神传》一书，是前明一名宿所撰，意欲与《西游记》、《水浒传》鼎立而三，因偶读《尚书·武成篇》"惟尔有神，尚克相予"语，演成此传。其封神事，则隐据《六韬》（《旧唐书·礼仪志》引）、《阴谋》（《太平御览》引）、《史记·封禅书》、《唐书·礼仪志》各书，铺张俶诡，非尽无本也。我少时尝欲仿此书演成黄帝战蚩尤事，而以九天玄女兵法经纬其间；继欲演伯禹治水事，而以《山海经》所纪助其波澜；又欲演周穆王八骏巡行事，而以《穆天子传》所书作为质干，再各博采古书以附

益之，亦可为小说大观，惜老而无及矣。

（清）梁章钜《浪迹续谈》，引自《中国小说史料·封神演义》，上海古籍出版社本

吾乡林樾亭先生言："昔有士人罄家所有嫁其长女者，次女有怨色；士人慰之曰：'无忧贫也。'乃因《尚书·武成篇》'惟尔有神，尚克相予'语，演为《封神传》，以稿授女；后其婿梓行之，竟大获利"云云。按：《史记·封禅书》云："八神将，太公以来作之。"《旧唐书·礼仪志》一引《六韬》云："武王伐纣，雪深丈余。有五车二马，行无辙迹，诣营求谒。武王怪而问焉，太公曰：'此必五方之神，来受命耳。'遂以其名召入，各以其职命焉。"《太平御览》十二引《阴谋》所载，与此略同，而以祝融、玄冥、句芒、蓐收为四海神名，冯修为河伯神名，使谒者各以其名召之，五神皆惊云云。则知太公封神，古有此说。今人于门户每书"姜太公在此，百无禁忌"，亦非无所本矣。

（清）梁章钜《归田琐记》，引自《中国小说史料·封神演义》，上海古籍出版社本

容若《无题》起句云："是谁看月是谁愁？"余为作出句云："同我惜花同我病。"两句中皆有黛玉在。

（清）张维屏《国朝诗人征略二编》，引自《中国小说史料·红楼梦》，上海古籍出版社本

《封神演义》一书，可谓诞且妄矣，然亦有所本。《旧唐书·礼乐志》引《六韬》云："武王伐纣，雪深丈余，五车二马，行无辙迹，诣营求谒。武王怪而问焉，太公对曰：'此必五方之神，来受事耳。'遂以其名召入，各以其职命焉。"案：五车二马，乃四海之神祝融、句芒、颛顼、蓐收、河伯、风伯、雨师也。又《史记·封禅书》："八神将，太公以来作之。"则俗传不尽诬矣。今凡人家门户上多贴"姜太公在此，诸神回避"，亦由此也。

（清）梁绍壬《两般秋雨庵随笔》，引自《中国小说史料·封神演义》，上海古籍出版社本

许亭史孝廉心坦，仁和人，官庆元学博，性嗜饮而诙谐。一日，座中

忽举问曰:"戏剧中八大王,予尝考之,已得其人。昨阅《五虎平西》小说,有所谓路化王者,称李国舅,云是李太后之弟,自民间访来者,其人有可考否?"一客曰:"先生亦太好古矣!此不过因狄太后有侄封王,故设言此人作陪衬耳,何足深究耶!"余并《五虎平西》小说亦未之见,并不敢置喙。后阅宋魏泰《东轩笔录》,首一条即记云:"李太后始入掖庭,才十余岁,惟一弟七龄,太后临别,手结刻丝罄囊与之。拊背泣曰:'汝虽沦落颠沛,不可失此囊,异时我若遭遇,必访汝,以此为物色也。'后其弟佣于凿纸钱家,然常以囊悬胸臆,未尝斯须去身也。一日,苦下痢,势将不救,为纸家弃于道左。有入内院子者,见而收养之,怪其衣服百结,而胸带罄囊,问之。具以告。院子愁然惊异,盖尝奉太后旨,令物色访其弟也。遂解其囊入示太后,具道本末。是时太后封宸妃,真宗已生仁宗矣。闻之悲喜,遂以其事白真宗,寻官之为右班殿直郎,即李用和也。及仁宗立,召用和,擢以显官,后至殿前都指挥使,领节钺,赠陇西郡王,世所谓李国舅者是也。"据此,则其人并非杜撰。

(清)梁绍壬《两般秋雨庵随笔》,引自《中国小说史料·五虎平西》,上海古籍出版社本

六和塔在进泷浦上,塔下旧有鲁智深像,今毁矣。当日听潮而圆寂,应在此处。进泷浦下有铁岭关,说是宋江藏兵处。昔江中有盗,劫得商舟财物,相与携而藏其中,为伏弩所射而毙,自是人不敢入。国初时,江浒人掘地得石碣,题曰:"武松之墓"。当日进征青溪,用兵于此,稗乘所传,当不诬也。惟涌金门金华将军,俗传即张顺归神,则无稽矣。今又讹为青蛙将军。史言:"刘豫降金,骁将关胜不从,杀之。"是关胜亦有其人,但不可据为《水浒》之关胜耳。一则死于忠,一则传以盗,是耐庵之罪也。

(清)朱梅叔《埋忧集》,引自《中国小说史料·水浒传》,上海古籍出版社本

往读施耐庵《水浒记》,疑作者讥宋失政,其人其事,皆理之所必无者,继读《纲目》,载宋江以三十六人转掠河朔,莫能撄锋。又《宣和遗事》备书三十六人姓名,宋龚开有赞,侯蒙有传,其人既匪诬矣。意梁山者,必峰峻壑深,过于孟门、剑阁,为天下之险,若辈方得凭恃为雄。

及予亲履其境，又曾辑修《兖志》，梁山为今寿张治属，其山不过周遭五十里，耐庵乃云八百里。即宋江寨，山冈上一小垣耳。记中铺张其事，使天下后世愚民不至其地者，信以为然，长奸萌乱，莫此为甚！因拈出之，以告司治君子，且使天下后世之人，知《水浒记》所载，虽有其人，而其事则不可尽信也。梁山泺音薄，作"泊"误。

（清）金埴《巾箱说》，引自《中国小说史料·水浒传》，上海古籍出版社本

　　宋人之最著者，曰包龙图，几于妇竖皆知。考孝肃之为人，《宋史》本传称其"性峭直，恶吏苛刻，务敦厚，虽甚疾恶，而未尝不推以忠恕"，则与世所传亦小异矣。惟史载其"知天长县时，有盗割人牛舌者，主来诉，拯曰：第归，杀而鬻之。寻复有来告私杀牛者，拯曰：何为割牛舌而又告之？盗惊服。"则亦颇有钩距之术。世所衍为《龙图公案》者，或即由此也。至元人《百种曲》，有断立太后事，此乃借李宸妃事为之。考《宋史》："李宸妃，杭州人。初入宫为章献太后侍儿，真宗以为司寝，已而生仁宗，章献以为己子。仁宗即位，妃嘿处先朝嫔御中，终太后世，仁宗不自知为妃所出。明道元年，疾革，进位宸妃，薨年四十六。后章献太后崩，燕王为仁宗言：'陛下乃李宸妃所生。'仁宗号恸，尊为皇太后。"是李宸妃本来如是，安有如俗所传者哉。直以为章献所抑，当时本有死于非命之说，故传之后世，犹有此纷纭之论耳。按王铚《默记》载："有王氏女，自言得幸神宗，生子冷青，以绣抱肚为验。赵概、包拯，鞫得其奸诈状，并处死。"则与世所传适相反也。而《默记》又载："张茂实太尉，章圣之子，尚宫朱氏所生。章圣畏惧刘后，凡后宫生皇子、公主，俱不留，以与内侍张景宗，令抚视，遂冒姓张。"又云："厚陵为皇太子。茂实入朝，至东华门外。居民樊用者，迎马首连呼曰：'亏你太尉！'茂实皇恐，执诣有司，以为狂人而黥之。"是当时此等异说甚多，宜流传至今，以为口实也。

（清）俞樾《小浮梅闲话》，引自《中国小说史料·龙图公案》，上海古籍出版社本

　　宋江事，见《张叔夜传》："叔夜再知海州，宋江起河朔，转略十郡，官兵莫敢撄其锋。声言将至，叔夜使间者觇所向，贼径趋海滨，劫巨舟十

余载卤获,于士募死士得千人,设伏近城,而出轻兵距海诱之战,先匿壮卒海旁,伺兵合,举火焚其舟;贼闻之,皆无斗志,伏兵乘之,擒其副贼,江乃降。"宋江降后,无使讨方腊事。方腊事见《童贯传》云:"方腊者,睦州青溪人也。世居县堨村。托左道以惑众。初,唐永徽中,睦州女子陈硕真反,自称文佳皇帝,故其地相传有天子基、万年楼,腊益得冯藉以自信。时吴中困于朱勔花石之扰,比屋致怨,腊因民不忿,宣和二年十月,起为乱,自号圣公,建元永乐,兰溪灵山贼朱言、吴邦、剡县仇道人、仙居吕师囊、方岩山陈十四、苏州石生、归安陆行儿,皆合党应之。徽宗始大惊,遣童贯、谭稹为宣抚制置使,帅禁旅以东。三年四月,生擒腊及妻邵氏,子毫二太子,伪相方肥等五十二人。"又《韩世忠传》:"方腊反,世忠以偏将从王渊讨之。时有诏能得腊首者,授两镇节钺。世忠穷追,至睦州青溪峒,问野妇得径,即挺身仗戈直前。度险数里,捣其穴,格杀数十人,擒腊以出。辛兴宗领兵截峒口,掠其俘为己功。"是擒方腊者,韩世忠也。乃生前既为辛兴宗冒功,而数百年后,稗官演说,又归之于武松。抑何蕲王之不幸也!唯《侯蒙传》:"宋江寇京东,蒙上书言:'宋江以三十六人横行齐、魏,官军数万,无敢抗者,其才必过人。今青溪盗起,不若赦江,使讨方腊以自赎。'帝曰:'蒙居外不忘君,忠臣也。'命知东平府。未至而卒。"是赦宋江以讨方腊,侯蒙有此议,而实未之行。小说家即本此附会尔。

(清)俞樾《小浮梅闲话》,引自《中国小说史料·水浒传》,
上海古籍出版社本

武王伐纣,一戎衣天下大定。而世俗有《封神传》一书,费如许战争,一切仙佛,皆来助战。余按:东晋人伪作《武成篇》有云:"维尔有神,尚克相予,以济兆民。"便有此意。《周书·克殷篇》:"武王遂征四方,凡憝国九十有九国,馘魔亿有十万七千七百七十有九,俘人三亿万有二百三十。""魔"与"人"分别言之,不知所谓"魔"者何谓也?使易《封神传》为《馘魔传》,不亦有典有则乎?至太公封神之说,相传甚古。《史记·封禅书》:"始皇遂东游海上行礼,祠名山大川及八神,求仙人羡门之属,八神将自古而有之。或曰:太公以来作之。"此即太公封神之说所自来。《太公金匮》云:"武王伐纣,都洛邑,明年阴寒,雨雪十余日。甲子平旦,五大夫乘马车,从两骑,止王门外。尚父曰:'四海之神,与

河伯、风伯、雨师耳。'使谒者各以其名召之，五神皆惊。武王曰：'天露，乃远来，何以教之？'皆曰：'天伐殷立周，谨来受命。'"云云。此亦可附会为太公封神之一征。《汉书·艺文志》，有太公二百三十七篇：《谋》八十一篇，《言》七十一篇，《兵》八十五篇。是太公之书甚多，其间奇怪之事，当必不少。《封神传》所称太公射死赵公明事，考《太公金匮》云："武王代纣，丁侯不朝，尚父乃画丁侯于策，三旬射之。丁侯病大剧，问卜者，占云：'祟在周'，丁侯恐惧，乃遣使者诣武王，请举国为臣虏。尚父乃以甲乙日拔其头箭，丙丁日拔其目箭，戊己日拔其腹箭，庚辛日拔其股箭，壬癸日拔其足箭。丁侯病愈，四夷闻之皆惧，各以其职来贡。"赵公明事，即本此敷衍也。它如元始天尊，为道教之祖，见《隋书·经籍志》；广成子为古仙人，见《庄子·在宥篇》；赤松子见《史记·留侯世家》；赤精子见《汉书·李寻传》；九天玄女见《史记·黄帝本纪正义》引《龙鱼河图》。《旧唐书·经籍志·兵书》，有《黄帝问玄女法》三卷，云玄女撰。《元史·舆服志》，有东、南、西、北、天王旗，并绘神人，右手执戟，左手奉塔。然则托塔天王亦有本也。哪吒事疑亦出于佛书，《夷坚志·程法师》条云："值黑物如钟，从林间直出，知为石精，遂持哪吒火球咒，俄而见火球自身出，与黑块相击。"然则哪吒风火轮，亦必有本。妲己见《尚书·牧誓枚传》、《史记·殷本纪》，固经史明文也。《晋语》云："殷辛伐有苏，有苏氏以妲己女焉。"韦注曰："有苏，己姓之国，妲己其女也。"《史记》索隐亦云："妲、字，己、姓也。"是妲己姓己。而袁子才小说，乃妄云："妲，妇官之号；己者，以十干为次第。"真无稽之言矣。晋语云："黄帝之子青阳与夷鼓，同为己姓。"然则妲己固亦贵族之女矣。《代醉篇》引《古今事物考》，谓："商妲己，狐精也；或曰：雉精，犹未变足，以帛裹之，宫中效焉。"委巷之谈，即今衍义家所本。考《竹书纪年》云："帝辛九祀，伐有苏，获妲己以归。"《通鉴前编》则在八祀。《初学记》引《帝王世纪》云："纣二年，纳妲己。"未知其究在何年？至其死也，《艺文类聚》及《御览》等书，引《帝王世纪》曰："周公为司徒，使以黄钺斩纣头，县于大白之旗；召公为司空，又使以玄钺斩妲己头，县于小白旗。"是杀妲己者，召公也。《古今注》云："武王以黄钺斩纣，故王者以为戒；太公以玄钺斩妲己，故妇人以为戒。"则杀妲己者，又太公也。《周书·克殷篇》云："乃适二女之所，既缢，王又射之，三发，乃右櫎之以轻吕，斩之以玄钺。"孔晁注云："二女妲己及嬖妾。"《史记》亦云:"已而之纣之二女,二女皆经自杀。"则妲己之外,尚有一人也。《帝王世纪》云:"纣自燔于宣室而死,二嬖妾与妲己亦自杀。"则妲己之外,更有二人也。此固不可考。《演义》谓"妲己有同类姊妹三人。"则适与古事有合。伯邑考事,据《史记·管蔡世家》,但云:"伯邑考既已前卒矣",不言其所以卒,而《殷本纪》正义引《帝王世纪》云:"纣既囚文王,文王之长子曰伯邑考,质于殷,为纣御。纣烹以为羹,赐文王,曰:'圣人当不食其子羹。'文王得而食之。纣曰:'谁谓西伯圣者?食其子羹,尚不知也!'"是伯邑考见烹于纣,其事乃真有之,非小说妄言也。然伯邑考事,亦自有异同,《史记》谓之前卒,固先武王而死者。乃《礼记·檀弓篇》:"文王舍伯邑考而立武王。"郑注曰:"权也。"《正义》曰:"文王在殷之世,殷礼,自得舍伯邑考而立武王。而言'权'者:殷礼,若嫡子死,得立弟。今伯邑考见在,而立武王,故云'权'也。"据此,又似文王之崩,伯邑考未死矣。郦山老母,亦有其人,非子虚也。《史记·秦本纪》:"申侯乃言孝王曰:'昔我先郦山之女,为戎胥轩妻,生中潏,以亲故归周,保西垂,西垂以其故和睦。'"按上文颛顼之苗裔孙曰女脩,女脩生大业,大业生大费,大费生二子:曰大廉,曰若木。大廉玄孙曰孟戏中衍,中衍后,遂世有功,其玄孙曰中潏,生蜚廉,蜚廉生恶来。以是言之,戎胥轩为中潏之父,则中衍之曾孙也。郦山女者,申国之女,故申侯曰:"我先郦山女。"申国姜姓,则此女姜氏也。谓之郦山女者,申国之君,娶于郦山,而生此女,故以母名女,谓之郦山女,亦犹《左传》颜懿姬、鬷声姬之例也。其后自蜚廉之造父五世,周穆王封之于赵城。春秋时赵氏其后也。自恶来之非子六世,周孝王封之秦,至始皇而遂有天下。郦山女之遗泽长矣。《汉书·律历志》,载张寿王言:"郦山女亦为天子,在殷、周间。"考郦山女为戎胥轩妻,正当商、周之间,意其为人,必有非常材艺,为诸侯所推服,故后世传闻,有为天子之事,而唐、宋以后,遂以为女仙,尊曰:"老母"。《神仙感遇传》载:"唐少室书生李筌,常游嵩山,得黄帝《阴符经》,遇郦山老母,指授秘要。"宋郑所南有《郦山老母磨铁杵欲作绣针图》诗。小说所称,非无自矣。太上老君有二说:《旧唐书·经籍志》丙部,有太上老君《玄元皇帝圣纪》十卷,唐尊老子为玄元黄帝,则太上老君即老子也。《隋书·经籍志》曰:"有玄始天尊,生于太玄之先,禀自然之气,常存不灭。每至天地初开,或在玉京之上,或在穷桑之野,授以秘道,谓之开劫度人。然其开劫,非一度矣。故有延康、赤明、龙汉、开皇,是其年号,其间相去,经四十一亿万载。所度皆诸天仙上品,有太上老君、太上丈人、天皇真人、五方天帝,及诸仙官,转共承受。"据此,则太上老君,又非即老子也。

(清)俞樾《小浮梅闲话》,引自《中国小说史料·封神演义》,
上海古籍出版社本

狄青事,据《宋史》本传,但云"临敌披发,带铜面具,出入贼中,皆披靡莫敢当"。无他异也。然起家行伍,位至枢密使。史称:"言者以青家狗生角,且数有光怪,请出青于外,以保全之。"《欧阳文忠集》有《论狄青札子》,极言其以武臣掌机密,而得军情,于国家不便,且以朱泚事为戒。则在当日已啧有烦言。小说家神奇其说,固无怪矣。《清波杂志》云:"向在建康,于邻人狄似处,见其五世祖武襄公收侬智高时所戴铜面具,及所佩牌,上刻真武像,世言武襄乃真武神也。"此即小说家所本。王则之乱,在宋仁宗庆历七年冬。凡六十六日而平,其讨平之者,文彦博、明镐也。王则事详《明镐传》,曰:"王则本涿州人,岁饥,流至恩州,隶宣毅军为小校。恩、冀俗妖幻,相与习《五龙滴泪》等经,及图谶诸书,言释迦佛衰谢,弥勒佛当持世,州吏张峦,卜吉主其谋,约以庆历八年正旦,断澶州浮梁,乱河北。会其党潘方净以书谒北京留守贾昌朝。事觉被执,故不待期,亟以七年冬至叛,僭号东平郡王。以张峦为宰相,卜吉为枢密使,建国曰安阳,改年曰得圣。"是张峦、卜吉皆实有其人,余则乌有子虚也。《宋史·列女传》云:"赵氏,贝州人。王则反,闻赵氏有殊色,使人劫致之,欲纳为妻。赵日号哭。谩骂求死。贼爱其色,不杀,多使人守之。乃绐曰:'必欲妻我,宜择日以礼聘。'贼信之,使归其家。家人惧其自陨,得祸于贼,益使人守视。贼具聘帛盛舆从来迎,赵与家人诀曰:'吾不复归此矣!'问其故。答曰:'岂有为贼污辱至此,而尚有生理乎?'遂涕泣登舆而去。至州廨,举帘视之,已自缢舆中死矣。"今小说亦载此事,盖真有之。

(清)俞樾《小浮梅闲话》,引自《中国小说史料·五虎平西》,
上海古籍出版社本

世俗所传"哪吒太子"事,余考之,不得其说,颇以为憾。一日,读《太平广记》九十二卷《异僧类》云:"宣律尝夜后行道,临阶坠堕,

忽觉有人捧承其足。宣顾视之，乃一少年也。宣遽问：'弟子何人？'少年曰：'某非常人，乃毗沙门天王子哪吒太子也。以护法之故，拥护和尚，时已久矣。'"始知哪吒太子，真有其人，非小说家妄说。记赵云崧《瓯北集》，用"哪吒卸肉"事，必本于释典，惜未得其详也。

（清）俞樾《壶东漫录》，引自《中国小说史料·封神演义》，
上海古籍出版社本

宋洪迈《夷坚乙志》云："宣和七年，户部侍郎蔡居厚罢，知青州，以病不赴，归金陵，疽发于背卒。未几，所亲王生暴亡，三日复苏，云：如梦中有人相追，逮至公庭。俄西边小门开，狱卒护一囚，扭械联贯，立庭下；别有二人舁桶血，自头浇之，囚大叫，痛苦如不堪忍者，细视之，乃侍郎也。复押入小门，回望某云：'汝今归，便与吾妻说，速营功果救我，今只是理会郓州事。'夫人恸哭曰：'侍郎去年帅郓时，有梁山泺贼五百人受降，既而悉诛之，吾屡谏，不听也。'乃作黄箓醮，为谢罪乞命。"按：此梁山泺贼，即宋江等也。宋江事见《宋史·张叔夜传》，但云"擒其副贼，江乃降"。至降后为蔡居厚所杀，而蔡居厚又以杀降获冥谴，则人所未知也。国朝施可斋《闽杂记》云："《宋史·陈文龙传》：'先是，兴化有石手军，能投石中人，议者以为不足用，罢之，遂叛，文龙讨平之。'今兴化各乡人多善投石，志眉中眉，志目中目，闻其人多于正月至三月先聚空旷处，画地为图，大经三四尺，去十步内，以石投之，屡中屡远，圈亦寖小，至远及百步，圈小如钱而止，故其技独精。《宋史》所言当即此。"按：《水浒传》中有善投石者，盖亦有所本也。

（清）俞樾《茶香室续抄》，引自《中国小说史料·水浒传》，
上海古籍出版社本

《大刀关胜赞》曰："大刀关胜，岂云长孙？云长义勇，汝其后昆！"俗传关胜为关公之裔，亦非无因。今所传有一丈青扈三娘，此则无之。然《浪子燕青赞》云："平康巷陌，岂知汝名？太行春色，有一丈青。"未知何指。

（清）俞樾《茶香室丛抄》，引自《中国小说史料·水浒传》，
上海古籍出版社本

《癸辛杂识》载龚圣与作宋江等三十六人赞，每人各四句，今不录。

惟其名号与世传小有异同，三十六人中，晁盖又不与也，故备录于此：呼保义宋江、智多星吴学究、玉麒麟卢俊义、大刀关胜、活阎罗阮小七、尺八腿刘唐、没羽箭张清、浪子燕青、病尉迟孙立、浪里白跳张顺、船火儿张横、短命二郎阮小二、花和尚鲁智深、行者武松、铁鞭呼延绰、混江龙李俊、九文龙史进、小李广花荣、霹雳火秦明、黑旋风李逵、小旋风柴进、插翅虎雷横、神行太保戴宗、先锋索超、立地太岁阮小五、青面兽杨志、赛关索杨雄、一直撞董平、两头蛇解珍、美髯公朱仝、没遮拦穆横、拚命三郎石秀、双尾蝎解宝、铁天王晁盖、金枪班徐宁、扑天雕李应。按："铁天王"，今作"托塔天王"，然其赞有"顽铁铸汝"之句，则当时固作"铁"矣。"尺八腿"，"一直撞"，亦与今异。

（清）俞樾《茶香室丛抄》，引自《中国小说史料·水浒传》，
上海古籍出版社本

宋孙升《孙公谈圃》云："蒲恭敏宗孟知郓州日，有盗黄麻胡者，劫良民，使自掘地倒埋之，观其足动以为戏。恭敏获其党，先剔去足筋，然后置于法。先是寇依梁山泺，恭敏下令，禁毋得乘小舟出入泺中。贼既绝食，遂散去。"按：梁山泊巨盗宋江等三十六人，人所知也，乃当时更有黄麻胡，则知者鲜矣。又谢肇淛《文海披沙》："宋徽宗时，山东贼宋江等三十六人，聚众横行。元顺帝时，花山贼毕四等亦三十六人，聚集茅山，出没无忌。宋江中有一丈青、花和尚，而毕四中亦有一妇，一僧最勇健，岂皆天罡之数与？"

（清）俞樾《茶香室丛抄》，引自《中国小说史料·水浒传》，
上海古籍出版社本

董恂《宫闺联名谱》引王行父《耳谈》云："陈元超，吴人。父以疏论严氏谪死。元超少年，倜傥不拘，尝与客登虎丘，见宦家从婢姣好，笑而顾己，悦之，迹至其家，求佣书焉。留侍二子，文日奇，父师大骇。已而以娶求归，二子不从，曰：'室中惟汝所择。'曰：'必不得已，秋香可。'即前遇婢也。二子白父母，嫁之。元既娶，婢曰：'君非虎丘遇者乎？'曰：'然。'曰：'君既贵公子，何自贱若此？'曰：'汝昔笑顾我，不能忘情耳。'曰：'妾昔见君服丧，表素而华其里，少年佻达可笑，非有它也。'会有贵客过，元因假衣冠谒客，言及白吏部，盖元之外父，正

柄国尊显。主人闻大骇，亟治百金装并婢赠之。"按：世传唐解元事即此。又黄蛟起《西神丛语》云："俞宪，号是堂。次子见安，偶从舟次见一女郎，心悦之，买舟尾其后。至吴门，知其为某富室青衣也，因语舟人与其仆曰：'留此一月待我，勿移泊它所。'径独造女郎家，求为苍头。主人留伴其子读。见安为其子代笔，为塾师所觉，颇向主人称其才。主人将欲于群婢中择佳者授之室。时吴中大户，多以粮役倾家。主人深以为忧。苏郡守某，是堂之同年也。见安潜入已舟，呼仆随诣守署，以年家子进谒，力为主人求罢役。守允其请。翌日，访见安居停答拜。主人初不知，见郡守无端及门，仓皇失措，而见安已出迎道款矣。守既别，主人揖见安上坐，问所欲，乃以实告。且闻重役已释，惊喜出意外，遂饰此青衣为己女，厚嫁之。近人以其事为唐寅，余询其从孙祖源，始得其本末。女郎号美娘，盖好事者驾言子畏耳。"按：黄蛟起字孝存，无锡人也。所著《丛语》，即记无锡之事。然则俞见安固无锡人，而婢家则在苏州，与世传子畏至无锡访华氏婢，适相反也。惟子畏此事，世知其伪托，而言人人殊。此记之说，世罕知者，故并载之。

（清）俞樾《茶香室丛抄》，引自《中国小说史料·今古奇观》，上海古籍出版社本

王士禛《池北偶谈》云："前御史乐安成公宝慈，明崇祯中，以疏救黄石公斋遣戍。鼎革后，隐昆仑山中。一日大雪，登绝顶，见松林有人僵卧，四面皆积雪，无人迹。其人衣木叶，卧处丈许独无雪。见公至，蹶而起曰：'候公久矣。'问其年。云：'不记年岁，只忆少时在京师，见杨椒山赴西市，遂发愤出家学道耳。'"小说书中，载有人见椒山赴西市，而弃家云游，遂以得道者，盖亦有本也。

（清）俞樾《茶香室续抄》，引自《中国小说史料·批评与杂记》，上海古籍出版社本

礼亲王《啸亭杂录》云："图文襄公掌刑曹时，毁明代镇抚司酷刑，如：吕公绦、红绣鞋诸刑具，以免后人效法。"按：小说有所谓"红绣鞋"者，铸铁为鞋，烧红，使人著之，明代乃真有此刑邪？

（清）俞樾《茶香室三抄》，引自《中国小说史料·批评与杂记》，上海古籍出版社本

沈德符《野获编》云："刘璟，青田人，诚意伯仲子也。洪武中，拜合门使，赐以铁简，上铸金为'除奸摘佞'四字，命以击百官之不法者。时袁都御使奏车牛事。璟当殿以简撼其项。其事甚异，弇州《考误》，断以为妄。焦弱侯谓诚意家，实有此简，曾以示焦。"按此，则小说所谓"打佞鞭"，乃真有之。

（清）俞樾《茶香室续抄》，引自《中国小说史料·批评与杂记》，上海古籍出版社本

唐冯翊《桂苑丛谈》云："进士张祐自称豪侠。一夕，有非常人装饰甚武，腰剑，手囊贮一物，流血于外，入门谓曰：'此非张侠士居乎？'曰：'然。'客曰：'有一仇人，十年莫得，今夜获之，喜不可已。'指囊曰：'此其首也。'问张曰：'有酒否？'张命酒饮之。客曰：'此去三数里有一义士，余欲报之，则平生恩仇毕矣。闻公义气，可假余十万缗，立欲酬之。此后赴汤蹈火无所惮。'张深喜其说，乃倾囊与之。客曰：'快哉，无所恨也！'乃留囊首而去。期以却回，及期不至。张虑囊首为累，遣家人埋之，乃豕首也。"按：今稗官家有敷衍此事者，莫知其本此，故记之。

（清）俞樾《茶香室丛抄》，引自《中国小说史料·儒林外史》，上海古籍出版社本

《齐东野语》云："近世江西有善医严三点，以三指点间知六脉之受病，世以为奇。"按：小说中有严三点事，未始无本。然其人似是南宋时人，非北宋时也。

（清）俞樾《茶香室丛抄》，引自《中国小说史料·平妖传》，上海古籍出版社本

明郑仲夔《耳新》云："周季侯令仁和，有神君之称。尝出行，忽怪风起，吹所张盖，卷落纱帽翅。执盖人请罪曰：'小人因张清风，遂至冒触。'周沉思良久，属能干捕差二人，令往拘张清风。两人商曰：'捕风捉影，安有此理？'乃相与登酒楼。楼上有谈某疾笃，诸医无效。一人曰：'若请张青峰去，必有生理。'二差因问张青峰状，潜往其家，值张远出，拘其妻至县。周讯之。妇曰：'渠本非吾夫。吾夫病，请渠调治，

渠见妾姿容，投毒致夫死，复谋娶妾。一日，渠酒后自吐真情，妾即欲寻死，因念无人伸冤，偷生至此。今遇天台，冤伸有日，但渠为某氏延去，须就其处拘之。'周命前差往拘，一讯果服。"按：今小说家演包孝肃事，有捕落帽风一事，不知其本此也。

（清）俞樾《茶香室三抄》，引自《中国小说史料·龙图公案》，上海古籍出版社本

《宋史》载："刘豫降金，杀其骁将关胜，胜不从逆故也。"按：《水浒》有关胜。《癸辛杂志》龚圣与作《关胜赞》云："大刀关胜，岂云长孙？云长义勇，汝其后昆？"以其时考之，宋江作乱，正在宋末。然则刘豫所杀之关胜，即《水浒》之关胜耶？世之图关胜者，赤面大刀，其状似壮缪。于是凡关胜者，匪不赤面，匪不大刀，而《施公案》之关太出矣！太号小西，盖自命为山西人，似即壮缪之后，小说家无识，盗袭可笑。

（清）林纾《畏庐琐记》，引自《中国小说史料·水浒传》，上海古籍出版社本

开岁无俚，儿辈案头有《东周列国演义》，偶一幡帑。是书起周幽迄秦政，胪叙事实，与《左》、《国》、《史》、《鉴》十九符合，绝无向壁虚造之言。其第八十三回有云："句践班师回越，载西施以归。越夫人潜使人引出，负以大石，沉于江中，曰'此亡国之物，留之何为？'后人不知其事，讹传范蠡载入五湖，遂有'载去西施岂无意？恐留倾国误君王'之句。按：范蠡扁舟独往，妻子且弃之，况吴宫宠妃，何敢私载乎？又有言：'范蠡恐越王复迷其色，乃以计沉之于江。'此亦谬也。"（演义止此）曩余辑《证璧集》（元名《祥福集》，取"语作吉祥能载福"句义，凡为昔人辨诬之文，皆吉祥文字也）。辨西施随范蠡之诬，语儿亭旧说之非，并极详确，惟西施负石沉江，越夫人实主之，则仅见于是书，是亦《证璧》之一说，惜未详其所本耳。

（清）况周颐《餐樱庑随笔》，引自《中国小说史料·东周列国演义》，上海古籍出版社本

尤袤《全唐诗话》："天授二年腊，卿相欲诈称花发，请幸上苑，许

可，寻复疑之。先遣使宣诏曰：'明朝游上苑，火速报春知；花须连夜发，莫待晓风吹。'凌晨百花齐放，咸服其异。"李松石汝珍撰章回小说名《镜花缘》，言武后时百花齐放，本此。松石，即撰《李氏音鉴》者。

    （清）况周颐《蕙风簃二笔》，引自《中国小说史料·镜花缘》，上海古籍出版社本

  宁藩下永宁王世子妃彭氏，奉贤人，生有国色，足极纤，江西人以彭小脚称之，而骁勇多智，力敌万夫。江西破，永宁父子皆殉国，妃乃帅家丁数十人，入闽寓汀州，结义军将范继辰等，聚众数千，克宁化、归化等十余州县。大清兵极畏之。会岁饥，众稍散，遂以顺治五年，为叛将王梦煜所败，被执不屈，绞杀于汀州之灵龟庙前，其从婢二人：一名金保，一名魏真，年皆未及笄，而俱有勇力，善骑射。妃既死，保自刭，真窜山谷间十数日，兵退乃出，窃妃与保尸葬之，遂去为尼，不知所终。此事明季诸野史俱未纪载，惟见施鸿保所著《闽杂记》中，颇疑《红楼梦》所记姽婳将军事，即指彭。

    （清）李岳瑞《春冰室野乘》，引自《中国小说史料·红楼梦》，上海古籍出版社本

  龚圣与作宋江等三十六人赞，无公孙胜、林冲，而加入晁盖及病尉迟孙立二人。赤发鬼刘唐则作尺八腿，双鞭呼延灼则作铁鞭呼延灼，急先锋索超删去"急"字，病关索杨雄作赛关索，双枪将董平作一直撞，没遮拦穆弘作穆横，金枪手徐宁作金枪班，扑天雕李应作李英。按《水浒》演义，晁盖称托塔天王，在宋江前称首领，不在将列，而赞称为铁天王。病尉迟孙立在七十二地煞内，赞乃及之。或《水浒》尚有别本欤？抑传误欤？赞载《癸辛杂识》。

    （清）吴沃尧《我佛山人笔记》，引自《中国小说史料·水浒传》，上海古籍出版社本

  果报之说，儒者不谈，然有时相值之巧，虽欲谓之非果报而不得者，使非余亲见之，犹未敢以为信也。临桂某甲，讳其姓名，本宦家子，与其弟同寓上海，瞰其弟之私蓄，欲分之，弟不可。甲父宦天津，甲惑于妇言，密达书于父，诬其弟以秽事。父得书大怒，驰书促其少子死。甲得父

书,持以迫其弟;弟泣求免,不可,遂仰药。甲即谋鬻其弟妇。弟妇惧,奔余求救。余许以明日往责甲。及明日往,其弟妇已在妓院矣。即走妓院威其鸨,迫令退还,为之择配,谓事已了矣。不数日,有人走告余,谓:"甲妇为人拐逃,甲已悔恨而为僧。"以甲之非人也,一笑置之。阅数月,又有以异事来告者,谓:"某乙利甲妇之储藏,诱拐之。既尽所有,狂恣凌虐。妇不堪其苦,已奔某妓院,俨然娼矣。某妓院,即甲鬻弟妇处也。"初不信,访之果然。妇且笑语承迎,略不自愧。呜呼!请君入瓮,其报何酷且速哉!此事余引入所撰之《二十年目睹之怪现状》中,而变易其姓名,彰其恶而讳其人,存厚道也。

(清)吴沃尧《我佛山人笔记》,引自《中国小说史料·二十年目睹之怪现状》,上海古籍出版社本

我佛山人吴沃尧《二十年目睹之怪现状》,实近日说部中一杰作,不在南亭亭长《官场现形记》下也。书中影托人名,凡著者亲属至友,则非深悉其身者莫辨。当代名人如张文襄,张彪,盛杏荪及其继室,聂仲芳及其夫人、太夫人,曾惠敏,邵友濂,梁鼎芬,文廷式,铁良,卫汝贵,洪述祖等,苟细绎之,不难按图而索也。

无名氏《缺名笔记》,引自《中国小说史料·二十年目睹之怪现状》,上海古籍出版社本

顾廷培《云庵遗文》记三盘坡云:"涿州之属,有三盘坡,名上盘、中盘、下盘,地处西山深处。传元末顺帝北窜,徐达破京师,蒙古人等挈家逃至此,见杳无人迹,结茅居焉。遂垦地事稼穑,自种自食,百有余年,并无所属,亦无查问者。至明中叶,生齿日繁,渐与外人交通。客有问其'籍隶何州县?'对曰:'无之。'客曰:'世岂有不属州县之野民乎?'坡民恐,遂出山投房山县;房山不收,投良乡;亦不收,乃投涿州。适州牧好事,收隶州属。其实相离甚窎,中隔房山,竟不联络也。查其处,三盘,坡之三层也。居民几及千家,所种之地,约略升科,每年征地丁银四百五十余两。出入道路:冬、春小溪水涸,从房山县入山,由小路徒行,三四日可到;若夏、秋时,须从芦沟桥对面进山,行不百里,则外之骡马不能进。若官长因公到坡,则有坡民携骑接换,方得到坡,往返约须半月。因出入艰难,每坡择殷实知事者一人,称为'老人',其实皆

壮年人也。给与竹板，有赌博、斗殴等事，令老人管理。理曲者，许责数板。即命案每多私和，亦置不问。钱粮无催科之烦，亦令老人代收。至腊月，三老人携之州，一并交纳。完后，于州大堂饮酒披红，鼓乐送之出城。历来如是。言其处木植甚贱，房屋俱砖瓦盖造，极其崇焕。妇女均大足，无行缠。土产：胡桃，蜂蜜，炕毡最佳。由此再西出山，则与蔚州相近。"按：此虽密迩京师，百余年人迹罕到；惜哉客之饶舌，不然，又成一桃源矣。青坨曰："畿甸之中，有此世外桃源，惟吾国始能得之，西欧断不能有此。吾观董方立所辑之《咸宁县志》图中，所辖地，亦恰有如涿州之远辖三盘者，因此，始悟当日之有此华离犬牙之奇观，乃因人而隶属，非因地而生此关系也。近世有小说一种曰《笏山记》，玩其所衍，似是从此事脱胎。"

（清）王葆心《虞初支志》，引自《中国小说史料·笏山记》，
上海古籍出版社本

小说中事实，皆系悠谬无稽之言，不能据为典要。而王渔洋《香祖笔记》，谓阳谷县有潘、吴二姓，自言是西门嫡室吴氏，妾潘氏之族，且因演《水浒记》戏剧，致成讼事。是耐庵之书，固非尽出于谰言也。至翠屏山杨雄妻潘巧云为石秀所杀，《水浒》虽详记其事，然知其必出于杜撰，断不能求其人其地以实之。乃近读冒氏《小三吾亭诗》，有翠屏山五古一首，并有自注云："舞鹤楼在蓟州城内大街，相传即潘氏妆楼。"据此，则潘巧云竟有其人，翠屏山竟有其地矣。落凤坡吊庞士元，昔贤曾见之题咏，然则郢书燕说，何尝不足为作诗之好资料耶！兹录其诗云："日落翠屏山，驱车过其右，人言潘家女，昔作杨家妇。府吏府中趋，空房愁独守，情天有坏空，佛法无净垢。阿难戒体毁，观音锁骨朽，至今梳妆楼，隐约蔽垂柳。一客听未终，整襟屡摇首，虞初说九百，君子不上口。悠悠滕薛争，谁能置可否？呼童且晚炊，为我煮斗酒。宣和世已遥，兹事莫须有。"夫汉代丛书，唐人小说，当时亦不过为文人一时之游戏，流传既久，词章家遂为故实，安知数百年后，不即引此诗以为征耶。是在好事者之广为传播耳。

《娱萱室随笔》，引自《中国小说史料·水浒传》，上海古籍出版
社本

包倦翁《闸河日记》云："阿井周围百步，属东阿，故东阿有贡胶役，土人颂之曰：'山东有二宝：东阿驴胶，阳谷虎皮。'虎皮今藏阳谷库，相传为武松打死于景阳冈者，景阳冈在阿城东南二十五里。土人又言：'明初有阳谷知县武姓者，甚贪虐。有二妻，一潘一金，俱助夫婪索。西门有庆大户，尤被其毒。人民切齿，呼之为武皮匠，言其剥削也。又呼为卖饼大郎，言其于小民口边求利也。'据此，则作者不为无本。"按：施耐庵为元人，此云明初，时代不合，待考。

《佣余漫墨》，引自《中国小说史料·水浒传》，上海古籍出版社本

《小浮梅闲话》："演义家所称名将，在唐曰薛家，皆薛仁贵子孙也。在宋曰杨家，皆杨业子孙也。考《宋史》，业六子，曰延朗、延浦、延训、延环、延贵、延彬。而延昭最知名，即延朗改名也。史称'延昭知勇善战，所得奉赐，悉犒军，未尝问家事。出入骑从如小校，号令严明，与士卒同甘苦，遇敌必身先行阵，克捷，推功于下，故人乐为用。在边防二十余年，契丹惮之，目为杨六郎。至今杨六郎之名，固犹在人口也。延昭子文广，以讨贼张海功，授殿直，范仲淹宣抚陕西，置麾下；从狄青南征，后为定州路副都总管，迁步军都虞候，盖亦不坠其家风者'。杨家将见于正史者，止此而已。"按《宋史·杨业传》："业为契丹所擒，其子延玉亦殁焉。业不食三日死。"是业有七子也。陷业者，蔚州刺史王侁，小说家以为潘美，殊失之诬。但其时美为主帅，不能辞其责耳。又《续文献通考》云："使枪之家十七，一曰杨家三十六路花枪。"《小知录》曰："枪法之传，始于杨氏，谓之曰梨花枪，天下盛尚之。"

《新义录》，引自《中国小说史料·杨家将》，上海古籍出版社本

潘美本宋初名将，以功名令终。近世小说所谓《杨家将》者，独丑诋之，不遗余力。或以为杨业之死，潘与有责焉。按：李广之死，责在卫青，后世不闻诋青以伸广者。潘美乃无端蒙恶名，诚所谓有幸有不幸者哉！按：潘美性最平易近人，有功益谨慎，能保令名以终者，非无故也。王巩《随手杂录》纪其遗事云："太祖皇帝初入宫，见宫嫔抱一小儿，问之。曰：'世宗子也。'时美与范质、赵普皆侍侧，太祖顾问普等。普等曰：'去之。'潘美与一帅在后不语。太祖召问之。美不敢答。太祖曰：

'即人之位，杀人之子，朕不忍为也。'美曰：'臣与陛下北面事世宗，劝陛下杀之，即负世宗；劝陛下不杀，则陛下必致疑。'太祖曰：'与尔为侄。'美遂持归。后太祖亦不问，美亦不复言。"以善词全人之后，良足多者。美同时诸节度皆解兵柄，独美不解，每赴镇，留妻子，止携数妾往，或有子，即遣其妾与子归宗，仍具奏乞陛下特照管云，是与王翦多请田宅，汾阳不分内外之意相等。处功高震主之地而能谨慎，宜乎保令名以终也。独其身后无端之毁，不知从何而来？"身后是非谁管得，满村听唱蔡中郎"，天下事固多如是者乎？

《廖居闻见录》，引自《中国小说史料·杨家将》，上海古籍出版社本

《儒林外史》，元不著作者姓名。一说谓系全椒吴敏轩征君敬梓所著，杜少卿即征君自况，散财移居，辞荐建祠，皆实事也。慎卿乃其从兄青然先生檠，虞博士乃江宁府教授吴蒙泉，庄尚志乃上元程绵庄，马二先生乃全椒冯粹中，迟衡山乃句容樊南仲，武书乃上元程文，其他二娄为浙江梁家，牛布衣为牛草衣，权勿用为是镜，凤鸣岐为甘凤池，汤奏为杨凯，萧云仙姓江，赵雪斋姓宋，隋岑庵姓杨，杨执中姓汤，匡超人姓汪，严贡生姓庄，高翰林姓郭，余先生姓金，万青云姓方，范进姓陶，荀玫姓荀，韦思元姓韩，沈琼枝即随园所称扬州女子。或象形谐声，或廋词隐语，若以雍、乾间诸家文集细绎而参稽之，则十得八九矣。征君著有《文木山房诗文集》及《诗说》，均未付梓。是书为金棕亭官扬州教授时所刊云。

《松风阁笔乘》，引自《中国小说史料·儒林外史》，上海古籍出版社本

《儒林外史》之权勿用，即是镜也。镜行多矫伪，动称礼法，俨然以道学自居，时人亦竟有称许之者。一日，晨出，遇小涧，四望无人，遂越而过。忽远处一村童见之，大呼曰："是先生跳涧矣。"是闻之，即出钱十余文与童，曰："畀汝啖饼，慎勿以此告人。"又：匡超人，或云实暗指汪容甫先生。相传先生性极乖僻，尝外出，旋折回入夫人室。夫人适背户坐，先生潜自后抱之。夫人惊呼曰："谁相戏者？"先生立释手，问曰："岂尚有人也敢乃尔耶？"遂出之。后作《拟刘孝标论》，乃有"蹀躞东西，终成沟水"语。实则夫人之出，固由先生之疑误也。按：此二说，

皆常州人语，不知确否？

<blockquote>《缺名笔记》，引自《中国小说史料·儒林外史》，上海古籍出版社本</blockquote>

《红楼梦》一书，揣测者不知凡几。尝见《赁庑剩笔》一则，记《红楼》亦谓叙纳兰故事，皆实录也。其所引证，则与他人之指为叙纳兰事者不相同，因节录其大略于下：纳兰眷一女，绝色也，有婚姻之约。旋此女入宫，顿成陌路。容若愁思郁结，誓必一见，了此宿因。会遭国丧，喇嘛每日应入宫喷经。容若贿通喇嘛，披袈裟居然入宫，果得一见彼姝，而宫禁森严，竟如汉武帝重见李夫人故事，始终无由通一词，怅然而出，故书中林黛玉之称潇湘妃子，乃系事实。不则黛玉未嫁，而诗社渠以妃子题名，以作者才思之周密，不应疏忽乃尔。第一百十六回宝玉出家做和尚，即指披袈裟冒充喇嘛事也。又云："雪芹有无著作，无从参考，嗣阅其父《栋亭先生集》，知与纳兰氏往还甚密，则容若平生艳史，雪芹以通家无勿知，宜也。"又云："《侧帽词·减字木兰花》六阕，与此一一吻合。其第三阕，即指入宫事也。"云云。原词六阕，均附于后，兹特录其第三阕云："相逢不语，一朵芙蓉着秋雨；小晕红潮，斜溜鬟心双翠翘，待将低唤，直为痴情恐人见；欲诉幽怀，转过回栏叩玉钗。"此说所引证妃子一节，尤为有力，吾不敢谓必是，要之，大可供阅者之推求也。《赁庑剩笔》者，署一"虎"字，不知为何许人？称此说得之袁爽秋太常，太常则得之钟子勤者也。

<blockquote>《海沤闲话》，引自《中国小说史料·红楼梦》，上海古籍出版社本</blockquote>

张南山《诗人征略》，谓《红楼梦》之贾宝玉，系明珠子容若。近人笔记中，多著说以证之。读容若所为诗，风流旖旎，颇肖宝玉之为人，其言当不诬也。集中拟古诸作，有一节云："美人临残月，无言若有思，含颦但斜睇，吁嗟怜者谁？予本多情者，寸心聊自持，浩歌《幽兰》曲，援琴终不怡。私恨托梦远，初日照帘帷。"所谓"美人"者，即指黛玉而言者邪？按：容若诗名颇为词所掩，《饮水集》中佳构正多，余最爱诵其《四时无题》诗，谓每首中各有一黛玉在，录数首于下："'挑尽银灯月满阶，立春先绣踏青鞋。夜深欲睡还无睡，要听檀郎读《紫钗》。''青杏园

林试越罗,映妆残月晓风和。春山自爱天然好,虚费隋宫十斛螺。''绿槐阴转小阑干,八尺龙须玉簟寒。自把红窗开一扇,放他明月枕边看。''水榭同携唤莫愁,一天凉雨晚来收。戏将莲茚抛池里,种出花枝是并头。''小睡醒来近夕阳,铅华洗尽淡梳妆。纱橱此日偏惆怅,翦去巫云作晚凉。''追凉池上晚偏宜,菱角鸡头散绿漪。偏是玉人怜雪藕,为他心里一丝丝。''却对菱花泪暗流,谁将风月印绸缪。生来悔识相思字,判与齐纨共早秋。''璇玑好谱断肠图,却为思君碧作朱。几夜西风消瘦尽,问侬还似旧时无?''寒香细细扑重帘,日压雕檐改未忺。端的为花憔悴损,一枝还向胆瓶添。''是谁看月是谁愁?夜冷无端上小楼,已过日高还未起,任教鹦鹉唤梳头。'"

《花帘尘影》,引自《中国小说史料·红楼梦》,上海古籍出版社本

地安门外,钟鼓楼西,有绝大之池沼,曰什刹海。横断,分前海、后海。夏植莲花遍满;冬日结冰,游行其上,又别是一境。后海,清醇王府在焉;前海,垂杨夹道,错落有致,或曰是《石头记》之大观园。然余常登陶然亭,亭东数武,又有黛玉花冢,其去什刹海,盖十里而遥,中间隔皇城。二说不知孰是?

《燕市贞明录》,引自《中国小说史料·红楼梦》,上海古籍出版社本

和珅秉政时,内宠甚多,自妻以下,内嬖如夫人者二十四人,即《红楼梦》所指正副十二钗是也。有龚姬者,齿最稚,颜色妖冶,性淫荡,宠冠诸妾。顾奇妒,和爱而惮之,多方以媚其意。龚姬喜啖榛栗及熊白,和为百计致之,宰夫胹之失饪,往往致死,龚夏日晚浴后,著蝉纱雾縠,肌体依约可见。和少子玉宝,别姬所出,最佻达。龚素爱之,遂私焉,每交接,不避婢媵,丑声四溢,不知者惟和与其妻耳。幕下有罗生者,质朴而能事,和倚之如左右手。一日,侍和闲谈,适玉宝趋过于前,衣服丽异,腰间杂佩累累。和顾而乐之,目逆而送,谓罗曰:"诚翩翩美少年也。使宰河阳,当为万花主人。此间风俗不良,当防闲其出,勿使近娈童。"罗曰:"服之不衷,身之灾也,子臧所以得罪于郑。今公子衣服炫异,是谓不衷;修饰仪容,是谓阶厉,臣恐秽德之

彰，在萧墙之内，不在寝门之外也。"和大怒，选事杖杀之。玉宝好为冶游。时有柳参将者，新任城门校，立法严肃，伐鼓檄柝，终宵戒严。适夜巡，玉宝微服过所欢，为柳所执，问何事夜行，叱令通名。玉宝不以实告，柳怒，即街头褫衣笞二十，血肉狼籍，卧月余始瘥，人无知者。有婢倩霞，容貌狡好，聪颖过人，喜学内家妆，手洁白，甲长二寸许，幼侍玉室，玉宝嬖之。龚姬疾其宠，谮于和妻，出倩霞。玉宝私往瞰之。倩霞断甲赠之。誓不更事他人，郁郁而死。玉宝哭之恸，隐恨龚姬。姬多方媚之，终不怿焉。和府故多梨园子弟，皆极一时之选，有贴旦名珍儿者，尤姣媚，妮妮依人，玉宝与结断袖之契，辄夜宿其家。龚姬廉知其事，大恨曰："儇薄子乃如此妄作邪？"亟帅侍婢十数人，联灯列炬，潜出府后门，掩其不备。玉宝大惊，肘行以逆，叩头求免。珍儿伏地战栗，不敢仰视。龚姬叱令举首，烛之美，徐慰之曰："汝勿恐，吾非噬人者。"竟与偕归，亦留与乱。是夜，龚姬以暴疾死。死后恒为厉府中。和知之，以珍儿殉焉，乃止。按：此见护梅氏《有清佚史》。龚姬盖即袭人，倩霞即晴雯，字义均有关合，而玉宝之为宝玉，尤为明显，不过颠倒其字耳。《红楼梦》一书，考之清乾、嘉时人记载，均言刺某相国家事。但所谓某相国者，他书均指明珠；护梅氏独以为和珅，言之凿凿，似颇有佐证者，录之亦足以广异闻也。

《潭瀛室笔记》，引自《中国小说史料·红楼梦》，上海古籍出版社本

觉罗炳成，字集之，号半聋，因左耳重听也。博览群书，尤熟本朝掌故。工篆、隶，善诙谐。世为显宦，而半聋不求仕进，弃万金之产给子侄，而自携妻子居京师南城外龙树院中，即南下凹之龙爪槐，王渔洋曾咏之者。性孤僻耿介，鲜与人通问讯。余于光绪元年入都，居吾乡光侍御家。半聋故与光善，见予篆隶，深相契合，遂为忘年交，其时半聋已五十余矣。所居院中曰天倪阁者，半聋捐资所建也，属予为《天倪阁序》而刻之石焉。一日，与谈《品花宝鉴》中人物。半聋曰："华公子，予曾见之，其花园在平则门外，名可园。余见华公子时，公子已贫，无以自给，拆卖木梁柱山石以糊口。时适夏令，公子留食瓜。少顷，雏婢捧大玻璃盘二，一贮黄色，一贮红色，瓜子皆剔净。瓜叉以黄金为之，柄则翠玉也，其侈犹如此。未几，公子死，几不能成丧礼。公子号华岩，父崇某，群呼

之曰崇华岩，乃户部银库郎中玉某之子。玉某者，旗人呼之曰玉八爷，没后以亏空案查抄，家产荡然，仅存一园以自给，故收局如是。徐子云者，名锡，某侍郎也。左手六枝指，故别号锡六指头，其花园在南下凹，即名怡园，今野凫潭、大清观一带，皆其遗址也。萧静宜者，即吾皖江慎修先生也。至田春航、侯石翁，人皆知为毕秋帆、袁子才矣。史南湘即蒋苕生，屈道翁即张船山，梅学士为铁保，而梅子玉、杜琴言实无其人，隐寓言二字之意。至如潘三乃内城钱粮胡同内兴隆靴铺掌柜，姓苏讳号靴苏者是也。奚十一为孙尔准之子。孙为两广总督，拆孙字偏旁，尔字上截，而凑为奚字，从广东来，故称为广东人。其来也，夹带大土无数，至京贩卖，故拆土字为十一，又呼之为老土也。姬亮轩为嵇文恭公后人，游幕者也，隐嵇为姬。宏济寺即后来之兴胜寺，庚子拳乱，曾设坛于此，故洋兵焚之，今改医局矣。寺中方丈善医花柳病，光绪初年余入都，犹见寺门大书'专治毒门'招牌。田春航与苏蕙芳之事，实有之，所谓'状元夫人'者，毕督两湖时，大权独揽，招摇纳贿，见诸参摺中者，其真名则不能忆矣。魏聘才者，姓朱，号宣初，由一榜补内阁中书，截取同知，捐升知府，在京候选，诗画皆佳，至今其画价值甚昂。玉天仙者，实有其人，名亦未改，朱纳之为妾，后正室死，即以为继室，生子某（案号雪塍）为名进士，时文最工，为江浙八名家之一，终于工部郎中，作者不知何故讥斥之不遗余力，殆有私憾焉。至苏侯即琦侯，而硬扭为田春航外舅，则不可解。孙亮功即穆杨阿（按即慈安后之父），曾任广西柳州知府，嗣徽、嗣元，即其二子穆四山、穆五山也。高品者，即陈森书，常州名士，即作《品花宝鉴》者。金粟者，旗人桂竹孙也，道光末年，以同知署常州知府，出资刻《品花宝鉴》，后因案革职，贫不能自存。群旦中唯袁宝珠原姓原名，即云南甘太史为之自尽者。咸丰季年，其人尚存，然门前冷落车马稀，无人过问矣。其余如王文辉、王恂、颜仲清、李性全、王胡等，皆实有其人，不过姓名皆更易矣，不可枚举也。"道光季年，《品花宝鉴》未出版时，陈森书挟抄本、持京师大老介绍书，遍游江、浙诸大吏间，每至一处，作十日留，阅毕，更之他处。每至一处，至少赠以二十金，因时获资无算。半聋少时，随其父浙江粮道任，陈至，留阅十日，赠以二十四金，彼犹以为菲薄也。

《郫罗延室笔记》，引自《中国小说史料·品花宝鉴》，上海古籍出版社本黄氏《士礼居丛书》新编《宣和遗事》载："北京留守梁师宝将十万贯金珠珍宝奇巧匹段，差县尉马安国一行人担奔之京师，赶六月初一日为蔡太师上寿。路中买酒吃，都被麻倒。"与小说《水浒》记吴用智取生辰纲大同小异。所载酒旗上写着"酒海花家"四字，尤为雅艳。

（清）蒋瑞藻《小说枝谭》引《秋夜读书记》，引自《中国小说史料·水浒传》，上海古籍出版社本

《花当阁丛谈》："张成，徐州人，短小精悍。善走，日可行五百里；若缓步，亦与人同。造意远行，则不可及。然既行，又不能自止，或负墙，抱树乃止。凡封奏羽报则使之。夜则于圆簏中缩足而睡。近昆山人顾大愚亦然。云：'有符咒甲马，拴于两股，日亦可三四百里。'今闻其符咒书为人窃去，不能走矣。"按：此事果信，《水浒》中之"神行太保"，殆非寓言耶！

（清）蒋瑞藻《花朝生笔记》，引自《中国小说史料·水浒传》，上海古籍出版社本

宜兴许郎，行二，农家子也。康熙二十年间，偶入城，至虹桥，遇一女绝艳，许将与目成，已失所在。是日薄暮，抵舍，则所遇女先在室内，谓许曰："来从绛阙，暂寄红尘，三生夙缘，今当与君偿之，幸无疑惧。"问其姓名。曰："何淑真。"从婢年可十三四，曰秋鸿。是时许妇适归宁，许因诡言："我妇美胜卿。"何曰："邑中金闺之艳，幽谷之姝，遍数止某某三人，差不惭巾帼，我犹胜之，若君妇则厉齿蓬头，既疥且痔，直登徒所爱者耳，又何足言？"妇闻甚恚，率其诸姑姐垒集，哄观何。闻语声出户，并不见形，乃共指而詈之。何曰："我与许君，缔未断之缘，命自真宰。汝辈某与某私，某为某事，此岂贞静者而亦毁我乎？"所刺幽隐，皆实中，遂嘿然散去。何喜谈论，其言皆古宫闱事，于汉事尤详。远近好异之士，履满其门。如是月余，颇厌烦嚣，挈婢辞许，不知所往。逾旬，忽见婢持衣履来贻，且招许。许叩以"何在？"婢言："且闭目行，少顷可达。"许如言，觉两足冉冉，若乘烟雾，经丘穿壑，仿佛仙源，曲阑重阁，花木幽深。何薄鬟约袖，躬自纺织。许至，洁卮而进，因相与缱绻。逾夕，惝恍出门，遥见晓村旧径，忽然抵家。事见钮玉樵琇《觚賸》。世

俗有《白蛇传弹词》，虽诞妄可笑，似亦有所本。"白娘子永镇雷峰塔"事，陆次云、洪昉思并有记述，惟许二所遇之女，据《瓴剩》当姓何耳！

（清）蒋瑞藻《花朝生笔记》，引自《中国小说史料·三言》，上海古典文学出版社本

《孽海花》隐托人名，近人考之详矣，固亦有挂漏未及备列者，玩索所得，随笔于下：黄文载即王文在（字念堂），王慈源即黄自元（字敬舆），成木生即盛杏荪，褚爱林即褚畹香，徐雪岑即徐雪琴，胡星岩即胡雪岩，陈千秋即陈万年，孙一仙汶，即孙逸仙文，毕嘉铭即毕松琥，崔大人即崔国因（字兰生），曾小侯即曾纪泽，高扬藻理惺，即李鸿藻兰生，缪仲恩绶山，即廖恒寿仲山，章骞直蛮，即张謇季直，苏胥郑庵，即郑孝胥苏戡，吕成泽沐庵，即李盛铎木斋，杨遂淑乔，即杨锐叔乔，林勋敦古，即林旭暾谷，易鞠缘常，即叶昌炽鞠常（号缘督），庄立人即张位，刘毅即刘可毅，余同即徐桐，傅容即徐郁，柴稣韵甫，即蔡钧和甫，俞耿西塘，即裕庚朗西，鱼阳伯，即鲁伯阳，祖钟武即孙毓汶，余雄义即徐用仪，俞书屏即徐树铭，吕旦闻即李端棻，余铭即玉铭，连总管即李莲英，珠公子即翁斌孙，章凤孙即张端本，庄镂琼即张柳君，曾敬华即曾劲虎，章一豪即张曜，鲁通一即卫达三（名汝贵），方代胜安堂，即袁世凯慰庭。

（清）蒋瑞藻《小说考证拾遗》引《松风阁笔乘》，引自《中国小说史料·孽海花》，上海古籍出版社本

京都名妓赛金花，原名傅彩云，洪文卿侍郎钧，携之使泰西，生一女。洪卒于都，彩云复之沪，名曹梦兰；流转之京，又更名赛金花。樊云门方伯增祥为撰《彩云曲》，于其一生历史，搜括无遗。原稿散见于津、沪各报，因录之，俾与欲知状元夫人历史者谈艳迹；况予在伯林，于侍郎使署中，曾作公干平视邪！诗云："姑苏男子多美人，姑苏女子如琼英。水上桃花知性格，湖中秋藕比聪明。自从西子湖船住，女贞尽化垂杨树。可怜宰相尚吴棉，何论红红兼素素！山塘女伴访春申，名字偷来五色云。楼上玉人吹玉管，渡头桃叶倚桃根。约略鸦鬟十三四，未遣金刀破瓜字。歌舞常先菊部头，钗梳早入妆楼记。北门学士素衣人，暂踏球场访玉真。直为丽华轻故剑，况兼苏小是乡亲。海棠聘后寒梅喜，待年居外明诗礼。

两见泷冈墓草青，鸳鸯弦上春风起。画鹢东乘海上潮，凤凰城里并吹箫。
安排银鹿娱迟暮，打迭金貂护早朝。深宫欲得皇华使，才地容斋最清异。
梦入天骄帐殿游，阏氏含笑听和议。博望仙查万里通，霓旌难得彩鸾同。
词赋环球知绣虎，钗钿横海照惊鸿。女君维亚乔松寿，夫人城阙花如绣。
河上蛟龙尽外甥，房中婴武称天后。使节西来娄奉春，锦车冯嫽亦倾城。
冕旒七毳瞻繁露，槃敦双龙赠宝星。双成雅得西王意，出入椒庭整环佩。
妃主青禽时往来，初三下九同游戏。妆束潜随夷俗更，语言总爱吴娃媚。
侍食偏能厌海鲜，报书亦解翻英字。凤纸宣来镜殿寒，玻璃取影御床宽。
谁知坤媪山河貌，只与杨枝一例看。三年海外双飞俊，还朝未几相如病。
香息常教韩寿闻，花头每与秦宫并。春光漏泄柳条轻，郎主空嗔梁玉清。
只许大夫驱便了，不教琴客别宜城。从此罗帷怨离索，云蓝小袖知谁托。
红闺何日放金鸡？玉貌一春锁铜雀。云雨巫山枉见猜，楚襄无意近阳台。
拥衾总怨金龟婿，踏臂犹歌赤凤来。玉棺昼下新宫启，转瞬玉郎长已矣！
春风肯坠绿珠楼，香径还思苎萝水。一点奴星照玉台，樵青婉娈渔童美。
缥帷尚挂郁金堂，飞去玳梁双燕子。那知薄命不犹人，御叔子南后先死。
蓬巷难栽北里花，明珠忍换长安米。身是轻云再出山，琼枝又落平康里。
绮罗丛里脱青衣，翡翠巢边梦朱邸。章台依旧柳毵毵，琴操禅心未许参。
杏子衫痕学宫样，枇杷门榜换冰衔。吁嗟乎！情天从古多缘业，旧事烟台
那可说！微时营䒰得恩怜，贵后萱芳成弃捐。怨曲争传紫玉钗，春游未遇
黄衫客。君既负人人负君，散灰扃户知何益？歌曲休歌《金缕衣》，买花
休买马塍枝。彩云易散琉璃脆，此是香山悟道诗。"闻云门此稿甫脱，传
诵京师，一时比之为梅村之《圆圆曲》。中间所述，自洪侍郎易簧以后，
鸾飘凤泊，艳帜重张，寓有微意存也。迨后金花再偕孙三儿入都，乃戛然
而止。庚子之役，联军入京，此为金花一生最大之历史，而此曲未及者，
盖时月有不同也。曲中所谓"情天从古多缘业，旧事烟台那可说！"此即
佛氏轮回因果之说。阅者于此而留意也，则金花一生与洪侍郎之历史，可
恍然矣。近人撰《孽海花》说部，专记侍郎与金花佚事，关系时局兴亡，
可与此诗互征也。

（清）蒋瑞藻《小说考证》引《在山泉诗话》，引自《中国小说
史料·孽海花》，上海古籍出版社本

《孽海花》说部，予少时曾读一过，然第一卷已下，不复续出。尝戏

语友人:"东亚病夫,殆真病矣!"以其书之佳妙,颇以未窥全豹为憾!天琴先生近复有《后彩云曲》一篇,即记赛金花庚子后事者,不妨且作"后孽海花"读。其诗脍炙人口,洛阳纸贵,今不具录。惟前曲原有《序》数百言,老兰君《诗话》,略而不载,补记于此,为读《孽海花》者资印征焉。"傅彩云者,苏州名妓也,年十三,依姊居沪上,艳名噪一时。某学士衔恤归,一见悦之,以重金置为簉室,待年于外。祥琴始调,金屋斯启,携之都下,宠以专房。会学士持节使英,万里鲸天,鸳鸯并载。既至英,六珈象服,俨然敌体。英故女主,年垂八十,雄长欧洲,尊无与并,彩出入椒风,独与抗礼。尝偕英皇并坐照相,时论奇之。学士代归,从居京邸,与小奴阿福,奸生一女。学士逐福留彩,寖与疏隔。俄而文园消渴,竟夭天年。彩故与他仆私,至是遂为夫妇。居无何,私蓄略尽;所欢亦阻,仍返沪为卖笑计,改名曰赛金花。苏人公檄逐之,转至津门,虽年逾三十,而艳名不减畴昔。己亥长夏,与客谈此事,因纪以诗。先是学士未第时,为人司书记,居烟台,与妓爱珠有啮臂盟。比再至,已魁天下,遽与珠绝。珠冤痛累月,竟不知所终。今学士已矣,若敖鬼馁,燕子楼空,唱金缕者,出节度之家;过市门者,指状元之第,得非霍小玉冥报李十郎乎!余为此曲,亦如元相所云:'甚愿知之者不为,而为之者不惑耳。'"

(清)蒋瑞藻《小说考证》,引自《中国小说史料·孽海花》,
上海古籍出版社本

2. 夸张与典型化

借西门庆以描画世之大净,应伯爵以描画世之小丑,诸淫妇以描画世之丑婆净婆,令人读之汗下。

(明)弄珠客《金瓶梅序》,引自《金瓶梅资料汇编》,北京大
学出版社本

若教他写诸葛公白帝受托,五丈出师,他便写出普天下万万世,无数孤忠老臣满肚皮眼泪来。我何以知之?我读《西厢记》知之。

若教他写王昭君慷慨请行,琵琶出塞,他便写出普天下万万世,无数高才被屈人满肚皮眼泪来。我读《西厢记》知之。

若教他写伯牙入海，成连径去，他便写出普天下万万世，无数苦心力学人满肚皮眼泪来。我读《西厢记》知之。

　　　　（清）金圣叹《读第六才子书西厢记法》，《贯华堂第六才子书西厢记》，江苏古籍出版社本

　　传奇所用之事，或古或今，有虚有实，随人拈取。古者，书籍所载，古人现成之事也；今者，耳目传闻，当时仅见之事也；实者就事敷陈，不假造作，有根有据之谓也。虚者，空中楼阁，随意构成，无影无形之谓也。人谓："古事多实，近事多虚。"予曰："不然，传奇无实，大半皆寓言耳。欲劝人为孝，则举一孝子出名，但有一行可纪，则不必尽有其事，凡属孝亲所应有者，悉取而加之，亦犹纣之不善不如是之甚也。一居下流，天下之恶皆归焉。其余表忠、表节，与种种劝人为善之剧，率同于此。若谓古事皆实，则《西厢》、《琵琶》，推为曲中之祖，莺莺果嫁君瑞乎？蔡邕之饿莩其亲，五娘之干蛊其夫，见于何书，果有实据乎？《孟子》云：'尽信书不如无书'，盖指《武成》而言也，经史且然，矧杂剧乎？凡阅传奇而必考其事从何来，人居何地者，皆说梦之痴人，可以不答者也。然作者秉笔，又不宜尽作是观。若纪目前之事，无所考究，则非特事迹可以幻生，并其人之姓名，亦可以凭空捏造，是谓虚则虚到底也。若用往事为题，以一古人出名，则满场脚色，皆用古人，捏一姓名不得；其人所行之事，又必本于载籍，班班可考，创一事实不得。非用古人姓字为难，使与满场脚色同时共事之为难也；非查古人事实为难，使与本等情由贯串合一之为难也，予既谓'传奇无实，大半寓言'，何以又云'姓名事实，必须有本'？要知古人填古事易，今人填古事难。古人填古事，犹之今人填今事，非其不虑人，考无可考也；传至于今，则其人其事，观者烂熟于胸中，欺之不得，罔之不能，所以必求可据，是谓实则实到底也。若用一二古人作主，因无陪客，幻设姓名以代之，则虚不似虚，实不成实，词家之丑态也。切忌犯之。"

　　　　（清）李渔《闲情偶寄·词曲部·结构第一》，《中国古典戏曲论著集成》（七），中国戏剧出版社本

　　其各尽人情，莫不各得天道，即千古算来，天之祸淫福善、颠倒权奸处，确乎如此。读之，似有一人曾亲执笔在清河县前西门家，大大小小，

前前后后，碟儿碗儿，一一记之，似真有其事，不敢谓为操笔伸纸做出来的。吾故曰：得天道也。

（清）张竹坡《第一奇书金瓶梅读法》六十三，引自《金瓶梅资料汇编》，北京大学出版社本